小说编

中篇小说

（三）

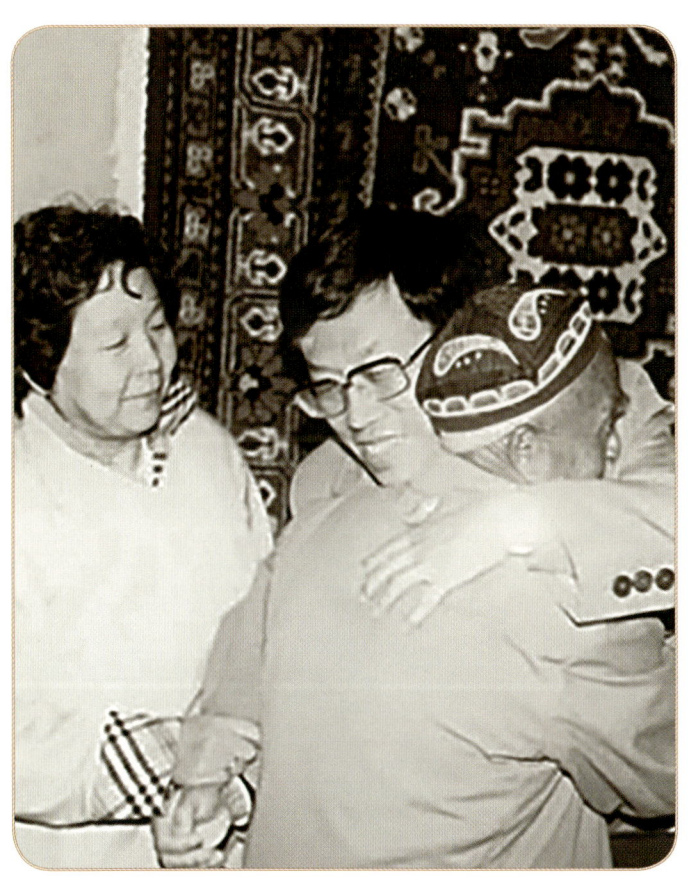

王蒙夫妇回新疆

目　录

春堤六桥 …………………………………………（ 1 ）

歌声好像明媚的春光 ……………………………（ 29 ）

秋之雾 ……………………………………………（ 94 ）

太原 ………………………………………………（119）

岑寂的花园 ………………………………………（141）

悬疑的荒芜 ………………………………………（169）

山中有历日 ………………………………………（199）

小胡子爱情变奏曲 ………………………………（228）

奇葩奇葩处处哀 …………………………………（265）

女神 ………………………………………………（328）

生死恋 ……………………………………………（380）

夏天的奇遇 ………………………………………（446）

从前的初恋 ………………………………………（473）

霞满天 ……………………………………………（526）

春 堤 六 桥

长河大学校长鹿长思放弃了清晨与本校与会人员共乘一班飞机返回 H 市的机会,把机票让给了旁人,自己则改乘晚七点五十五分的最后一班飞机再走。他已经是在站最后一班岗了。他想在这个风光宜人的地方散散步,想想事,一个人呆一呆。已经六年了,自从当了校长,他一直过着"开会有人找,吃饭有人陪,回家有人追,睡觉有人催"的生活,人走到哪里事跟到哪里。想起这一段经验,他疲劳中不无得意,得意中又似乎有些惨淡。

他的同事们是早晨六点十分走的。他七点半来到饭厅,看到一连几天熙熙攘攘的饭堂突然冷清起来,不免感叹:天下没有不散的筵席。他吃着千篇一律的花卷、腐乳、稀饭和煮鸡蛋,想象着今后的日子,那可真是只有生活的生活,叫做生活生活化了。他想起一个老友的话:关键是要有自己的专业、爱好和一二知己。

服务员走过来:"您是鹿校长?"

是。

服务员说是有您的电话,找到饭厅里来了。

什么事?他狐疑着,原来是一个噩耗:他十分器重的一位——他本来想说是青年人,他带出来的第一批博士生中的最优秀者,比他小近二十岁的小吉,于昨天夜间突然心脏病发作,去世了。

他心情不好,今年这个年头究竟有什么问题?带走了许多人。李教授,比他大三岁,张副校长,比他小两岁,赵主任,与他同庚,生日比他小十六天,都相继去世了。有人说是因为图书馆前的一个现代派雕塑不好,破坏了风水,"妨"(读方)死了这么多人。没有办法,那个华裔雕塑家在国外发了财,要给学校五万美元,条件是学校大竖特竖他的作品。他的妖魔化雕塑的竖立地点,是艺术家自己选定的。而图书馆翻修用的是香港巨富沈大才的钱,现在这个图书馆已经改名为大才图书馆了。如果他再多捐一点,会不会把长河大学更名为大才大学呢?

他想起在大竖特竖毛主席时期下乡劳动期间与农民谈生死的情形来了。一位农民老大妈说:"老鹿,人这一辈子也太快了呀!"鹿长思想了想,说:"也还可以吧。"也许是那时他自觉年轻,觉得死不死的事儿离他甚远,也许他下意识地控制自己不要在贫下中农面前暴露什么不健康的情绪,反正一切唉声叹气都不健康,而只要不健康就是反动。农民老大妈看到自己关于人生无常、寿命苦短的嗟叹得不到响应,便对鹿长思说:"唉,老鹿,这人,他就是愿意活着的呀,还是活着美呀,唉!"她忧伤地离开了鹿长思,使长思回忆起来怅怅不已。

转眼,二十年过去,老大妈想来早已不在人间,现在轮到他来慨叹人生,进行人生的终极关怀了。

这时他的眼睛一亮,一个身影出现在面前。是她,是郑梅泠。你没走?呃,你已经在这里住了一段时间啦。

郑梅泠穿一身浅灰色套装,外加一个深色坎肩,布料以棉为主,又有些麻的成分,纤维历历可见,朴素乃至粗粝中,显得极其精致。她头发灰白,身材苗条,眼角上堆积着细纹,然而眼睛的灵动与深情,仍然使鹿长思惊叹。她的左腮上长着一粒痦子,显得楚楚动人。她说话的声音也很中听,不慌不忙,不娇不露。只是她的面色似乎不太好。一说,原来她也是改了上午的航班,改成今晚走。

真是三岁看大,七岁看老。见到郑梅泠,鹿长思想起的是四十多年前他们上大学时候的事。他们是同班同学。那时候,郑梅泠亭亭玉立,仪态超群,她爸爸又是副省长,那时候的郑梅泠离他这个其貌不扬的穷百姓是多么遥远呀。毕业后他们各奔东西。"文革"后听说她也回H市来了。她分到了卫生部门工作。而他是在教育系统,素日无缘谋面,这也是隔行如隔山吧。现在的郑梅泠呢,她果真已经老了么?然而,在他的心目中唤起的仍然是青春,是往事,是对四十多年前的那个骄傲的公主的记忆。往事总是与故人同在。原以为往事已矣,遇到故人,忽然发现,往事还栩栩如生呢。

瞧人家的命!四十年前,她是副省长的女儿,紧接着是副部长的妻子,现在,她是厅长的母亲。他早已知晓,她的儿子新提升为人事局长。只是在H市的时候,他无缘与郑梅泠见面,他没有借口也没有必要去找她。而偶尔在一些场合见到人事局长时,他也从没有发现过与人家谈论局长姆妈的必要。

这次真巧,他们在这个湖边旅馆巧遇,他们一同选择了或是被安排了(?)与别人不同的一班飞机,他们都得到了一个额外的几乎一整天的"假期"。他们说,早餐后要一起到湖边长堤走一走。

而且这是一个机会,他有话对她谈。

春 水

走上长堤的第一座桥叫"春水",这使鹿长思立即想起了冯延巳的词,想起南唐中主和后主,想起中国历史上有多少变乱和厮杀。这座桥很大,是不久前翻修的劣质洋灰钢筋桥。式样上则力求古色古香,特别是桥栏杆做得还算可以。桥边的垂柳浓密沉郁,团团簇簇,青草丛生,杜鹃花败落错杂,十姊妹鲜艳夺目,桥下的水绿如油脂,显得过于沉馥,又有一些食品包装纸、塑料瓶之类的物品在水面漂浮。每天早晨都有专人打扫,但是众多的素质不高的游客的破坏力是够可怕的。鹿长思怅然,他来晚了,他已经失去了那个萌动的与纯洁羞怯的春天。这里的柳丝本来是以纤细柔弱闻名的,现在呢,柳条丰满厚重,如山丘如锦缎如烟云重叠了。

桥上熙熙攘攘，挤满小贩和驻足观看的人群，丝巾手帕、绸伞布伞、古钱银元、镜框印石、拙字劣画、(健身)铁球玉球、酥糖麻饼、香烟槟榔、打火机钥匙链直至看手相的算命的应有尽有。郑梅泠居然看什么都有兴趣，在一处卖字的地方看了老半天，那算什么书法呢？笔画曲曲弯弯，哆哆嗦嗦，在字上用红绿颜色涂上了小毛毛，每一笔画都翅膀一样地长出了羽毛。她又在一家所谓"电脑"画像的摊位前停了下来。那无非是通过扫描把顾客的形象输到微机里，再用打印机把它打出来。她看了看，回脸向长思粲然地一笑。她是如此的欣然得趣，倒像她刚刚看到的是乌兰诺娃的芭蕾舞表演。纯洁的笑容使长思如沐甘霖，甚至对人众与环境的牢骚也被冲洗掉不少。刚刚他还在想，这个郑大小姐，真是天真与轻信呀，要是他，他可不会挤在这样的脏乱挤臭与假冒伪劣氛围里。他想，利用今天共同散步的这个机会，一定要把小周的事情告诉她，要请求她转告她的儿子，不能让小周那样的野心勃勃而又不择手段的人钻了我们的空子……

他没有来得及说出来。他不忍心破坏一个头发花白、身材窈窕、精心穿戴的女子的笑容。郑梅泠的领口别着一枚胸花，是镀金的胡姬花，那是真的花朵，在盛开的时节浇上金，使鲜丽的花朵凝固为金饰，早早地永垂不朽。他知道这种金饰出产自新加坡和马来西亚。也许晚宴才适合佩戴这样的小装饰，她是多么重视这次散步呀。

"现在的人啊，可真有意思……二十年前我来过这里。'文化大革命'串联时，这个省最厉害了，一个晚上就杀了几十个地主和地富家属……武斗的时候动用了高射炮、炸药包。"郑梅泠说着咧了咧嘴，好像不胜疼痛似的。

鹿长思沉默了，这是刻骨铭心的创痛。他想起了妻子，她是在那个年代走了的。她有特别细的眉毛，她的手心常常有点热，她喜欢吃萝卜干拌毛豆，她说她是属兔的。她说话的声音有点哑，急了就会出现一种吱吱叫的声音，倒是不像兔，更像一只麻雀。她喜欢背诵高尔基的《海燕》，"让暴风雨来得更猛烈些吧……"她被莫名其妙的风暴吞噬啦。

风暴。和平。风暴。和平。"你愿意过什么样的日子?"他不着边际地含含糊糊地问。

"挺好。雨后的晴天最好。春天最好。挺好。"她不经意地说,笑容就像天空一样灿烂,喜意就像春光一样明媚。

她觉得现在还应该算是春天,而长思觉得它应该算是初夏了。

他回忆起一九五八年联欢会上一次朗诵诗,歌颂莫斯科的灯光胜过了天上的星星,而克里姆林宫上的红星照亮了全世界。那是他一生中最后一次歌颂和向往苏联,后来他的青年时代与苏联分道扬镳,他们与苏联化友为敌。这一切就是在他们那次朗诵后发生的。那次朗诵到最后,是两个人激越的齐诵,而且两个人都抬起右臂,指向前方,像检阅陆军分列式的元帅。他们都看见了伟大十月革命开辟的新世纪曙光。

但是,为什么,她嫁给了一个老头子呢?他不相信一个诗朗诵得极好的亭亭玉立的女子会贪图一个比她大十七岁的人的级别。他相信,她该是一个宠坏了的孩子,她会任性却不可能委屈自己。这次他才知道,她的"老伴"已经死了三年,那人是一个副部级国营大厂的党委书记,可惜在"文革"结束后的"揭批查"中碰到了麻烦,近十余年一直郁郁。她有七年时间——或者更长——每天的全部生活重心就是照顾卧床不起的老伴。每年春节前夕,她都出席组织部与军区召开的老同志茶话会。她说她在老同志茶话会上看到过鹿校长——为什么竟没有与他打招呼?这样的会参加的人真多。是啊,中华人民共和国的开国功臣们都老啦。他悄悄地看了一下她的侧面,她的侧脸有点发青。他心痛。

揽 月

第二座石桥的名字是"揽月",它的特点是上到这座桥上,视线全无阻挡,能够尽情欣赏湖光山色。你看到的是一片月白和闪烁,是一种介于雾气和光线之间的空气的形体,这空气并不虚空,它充满了春天的颜色,孕育了一种准备勃发的能量、一个混沌的精灵——你不知道这精灵是吉是凶,是祸是福。你还闻到了一种又腥又鲜、又生又暖的气息,好像是小虾、莲藕、蒿草和桂叶的味道混合到了一起。这股气息愈闻就愈甘甜,甘甜如野果泼醅,吸到肺里舒畅无比,令你解开紧蹙的眉头。然后你看着平静得近乎无奈的湖水和幽雅得近于畏缩、谦卑得令你心急的远山的曲线轮廓,似乎是素常包围着你压迫着你的许多鸡毛蒜皮和疙里疙瘩以及明枪暗箭流言蜚语被推倒和驱散了,似乎是你的眼睛被药水洗了个通透,一下子少了那么多灰尘、烟雾与毛刺。尽兴,无碍,反而觉得有点空旷,或者叫做寂寥什么的。走上这座桥鹿长思立即想到了自己的退下来后的生活,他盼望了很久了,他希望早日离开行政管理的岗位,专心写完早在十多年前就已经开了头的关于魏晋文士的著作。现在,退下来的日子已经近了,这次的出差也许是最后一次了……他恍惚又有些空旷起来。

尤其是,目前呼声最高的继任人选是小周,而他在四个月前发现了——他多么希望不是他发现的呀——小周自己化了名又借用了许多德高望重然而重病在身已经基本上失去了自主能力的老教授的名义上书,不停地上书。一个是告他的竞争对手小吉的状,上纲上线,无中生有地泼污水;一个是肉麻地吹捧他自己。他无法一一去询问那些所谓上书的老人家,他只对证了两位,两个老人家都说他们的名是小周代签的,他们只知道个大概,不知道上书的具体内容,他们是看着鹿长思的面子,才信任了小周——都知道鹿长思是小周的恩师嘛——允许小周用他们的名义上书……该死!他痛心地撤销了对小周的支持,变成了小周继任一事的反对者至少是怀疑者。

"可上九天揽月,可下五洋捉鳖……一走到这个桥上我就想起老人家来了。要说老人家的这个精气神,真了不起!"郑梅泠说。

"可是发表这首词的时候,毛主席的精气神已经不太好了。"鹿长思叹息着。

这时一阵悠扬的笛声传了过来,温柔委婉,又显得平庸,大约是苏北民间小调,令人想起迷人的吴侬软语。他记得郑梅泠当年说话是有一点江南口音的,四十年不见,她怎么普通话说得这样标准起来了呢?她的那些嗲嗲的齿音和舌音哪里去了呢?

笛声来自一株法国梧桐树下,绿得很晚的法国梧桐也已经枝叶纷披了,江南盛景,令人泪眼婆娑。

"真好听。"郑梅泠说。

"你一向都好?"鹿长思问。

"谢谢。我……"她迟疑了一下,她说,"他活着的时候我每天主要是料理他,他没了,我就不知道该干什么好了。人生真正快乐的时光并不会很多。老人家的词说'人生难得开口笑',我回想,我这一辈子开口笑的次数已经不少了,特别是近十几年,过去做梦也做不着的事情我都赶上了,落实政策呀,职称呀,出国考察呀,获奖呀,调工资呀,分房子呀,我还当上了全国妇联的执行委员——包括今天我们在这里走一走,我真高兴。我是个平凡又平凡的人,我从来没有想到有今天这样的日子,这是真的。在意大利的罗马街头,我喝了一小杯浓咖啡。我想起'文革'当中对我的斗争来了,我家里有一张达·芬奇的素描像,红卫兵就说我想叛逃意大利……我真的是很高兴很高兴的呀。"郑梅泠感动地说,以至于鹿长思不敢看她,他怕她的泪眼会使自己失态。她本来也不妨向他发发牢骚,关于下岗呀腐败呀治安呀物价呀什么的,至少可以回顾一下"文化大革命"当中她父亲和她丈夫的遭遇……她怎么什么都没有说呢?她怎么张口闭口只知道说"老人家"呢?她怎么会满足于职称房子执行委员之类?她是多么天真多么轻信多么世俗多么好对付呀。

"回去,我也就该退了,该养老了。"鹿长思说,"我本来也该满足啦,总算赶上了这十几年。有时候我问我自己,你究竟还想要什么?社会的矛盾,人生的困惑,我也知道那是永远不会解决的,再过五百年五千年也是一样……可我还是放不开,我们的理想,我们的奋斗,我们的牺牲……难道就是这样的结局?一切都还差得太远!"长思终于沉重地说。

他想起了最近接到的两封对小周的揭发信,他利用职权把一辆新桑塔纳"借"给了他的女友用,还把妖魔艺术家赞助的几万块钱给那个女人的弟弟经商,钱全瞎了。

尤其是,那个长舌女人不知道从哪里听说了鹿校长对于小周有点信不过,她干脆到处散播起与鹿长思有关的流言蜚语来,利口如刀,恶言如从跌出了豁口的瓮中流出的毒汁秽水。而一个月前,她见到鹿校长时还扭来扭去,好似葵花见到了太阳。

郑梅泠哼唱起沪剧的《紫竹调》,她听见了还是没有听见长思的焦虑呢?

"你记得那次改选学生会主席么?你是候选人。小牛为你竞选,他针对有人批评你性急,为你辩护说:鹿长思,不错,是性急,何谓性急呢?他如果当选了学生会主席,他一定能够做到五年计划,三年完成!"郑梅泠边说边咯咯地笑起来,她的笑声那样年轻。

可惜笑完了咳嗽了一阵。

而鹿长思完全不记得。都说鹿长思是记性极好的,对有些书籍,特别是一些文史经典片断,他几乎是过目不忘。然而,郑梅泠说的这些,他怎么一点印象也没有呢?再说,竞选云云,这怎么可能呢?那不是资产阶级的玩意吗?

笛声清亮了起来,吹笛人兴奋起来了?像是陆春林擅长演奏的江南名曲《鹧鸪飞》,刚刚进入佳境,笛声戛然而止,不知是怎么回事。

"我们总应该消消气。五年计划不是三年完成的,而是十年才完成的,期限超过了一倍,又当如何呢?总是完成了一些计划,达到了一些目标……瞧,那个吹笛人到我们这边来了。"梅泠说。

他们的目光转向梧桐树下的吹笛人,原来是盲人,他用竹竿探着地,弯弯扭扭地走了过来。长思轻轻鼓了几下掌,他回味起方才听到的时而高扬时而低婉的笛声,更感受到这盲人奏乐的浪漫了。

盲人忽然破口大骂。他的口音长思听不大明晰,好像是在骂什么人太小气,愈有钱就愈抠门儿,一心留下钱给自己买骨灰罐。他骂得粗野而且凶狠。

他在骂谁?至少是几十秒钟以后,他才明白过来,盲人骂的正是他和郑梅泠,吹笛人的目的是行乞,也许更正确的说法是"创收",他吹了这么好听的笛子,他们本来应该走过去掏掏腰包,而他们只是在一边欣赏,在一边回忆过去,在一边不冷不热地交流和思考,好像还有点忧国忧民。于是他们收获了他们所赞美的音乐演奏者的仇恨。

当指望落空,仇恨就代替了爱心。这也是爱欲生烦恼,烦恼生嗔怒,嗔怒生怨恨,怨恨成寇雠。而这一切的发生,他们根本没有意识到。更可悲的,因为这本来是人之常情。于是他又联想起小周的事,是的,是他鹿校长提拔小周当了校长助理,小周与他摊牌到了这种程度:"您发现我再多缺点,我也还是您的人,您退了我上,您还能指挥得动我,至少我比一个生人好使。如果您以我有这缺点那毛病为由把我蹬掉,换一个别人,是不是一定比我好?天知道,反正好不好人家也不会再尿你退下去的老校长了。"

就是这次谈话使鹿长思愤怒不已。赤裸裸,现在的人就这样地赤裸裸么?连裤衩都扒光了!在一个堂堂高等学府里听到这样流氓和市侩的话语!这次谈话使鹿长思决心顶住小周。他帮助小周进入到校领导班子里,现在又成为小周更上一层楼的重要障碍,也许是主要阻力。这样,小周就只能加倍恨他,比没有得到钱票的盲人更多恨十倍。这就是他的种鲜花而收蒺藜的活该的悲喜剧。

他们被骂得怔了。鹿长思蹙眉如吞了一只苍蝇。郑梅泠若有若无地苦笑。恶劣的敌意使他们无法弥补他们的"过失"——其实他们何过之有?他们只好讪讪地离开揽月之桥。

然而意想不到的事情发生了,就在他们已经走下揽月桥后,突然,郑梅泠转身向踽踽独行的盲人跑去,鹿长思缓缓跟上。只见郑梅泠的脚步使盲人停了下来,盲人警惕地回过身。郑梅泠对他说:"对不起,先生,方才我们没有注意到您的需要……"她从手提包里拿出一张一百元的票子,给了盲人。盲人没有忘记摸一摸票子的成色,他判断无误后,喃喃地说着"长命百岁,消灾除祟……"之类的话,还向梅泠点头哈腰不已。

鹿长思甚至觉得尴尬,难于接受也难于理解。他不喜欢梅泠这样地任性和胡作非为,她的宽容就是没有立场,是对于野蛮和恶毒的鼓励。

听 荷

"你看,那边就是栖凤园,据说一九六六年夏天老人家在这里住了好长时间,据说'文化大革命'就是在这里策划的……我始终不明白,住在这样风光秀丽的地方,一个人怎么会一心斗争?说老实话,我来到这边就不想斗了,我被江南美景软化了。"她咯咯地笑了起来,笑得有点喘了,"这里确实是一个让人变'修'的地方,你说是吗?来到这里应该是为了听荷。是不是听雨点落到荷叶上的声音?这是取自李商隐的诗意吧,是不是?"

鹿长思想,这是一个难解的问题,中国有八亿人口,不斗行吗?我们不是宋徽宗,我们不会陶醉在"西湖歌舞几时休"的醉生梦死里,我们永远是"铁马冰河入梦来"。就是这样的梦,这样的命。

然而,他这些想法,一点也没有说。他甚至又不想说小周的事情了,和一个宽大无边的应该说是十分任性的大小姐你又能说些什么?他可以回家再去找省委找人事局长,却不该在这个下午在听荷桥上对性格奇特——这么一会儿他就领教了——的局长老娘谈干部选拔事宜。

这是一座木桥,桥上有一个茅草亭。伪古典也是伪民间,鹿长思想,他觉得指斥什么什么为伪是一件很风光很少年意气的事,他扑哧笑了。听荷么？他们没有发现近处有荷叶,是季节太早还是荷花已迁移别处？长堤内侧有游船码头和许多式样拙劣的手摇脚踏或带着小发动机的小船,有把船头做成鸭子形的,有做成龙头龙身的,有搭着架子,架起一块肮脏的防雨布的,也有的船底已经积满了水。真是因陋就简！然而,为租船而排队的游客头上支起了美丽的一排遮阳伞,遮阳伞崭新而且高雅。遮阳伞上写的是 M&M's 字样,这是一种儿童吃的红红绿绿的巧克力豆的商标,这种巧克力豆的最大特点是不粘手。这么说,这一排遮阳伞是老美的 M&M's 公司赠送的,当然赠送的目的是为了做他们自己的广告。

妈的,连巧克力豆也得吃美国的,连做豆腐也要进口日本的生产流水线呢。

在走到这里以前,他确实打算向郑梅泠说一些什么,不仅仅是关于小周的任命问题。在妻子死去以后,他常常觉得没有人能与他共享一代人的旧事的回忆,他曾经试图与孩子谈谈他们的往事,但孩子们的态度如果不说是轻蔑,也得说是麻木不仁。而其他的找他、堵(截)他、纠缠他的人,都不是为了与他一同回忆些什么。他并非初出茅庐,他懂得回忆对于一个工作人员来说有多么奢侈。在这里,他与郑梅泠不期而遇,他们又一起作春日的美丽的徜徉。他想告诉她他觉得他们是热情的一代理想的一代,他们的青春时代的特点与后来的"告诉你,我不相信"恰恰相反,他们是相信的一代,他们的诗应该是"从此,我们相信一切"。然而他们又是苦难的一代,他们都受了太多的试炼。最后,呵,当然,现在还不是最后,后来他们终于体味到了幸福,他们年轻时候从苏联小说里学到的、说得太多太多的幸福。世界上的事都是这样,如果你说得太多,想得太切,熬得太苦,那就不能得到。事情总是这样,当你淡下来凉下来的时候,它开始成功,却也走样了。得到了,是快乐,更是新的惶惑,乃至于不无麻木,也许这是可笑的,当他说起忧国忧民的话来的时候儿子常常嘲笑他是"自作多情"。那么,他们就是自作多情的一代好了。自作多情的一代应该感到满足,他们活了,做了,斗争了,爱了也恨了——就是说多情过了,希望了失望了再希望又再失望了,而希望永远与失望同在,多情永远与麻木共存。他们过了许多有意义的日子,至少是自以为有意义的日子。他们永远不会像小周那样赤裸裸,他想说是赤果果或者吃果果,据说"文革"期间人民日报的社长就把"赤裸裸"读成"吃果果"。他渴望幽默,微笑着与野蛮和专横告别。

  这些是他想的,然而,他实际上向郑梅泠说的和表示的,却与想的恰恰相反。他好像牢骚满腹,他好像愤愤不平,他好像欲说又止,又像是执着于无语可说——大概失语也是很时髦很气派的。他的话没有主线,没有逻辑,没有旋律。每一句话在即将说出来的时候忽然觉得没有了意思,就是说最重要或者最隐蔽的话语,还是不说的好。

  共享不等于一定要说出来。朋友的存在与相遇,这就是共享。

  他想安静一会儿,他需要再整理整理自己的思绪。他需要再感受一下亲热一下他的转瞬即逝同时又是屈指可数的春天,他已经向梅泠臣服,认同当下的"春天性"了。小周就是靠着一大堆"性"的折腾获得了硕士学位,他觉得春天的真与伪都还算有趣,包括它的听荷古韵,它的木桥与茅草亭,它的山姆大叔的小儿科产品,红红绿绿的巧克力豆,和那个无故恶骂旁人并从而得到了一百元的瞎子。你能和他治气吗?

  他们坐到了亭边,郑梅泠继续给他讲栖凤园的故事。栖凤园就在堤的外边,高大的樟树、梧桐、罗汉松、丹桂和皂角,丛丛的竹林,曲折的灰顶白身围墙,巨大的屋宇上的整齐排列的黑瓦,依稀可见的伸延入湖的小小游船码头和三只瓜皮小游艇。优美而又神秘。

  几声黄鹂的风笛一样的叫声从栖凤园方向传来,应答的是小小鹧鸪的鸣叫,他们都静了下来,倾听这暮春的天籁,声声入耳撩心。"北方现在才只有蝌蚪,这里已经开始有蛙鸣了呢。"郑梅泠轻轻地说。

"是么？我还没有听见呀。"鹿长思埋怨自己的耳朵。后来他也听见了蛙鸣，他很佩服梅泠，他也远远地觉得十分喜欢栖凤园，他说那儿可真好。

郑梅泠说，老人家许多次在这里度过夏天，老人家喜欢这里。一九六六年，老人家来得比往年早。后来江青找来了一些人，无非是陈伯达张春桥姚文元什么的。据说姚文元的《评新编历史剧〈海瑞罢官〉》就是在这里定稿的。整个"文化大革命"的部署，就是在这里决定的。鹿长思对这个说法表示怀疑，他期待对此"党史办"有一个正规的说法。但是郑梅泠说得正起劲，她不顾长思的疑惑，只管说自己的。郑梅泠说这里头的景致十分漂亮，湖中有宅，宅中有湖，树中有屋，屋中又有树，水中有桥，桥中还有水，那是一个叫人享尽人间清福的地方，现在，这里也已经对外开放，也"搞活"了，韩国的××公司董事长，美国的××电话公司老板……每次来访都到这边住。

"许多事情轰轰烈烈一时，后来呢，后来也就过去了，一去不复返。当我想起这些来的时候，我觉得我是老了，太多太多，我们看到了多少事儿！我已经记不住这些事情了。一代又一代地老下去，也就是一代又一代地新起来。回家烧几个菜，搓几圈麻将，这不是很好吗？人生能烧菜几盘？可惜我小时候不懂得学钢琴，现在的孩子多幸福呀，他们从小是什么环境！等他们也老了的时候，他们就天天弹肖邦和拉赫玛尼诺夫啦。过去我们看到一些老人，我们觉得他们未免太恋栈了，他们什么也不舍得撒手。现在呢，轮到人家看我们啦。"

"但是有一些坏人，投机，造假，坑害人，假冒伪劣，捞了再捞，捞了还要捞……他们从来不管国家，也不管人民，他们觉得不捞才是傻子，他们才是贪得无厌！难道成了他们的世界了吗？"

郑梅泠微微一笑，"我们厅里的一个年轻人常常笑我，打一个喷嚏也散发着《人民日报》社论的气息，我现在已经不是这样了。想的事儿太多了血压就会上去，根据我们的统计资料，过去的内科常见病是肝炎、贫血、感染性休克、浮肿和营养不良,现在呢,脂肪肝、糖尿病、高血压、高血脂、肥胖症……一句话,过去的病是饿出来的,现在的病是撑出来的。"

"可是官方承认,还有六千万以上的人口——相当于一个欧洲大国——处在温饱线以下呀。"

"当然。但是我总该知道满足。我是太幸运了,我只能感谢上苍的厚爱,回顾一切,我实在是没有多少怨言。"她呜咽了,"甚至在我爸爸挨斗的时候我也想过,就让那些平常没有说话的机会也没有进省政府的机会的人闹一闹吧,就让那些吃不上也喝不上屁事也不知道的毛孩子们戴上红卫兵袖章自以为是革命的栋梁吧,那些人见到我们家的电话立刻红了眼,那时候谁家有电话呢?电话只能是高层特权的表现。让那些整天训斥旁人的官员也尝一尝被训斥的滋味吧,说不定对他们有好处。"顿了一顿,她又说,"过去常常批判船到码头车到站的思想。我现在就是船到码头车到站的感觉。至少我有一个根据,我们那么多人家都有了电话啦,包括农民。我就是这样庸俗、浅薄。"她自嘲地摆摆头。

郑梅泠又咳嗽起来,她咳嗽得如此剧烈,长思不由得伸出一只手去搀扶她。梅泠没有拒绝,只是咳着,咳着,再咳着。

"你怎么了?"长思带着恐怖的神色问。

梅泠回答他的是一个天使般的痛苦的笑容。她不咳了,脸色憋得铁青。

鹿长思严肃了。这回是他想转一个话题了。"你来过这里几次了?"

"许多次。这里的秋天很好,残破的荷叶让你对世界依依不舍,秋天的湖水像是一个老朋友在向你告别。而春天,一切的精彩都向你涌来,你受不了。"

"原来你是一个诗人……"

"你也太不了解我了,我曾经写过那么多诗……"她欲言又止,带几分幽怨。然后她改了话题,她说:"我去过栖凤园。石桥弯弯曲曲,像是一个弓字,窗户的槅扇也讲究,浮雕着四季花卉,室内屋顶上画满了凤凰和白鹤,推开窗子你见到湖水、月光还有莲花。我总觉得在这里可以品茶,可以吟诗,可以写字,可以画画,可以垂钓,可以赏花赏竹赏月,可以唱戏唱歌吊嗓子,可以练气功踢毽,可以打毛衣绣花,也可以无所事事成天价躺在藤躺椅上数花朵数树叶数星星,要不就数自己的头发……就是不能够在这里发动'文化大革命'!"

于是两个人喟然叹息:伟人呀!现在这样的伟人少了吧?于是人们厌倦庸俗,是不是希望随时随地策划雷霆万钧血战的伟人们回来?是不是需要在英雄脚下觳觫战栗,否则就不知道该如何活下去?鹿长思回味着梅泠说他不了解她的话,觉得煦然。他甚至有些感动,人们特别是女人只有对自己喜欢的人才要求了解。萍水相逢,相逢开口笑、过后不思量,又谈得到什么了解不了解呢?他心头一热,便说:"你给我念一首你从前写过的诗吧。"梅泠不肯,长思便再请求,再请求,活像一个磨人的孩子。

梅泠念了一句"想念和犹豫使我长大……"她的脸突然变得绯红,她突然显得健康了,她转过了脸去。他们缓缓地离开揽月桥,走上长堤,林阴草径,左右逢湖。

错 玉

短短的一句未见其佳的诗令长思感念不止。为什么大学期间他就没有接近过她?只因为是省长的女儿,就令他退避三舍了。多么庸俗,多么冷漠,多么隔膜!现在,他自己不也是厅局级干部了么?不是又有多少人躲避他应付他敌视他败坏他嫉妒他,最好的不也是哄骗他么?人们错过了多少能够让彼此生活得更友善些的机会!

那么小周呢?对小周他是不是应该再心平气和地考虑考虑呢?能不能站在小周的角度替他想一想呢?而小吉已经不在了,一想起小周和他的党羽们给小吉泼的污水他就又激动起来了。

义无反顾,他想起了这句话,他觉得有点悲凉。没有反顾的生活只不过是匆匆的掠过罢了,没有反顾又哪儿来的滋味?

"好吧,我念一首我写的所谓诗。"梅泠说。

> 我梦见了许多星星,
> 我梦见了辽阔的天空,
> 我提醒自己,这只是梦,
> 醒来后我仍然张望不停。
>
> 我梦见我成了球场上的英雄,
> 嘿,球无虚发,百发百中,
> 我提醒自己,这只是梦,
> 醒来后我仍然渴望飞腾。
>
> 我……

郑梅泠忽然激动起来,她眼里充满了泪水。

"不,我换一首。"郑梅泠皱起了眉头,她的态度越发认真了。

> 我说过许多的话,
> 但是没有那句最重要的。
> 我听到过许多话,
> 但是没有那句最想听的。
>
> 我唱了许多许多歌,
> 但是属于我的歌至今没有做出来。
> 我做了许多许多梦,
> 但是没有一次梦见我想梦的。
> …………

为什么,我为什么错过了你?

鹿长思蓦然心动,一股热浪涌上心头。他想起了学生时代:他和同学们去露营,他们住在帐篷里,在晴朗的夏夜掀开帐篷的"帽子",看到一角星天,天星扬手可触。他们打篮球,他是班队的运动员,班际联赛上他也曾大出风头,投进了一个又一个快球和远投球(后来叫做三分球),那为他拼命叫好的女同学中,莫非也有郑梅泠其人?他为什么从来没有想到过郑梅泠呢?他们参加歌咏比赛,他是领唱。他恍惚忆起了一些热情,一些鼓掌和喝彩,多么天真的快乐,他几乎要说是无端的与廉价的,却又是无比宝贵的与永难再现的快乐呀!莫非那时郑梅泠对他……呵呵呵,他从来没有这样想过,他从来没有敢这样想过……然后,几十年过去了,我们的生命就这样错过了呵!

他想说"你的诗写得很好",却又觉得那样说未免俗套、不着边际乃至残忍。代替一切语言的是他的喟然叹息。他想重复郑梅泠的诗:

为什么,我为什么错过了你?

也许这句话是从张欣辛氏的小说题目照搬来的?

你生活了,你又错过了多少生活!

然而这未免小儿科,他已经到了平心静气地错过一切——错过了更好——的年纪。他抬起头第一次认真注视了一下梅泠,他看到梅泠的湿润的眼睛和细密的皱纹,这眼睛显得沉重而皱纹显得顽皮,那皱纹不像是长在梅泠的脸上的,而像是为了恶作剧,梅泠用化妆笔画出来的。她愿意在鹿长思面前假装一个老太太。又是一阵震撼,鹿长思心里发生了九级地震,他浑身像火烧一样。

是的,她细心化了妆,她的脸蛋上有胭脂而嘴唇上有口红。即使这样打扮也仍然遮掩不住她的憔悴。呵,故人,历尽沧桑,别来无恙!

前面的汉白玉桥是两个桥身并排连接在了一起,据说它们的连接并非天衣无缝,而是前后错开。谁知道这座桥为什么修成这样呢?

据说盛夏的清晨五点钟,当太阳从东北方升起,两座已经连为一体的桥的影子会投到长堤外侧的湖面上,你会清清楚楚地看到是相互错开的两座桥。

郑梅泠颤抖着声音给长思讲了这个桥的故事。

长思"呃"了一声。

这次他们没有在桥上多停留,因为桥上正红火热闹得不可开交。是一对新婚夫妇在桥上作婚纱摄影。围观的人纷纷议论,这样一组摄影要花三千多块钱。新娘脸蛋红如玫瑰,虽然不无羞怯,仍然以一种决绝的姿态听从摄影师和助手的指挥,又摆姿势,又一会儿把脸一会儿把手贴到新郎脸上手上肩上胸上背上,她甚至以一种豁出去了的态度应摄影师的要求坐到了新郎的腿上。新郎则是一派疲惫,一副还没有上阵已经一败涂地的神气,新郎显得稚嫩,他显然没有娶过媳妇也没有想到娶个媳妇要这样辛苦。新娘穿着拖地的雪白的婚纱礼服,这当然是租赁的了。装摄影器材的木箱上写着"文彩摄影"字样,估计这是文化厅或者省文联下属的"三产",他们拥有全套设备包括新婚服装。新郎穿着玫瑰色西服,打着紫红色的领花。他的服装也是租的么?

他们相视而笑。他们想起了自己的婚礼,在机关会议室,吃许多水果糖和瓜子。

他们走过错玉桥,走到长堤的一个荒凉的边缘。他们干脆坐在湖边的一丛乱草边,看湖水,看水草,看蜻蜓盘绕水面,听鱼跳,听鸟叫。一艘窄细的橡皮划艇在他们面前驶过,割开平静的水面,水面许久难以痊愈——水震颤着传达到了远方,渐行渐弱渐微,渐行渐远渐大。长思的心与水波共振,他的心颤抖不止。往远一点看,是城市新建的宾馆高楼。一座座拔地而起的大厦与这湖这水这山这桥颇不协调,但……鹿长思想,这也是没有办法的事。

他又想起最近最不开心的事。推己及人,鹿长思要求自己换一个角度想想这件事。几十年来的坎坷,他已经习惯了遇事先疑己,再疑人。也许他当校长当得太久了。他本来说是只干三年,结果一上去就下不来了,今年已经是第六年了。如果他前两年请退得坚决一点,也许两年前的校长就是小周了,就是说小周早已是厅局级干部了,那样的话,小周也许早已经分到了四室一厅的房子,早已经领到了看病的蓝卡,早已经在出差的时候坐过多少次软席卧铺了……如此说来,现在小周与他反目为仇,通过小周的一位女友不断地造他的谣,说他是赖在那里挡住了年轻人的路,说他是害怕早已远远超过了他的年轻人,这也可以说是事出有因了。是的,他们急切,因为他们饥饿,他们饥饿,所以他们不择手段。饿极了自然"吃果果",不像吃饱了的人从来都遮掩着自己的血盆大口。但他们至少是有能力有抱负有想法的。如果他们不活动,如果他们乖乖地静静地等待,又会怎么样呢?多少聪明才智不如小周的人只是因为善于讨领导的欢心早已当上了这干部那干部啦,他们就一定比小周强么?

这样一想他反而火了,不是对小周火而是对那些资质远不如小周但已爬上高位的人火。他站立起来,拿起一块土块就往湖里抛,他的胳臂因用力而疼痛,然而,土块并没有抛出多远。我真的老啦。由于用力他也剧烈地咳嗽起来。郑梅泠不由自主地站立起身,见他咳嗽得痛苦,便踮起脚为他捶背。他感激地回过头,抓住了郑梅泠的手。那手冰凉、粗糙、细小,鹿长思一阵心痛,他弯下了腰,他几乎就要吻到那冰凉的小手了,他想起了歌剧《绣花女》的咏叹调《哦,你冰凉的小手》,他止住了,无论如何,吻手是太"全盘西化"了,那应该是方励之之流的事儿,而他历来反对全盘西化与和平演变。他后悔于自己的失态。他半天也不出一声,他半天不敢看郑梅泠的眼睛。

这时候一团混乱,人声嘈杂,他们恍惚看到来了许多警察,驱赶着看热闹的人群。照结婚照的新人已经不见了。长思与梅泠缓缓走过去,远远观望,只见警察押着两男一女走过,"犯人"与警察都很年轻,年轻得令人不相信他们会犯罪和反犯罪。一个男犯蓬首垢面,一看就是从农村盲目流入城市的。另一个男犯则使他们十分不解。因为那人戴着金边眼镜穿着成色不错的西装,打着时髦的宽领带。那个女犯的外表也像是盛装的"中产阶级",耳朵上挂着滴里当啷的大红耳环。三个犯人趴在警车上接受搜检,然后警察从背后用手铐把他们分别铐起来。男警察铐男犯,女警察铐女犯,大概是为了免除性骚扰的嫌疑。那场面一如好莱坞的警察影片——谁模仿了谁?他们来不及多看一眼,只见三个人上了警车,嗡的一声,汽车屁股冒烟,他们走了。这长堤本来是不可以走车的,这是严格的步行路,然而警车还是开过来了,这使他们似有遗憾。

直到警车开走之后,他们俩才从纷纷议论的人中略知就里:他们问:"怎么了?"他们问得像一个看不懂抓坏蛋的电视剧的智力可疑的孩子。纷纷议论着的人们谁也不答理他们。他们便弱智儿童一样地坚持不懈地再问。终于有一个宽肩膀的男人可怜他们的无知,便把左手大拇指靠近嘴唇再把同一手的小拇指伸直,嘬了一下。郑梅泠便锲而不舍地再问:"这是什么?什么?"她一面问一面自己也做出了那从左手拇指嘬到同手小指的姿势,样子更加白痴。无师自通的鹿长思伏到她的耳边:"吸毒贩毒。"他说。他的口里的热气吹得郑梅泠耳根发痒,他的嘴几乎吻到了郑梅泠的脖子,他看到了郑梅泠颈后的细碎的头发,那碎头发非常可爱。他闻到了郑梅泠耳根后的香气和热气,好像还有一股子阿司匹林或者来苏儿气味。他的心跳了起来,郑梅泠的脸也红了。略一绯红,更加青白。

知鱼与望梅

后面的两座桥名"知鱼"和"望梅"。走到最后这两座桥,鹿长思一点也不焦虑了。在他吻过了——至少是在精神上亲过了郑梅泠的脖子以后,他再没有什么话要利用这次散步的机会请梅泠向她的儿子局长转达了。

"一个人不可能每一分钟都在忧国忧民。"他心里自言自语。

"是的。本来嘛。"郑梅泠说。

郑梅泠的应答使他吓了一跳。他不记得自己把话说出声音来呀,怎么梅泠听见了而且作出了肯定的反应了呢?

知鱼桥的外侧是知鱼公园,公园里养着许多金红鲤鱼。他们用十块钱买了门票进了公园,他们一面看鱼一面想念庄子。鹿长思认为,庄子未免太诡辩了,惠施提出"子非鱼安知鱼之乐",是因为庄子与惠施同属人类,而庄子与鱼自非同类。同类比较能够了解同类,而同类理解非同类自是可疑得多。非人类的鱼一定也有快乐、悲伤、愤怒、潇洒之类的感情或感觉吗?它们也有"吃果果"与五讲四美之分吗?这确实值得疑惑。而庄子回答说"子非我,安知我不知鱼之乐",就未免强词夺理了,如果庄子认为人与人之间是不能相知的,那么又如何想象人之知鱼或鱼之知人呢?

郑梅泠说:"男同志们,太累了,看鱼也不忘抬杠。看鱼,鱼乐不乐我哪儿知道?反正我乐还不行吗!"

梅泠把庄子和惠施称做"男同志",这使长思大乐。他从没想到与梅泠在一起是这样乐。与梅泠同观鱼,至乐也,而长思于无意中得之。

然而梅泠是对的。他们来看鱼不是为了抬杠,他们这一辈子抬杠抬得太多了,他们人人都成了"杠头"啦。

有一些旅行团在公园里参观,导游打着旅行社的三角小彩旗,有一队人还另外打着写着"台湾环保会"的绿旗,人员年龄不小,穿戴得都很讲究,特别是一些老太太,珠光宝气的。又有一队人"前轱辘后轱辘阔米萨米大"地大声谈笑着走过,郑梅泠疑惑地问:"日本?"鹿长思回答:"大韩民国。"然后他们相视而笑。

他们找了一个茶棚坐下,要了两杯绿茶,两块小点心。郑梅泠边饮边品边夸赞说"真好",她是真心地赞美,真心地感动,真心地满足。她的心情传染给了长思,长思在轻轻咬了一口蛋卷酥以后,向梅泠甜美地一笑,他已经很久很久没有这样笑过了。

梅泠忽然问:"你去过法国吗?"

点点头。

"你登过埃菲尔铁塔吗?"

点点头。

"你在埃菲尔铁塔七层的儒勒·凡尔纳餐馆吃过生蚝吗?"

摇摇头。

"我也没有去吃过。"梅泠叹了一口气。

鹿长思笑得把蛋卷渣都喷出来了,听侯宝林的相声他都没有这样笑过。

一对青年男女亲昵地搭肩携手走来,他们在茶棚买了两客蛋卷冰激凌,冰激凌是与丹麦合资生产的,八块钱一客。一男一女穿得、发育得都很好,女青年这么早就穿上了超短裙,露出了穿着肉色丝袜的秀美的双腿。男青年穿着鳄鱼牌T恤和牛仔裤,肩膀宽宽的。长思看一看自己身上的羊绒衣和梅泠身上的坎肩,莞尔一笑。这个季节是属于他们的。青年人的腿都长得长,不像鹿长思这一代人,十个里有八个因为发育期缺钙而没有把腿长直。即使单单从平均身高和体重上看,也还是显示了社会主义的优越性,长思想起他对学生进行政治思想教育的时候讲过一句话来了。梅泠看着他们,又赞许又羡慕又依恋,她的眼神表达的是一种苦苦地恋爱着的柔情,是一种如醉如痴的欣赏。她的表情使鹿长思喟然长叹。

"真是的。"鹿长思心里说,他的心也变得软软的了。他有点不好意思。

付账的时候郑梅泠并没有谦让,她只是用很好听的声音说:"谢谢了!"

公园里有几个小小的红漆木桥,他们很乐于在上面走过来穿过去。走来走去,他们来到了金鱼池的荒芜的南岸,那里长了不少野草野花,那里显然是有意识地保留了一些野趣。他们走近了才发现一对男女青年正在一株老桑树下和乱草堆上互相抱吻,那两人不仅吻得死去活来,啧啧作响,那女青年更发出了一种半是撒娇半是发情的嗷嗷的叫声。真不知道她为什么那样大声地叫。两个年近花甲的人走得离人家那么近,倒是十分地不好意思,好像是他们俩做了不得体的事。

然而笑容一直浮现在梅泠虽然抹了胭脂仍然不免苍白的脸上。她回过头来看长思,嘴往前努了努又向两侧展了展,她的眼睛似乎在说:"年轻人有多么幸福!"

长思的目光则带着遗憾和责备,他想说的是:"但是他们太过分了啊。"

梅泠又笑了,她的笑容是说:"你应该理解他们。"

长思又不高兴了。这位女士未免太宽容了,周围的一切已经够脏够黑够烂的了,如果还一味宽容下去,我的老天!他深深皱起了眉头。

他终于苦笑也只能苦笑,随便吧。

他们俩拉开了距离,一前一后走。有一个摆摊照相的,鹿长思站在那里想提议两人照一张相,多么难得呀。但是他没好意思说出,一想到那个嗷嗷叫的女青年他就不想凑热闹了。他们俩站到了照相摊前,徘徊良久,也许两个人都想合影留念,终于没有照成。

照相摊贩旁是一个卖旅游纪念品的小商亭。郑梅泠在那里寻觅良久,花了二百多块钱买了一尊小玉观音。她买下后神情是那么欢喜,那样反复地打量揣摩,又歪脖又点头,傻傻地看起来没有完。长思觉得无法理解,乃至有点觉得她可怜。

这时有三辆摩托车从他们身旁呼啸而过,带着刺耳的摩托声,留下刺鼻的浓烟。他们大惊,他们怎么能在步行路上这样横行霸道?他们有什么特殊身份呢?我们中国也出现了"暴走族"了么?大煞风景,他们为这堤这湖这桥这园揪心。

最后一座桥是一座小桥,大一点的步子也许有三四步就可以走完。桥头是一处梅林，冬天梅花盛开，这里想必是极美丽的。梅泠说她忘记了那是谁的故事，反正是老年间的事，有一对情侣，他们的爱情没有成功，分手前他们来到了这里，仅仅在这个小桥上，走来走去他们俩就走了两个小时。

"那当然可能。"长思说，"因为古人比我们的同志们生活得单纯。"他觉得自己纯粹是不知所云。

"我不喜欢这座桥，望梅？叫人想起望梅止渴的故事。我觉得它不那么吉祥。"长思说，说完了又觉得自己变成了十足的庸人。我这是媚俗吧？他想。

他们沉默一会儿，梅泠再次拿出玉观音观看。

……长堤走完了，他们来到大马路上了。

"如果一株梅树，它再也不开花了，它已经开过了所有的花。你看到它的时候，能够想象它花朵盛开的情景么？你能够因为想为它过往开花的情景而喜欢它，多看它两眼吗？"梅泠问。她注视着鹿长思，她期待着那个十分重要的回答，她的神情忽然非常异样。

是求爱么？怎么又像是……长思忽然觉到了一阵寒气，他用力点头，拉起了梅泠的冰凉的小手。

梅泠眼睛里充满着泪水，她喘息着说："谢谢你，鹿长思同志。你让我实现了、现在时兴说是圆了少女时期的梦。我在上中学时就作过一首诗，我说：'我梦见和你一起走过春天的桥……'是的，我早就做过这样的梦，就是今天这样的，和一位老朋友，我们走过春天的桥，一回就走过了六座，回忆起几世人生！我已经活了好几世啦，旧社会和新社会，'文革'前和'文革'后，战争时期和和平时期，还有从嫁人到给丈夫送终。人生能有几多春？人生能有几多桥？我再没有什么遗憾啦。谢谢你。"

她沉吟了一下，又说："对不起，我现在要自己呆一会儿了，我要去一个地方，我有一点私事，不陪您了，您请便了，对不起，请您永远原谅我。"她闪电似的搂了鹿长思亲了鹿长思一下，等到鹿长思回过味来,她已经举手"打"到了一个"桑塔纳",向长思扬扬手,钻进汽车前座,走掉了。

鹿长思愕然,茫然,骇然,凄然。他想起了一个戏曲场面:《天仙配》里,七仙女突然被迫回到天庭,而留下了一个傻乎乎的董永。他转身看湖,一片澄明,一派茫茫,了无挂碍。

晚上上飞机以后,他们发现他们的座位并不在一起。他们分别由美丽的湖滨城市这边的不同单位送行——分别由教委和卫生厅的有关工作人员送到了机场,送鹿长思的是一辆新"奥迪",黑色,送郑梅泠的是一辆老"奔驰",银灰色。他们各自办理了登机、安检手续,送行人员和他们抢着付机场建设费。登机的时刻到了,他们在风雨通道门前互相招了一个手。鹿长思是在六排F,郑梅泠是在三十一排A。两人倒是都靠窗户,但想出来一趟走到通道上就很不方便。飞机并不是一个你走过来他走过去、你看望我我看望你的地方。上了飞机以后这两位就谁也没有再见谁。下飞机以后,由于郑梅泠托运了行李,鹿长思没有托运,而我们的机场处理托运行李又奇慢——二十分钟后行李传送带才开始运转,鹿长思便没有耐心等那么长时间——再说他们并没有说好一个等一个。而且,他们都得考虑接他们的同事和开车的司机,他们没有权利在机场磨磨蹭蹭。所以,当然啦,下了飞机他们就谁也没有再见到谁。其实,从登机后,他们就分手了。各人回到各人的家,各人回到各人的机关单位办公室,自是相距更远啦。

鹿长思一直想给梅泠打个电话,但一想到梅泠在望梅桥端突然自行离去就只觉得如冷水浇头一般。后来下决心查到了梅泠家里的电话,他打了一次,没有人接。

一个月后鹿长思免去校长职务,小周被委为新的校长。交接见面会议上,上级充分肯定了鹿长思在任职期间做出的重要贡献,小周也发表了热情洋溢的讲话,他声称过去现在和未来,鹿长思永远是他的领导是他的老师是他的兄长,是他的精神上的支柱,是他的楷模。小周动情地回忆起许多"鹿校长手把手地教我做工作"的故事,说得鹿长思无地自容。他表态说长河大学在周校长领导下定将取得前所未有的成就。

小周得到了校长的头衔,但是一直没有到职视事,而是立即出访欧洲,十分风光。三周后小周回来了,他犯了点事——不是男女关系问题就是经济手续事宜。这年头还管这些事么?人们感到狐疑,他们想起了电视小品喜剧明星赵本山的顺口溜:"麻将摸成白板了,送礼改成现款了,男女作风没人管了,还说是党风好转了。"这年头,周校长到底是出了什么事,弄得这么下不来台了呢?一个月后上级通知大学,周校长已派往党校读研究班,学习期限是两年半,学校工作由李副校长主持。据说他的事令刚刚提升他的上级十分尴尬,总不能刚任命了就又免去新职。让他去学习是为了保护他,也是为了淡化冷处理。这样小周的校长的交椅还没有坐上去就吹了。人们一个又一个地前来或打电话向鹿前校长禀报有关小周的小道消息——因为大道没有消息。鹿前校长一听是谈小周便立即断然制止,然而制止也硬是制止不住,人们宁可不谈足球、股票、桃色新闻与性也要谈人事变迁内幕。有一些刚刚参加工作不久的小张小李小王小米找"鹿老"抱怨小周乃至于死去的小吉,他都一声不吭。这究竟是怎么了?革命,当然就是儿子革了老子的命。然后,儿子的儿子立即觉得他自己的老子又挡道了,而儿子的儿子的儿子甚至企图与爷爷联手以推翻更直接地压在他们头上的小老子。中国人太耽于斗争了,到处斗成一团,斗成一锅坚硬的稀粥。当一些省内校内的头面人物为校长的人选而表示焦虑的时候,他答道:"行,行,谁都行。"当人们说到谁谁压根儿就没有上过大学却要来领导大学的时候,他说:"没关系,没关系……"头面人物们对他颇不满意。

再过了两个月,鹿长思收到了一个大白信封,下款写的是:"郑梅泠同志治丧小组",他一见信封上的字样便吓得浑身发抖……他立即拨通了治丧小组的电话,小组告诉他郑梅泠同志是因白血病医治无效而不幸去世的,她诊断出患有白血病已经有两年的时间了,她住了几次医院,又几次好转出院,最后不行了。和所有的治丧办人员一样,他们的口气十分平常,他们都修炼得到家了。

他看了讣告和死者简历,说郑梅泠同志是我党的优秀党员,说她是优秀的卫生工作者,说郑梅泠同志衷心拥护党的基本路线拥护中央的各项方针政策。讣告还说:根据本人意愿,丧事从简,不举行遗体告别仪式也不开追悼会,说是她的家属敬谢一切吊唁物品如花圈鲜花挽联挽幛等等。最后说:"郑梅泠同志永远活在我们心中!"

人事局长给鹿前校长挂了一个电话,说:"妈妈病危时提到了鹿叔叔,妈妈让我告诉叔叔,她走得了无遗憾。"局长呜咽了。

鹿长思柔肠寸断,泣不成声。

附:写完《春堤六桥》以后

我已经很久没有写写实风格的现实题材小说了。数年来我的主要精力放在了撰写"季节"系列长篇小说上,而"季节"写的是刚刚过去不太久的昨天。最新一部《踌躇的季节》,写到了从一九六二年到"文革"前夕。这几年偶尔也写一点中短篇,常常用荒诞或寓言体,避免太实太针对什么,多一点抽象,多一点游戏,多一点幽默,也多练练想象力。这样的作品有《郑重的故事》《白衣服与黑衣服》《玫瑰大师及其他》等。

所有这些都不是定型。和八十年代一样,写一篇幽默的(小说)我就会想写一篇抒情的,写一篇写实的我就又会想要写一篇抽象乃至怪诞的。我特别不能容忍一个调的长期重复,不论是别人的还是自己的。

一九九六年底,我的第三部《踌躇的季节》交稿以后,觉得连续写长篇太累了,我需要歇歇气。我从来都注意保持最佳的创作心态,绝不搞惨淡经营与对着稿纸较劲,于是有了一批旅欧散文,有了《玫瑰大师及其他》,后来又有了《春堤六桥》。

实在抱歉,年轻时我的作品的主人公多半是青年。后来,随着我自己年龄的增长,作品的主要角色的年龄似乎也在增长。一九九四年,我年届花甲了,深知老之将至或已至。后来在一些笔墨官司中也发现了自己与一些青年人的距离,叹曰:"王蒙老矣!"

什么是老呢?是心地的渐转平和,却也是许多遗憾和不平衡,是许多沧桑却也是依然未悔的鲁莽和天真,是许多对于记忆的咀嚼、回味、光明的反照与对于当下现实的津津得趣却又自知"萧瑟秋风今又是,换了人间"的隔膜,是许多的珍重、强烈的汲取却也是渐渐拉开距离的静观与或多或少的逃避,是宽容却又是耿耿于怀的执着,是抚摸往事的温馨却又是一种成熟的小心与谨慎,是生的经验与滋味却也是无法回避的大限与永恒的阴影……

这些我都试着写成小说。而且,过去,没有一篇小说我是这样地注意着结构来设计的。虚与实,明与暗,简与繁,这一条线与另一条另两条线。也许这种形式本身,也是完成这篇作品的内趋力之一个方面吧。最后不妨一提的另一方面则是江南春光的魅力,作为一个北方佬,能够面对秀丽的江南风光而不潸然落泪么?一个写小说的人,能够面对神州绮丽而不凄然心驰么?它是小说,也是一篇改头换面的游记呢。

发表于《小说界》1997年第5期

歌声好像明媚的春光

我多次试图以我所喜爱的苏俄歌曲来编织我的青年时代。

《喀秋莎》是我的少年,是我的早恋,是我的十二岁。解放前我就会唱这首歌了,我喜欢这个歌的歌词第一段的最后一句:"歌声好像明媚的春光。"

有一个歌不曾怎么流行,它唱道:

> 我们大家,都是熔铁匠。
> 锻炼着幸福的钥匙,
> 让我们举起,高高地举起,
> 打呀打呀打……

它和"兄弟们向太阳向自由,向着那光明的路"和《华沙工人歌》一样,是我的少共青春,是我的加入地下党,是我的十四岁。

有一支歌叫做什么来着?它唱:"联队最光荣,骑马越过草原,越过了森林还有山和谷,"它唱:"联队最光荣,你呀你该骄矜,"最后归结为:"我们的将军,就是伏罗希洛夫,从前的工人,今天做委员。"我唱着这个歌迎接了新中国的成立。

而抗美援朝的时候我们爱唱的苏联歌曲是:"再见吧,妈妈,别难过莫悲伤,祝福我们一路平安吧。"此外应该提到《太阳落山》:"太阳落在山的后面,在河滩上升起薄雾炊烟……"它是我的十六岁。

我还要特别提到那些歌唱斯大林的歌："阳光普照美丽的祖国原野""在高高的山上有雄鹰在飞翔""我们辽阔的大地日新月异，更充满了自由美丽……"这是我结结实实的大革其命的青年时代的证明，是我的共青团干部生涯的标志，是我政治上自以为优越于许多人的证明，唱这些歌的时候我周身温热，自以为是在拯救全世界，创造全世界。对了，那时我走向十八岁。

在我十九岁的时候国家宣布进入了"大规模有计划的经济建设时期"，我开始热衷于体味生活的美好，它的代表歌曲是诗剧《卓娅》的主题歌：《蓝色的星》。事后再想，这个歌过于软绵绵了。

二十一岁的时候我爱唱《小路》和几首从来没有听到过任何人演唱的歌。一个是《快乐的风》："唱个歌儿给我听吧，快乐的风啊……"请想想，哪里还有这样美好的歌诗，连风都是快乐的。再一个歌是："我的歌声飞过海洋，爱人呀别悲伤，国家派我们到海外，要掀起惊天风浪。"第二段是："不怕狂风不怕巨浪……因为我们船上有个/年轻勇敢的船长。"

不是百无聊赖，不是花花草草，不是摇臀摆腰，哪个二十一岁的青年人唱过这样好的歌？

《纺织姑娘》是我的二十二岁，是我的爱情与人生交响乐的第一乐章，是我的生命的第一个大潮涨满。是我从金色的幻梦进入人生的开始。

与别人不同，《莫斯科近郊的傍晚》确实曾经给我带来傍晚的情绪。那时还有费奥多洛娃五姐妹的访华，她们的代表唱是《田野静悄悄》，还有《山楂树》。这些歌似乎都是表达黄昏情绪的。

到了六十年代，我的青年时代与苏联歌曲的流行一同结束。包括苏联国歌，我也很喜欢，尽管在所谓《萧斯塔柯维奇回忆录》里它被嘲笑了一个六够。歌中唱道：

> 俄罗斯联合各自由盟员共和国，
> 结成永远不可摧毁的联盟。
> 呵，我们的祖国，
> 呵，她的光荣永无疆，
> 各民族友爱的团结坚强……

我要为我所喜爱的苏联歌曲修建一座纪念牌——牌是谦虚，而并非碑的别字。

一

上个千年的最后几年，在我们这个城市的俄罗斯总领事馆附近，开了一家俄式西餐馆。对于它的烹调我不想多说什么，反正怎么吃也已经吃不出五十年代专门去北京新落成的苏联展览馆莫斯科餐厅吃两元五角的份饭（现在叫套餐）的那个香味来了。那时的苏联份饭最便宜的是一元五角，最贵的是五元。到了五元，就有红鱼子沙拉或蟹肉沙拉，有莫斯科红菜汤或乌克兰红菜汤，有基辅黄油鸡卷或者烤大马哈鱼，有果酱煎饼或者奶油花蛋糕或者水果沙拉，最后又有冰激凌又有咖啡了。而且冰激凌和咖啡都是放在银托镂花餐具里的。银子似灰似白，似明似暗，有一种自信和大家风度。服务员是戴着民族帽饰穿着连衣裙的俄罗斯姑娘，人人都长得丰满厚实，轮廓分明，让你觉得有了她们生活变得何等的充足结实！那时候管年轻女子叫"姑娘"，而现在都叫小姐，到了我国西北地区则至今还叫丫头。也许还应该啰嗦几句，莫斯科餐厅的柱子上是六角形雪花与长长的松鼠尾巴的图案。我不知道为什么，一进这个厅，激动得就想哭一场。其实进这个厅也不是那么容易的，几乎每一顿饭都是供不应求，要先领号，然后在餐厅前面的铺着豪华的地毯摆着十七世纪式样的大硬背紫天鹅绒沙发的候吃室里等候叫号。甚至坐在那里等叫号也觉得荣幸享受如同上了天，除了名称与莫斯科融为一体的这家餐厅，除了做伟大的苏联饮食的这家餐厅，哪儿还有这么高级的候吃的地方！而等坐下来接受俄罗斯小姐——不，一定要说是俄罗斯姑娘的服务的时候，我只觉得我是世界上最幸福的人，我只觉得革命烈士的鲜血没有白流，我只觉得人间天堂已经归属于我这一代人了。

而到了二十世纪末才在这个沿江城市开业的所谓俄式西餐馆却使我始终感到疑惑。无可奈何花落去，似曾相识燕归来。它是一所不算太大的房子，原来是山货店，又名日用杂品店，简称"日杂"店。很多坏小子包括喜爱读陕西作家作品的读者对"日杂"这个简称想入低级下流。它现在在房顶上挂了好几块粗帆布，像是船帆横悬头上。门里又分了几个区域，往里搭得略高，分成三处，像是剧场里的包厢，桌子都是长方形的，适合六个人以上的聚餐或是宴请。厅堂本身是几个大小不一的散桌，莫名其妙地弄了几个木头墩子，横着锯开磨光，也算是桌台。这些桌台围着一个表演区，一圈红红绿绿闪闪烁烁的灯光和两个小小的聚光灯。表演区前一块不大的空地算是舞池，偶尔有一两对男女在这里随歌随乐起舞。再往右拐，又搭高了，然而不是包厢，而是高处的几个方桌。进门处最洼，我称之为门池，我是受乐池的启发而给它命名的。幽暗的灯光下，若不是墙上挂着几张画着白桦树和伏尔加河的镶在镜框里的油画，我根本想不到这是一个俄式餐馆。

它的红菜汤稀薄寡淡，它的中亚细亚串烤羊肉胡烟辣臭——还不如新疆烤的，它的伏特加酒带有一种男人不能容忍之轻，它甜不唧唧的，它的奶油杂拌黏黏糊糊。然而餐厅的小姐告诉我，他们的大厨是地道的俄罗斯外籍劳工。它的格瓦斯还能唤起一点五十年代中苏友好的记忆，有酵母味，有蜂蜜味，有面包味，更有嘿啦啦啦啦嘿啦啦啦啦的味儿。那时候是这样唱的：

  嘿啦啦啦啦嘿啦啦啦啦，

> 嘿啦啦啦啦嘿啦啦啦,
> 天空出彩霞呀,
> 地上开红花呀。
> 中苏人民力量大,
> 打败了美国兵啊。
> 中苏人民团结紧,
> 把帝国主义连根拔
> (那个)连根拔!

说到这里我有一点疑惑,也许歌词是"中朝人民力量大",当时朝鲜半岛正在浴血奋战。但是这首歌同时歌颂了中苏友好,怎么歌颂的呢?

有一点是无疑的,这儿有一个来自俄国的小乐队,三个男的一个女的,演奏电子琴、电吉他、打击乐器,更主要的是女士的唱歌。她的歌曲分两部分,晚九点以前,她主要唱中国顾客熟悉的五十年代在中国流行过的俄国歌曲:每晚必有《喀秋莎》,必有《红莓花儿开》,必有《山楂树》,有时候还有《海港之夜》(不是苏小明唱红过的《军港之夜》)和《灯光》。《灯光》原来流行的版本似乎应该是格拉祖诺夫演唱的,描写苏联卫国战争期间一位红军战士出发上前线前夕,从窗口看到自己心爱的姑娘房间里的灯光。我说那叫响亮的深情,他唱得几乎与帕瓦罗蒂一样响亮,当然,他的声音比帕瓦罗蒂单薄,但又比帕瓦罗蒂更委婉、多情、梦魂萦绕、忧郁甚至哀伤。我的印象是俄罗斯的男高音比意大利的要柔软些,我相信俄罗斯的历程里虽然有许多粗犷,乃至有一种残酷,但本质上他们绝对是温情和浪漫的,如果我为了怕外交上犯错误,不说俄罗斯的性格是软弱的话。

餐厅里的演唱到十点三十分会有一个休息,过去我只说是"休息",现在我特别愿意用英语 break,就是说那是一个中断,甚至于用狗屁的洋泾浜译法,那是一个"弄伤""破坏""致残""损坏"。为什么休息里包含有这样负面的含意,我不知道。

在一个十几分钟的中断以后，女歌手换上了袒露肩背的黑色夜礼服，开始用一种绵绵连连的调子唱俄罗斯的摩登流行歌曲，前几年布加乔娃唱过的歌曲。从前布加乔夫是农民起义的领袖，普希金的《上尉的女儿》里描写过他，电影《斯维尔德洛夫》的插曲里也歌唱过他。后来，同名女子是苏维埃最后年代的一个走红女歌星。这是一种美丽的呻吟，幸福而又忧伤，亲近而又迷茫，让你感动却又让你躲避。不，你本来不是这样——或者应该是，呵，原来你是这样！

如果是新新的女男作家，他们会干脆形容这种新新式流行歌曲是一种发情的声音，是求偶，是叫春，是对于抚摸和进入的期待，是性这个伟大的廉价的无所不在之神明终于开始了中国当代文学艺术的崭新纪元的征兆。而我，宁愿把性扩展到万有，愿意从性到世界，愿意以对万有的描写来表达性的吸引性的魅力，而不是把万有理解为性，把万有缩入男男女女的内裤。我愿意将性变成诗而不是将诗变成性的器官操作；我宁愿形容这歌声是普度的春光，是赋予世界万物以生命的魅力性别的魅力的和风细雨，是一层温柔和煦的光，照耀着与融化着人们的心——不仅仅归结为脐下三寸的那个与西门庆潘金莲相比毕竟已经没有多少新意或者说干脆还不如西门大官人与潘五娘厉害的器官。

闲言少叙，这个餐馆命名为"喀秋莎餐厅"，这个命名实在太好了，有这个命名它的生意肯定是蒸蒸日上。我每次去吃饭都首先是为了喀秋莎这个名字，为了这段歌曲和这歌曲代表的那个年代。

二

这便要说起我们的主题曲，不是主题也不是主旋律，而是主题歌曲——《纺织姑娘》。这有点复杂，有点败笔，说着说着《喀秋莎》忽然变成了《纺织姑娘》。有什么办法呢，我在这篇小说里面对汪洋大海一样的苏联歌曲已经无力处理和协调它们。在生活和历史的庞杂面前,讲究结构和可读性的文学常常无计可施。这里我说的《纺织姑娘》,并不是早先几年我如痴如狂地学会的苏联歌曲之一,早年间学的是《喀秋莎》,是《斯大林颂》,是《祖国进行曲》,是《你从前这样,现在还是这样》……《纺织姑娘》的歌曲正式介绍到中华人民共和国的土地上是在一九五六年冬天,那时斯大林早已去世,匈牙利事件与波兰事件刚刚发生,中苏友好已经盛极而衰,苏联在中国青年的心目中已经开始掉价,在一层层地蜕掉那耀眼的表皮。这时,在一期《歌曲》杂志上,发表了易唱易记的俄罗斯民歌《纺织姑娘》,中文译词是这样的:

　　在那矮小屋~里,
　　灯火闪~着光—,
　　年轻的纺织姑~娘,
　　坐~在窗~旁。
　　年轻的纺—织姑~娘,
　　坐—在窗~旁。

这里的符号"—"代表声音的拉长,"~"代表声音的"拐弯"。头一句"纺织姑娘"唱得那样亲切质朴深情,也许我要说它唱得谨慎而且忧愁,平和而又深挚。它让我觉得纺织姑娘是生活在草原那边,在一排排桦树林那边,在世界上最深的湖贝加尔湖那边。歌声是从远方传来,歌声穿过了湖波,穿过了桦树丛,穿过了草地,穿过了西伯利亚的狂风才传到中国来的;下一句"纺织姑娘"回应着,喊叫着,激昂着,我好像看见了纺织姑娘在纺车前突然昂起了头,突然热泪如注,也许她甚至抓住了自己的胸口。而且我要说她是痛苦地向世界宣告着。宣告什么?宣告有一位纺织姑娘坐在窗旁?这能比宣告十月革命或者法西斯德国入侵或者苏共二十大揭出的事实更郑重么?她是受的什么伤?为什么唱得要这样荡气回肠,升天入地?痛苦的俄罗斯!啊,露西亚!

就在我自己看着简谱唱起这个歌来的时候,我一下子就被这个极其简单的歌打动了,我感动于俄罗斯的情,俄罗斯的纯,俄罗斯的傻——我为什么觉得俄罗斯人怪傻的?我答不上来——俄罗斯的忧伤。德拉斯其——您好,忧伤。

我唱这个歌的时候哭了,我想起原先我大概已经听过这个歌儿和这个曲调了,这个故事下面再讲。我想我永远爱这个国家这个民族这个人民,斯大林错杀了许多人也好,赫鲁晓夫胡说八道也好,《青年近卫军》的作者开枪自杀也好,西方国家骂它个狗血喷头也好,中共不待见它不服它不尿它也好,它的所谓先进技术搞得都是傻大顶粗的玩意也好,反正它的歌太好听了。一个唱着这样纯洁和激情的歌曲的民族永远是可爱的,我永远爱它。甚至它的缺点它的商品的不好看不像样子也让我心疼如心疼那个忧郁的纺织姑娘。如果那个姑娘是自由幸运的新新人类,是三围合乎标准的时装模特儿或者上过《花花公子》封面的性感明星,如果她当选过一个州一个市一个国乃至一个地球的小姐,如果她想吸毒就吸毒,想泡吧就泡吧,想做爱就做爱,想被骚扰就被骚扰,想同性恋就同性恋,想旅游就绕地球,特别是如果她想发财就大发其财拍一个好莱坞经典片就几千万硬通货美元而不是不值钱的备受歧视冷落的卢布进入腰包……你说,我还敢爱她吗?

三

主题歌是《纺织姑娘》,序曲是《喀秋莎》。

《喀秋莎》是吕明教给我唱的。那是一九四六年秋天,我十二岁,初中二年级,吕明则是高中二年级的学生。我因为年岁小,又刚刚参加了全市中学生讲演比赛并且获得了名次,在校内小有名声。而吕明是这所学校的垒球队的出色球员——其实未必是他的球艺特别好,当然他的球艺也过得去,主要是他胖乎乎,小矮个,一脸笑容,灵活欢乐,不论赢了输了,他的喜兴娃娃的体面的叫做宠辱无惊的神态总能赢得众人的心。他像个小小的欢喜佛,我不是用欢喜佛的原意,而是用它字面上的意思。总之我们两人一大一小,在学校里也算人三人四——还到不了人五人六。这天下午,我在操场站着,周围没有别人——为什么在操场站立?为什么周围无人?我现在已经完全忘记了——他问我:"你在看些什么书?"而我的回答集中在一点,我至今清清楚楚地记得,我的回答是:"我现在思想左倾!"

而吕明恰恰是地下共产党员。

有一次我与一个只比我小一岁的同样在一九五七年受过挫折的小说家一起与外国专家座谈。我说到,在人民革命的过程中,中国一大批作家是受左翼思潮的影响的,是左倾的,悲剧在于革命胜利之后,拥戴革命的左倾的作家却遭遇了许多以革命的名义进行的难以置信的试炼。我的同行立即说,他从来没有左倾过。只差一岁,他就根本不知道左倾的原初含义了,我又怎么当着外国人的面给他讲中国革命史呢?吃不开喽,难以沟通啦。

何况别人?

吕明于是狂热地开始了对我的共产主义启蒙教育。与此同时,他给了我一纸歌篇儿:《喀秋莎》。

"拉西多西多多西拉西米",我从来没有接触过这种调式,这是一种切入,我那时会唱的是《满江红》,是黄自和贺绿汀,是《可怜的秋香》直到《少年的我》,是没完没了的多瑞米骚。这时来了诉说一样的"法法米瑞米拉",来了含泪含笑的"西瑞多西拉",一家伙就伸到心里去了;至于它那充满青春魅力的跳动的节奏,更是我从来没有接触过的——真是另一个世界,另类作曲家。

另类另类另类,没有比青年人更喜欢着期盼着另类的啦。而那歌词也是我从来没有听到过想到过的:梨花开遍了天涯,河上柔曼的轻纱——什么叫柔曼呀,另类得一塌糊涂!走在峻峭的岸上,歌声好像明媚的春光,我的天!而这新奇中的新奇,纯美中的纯美,迷人中的迷人,是她,是喀秋莎!歌声就是春光,春光就是歌声,歌声就是万物的萌动,歌声就是冰雪消融,草儿返青,花儿渐放,燕归梁上。听惯了"美珠""淑兰""玉凤""秀云"以及桃呀杏呀香呀艳呀花呀月呀的女人名字之后,听多了拾玉镯、待月西厢下、人面桃花相映红、杜十娘怒沉百宝箱和金玉奴棒打薄情郎的故事之后,你听到了一个歌声如春光的姑娘叫做喀秋莎,而且她护佑着的是世界上第一个工农社会主义国家的左倾红色战士……你怎么能不喜泪盈面,如浴清泉,如沐清风,如饮甘露,如获得了新的生命!

我已经十二岁,我已经沉醉于春光、歌声、梨花、河岸、战士、苏联和共产主义,而所有这些如今被一些轻狂小子笼统地无知地称为嘛行子(行读航)意识形态。这是什么样的意识形态呀,这是春光一样的激情和梦想,人群和运动,独立和自由,它集中体现在喀秋莎的名字和音乐形象上。我相信,我如同见到,喀秋莎健康而又光明,忠诚而又快乐,多情而又素雅,她在山坡上在河岸上在春光里奔跑着跳动着,她的胳臂和腿迅速地摆动着。她的基本色调是洁白,梨花,轻纱,都是白的,我看见了一个活泼勇敢如白玉之无瑕的俄罗斯姑娘,她就是喀秋莎!

我相信她就是我的梦,我的爱情,我的幸福,我的需要,呵,我的伟大的意识形态!我感到了血液在身体里涌流,我感到了心跳的加速,我感到了感情的沉醉,我感到了诗一样的美丽。从那时开始,我的情人就是苏联,就是俄罗斯,就是喀秋莎,就是贝加尔湖,就是顿河,就是白桦树和草原,就是屠格涅夫的丽莎和叶莲娜,更是《钢铁是怎样炼成的》中的冬妮娅和安东诺夫《第一个职务》中的尼娜。后来我想,喀秋莎应该是苏联电影《攻克柏林》中娜塔莎的妹妹,因为我心目中的喀秋莎比娜塔莎年轻,而与娜塔莎一样地健康、清丽和纯洁。我不是柏拉图,不是修士更不是小和尚,但是我的青春我的春光不是至少主要不是从乳房、屁股、汗和其他分泌物及阳具的膨胀上体现的,它是从革命、从苏维埃社会主义共和国联盟、从文学、从诗、从星空、梨花、河岸、雾与歌声来感知的,我为此感到快乐,当然无怨无悔。无怨无悔,这其实是一个万古长青的青春口号生命口号,与历史评判无关,与实践是检验真理的唯一标准无关,与自我忏悔或忿忿然要求旁人忏悔更无瓜葛。如果选择柏拉图和种公猪,如果选择革命者和老腐败,我当然宁愿都选择前者。

四

这里有文化的压抑,也有少年的性羞涩。完全的开放就像完全的裸体一样,反而丧失了性的魅力,请想想看如果你一天二十四小时看到的嗅到的都是千篇一律的男女性器官,无非就是全民三百六十行的一致妇产科化与泌尿科化罢了。从全民皆兵到全民皆妇产科泌尿科,真那么有趣吗?

一九四九年建国前夕我就有机会在剧场看到了莫斯科大芭蕾舞团的舞剧片段表演,那是苏联派到新中国来的第一个友好代表团,团长是我崇拜的作家法捷耶夫,副团长是西蒙诺夫。头一次看芭蕾舞,我忘不了女芭蕾舞演员的腿的美丽和飘飘欲仙的意境。她们演的有《泪泉》和《吉赛尔》片段,令人如醉如痴。我已经看够了包括我自己的丑陋的罗圈腿、X形腿、藕状(一头粗一头突然细下来)腿、肥粗腿、麻秆腿、长着内外八字脚的腿;我也不能不提到我的亲爱的同胞的驼背、水蛇腰、将军肚……为什么在我们这里缩肩俯首的人才像是好人呢?即使是最美丽的中华戏曲演出,生旦净末丑,没有一个角色是挺着胸膛走路的。我们的一代一代的可怜的身躯!我终于看到了健康的、挺拔的、匀称的与优美的身体特别是腿了。这样的腿唤醒的是人的尊严和自爱,是人的聪明和力量,是生活的质量和人生的快乐和优美。我觉得观赏、亲近乃至抚摸亲吻这样的腿并且和长着这样的腿的女性生活在一起该是何等的快乐!

在看芭蕾舞那天我想入非非,我想的是岁数再大一点我一定要娶一个俄罗斯姑娘，我要娶喀秋莎或者娜塔莎或者柳波芙或者斯薇特兰娜，我一定要与苏联结婚，我要享受苏联的广袤、健壮、充实、新鲜和热烈，就是这样。

越到往后，随着自己年龄的增大，更是随着中苏关系的远非万古长青，这种孩子气的乱想就愈化为泡影了。从喀秋莎到娜塔莎到芭蕾舞女演员到纺织姑娘，这里有一种不无悲凉的过渡，有一种不无悲凉的预感。莫非这也与历史与国际共产主义运动的厄运有关？苏联的挫折就是我的挫折，斯大林的污点和赫鲁晓夫的轻率以及苏联的变修或者反过来是僵化都是正在遮蔽我的健康无瑕的喀秋莎娜塔莎冬妮娅丽莎叶莲娜和尼娜的阴影。天道无常，历史无义，人心无恒，当回首往事的时候，谁能理解，谁能原谅？

五

一九五五年我到此地最大的一家纺织厂担任共青团委书记。纺织厂里女工多，按理说团委书记应该是由女同志担任的，可据说原来的团委正副书记（都是全国劳动模范）摩擦得一塌糊涂。党委领导认为两个女同志不易合作，选中了我这个作风正派道德高尚的须眉。我们厂是苏联列宁格勒红十月纺织厂对口援助的第一个五年计划重点项目之一。红十月厂派来了自厂级到车间到总设计师总工艺师总会计师到科室到班组的全套技术人员管理人员把着手教我们。对以上援华人员，我们一律恭恭敬敬地称为苏联专家，设有专门的专家工作室，我们的城市郊区则设有专门的专家公寓。

我这里要说到的是担任我厂的副总工艺师的苏联女专家卡杰琳娜·斯密尔诺娃。我到厂里的第一天就碰到她来找团委。我们的团委的青年监督岗准备在厂里组织一个废品展览——这种活动方式其实也是从苏联的工厂共青团工作先进经验中学来的。卡佳同志——人们都叫她卡佳——迟了三个星期才得知了这一消息。她觉得面子上非常挂不住,由她担任工艺方面的专家的工厂,出了废品,她难逃其责。她要找我谈判取消这次废品展。

虽然当时我们与苏联"老大哥"一道建的厂,同属一个单位,彼此仍还是相当外交相当客气也可以说是相当警惕,各种外事纪律令人肃然起畏。先是我厂专家工作室的翻译通知我卡佳副总工艺师求见,并向我透露了这位也可以昵称为喀秋莎的女专家的大概意图。我乍一听颇反感,我们的青年工人大半来自农村,没有见过现代工业现代技术,其中百分之三十去列宁格勒红十月厂培训过,但熟练程度仍然很不够;与俄国人相比,咱们中国人还有股子凑凑合合的马虎劲儿,为此,许多厂的共青团组织举行过废品展览,怎么到了这儿你这个外国专家吃开了心!我思考着怎样软中带硬地把卡总顶回去。

这时我接到了厂长的电话,紧接着又是党委书记的电话,当时正在明确中国企业要实行的是党委领导下的厂长负责制,不是苏式的一长制。两位领导都指示我一定要尊重苏联专家的意见,这不仅是技术问题更是政治问题,原则问题。我自然唯唯,但不是很愉快。

书记的电话还没放下,办公室的门就敲响了,卡佳来了。这是一个亭亭玉立的知识女性,她穿着黑色开司米紧身毛线衣——那时我还没有见过任何一个国人穿开司米的显露身材的衣服,咖啡色西式长裙,半高跟鞋。她的身材的完美已经使我吃惊,她的栗色的头发也特别令人舒服——就是说比金发更平静也更有深度,毕竟金发女郎太像电影明星乃至玩偶娃娃。她梳着高高的头发,有点类似于后来被称做的马尾式,一块宽大的蓝底黄花的绸子在她头发上系了一个蝴蝶。她的头发给你一种高高耸立,高不可攀的感觉。她的刘海处飘荡着一些碎发,使你产生用手指摸一摸她的秀发,抖开她的全部头发的念头。她的眉毛与眼睛都分得很开,舒展开阔,落落大方,不像随她前来的专家工作室的绰号叫做"皮球"的翻译五官挤到了一起。她的眉毛细长柔顺。她的眼睛在欧洲人当中不算大,左外眼角略略下垂,使这眼睛略略显得有些愁苦,显得柔顺和善良,否则只看她的身材和服装你也许以为她是一个芭蕾舞演员,一个像神仙一样的外国大姑娘,只是在有了一只眼角下垂的左眼以后,她下凡到了你所在的地面上。最动人的是她的嘴,她说话时嘴像是弯月,又像是一牙小船,那样的嘴你会觉得是无比天真觉得她需要保护,用后来的狗屁不通的语言来说,叫做应该给她和她的嘴以更好的关爱。

她提出了废品展览的问题,她的皱眉也极其好看,那样的皱眉让你心疼和同情。我立即大谈中苏友谊,大谈毛泽东的"以俄为师"的命题,大谈我厂我国我党对苏联专家一贯十二万分地尊重。我提起了来华访问过的苏联共青团书记谢米恰斯特尼,我强调说,建立青年监督岗和举行废品展览,都是我在与谢米恰斯特尼同志座谈中第一次听到的。我们向苏联学习了,然而您不同意。

听到苏联共青团这位当时十分看好、后来被证明是前途无量的领导人的名字,卡佳脸突然红了,她大约以为我想用一个苏联大官与这么一套话压她一下。我从来没有见过一个女子红脸红得这样美过。看来谈话中我已经掌握了主动,从而,我得意地毫不犹豫地宣布:出于我们对于苏联专家的无条件尊重,也是根据我厂的具体情况,我决定:已经准备了三周,原定次日开幕的废品展览现予无限期推迟。

她可能无法适应像我那样中华悠久文化的继承者的辩证过来又辩证过去的说话方式,她的脸上显出迷惑的表情。"推迟"而不是"取消"也令她放心不下。在一再对证终于确信我是说了不举行废品展览以后,她渐渐转忧为喜,她的微笑灿烂如春水荡漾。她说七年前她在红十月工厂担任过共青团委书记,她们那里的企业中,没有专职的党、团干部,党的工作团的工作都由兼职人员从事。

我听后大喜。我立即建议她给我们的团员和青年积极分子做一次报告,给我们介绍先进的荣膺列宁勋章的苏联共产主义青年团的工作经验。

我的这个做法不完全符合程序规则,似乎是我不能灵机一动就请苏联专家做报告,我如果有这个意思应该先通过中方领导,再通过苏方领导——他们有专家组的组长,再安排。但当时我就这样请了,她也就这样答应了。

她走了以后我温习她的神态和面容,在"电影"的回放之中我有一个重要的发现,就是她的灿烂的无疵儿的笑容结束的时候变成了苦笑,而且,我要说,那苦笑显出了一个女子最大的悲哀:苍老。这使我也有点悲哀,莫名其妙,然而是无解的悲哀。

为她来给我们的团干部做报告(党委不同意由她来给全体团员和青年积极分子讲话,只批准开一个三十人左右的团干部会),我又与专家工作室联系了许多次,果然,长得像一只小皮球似的翻译告诉我,我们的卡佳专家,还是一个捷乌什卡呢。

这很有趣:俄语的捷乌什卡,英语的格尔,维吾尔语的克孜,含义本来都是一样的。但是至少在上个世纪五十年代,捷乌什卡只能翻译成姑娘,格尔只能翻译成女孩儿,克孜只能翻译成丫头,绝对不能互换。说是卡佳已经三十好几岁了,然而她还没有结婚。小皮球翻译告诉我,苏联卫国战争中死了大量男人,战后男女比例失调。女大难嫁的情况很多。有一篇小说叫《露莎姑姑》,就是描写这种大龄女青年乃至女中年的悲哀的。我闻听后立即到书店买到了那本包括有《露莎姑姑》的短篇小说集。可惜如今我已经忘记了它的作者是安东诺夫还是纳吉宾,反正不出这两个最有名的苏联短篇匠人。(也可以译做大师,但是一译做大师,它的汉语意味就可能引起恶战,不如译成匠人妥当,如果我们斟酌一下翻译,文坛形势本来可以平静得多。)小说描写一个被战争夺去了爱情的被称做露莎姑姑的女子,在一个场合因为一个小伙子拖拉机手而春心荡漾,然而,她还是理智地克制住了自己。发乎情,止乎礼,很道德也很文明,很美丽也很安全,但是我读得好难过。我为具有露莎姑姑式的命运的女子而憋闷愁苦,心意难平。我甚至希望露莎姑姑不要那么理智。此后的生涯中我结识了不止一个美丽、智慧、自尊和绝对的出类拔萃和不幸(至少在她们的私生活上是不幸）的女人。她们是人中的精华，是生活的灵气，是大地上的风景，她们应该生活得更好。应该有人爱她们尊重她们体贴她们抚慰她们和支撑她们，至少应该欣赏和赞美她们。我相信她们本来是也必定是清洁的与高尚的。水至清则无鱼，她们是孤单的，无助的，她们的深情、浪漫、高智商，一句话，她们精神上的居高临下，使她们难以在男权中心的社会找到恰当的位置。而一些拈花惹草偷鸡摸狗的男子用贾珍贾琏贾蓉的举动和语言亵渎和污蔑她们。一些冠冕堂皇的男子在谈起女人来嘴脸不啻猪狗。我能说什么呢？在"文革"之后我结了婚，我曾经与妻子谈起这个话题，妻子有时候也表示默默的同情，有时候笑我替古人担忧，有时候半真半假地取笑我："你上嘛。"不，我完全不是这个意思，我只是说人生太苦，女人更苦，越是精彩的女性越苦。男人不应该用强奸犯/嫖客/妻妾的主人/两条腿的畜生的做法、态度和话语对待她们。

现在回过头来说卡杰琳娜·斯密尔诺娃，她的境况使我闷闷不乐，我更加了解她的眼角与笑容了。我当时只有二十一岁，我估计她比我大十五岁左右，她好像是一九一九年生人，大过我的年龄的二分之一，她的年龄是我的年龄的一又三分之二倍；我的俄语和她的中文是一样的糟糕，国别森严，各种文件已经使我预感到中苏关系蜜月阶段正在成为一场苦短的春梦，中苏领导人相互已经是鼻子不是鼻子眼睛不是眼睛。山雨欲来风满楼，敏感的人会感受到，中苏分道扬镳已经只是时间问题。中苏友好的调子已经愈唱愈低，我又是一个从小就非常非常政治化了的人。我有什么别的意思么？没有。然而我放不开卡佳，我为她独自忧伤。

团干部会开起来了。"卡总"前来讲了话，通过翻译，我听到的她的讲话全部是空洞无物的套话，大量关于苏联的自吹自擂，听完她的讲话我的印象是她们工厂的团组织早已瘫痪，她这个团委书记仅仅是挂名。倒是她讲了几名战争时期的苏联青年的爱国奉献故事，讲了战争时期列宁格勒人民的苦难与顽强战斗，令我频频点头，令大家热烈鼓掌不止。

　　讲话内容慢慢地从记忆中淡薄了。但是我忘不掉她进入会议室时穿的那件灰呢大衣。那种大衣不是遮蔽而是凸显了这位苏联大龄姑娘的身材,那种大衣有一种古典的高雅。她的头上还扎着一块毛茸茸的黄底黑花头巾,扎头巾当然已经过时,我要说的正是那种过时的美,她的青春,她的国家,她的命运,注定了不久就要过时了。她是一个正在过时的好人,匆匆过时正是生命的诱人之处,花开堪折君须折,莫待无花空折枝。一切美丽一切魅力都依存于一定的时间,一切美丽都含有一种逼近的衰微,一种对转瞬即逝的美好的留恋和忧伤。所以说,美总是楚楚动人。

　　我始终弄不清楚,一个那样美丽的女人,为什么讲话是那样空洞而又教条。我必须感谢我的不好的俄语,这样我可以欣赏她的衣着,她的神态,她的面容,她的微笑,她的独特的以甜蜜开始以忧伤收尾的笑容,包括她的声音……却无须因她的讲话内容而劳神。她的声音远远说不上好听,它不圆润也不清甜,它常常出现一种从额头就是说从鼻子和脑门子上溅出来尖锐的杂音,也许应该说是噪音,而总体的音质偏于低沉,偏于惶惑不安。奇怪的是以这样的神态和声音讲的却全部是《真理报》和《共产党人》杂志上的语言。我听着翻译的干巴巴的译文,常常忘记那正是她的讲话。我只觉得那是那个皮球翻译与《真理报》合伙在干扰我们。

　　一个带点"十三点"味道的机修车间的团支部书记竟然在卡佳同志讲话以后发言请求卡佳给我们唱一个歌,她居然唱了。这吓得小皮球似的翻译苍白了脸。小皮球白着脸说卡佳同志准备唱一个俄罗斯民歌《织布的姑娘》——只是许久以后我才想起这是不是就是我第一次听到《纺织姑娘》?记不清了,记不清了,她唱得并不好——这也使我心痛,我找不到就是说她没有找到这首歌的旋律和韵味,我对这支歌没有印象。有许多好听的歌,人们白唱啦。何况一首唱得并不成功的歌儿呢?

六

　　五十年代前半期，那是一个跳舞的季节，我原来的工作单位——共青团的区委组织每到星期六就与区工会一道组织舞会，伴舞的音乐吵得我的耳朵起了茧子。影片《青春万岁》中有一场冰上的舞蹈（？）用的是施特劳斯的《蓝色多瑙河》。然而我觉得这是不对的，那时候我们只知道两种舞曲，一种是广东音乐，《步步高》（有两个完全不同的版本）、《娱乐升平》，后来还有了适合探戈伴奏的《彩云追月》。另外就是俄苏曲子。

　　区团委与区工会的交谊舞会是在露天的洋灰地上跳起来的，而我与喀秋莎的共舞是在华灯高悬，彩石铺地，窗帘流金，檀香微度的宾馆大厅里。我们的五十年代从来不会在幽暗闪烁的彩灯下起舞。那时我们每到新年和中苏友好同盟互助条约签订的周年纪念就要与厂内的专家们一道吃宴会并在餐后跳舞。我虽然人微职轻，由于也算一个方面（当时的习惯是动辄说"党政工团四大巨头"）的代表，便不可少地出现在每次的宴请和起舞这种在当时是不可思议的豪华但又极富世界革命暨国际共产主义运动内涵的宏伟历史场面中。

　　而且，我是在主桌。卡杰琳娜·斯密尔诺娃与我一桌。我们用半通不通的中文和俄语交谈，谈的当然也只是友谊万古长青，你好我好，祝你健康，列宁格勒与此地的天气哈哈哈。然而交谈比谈什么更重要，我在这样的场合显得心旷神怡，潇洒倜傥。只是在屡屡为中苏人民的伟大友谊干杯之后，我开始感到头晕，我感到了伏特加的厉害。喀秋莎还要为我添酒，我赶忙说："玛琳可依，玛琳可依……"我的意思是少添一点，再少一点，我的印象俄语中"巴力朔依"是大，"玛琳可依"是小。然而在我说了小一点即少一点以后，她拼命添加伏特加，一直到酒从杯子里溢了出来。显然，她理解我讲"玛琳可依"的意思是说倒得太少了，应该再多倒一些。这种误会增加了我们的交流中的欢乐的节日气氛。

而等舞曲响起之后,她脱掉了外衣,穿一身黑色绸纱连衣裙,后背略露,拿起一个小小的就是玛琳可依的粉红色鹅毛扇子。我看到她穿得那样单薄,几乎要提醒她多穿一点衣服,只是考虑到外事礼节与纪律才没有饶舌。

第一支曲子她是与我们厂长跳的。厂长毕竟是农村的小知识分子,后来在部队当了领导,又在列宁格勒红十月厂培训了一年,稍稍不那么土了。他跳得不错。他的不错的舞姿甚至使我自惭形秽。

第二支曲子她与苏方的专家组长一起跳的。那是一个面貌凶狠的红发矮个子,一只眼睛有点斜视。看到他搂卡佳搂得那样紧,我十分反感,我祈祷上苍让他跳着跳着绊一跤,摔倒在地爬不起来。

第三支曲子响起来的时候我们的总工艺师老于向卡佳的方向走来。老于是"一二·九"时期的大学生,学化工的,搞纺织并不对口,但他也是自建国初期就保送到苏联学习纺织。他在苏联呆过三年,俄语基本上是一套一套的了,比厂长强多了,我想正因为如此他才只能当总工艺师却当不了厂长,而虽然号称苏联留学却事事离不开翻译的厂长,却因了他的俄语的歪七扭八而更有了领导同志的做派。

就在总工艺师走近,即将向卡佳同志发出邀请的那一刹那,喀秋莎突然转过脸来,不等我做出反应便拉起我与她共舞。她的手劲很大,我觉得我完全是被拽起来的。我看到了总工艺师的刹那间的尴尬,我觉得有趣。我与她面对面地站到一起以后,我闻到了她身上的香水味,这次的香水味显然比上次团委办公室里闻到的更清雅也更迷人。闻到这种气味我的精神不由一振。于是我也微笑了,我相信那是生平第一次笑得那样骑士风度。

与喀秋莎共舞的经验酷似滑冰,我们在地上轻盈地滑行,不论我跳得急或者舒缓,不论我的步子玛琳可依或者突然巴力朔依,也不论我的步子正好符合音乐的节奏还是错了——我不是一个跳舞的老手,她都那样得心应手的,没有一点分量地与我滑行在一起,只如她是我的身体的一部分,或者,应该说,只如我是她的一部分。

在舞蹈的旋转中我看到的是大厅的旋转,在喀秋莎的贴近中我感到的是爱情的贴近,在舞蹈的兴奋中我感到的是宾馆大厅的生命的躁动,在喀秋莎的得心应手的跟随中我增加了男子汉的信心。在这次宴请与起舞以后,我是怎样地长大了啊。

七

事后许多个月,也许更长,我常常回忆那个对于我来说是破天荒的起舞时刻。我过去没有今后也没有那样兴奋快乐地与女子一起跳过交谊舞,包括与直到"文革"以后才与我结婚的比我小十几岁的妻子。可能是由于保守,是矜持,更可能是与腿有关的自卑,或者是由于对凡俗的轻蔑,要不就是性格的内向,反正我不喜欢在大庭广众之中翩翩起舞,我不想"被看",虽然那时根本不懂后殖民理论。

而一九五六年庆祝中苏友好同盟互助条约签订六周年那次我相信自己跳得很好,我的自我感觉就是好。我从来没有遇到过那样轻如薄羽、柔可绕指的舞伴。明明知道我自己跳得笨拙、生硬、缺少自信,干脆说是错误百出、左右为难、前后无措、周身僵硬、节奏失准,而居然我的感觉是她在我的怀抱里我怎么跳怎么对。我的有限的几次跳交谊舞的经验都是苦不堪言,捉襟见肘,踩脚碰腿,使绊拧花,一边跳一边默祷这支舞曲快快结束吧,我的罪快快受到头吧,跳完了无不是一身大汗——冷汗。而此次与喀秋莎一起跳,我的感觉浑如无物,就是说她像一阵风,她像一张画,她像一片光,她像一朵浪花,她像一段乐曲,她更像一个幻影。她有迷人的摇曳,有亲近的气息,有柔韧的感觉,有生动的弹性,有炫目的光辉,有美丽的轮廓,有顺遂的推移,有感染的旋律,有迷离的明灭,然而没有实体,没有体重,对于我的即使最荒谬的步伐也没有犹豫与阻隔,没有任何对于空间的占据。跳起舞来她就是我我就是她,我往左她自然往左,我往后她自然往后，我对她对，我错她错，我快她快，我慢她慢，我笨她顺，我紧张她松弛，我尴尬她自然，我僵硬她灵活，我出汗她宁静地微笑。于是我也自然我也灵活我也自信我也感觉愈来愈良好起来。她与我完全合成一体，只像是两个配合多年的舞蹈伙伴，只像是从来我就是与喀秋莎一道起舞，我们的配合默契与生俱在。这样的舞伴并不是人人都能遇到，这样的感觉即使是同样的两个舞蹈大师也不是回回都能得到。这样的天赐的舞伴天赐的机遇只怕是转瞬即逝。

乐曲，灯光，舞伴，情绪和动作完全交融在一起。这里我要说的我要努力回忆的是伴奏的舞曲。那个年代我最喜爱的苏联舞曲是《大学生之歌》，《青春万岁》小说里提到过这首歌的，我本来希望电影里用这首曲子。然而小说在抒写那支歌的潇洒和抒情方面并未到位。那支歌有一股帅劲，青春的自信，飘摇的得意，沉醉的忘情，倾吐的真挚，特别是新生活的明亮……无与伦比。在鼓舞全民族的信心方面，苏联做到的是世界第一。也许人们会认为《蓝色的多瑙河》比《大学生之歌》洒脱和丰富得多，但是《蓝》太华丽太富态太——对不起，本人其实是约翰·施特劳斯的崇拜者——奶油。过分流行，奏得太多听得太频繁，不奶油也会奶油起来。太华丽了就给人一种宫廷感贵族感上流社会即非普罗感，它属于旧世界而不是新生活。多好笑啊，现今一些中国的写作人拼命宣告自己出身于贵族家庭，而任何夸耀的牛皮，只能证明他或她绝对不是贵族而是——最多是小鼻子小眼的暴发户。在我们年轻的时候，我们仇恨和蔑视贵族。至于令我难忘的《大学生之歌》，虽非名作，它的曲子却是世界上第一个工农国家的单纯和乐观的写照，纯净透明，满足快乐。它常常把我感动得羽化而升空。我始终觉得那是一架精神的阶梯，不，不能说是阶梯，应该说是一枚精神的飞船，虽然那个时候还远没有飞船。在区共青团与工会合办的周末舞会上，最常放的就是这支歌的唱片。听这个曲子并想着一切喀秋莎娜塔莎冬妮娅，便觉得如乘风直上，遨游太空，揽星摘月。那支歌是撩人心绪的精灵，我知道那天也是放过这支曲子的。

那天肯定也放了柴可夫斯基的《花之圆舞曲》。优美精致,令人爱不释手,令人不忍离去。

那天也放过一支民间舞曲,热烈欢快的手风琴召唤着火一样的青春和友情,火一样的万众一心,万民腾欢的战无不胜的力量。我其实是有一张类似的唱片的,一张只卖八角钱,唱片上写着此曲的名称叫做《康拜因(联合收割机)能收又能打》,绝了!

我听到了上面说过的这些曲子,但我没有随曲起舞。

而喀秋莎拉上我跳舞的时候,当时奏响的那支舞曲的风格与上述所有曲子迥然不同。它更深沉也更纯净,更梦幻也更日常,更衷心喜悦却又——为什么我会那样感觉——永远无解的悲伤。它一下子把我拉到一个另外的世界里,遥远、陌生,然而亲切、浓郁,像是白桦林里的永远的黄昏。它集中了那么多感情、愿望、失却、回忆、微笑和苦笑的面庞。好像是一张静物写生画,是一簇红红紫紫、重重叠叠的沾满露水的花朵。好像是一泓空荡荡的清水,无可奈何地等待着天鹅与风。好像是无声诉说,有泪长流。好像是一间空空的老屋,除了没有人以外一切都如主人在的时候一模一样,在那间屋里有一座式样古老的停摆的时钟进入了永恒。又好像是一个国家一个民族,一片广袤的土地,一群年轻的姑娘,一群苍老的妇人,为自己的艰难、焦灼、善良和工作而感动了,于是默默地向苍天伸出诉求的双手:保佑我们的可怜的国家和民族吧!他们说。

这支曲子太好听了,我听这首曲子如第一次接受俄罗斯姑娘的亲吻,那是一个忧郁的含泪的吻。那是"吻别"的吻,那是吻入了我的灵魂的吻。我当时不熟悉这支勾魂夺魄的歌曲,只是一些月后,在我收到了新的一期《歌曲》以后,我才断定,它应该是,它就是《纺织姑娘》。

纺织姑娘是所有俄国女性的灵魂。就像托尔斯泰说的,柴可夫斯基的第一弦乐四重奏第二乐章"如歌的行板"是俄罗斯的灵魂。

八

　　静默了那么多年,那么多年中唱歌也会成为罪行。然后是上一个千年的最后二十年,所有的歌曲如潮涌如海啸如大风如造山运动。施光南的《在希望的田野上》,崔健的《一无所有》。帕瓦罗蒂与多明戈。美国的乡村歌曲和电影插曲。猫王、洛萨、芭芭拉·斯翠珊、宾·克劳斯与约翰·丹佛、胡里欧·伊德莱斯亚斯。《泰坦尼克》与《人鬼情未了》插曲。苏格兰的《一路平安》。爱尔兰的《夏天最后一朵玫瑰》。舒伯特、勃拉姆斯和海顿的艺术歌曲。日本演歌。台湾校园歌曲。每年每月的流行歌曲排行榜,比如说《青藏高原》。还有港台及新马歌星,天王天后与金刚力士。耳不暇给。美不胜收。千姿百态。日新月异。早已经没有上一个世纪五十年代苏联——"前"苏联——歌曲的地盘了。我甚至也好久没有顾上去怀念《纺织姑娘》,八十年代以来,需要怀念的东西是太多太多了。

　　一九九八年秋天,第一场寒风吹得遍地黄叶,白天一下子短得叫人依恋。这天晚上我与妻子到喀秋莎餐厅,照例是先听各种俄罗斯歌曲的录音,七点半以后才开始了小乐队的演奏。彩灯一开,聚光灯一打,我怔在了那里。我看到了五十年代的卡杰琳娜·斯密尔诺娃!

　　栗色的头发,从前面看像桃尖一样的分界,纯净的、以天真轻信开始而以苦味的无助的悲凉收尾的微笑,洁白的偏长的脸孔,分得远远的眼睛,外眼角稍稍下垂的左眼,纤细的弯曲的眉毛,略带普罗风格的过于暴露的下巴。我要肯定的是,一眼她就从满厅顾客中认出了我,她首先向我招手微笑致意。

　　不同的是她的披肩发。她的头发恰好披到肩上。照例,第一支曲子是《喀秋莎》。所有的中国人认识苏联文艺显然都是从《喀秋莎》开始。

　　"首先是《喀秋莎》,然后是《红莓花儿开》,都是这样的。"妻子说。

差不多,然后是《山楂树》和《莫斯科近郊的傍晚》,然后是《三套车》和《海港之夜》。二十几分钟,等不到我们喝完一杯格瓦斯,吃完一盘蛋白黑鱼子,她就会唱完我们的一代人的青春时代,我想。心里有一点酸酸的东西往外涌。

> 同干一杯吧,
> 我的不幸的青春时代的好友,
> 让我们用酒来浇愁,
> 酒杯在哪儿?
> 像这样,欢乐就会涌上心头……

这是《给奶奶》,普希金作,戈宝权译,出自《普希金文集》,苏联外国文学出版局出版。

下面一个歌好像是那个:

> 哪里有这样的国呵家,
> 像我的祖国这样美丽,
> 看花开千万朵呵呵呵……

这个歌当年不算十分流行,我倒是十分喜爱。我常常惊异,世界上还有没有什么美好的词句没有被苏联的歌曲和诗篇用过。人们确实是用尽了人类直到他与她们的祖先类人猿所可能有的忠实、理想、崇拜、亲爱、欢欣、热烈、坚定和勇敢来歌颂这世上第一个被资本主义视做洪水猛兽的工农社会主义国家。

就在我一阵分心,想到克里姆林宫和红场,想到加里宁和斯维尔德洛夫的时候,她用中文唱道:

> 工厂的烟囱高高插入云霄,
> 克里姆林宫上一片曙光。

……当我们回忆少年的时光，
当年的歌声又在荡漾……

不要再唱了，我几乎喊叫起来，你唱得太残酷了！"上帝"对你太残酷了。就让我们忘记这些光明和高尚的歌曲吧，就让我们唱着"干完了这杯再进点小菜"或者"美酒加咖啡""哪个才是你的好妹妹""I like make love to you"来庆贺我们的不是先富就是后富起来的生活，安度我们的晚年吧。

可能是我的表情引起了服务员的注意，一个长相很像中俄混血儿的金发（至少是染成了金发）女孩子走了过来，她轻轻对我说："先生，您点歌吗？一百元点一个……现在唱的这个《列宁山》就是那位白头发的先生点的。"

白头发的先生？常到这里吃饭和听歌的人当中那个白发人早就引起了我的注意。他每次走进餐厅的时候首先要甩一下头，目光四面逡巡。他那么大年纪了，却穿了一身名牌——这使我觉得轻佻。他常常和一位比他年轻许多——例如，至少年轻二十岁——的打扮得相当讲究的女子一起来。他们经常要一些最贵的菜，而且一点就点一大桌子，那绝对不是两个人的份额而是四至六个人的份额。他的高大雄武不让青春的身材使我既羡且妒。总之，我讨厌他们。而居然是他们点了我年轻时候同样视为神圣的《列宁山》！

我不知道我为什么激动了起来，我从口袋里一下子拿出了五张百元人民币，我大声说："我点《纺织姑娘》，唱五遍！"

金发混血儿一怔，她大概没有碰到过这种点歌法，妻也急了，从服务员的手里往回夺人民币，我伸手拦住了。我向妻又向金发女孩子绅士风度地一笑，我说："没有关系，我爱听这个歌。"

激动中我没有听清俄罗斯姑娘的《列宁山》的结尾。没有听到她的大声疾呼"玛呀……莫斯科哇"（我的莫斯科），我只听到可爱的姑娘用俄语大声说话。

金发姑娘翻译说："有一位先生给我们五百元，点我们的歌手唱

《纺织姑娘》,我们的歌手说,《纺织姑娘》正是她最爱唱的歌,她不需要收五百块钱,她只收一百元。"

全餐厅欢呼,而且有那么多的人是在用俄语欢呼"马拉吉(太棒啦)……"

四百块钱拿回我的桌子,妻子用恶狠狠的眼睛望了我一眼,提前退场以示抗议。音乐响起来了,虽然仍然是电声乐器与架子鼓,曲调并没有现代化或摇滚化,一切仍然是那么安详。

> 在那矮小屋乎里,
> 灯火闪安着光,
> 年轻的纺织姑娘,
> 坐在窗昂旁。
> 年轻的纺织姑娘,
> 坐厄在窗昂旁。

我用我的歌词来附和她的俄文歌词。别来无恙的纺织姑娘啊,你的声音经过了山山水水,风风浪浪,险险恶恶,死死生生。你的温柔,你的纯真,你的思念和你的稚气和傻气的嗓音竟然比 USSR(苏联的英语缩写)或 CCCP(苏联的俄语缩写)、比"俄罗斯联合各自由盟员共和国,结成永远不可摧毁的联盟"这气魄宏大的苏联国歌,比"乌拉斯大林"的冒死冲锋,比中苏牢不可破的友谊和磐石般的团结"伏尔加河畔听到长江流水声"(《莫斯科—北京》歌词)更久长也更有力。

我实在不好意思,在听到了她的《纺织姑娘》以后,我几乎痛哭失声。我只能深深地低下头。

歌声向我走来,一种我早年间熟悉的香水——更正确地说应该是"花露水"或者更正确地说应该是一种古老和美好的香皂——气味在向我走来,我感到了一阵清风,我感到了一阵暖意然后是凉意,我抬起了头,我已经成功地控制住了自己的眼泪,我毕竟是一个年老的男人。德国人就告诉过我,他们的男子脱离开儿童时代以后,再不会哭泣。

歌手走到了我的桌旁,向我单独地唱歌,向我微笑,在她唱歌和微笑的时候我觉得她正随风飘了起来,我也开始随风飘了起来,我们都离开了地面……她太像四十年前的卡佳了,只是头发比喀秋莎长些,脸也比当年的喀秋莎略长一些。甚至她的声音,也是卡杰琳娜·斯密尔诺娃那种沙哑的炽热型的。当然,她的声音拿得准确,不像卡佳是五音不全。那次团干部会上,我是怎样地为她的不会唱歌而心痛呀。

我的嘴动了动,我的嘴的动作像是在试探地说"卡佳,喀秋莎,卡杰琳娜·斯密尔诺娃"。在我的想象中她应该是卡佳的女儿,虽然直到四十岁了,她从中国离去的时候,她还没有结过婚。"莫非是那一个?"我想起了"皮球"的长舌。那么现在唱歌的姑娘懂了我的意思吗?她为什么点了点头?她为什么笑了笑,笑得那么苦?她后退了一步,她要离去了吗?她回过身去了,她突然又回过了头,正是曲子过门的地方,她分明在说:"大娃利希赤万?"就是说,她在问我是不是万或王同志。俄语里没有 ng 的音,它的 n 里却又似乎有上颚的声音。也许她的"万"就是"王"吧?

这天晚上我在喀秋莎餐厅里一直呆到十一点四十五分打烊,年轻的歌手没有第二次再唱《纺织姑娘》,她表现了剩余的却是坚定的矜持,她退回了四百块而且不因为你多给钱而连唱数遍,毕竟是前苏联或原苏联其实更正确地说就是苏联的俄罗斯的姑娘呀。原啊前啊,我们为什么这么多的狗屁不通的废话!我尊敬她们,并为自己的近乎失态而惭愧不已。

三天后我与妻子又到这所餐厅来。我们到得早,便与服务员聊天。她们介绍说,歌手和乐手在这里每晚表演四个小时,报酬是每月四千元人民币,每四个月他们轮换一次。我听了低头叹息,觉得她们辛苦,挣得也不多。这就是中国人,自己每月挣一千觉得也行。外国人呢，她们天生应该多挣。服务员还介绍说最近来的独联体各国顾客特别多，他们的简称是"苏联倒爷"或"倒姐"。服务员说，其实不限于独联体国家，来到这里做小生意的还包括南斯拉夫人、斯洛伐克人与罗马尼亚人。我想起了铁托，尤利·伏契克，乔治·埃内斯库的《多瑙河之波》直到被枪毙的齐奥塞斯库与叶莲娜·齐奥塞斯库一家。一九八〇年在美国，我与罗马尼亚作协副主席和我们共同的美籍希腊裔英语女教师一道晚饭，我提议为了齐奥塞斯库与叶莲娜·齐奥塞斯库的健康干杯，这位女教师说："为齐奥塞斯库干杯还可以，为叶莲娜干杯我不干。"罗马尼亚同志举着杯说："您请啊，请啊。"如果是我们的电视剧，就会把他一再说的"please"译成"求求你啦"，我为了打圆场便说："看我的面子看中国人的面子吧。"后来，我们勉强地喝下了那杯产自加利福尼亚州的酸酸的干白葡萄酒。

我们与喀秋莎餐厅的金发服务员商议，能不能上菜上得慢一些？我们的目的是听歌，现在我们不点菜吧，好像不好，你坐到餐馆的桌台边，不吃不喝，算什么呢？点了菜吧，你十分钟把一切冷热盘汤甜食上齐，似乎是在催我们快吃快走。我们怎么办呢？

服务员表示为难，她解释说一般中国顾客来了都是催快上，餐厅人员制定了规格，中国顾客来了，点完菜要在十五分钟内上完菜，如此这般，令我骇然。

我毕竟也是中国人，兵来将挡，水来土掩，我与妻嘀咕了一下，便也采取了有力的应对措施，我一上来只点一个沙拉和两杯格瓦斯，别的一概不点，等至少听完三个歌以后，再点红菜汤苏博汤，八点以后再点主菜，九点以后，再点甜品和咖啡，看你怎么办？

面貌如故人的女歌手到来了，她先和餐厅老板拥抱致意，并用俄语交谈。她向后室走去，大概是去化妆。她轻轻地掉了一下头，看见了我，却没有任何反应。她转头招了一下手，却是对那个白发的强壮的男人。这么一个人却与我一样地爱到这里来。她走到后室去了。

妻对我说："你可真是自作多情！"

中篇小说(三)

九

  为了庆贺中苏友好同盟互助条约签订六周年我与喀秋莎跳了一回令我失眠三夜的舞，一连几天我始终摆脱不了与她翩翩起舞的感觉，特别是那个后来被我认定就是《纺织姑娘》的旋律，余音绕梁，多日不绝。这以后，再没有与苏联专家的这种联欢了，也还有一些宴请，公事公办，应应付付，是不是友好太多也让人烦了呢？老团结在一起能不炸痱子么？再说自一九五七年"反右"以来，交谊舞等于是被禁止了，除了像政协俱乐部这样少数的地方还有。东德一篇小说描写那里的人们要拿《金瓶梅》那样的书去换交谊舞票，显然不让跳交谊舞不仅仅存在于中国的当代。确切一点说那次在《纺织姑娘》的伴奏下与喀秋莎共舞，标志的是我的青春时代的提前结束，还有一些与苏方人员的社交活动，根本没有叫我参加。我的印象是经过一九五七年的"反右"，共青团的地位降低了，反正上头说过，以后团的干部不能太年轻，我不知道我的这个印象对不对。顺便说一下，由于本文是小说，所以文中的"我"并没有被错打成右派，而是侥幸过关。一连许多年，我都没有什么机会与喀秋莎接触。在厂房内外，我们匆匆相遇的时候她都给我以甜中带苦的微笑。这中间，我有几次与异性朋友的接触，书记与厂长甚至正式与我谈话，劝我及早解决"个人问题"，但是我的准恋爱都没有成功。厂里的苏联专家数量已经大大减少，除卡杰琳娜·斯密尔诺娃以外，五年前来华的苏联专家已经全部返国。又来了一个专家组长，面貌更凶恶，只是头发不红，而是如我辈的黑。

  中苏关系着实堪虑，我听到的都是中苏分歧的消息，不仅从莫斯科而且从罗马从巴黎从马德里都传来了苏共指挥棒下的对中国共产党的攻击。一九五〇年五一游行时我们打过巨幅画像的陶里亚蒂、多列士、伊巴露丽同志等等说"修"就"修"得无边无涯了。修正主义

57

比帝国主义殖民主义还让人摸不着抓不住，也还危险乃至神秘。因为修正主义的人物也都是共产党，也都满口的马克思主义。也许头一天还是牢不可破的友谊，最最亲密的同志，第二天说不定就是死敌。舞跳得越是亲密，舞会完毕之后上了班脸拉得就越长。从前跳舞的时候愈是微笑，如今上班以后见到的面孔愈是绷得铁青。到了一九五九年六〇年厂里的苏联专家几乎已经处于怠工状态，他们也是整天杀气腾腾地秘密开会。而我们的专家工作室只剩下了汇报苏联专家的动态，并对他们的一言一行全部进行最坏的估计和分析。皮球翻译有机会就要讲她当年视若神明的苏联专家的坏话，例如她说卡佳和专家组长在办公室的桌子底下乱搞，她还说卡佳在本国有一个私生女儿。听了这样的话我只想把皮球一脚踢到污水池里去。

　　如此这般，到了一九六〇年的春天。连续几阵大风，铺天盖地，黑沙滚滚，忽然，天朗气清，阳光明媚，头上是蔚蓝的天空，地上是碧绿的青草。四月中旬的这一个星期天我到这里著名的知春湖公园游玩。这里一个面积很大的人工湖，由于从前常有野鸭子天鹅栖息在湖面上，取宋人"春江水暖鸭先知"诗意得名。由于天气骤暖骤佳又是周日，游人人山人海，出租游船的地方排着长队。我开始只是准备去散步，一看到排队租船的人我便来了情绪，三步并两步地向游船码头奔去。

　　走近码头才发现我们厂的全部五名专家并家属正在那里与游船管理人员大声争论着什么。黑发专家组长见到了我特别高兴，向我连连招手。管理员见来了一个认识这些苏联人的中国人也十分欢迎。他们双双抢着向我说话。我再向前靠，立即弄清，游船的规定是每船限载四人，而专家同志不愿意多租一条船多付一条船的押金与租金，加上语言障碍，为此双方谈不拢。

　　我用我的蹩脚的俄语向专家组长解释了问题的症结所在，并立即提出一个合理化建议（合理化云云，与斯塔哈诺夫运动一道，这个词也是进口的俄国产品），我说，我正要租一条船，我欢迎一至三名专家上我的船。

根据精神分析学,我的这个合理化建议不应该是偶然的。但是数十年后我已经不可能回忆得那么清楚,毋宁说,愈是回忆得清楚愈可能只是自欺欺人。反正我提出这个建议的时候心情激动愉快,我提这个建议的时候已经或是正在看着卡杰琳娜·斯密尔诺娃同志。由于正在协调那种鸡毛蒜皮的两国人民的租游船交涉,我一直没有正眼看她。但是从远处我已经感到,我已经闻到她的气息——她在这五个人里。另四个人是两对夫妻。那个年代中国人出国是不带配偶的,苏联人带。

底下的细节我已经记不清了,我们上了船。我与喀秋莎在一条船上。满船都是温暖的阳光,是水与光的合影、倒影、折射、闪烁与重叠。苏联人可能由于是长年习惯于生活在高纬度地区的关系,他们对于冬季后的阳光渴望得近乎疯狂。先是另一条船上的苏联朋友开始脱外衣,先脱下了风衣,又脱下了西服上衣和女士的线衣,再脱下西裤和长裙,再脱下衬衫和马甲……他们的脱衣四步曲令我紧张心跳,最后看到他们脱得露出了泳装,这才放心一点,知道他们早有准备,就是要来到这里进行日光浴,同时,我也就明确了,脱衣到此为止,不会再继续脱下去。我松了一口气。

那条船上的苏联人一面脱衣服一面向我们喊叫,王啊万啊卡佳呀喀秋莎呀大娃利希赤呀乱喊一通。我却不好意思,而坐在我对面的喀秋莎十分缓慢地脱掉了浅绿外套和墨绿长裙,脱掉了银灰色的紧身短袖针织上衣和洁白的衬裙。她也是一身泳装,我的判断是细羊毛针织的质料,黄底褐黑斜道道的花纹。泳装在大腿处向上倾斜着收起,露出了些微球面即屁股的边缘。上身开得太低了,一道直线下露出了乳沟和一点斜面,看到哪怕只是念及此点,我心头如撞小鹿。我立即转开了目光,不敢正视。

我自己就不用说了,我只是脱掉了中山服上装和一件毛线衣,我仍然穿着长袖衬衫和毛线背心。中国人特别是河北人是相信春捂秋冻的养生之道的。

我已经非常感谢卡佳，她的泳衣还算是遮蔽得比较周到的。专家组长船上的两个女性，穿得差不多是三点式了。至少是在当时，我须要尽可能地保持尊重和距离，我们毕竟是两个国两个党两个团两个性别两个什么来着，就说是两个不同的年龄段吧。我不愿意看到太多她的身体哪怕仅仅是四肢。我已经看到了她的微笑她的健康和寂寞。我——这次我特别看清了她的耳朵，因为今天她把众多的头发盘在脑后成为一个巨大的发髻，没有系绸蝴蝶。我不能想象一个女子的头发能有那么丰厚，它给我的感觉是比原来梳成马尾形的时候一下子头发多了一倍。同时，她的原本被彩绸宽带遮住了的耳朵与脖子的后半部分便全部暴露了出来。她的耳朵白细，硕大，几近透明，我能够看到她的大而薄的耳朵上的微蓝的血管。外国人怎么长着这么大的耳朵！她的脖子上长着细细的绒毛和两个褐色的痦子，显得分外白皙，当真是与我辈黄皮肤不同的白种。我也从没见过或者想过人可以长着这样白皙、均匀和因为有两枚痦子更显得大面积光洁的脖子。这样的耳朵和脖子使我觉得开阔得近于空荡，这样的发髻使我觉得过于饱满和沉重。从发髻和耳朵、脖子上我好像看到了一座修建得宽大隆重但始终没有住进人来的房屋，这使我想起了俄罗斯的广袤大地。从发髻和耳朵可以看出她的成熟，从脖子上我又感觉到了她的无瑕的和巨大的生命。呵，她已经年华老大，青春正在离她而去。我算了算，她已经四十岁了。四十岁是女人美丽的顶峰和衰老的开始。

我定了定神赶紧把船划得飞快。船经过了垂柳的树阴又进入了遍水的阳光。船掉转了船头又蜿蜒前行。船绕过了湖心岛又追过了画舫。船钻进了水生灌木丛，又从一个桥洞钻入另一个桥洞。我们惊起了几只水鸟，又引来了一些蜻蜓。鱼儿在船边游来游去。一条小鱼被我们的船惊动，一跳老高。正是困难时期，我连喂鱼的馒头也没有。然而风自由地吹起，太阳无间地照耀，水花随意地四溅，树木充满了自信。我感觉到的仍然是人生应该风一样的自由阳光一样的温热与湖水一样的潇洒大树一样的镇定而且久长。我哼起了《纺织姑娘》的曲调,喀秋莎应和着。这次不知道为什么她哼唱得非常好,她注视我的目光使我不好意思。我一次一次心跳着宁可多看澄亮的天空和粼粼的水波。我太老实太乖太封建了吗?然而我永远满意于自己的羞涩和礼节,也许我不应该也不可能回避肉欲,我不可能回避身体。但那毕竟是人的事,我更喜欢文明和自制,喜欢体贴和小心,喜欢爱护和尊敬,喜欢对凸起的与凹入的器官睁一刹那眼睛,然后及时把目光移开,宁可多看她的脖子。想一想对方与你是一样的,是一个有灵性有尊严的人,想一想她的命运她的忧愁她的应有的保护。我宁愿意在记忆和想象中重温异性的美丽的一切,我不愿意以一种公猪的眼光和语言和情调去亵渎那本应好好善待好好体验好好爱惜好好欣赏和记忆"存盘"的好人儿。

  我是在一个以女工为主的工厂工作。从我到厂报到的第一天起就有许多异性的眼光打量着评估着我。我不算高大但也有一米七三的身量和六十二公斤的体重。从我到纺织厂的第一天就开始有人给我介绍"对象",一个都没有成功。我的心中似乎总是有一个人站在那里。岁月蹉跎,我直到"文革"结束以后才结了婚,我的妻子端庄美丽,婚后我们俩的感情非常好。但是愿妻原谅我,在那次划船以后,我从来没有过那种漂浮在清波之上也许是情波之上的经验,那种热烈如火,充裕如风,快乐如等待春雨的草地,激动如被追赶的与追赶别的小鹿的小鹿的经验,也是今生不再的了。这样的经验仅仅靠"操"是得不到的。是的,这就是知春的恰当含义。上苍已经使我知道了春天,上苍给了我超过我可以得到的东西。我感谢,我快乐,我不应该疯狂贪婪,得寸进尺,我不应该把美丽的东西糟践成下流的丑闻轶事。

  什么叫人生?人生究竟是否如白驹过隙般短促无常?在船上的时候我确是梦幻般地祝祷:就这样收去我的灵魂吧,把我变成知春湖上吹来吹去的清风吧,把我变成喀秋莎船头的浪花和小鱼吧,谢谢你,我的上帝。

十

一九六〇年四月,我国的报刊上发表了纪念列宁诞辰一百周年的三篇文章:《人民日报》的《列宁主义万岁》,《红旗》杂志的《在列宁的革命旗帜下团结起来》和中宣部长陆定一同志在首都各界纪念列宁诞生九十周年的大会上的讲话《沿着伟大的列宁的道路前进》。苏方以此为借口,撕毁多种协定,下令撤回所有的苏联专家。我国广大党员、干部、群众,同仇敌忾,宁可节衣缩食,勒紧裤带,一致决心与苏联现代修正主义斗争到底。

那个年代的特点之一就是怕什么有什么,喜什么毁什么。你喜爱一些作家,就把这些作家打成狗屎。你害怕供应匮乏,就号召你把已经限了量的同时已经发给了你的布票交出来。你不是当真崇拜和热爱苏联吗?那么实话告诉你,苏联是王八蛋!我好像也就悟出了这个道理,也就理所当然地承认——谁能不承认——中苏两国两党一下子从亲密的战友变成了不共戴天的死敌。

至于喀秋莎呢,好在毛主席有话,说是劝同志们相信(看来有许多同志们不相信,才需要主席"劝"哟!)苏联人民,苏联共产党党员的大多数是好的,是要革命的。

我也不知道我是否相信或者是否需要相信喀秋莎是要革命的。中苏友好已经是一场春梦,《大学生之歌》已经是一场春梦,从喀秋莎到《纺织姑娘》已经是一场春梦。梦醒了就不要再对梦境依依不舍,梦醒了又何必对梦中的故事那么认真?

谁想得到,苏联专家全部撤退之后两个半月,盛暑之中领导找我谈话,说是从苏联给我寄来了一个邮包,邮包是卡杰琳娜·斯密尔诺娃从列宁格勒寄给我的。

绰号小皮球的翻译在场,她的样子颇有些激动。她说,根据她的判断,卡杰琳娜是苏联特工人员。她当面揭发说,她从一位原专家那里,看到了我与没穿衣服的卡杰琳娜的船上合影,卡佳的(她指一指自己的胸口)这里和(她指一指自己的腚)那里都露出肉(没穿衣服,还有什么露不露的?)来了。她义愤填膺。领导紧接着语重心长地说:"大是大非的问题上,同志,你不能栽跟头呀!"

领导提醒我,我的问题不是偶然的,早在一九五五年,我就擅自邀请那个苏联人去给共青团员作报告,"没有一点界线了,那怎么行?"

所有的材料都贮存在那里,现在,全部派上用场了。

我一下子脸就红了。我自己明白,我完啦。我的心情就和一个当真里通外国的奸细被人抓住了证据一样,我甚至于张不开口说明那天是怎么回事。而按皮球的说法,卡佳"没有穿衣服",这太骇人听闻。我的经验是,在这种情况下我已必败,用后来学到的台湾国语说已经"死定了",如果我强调她并非裸体而是穿着完整的泳装,除了证明我态度不好和狡辩,还能有什么用处吗?

另一条船上的专家组长给我与卡佳照了一张照片。这张照片给我找了太多的麻烦,我的生活从此走向了蹉跎直至危难——这样的故事了无新意,容略。

使我难忘的是那个包裹。我当着领导与皮球的面打开了它,里面竟是——对不起,喀秋莎和俄罗斯——相当劣质的黑乎乎的粗粉条和一广口瓶咸菜。

这就是苏联的副食?这就是苏联的礼物?这就是喀秋莎的馈赠?我们在莫斯科餐厅吃过很好的俄式大菜呀。

这里还有一个最最不可思议的谜:我虽然俄文并不过关,字母还是会认会读会拼的。我翻遍了那个倒霉的包裹,没有王也没有万或者哪怕是吴或者翁,我没有从包裹的收件人栏那里找到自己的名字哪怕是类似自己的名字,也没有从寄件人那里找到或卡杰琳娜或斯密尔诺娃,或二者皆备,或卡佳,或喀秋莎的名字。俄国人的名字再复杂,包裹表面再磨损,我的俄语再差,我相信我是能够分辨我们两个人的姓名的。恰恰相反,我从包裹收件人栏读到的模糊不清的字母更像是皮球的名字。在我拿起包裹看个不停的时候,皮球大喝一声:"看什么?还想念你那个苏联女特务吗?"

论级别皮球连科级都算不上,而我当时已经是正处级了。她怎么敢对我这样吆喝训斥?问题是我与穿泳装(进行日光浴)的斯密尔诺娃划船事发,该死的专家组长那天确是高举着卓尔基相机对着我们的船照过相。我是肚里有鬼(毛主席说愈怕愈有鬼),根本不敢分辩。我已经头昏脑涨,我想到的比已经发生的竟然还糟,我想如果领导让我交待粗粉条加咸菜是什么密电码,那可怎么好?在阶级斗争民族斗争国家斗争你死我活的时刻,有这种问题的人先枪毙再定案也不是不可能的。我想着唯一的活路是过两年发生与苏联现代修正主义的战争,给我一个炸药包吧,我准备连炸二十辆苏联坦克。还不行吗?

条条大路通向失事和坠毁。条条道路都可以叫你完蛋。"反胡风"和"肃反"中我基本无事,"反右"中我侥幸过关,"反右倾"中我也只是自我紧张了一下而已,这回,我可是跳到黄河里也洗不清了。

这以后的种种遭遇乏善可陈。有一点变化,从此我喜爱起吃粉条来了,没有"思想动机",只是口味上爱吃。我一直纳闷,俄罗斯的粉条到底是什么味道呢?

十一

在我的青年时代,普希金的诗句"一切都是瞬息,一切都会过去"令我感动得涕泪横流。其实那时候我并不拥有多少"过去"和"亲切的怀恋",我也体会不到一切都真的是瞬息,那时候我本应该以为瞬息就是永远,青春就能万岁。为什么我过早地感到了生命的瞬间性，并为它而落泪了呢？不是吗？我们都有过童年、少年、青年时期，我们都有过早恋、初恋、爱情、婚姻，我们都有过幻想、追求、热血沸腾、梦，我们都有过巧遇、艳遇、好运、厄运，我们都碰到过好人、恶人、傻人、情人和仇人，后来呢，它们都变成了历史的瞬间，都过去了。它们来的时候你没有做好准备去迎接，它们已经占领了你的生活，它们已经牢固地站立在你的生命里，然而你不知道一切是怎么回事。有许多好事似乎与你失之交臂，许多坏事硬是缠住你不肯放手。你希望它们过去它们不在的时候它们死活不肯退走。然后等它们过去了不在了，你甚至不明白也不相信，你甚至不甘心：像影不离形一样地陪了你半辈子的麻烦和遗憾就这样不知不觉地过去了——没啦？而与麻烦与遗憾与幼稚与愚蠢同时过去的还有你最宝贵的生命，最刻骨铭心的爱。你同时也不明白，你的期盼在迟了比如二十年以后到来了，这是值得庆幸呢还是活该为之一恸！

　　一九八三年，我率领一个民间友好代表团去关系开始解冻的苏联访问。最哭笑不得的是走以前领导打招呼，说是前一段苏方民间团体来访，我们的同志称呼他们先生、小姐、女士，苏方对此做出了痛苦的反映。如此这般，我们出去见到他们就叫他们同志吧。

　　"我们骄傲的称呼是同志，它比一切尊称都光荣"，杜那耶夫斯基作曲的《祖国进行曲》这样唱道。我乃莞尔。但是另一个部门的一位不大不小的领导却把我们团吓唬了一顿，他大讲苏联的KGB，听他的口气似乎苏联KGB已经为我们的到访布好了迷魂阵，准备在我们身上大搞策反、刺探、拐骗、欺诈和美人计，这次访问完了不一定能够安全回来几个人。他特别提到KGB有一个绰号白天鹅的女间谍，已经拉下了好几个中国官员。他那种父母用拍花子的故事吓唬小孩的口气使我反感。好赖我也是"老革命"、老党员而且也算个人五人六，你是什么东西用这种口气对我讲话？我冷冷地回应说："我建议取消这次访问作为对于白天鹅的回敬，搞得神经这样紧张还不如不接触。"我回过头对我们的团员说："我看，你们都还缺少与KGB

斗争的经验。"

怎么说呢？希望访问苏联已经希望了三十多年，等待了三十多年，等得苏联从天堂变成了地狱，又从朋友变成了敌人，从战无不胜的马克思列宁主义变成了修正主义又变成了社会帝国主义岂有此理。然后不知道变成了嘛主义，然而还得称呼他们"同志"，等得克里姆林红星下面站着的不是十月革命的英雄而是色情间谍白天鹅。也许许多中国男同志渴望会一会白天鹅呢，白天鹅的名称确实性感，白天鹅的故事别有刺激。苏联方面的态度呢，则是先批判毛的教条主义托洛茨基主义后来又批判中国的改革开放的右倾机会主义，苏联直到不久前还对中国进行露骨的颠覆宣传。也许不仅有关苏联的事情是这样，我这一辈子的大多数事件莫非如此：兴致勃勃地朝也盼晚也盼的时候，你的愿望是不可能实现的；而等到你心灰意冷，什么味道都变了以后，从前想过的盼过的都来了，来了也没有当年的感觉了。用相声演员的说法，叫做有牙的时候没有花生豆，有了花生豆的时候呢，您已经没有牙啦。

于是到了八十年代，我们一面绷紧神经弦准备迎战白天鹅——窃想当真碰到白天鹅倒也挺妙，也算难得的机遇呢，一面与苏联同志回顾和展望中苏伟大人民之间的友谊。我在电视新闻里已经看到了陈云同志与原苏联在华专家组长含泪热烈拥抱的场面，我百分之百地相信二位拥抱的时候百分之百地真诚与动情。

而踏上一九八三年的苏维埃社会主义共和国联盟的土地使我欣慰而又忧伤，满足而又失望。边防人员用那样的神气检查我们的护照，他抬起头盯视再打量了我十三次才承认我就是护照上的那个同志——家伙，来到世界上四十多年，我从没见过自己的面孔能够引起这样热烈和深刻的兴趣。到了旅馆又用了一个小时办理入住手续，而且人一进旅馆护照就押在了旅馆的总服务台。服务员的恶声恶气我当然不应该觉得奇怪，但是我不希望苏联是这样，我宁愿承认服务不好是中国的独一份。许多许多东西都是傻大顶粗，街上的公用电话亭里的电话机完全像一个健身用的哑铃。公共场所人们挤来挤去推推搡搡。最令我难过的是我发现《列宁山》这支歌比真实的列宁山与莫斯科大学更动人。莫斯科大学的建筑显得傻气。

当我们回忆少年的时光,
当年的歌声又在荡漾……

《列宁山》的歌词是这样唱的。歌声或许依旧,当年的列宁山却不复存在。

歌声其实也不同了,当我听到乌兹别克斯坦的摇滚乐队用架子鼓、电吉他、响板演奏《喀秋莎》的时候,我不知道我是重新得到了喀秋莎还是失去了她,也许真正失去的正是我自己吧。

但这毕竟是我向往已久的莫斯科。克里姆林宫的红星如我熟悉的影片上表现的那样昼夜闪耀。假日闲逛的退休职工胸前戴满了在伟大卫国战争中赢得的勋章。莫斯科河畔有许多悠闲的人垂钓。到处都有革命的标语而没有任何商业广告。莫斯科郊外的树林和草地宽敞清静。到处都能听到似曾相识(却也是面目全非)的苏联群众歌曲。莫斯科大剧院和多次在影片里看到的一样辉煌灿烂,我在那里看了格林卡的歌剧。到处都有列宁的姿态各异而神情伟大智慧神圣永远不朽的铜像。我们也看到红场上的列宁墓,看到墓前庄严矗立的哨兵,看到漫长的庄严的排队瞻仰列宁遗体的队伍。那么斯大林呢?咒骂赫鲁晓夫是没有用的,是时间和真相使我们的斯大林一去不复返啦。我们就是那样慢慢地残酷地长大的。

在苏联呆了十几天,每天都问自己:这是苏联吗?这是我无限向往后来又是十分警惕,让我快乐也让我倒霉的苏联吗?这是我自己吗?我是来到了苏联了还是永远地失去了苏联了呢?我的青春的幻想和梦,能在这里寻到几分?《喀秋莎》和《红莓花儿开》,《三套车》和《纺织姑娘》,《列宁山》和《灯光》《海港之夜》还在这方土地上么?

讲了友好也不无交锋,我不会让习惯于充当教师爷的苏联官僚在与中国人打交道中占到任何上风。当苏方外交部一个什么人给我们的代表团大讲要以阶级分析的马克思主义观点分析国际形势,不要企望靠资本主义大国的帮助建设社会主义的时候,我回敬说:"我们的方针是自力更生,因为朋友也有背信弃义的可能,我们中国人是有经验的了。"还有一次一个什么苏方大一点的官员说是接见我们,到了点他不来让我们在会见室等候,我干脆离场去隔壁喝咖啡去了,虽然那是我此生喝过的最坏的咖啡之一——另一种最坏的咖啡是五十年代上海出产的方块咖啡茶。我并通知苏方工作人员,二十分钟后我必须离开这里,因为几点几分我要等北京来的重要电话。为了表示我对苏方官员与我们会见不守时刻的不快,我把原来计划的交谈从三十分钟缩短为十分钟。就在他滔滔不绝地大讲苏联是反对帝国主义殖民主义和战争势力的中坚力量的时候,我不停地看表以示不耐烦,然后吹几句中国改革开放的伟大成就,指出如果社会主义不能解决发展生产力的问题,就无法站住脚……不等他明白过来滋味,我起身感谢东道主的热情款待,立即告辞,转身离去。

此前此后我也想到过喀秋莎,我想我们已经各自消失在自己的伟大国家伟大人民里头了,现在只有两大社会主义国家的奇特关系,而没有"王、万"和"卡佳、喀秋莎"了。

然而行前妻告诉我她相信我将会在苏联见到喀秋莎。妻有时候有一种强有力的和莫名就里的预感,强有力的和直觉的自信。强有力和直觉本来就是孪生姐妹。她曾经说过我们的儿子将会在少年围棋大赛中获得第三名的成绩,结果就是得了第三名。她曾经说过我们将会在一九八三年搬进新居,后来果然实现了。其实她预感了的却没有实现的也未必没有,但是她只记忆自己预言对了的,这样她就愈来愈相信自己。有什么办法呢?女人身上总是有一点灵气或者巫气的。

在我出发的那天早上,妻突然说:"是的,你将会看到卡杰琳娜·斯密尔诺娃……"我与她争辩,没用。妻而且为我想好了礼物:

我的祖父留下来一只景泰蓝怀表,她建议送给喀秋莎,不容分说,她将怀表塞到了我手里。

我也不知道为什么,我一直想和别人谈谈喀秋莎的事,我始终找不到可以谈这个话题的伙伴。直到"文革"结束,我认识了后来成为妻子的这个大龄未婚的女子。我第一次约会就与她说起了喀秋莎。她后来说,她正是由于这个她喜欢听的故事才最后成为我的妻子的。

到了莫斯科我鼓了几次勇气想对接待单位提出寻找和会见卡杰琳娜的请求。终于没有说出来。三天后我们去了乌兹别克和格鲁吉亚加盟共和国参观访问,我对与喀秋莎见面完全未做努力也完全不抱希望。这样,当我从斯大林的故乡,从至今还保留着山峰上的斯大林铜像的唯一城市第比利斯回到莫斯科,在各项日程结束离开苏联的前夕,我突然接到喀秋莎的电话的时候,一听到她的声音——我一声就听出来了,虽然她的声音已经苍老和沙哑多了——我流了泪。她在电话里也激动地啜泣起来。她在电话里不停地唱着《纺织姑娘》,她怕我听不明白,又用半中半俄的腔调喊道:"莫斯科——北京!斯大林——毛泽东!"

依我的计算,这一年她应该是六十四岁。俄国人老得比东方人快,她满头银发、满脸皱纹地来到我住的地方,当着我团的翻译的面拥抱了我,我叫翻译来一起与她见面,与其说是为了语言不如说是为了不要有什么说不清楚的事发生,虽然她不可能是"白天鹅"。她吻了我的两面面颊,我也吻了她的手和额头。虽然形同老迈,她也稍稍胖了一点,可以看到她的双下巴,她的头发也远比过去稀疏,剪得短短的,像男孩子,但她的身材依然美好,她的头发虽白却相当有光泽,银亮银亮,她的动作也还好。只是她戴着一副红塑料框淡茶色眼镜,使我看不清她的眼睛,给我增加了距离感。即使在她吻我的面颊的时候,我也觉得我们中间相隔着一架质量低劣的眼镜。她说这两年两国恢复人员来往后,她一直注视着中国来访的客人,她终于等到了老朋友老同事。她说她六十年代后期就从列宁格勒迁到莫斯科来了。她说她一直参加苏中友协的活动。她说:"无论如何,我这一生中最美好的时期是在中国度过的,我在中国过了五年,我的黄金时代是在中国,那时候中国革命刚刚大获成功,新中国建立不久,社会主义阵营一下子变得那样强大,中苏团结牢不可破,我们的理想多么美好,你们多么高兴,我们多么高兴,我们多么有信心,中国同志对我们有多好!"她流泪了。

和她一起前来的是一个矮胖的老头,手上胳臂上露着青筋,样子像是一个搬运工人。开头,我以为是她的丈夫,她解释说:这是她的一个邻居,这个老工人模样的人正是歌曲《莫斯科——北京》的词作者。老工人激动地说,自从苏中交恶以来,他的歌没有人唱了,他很悲伤。现在可好了,他希望两国人民团结起来,与美帝国主义战争贩子作斗争。说着说着他唱起了《莫斯科——北京》,他说起话来也还是那种大声疾呼而又空空洞洞的样子。直到这时我才发现——当然我不会讲出来,《莫斯科——北京》的歌词实在不能说是写得很好,那词写得相当教条,大而无当。当时呢?我们都爱唱,大而无当也是来自生活,来自生活的要求,教条在一开始也可能是充满生命力的真理。看来此位苏联同志的大脑还停留在三十年前,我便向他连连点头,表示礼貌和感谢。

我问卡杰琳娜的生活,她说她有一个女儿名叫斯薇特兰娜,在远东工作,但每年枞树节都来看她。枞树节其实就是圣诞节,由于苏联不提倡宗教,便称每年的十二月二十五日为枞树节。我立即问她女儿的父亲呢,卡杰琳娜显出了我所熟悉的那种从甜到苦的微笑过程,她回答说:"涅特(不),她并没有父亲,我也没有结过婚。"于是我连连道歉,并且慌忙拿出送给她的景泰蓝小怀表。我强调说这是我的妻子送给她的,她早就预言我们将会在莫斯科见面。她又笑了一次,而且这次笑得并不怎么苦了。

她拿出了给我的礼物,我几乎惊叫起来,是一包黑乎乎的粉条和一瓶腌咸菜。她说她记得我最喜欢吃粉条,她希望我尝一尝苏联的马铃薯制粉条,颜色虽然发黑,吃起来很有劲。至于咸菜,那是她自己腌制的。

这简直是天大的误会,我什么时候特别爱吃粉条来着?她怎么可能知道我爱吃什么?莫非她第一次找我谈青年监督岗的活动问题时我的桌子上摆着一碗粉条?如果是,那碗粉条也不是我从食堂购买的。但是我完全没有机会也没有必要和可能盘问她,世上的那么多事确实是宜粗不宜细哟。

我睁大了眼睛只顾问她,一九六一年她是否给小皮球或者厂里的什么人寄过同样的东西。她笑起来,她说:"是给你寄的呀。"

我也连声说"涅特",我说:"包裹上写的好像不是我的名字,也不是你的名字。"

她笑着说那时苏联的报刊拼命宣传中国面临的饥荒,她不知道怎样表达她对我的想念和关切。她说她了解中国,她知道那时候她如果给我寄东西会给我带来麻烦,因为我不是专职的外事干部,不宜与外国人有什么个人联系。而皮球不同,皮球是专门做外事的,而且在临别前对她保证过,永远是她个人的最最忠实的朋友,她便寄了两包东西,一包给皮球,一包委托皮球转给我。"你收到了吗?你吃了吗?你喜欢吗?"

至于她的署名问题,她解释说,为了减少麻烦,她是委托她的一位在内务部工作的熟人交寄的邮包。"你懂,你当然懂。"她用中文说。相隔这么多年,她的中文倒比过去好多了,看来,她当真是没有忘怀那团结亲密的五十年代。

说到产自苏联中亚地区的粉条,她立即不再称呼我"您"而改成"你"了,这在俄文里是很有讲究的,这表示了许多的亲昵。我心里立即热乎起来了。

我说什么呢,故人相遇,别来无恙,我想着"人生不相见,动如参与商"的杜甫诗句。已经是意外的惊喜了。而且,看来皮球把那个包裹说成寄给我的,基本属实,倒是我对皮球(从这一刻起我觉得她也早就不"小"了)一直怀疑着厌恶着。既然喀秋莎对皮球一直保持着忠实的友人的印象,就让她对一个中国人的美好印象继续保持下去吧,毕竟叫做"内外有别"呀。于是我对她提的问题一律微笑着开心着做出了肯定的回答。然后我拿出了我的全家福照片。这一瞬间,她忽然显得年轻了,她终于给了我一个与原来差不多的如歌声中春光中的喀秋莎。

在了解了我们第二天是下午五点的飞机起飞离境以后,卡杰琳娜坚决邀请我去她家吃一顿饭,这又使我紧张起来,我看着翻译,翻译看着我。在那个时期,我不知道怎么样回答好。当然,我是团长,翻译不可能反过来主我的事。慌乱中我提出如果去,我们一团七个人必须都去。卡杰琳娜怔了半秒钟,答应了。你也懂,我无声地说。

我感谢上苍,感谢中国革命和中苏友谊,感谢邓小平和契尔年科,我们在卡杰琳娜·斯密尔诺娃同志(临行前领导关于对于苏方人员称谓问题的指示是何等的英明正确!)狭小的,然而是设备齐全而且一尘不染的家里度过了快乐的三个小时。卡佳同志做了那么多好吃的招待我们,其中有一个大馅饼,又厚又大,馅里有肉有干果有鲜菜和干菜有鱼还有果脯,堪称万物皆备于饼,其内涵足够五个人的一顿饭,其能指是英特纳雄纳尔,以天下为己任。看来我当初认为她拥有的最好的食品就是黑粉条,这是饮食沙文主义,未免太低估人家了。

见是我的老相识,我的代表团里的同志们也与卡佳十分友好,他们提出来要听苏联老唱片,要听《萧尔斯之歌》《共青团员之歌》,要听《游击队员之歌》《太阳落山》,要听《喀秋莎》和《夜莺啊夜莺》,也要听影片《库班的哥萨克》(即《幸福的生活》)《明朗的夏天》《光明之路》《马克辛三部曲》……的插曲。

卡佳眼光闪闪地感动地说:"如果不是你们提出来,这些歌我早已经忘记了。但是,很抱歉,我没有这些唱片……"

她唯一有的是《纺织姑娘》。放起了这个民歌,她问我要不要与她共舞。我犹豫再三,和她跳了几步,自己绊了自己一下,一个趔趄,我面红耳赤地停了下来。喀秋莎的脸也红了。全不相似,上哪儿再找当年的感觉去?

全体中国同志跟着她的唱片高声齐唱《纺织姑娘》,像是唱《国际歌》,然后干脆请她停止了唱机的运转,我们大家一起唱了所有我们五十年代爱唱的苏联歌曲,一面唱一面喊着:"索洛维约夫·谢多依!""杜那耶夫斯基!""格拉祖诺夫!""聂恰耶夫!""尼基丁!""费奥多洛娃!""拉希德·培布托夫!""庇雅特尼斯基!"……

临行时我又与喀秋莎热烈地拥抱了一次。我忽然明白了,她说她一生中最美好的时光是在中国度过的,这不是外交辞令,不是拣好听的说,不是不爱她自己的祖国,她也完全不是亲华分子,也不等于她对那些年的苏联对华政策持有异议。她说的是那个年月、年龄、气氛……就是说青春、友谊、信念和献身的热情。如果我说我的一生中最美好的时光是与苏联一起度过的,别人能够理解吗?人们会不会以为我是斯大林主义分子或者更坏是现代修正主义和俄国沙文主义社会帝国主义分子?至少香港的某些读者接受不了,他们见到小说《布礼》的题目反映说觉得"肉麻兮兮"。

在吻别的时候喀秋莎摘下了她的眼镜,我看到了她的美丽的眼睛——也许现在已经不那么美丽了吧,更看到了她的苍老,她眼角的皱纹显出的是憔悴和孤独,是沉重依然的岁月,如果不说是干枯和荒芜的话。这令人不能卒睹。

"如果我们一直友好,那有多好。"她喃喃地说。突然,她泪如雨下。我赶紧转过了脸,我怕我不能自持。

忍住了下落的泪水以后我解嘲说:"卡佳同志,你应该比我们更熟悉获得奥斯卡金像奖的你们的电影:《莫斯科不相信眼泪》。"

"你也不相信我的眼泪么?"她睁大了眼睛问我。我一下子也流泪了。

她显然不是政治家,虽然年轻时她做过基层的共青团书记。我呢，我这一辈子活得够政治的啦，然而，我也确信，我的政治素质与政治修养远远没有做到合格，真是辜负了培养、信任和期望呀。

"祝你和你的妻子永远幸福，我喜欢你们的怀表……"她追着已经走出她的房间的我说，我也连连感谢她的粉条。

十二

激动和快乐中我忘记了把最重要的细节记下来，在一九八三年莫斯科两次与卡杰琳娜会面，我都发现了一个与其说是令人警觉令人愤怒不如说是令人忧伤的情势：就是说，这位苏联同志，在我们的宾馆和在她自己的家里，时不时地拿起一个小小的（六十四开大小吧）红皮笔记本记下什么来。显然，她是在记下我们的话。除了拥抱的时候，流泪的时候她放下了笔记本以外，她一直拿着笔记本。她要汇报吗？有这个必要吗？她要留下记录作档案？个人档案还是国家档案？她和她的同胞都有记录癖都是汇报狂吗？这次整个的访苏过程中，几乎所有与我们接触的苏方人员，在与我们谈话的时候，都是一面听我们讲一面做着记录。也许伟大的苏联实验的失败与他们的全民忙于记录有关？为了跟上我们谈话的速度，他们捏紧钢笔，龇牙咧嘴，用力气的样子庶几与便秘患者排便的状态相近。他们总不至于在散步的时候唱歌的时候跳舞的时候做爱的时候做记录吧？我并不因此怀疑他们的身份，我想如果他们包括卡佳同志是白天鹅一流具有特殊身份的人物，他们反而不会当着我们中国同志的面记下什么来了。在卡佳记录我的说话的时候我想起了当年使她脸红的我对于与谢米恰斯特尼座谈的提及。后来，谢同志是KGB的首脑。是KGB培养了全民记录的习惯？他们视此是这样的自然，就是说与外国人说话要做记录已经成为他们的方式，已经（用林彪的话）融化在血液里落实到行动上了，已经成为日常生活了。因此他们完全可以当着被记录者的面大张旗鼓地做记录而毫不避讳更毫不尴尬。正如我也十分正常地在第一次与她见面的时候找上翻译在场,而第二次去她府上的时候干脆找上全团人马一样。

这次的访苏之行中,苏方只有一个人在与我们打交道的时候没有做记录,他就是《莫斯科——北京》的歌词作者。当然,我对他毫无怀疑,我打算回去举他的例子向领导报告,我们将论证:广大苏联人民仍然对中国人民怀有深厚的感情。

十三

在莫斯科与伏努科沃机场之间,是一大片树林和青草地。我没有看懂那是什么树——在喀秋莎说过"你懂"以后,我特别喜欢用这个"懂"字了——它不茂密也不算兴旺。我相信那不是苏联小说喜欢描写的白桦,不是金合欢也不是枞树槲树,我没有根据地认定它应该是山毛榉。那草地与我在美国和欧洲常见的经过精心修剪的平整如镜和碧绿油光的草坪大异其趣。它显得荒芜粗糙,大而无当和缺少照看。许多年后,当苏联不再存在,我从叶利钦前总统(当我用五笔字型输入"总统"一词的时候首先出现的是"总编"一词。我后来再看不懂俄国的"总编"在编一本什么样的书啦。)那里学到了这个词:"照看"。要"照看好俄罗斯",新千年到来的时候老叶辞了职,他拉着代总统普京的手,这样说。我听了也为之动容。

一九八三年六月底离别莫斯科的时候,我看了好半天市区与机场之间的大片山毛榉与青草。我感到了一种对于没有好好照看然而保持着自然的魅力和分外阔大的胸怀的俄罗斯的深情。毋宁说,由于照看得马马虎虎,她更加惹人爱怜,引人注目。她本来应该生活得更好些照看得更好些。夕阳照耀在随随便便生长着的植被上,光与影都很强烈,北方的干燥的夏天其明亮大大胜过了赤道线上。纤毫毕现的俄罗斯大地裸露着自己的天真,热烈,浪漫和辽阔广大。这块土地上发生的事情与我们这一代中国人仍然息息相关。

我们的飞机一个劲地向东飞行，我想起了苏联歌曲《到远东去》：

> 明天我们就要远航，
> 飞机一清早就飞走，
> 那里流着黑龙江啊和那姐妹河。
> 飞过贝加尔飞过大草地，
> 我们的飞机在大森林中穿过……

我怀疑，除了我还有几个人包括苏联人会唱这首歌。飞机怎么穿过森林呢？胡乱的翻译也损伤不了苏联歌曲的感人。多么巨大的国家巨大的土地巨大的胸怀和巨大的悲剧巨大的失落呀，露西亚！

我觉得露西亚比俄罗斯的译名更好，在与喀秋莎结识之后，我最爱唱的歌曲是：

> 我曾漫游过全个宇宙，
> 找不到一个爱人，
> 如今在我的故国露西亚，
> 爱情却向我呼唤……

歌词译得有点生硬，生硬得使我想起苏联版的中文配音故事片，我怀疑最早到俄国去的华工都是山东人，所以会说华语的俄国人配的音带着山东味儿。但是这些影片和它们的歌曲都非常阔大，自豪，有胸怀，有活力。

我们在傍晚七点二十九分起飞，比预定的起飞时间晚了两个多小时。有什么办法呢？从来到苏联，几乎一切活动都不能按时举行。由于图波列夫飞机安全方面的记录不够理想，我苦笑了一下，默念着祈求保佑。《喀秋莎》的最后一句歌词是"喀秋莎爱情佑护着他"，少年的我太过革命，我对于佑护二字心存疑惑，觉得这两个字的宗教意味太浓。莫斯科的六月每晚近十二点才天黑，可能午夜两点曙光就萌现了。旅馆里的窗帘又薄又烂，我在苏联差不多是夜夜失眠。傍晚七点，我们起飞的时候到处仍然是明媚的下午阳光。我们从西向东飞，迎着太阳的相对运动的方向飞，飞了一个多小时，已经是红霞满天了，就是说由于时差，我们飞机下面的地面应该已经是晚十点左右了。太阳迅速地接近地平线，我看到的是一个橙红、结实、结构严谨的思想者类型的火球。红霞开始变紫变蓝变黑，天上横横地一道又一道子，天空像是五光十色的大海。远处的地平线的颜色愈来愈浓重，浓缩的太阳一下子就沉进去了。你的心随之咯噔响了一下。太阳沉下去以后，天空仍然分布着红紫蓝黑的云霞，云霞背后也还有一点尚未完全变暗的天空，这遗存的些许澄明仍然显示着太阳的力量。然后，澄明渐渐模糊，云霞颜色渐趋一体，天完全黑了，夜幕当真把天空遮盖得严严实实了。整个进程却比我预计的慢得多。

这一切都与往常与我们的经验相符合，虽然过去我们没有如此切近地送别过太阳和白昼。蹊跷的是过了一会儿，也许只有五分钟，也许稍稍长一点，甚至已经是过了一个小时，情况突然变化了，就是说黑洞洞的海一样的天空突然又有了一点亮。太阳下沉以后，一种异样的感觉使时光对于我来说骤然停止了。我什么都想起来了，什么都忘了，什么都感觉到了，什么感觉都没有了，我只是想着喀秋莎想着我们的青年时代想着中国和苏联的人民，想着那些曾经使我们如醉如痴的歌曲，想着我们这一代人的青春。反正我注视落日的目光还没有收回，就在刚刚太阳落下去的地方，我看到了一点鱼肚光。我一阵惊疑，我还以为是机翼的照明灯光一闪。再定睛一看，什么别的颜色也没有，除了一片漆黑仍然是一片漆黑。整个天空就像是黑沉沉的无边无际的大海，太阳就是沉入到这个深广无边无底的大海里去的。然而自从恍惚中看到了那个鱼肚白的颜色一闪以后，大海开始了波动，大海抖颤起来，似乎是吹来了一股微风，似乎是小提琴的颤音使海平面嗡嗡共振，似乎是我的思绪感动了大海。它酝酿着风暴还是酝酿着新生？海运动着憋闷着挤出了一丝绛紫，一条紫灰，一些青绿。空隙开始出现，大海被划开了，这是怎么回事呢？大海沸腾起来了,激昂起来了。红的绿的紫的灰的白的各种浪涛在遥远的地平线上涌起,各种颜色在与沉沉的黑暗调笑或者搏斗。彩霞不在乎漆黑,漆黑堵不住彩霞。彩霞给漆黑捅出一个又一个的洞,并把这些洞连接了起来。彩霞使整个天空燃烧起来。直到又过了几秒钟,后知后觉的我才恍然大悟:这就是日出。晚霞转眼间变成了朝霞,日落之后,紧接着就是不折不扣毫不犹豫的日出了。

这是我生平看到过的最神奇的日出,不是在海上,不是在高山,不是在凌晨被导游或者总机的 morning call 或者闹钟催起来。与披上皮大衣睡眼惺忪地拼命寻找太阳完全不同,我是在天上遭遇日出。过去和后来看日出的时候最有兴趣之处在于寻找太阳,"哪里哪里?""看"日出的人相互打问着太阳的出处。而在天上,我完全知道太阳在哪里,在北方的夏季,在一无遮拦的天空,太阳只是往黑海里沉了一沉,只是打一个尖,也许是沉到海里洗了一把脸,我要说只是应了一个落日和一天的终结的景,走了一个从昨天到今天过渡的过场,然后,太阳大体上是从原地抖擞精神,霞光万道,仪态万方地重新出现,太阳焕然一新,披霞戴彩。我确确实实地见证了它们是同一个太阳,同一个天空,同一个时间和空间的伟大与包容。我确确实实地见证了太阳无恙,太阳不会总是沉没,太阳落了就马上再起来,太阳喜气洋洋,太阳永远与我们同在。

于是我狂喜地进入了半睡半醒的梦乡,进入了我心目中的苏联胜景,进入了朝霞红日,进入了我心目中的理想国,进入了与喀秋莎的永远的深情,进入了人生所有最美好的向往、最美好的满足,进入了所有苏联的俄国的新中国的歌曲和音乐。我想起了来自延安的一位革命歌唱家的话:

> 中国革命是怎么成功的?是唱成功了的。单纯从军事上说,战胜国民党恐怕大不易。然而,我们的歌一唱,人心都过来了……不信,你就比一比,国民党会唱几个歌?而我们……

这里也包括苏联歌曲对中国革命的贡献。我们的青春是高声歌唱的青春,我们的革命是高声歌唱的革命,再没有什么革命像我们的革命一样焕发了这么多好听的歌曲。我们的爱情是歌一样的诗一样的乐曲一样的普希金一样的柴可夫斯基一样的就是说《致大海》一样的《天鹅湖》一样的西蒙诺夫的《等待着我吧》一样的爱情,中苏人民的牢不可破的友谊万古长青!在我梦中与喀秋莎拥抱在一起的时候我竟想起了这个口号。我笑了。口号,套话,意识形态,开始的时候也是来自生活来自真情实感来自我们的梦也来自沉下去一瞬然后立即再次升起来的太阳啊。

　　中苏人民,牢不可破。牢不可破,对于友谊、爱情、梦想,没有比牢不可破更好的描述词句了。喀秋莎走在峻峭的岸上,歌声好像明媚的春光。而年轻的纺织姑娘,永远坐在窗旁。青春会逝去,友谊会碰上难测的政治风云,口号会生锈,连爱情也会衰老,更不要说千一篇的性啦。只有歌声,永远与太阳同在,将将沉寂,立即重现光辉。明媚如春光的歌声就是牢不可破。

十四

　　我已经说过,喀秋莎餐厅一进门要往下走几级台阶,我称这个摆着一个茶几、一个花瓶,通常插着一束鲜花,摆着一些商务名片以及送给顾客的诸如书签、钥匙链等小纪念品的地方为"门池"。再往上走几级,你才来到了用餐区域,用餐区也是高低不平的,给人以参差感。而最大的两张长桌子是摆在更高的一级台子上的。这样,这个餐馆便显得很立体,进门后的"池子",也就变成了一个准备,一个外部世界与小小的餐馆之间的间隔,一个类似医院的候诊室与当年的莫斯科餐厅的候餐室式的地方。所有的顾客都不由自主地会在这个间隔处略略停顿,休止半拍,整理仪容,审视环境。而这样做的最起劲的是那位点唱过《列宁山》的仪表堂堂的老年男子。下面我愿称他为白发靓伦。我说不清是嫉妒还是轻蔑，是皱眉还是——欣赏。只要我到这家餐馆在先，我就会时不时地把目光投向门池，我等待着看这位老哥的到来。他的出现往往具有一种明显的表演性，他穿着得那样讲究，如果不是暴发户、推销员的话那就是孩子似的天真地热衷于追求时髦。他一下到门池，就会把挺大的头颅一甩，桀骜不驯地四下一看，挺一挺胸，扬一扬脖子，不屑地一笑，抽一抽鼻孔，略歪着头，或者用左手捋一捋头发，而最过分的是，他在此时会把半只右手揣到裤兜里，然后目空一切地向自己认定的很可能是预订好了的桌台走去。他的步子迈得极大，似乎是有意让别人知道他绝无小儿麻痹的病史，而迄今也没有患关节炎或帕金森综合征。而他的到来会引起店方的一阵骚乱，老板和女会计，所有的服务小姐先生，都以一种惊喜的呻吟——这种声音通常是做爱成功的时候才会听到或者发出来的——表示对这位贵客的欢迎。尤其是——最可恼的——所有已经坐下吃上的客人，也都把谄媚的、惊叹的、羡慕的——如果不是嫉恨的话——目光投向了他。因为他虽老犹帅得呆，更因为他的从每一粒纽扣每一根头发和眉毛里，从一举手一投足一转眼珠里透露出来的良好的自我感觉。我讨厌这个人的时候想起了一个不伦不类的比喻：我是以一个正直的乞丐注视花天酒地的强盗、一个阳痿患者观看花花太岁的心情，以一种市场经济以来什么好东西都失落了的忧世情怀来看着他的。

他常常带着一个比他年轻许多的女人到这里吃饭，那个女人的外表、穿着与举止都还不差，只是多了一点与她的年龄不相符的娇滴滴，正如她的脸上似乎是多了一点脂粉，其实我并不反对女人乃至男人打扮。因此，我总觉得他们二人不会是原配夫妻，他们的关系反正不符合过去直到今天的道德规范，却符合通俗文学和市场炒作的需要——正是为了这，我才请他们出场的。现在社会上有那么多不符合规范但也不受规范限制的事情在公开场合出现，我实在不知道这算不算一种例如在人权和解放思想方面的进步，或者是堕落、是应该苦苦抵抗的投降?

　　这天晚上他没有来到他们俩通常喜欢坐的三号桌,那个通常伴他吃饭的女人也没有来。

　　三号桌的最大优点是位于餐厅最隐蔽的地方,适合于坐在那里观察别人而不受别人的观察,那里也离俄罗斯的乐手歌手很近。这使我觉得这个家伙既喜欢招摇过市,又喜欢躲到角落里方便行事,他应该是一个攻守兼备型的文武全才人物。

　　而这天晚上他来到的是一个事先准备好了的特大长桌,特大长桌摆在全店最显赫的位置,可说是正面对着表演区的高台包厢。那里摆好了二十份餐具餐巾餐椅,给人一种先声夺人的感觉。他老兄一到先要了一瓶金装伏特加和一碟黑鱼子,斜靠在椅子上一饮就是一杯。

　　是的,是他请客,来的清一色都是外国人,可能大多是俄罗斯人,也许有独联体其他国家的人,有一个留小胡髭的人长着宽宽的蒙古人颧骨的方脸庞,我怎么看怎么觉得他是哈萨克或者吉尔吉斯。他的客人中唯一的一位女性是个小个子,金发大眼,唇上长着一粒奇大的痦子,穿一身亮闪闪的紧身皮革,上红下褐——对不起,这使我想起著名的荷兰"黄"城阿姆斯特丹在橱窗里招揽生意的妓女。她精神焕发,应对敏捷,状态像是等待比赛的击剑队员。从一到座位她就开始用手机接电话和打电话,不知道是商务确实奇紧还是炫耀她的其实型号早已过时的"大哥大"。她的俄语讲得极快,但我还是听出了钱、卢布、美元、RMB(人民币)还有电脑、数字化、微波、药品、化妆和世界性的动词脏话等词汇。她的卷舌音发得奇佳,舌头颤得我心潮激荡。我觉得听俄国倒姐的卷舌音与听弗拉明戈的踢踏舞的感受相差无几。

　　这一桌上有好几个"老外"吸烟,闹得餐馆里乌烟瘴气。我们的城市其实是公布过禁止在公众场合吸烟的行政管理条例的,但是没有人执行。这使我想起了一个新加坡朋友对中国的评价:中国是世界上最自由的国家,因为他曾看到在首都机场,人们包括一位机场工作人员在中英文两种文字书写的"请勿吸烟"的牌子下边喷云吐雾,而最后,这位新加坡朋友寻找一个无烟区的目标是在挂着牌子的"吸烟室"里达到的,只有在吸烟室里,确实没有一个人吸烟。当然,这是说的八十年代的情况。我几次想提醒白发靓佬,请我亲爱的俄国与独联体弟兄不要吸烟,最终还是忍住了。我感到的不是生气而是悲伤。

这一天晚上他们这一桌占据了餐馆的中心,以致所有其他顾客都感到了一种压迫,如果不是感到荣幸的话。连同俄罗斯姑娘的演唱也差不多像是专门为他们举行的,她时不时走向他们的桌边,特别是与那个白发靓佬眉目间似乎有许多交流,令人心烦。

还有一件令我不快的事是这天晚上她唱了许多美国歌儿,什么《泰坦尼克》《贴身保镖》《人鬼情未了》《爱情故事》《回首往事》的主题歌以及《昨天》《雪绒花》《什锦菜》什么什么的。这些歌我都喜欢,尤其是《回首往事》,那毕竟是描写五十年代麦卡锡主义肆虐时期的美国共产党员的故事片。不论美国的还是俄国的总统或者什么政党,谁也抹不掉全世界左派精英的奋斗史,哪怕这些奋斗和牺牲没有获得应有的成功也罢。但我还是惘然若失,觉得此晚自己是走错了门,走到了我没有想到会走到的地方。俄国歌手竟要跑到中国来唱美国的歌,这究竟是怎么了,美国的电脑与喷气客机加战斗轰炸机世界第一,所以唱歌也是世界第一了么?这个世界就是这么的势利!

俄罗斯唱歌的姑娘还是可爱的,她觉察到了我与妻在此晚的冷落,她给那一桌唱了许多美国歌以后,向乐队做了一个手势,转身走到了我这边,她向我甜甜地微笑,她有一点面色苍白,然而维持着极佳的风度。她开始唱一个苏联老歌《遥远啊遥远》。我学这个歌也比较晚,我想那已经是一九五五年了,在一次郊游时我来到城市西郊的一片柏树林墓地里,我听到了远方建筑工地高音喇叭播放的这首歌曲,我感到了苏联歌曲惯有的阔大光明深情之外还有一些凄凉,我开始预感到了不幸。墓地旁有小溪宛转,有野草闲花,有全市最多的蝴蝶,有入夜歌唱的鸣虫,还有几株高耸的苍劲的迎客松。我想是这几株迎客松决定了这块地面此后的命运。等到"大跃进"开始,这里便动工修建了一座全市规格最高的只接待外国元首和总理首相的花园式迎宾馆,从那时起这里也便是一个戒备森严的高级禁地了。

姑娘唱的《遥远啊遥远》荡气回肠,至少对我来说是这样。它使我想起在从莫斯科飞回北京的航路上看到的落日与朝霞,我不知道人为什么常常会如此软弱,会以老大之身频频回忆自己的明明未必当真是佳妙完美的少年时代。曰:此情可待成追忆,只是当时已惘然。曰:而那过去了的,就会变成亲切的怀恋。

在遥远遥远的歌声之后,仍然是《纺织姑娘》。当《纺织姑娘》的音乐响起来以后,白发靓佬搂着一身皮革的倒姐的腰下到舞池翩翩起舞了。他们跳得非常好,只是跳的过程中倒姐的手机不断地响铃。煞风景啊。本来,我想,我一次又一次地来吃饭听歌,一声苏联曲,双泪落君前,我老了以后,能找到这样一个地方坐一坐,回首往事,怀恋惘然,便以为往事非烟,真情永驻,豪情犹在,青山不老,这倒也是一种享受了啊。但在靓佬与倒姐闻曲起舞之后,我又忽然不愿意她唱《纺织姑娘》了,唱得太多一切也会淡化稀薄,成为不能承受之轻的。许多许多,就是因为说得太多唱得太多而贬了值的。我也许更应该把这支歌儿深深地埋在心头。忘却吧,时时提起时时重温未必就是最珍重的纪念,有时候最好的珍重是淡忘。把它写成小说吗?愈真实的虚构就愈虚假。真实是不应该用来虚构的,真实是不能够用语言来纺织的,真实永远不是语言的材料,用语言反映真实的结果也许是消灭真实。对于真实的介入只能靠行动。一个七十岁不到的人,是难以体会到这个道理的。

十五

一九九一年春季,应该说已经是苏联解体的前夕了,我终于在家里迎接了喀秋莎。七十二岁的她的到来使妻兴奋若狂,因为她从来没有见过她。妻连续在家里搞了两天两夜卫生,使我觉得喀秋莎的到来会使我们大难临头。头一天夜里三点四十分,妻叫醒我问喀秋莎来的时候摆厄瓜多尔进口的香蕉还是广西产的芝麻香蕉更合适。我感到糊里糊涂。为了迎接喀秋莎我完全可以拿出奥地利巧克力,巴西咖啡,丹麦奶油饼干,泰国芒果,美国甜橙,澳大利亚樱桃直到以色列的甜瓜,我已经可以把世界搬上我的沙发几。但我又怕刺激俄国人,同时我应该考虑喀秋莎的中华情,多给她预备中国原装的土特产。我讲了我的看法使妻更莫名其妙,妻说:"唉,像你这样的空谈呀,幸亏喀秋莎没有嫁给你!"

我笑了,笑得从来没有的甜美。

她是随苏中友好协会的代表团来华访问的,在我们这个城市她只留停一天一夜。时间虽紧,她还是一到中国就给我打了电话,并且答应在到达这个城市的当晚的半官方正式宴请之后到我家来。按道理,这样的宴请我也是可以参加的,由于没有得到通知,我也不想硬去凑份子,便在家里静候。幸好中国人特别是小地方人晚饭吃得早,八点半他们就过来了,卡杰琳娜·斯密尔诺娃同志是与他们的副团长,大名鼎鼎的外交官员、汉学家苏萨力一起来的,在场的还有中方陪同人员小赵。苏萨力在我一九八三年访问苏联的时候宴请过我和我的团员,官气十足,络腮黄胡须,挺着将军肚,鼓着腮帮子说话,大讲苏联是一切和平与正义、新生与进步力量的总代表与最强大的后盾。一再提议为明朗的天空(这使我想起"文革"前被我们狠批过的丘赫来依导演的那个同名电影)为女人为鲜花和美酒干杯。他的祝酒词还是富有人情味的,可惜我在苏联各地访问中听到的都是这种如出一辙的祝酒词,这就影响了此公致词效果。我们的礼貌的交际中不无言语交锋,我强调的是在中国建设社会主义的历史任务只能由中国人解决,中国人靠的是自己的力量和智慧,靠的是自己的从现实中得出的判断。这次老迈的他自己要求与卡佳共访我家,我当然也表示了欢迎。

可能是旅途劳顿,卡佳这次显得特别衰老憔悴,与六年前相比,她已经老得走了形,最可怕的是她走路的僵硬的老态,她已经举步维艰了么?此次会面后我也感到自己左膝的难于打弯,莫非我受到了喀秋莎的传染?到医院里看外科,医生说:"什么锻炼身体呀,全是误导!人老了膝盖的骨膜就会磨损,没法治的,可以做手术,但做完手术你的膝盖情况会更坏。自然规律就是如此,什么人能做到长生不老呢?"我很奇怪,为什么这位年龄不大的外科主任有这么多话来教育病人。

为她们的到来我准备了些干鲜果品:芒果、苹果、菠萝、杏脯、开心果与夏威夷果。此外我也把访问奥地利时购买的以莫扎特的金头像为商标的一盒巧克力糖摆了出来。我还准备了意大利黑咖啡和做此种咖啡的特制的小壶。结果一见面就谈起了市场供应,苏萨力以一种饥饿的态度大吃干鲜果品并连吃三块巧克力,连饮三杯浓香的意大利咖啡。一面吃一面喝一面表示希望我给他再抓一些糖果和咖啡包起来他要带给他的妻儿。他上纲上线说:"我们失败了,我们的社会主义失败了,我们的苏联共产党也失败了,我们的改革也失败了……"以这样重大的政治评估作为他的贪吃和索取的理论根据。人是多么可怜呀,可能因为口袋里少了几美元,可能因为肚腹里少了几块巧克力或者煮不出够浓度的咖啡——上一个千年的一九八三年那次去苏联,我不能不说,苏联咖啡是世界上最差的咖啡之一,其味道恰如喝完咖啡后洗涮咖啡壶的汤水——而显得狼狈委靡,硬是直不起腰来。我这里完全无意嘲笑这大名远扬的汉学家,他早在斯大林时代就已经是外交官了,回想我自己在六十年代初期,在赫鲁晓夫嘲笑中国人三个人穿一条裤子和喝大锅清水汤的时候的精神状态,我绝对不敢笑话我本应该以师事之的老学者老官员啊。

还好,喀秋莎没有说太多这方面的话,她一直悲哀地微笑着,茫然地迷惑着。等到老学者、官员终于说得累了,停下来喘气的时候,她强调了自己到中国后的沧桑感。她说,那么多高楼大厦,太不像中国了,她老觉得像是在德意志民主共和国。

"然而,民主德国早在去年十月就并入西德了。"不是我,而是老学者、官员提醒她说。

她轻轻吁了一声,我想起一个说法,吐气如兰。她说:"人们告诉我,我们的纺织厂已经停产多年了。"

我忽然找到了一个合适的词儿,我说:"我们的纺织厂已经完成了自己的历史任务。"

她灿烂地一笑,说:"是的,我们都完成了自己的历史任务啦,历史早就远远地抛下了我们啦。"

我不知道她说的"我们"是指她和别的苏联人例如这位老学者、官员呢,还是也指我。

在她离去的时候我分明再次看到了她的不堪的步态。我觉得悲凉,也觉得淡然,我知道,我会忘记她的,正如她和她的同胞会忘记我们,那整个一个亲苏的一代。

临去的时候她轻声说了一句话:"在我出生前后,列宁告诉我的父辈们说,到时候面包会有的,黄油会有的,什么都会有的,但不是当前。后来,在我加入少年先锋队的时候,斯大林告诉我们要勒紧裤带建设社会主义……后来赫鲁晓夫告诉我们到了某某年,苏联会建成共产主义,现在又告诉我们,现在是改革的阵痛期……我们的命运是耐心等待,等了一代再一代。"

我包了两包食品,给她和她的曾经显赫一时的代表团副团长。她坚持不收,副团长说:"我的家庭人口更多些,既然她不好意思要,那就都给我吧。"

我太太一激动,把自己刚刚定做的树脂变色养目镜送给了她,那镜框是钛金的,相当华贵。

然后又是吻别,妻竟然与喀秋莎同时大哭了一场。

当然,此次会面,她与她的副团长都没有做记录,没有掏出小本本来。

后来,苏联就解体了。

十六

忘了,没有忘,忘了没有忘。我常常想起苏联小说里描写的那个姑娘们用撕扯矢车菊花瓣的方法算命的细节。当一个姑娘陷入情网,她会拿起一朵野菊花,嘴里说:"爱我,不爱,爱我,不爱……"同时一瓣瓣地撕花瓣,如果撕到最后一瓣花的时候恰逢念到"爱我",那么她的心事就能成功,反之就很不幸了。我静下来也会问自己:忘了还是没有忘?对这件事我从来没有触动过,没有说过写过,它常常地埋在自己的记忆里。我相信写作上的暴露狂是江郎才尽的表现,除去内裤里的那点小把戏,一些同行已经没有别的新东西可写的啦。我也从来认为,遗忘与记忆是孪生的姊妹,一个什么鸡毛蒜皮也忘不掉的人其实与一个业已失去了一切记忆的人是一样的可怜。在我过了六十五岁以后,我追求的重点日益从记忆——例如学习就是一种记忆的强化和积累——转向遗忘了。就是说,我日益认定,只有把一切该忘记的东西忘得干干净净,才能进入新的境界,我们的"毛文体"管这叫做"轻装前进"。

离白发靓佬在餐馆里宴请一批俄罗斯倒爷(包括一名倒姐)过去半年了,这半年我为了这位爷的没有出现而感到怅然。这位爷的存在正如这个餐馆的存在,使我在有所怀恋有所惘然的同时有所烦厌有所注意乃至有所警惕,没有了它餐馆显得缺少了分量,回忆与现实、格瓦斯与红菜汤显得缺少了分量。却原来厌恶也是人生中一种不可或缺的调味品,活得无所厌恶,只剩下了爱和爱和更爱,让世界充满爱,甜兮兮,麻唧唧,那还有什么小说可读可写呢?在"文革"结束许多年以后,我从这个角度再次体会到了阶级斗争熄灭论的谬误。

终于在新世纪到来之后的一个大刮沙尘暴的日子,我又在餐馆里看到了预留下的三张桌子拼起来的大桌。我马上预感到白发靓佬即将到来。他来了,换了一个女伴,更妖艳却也更苍老,原来我以为种种的花样都是新人类新新人类的事儿,却原来新千年新世纪的到来像一只强有力的搅屎棍的搅拌,连老人类也不安分起来,浮躁起来,盲动起来了。妖艳的半老女人还没有坐稳就喊开了:"中档,这里只能算中档,如果我妈妈还活着,她是宁可让我在家里吃烙饼也不让我到档次不够的餐馆来的。"

白发靓佬回答:"我记住了,你母亲曾经有一条项链,那个项链的坠子是一枚二百克拉的红宝石。"

"怎么可能是二百克拉?你胡说八道些什么呀!"

"那就是二十克拉或者零点二克拉或者两千克拉还不行?前几十年都假装是出身于苦大仇深的贫农,这不,现在又都冒充最后的贵族了,何其可笑也!"

老家伙装模作样地说。

他们的谈话比另一个桌上的大哥大铃声还影响我的食欲,好在我与这家餐馆已很熟悉,我便端起格瓦斯转移到门边的相对清静一点的一张小桌。

刚刚过去便听到门口一阵骚乱,原来是四个服务员和一个小伙子共同抬进来一个轮椅,坐在轮椅上的是一个胖得成了方形的人,他的身高与体宽似乎相同,他的肩宽与背厚也完全相同。他的脸孔也是方形的,嘴巴、眼睛直到鼻孔都是方的,只有眉毛和鼻梁是矩形的。餐馆服务人员抬椅进门的时候他粗声喘着气,像是抬进了一台柴油发动机。忽然,他喊了一声,抬他的小伙子便示意服务员停下,这个轮椅停在我的桌前了。

"你是小王!"他突然口齿清晰地说。

"你是吕明!"我也认出来了。他一切都变了,我改变的幅度也未必比他小,但是我们都不会错过对方。比形貌更重要的是人的那股子劲。

如此这般,我也被强拉到了那大大的一桌席上。在清晰地认出了我以后,吕明的口齿再也清楚不起来了。他极含混地谈到了他自己。几十年没有联系了,其实我也风闻到他的一些情况:解放后他的日子很特别。以他的资历和聪敏,他本来应该有所作为乃至飞黄腾达的,但是从五十年代以来,他就为了男女"作风问题"而麻烦不断,据说情节与性质非同一般,叫做十分恶劣,屡教不改。于是他老兄一次又一次地受党内处分直到一九五九年因"流氓罪"而被判刑,困难时期说是又平反了,后来调到远郊区一个农场当基层干部。再后来各种运动更加激烈,大家都是自顾不暇,他的情况就不知道了。

已经无法想象这位方方的同志怎样风流成性,风月无边了。

他介绍说,宴会的东道主叫老"丢",是姓丢还是刁还是杜还是刘以及世上究竟有没有姓丢的,存疑。他恍惚说:这个人可是不简单,由于间谍嫌疑,他坐过两边的监狱,他也见过两边的领导人。他现在做中俄两国的贸易,是个大商人,除了热核武器,你从他这里什么都买得到。如果你真的需要氢弹,估计也还可以商量。吕明补充说:"老丢有过几个俄国相好呢。"

我只觉得如坐针毡,但是我毕竟不应该离开多年不见的当年把我引向革命的吕明同志,吕老。他这一辈子也算是备经坎坷。他模模糊糊对我说了一句:"我不后悔。"

歌曲音乐表演开始,第一个歌是《喀秋莎》。

"这个歌是我教给你的。"吕明显出了狂喜的神色,突然又极其清晰地对我说。

我连忙点头称是,我说:"是你用革命的火炬照亮了我……"这样说了,但是我觉得说得不够好,又不知道究竟应该说什么。

然而他很激动,他含糊不清地大说特说,他的儿子——就是懂得他的一切含糊不清的语言并下令让他的轮椅停留在我的桌前的年轻人——"翻译"说:"我老爹说,请大家注意,他为我们党我们国家培养了一位人才。"

于是大家哈哈大笑，举杯干伏特加。过了一个多小时了，酒已经喝得差不多了，吕明忽然大喘起来，他的儿子说："老爹希望俄国小姐再唱唱《喀秋莎》。"

白发靓佬丢老板找来了餐馆经理，说此日是轮椅里坐着的吕老的七十岁生日，他请求俄罗斯小姐多唱几遍《喀秋莎》。经理马上推销价值一百八十元的拿破仑奶油栗子粉蛋糕和提出专庆生日的特别服务，丢先生一律首肯。小姐（我也说"小姐"了，呜呼！）于是加唱了一遍《喀秋莎》，她唱完，又由鼓手用男嗓以类似摇滚的处理唱了一遍，小姐轻声伴唱，再以后电子琴手又用半男半女的假嗓唱了一遍，再以后整个乐队四个人又嚎叫着唱了一遍，吕明忽然兴奋了，他竟然也引吭高歌起"歌声好像明媚的春光"来。

这时送来了生日蛋糕，全场灯光骤暗，蜡烛点起，乐队唱起《祝你生日快乐》，一阵"happy birthday to you"的歌声，标志着英语的业已征服世界。

而当灯光重新亮起的时候，吕明的儿子大呼不好，方形的吕明在轮椅里变成了圆饼形，他的口角上流着夹血的涎水，他的头彻底地垂下来，他的脸色青中透白，只有他的嘴角，含着几分笑意。

与此几乎同时，一个神色匆忙的特快专递送信人走进餐馆，把一个加着黑边的大信封交给了俄国姑娘。

……你们都已经猜到，吕明同志是这个晚上故去的。再有，从此这位俄罗斯小姐一去不归，代替她的是一个丰满白净的俄罗斯小姐，她一面唱一面扭腰摆臀，很像一只白天鹅。从此，餐馆的生意大大地火了起来。还有，我不久收到了关于卡杰琳娜·斯密尔诺娃的讣告。随同讣告，寄来了我们近年几次在中俄会面的照片。其中包括一张已经发黄了的照片，那是一九六〇年我们在知春湖船上照的，那次她穿着黄底大黑褐色直道的泳装，她的腿与芭蕾舞演员无异。我的死于四十年前的外祖母曾经指着家里的几件老木器对我说："是件木器就熬得过人。"我发现,是张照片就熬得过人,微微变黄了也罢。

一个疑问:为什么我点唱五次《纺织姑娘》被拒绝,而老丢点了那么多次《喀秋莎》成功,直唱得吕明上路?

十七

白发靓佬说要请我吃一次饭,他要与我谈谈"斯密尔诺娃"的事情,他用这个姓氏显得格外尊重。我同意了,但是我坚持这次由我做东。

他也点了头。我们是在一家上海本帮菜馆吃的饭。这次他给我的印象远比过去为好,显然,有些敌意出自假想,我们几十年与假想敌没少进行浴血战斗。

老丢说:"我早就看出了是您,我在斯密尔诺娃那里看到过您二位划船的照片。您真好,几十年过去了,您还是一点都没有变。"

我的脑子里嗡的一声。

"斯密尔诺娃对我说,她有您这个中国弟弟。"老丢放低了声音说。

一阵暖流冲得我摇摇晃晃,浑身滚烫。我为之语塞,我说:"你,你们……"

"我们……没有别的。"他思量着措词,我反而脸红了。他继续说:"吕明大概告诉了您,我是一个三教九流、摸爬滚打的人。我有不少俄罗斯女朋友,对不起。但是斯密尔诺娃不同,完全不同。我真正喜欢的是斯密尔诺娃,我从来不敢在斯密尔诺娃那儿胡来。她是个真正的苏维埃人。六十年代她表现很不好,从我们的观点来说她很不好,因为她做过许多反华发言。"

老丢说到这里脸竟然涨得通红,他喘着粗气。这一瞬,他给我的印象很有些个不一样。

我点点头。

"然而她从中国回去以后,还是不受信任……"

"为什么?"我急切地问。我狐疑起来,莫非黑粗粉条也给她找了麻烦?

"谁知道?我觉得她太认真,她以为一切都是真的,苏维埃爱国主义,意识形态的纯洁性,反对官僚主义,民主与人道主义,人情味什么的。在苏联,你真的按照《真理报》社论去做的话,你倒霉得更快。您懂么?"

我不愿意谈话向政治方面发展,我尤其不喜欢"您懂么"的口气,便一声不吭,无表情地坐在那里。

最重要的是老丢向我讲了她的不幸的爱情。老丢说:"据我所知,斯密尔诺娃有一个情人牺牲在卫国战争里,由于他是背后中弹死去的,红军不承认他是烈士,也没有任何抚恤。当然,有抚恤也没有斯密尔诺娃的份,他们没有结婚,从法律上说她什么都不是。她的第二个情人是一个内务部的高官,有妇之夫……"

这使我想起了署名寄粉条的那个人。

"不,涅特,我们不说这些个吧。对不起,您吃点菜,要不要往虾仁上放点陈醋?"

我是为了听斯密尔诺娃的事情才与他一道吃饭的,但是他刚刚开口就被我打断了。不,我不要听真相和细节,我愿意斯密尔诺娃生活在我喜爱的歌声里,生活在"遥远啊遥远,那儿弥漫着浓雾"的那里,那就够了。我们共同怀念她,这就够了。

"她从前可教条了,为了中苏论战,她与我争论了不知道有多少次……"

"那么她的女儿呢?这位唱歌的姑娘是不是她的女儿?您不认识她么?"我问,我不想听老丢从政治上给斯密尔诺娃同志做的鉴定。

"这始终是一个谜。除了一次路遇,那还是她的女儿十来岁时候,我再没有见到过她的女儿。当然,这位歌手长得很像斯密尔诺娃。"

那天我喝了太多的绍兴黄酒,我不停地建议为了斯密尔诺娃的在天之灵干杯,后来干脆为了俄罗斯干杯。我学着俄国人大叫"ЗА МИРУ！ЗА ДРУЖБУ！"(为了和平,为了友谊!)我醉了两天两夜,老丢究竟还介绍了斯密尔诺娃一些什么,我死活记不起来了。

我后悔,不该与老丢谈论斯密尔诺娃和她的女儿。许多记忆和郁闷是不能共享的,真正的记忆都是隐私,而共享就是杀戮和消灭。

老丢送给我一本苏俄诗人叶甫图申科近作诗集的中文译本,他说他是受作者委托把书交给我的。诗人在自序中说,多年来苏联像一部车子陷入了泥沼,于是大家拼命推它。诗人承认他自己曾经起劲地推这部车子,然后,这部车子轰然前行了,溅了推车者们一身泥污,然后,车子不见了,推车者们茫然地站立在泥泞前。

从此我更加不愿意见白发靓佬了,为了不再见到他,我停止了去喀秋莎餐厅用餐。

我再次想起了这个问题:什么才是真正的珍重呢？时时记起时时重温,还是小心翼翼地摆在那里,如同永远埋进了坟墓……

发表于《收获》2000 年第 4 期

秋 之 雾

沉睡着的叶院士听到了一点声音。是敲门还是身旁有人翻身？是轻轻的叹息，还是感动地吟唱？他不想醒来。他又有点怕：假若老是不醒？！

渐渐地变成了呼唤，声音越来越强，却不够响亮，他的四肢是被什么压死了呢？谁的声音？陌生而又这样熟悉，遥远而又亲近，隐秘而又坚决。像是久古的往事，像是坠入了深井，打捞哇、提醒啊、催促哇，他自己反而愈陷愈深，爬不上不定期也捞不出来。

最后，是不是打更人的梆子，夜里突起的北风，令正在酣睡的他惊醒？微弱的但是尖利的哨音与窗户的咯咯作响使他不安。他竟然忘记了他最最不会忘记的自己的来历。

现在已经没有打更人的梆子了，现在有的是防盗门、监视镜头、电子报警器与110、112报警电话。有许多晦气的酸溜溜的文学家徒劳地守护着过去和记忆，而他是工程院的院士，他注视着各种（多半是进口的）最新最好的仪器和技术，运用到临床实践，引上市场。

哎呀，哎呀。曲曲折折，千啼百啭，千娇百媚。叹息，歌唱，呼喊。赔小心，轻柔的抚摸，永远的对于母亲和孩儿的依恋。是宠物吗？难舍难分，终分终舍。

哎……呀……哎……呀……尖尖的下颏，细细的眉毛，擦着白粉的脸，劣等化妆品的气味，玉一样的胳臂与葱一样的手指。指环和镯子，红耳坠和绿发簪……什么？小孩儿，小孩儿。他是一个小孩，最根本的,他不是院士,不是会长,不是委员。

谁?我怎么会梦见了她?我怎么会那样清晰地听到了她的声音?她是谁?

……后来再也睡不着了。叶院士一次次重温自己梦中听到的呼唤呻吟,和由声音而不是由色彩和线条构成的形象。他慎重得像是回顾一系列化验、计算、扫描、透视录像的过程与结论。然而,自从梦中听到那声音,他的方向就是明确的,他的结论出现在他进行思考和分析之前,叫做先验指向——是阔别七十余年的桃花和桃花调。

多么奇怪。由于要离开故国这一块热土,所有的陈谷子旧芝麻,所有的尘封与埋葬,所有已经自动或被动删除了的乱码、"非法操作"、被蠕虫病毒损坏了的数据……都冒出来了。

但是你不应该那样清晰,你不应该那样牵心,你从来与我无关,我从来没有在乎过你和你的同类,你和我互相从来没有进入过对方的梦对方的记忆对方的脑和灵魂。

甚至,几十年了,一辈子了,我不但没有说起过你也没有想起过你在意过你。而你完全突然地袭来了。像是一个一贯身心健康的、没有到伊拉克也没有到阿富汗、穿着新式防弹衣、保护得无懈可击的强人受了枪伤,难以诊断更难以治疗。这不单纯是外科学、伤害学或者战时救护学的问题了。

叶院士有一点怕。

两个小时以后,他打电话给他的助手,说是他决定接受邀请,下午到老家桃花镇去。

助手表示,已经辞谢过了,对方并没有提出异议,也可能原先对方只是礼貌性地邀请一下……而且,后天早上七点四十九分,美国西北航空公司的航班,第一站是底特律,转飞多伦多,包括转机等待,他要飞二十多个小时。

我知道。还是去一下。毕竟我小时候生活在那边。我会注意的。我知道我已经八十四岁。七十三,八十四……自己去……这也叫中华文化。

就这样。

于是有了去国养老之前的桃花镇之行。下了高速公路有人接待。吃的有海鲜也有山珍。所以那么多人得了脚痛风、心绞痛和糖尿病以及胰腺炎、十二指肠穿孔。然后他听了桃花调。

他弄不清自己的祖籍，干脆就拿桃花镇做自己的祖籍。他小时候住在一个大四合院的前偏院，应该算是"下人"例如车夫住的地方。但那时候已经礼崩乐坏，"上人""下人"都是贪婪的房东的厚颜的房客。主院正房住着一位军官，穿黄呢制服，一副痞气，与后来他看到电影里对于敌伪军官的表演十分贴近。还有一个瘦小的女子，面色黄中透绿，像是刚刚献过八百CC鲜血。叶小毛（他小名叫小毛）是被禁止到主院里去的。他常常在主院的垂花门外听这位女子唱桃花调。桃花调只流行在桃花镇方圆几十里地区，用方言演唱。曲子里不停地用"哎呀"做发语词与感叹词，这像是北方的梅花大鼓，用"哎哪"起始。桃花调听起来比梅花大鼓还要缠绵悱恻，如泣如诉，等到叶夏莽有了夏莽这个官名以后，在中国坚决地走向了社会主义以后，他坚信它是靡靡之音，唱多了听多了都要亡国，就像江青说起苏州评弹似的。

叶院士在桃花镇听了由民间文艺抢救组织安排的桃花调演唱，于是越过了叶夏莽，他连接上了叶小毛时代。桃花镇的文化局长告诉他，桃花调已经差不多消失了，最近的旅游事业的突然兴旺，使各种已经消失的东西还魂复生。桃花调依然悲悲切切。

他仿佛看见了住正房的军官的那位姨太太。假设是姨太太吧，也许连姨太太的名分也没有。姨太太就叫桃花，他听军官这样叫过她。她的声音有一点特别，她的声音太"糯"了，柔软、粘连、甘甜、细腻……其实换一种说法就是嗲贱。尤其是苦情，她的声音好苦。就连她咳嗽一声，你都会觉得她已经嚎枯了嗓子，她的咳嗽是为了得到普天下男人的惜怜。

断肠人……红楼紫陌……凄风苦雨……
　　冰轮乍现……万种闲愁……落花委尘埃……椽烛垂泪清宵长……
　　世间只有情难诉……疏刺刺林梢落叶风,静悄悄门掩清秋夜……

　　只是在这一次,在七十多年以后,他通过"抢救民间遗产"用的幻灯片看到了这些文绉绉的词句。这简直是发了疯,这么偏僻的小地方,这么土的调调儿,却要唱元曲的原文。也许当年的元曲,当年的马致远、关汉卿和王实甫的角色正如后来的流行歌曲歌词作者陈蝶衣、田汉、罗大佑与高晓松,而当日的西厢记与牡丹亭在人们的心目中正如今日的电视连续剧。桃花镇是一种艺术,一种曲调和唱词的盛衰消长、冷落灭亡、回光返照的见证。现在的口味都变得落花流水了。现在的口味不但不接受昆曲、南音、古琴《高山》与《流水》,而且也不接受大鼓、评弹、广东音乐《雨打芭蕉》与《小桃红》了。现在最受观众喜爱的是电视小品,最喜爱的演员是赵本山、赵丽蓉和宋丹丹。而桃花调是无法再流传下去啦。
　　而等他在晚宴后坐在一辆崭新的帕萨特行进在大雾中的时候,他琢磨着这些文词与当年桃花苦苦地哼唱着的曲调,他慢慢地搞明白了把一些旋律与文词对上了榫。
　　我的悲哀在于作为一个医生,一个工程院的院士,我的杂七杂八的记忆力太强。我的情感也太多,超标。好像是毛主席说过,不需要那么多感情。这影响了我的专注,从而影响了我的事业、学科建设、成就贡献直到"政治觉悟"。如果我心无旁骛,我也许早就获得了中华医学大奖和诺贝尔医学奖……或者,我早就当了什么什么级的"长"。
　　这一切都又有什么意义?正如同一位刚刚过完八十大寿的院士所说:我现在是,谦虚也不能再进步了,而骄傲,也不怕落后了。

桃花镇的主人一再挽留叶院士在镇里过夜，晚饭后到处是浓浓的烟雾，少量的几只路灯灯泡摇曳着香烟头似的红光。这里秋冬之交雾大，估计高速公路已经封闭。叶院士坚持当晚一定要走，他只有一天的时间了，他要与自己的城市、祖国告别，他要与自己的儿童、少年、青年和老年时代告别。当然也包括壮年时期，虽然壮年时期是在另外的遥远的地方。锻炼，改造，拼命，然后是一场梦，是各种笑骂和刻薄。他终于得到了肯定，越肯定他就越惭愧。再回来，也许要借助一个平静的精美的骨灰罐。他的不幸在于他还有一个宝贝女儿，女儿在多伦多，女儿非得叫他去。而老人更应该选择的恐怕还是孤独。

再说他一辈子拗脾气，轻易不愿意因外力而改变自己的安排打算。他不能留宿桃花镇。当然。

越靠近高速公路雾就越大，连香烟头似的路灯泡也看不见了。叶院士还从来没有见过这样的雾，他的感觉像是战争中敌方向我方发射了几千几万发烟幕弹，一团团炮弹——浓雾向我方扑来，连接，撞击，融合，破裂，拉伸，歪扭，爆炸……最后变成了整体的铁一样的屏障。要不这是视觉的障碍，衰老和病变把一团团的白雾打向他的双眼，双眼因而陷入雪白的雾气里面，变成一团漆黑。汽车如同漂泊在灰黑的泛滥着的洪水里的一只船，小小的泰坦尼克号。伸手不见五指，只有偶尔的强灯光照耀下可以看得见一小块灰蒙蒙的雾气，像是已经封闭了的眼帘不知怎么的又睁开了一道细缝，等着你的汽车向它撞去。我……叶院士的嗓子嗞呀了一声。您……汽车司机的嗓子里也嗡隆了一声。声音都没有发出来，半路上又被自己咽了回去。可能他们二人都已经后悔，这样的雾天是无法行车的，因为你看不见路，看不见前后左右。

但是你们这不过刚刚开始，还没有开始，既不能上高速公路，也不能上老路上便道上辅路。没有开始便改变方向是可笑的，还有可耻。你也已经无法走回头路，你的前后左右已经全都是同样的惊慌的严肃的被大自然收入了罗网，收入了陷阱，收入了雾的全面控制之下的车辆。不管你是宝马,你是奔驰,你是林肯还是奥迪,哪怕你带着摩托开道警卫车辆,你再无别的办法,你没有任何特权。你只能试探着,紧跟着又紧防着,慢慢地往前蹭。往左一点点,赶忙又往右一厘厘,你不能前进,你不能不前进,你绝对不能跑也不能停,不能溜走也不能回头。你害怕追尾,你害怕被追尾,你害怕剐蹭,你更害怕驶出公路掉在沟谷里。

因为你看不见道边,看不见里程碑,看不见排水沟,看不见任何红线、黄线、白线和交通标志牌。不知不觉,无心无意,你已经把自己交给了车流,不怎么流的车流,交给了雾,交给了命,交给了路。你已经无法摆脱,无法选择,无法懊悔,无法潇洒,无法强行,也无法再聪明一次或者执着一次。即使你与汽车司机都是懦夫,你也只能阴沉地,专注地,英勇无畏地开始走下去,继续走下去,似乎是永远走下去。

当然,显然,高速公路早已封闭。你的车开始在老路上行驶,大半是老路上吧,大雾中,又哪里有什么老路与新路的区别,乃至路与非路的差异呢?己身究竟何处?连司机也说不准。如果失去了一切参照物,哪里又能是哪里,哪里又能不是哪里呢?

十米了,又两米了,二十米了,最多是走了二十五米了,前面的车的尾灯和刹车灯同时亮起。在这种大雾弥天的情形下,前车的尾灯就是你的上帝,就是指路的北斗,就是唯一的不容怀疑的方向,就是除了你和你的车以外的世界的唯一的存在。前车的尾灯也就是你的界限,你的边缘,你的威严的律条,你的结束。现在,车停下来了。为什么停呢?没有人知道。你依稀看得见的只有车前五十厘米处的前车的尾灯。此外,什么都不知道。

司机轻声说:"要干……"北方的说法,好比英语说 well done,做好了,做熟了,天做,雾做,冬做。司机打开车内的灯,显得车外更是黑暗加上了黑暗。司机摸摸索索了一阵子,找出了一盒磁带。他一声不吭,打开音响,放进磁带,发出吱吱哑哑的声音,他含含糊糊地说了一句:"朋友新录的……"他猛然开动了车,他慌了神,就在他使用音响的一刹那,前面的车的尾灯不见了:它拐了弯了?它加了速?是雾更浓密了?雾像墙一样,他们只有硬往墙上撞。

哎呀,哎……呀……哎呀……

同时传出了桃花调的演唱。呲呲啦啦,沙沙哑哑。

娇莺欲语,眼见春如许……

找到了前车的尾灯了,乌拉,喂哇!前者是斯拉夫人,后者是拉丁人的欢呼。

是杜丽娘,来到这大雾里,这车里,这院士的身边来了。声音不好,像佳人犹抱琵琶半遮面,更加娇滴滴,而现在已经不是娇滴滴的时代,现在要的是辣妹猛男,要的是挺胸昂首,大劈叉,长胳臂长腿,野性厚嘴唇与酷。

朝看飞鸟暮飞回,印床花落帘垂地……

靡靡之音。穷极无聊,百无聊赖。他后来对桃花调,对往事就是这样告过别的。解放以来,告别是令他最激动的一个词,与贫穷愚昧告别,与专横野蛮告别,与阴谋恶毒告别,也要与一切的空虚一切的颓废一切的犹豫一切的疲乏一切的顾影自怜告别。他是这样想的,也是这样做的。或早或晚,人人都要与己告别。

因为桃花的脸上青一块白一块,他相信她挨过军官的打。他夜间听到过桃花的压低了的惨叫。而他的家人都说没有听见过。他始终怀疑他们是不敢承认听到过。因为桃花唱得凄凄惨惨,诉说如哭,起调如鸣,过门如抽噎,激昂如救命狂呼……他的神经在桃花高唱时被抽成了细丝,卷起来飘洒天空,丝断了,风筝被狂风吹走,不知伊于胡底。神经丝飘向天外,飘向了没有人类也没有星球的地方。这时歌唱的女人又用一声"哎哟——"抓住了叶小毛少年的心尖,把游丝一点点捋回来,像收回已经把风筝送到了星星上去的麻线,线轴飞速旋转,风筝不见返回。于是低音徘徊,欲哭无泪,欲叫无声,失声失语,只剩下了枕边的抽噎叹息,只剩下了叫天不应叫地不灵的翻滚挣扎,只剩下了总算吐出来一点点的无声的浊气。

正是这似有声似无声的低音区的演唱或者只能算是喘息,感动得他涕泪横流,一塌糊涂。

风筝呢? 你最后到了哪里?

于是在一个春天,落花如雨的日子,叶小毛被桃花调的迷人的力量所推动,他大胆违反规则,登上高台阶,走过垂花门,下得高台阶,经过藤萝架,跑到了正院子里,跑到了军官家的门口了。

"小孩,不,小兄弟,麻烦你进来一下……"曲声停了,桃花在叫他。曲终人见,他进到一股令人紧张的香气扑鼻的正房客厅里去了。

他只是被叫进去帮女人换装一个天花板上的电灯泡。他第一眼看到了摆放在房里的鼓架、鼓板,好像还有一个弦子,他不知道那是什么乐器。女人很衰弱,房间里除了劣质化妆品的香气以外,还有一种依稀的像中药也像蒸煮的莲蓬菱角,又有点像烟油子的气味。长大以后,出门以后,他第一次被人邀到西式的咖啡馆去喝咖啡,那浓烈的磨咖啡豆的气味,使他想起了往事,他并且断定,桃花家里没有咖啡,那么,只能是鸦片的气味。

女人给了他一把杂拌儿,杂拌儿里有糖藕、有脆枣、有桃脯、有花生粘还有山楂片。杂拌儿染了些颜色,令未来的叶院士心怦怦地跳,病快快的桃花的手碰到了他的手,她的手冰凉而又柔软得像是死人的手。然而她的手的动作非常动人,她的手指像花,她的手腕关节特别灵活,她抬着并且自然地弯曲着自己的全部手指,她的玉臂像藕……

回到家就被妈妈打了一顿。妈妈认定,军官与土匪,而他的女人与娼妓,都是一丘之貉。

他突然累了,他半闭上了眼睛。他自言自语着:杂拌儿,杂拌儿,那是什么呢? 像牛皮,像后脚跟,管它叫做桃脯,有杏干,有脆枣,有花生粘，有甜藕片，有苹果干。杏干是有杏的酸味儿的，酸得好香。桃脯已经远离了水蜜桃，而苹果一经晾成干儿，就软糟得如同棉花。后来后来……这些东西也已经都没有了。为什么？不为什么。现在各种好吃的东西太多了，例如酒心巧克力与泰国盐渍干芒果。一代又一代成长起来的新人对于吃传统食品没有要求，没有怀旧感，没有不"忘本"的训导。连篇累牍地说什么忘本不忘本……也许我们应该追溯到周口店的猿人洞穴。就连桃花镇遐迩驰名的泡菜也已经没有什么人做了，科学家已经检查出来，说是那种泡菜如同修红旗渠修得名声大噪的河南林县泡菜一样，含有黄曲霉素。另一种不含黄曲霉素的家乡的羊肠子，也没有人吃了。羊肠子其实是猪火腿肠，为什么叫羊肠子，不详。三年前他回家乡的时候，地方政府为他设宴，第一道酒菜竟是基围虾，接着上来的却是韩式的烤牛肉与澳大利亚的龙虾与日本的寿司。在一日千里的今天，谁还有童年，谁还有故乡？

　　劈啪劈啪，他隐隐听到了一些细微的声音，他奇怪，莫非是雾团撞击到了他的脸上和汽车上？他感到了浓烈坚实的雾团向他们袭来，被他们撞得粉碎，立即又重新结合成紧密的团块，令人窒息。这时他听到了司机的惊呼，呻吟一样的两个字："毁了……"怎么了？原来是司机听到了不远处的火车汽笛的长鸣，向他"请示"该怎么办，他当机立断继续前行，那一瞬间，也许一问一答耽误了十分之一或者百分之一秒，这刹那的犹豫，使他们的车再次丧失了前进的目标：前一辆车的尾灯。没有那红眼睛似的尾灯，他们就只能在黑暗中进行真正的盲驶，他们只能根据方才的惯性，不左不右，不动不不动，不打轮也不不打轮，哆哆嗦嗦，颠颠簸簸，慌慌张张，随时准备着驶进大坑、深沟、泥塘、地狱，随时准备着追尾、被追尾、剐蹭、挤撞……

　　　娇莺欲语，眼见春如许……

　　怎么又是杜丽娘？杜丽娘也惊慌失措了么？杜丽娘因情而殇进

入了阴间以后,看到了就是这样一副黑暗中行车的景象吧?杜丽娘哭了,所有的戏中人都哭开了,你和我,他和她,姑娘和少爷,密斯和密斯脱,雷笛斯和坚陀门,都有一些应哭欲哭得哭非哭不可的遭遇和心境,有泪欲雨,眼见春如墟,如嘘,如吁,如絮。杜丽娘会不会沦落到桃花的地步,被包了"二奶"?于是哭得如诗如歌,如泣如诉,如不情愿的爱的喘息与呻唤,桃花调的唱腔好像干涸的龟裂的地面涌出了一股清泉,好像麻木和迷茫中激扬起的一丝震颤,好像无边的黑黝黝原野上升起了一颗转瞬又被乌云盖住的星星。它有一些些悲伤,更有一星星甜美,有一片片落叶更有一瓣瓣一朵朵桃花。然后有杜丽娘和崔莺莺,命中注定在盲人骑瞎马的经验中有一个千娇百媚,莺声燕语,风情万种,愁肠百结的杜丽娘与他陪伴,那么,该掉到沟里就掉到沟里吧,该撞到火车上就被火车轧成麻花吧,该粉身碎骨就粉身碎骨吧,人早晚有一个了结,与其这样麻烦那样痛苦,这样折腾那样闹哄,与杜丽娘与桃花调一起安息未尝不是一个好的出路。

而最最奇特的是,杜丽娘唱了两句,琵琶和四胡,扬琴和三弦的过门变成了周璇的时代歌曲,现在则是"古代"歌曲的旋律《夜上海》,他几乎能合着节拍唱出:

夜上海,
夜上海,你是一个不夜城……

他们的车刚刚颠了一下,是驶过了铁轨的标志吧,同时火车汽笛的声音,车轮轧过铁轨的声音大作,震耳欲聋,是不是有哪辆搭载着要人好人宝贵的人的汽车已经被碾轧得粉碎了呢?他不敢断定。是不是有哪辆车为了躲避这样的灾难而引起了一系列追尾和冲撞,反而造成了更大的灾难了呢?他也不敢肯定。

碧云天,黄花地,西风紧,北雁南飞。
晓来谁染霜林醉?总是离人泪……

又成了《西厢记》?是真的这样唱了,还是他以为是这样唱了?

他想起了他的妻子碧云,她为什么具有一个这样通俗的名字?她的名字大概与《西厢记》无关。五十年前叶夏荪到列宁格勒进行学术交流的时候,碧云是那里的留学生,暑期中她临时被派来做他的助手兼翻译。开始的时候她对待他就像对待自己的父亲,她正为没有前途的恋情而苦恼。她告诉他,她在这一年的新年被邀请参加在克里姆林宫举行的新年舞会,她成了一位特别英俊潇洒的乌克兰青年基里尔的舞伴,他们一起跳了三次华尔兹与两次狐步舞,她说,他们俩成了全克里姆林宫注视的对象。她与叶夏荪一样地重视人的名字,她说基里尔这个名字是费定的著名的三部曲的主人公,在《早年的欢乐》里他的初恋情人是叶李莎维塔,到了《一八年》,基里尔忙于东奔西走地革命……李莎嫁给了一个商人。

　　碧云说现实生活中的基里尔写过许多信打过许多电话,他们有过许多约会,她只有极少的几次赴约。她说有一次她失约,而基里尔在风雪的莫斯科街头等了她一夜。她哭得肝肠寸断。

　　……后来不是基里尔而是叶夏荪与碧云结婚了。叶院士似乎有几分惭愧,他反省过,他不是夺去那个叶李莎维塔的皮货富商。他的年龄虽然比碧云大几岁,但也完全没有达到令他或任何别人嘀咕的程度。除了……那一次,他们的婚后生活平稳而且安静,没有外遇,没有第三者,没有争吵,没有经济纠纷。他们婚后从来不谈与苏联有关的话题。一九五九年传达了苏关系事情,他们俩在一起坐了一晚上,只问了一下:"传达了?"回了一句"传达了。"就再没有说一句话。叶夏荪曾经想打趣一下,说"幸亏你是嫁了我……"话到嘴边他咽进去了。

　　他们俩的工资放在一个抽屉里,谁想用谁用,钱少了,就自觉地少用或者不用。只是在出现那次事情以前,她对他说过一句事后他想起来觉得是带怨尤的话,她说:"我们这一辈子过得是何等安静呀。"他回答的是:"你还小呢,什么一辈子两辈子的!"他根本不同意安静的评语,整天开会,运动,斗争,转弯子……他都乱死了,难道回到家还要热闹一番吗？再说他不是苏联人，他的性格里没有伏特加与哥萨克的因子，他的文化积淀是别样的。

除了那一次，他始终不承认的那一次。

那是一九八八年。他出席全国微创手术研讨会，并当选为外科微创手术学会会长。那天他们听取一个外国专家讲演非小细胞肺癌外科微创手术的有关进展，会后临时被邀参加晚宴。中国人都是这样的，临时告诉你，要去吃。回家的时候遭到大雾，车不敢快开，到家已经晚十一点半了。

碧云不在家。他到处打电话。他和女儿到处找。焦急中更多的是愤怒：不早不晚，恰好在他的事业出现了一点点辉煌的苗头的时候，不早不晚，恰好在天降大雾，车都没有办法正常开行的时候……他最后报了警。

第二天凌晨五点多钟，碧云回来了，身上的衣服有破损，脸上身上青一块紫一块。问她什么话，她一句话也没有。她的眼神，绝对属于精神分裂型。虽然他的领域不是精神科。

只是在碧云回家以后，他才明白，头一天是他们结婚的三十周年。

他想起了五天前碧云向他说过的话："夏莽，你觉得你了解我吗？"还有一次干脆是："夏莽，说真的，你爱我吗？"他觉得相当恐怖。愿上苍保佑所有的男人不被自己的妻子或者哪怕是情妇追问这样的令人毛发耸然的问题。

但是他更愿意从医学的角度考量这一切，更年期，更年期精神疾患，可能是抑郁症，可能是癔症，或者只算是更年期综合征，也可能导致一时的或者长期的精神分裂。他尊重碧云，他已经被提名为院士，最高的学术头衔。他不想追问碧云是夜发生了什么事情，除了道歉以外，他不想说什么。他文明而且谦和，他事事严于律己，宽以待云，常常自我批评而不是批评对方。在家庭生活中，他觉得他几乎已经做到了圣人的地步。

他平静地面对了那个不幸的雾夜。他是医生,病人和病人家属可以激动,但是古人是怎么说的?叫做"医心如水"。

碧云整整一个多月没有与他说话。碧云瘦了,一天比一天瘦。他这才发现,消瘦的碧云长的特别像当年的桃花。他的院士的事情愈来愈有眉目。就在这当中他为碧云找来了最好的西药与中药。他还带着碧云扎过一个疗程的电针灸,治病的人先于他已经是工程院院士。后来碧云好一点了,他带她沿着长江畅游三峡。他们在重庆吃火锅的时候坚决不要辣椒花椒,因为刺激性的东西对于神经科或者精神科病人是不适宜的。

十多年后,她得了癌症。她在生命的最后一个月,坚持不再住六个人一个房间的医院病房,回到了家里。为了在最后时刻满足她的愿望,叶夏莽特意为她买了台式音响系统,到处寻找录有苏联老歌的"盒带"。他们一道听了好多苏联老歌。

而她死前一天做了噩梦,她的噩梦是她起床自己放了三次苏联老歌的盒带,结果播放出来的不是《喀秋莎》,不是《山楂树》不是《灯光》也不是《海港之夜》,放进苏联老歌带子,放出来的却是她最不熟悉最不爱听的北方曲艺,曲艺唱的是秋风,黄叶,孤坟和归雁。

婚姻的一个小小的悲哀,她不喜欢他曾经不喜欢,后来特别喜欢的例如梅花大鼓,京韵大鼓,河南坠子,单弦牌子曲。

他为了安慰她,亲自为她在性能先进的 SONY 音响系统上放歌曲,却发现了真正的骇异,一盒夹带着手写的字迹《莫斯科郊外的晚上》说明纸头的带子放出来的是梅花大鼓《黛玉焚稿》,他愤怒得几乎喊叫起来:"这是谁搞的鬼?"

他没有喊叫出来,却听到了类似影片声音效果的不绝回声:"谁搞的鬼?""搞的鬼?""鬼……鬼……鬼……"

那天他吃了强力的安眠药片。碧云病重以后,他更加确认,碧云病中的那个样子,下巴变得尖尖的以后,她长的样子纯粹是那个桃花的克隆,那个叫他"小孩",给他吃杂拌儿的桃花。

后来当然播放了前苏联的歌曲,碧云上气不接下气地给他解释,那是卫国战争期间的一首歌曲:《雾啊,我的雾》,夏莽点点头表示自己知道,他还说:"是查哈罗夫作的曲。"他随着唱道:

啊,雾啊,我的雾,
弥——漫——的雾啊,
游击队的战士要出征……

没有放完一盒带子,碧云去了。碧云死后许多年,他在碧云的一本笔记本里发现了一张照片,从照片背后的俄文字迹上,他断定,照片上的英俊的青年人是基里尔。他十分理智地断定,和这样一个乌克兰青年约会过,共舞过的碧云,在与他结为夫妻以后,理应折磨自己和她的丈夫一辈子。

他反而惊奇,她与他一起生活得那样安静。金子一样的安静。

在问他是不是爱她与了解她的那一次,他没有正面回答,他只是深刻地沉痛地说了下面的话:

……我们生活在一个粗犷的时代,我们常常来不及擦干我们头上的汗珠身上的血迹。外科学也好,无线电通信技术(碧云的专业)也好,甚至于爱也好了解也好家也好,都与我们面临的决死的战斗,一场旷日持久的常规战争或者,干脆是一场核战争有关,云,我们的神经纤维,不能那样纤细呀……

可能是他太激动了,虽然他自己也没有弄清他的话的含意与逻辑,他还是打动了碧云,碧云向他道歉,说是自己也不知道为什么要向他提出那样傻乎乎的问题。是的,正如叶夏莽表白,自从他们二人成婚以来,他再没有多看过任何女人一眼。这样的男子打着灯笼也没有地方找。碧云问他五天以后是什么日子,他突然聪明无比地回答是他们结婚的三十周年纪念。回答正确!他们二人拥抱在了一起,他们的热情和缱绻使五十出头的院士回想起来不好意思。

三十周年是一个雾天!少一点雾吧,多一点清风和太阳!

这次他决定违背一贯想法,打破自己生活的秩序去加拿大,也是为了亡妻碧云。他坚信,如果碧云在,会希望她去多伦多的。到女儿身边,毕竟离碧云更近一点,他终于明白了把一个家的日子过得那么安静是一种罪过。他终于明白了,打从"文革"结束以来,自己的日子过得那样规律,那样科学,每天半斤牛奶,每天七两西红柿,每天一个半鸡蛋,每天步行五千六百——一万步,每天记日记二百个字,每天不管睡得着睡不着躺七个小时……这本来不是不能改变的。

安静,除了那件事他和妻子安静得像是生活在雾里。有限的亲热,有限的说话,大部分都是事务性的:"我那双在日本买的皮样鞋怎么找不着了?""这个月的电费怎么一下子多了二百多块?""有一种新式的电饭煲,要一百六十多块钱,咱们买还是不买?"

有时候他觉得要做点什么,她推开了他。有时候他们刚刚躺下,刚说了两句平平和和的话,他一阵睡意袭来,发出了轻鼾。不知道猴年马月,他们靠在了一起,他们俩总是把门锁了又锁,把灯熄了又熄。到现在他想不起妻子的容貌,更想不起碧云的身体,他们的生活一直沉浸在大雾里。直到六十多岁了,他赶上了开放,他去了一些国家,特别是去了一趟印度,他去了卡吉拉霍,参观了那里的以性崇拜为特色的寺庙,他才恍然大悟,对于夫妻的事情,也可以有另一种观点和热情。而他,从四十多岁他就认定自己已经老迈,认定自己责任重,课题艰难,三头六臂不够使,他早就彻底地安静下来了。

他也明白,医学可能戕害了他,医学分不清一个有灵气的女子的生态与病态,医学对于爱情、性与家庭的解释足以摧毁生活的一切神秘、羞涩和欢欣。太浓的雾固然不好,一切都裸露在无影灯与手术刀底下呢?

这是桃花对他的报复吗?直到这次行驶在大雾里,他忽然得到了这样一种灵感,也许叫做顿悟:这样一种灵感和顿悟使他一头冷汗。

我枪毙了她。

他说出了声。

"您说什么？叶老师，您说什么？"

"没有什么。"他推托其词。

一九五〇年，刚刚获得解放的他，被大学选中去新解放区参加土改，多少羡慕的眼光注视着他，去以前他已经完全明白了土改中最主要的就是站稳立场……地主富农压迫剥削农民搞了几千年，谁为农民说过话？土改当中稍稍收拾一下地主爷地主婆，国内国外吵吵些什么？有多少共产党员革命干部因为土改中立场出了麻烦被永远地清除出了革命队伍。他为之悚然奋起，壮心如火。

在离桃花镇约一百公里的P镇，他出席了当地为土改工作团举行的欢迎晚会，除了各种讲话和呼口号以外，还有一些文艺节目的演出。这中间意外的是有一个中年女人演唱桃花调，全部改了新词：

哎唉哟——
红旗飘舞鼓声扬，解放大军无阻挡，
三座大山全推翻，当家做主最荣光，
哎唉哟——
土改挖掉封建根，幸福生活万年长……

桃花调的发语词本来是"啊哟……""啊哟娇莺欲语……""啊哟那个离人泪……"现在也变成了哎唉哟、呀呼唉，稍一调整，娇滴滴的嗲嗲的叹气变成了劳动号子，真是令无产阶级扬眉吐气，令布尔乔亚失魂落魄。女人演唱的动作也变了，不断挥舞着小细胳臂像是呼口号，一会儿又扭动臀与腿，像是东北大秧歌。

由于晚饭时喝了一点地方政府招待的劣质白酒，叶夏莽有一点头晕，对于站在台上表演桃花调的穿着当时最时兴的草绿色列宁服的瘦女人他没有注意，只是从她的手指的动作和眼角的动作上他觉得有点似曾相识。他的兴奋点完全在听领导讲话和跟着喊口号上，他很注意喊得响亮干脆,表达说一不二的阶级感情和坚如磐石的阶级立场。那一晚上的文艺节目,说实话除了陕北风味和少量东北风味的革命歌曲以外,他什么也听不进去。

……他经受了"土改"的红色洗礼。在进入了收尾阶段以后,突然他被调离村里的工作组,叫他到县上工作队去整理一份关于一名女特务的材料。他没有见过这个人,他从一些份前后矛盾、语焉不详的招供与揭发中得知,有一名女特务,名叫栗桃花,又名小桃红,胭脂红,原是一名国民党军统少尉的姘头,解放前夕该少尉奉命潜伏,不知去向。栗某遂离乡背井,隐姓埋名,混入革命文艺队伍,伺机变天,破坏人民政权与土地改革……

是不是那个桃花呢?叶小毛在还没有命名夏莽以前就随父母去到了大城市,早把那个桃花镇的院落忘了个一干二净。如果是那个"桃花",就更危险,更是对他的立场的严峻考验了。没有觉悟的他吃过她的杂拌啊!无论如何,那个桃花理所当然地是一个旧社会的殉葬品,一块自应被革命的铁扫把扫除干净的污锈,一件发出了旧社会的恶臭的秽物,一个含脓的肿包。有了这样的定性,她参加没有参加特务组织,她领受没有领受上级特务机关的任务并不重要,她应该活还是应该死呢?她应该死。不管你是否从身体上将她消灭,她注定了是要被历史与人民消灭的,历史的巨轮注定要压过轧过粉碎和抛弃她的卑微的与肮脏的肉体(与军统少尉一起睡,能干净得了吗?)与灵魂,这难道还有什么怀疑吗?

他整理了一份不但立场坚定而且激情洋溢的文字材料,处理意见是公审批斗后枪决。

由于这份出色的材料,他被认为是一个很好的"笔杆子",书记要他到文工团去写歌词和剧本。他大惊。幸亏他及时发现确诊了书记妻子的胃下垂与肠套叠,带她到专区医院,为她做了手术,开了处方,找来了免费的药品,治好了病症,并以此说明他更适合、他本来就是医生,才避免了去文工团的厄运……最后还混成了院士,一九九七年曾经被党中央与国务院邀请去北戴河疗养。

而一位为他"顶缸",从医疗单位调到文艺单位的仁兄,几年后就没有过得了整风与反右的关,再往后,"文革"中,他自杀了。脆弱的小资产阶级们啊。

……然而那只是一份材料,只是纸上的枪决。当时所有的关于地主恶霸保甲长匪连长更不要说军统中统特务的材料了,都是建议公审枪决的。他没有决定权,他没有瞄准过枪。他不知道这个现在想起来未免可怜的女人的下场到底如何。她早已经消失在大雾后面了。

　　可怜我孤身只影无亲眷,
　　则落的吞声忍气空嗟怨,
　　……再不要啼啼哭哭,
　　烦烦恼恼,怨气冲天……

戛然止住了,是磁带不够长,没有让窦娥把冤苦诉完。

汽车的音响发出了沙沙声,停了那么几十秒钟,身外心内,都是浓浓的雾。叶院士在这几十秒钟内半醒半睡,他似乎看见一个精瘦如鬼的女人,她向他惨然一笑。

　　娇莺欲语,眼见春如许……

磁带逆向播放到第二次,又回到了最初的《牡丹亭》,一切重新开始。

　　骨冷怕成秋梦……
　　翦西风泪雨梧桐……
　　恨苍穹,妒花风雨,偏在月明中。

这又是哪一段呢?

看来也是天意,是命。他本来就应该好好听一下久违了的桃花调的。桃花调的味道好极了。像是桂花糯米藕,像是即墨老酒,像是陕北的石榴。由于年轻,由于天翻地覆,由于外力和自身的幼稚天真,他与桃花调一别就是六十余年!一声桃花曲,双泪落君前!他终于得到一个机会在去国以前听一听这之前没有机会,没有心情,没有一切可能;这之后更不会有机会听的桃花调。外国什么都好,假使都好吧,就是没有故乡的小调。中国什么都好,故乡的小调也式微了。他也只有在雾里,在无法快速行驶并且完全无事可做的这几个小时,聆听他曾经爱听,他曾经有意识与无意识地将之遗忘的桃花调。听了还要再听,听了还要再听,好像是还债一般,他要在一个晚上,在公路上,在大雾里还上他儿时欠下的,青年时期欠下的一种说不上是什么感情的感情债,曲艺债,艺术债,少年与青春债,家乡债。谁让他一个那么好的笔杆子却一生只握手术刀!

那么雾呢?雾的形成是最简单的物理学原理。没有风,没有向上的蒸发,空中的气温没有能够比地面的凉……那么雾的消除呢?它需要日晒,它需要风,它需要气温的急剧改变,或者,很简单,却是很难操作,只要好好加一下热。

那么乌克兰呢?乌克兰、俄罗斯,也有许多大雾。乌克兰在大雾里,库奇马、亚努科维奇、尤先科,基辅与顿涅茨的选民,他们将怎样破雾起航,决定自己的命运?大雾总会散去,那么黑海舰队的出海口呢?疯了,真是疯了,他并不是基里尔呀,他叶夏莽管那么多干吗?

……司机叫苦不迭,他一直跟随着,偶然失去却又迅速找回来的前面一辆车,突然停下,过了一会儿,它拐弯了,他也跟着拐,前面的司机真好,他做手势,他喊叫,他阻止他们。他的意思是:他是因为到了目的地才停车和拐弯的,他的终点并不是叶院士要去的大城市。他们第三次失去了追踪的前一辆车的尾灯,他们失去了自己的道路,自己的轨道,他与司机努力辨认,他们判断,他们现在是在一个简陋的汽车加油站附近。事不过三,三次失去跟随的目标,他大概当真完蛋了。

那就等一等吧,我们就呆在这里吧,开开所有的灯,怎么停了,接着放桃花调吧。

他的语气显出了从未有过的顺应与平和,他甚至有一点秘密的欢喜:这样的雾夜桃花,此生不是常常会遇得到的。就这样西去了,也就是走了就是了。

一切都不能强求,抛弃或者追回桃花调,事业或者逍遥,亲情或者孤独。还有休息或者永无休止。

他希望和着跟着录得并不好的沙沙作响的桃花调唱几句,却是意想不到的艰难,最熟悉的也是最牵心的,却又是最陌生的。

> 哎唉哟——
> 红旗飘舞鼓声扬,解放大军无阻挡,
> 三座大山全推翻,当家做主最荣光,
> 哎唉哟——
> 土改挖掉封建根,幸福生活万年长……

这是怎么回事?叶夏莽骇然,怎么在文绉绉的曲词之后出现了改良的革小调?就和那个被他至少是从纸面上处决了的女"特务"唱的一样?

司机解释不出来,他说这是旁的"师傅"给他录的。

那么第一次反复的时候为什么没有这只曲子呢?

他们俩分析起来,可能是老带子没有洗干净,可能是太久没有听用的带子,到了带子的一端有点粘连,第一次反复的时候,机器没有力量放出来而倒转过去了。也可能不是这样,他们俩都不是家电音响方面的专家,在科技事务上隔行如隔山。再说现在盒带早已经落伍了,新型的轿车都只设 CD 盘的播放器而没有插盒带的口子了。

然而叶院士仍然感到了一丝丝欣喜,对于"盒带"的讨论转移了一下失去道路与跟踪目标所带来的恐惧,颠簸的疲劳,夜雾的茫然,腰痛背痛颈痛,还有听桃花调带来的莫名的伤感与无力感。这就是科学技术的好处了,你永远可以专心致志地却又是心平气和地去讨论它,说对了可以教导旁人,说错了可以学到知识技能;于是不再揪心,不再含泪,不再惶惶不安。

平静中他估量起自己到达加拿大之后的生活来,他忽然有点急躁,他想,一个人如果没有死,那么他就是一个活人,这是最最重要的真理。一个活人,和青年壮年一样的活人,他拥有一切活人的体征与功能,他或她的腹腔胸腔脑腔和消化循环呼吸生殖运动系统,肌肉神经骨骼皮肤毛发感官……就都存在,都运转,哪怕是半运转。到死而绝对不是等死,就是生活,生活得好才能结束得好。那么,他到多伦多究竟是干什么去呢?

女儿。女儿。女儿是他的宝贝。女儿名叫启明。妈妈既然是碧云,女儿就是启明星。女儿最终应该帮助父母穿过云呀雾呀风呀雨呀的。他至今忘不了女儿开始走路的情景,那一天难得的是他看护着她,她已经一岁另七天,她还是被牵着手扶着腰学走路,他叹息那个年代的北方孩子差不多个个缺钙也缺少维生素 D,没有足够的阳光也没有足够的蛋黄或者鱼肝油。这一天,他领着启明学走路,他"天才地创造性地"(后来这个副词短语变成了"文革"中专用于一个人的了)发现女儿的腿脚有了一点力气,他灵机一动忽然撒开了手。女儿有点怕,有点要哭。一刹那女儿也感到了自己腿上的力气,她轻轻地小小地挪了一步,不,不能说一步,只能说是一下,又一下。她看看自己,再看看爸爸。爸爸作出鼓励的手势,发出鼓励的声音,这是唯一的一次,爸爸相信自己是一个真正的爸爸。终于,女儿迈出了真正的第一步,不是在地上蹭,是抬起左脚,向前迈了一步。女儿再看看爸爸和地面,看看自己的脚和鞋子。女儿又抬起右脚向前迈了更大的一步,成长的一步更是创世的一步。女儿渐渐加快了步伐,女儿渐渐趋于兴奋,她走得越来越快,她干脆跑起来了,她绕着圈跑。他惊呼不要跑不要跑,没有用,女儿听不懂他的话。女儿已经跟跟跄跄跄。他着急地大喝了一声,把女儿拦腰抱住,女儿只顾了前行,并不理会他的大吼。但是小人儿的力气毕竟太小,爸爸的两只铁臂死死地箍着她,她像被捕获的无望地扑腾着的小鸟。她这时才迟到地意识到了爸爸的大喝,她惊吓地大哭起来。

他想,他就是从这一次学走路得罪了女儿的。否则一切都无法解释。女儿一直和他有相当的距离,最明显的就是女儿上学做作业碰到问题只问她的妈妈,从来不问爸爸。当然,他也忙,他多数时间无暇过问女儿的学习,他不像一般人那样每天晚上陪着帮着孩子做作业。有一天,他很兴致,他想要女儿的作文看看,女儿断然拒绝。这使他与其说是恼怒,不如说是狼狈与尴尬。作为一个受过良好教育(他知道这是外国人的说法,他当初可能不是这样想的,但是现在他是这样追忆的)的父亲,他有权利有义务关心与指导女儿的学习作业。他脸都憋红了,他努力沉默了将近三分钟。女儿似乎也略感不快,她等待着父亲的下文,没有下文,她准备离去。这时父亲颤抖着声音说:"对不起,我过去对你的学习呀作业呀关心不够。我小时候作文还是不错的,也许能贡献给你一点意见。也许我贡献不出什么意见,可我是你的爸爸呀,我应该知道女儿作了些什么文呀……"他尽量说得天真活泼可爱。尽量蹲下来与女儿平等地说话,那年女儿是十一岁,小学五年级,长了一个高个子,一米五九了。

"我不给您看……"女儿说,女儿反而有点激动了。

…………

"我必须看,我有权利要求看,你还没有成年,我是你的监护人,你上学,你吃饭,都是靠我和你母亲的供应,每个月要一百多块钱……"可能还有别的蠢话。

"我给我妈看过了,那还不行吗?"女儿也摆出了决战的架势。

他最终没有看成女儿小学五年级的一次作文。

他突然大吼起来,像一只受了伤的狼。

他的结论是女儿离他很远,现在反复来信要他去,可能是由于碧云的嘱咐。

嘱咐,咐嘱,能不能叫咐嘱呢?既然素质能够叫质素,介绍能够叫绍介,那么……他睡着了。

> 世间只有情难诉……
> 疏剌剌林梢落叶风,
> 静悄悄门掩清秋夜……

睡梦中他听到的是当年的桃花唱的这几句词,醒过来以后,却是另外的段子:

> 可怜我孤身只影无亲眷,
> 则落的吞声忍气空嗟怨,
> ……再不要啼啼哭哭,
> 烦烦恼恼,怨气冲天……

他发现,车又行走起来了,他不知道司机是怎么样找到了路,找到了尾随的车辆的,又是一团一团的雾气,一团一团的浓烟,一股一股的琉黄气味。报屁股文章里和电视台的天气预报节目中,反复告诉读者和观众,这样的雾天里不要在户外锻炼身体。

他细细品味,与故乡故国北方戏曲的高亢激烈不同,桃花调的特点是温柔与软绵,是一种低声下气的伺候,像是下人哄着老少爷儿们玩,曲艺在这一带被叫做玩意儿,是哄着主子玩的。不论唱得多么凄凉苦情,唱的人要一会儿入戏一会儿出戏,出了戏就必须是一副眉开眼笑、低眉顺眼的听喝的丫环样儿。声调是婉转的而不是直截了当的,音质与音量是磁性的柔软的而不是响亮的,吐字是生怕听不清楚的而不是追求风格与表现自我的。旋律是无尽的重复,却又每一次与上一次略有不同,像是风筝,它停止在天上却又不住地变动着位置。像是呼啦圈,它旋转在少女的腰肢上却没有固定的轨迹。它的难学就在这里,你永远会唱,你永远唱不对,你永远听着它像,你永远找不准。民间的东西就是这样的,最简单也最没有准头。像在唱,更像在说,在絮絮叨叨,絮叨却是不敢放肆,小心却是不敢畏缩,不敢寂寞也不敢吵闹,不敢煽情也不敢无情,不敢娇媚也不敢死眉瞪眼,不敢热烈也不敢冷清。哭但是不能哭出来,笑但是不能笑大发了。文艺伺候就像戏词上县太爷喊的"大刑伺候",是那么容易的么?这才是中国,这才是黄河流域。

娇莺欲语,眼见春如许……

这就是桃花调。他大概已经听到了第十几次了。一晚上听了十几次桃花调,他也算对得起桃花调了吧。这就是桃花镇的即将绝种的演唱,像娇莺,像春情春水的有节制的泛滥。地球上每一天都有多少物种消失,多少语言消失,多少民族消失,多少文物被破坏,多少民间文化样式消失。随着人的消失,他们会带走许多过往,许多珍贵,许多记忆。桃花调还能有多久的寿命?

……也许能吹起一阵清风,也许至少明天早晨会出现一个鲜红的太阳,也许浓雾会完全散去,也许他重新考虑远行多伦多的决定,也许虽然八十了也仍然可以去去再来,也许他还会回来听桃花镇的桃花调和再考虑一下微创手术的刀剪的改进。

也许他还能再来一次黄昏恋呢。自从碧云走了,不是没有人要做他这个老家伙的媒。有一个女诗人,他望而却步。有一个女经理,他思而生怵。有一个女领导,他自惭形秽。但是他在碧云死后没有少与一个个的并非没有吸引中国工程科学院院士的魅力的女子一起喝咖啡。说一些人家与自己有时候有兴趣,有时候找不出词来的话。

是他而不是别人太落伍了,时代不同了,人人都可以像诺贝尔奖得主科学家一样地挑战极限,为了爱情,为了青春,为了上天的恩典:在下还活着。

……我为什么这样晕眩……

第二天早晨五时半,他们到达了居住的城市,进了城,雾稍微淡了一点,能看出个五六米。平时两个小时的路途,他们走了十个半小时,谢天谢地,没有出任何事故,司机师傅等于是盲驶而归。师傅说:"叶老师,到家了。"

师傅叫了几次,没有应声,再一回头,不好,叶院士已经出溜到车底下去了。

司机师傅吓得脸色骤变,他掏出手机,颤抖的手指拨了半天才拨对急救呼叫,两分钟后,叶院士躺在了红十字急救车上。

……没有人解得开叶院士的最后遗言,启明回国被告知,叶院士最后说的是两个字:"真——好——"

启明的飞机也遭遇了大雾,幸亏是北京的首都机场,有三套盲降导航装置,它们的飞机降落得平稳安全,落地以后,有的人在画十字,有的人在合掌,更多的人鼓起掌来。

发表于《收获》2005年第2期

太　原

男：老陈醋？
女：果子红。
女：柳巷。
男：迎泽门。
男女合：太原！太原！太原！

春天来了，他推着轮椅，行走在山西太原的街道上。

他的头发已经花白，气色不错，腰板挺直。坐轮椅的她则是满头银发，她非常认真地为自己化了妆，打扮得停停当当，雅致清秀，叫人在同情她的轮椅代步的同时又愿意多看她两眼。她的五官搭配得完美和顺，她的鼻子和嘴，堪称至善。她多半是快乐的，她的跨越了苦难的深远镇静的笑容，比一切廉价的喜乐都更动人。

见到他们，你会遐想，你会猜测，他们应该有一个美丽如画的青年时期。

两个人的年龄加起来超过了一百五十岁了。

他们不停地说着话，但句子都不完整，莫非他们不甚通华文？声音倒还好，男的还能唱帕瓦罗蒂，《我的太阳》与《重归苏连托》，女的还能含含糊糊地哼哼芭芭拉·史翠珊，《当女人堕入爱河》与《记忆》，后者是音乐剧中猫的主题曲。也许含糊的呻唤更加动情。

而比所有的歌曲更珍贵的是：湖北民歌《喓咚喓》，还有山西梆子的高腔。

怎么可能把山西梆子与湖北民歌掺和到一起去了呢？

提起太原，想起我写过的小说《济南》。作为旅游，太原似乎赶不上济南，济南有很多泉水，有大明湖，"海内此亭古，济南名士多"（大明湖景点上的一副对联），有黑妞白妞——《老残游记》的妙笔生花的描绘。

首次到太原，一下火车，我们的主人公闻到的是煤烟——硫化物的气味。从前是这样，现在还是这样。

二十一世纪的一个早春。在老火车站的西面不太远的地方是新火车站。一下火车，你又闻到了二氧化琉与可吸入颗粒物。

有点雾蒙蒙。是不是烟雾反而使气温多保持住了一点点温暖？不冷。是春寒料峭的季节。他们谢绝了一切可能的公关接待，他们悄悄地溜到了太原，略带诡秘。

原来的火车站在五一广场。郎若漾第一次来太原的时候，一下车就被山西口音所包围：《大众电影》，两毛一本儿。玉茭子来。

亲切的，与谁都是零距离的山西口音，梗梗的，把粗犷、娇媚和精明混合在一起。大众电影的发音像是"答纵颠映儿，两（读阴平）帽医勃儿"，玉茭子的发音像是"鱼轿子"。

"我不喜欢。"刘霞说，她的眼睛里含着泪花。

不喜欢什么？是"醋味儿"的方言？是太多的一道道水来一道道山带来的阻隔感？是离开了北京？

半个多世纪后，虽然细心查找，却只能找到极少的说山西土话的音声了。伟大的普通话呀，你会不会消灭山西？一旦山西人不说山西话了，上哪里找山西去？

"其实，我喜欢太原。"刘霞说。她见了郎若漾与郎若漾见了刘霞一样，他们说话都会颠三倒四。

二十三岁的郎若漾看不得刘霞的泪花。郎若漾在一篇苏联诗人（是不是苏尔科夫？）写的文字里读到"是斯大林擦干了人民脸上的眼泪"的字样。而这个时候的一个老延安，一个女性老革命，一个杂志的主编撰文，说是等到农业发展十二年纲要实现以后，中国人民将不再懂得什么叫泪水，除非是由于喜庆而笑得窒息。几十年后，天真的与无用的她却变成了有家难归的流亡者。

他感动得要死。他没有想过擦干所有的受苦人的眼泪。但是他至少为了擦干心爱的女孩的眼泪，愿意献出自己的生命。

他想起了第一次听到刘霞的声音的情景。从话匣子……广播里他听到一个女声，世界上从来还没有这么一个天真无邪而又无限甘甜的嗓音，有一点糯，有一点辛苦，由于善意和操心，她的嗓子并不锐利和响亮。由于谦逊和忍让，她的声音不会一下子引起轰动。她的声音里有温和却没有足够的自信。有忙碌却没有骄傲和洋洋自得。有顺从却缺少足够的警惕与自我保护。有太多的情感却不想全部表达出来。

那时候还没有半导体。话匣子的声音里含有太多的电流声响。交流声像云霞，而朗诵像是月光。月光因云霞而更加美丽。

她在诵读一首关于青春的诗。青春而一点都不咋唬。只有在那个时候的中国才有这样万众一心的、好指挥的与信任一切、接纳一切、洁白无瑕的青春。后来，青春被"武装"到了牙齿。人们乃知道青春也可能变得无赖、无知、无耻，同时自吹自擂；当青春劫掠了或者被劫掠了自己的底线。

再以后，有的被娇惯坏了的青春任性任得成了小霸王，纨绔得像一碗猪油，浅薄并且愚蠢蛮横得像一只驴子。

只是在听了三行以后，说的是一九五六年，郎若漾才听明白，这位朗诵者朗诵的是他郎某的处女作《青春放歌》。他一下子闭住了气。他几乎晕了过去。他的前后修改了几十遍的诗句，以意想不到的温暖，对不起，他要说是带几分愁苦与犹豫的音色，渐渐地渐渐地震响起来了,终于接近于黄钟大吕,不过是刚刚靠近,她又平静了下来,余音袅袅。

这是谁的诗?我的?怎么可能写得这样好!

他听到了刘霞的名字。他当天晚上立马梦到了刘霞,不是梦到了这个姑娘,这个演员,他不知道也没有去想象她到底长得是什么样儿。电台介绍说,她是青春艺术剧院的青年演员。他梦到的只是一种好听的声音。声音里有一切温暖与纯洁。他猜测,只要有一颗足够善良的心,有一双健康的耳朵,盲人也会感受到,也许是更多地感受到这个世界的幸福。他的梦好听,像话剧独白与对白,像唱歌与行吟,像海浪拍岸与涌过来又涌过去的诗歌朗诵。

"我看到了你,我的星星……"

似乎涌去涌来老是有这样一句话。我的星星,我的星星。

人的一生会做许多许多的梦,然而梦到诗,梦到歌曲与乐曲的机会并不多。梦到音乐与声音的机会甚至比梦到数学难题与化学分子式,梦到思想汇报材料与汇单支票的几率要少。

五十年代的太原市,还是有星星的。那时候北京也有星星。那时候的夜晚,灯光还很稀落。城市的街道上,也还听得见人们在唱山西小曲。

> 想亲亲想得我手腕腕(那个)软,
> 拿起个筷子我端不起个碗。
> 想亲亲想得我心花花花乱,
> 煮饺子下了一锅山药蛋。
> …………

刘霞说那是西山的矿工,他们晚间在大街上走路的时候带着电石灯。

进入了新世纪才知道,采一个煤会死那么多人。

听完对自己作品的广播,一连许多天郎若漾睡不着觉,与刘霞见一面的思想像九级风一样把他的内心吹得什么也没有剩下。

他至今无法判断自己的行为。他想起了那个时候《人民日报》全文刊载的斯大林著的《马克思主义与语言学问题》,该文的最后,批评一个斯大林不喜欢的学者:"具有赫列斯达可夫的气味",赫列……是果戈理戏剧里的假钦差大臣。郎若漾的一位朋友甚至断定那位被斯大林定性为骗子的人应该被很快处决。那是那样的一个时代,若漾和他的朋友认为好人都是战斗英雄与劳动模范,而坏人差不多都应该被就地解决。

他激动地,偷偷地给刘霞写了一封信,他说他听到了话匣子里的她的朗诵,他就是那首诗的作者……

他害怕他的信带有赫列斯达可夫的气味,那个时候他轻易地充满着神圣感(对于时代)与罪恶感(对于自身)。他还是写了,说明越是关键的事情上,他越是义无反顾,敢于创造自己的人生。

他写上刘霞两个字并且为这两个字温暖不已。突然,一个刘字让他觉得好听,单纯,像溪水涓涓,像一幅绸缎,像星光更像歌声,让他想起水流,想起刘勃夫卡、刘德米拉与刘芭,还有岁月。她们都姓刘……流。流水落花春去也,子在川上曰,黄河之水天上来,都是。而霞是一道光辉,是旭日和近晚,他喜欢"近晚"两个字超过了"傍晚",是湖边——那时候他还不会梦到大海。湖水映射朝霞。"霞"令他头晕目眩,光芒万丈、沐浴狂喜。

流霞像山呼海啸一样地倾注在他的身上了。

读者,你还记得你第一次写下你心爱的,却是还不相识的名字的时候从心底涌上的波澜吗?你咀嚼过品味过某一个美丽的神奇的名字吗?那种涨潮的汹涌澎湃,那种燃烧的飞扬异彩!美丽的梦与姓名一道,后来又与地名歌名一起保存在心的深处。

而刘霞说郎若漾的名字使她天昏地暗,狼?像羊?怎么会拥有这样的凶恶中带有调侃的姓名。你的名字太刺激了,刘霞后来对他说,我笑,我怕。

她——你,立即回信,"想不到这样荣幸地与作者认识了。"你说是认识了,其实咱们还没有见过面呢。你甚至说"您有一个不一般的名字",这样写信像是老友。

"作者"两个字令我升腾飞翔,"认识"两字使我落泪。"我、认识了、你",这像一句话剧台词,十分多情,我要说简直是上苍的恩宠。同时我感到恐惧,因为我立即想起这句台词的可能的不祥的下文:然而我错过了你。整个台词似乎是:"我认识了你,然而错过了你。"

人生的公式是多么悲伤!

你知道两个小时以后我想的是什么吗?太不好意思,我忽发奇想,我想用我的《青春放歌》的稿费给你买一辆天津产飞鸽二六坤车,我想,我真想送给你一辆飞鸽自行车啊。车把上要安装化学(那时还没有塑料一说)把套。配上洁白的劳保线手套。我还想与你一起在夏天喝信远斋冰镇桂花酸梅汤,在冬天喝浓香热烂的年糕张小豆粥。

我想拉一下你的手。

然后是我们夜走北京城,我们在参加完保卫和平的集会之后去吃了夜宵馄饨和烧饼。是那一次集会使我第一次听到了巴拉圭和乌拉圭的国名。此前我们熟悉的和平人士多是法国人,约里奥·居里,法齐,阿拉贡,毕加索。北京集会上有一位巴拉圭诗人在和平集会上朗读了他的诗。我想以后也许我会被邀请作类似的朗诵。

巴拉圭至今没有与中华人民共和国建交。

然后我们走路,一路我都在唱歌,你的倾听,你的眼皮与人中的轻微抖动与对于歌词的轻声默诵,比我的歌声更迷人。那时候我"认识"许多爱笑的女孩子,然而她们的笑太肤浅。你的笑是不一样的,你的笑承担了太多的分量。我们互相讲述着不幸的童年,父母,家世。你甚至于告诉我,你的皮肤的特点是冬暖夏凉。这使我觉得亲得要死。我们走过了地安门和后海,我们感觉到了微风与水香和柳树新枝的芬芳。我们走过了银锭桥,走过了北海后门与养蜂夹道,甚为窄细的养蜂夹道也让人感到那么安全,那个时候中国的词典上"犯罪"两个字消失了。西单、天安门与前门……那时的路灯稀疏而又飘摇,昏黄而又沉静。可能是我们走路走得饿了,走过饭馆的时候我们闻到了菜肴的香味。你说你最喜欢吃烧饼,包括芝麻烧饼与马蹄烧饼。一旦餐饮,香甜永远。一过八点,所有的饭馆与商店都打烊。开始入睡的伟大城市含情脉脉,略带神秘,无限流连,休养生息,准备明天,流行的口号是要与时间赛跑。偶尔有几辆汽车驶过。我们觉得坐汽车的人都是伟人与准伟人,都是钢铁一样的英明领导与救世英豪。而大街上的行人似乎只剩下了咱们俩,咱们俩代表着青春,新一代,亲爱与抚摸咱们的城市。甚至于城市两个字也是解放以后流行起来的,带几分苏俄味儿。解放前我们知道市、城、闹市、街市、古城、城郭,却很少讲"城市"。解放了的人们都重视唱歌与听报告,从歌曲与报告中我们学会了城市一词。而如果唱了歌、听了报告还一起走了路,一起欣赏了喜爱了自己的城市……那就是,那当然是爱情。

我问你,你喜不喜欢城市这个词?你的回答是愈来愈喜欢。

这些单纯与阳光,是从什么时候改变的呢?为什么会改变呢?这是郎若漾至今闹不清楚的。

然而确实是改变了,消失了,对于这样的改变郎若漾是迟钝的,他以为光明压根是永远。终于他无情地、冷淡地、傻子一样地接受了改变的无所不在。

改变了的所有的人的命运。人无百日好,花无十日红,社会没有千日的太平。

  一把扇子哟,呀呀咿儿哟,
  竹骨子编哟,哟儿哟哟喂……

这两句像是一只欢乐的鸟儿,扑棱扑棱意欲飞向蓝天,紧接着落到了田舍。

> 嗤咚嗤呀金扇哟,
> 嗤咚嗤呀银扇哟,
> 金扇银扇海棠花……

响起了欢呼,敲锣打鼓,彩绸飞扬,底下的三句像是过年,人们甚至说曲子源自劳动号子。共产党让你天天过年,天天劳动狂欢。歌词里的金扇变成了金梭,银扇变成了银梭,海棠花变成了海棠梭。民歌歌词是天生的后现代。

这样的动情女声齐唱,怎么能够没有呼应?小女子的声音散入天空。

> 嗤咚嗤咚嗤呀吗呀儿哟,
> 等你等在我家门嘛呀儿哟……

痴情。你想念吗?你相信吗?上个世纪的五十年代,连"那天从你的门前过,你端着一盆水往外泼"这样的滑稽歌词都令我热泪盈眶。我相信在美丽的女孩门前,接受自己心爱的女孩泼过来的一盆凉水,是天大的幸福与温暖。多泼一点吧,把我浇成一棵树,一根花草,让我长出根须、绿叶和骨朵来吧,我亲爱的。

有一些声音和特定的时间、心绪、经历与人,上苍赐给你相逢的伙伴,上苍赐给你美丽的姑娘,密不可分。它与她们糅合在一道。久远的,似乎已经遗忘了的歌曲随着心跳涌起,就像一条条深水里的鱼,它感到了湖面的清风,绿草出芽,桃花结蕾,哪怕还有渔人的饵……它开始上浮。年代久远的鱼儿已经没有气力,却仍然活泼。

半个多世纪过去了,就是说已经五十二三年了,别来无恙。人生易老歌难老,老歌依旧,而且有新的,让老人不尽适应却也无法是好的唱法。例如把民歌唱成摇滚,唱成 Rap 洋快板。老人喜欢老歌,老歌全靠老人。每个老人的离去,都带走了那么多歌曲。

竹骨子编哟,哟儿哟喂,
抬手丢在,呀呀咿哟,
小妹妹面前呐,呀儿呀子喂

唱成了情歌。情歌与号子的结合,成为五十年代这首或者不只这首歌曲的特色。而二十一世纪呢,人们更习惯于将拳击音响效果用到床上。

《嗺咚嗺》是五十二年前那个月他在太原度过的那个星期的"每周一歌"。对于他来说,那首先是太原的歌而不仅是湖北的民歌。那个时候的广播,那个时候的中央人民广播电台与"每周一歌"节目影响非常大,《茶花女》里的《祝酒歌》就是靠"每周一歌"节目普及的。为什么是湖北歌？带点天真,带点傻气,像唱,更像呼喊,无限真情,几乎喊哑了嗓子。像长江的波浪,涌过来再涌过去。像江南的秋千,荡过前面再荡向身后。什么呀呀咿哟,哟儿哟喂,呀呀咿哟,嗺咚嗺呀,呀儿呀子喂……唱得人销魂忘我,唱得人真想痛痛快快地大哭一场。

啊,青春,你的痛哭也是那么甜蜜而又酣畅！你的痛哭也是那样充盈而又响亮！

这些声音对于他和她带来了老陈醋与刀削面,杏花村与玉茭子的味道。

这些都是偶然,历史上发生过的,一经发生,便已千古不易,便已混为一谈。一经宿命,便成为诗,成为心爱,成为神祇,成为此生的辙印和纪念,无比珍重,颤心触肺。

他年轻时候第一次出远门,其实后来看是最近最近的"门",便是太原。到太原要坐一夜的火车,进入山西境后要穿过那么多山洞、隧道,经过那么多河流、桥梁。火车经过钢桥的时候击打出震天动地的声响。地势分割了北京与太原,使本来靠近得不得了的太原变得遥远。走着 L 形轨迹,也才有六百一十七公里。他喜欢数字六百一十七。一道道水来一道道山,没有比《刘胡兰》歌剧的这句词更能描绘山西的了。那时候的音乐人马可,已经渐行渐远。激越的车轮撞击着铁轨。太原之行是一次金属乐器的打击乐。湍急的河流,也急于唱出自己的歌儿。为什么不是在平地上流淌,而是急急地自上而下地赶路?河流到了中国也变得急如星火,热切难耐。深夜。那个时候他还不习惯于坐卧铺,他宁愿走到最后一节车厢,观看列车的尾灯飞速前进。在一夜的汽笛声中,在铿锵有力的行进声中,在光影交织、忽明忽暗、星月灯火混杂的山洞与铁桥的交替中,度过一个漆黑的夜晚,迎来一个似乎是从远处靠近的黎明,包含着一个伟大的古老的工业与文化的历史的城市:太原。

不仅太原是无比亲切的,阳泉、寿阳、榆次、这些地名也让我那样受用。那时的太原铁路局列车上的广播员将普通话中的您读做上声,请您(声调如读紧)下车的广播令人忍俊。她们是按读"你"的第三声读第二声的您的。

坐在火车上,想着刘霞的好听的声音与笑容,想着他要好好地安慰一下刘霞,不当演员又有何妨?郎若漾如饮罢好酒。

夜走北京的大街与胡同是一次激情的爆发。而三年后这次与刘霞的夜走太原更像是一种深潜的灵魂的冒险。灯影萧疏,凉风习习,不无陌生,毕竟还没有睡去。谁也不知道究竟为什么,在他们认识了一年多以后,刘霞突然被上级认定不宜于在"中央"的文艺单位工作。"中央"的灵魂工程师,应该有政委或者准牧师的修养、威信与纯洁。在批判完了胡风以后,绝对与胡风没有一点瓜葛,连胡风的一个字也没有读过的刘霞转业调离,变成了太原的一个见习出纳了。

刘霞有一个叔叔,据说是在香港,是不是因此刘霞不宜于做灵魂的工程师了呢?与她谈话的"组织"向她保证不存在这样的考虑。让她到太原去,完全是为了她的好,为了人民,为了刘霞,为了革命。美好的用心也会使人们离开真相,自欺欺人。

往事总是有一点糊涂,糊涂是一种慰安。我再也不愿意在小说里写到过往的政治运动了,兴味索然。

五十二年前,第一次来到了太原,我与刘霞走了一夜太原城。郎若漾一直想告诉太原百姓,他与刘霞为了太原市街道的结实稳定作出过自己的贡献,那时的散步,是被称做"轧马路"的。

那天我们在柳巷的上海饭庄吃了西餐。为什么叫柳巷?明朝开国皇帝朱元璋的大将常遇春在这里受到柳大妈的掩护,这样的故事倒好像很现代,令人想起我们的八路军众多拥军故事。后来是由于清朝光绪年间的一次大水,淹没了南城商业区,萧条的小街柳巷就这样变成了商业繁荣的太原的核心。

我们沿着迎泽大街走进了柳巷。沿着大街的说法令我想起了俄罗斯民歌《沿着彼得大街》。男高音的独唱最后是对于马匹的吆喝——噢依噢依喂依。彼得大街是莫斯科的一条街道,所以我没有能在彼得堡旅行时找到它。虽然彼得堡有彼得一世的青铜骑士雕像与永远的涅瓦河。彼得堡这里并没有在酒醉的马车夫眼中变得那样神奇的彼得大街。这像一个绕口令里的句子:彼得堡没有彼得大街。太原城却有迎泽大街。迎泽大街有迎泽门与迎泽公园。迎泽门其实已经拆除。没有拆除的是人们对于迎泽门的记忆……绕口令永远是神秘的,有启发也充满活力。

迎泽大街是解放后的一条崭新的街。迎泽宾馆是太原最重要的宾馆之一。五十多年前的迎泽湖公园还显得非常原生态,那只是挖出来的一个大坑。它位于古城墙迎泽门的附近。我们从西郊出发。我说,不好,风有点凉。我们走过迎泽大桥,我又说风小一点了,好了。你说那是因为桥栏杆挡住了风。几根稀疏的栏杆能够挡住风?我为此笑得落了泪,为此笑了也哭了几十年。爱哭的女生其实都是爱笑的女生直到男生。我们有过爱笑的年华。爱笑的年华何其短暂。

从迎泽大街拐向柳巷。柳巷号称太原的王府井大街。由于有王府井大街的虚设与比拟,我更感觉到柳巷的亲切、亲爱与寒碜。就像小时候去到阔绰的同学家里,看到他或她的珠光宝气的母亲、挺胸腆肚的父亲,娇惯任性的兄弟姐妹与势利眼的下人,便更加体会到、感觉到自家的亲爱与珍贵。越是贫穷寒碜,越是亲亲宝贝。"咱们穷人"四个字感人至深,力透地壳。

而上海饭店是一幢中式二层楼,有一个亭阁式的屋顶与外貌。依栏杆,倚危栏,独自莫凭栏,李后主凭依与吟咏哭泣的就是这样的楼阁。在二十世纪五十年代的中后期,在反右派斗争即将开始的时刻来到这样一个地方吃西餐,这本身就有点不协调,不搭调。五十年代,它的西餐大致风味与北京东安市场的国强餐厅类似,是古老的法式大餐的中国化,而与风头正健,同样也在走向反面的俄式老莫(莫斯科餐厅)颇异其趣。它有奶油鸡茸与洋葱蘑菇汤,可惜做得有点腥,也缺少鲜奶油或者酸奶油的调剂。它的猪排太肥,我吃了不到一半就剩下了。你要了一块鱼。我劝告你不要点鱼,我告诉你鱼虾并不是西餐的强项。你不听。为此我有点别扭。我已经知道没有一个漂亮的女孩是虚心的。你们只要有了错,宁可自己吃亏,也要毫不犹豫地坚持下去。

他们一共没有在外面的餐馆吃过太多的饭,但是郎若漾有一个强烈的印象,她进了饭馆非常挑剔,不愿意坐在离门、离柜台、离洗手间近的地方,不愿意坐在近旁有形象不良的客人的地方,不愿意坐在近旁有暖气、有电扇、有广播、有脚印或者衣架、报架或者有人吸烟的地方。她点起菜来更加麻烦,只要是郎若漾向她推荐的,她都表示异议。有时候不想吃海鲜,有时候不想吃肉,有时候不想吃辛辣,有时候不想吃酸甜。最使郎若漾无地自容的是她常常向服务员提出某某菜好吃不好吃,某某材料是否新鲜,某某菜肴是不是做得好的问题。郎若漾认为向服务员问这样的问题简直是智商出了差错。当服务人员尽力吹嘘这种菜肴的时候,显然,那是推销;当服务人员冷冷淡淡不置可否的时候,郎若漾觉得自己也算是受到了冷遇。

在北京,他们一起在北海公园的仿膳吃过一顿饭,那时候的仿膳顾客绝无仅有,在仿膳用餐的经验近于寂寞萧索。他们的菜烧得非常慢,使他们俩颇为不快,那个时候他们不知道也不具有吃高级餐馆时应有的"资产阶级"式高贵的耐心。

这次的柳巷上海饭店的西餐也吃得不舒服也不畅快,他压根就那么爱吃西餐?从哪里受的这种影响?疙里疙瘩,花了将近二十块钱,他们出来了。那时对于二十块钱的感觉与当今对于一千元钱的感觉差不多。他们买了一点蛋卷,柳巷里的可怜的"西点",装在洋铁罐装里的蛋卷,香、酥、脆、甜,已经是那个时候的点心的极致。然后。一拐弯就是山西大戏院,他们立马两张戏票,看丁果仙的《鞭打芦花》,他真奇怪,这出取材于《二十四孝》的故事竟然令郎若漾感动得热泪盈眶。

半个多世纪后,他们已经知道,丁果仙艺名果子红。其实他们对于戏剧已经忘记得差不多了,但是记住了大名鼎鼎的晋剧表演艺术家的姓名。他们奇怪果子红的艺名,如何与她苍凉泼辣的唱腔相配。他们也遗憾于如今,丁果仙的接班人似乎还不是那么成熟与公认。山西梆子成为首次太原之行的符号,而且从此他们与晋剧,与山西风味的民歌建立了浓厚的感情。那种多情,那种山西的酸曲,那种小锣和脆生生的小梆子、葫芦丝、二弦和三弦四弦,伴奏的断断续续,弯弯曲曲,滴滴溜溜,欲说还休……怎么人可以这样质朴而又动人地表达?怎么人可以这样不由得应声而感应声而泣!

但是他们并没有看完丁果仙的整场演出,本来《芦花》之后还有正戏。他们的愿望过分充盈,他们的兴趣过于广泛,他们的青春过于躁动,他们静不下心来。与听完一场演出相比,他们更愿意走出室外,走在太原的大街上,感受城市,感受夜晚,感受与自己心爱的人儿的挽手散步,感受青春、感受五十年代、感受爱情、感受生活。生活就像清爽的夜风,无限美妙却又现出了凉丝丝。

凉丝丝。事后想起来真是荒谬呀,到太原去看望自己心爱的姑娘,使我总觉得不那么踏实,我似乎觉得自己太个人,太离群,太拉开了与组织的距离。而我从小就那样地习惯于与组织在一起,与群体在一起,组织组织还是组织,群体群体还是群体。

五十二年后他们争着说五十二年前那天晚上的情景,你记得吗?那时候这里也有一个盛锡福帽店。你记得吗,我们在这里站立了一小会儿。不,那时候这里不会有一个旅行社,那个时候咱们这里不兴说旅行。现在,让我们怎么说现在呢?现在这里有肯德基和麦当劳,家家乐和东方快餐。然而那时候这里同样是口腔医院。不,口腔医院也是新的,早先这边是许多小小的牙科门诊部,醋多了牙容易受损。你别拿山西人开玩笑,都说是阎锡山的兵打了败仗可以缴枪,就是不能缴醋葫芦。

多么有趣,人可以活许多年,踏遍青山人未老,中国成语叫做"记忆犹新"。人老了,记忆却是新的,年轻的,鲜活的。我们已经活得太久。活了很久后你仍然是你,我仍然是我,你的笑容仍然有一点点苦相,对不起,你的笑容常常引起的我的泪水而不是欢笑。我们说的我们年轻时候的事,仍然是你与我的昨天,不过是昨天。仍然是你与我的感动,你与我的见证,你与我的往事与生命的证明。只有你能与我共享这对于昨天的记忆了。

江山依旧,人事全非,城郭半非。惊涛骇浪之后的人仍然长久。岁月无情之后的人仍然有情。当年的太原记住了的,山西的太原记住了的,不但有当年的地名也仍然有当年的韵味,当年的情绪,最最惊人的是情绪如新,如昨,如旧时,如我们年轻的时候。

我们确信。

地名是重要的。海子边、钟楼街、鼓楼街、侯家巷与漪汾桥。还有一座什么文庙?说是曾经在这里公布科举考试的名次榜。包括各地都有的新华书店,然而柳巷的新华书店最动人。地名比人更永久,比面貌更靠得住,人来了又去了,建筑修建了又拆除了,街道扩宽了又改线了,火车站从五一广场边缘改到了东面,它离凌霄双塔寺更近了。年轻时候他们去双塔寺觉得很远,现在觉得很近。年轻时候觉得双塔寺很荒凉,无人管理,以至于那里发生过情人野合的生猛故事,而且是刘霞那个单位的同事。这样的故事当年他们仍然觉得青春,有点丢丑,毕竟仍然麻辣撩人。现在双塔寺很热闹,是正式的旅游点,来人要收门票,人们讨论怎么样与铁道部门协商让出一条路来,方便游客乘公交车前来。这里有了各种装修与古物。不但有来观光旅游的还有长期固守在这里研究文物的。

地名中出现了那么多陌生,现代给人以陌生感,尤其是老年人。华宇超市,贵都百货,可笑的加州牛肉面(怎么会出来一个加州牛肉面?)、万事发与红宝绿宝。这样的名字无法了解与记住二十世纪的五十年代,二十世纪的五十年代更不可能想象这样的商号名目。

数十年如一日。虽然太原已经美丽了不知凡几。古老的历史,美丽的发展,堪忧的污染。

然而我们的日子并不平坦,半个世纪前的一夜环绕太原而行以后是悲伤的离别,是绝望,是永远的分手,是误解却以为是为了对方。热衷于前途与未来的你放过了现在,热衷于对方的人伤害了对方。

郎若漾无法想象"后来"发生的一切。他想起了刘若英的歌曲《后来》。他接受刘若英,但不是周杰伦。他宁死不愿意承认是自己害怕了"海外关系"的威力。他相信这以柳巷为中心的环绕太原的一夜,才真真是他们的生命之诗的高潮。围绕北京的一夜是他们的序诗。这样的序诗与高潮一个人的一生最多有一次,否则是连一次也没有。这是一夜激情,一夜歌唱,一夜交响,一夜朗诵。

然而后来的结果是分手。

为什么?为什么要问为什么?因为我太爱刘霞了。你可以不信。但是我说的是真。

> 你把扇子扇一扇呀,呀儿呀咿哟,
> 凉风吹来呀嘛,呀儿哟,
> 别人嘛要买扇,呀呀咿哟,

几多钱我都不卖它,哟儿哟喂,

小妹要是看中了哇,呀儿呀咿哟,

我天天都送你一把,呀儿哟。

A.是哥哥没有把扇子"抬手扔在地上"。

B.是小妹妹没有弯下腰,捡起扇子。

C.是情哥哥与小妹妹都太胆小。(歌中唱道"几多情啊……")

D.是他们只顾了听歌。迷恋于听歌与唱歌的人,不一定真的有金扇银扇海棠扇子,更忘记了及时把扇子扔过去与捡拾起。

你将怎样回答这道选择题呢?

是初恋注定了不可能成功,是热火熊熊时刻的未能如愿。他们本来应该去双塔寺,本来应该在那里结合,天似穹庐,地是毡毯,一座塔是见证,一座塔是勇气,天上布满了星星。如影片《阿娜尔汗》里唱的:"星星月亮,我们客人,红柳沙丘,我们陪伴……"然后,他们应该双双殉情自尽。

……五十年代在北京的剧院他们观看过印度诗剧《沙恭达罗》,那是初次的中印蜜月时光。刘霞在剧中饰演一个配角。郎若漾到得太早了,他在开演前五十分钟,从休息室买了一本许地山翻译的印度故事《二十夜问》。一位公主给她的求婚者二十个夜晚,让求婚者提出能够难倒她的问题,否则,求婚者将被杀掉。这一关键情节令人想起《图兰朵》。更合乎逻辑的、带有高等数学中所讨论的说谎人悖论与理发师悖论的答案出现在这本书里。应该承认,它比"图兰朵"高明得多。白马王子问道:"我应该向这位美丽而又无情的公主提出什么问题呢?提出什么样的问题才是这样的公主所无法回答的呢?"其实中国古代早就有这样的思辨,叫做以子之矛,攻子之盾。这也正像"我说谎"的言说,算不算是谎言?只给不给自己理发的人理发的理发师,应不应该给自己理发?对于这一类的问题,你无法作出合乎逻辑的回答。

然后许地山翻译的书里出现了红唇、秀发、玉指、肥臀、乳房、腰肢、媚眼等词儿。由于来自印度,它减少了被指责为不雅的可能。五十年代的中国,一个二十郎当岁的男孩子,他读了这些印度字词只如五雷轰顶,烈火泼油。

是的,那个夜晚他们本来应该把山西点燃,把太原点燃,把柳巷与双塔寺点燃。他们本应该在那一夜像原子装置一样地爆炸。

《二十夜问》的结尾是王子与公主的酣畅淋漓的结合,在最最幸福的一刻,天神接受了他们的祷告,满足了他们的愿望,用雷电结果了他们俩的生命。

牛虻,是的,何况那时候他们的灵魂里恰恰有一个钢铁的革命偶像亚瑟——列瓦雷兹、笔名是"牛虻"。爱情与青春伤害了牛虻,牛虻狠狠地报复了嘲笑了爱情与青春。为什么卓娅和保尔·柯察金都迷恋于牛虻的自虐与凶狠?而这样的牛虻,不仅在意大利女作家艾捷尔·丽莲·伏尼契的小说里有。二十世纪五十年代的郎若漾同样沉醉于车尔尼雪夫斯基的《怎么办》,书中的主人公罗甫霍夫,甚至伪装自杀把恋人"让"给另一个革命者基尔萨洛夫。而罗甫霍夫用碎石子铺在床上锻炼意志的方式,也流行到一批中苏共青团员当中。

还有胡志明,甘地。他的夜游太原之后的决定,正像是睡在石头上的决绝。

然后超过这一切的是,他被告知,在五十年代的太原之行后,他发作了一次严重的忧郁症,他陷入了黑夜,他几乎毁灭。他只有感谢碳酸锂与百忧解。

五十二年后,他却既不那么忠实于弗洛伊德,也不拘泥于车尔尼雪夫斯基和丽莲,时髦的抑郁与躁狂病症更已经成为了早早与国际接轨的证明。海外关系?我们昏头昏脑。

之后他很快就与一位体育老师结了婚,至少那位老师有健康的肤色与完美的腰身。她一气仰卧起坐可以完成八十八次。体育,这个词让他想起来觉得有点幽默,当婚姻变成了体育——也许应该命名为垫上运动——以后……真解嘲!不是从前那样,不是想的那样,不过就是这样。甚至也谈不上有什么操作操练。不好意思,不无野蛮与无耻,手忙脚乱,然后嗒然若失。他常常在梦中哭醒。他常常将妻子称做刘霞。刘霞两个字隔离了他与体育老师,他一辈子想着的是刘霞而不是体育。现在更时髦的叫做把爱、性、婚姻全部剥离开。看到一个皮皮毛毛地宣扬着廉价的一知半解的性解放的年轻人,留起了一点远远比不上洋人的胡须,并从而趾高气扬的样子;郎若漾不免失笑。

他常常苦笑着告诉自己,在那个太原之夜以后,青春从此一去不复返了。

"我的青春小鸟一样不回来。"

我的青春小鸟被我自己处决了。

赞美青春与处决青春,哪一桩更吸引你,令你起兴欣然或者——只是当时已惘然呢?

等到再见到刘霞,她已经轻微偏瘫、坐轮椅和半失语。然而她把自己收拾得那么美丽细腻无瑕,眉毛鼻子与嘴,比年轻时候还漂亮。

他推着刘霞的轮椅在太原的街道上慢步行走,他们二人的笑容融合在一起。他沐浴着春风、稀疏的春雨、焕然一新的街道和永远不能磨灭的记忆往事。

你们走在一个几乎是崭新的城市太原的大街上,你们依旧轧着马路,接续着五十二年前的散步。你们看到了一切新成就新风景新气息,你们看到的同时却是往日,是青年时代,是你们的初恋,你们的与时间的疯狂,还有永远的悲哀。

现在的太原恢复了青春?包括青春的无赖与危机,野心与冲动。小煤窑主背着麻袋到北京来炒房,包二奶三奶与四奶,并且建立和谐的"奶"际关系,正像当年辜鸿铭所自豪地宣扬过的中华文化的独有

"奇葩"。

这里有无比地丰富多了的道路,宾馆,房地产,穿着入时的青年,酒吧与咖啡馆。还有从世界范围来讲便宜得令人发疯的商品,虽然质量不一定靠得住,但是大致可以说,巴黎与米兰,香港与纽约能有的东西,太原也有。

然而我们仍然喜爱山西的刀削面,拨鱼,荞面饸饹。在山西做饭更带有儿童游戏的趣味。山西的面食更像玩具。我们也喜欢这里与湖北民歌《喠咚喠》混合起来的带有悄声哭泣与自私自叹风格的山西梆子。喜欢山西人的那股子土圪垃式的精明与劲力。喜欢太原的古老感、历史感、朴实感与厚重感。世界上有多少美妙的与醉人的城乡,享受的与欣赏的地方,然而,它们都没有太原的沉甸甸与亲热热。

还有老陈醋,一股浓厚的麦芽糖的气味,比糖更甜,比酒更厚,比茶更芬芳,比酱油更乌黑锃亮明光,老陈醋还具有一种扫荡一切歪风邪气病毒细菌腥膻异味的威严。太行山,因了历史与歌曲而永远崇高神往。民歌与郭兰英,《妇女自由歌》唱出了多少泪水。杏花村汾酒,醇厚结实,对于饮用它的人永远忠心耿耿。海子边公园,亲切宜人,公园前的人民饭店服务极好。海子边公园当中有一个小的可怜复可笑的动物园,五十二年前那次他们买了额外的动物园门票,看了那里的一只老虎。而后来说是老虎咬了人,动物园干脆撤消了。晋阳饭店,并州旅游,太原王氏,太原张氏……

难忘永远的与古老的晋祠,圣母殿与难老泉,水母楼与千年古柏参天。这里的圣母不是玛利亚,而是唐督虞与周成王的母亲。"晋祠流水如碧玉,微波龙鳞莎草绿"。五十年代那次,他与刘霞为了去晋祠在五一广场等了一个半小时的汽车,那时候的公共交通是多么不便啊。来了车,挤上了那么多人,而从车站到公园又走了近一个小时,等匆匆走完一遍晋祠,再跑回车站,最后一班车发车的马达已经轰轰作响,开车已经迫在眉睫,再晚两秒钟他们俩就会被抛弃在荒郊野外的晋祠了。那时的晋祠是那样荒凉,似乎除了收门票再无任何维修与管理。那时人们以遗忘掉历史为时尚，就像如今以言必称历史为时髦。在新的世纪，坐着方便的公交车过去，才知道它原来离太原城区近在咫尺。它变得太鲜艳太热闹太红火了，拥挤的游客破坏了晋祠的古老与幽深，商业的无孔不入的服务冲淡了晋祠的文化色彩，人们已经愈来愈难于感觉去晋祠与去购物游乐中心的差别了。

啊，历史，你是寂寞一点、破败一点好呢，还是牛市一点、闹闹哄哄一点好呢？

霓虹灯，汽车流，巴黎的化妆品与港台的游客使回忆不那么合乎时宜。进入二十一世纪后的再游太原使郎若漾宁可保守自己的秘密。怀旧之旅，悄悄默默，老气纵横。面对着把玩煤价与印花税，关注着谭晶、阎维文、戴玉强与阿宝（这些歌唱家都出自山西），盘算着地产开发与绩优股、出国签证与并京航空与铁道快线的新太原人，追忆往事者另类得有点像间谍，他只能保密，保守自己的特殊使命，不为人知，不得人知，不与人分享。他这个间谍的上司是"五十年代"，是往日、旧事、旧情难舍。他于是接受了"二十世纪五十年代"的派遣，来到二十一世纪的第九年的太原搜寻往事痕迹，核对旧事旧情的消失或者依稀保持，同时顺便了解新的符码、新的信息。不是为了掌握新东西，做新东西的文章，而是为了、仅仅为了张望和叹嗟。他的"情报"将写成一篇新的短篇小说。他们的接头暗号是问："老陈醋？"……在时尚如火如荼的新世纪的中国，在昨天已经古老的迅猛发展的山西，老年人的不合时宜的回忆，属于另类的精神间谍游戏。

呵，我为什么说不明晰？

这天晚上刘霞与郎若漾讲了不少的话。第一次听到刘霞含糊不清的语音的时候郎若漾几乎哭了起来，一个早年的话剧演员，一个把说话变成了艺术生命的温柔美丽的女孩，为什么出现的却是黏黏糊糊，不清不楚的音声？

然而刘霞的声音慢慢发散了，舒展了，变成了梦里的音乐。在五十年代的太原夜游之后，刘霞说是嫁过一个上海人，她去了江南。一年后,他们分离。之后刘霞一直是一个人。后来她确实去了香港,没有多久,她回来了。她说她回来因为她坚信总还要见到你。你听了这句话泪如泉涌。在体育老师因病离去以后,郎若漾千辛万苦找到了刘霞。他与刘霞的新世纪的重逢用的就是前述的暗号,在上海古老的西餐馆"红房子",他约了刘霞:

郎若漾问:"(你还记得)老陈醋?"

刘霞答:"(你还记得)果子红?"

然后是刘霞问:"柳巷?"

郎若漾回答:"迎泽门。"

我们同呼:"太原!太原!太原"!

太原的呼声使二人热泪如注。

他们计划了新世纪的太原游,半是往事温习,半是望新兴叹。重圆旧梦?你怎能忘旧日朋友?我们怎可见面又别离?

虽然有一点障碍,他们还是说了不少话。见了面之后才知道原来有那么多话等着说……才知道原来有许多话不一定再多说。

再游太原之后,刘霞说:"我想起了我一生最快乐的事……"

什么?

刘霞的脸上现出了异样的表情,她好像喝下了美酒,她好像见到了天使,瞬间的美丽甚至使她的魅力超过了青春时光。

刘霞清清楚楚地,像唱歌一样地说道:

"是不是我们那天在五一广场跳了一夜的舞,从远处传来了《喱咚喱》的舞曲,我们两人,一夜探戈……多么快乐,多么美丽,我这一生并没有白活……后来,梦……"

郎若漾心悸了。他一刹那间怀疑的并不是刘霞而是他自己。我已经失却记忆了吗?《喱咚喱》不是《鸽子》也不是《彩云追月》,它能伴舞探戈吗?为什么在郎若漾的脑子里完全没有这回事?他知道刘霞喜欢跳交谊舞。他觉得对不起刘霞,因为他不会跳,那个年代他未免教条而且枯燥,他羞怯甚至保守。相爱了一回甚至于没有搂在一起跳一个完整的舞曲。他记得有好几次机会,他们共同参加一个活动,有一次还有一批苏联专家在场,刘霞怂恿他一起下池跳舞,他没有去。而他的在场使刘霞也谢绝了他人的邀请。他是多么可恶!

然而刘霞的回忆是热烈的,坚决的,你不能忘旧日朋友。而且,毕竟那是一个青年人拥有无限的跳舞的自由的年代。

梦?他肯定了,此生最快乐的事,是陪刘霞在二十世纪五十年代,在太原市中心的五一广场跳了一夜《嗺咚嗺》。说是跳了,就是跳了么,谁说没跳呢?他就像扇子,刘霞像海棠。爱情就像情哥哥,舞蹈就像小妹妹,青春就像"呀儿呀子喂",太原就像"呀么呀儿哟"。他问:"也许我们现在仍然可以再跳一曲?"

在过往年代的许多个醒来凄凉的梦境里,他早已与刘霞的探戈舞步默契。他必该是能跳的了。

他听到:

> 情哥哥,小妹妹,呀儿呀子喂。
> 嗺咚嗺咚嗺呀么,呀儿哟。
> 嗺咚嗺呀金扇哟,
> 嗺咚嗺呀银扇哟,
> 金扇银扇海棠花……

在太原的夜空飞动着许多美丽的扇子。

他轻轻地将刘霞从轮椅上扶起。他们俩小声唱起了《嗺咚嗺》。给我们一个雷电吧。他本想默默地祝祷。

他没有这样祝福,没有这样祈求。过去了,什么都永久地过去了,包括做这样的祈祷的年纪。老人应该平和,老人应该随缘。他们只是祝福太原好,晋剧好,山西的煤矿、环境与旅游好。如果刘霞病愈,他们也许将最后的岁月会迁移到——迂回到太原来。

发表于《上海文学》2008 年第 7 期

岑寂的花园

这些房屋好像是一夜之间冒出来的。连同它们旁边的澄明的湖水与树林。是无端出生的私生子？过去这里只有烂泥塘，有歪歪扭扭、东倒西歪的芦苇，有因为水太多被泡得半死不活，又因为水充足，一部分树冠长得特别茂盛的垂柳。听说过去这烂泥里能够突然出生许多青蛙和甲鱼。按照中国的文化传统，应该想象烂泥才是青蛙与甲鱼的母体。据说这里的青蛙与甲鱼间具有特别与众不同的血缘，以致这里的青蛙常常呆木无声，失语与性冷淡。而甲鱼会突然发出鼓噪——维权、示威与抗议。

连房地产经营人也说不清别墅们的来历与父母身份，说不清这个被称为"湖鸥别墅"高尚住宅区与青蛙、甲鱼、水鸟和泥地的关联。现在还活着的人，在国家将这边定为重点保护的湿地之前，很少有谁在这里看到过湖鸥。至于平地而起的高级住宅，更是做梦也没有想到过。你拿不出住宅们的出生证明与不违背计划生育的有关规定的文书，没有户口本。你会怀疑房屋的存在的合法性、可信性乃至于正当性。是的，当泥塘更改了芳名称为"湖鸥湿地"，当湿地得到了国家的注册与保护以后，最突出的变化是大量湖鸥的重新出现与聚集。湖鸥应湖鸥之命名而归来，是天我合一的例证。湖鸥成群结队地飞行着，满不在乎地俯冲向水面与道路，有时甚至冲向汽车，又有时栖息在沙洲与小岛上，以致开始到这边来钓鱼的人抱怨湖鸥的讨嫌。不知这里边是否也有同行是冤家的含意。

当滑倒过不知多少行人的绿苔逐渐被条石铺成的湖滨路堤岸路所代替,当夏日的蛙声时断时续,当衣不蔽体的农民渐渐穿得囫囵和光亮,当时多时少、湖鸥之外的众多水鸟,鹭鸶也有鹈鹕,还有野天鹅与野鸭,还有闲云与野鹤出现以后,当钓鱼人、购房人、乱丢啤酒瓶子和食品包装袋、专门在写着"请勿停车"的牌子下面泊车的无政府主义(?)男女逐渐涌现以后,新世纪的风景出现而且成了事儿啦。

现在这里成为了城市的首屈一指的高尚别墅区。写到这里,电脑软件将"首"字的UTH输入五笔码显现成了"瘪"。真有趣,我输入"说法"——YUIF——时它出现的是"廉洁"。而输入"恶心"——GONY的结果是出现了"事业心"。如果不改,它就瘪屈一指了。

它的"首"是由于它是欧式豪宅,四面花园,复式错层两个主层、半地下室与阁楼。面积与格式,地板与墙壁,石材、木材、涂料与雕塑雕刻楼梯和门窗,尤其是草坪、花园与阳光室、阳台都比较讲究。

那么它的"瘪"(可以读成第三声和第四声)呢,则是由于它的雷同、整齐性、排列性、小小批量性。整个小区分为甲乙丙丁四种格式,四张设计图,打造出百十套房屋。每种类型房屋大致一个样子,而且排列成一队如同出军操,如同营房,这样的"高尚"住宅,他处少见。

但是我说的这幢有着特大的花园的甲级别墅独具一格。它临湖靠路,四面都留出了更大面积的花园绿地。它的门前由吊车安顿了一块太湖石。高过两米五,石洞曲折相通,总体又显得婀娜窈窕,挺拔峻峭,奇崛脱俗。这样的石头不像来自此一世界。这样的石头永远不会整齐划一,批量出现。太湖石的底座也是专门砌成,三条腿颇显虎威。太湖石对于自己脱颖而出摆设在这里满不在意,你看到这样的太湖石你就会想到应该把"春风得意马蹄疾"的诗句改成:"春风已意尽,何必扬马蹄?"纹丝不动的太湖石比奔跑的大马还牛——还"马"。是的,这块太湖石如果平放,观感确实像飞奔的马,除了它已经在快乐中削去了自己的马蹄。

绿地外缘的向阳的正面直接栽了四株高大的银杏,矜持而又含蓄,自命源远流长,自吹自擂却又并无把握。四株同样高大的中国梧桐,丰腴却不失爽利。我有格调,它们说,却忘记了真正的格调绝对不劳表白。两侧栽种的是微笑的合欢与骄傲的玉兰,喜悦的丁香与随俗的栀子。它们都心甘情愿地供你观赏与品头论足。花园中光照不太尽兴的那一大块绿地,栽种了幽雅的樱桃,偶尔艳丽、终于从俗的石榴,俏皮的山楂与和平欢乐随众的桃李梨杏枣。你可以设想,住在这里的主人,无事时走在柔软的绿油油的草坪上,踩着齐整的不断修剪的绿毯,仰脸欣赏各种观赏树与果树时,并寄情于进度表停栖着的,或即将歇息在枝头的鸟儿的欣悦心情。

什么是寄托?有几株树劳你惦记。什么是生命?小苗眼看着长成大树。什么是忧愁?虫害与干旱。什么是美丽?花开万朵。什么是哲学?树木花草,荣枯往复……什么是主体?无言而又生生不已。

在最大的一株银杏树(人们估算,栽种这棵树的成本应该不少于五万块钱)上挂着一个管风铃,风大的时候发出呜咽、颤抖,却毕竟从容大度的乐声。风急或者风向乱变的时候,完整的声音就被击碎了,一切变得飘忽不定,神神经经,失落得像是流星雨。

同一株大树上常常停留着一两只麻雀,快活地交谈或者孤独地徘徊,争辩真理同时挑逗情欲。你无法判断它们是双双对对,夫唱妇随,还是时有歧异,冲动地分手,出现抱怨敌对与各自诉苦。

春深以后,麻雀换成黄鹂,还有燕子,还有云雀。而盛夏以后天籁的主角换成了虫类大乐队,叫做虫海战术,以数量与规模胜。

然而声音在这一家还不是最主要的,虽然不断有西洋哲人指出,对于人类,听觉比视觉重要,语言比直观重要。这里与众不同的是花。除了花季的上述的木本花盛开时分以外,你在园子里还会看到早春的郁金香。主人把郁金香培植在围绕房屋的四面木槽里,槽里置放着专门培养郁金香的油润得恰到好处的泥土。已经连续几年了,在朦胧与开始温暖的四月,郁金香的盛开像是众位欧洲贵宾一起举起的酒杯,那么高贵、那么明艳、那么滋润和纯净,如玉如脂如珠如葡萄泼醅。郁金香主要是红色的,但也有几株黄色与特别高贵的黑色紫色的花种。还有几株郁金香,同株异色,既长黑花也长粉红与紫蓝,似乎在一个集会上,你不但看到了快乐绽放、热烘烘的美女,也看到了旁观的、忧郁与冷淡,但仍然自我感觉高人一头的几位可能是年长一点的单身女性。

在正面,当郁金香凋谢以后会开放一排牡丹,然后是芍药,在这里芍药比牡丹要丰满与咋唬得多,自以为得了大奖。如果你盯着芍药看,你会感觉到花朵的膨胀直到爆发。然而毕竟旁边有豪华的大别墅建筑,有偌大的草坪,有许多大树和中树,有木制秋千摇椅,有不怕风吹雨打日晒的石茶桌、石墩石凳,有石条案与摆布在石条案上的盆景,给你以神仙用过、仙洞里摆过,世上千年的山中七日中出现过的感觉。这样,芍药也就不那么抢眼了。

奇怪的是绿地上还有东南亚的大象木雕与欧式的人体雕塑,令你增添了许多踌躇:它的主人来自新加坡还是马达加斯加?

以及虽然不如芍药等的个儿大但是比它们要名贵许多的花草。这样,芍药与牡丹成了被驯服了的宠物,摆正了自己的位置,开在那里是为了你的愉快而不是为了它的显摆。它们开放得恰到好处,使你对它们的俗艳略而不计,满意于它们的忠诚服务。

还有蔷薇,在欧洲因为歌德的歌词而显得高贵的花儿。在这里却开放得这样亲和随意,水一样地流淌着闪亮着与渗漏走失着,不拘一格。

还有修竹,自己秀美,因秀美而自恋,因自恋而寂寞,因寂寞而清高,并因清高而更加瘦削和寂寞。

还有波斯菊大丽菊满天星鸡冠花与大叶子的美人蕉。如果是一个喜爱契诃夫的小说写手从这里经过,她一定会批评这一处花园的品位,它缺少精纯,它不像一滴晶莹的露珠,它太铺陈太泛滥太无所不包,它不像那些专事小品小令小段子的精写家。它本来可以专门突出一种花草树木,例如樱桃园、蔷薇园、竹苑、芭蕉院、兰圃……而如今,它什么都有,什么都美,如入海市,如入植物园。它自己成为一个世界,反而在世界上失去了自己的位置了。

……所有的这些描写或者叙述,都通向一个悬念:这个花园的主人是谁?这幢别墅,这个花园的主人为什么会这样经营种植?

没有几个人看见过它的主人,据说他偶尔回来,一个人开一辆原装进口七座别克商务车,匆匆地侍候花草,像一个商务繁忙的孝子,"百忙中"匆匆来尽孝心。更像一个被雇佣的园林工人,他锄草施肥剪枝浇水除虫移苗,同样匆匆地离去。然后,这座花园保持住井井有条,寂寞杳然,各归各位。

开发商那里与物业公司那里当然有一个业主的姓名。但是在这个别墅区,这样的姓名有与没有并无两样。流传开来的说法是,它的房主似乎拿着某个太平洋岛国的护照。说是它的主人高高大大,帅酷兼备,他从来不在房间里居住,说是统共他来这所别墅过过两次夜,但是两夜都是在花园中搭起一个小小的帐篷,他坚决住在室外。这样的特立独行已经更接近虚构的文学而不是置业的商务现实。有一个电工据说进房间处理过供电跳闸的小小事故,他吞吞吐吐地说房间里到处挂着一些模模糊糊的女人照片,再问什么他是绝对不吐口的了,为什么这个素日对业主们评头论足的工人对于这一家守口如瓶呢?他被叮嘱过吗?他被收买过吗?他被恐吓过吗?没有什么人包括他自己能说清楚。

有一个新搬过来的与此处花园相距七百多米的丙户型业主,她是一位女画家,婚姻状况离异,作品销路忽高忽低,眼珠时亮时暗,服装与众不同,养着一条貌似公山羊的带须黄黑狗。她的相貌与动作都会令人联想起一只活泼可爱的猿猴。她坚持说去年冬天的一个夜晚,她由于失眠而半夜出游,她听到了引起我们的兴趣的这座花园中传出来的哭声,她说她甚至于走近了这一幢建筑,但是走近了,哭声就消失了,拉开距离以后,哭声传出来。画家还说,走近这幢房舍以后,她看到了窗帘上映照出来的一个黑影,那应该是一个绝代佳丽的影像，只是形象有一点模糊。既然模糊怎么能说是绝代佳丽？这个问题她说不清楚，并从而损害了她的关于哭声的说法的可信性。

一位据说是写过很红的小说从而退了学，并且在博客上常常愤世嫉俗，尤其是喜欢骂同性别的年长作家的青年才女，到这个高尚别墅区的朋友家暂住。她的奇特颀长的脸孔显得资质不凡，她自己的说法是，自从受到了旅美学者夏志清先生的影响，大陆上出来一批张爱玲迷或者应该叫做"爱丝"的读者以后，她的长脸便叨光而变得大有品位起来。她的脸能让人想起张爱玲、台湾远景出版公司的讨版权官司，还有《色·戒》与《金锁记》以及梁朝伟与汤唯。看到了这处岑寂的花园，听到了女画家的有关夜半哭声的故事，她立即"我为卿狂"，她立即为公羊型黄黑狗购买了大量美国原装冠能康多乐狗粮，"不速"地前来造访画家。她张开特大的张牙舞爪的眼镜下面谦虚地紧闭着的小口，提出了许多问题。知道不可能得到要领之后，反正也搞不清哭声与剪影的究竟了，两位姊妹或画家阿姨与作家外甥女改谈男人。据说她们谈得深入具体开心。画家说她原来的男人只热衷于性拳击，他的撞击力与撞击声音，使画家觉得十分乏味，还不如听啄木鸟剁木头。她的感觉与其说那是什么爱情，不如说是一个粗俗的不解风月的傻子对摇动橡胶靶子练习拳头。单调的音响，使她发作了忧郁症，而这次忧郁症发作期的创作，使她获得了二百一十六平方米（地下室与阳台在外）的丙户型置业资金。

而具有爱丝或干脆是爱玲的脸型的年龄不到三十的才女小说写手，则讲到了男人的虚恭，英语叫做破风或者法尔蒂的。她有过一个情人，第一次用声响，第二次用气味使她大哭了一场。她说男人由于心虚，常常在快乐恩爱以前过食。此后，她真正爱上了一个人，却因为这个人爱吃炸油饼就大葱蘸芝麻酱而与他坚决分手。她说她不理解，一个现代人，一个受过高等教育的人，一个信奉西（方）马（克思主义）法兰克福学派的人文学者，一个在南北两家"新左"杂志发表过文章的人，而不是阿Q的嫡长孙，怎么能够改不掉这种喜食落后垃圾食品的恶习?

小说写手指出:怎么能够批判启蒙主义呢?只有最需要启蒙的人,才坚决抵制启蒙的啊。

画家很喜欢才女说话的到位性,她称之为听你说话真解恨。但是才女的化妆有点过分,小眼睛上画了一个大墨绿色圈圈,她的大镜片也有点发绿,倒像她不是来向山羊狗献殷勤,而是来摄像做节目的。

画家打了一个哈欠,流了一点清鼻涕。

说完吃炸油饼就大葱的问题,小说写手气愤得喘息起来,画家阿姨差一点要给她喂硝酸甘油片。

其后,这里物业管理公司说是保安人员反映,说是临时借住在这里的长脸才女屡屡深夜出现在那座岑寂的花园与它的空空荡荡的房屋附近,有一次还推开栅栏门进入草坪,坐到了梨树下,隔着树枝树叶看月亮。散乱的月光洒在她的身上,使保安人员吓了一跳,以为是有了殉情少女的诈尸或者玉面小狐狸。保安人员要求她离开,她根本不予置理。她的脸孔上显现着不可企及的悲戚与不可一世,吓退了保安人员。

物业保安部门为此颇感为难。干预还是不管?"这是一个问题。"相信这比哈姆雷特的提问务实得多。为此,公司层层请示小中大老板,并找了每月有高薪酬的法律顾问咨询,最后结论是可能有问题,也可能没问题,如果说有问题,就当然有问题,如果说没问题,也当然没有问题。

说是这是典型的中式思维,灵活、随意、虎变难测,怎么来怎么有理。

如此这般,画家一次与作家一起到岑寂的花园这边来,她们看到了拿着锄头正在辛勤从事园艺劳动的别墅主人的半个脸,夕阳照到老迈却是极富才华与个性的脸庞上。然后,两个女人都晕倒了。

画家从此足不出户,闭门作画,她用两年时间画了一张大幅油画。底色是有光泽的蓝黑的夜空,这种蓝黑色寓恐怖于艳丽之中。有几道稀疏的聚光灯光柱,略将蓝黑色点缀与分离。画面左上角有一只白色的鸟形。这个鸟形由于形象不甚确定,也许会使另外的人联想到新型轰炸机。偏下过了中区,大约至底边与至顶边的距离是二与三之比处,是一个无头的人,人的两臂向左右略偏上分开,像是把一个V字向左右打开到夹角一百二十度的样子。由于无头,脖子上的两根筋显得突兀而且恐怖,似乎这两根管子(食管与气管)之所以生长在那里就是为了提供切割的方便。有自命的解人解释说这两根管子表现生命的暴露与无助,有管子就可以切断,有头颅就可以割掉,有器官就可以阉除,有生命就可以杀戮,这才是世界的本质。而两臂的夸张的伸展长度已经包揽了你我。没有头和脸,但是有一点红色,细看近于心形,兼具热吻与忽悠的嘴唇表象。右上方有几根金黄色的鬃须,是头发吗?更像是狮子的颈毛,抑或是象征黄金,是暴力与金钱的双重意象。无头人的双臂上方,是一具女尸,面貌不清,但是黑色的长发披落下来,令人心酸。无头人似乎是用气功擎举着女尸。女尸的胸前乱乱糊糊,是弹痕也像是匕首,有暗影也有红色的血滴,有反光也有被撕裂了的心。举手无面人与女尸四周,还有一盒火柴和一根火柴在点燃,有一条绿色的小蛇,有一大撂钞票,整个画面都追求模棱两可,模糊混沌,然而这一撂钞票虽然看不清是人民币还是美元欧元,却有清晰可触、鲜美诱人的坚硬轮廓,令你相信造币纸就是要比一般纸张坚硬得多。画面的右下角是几株郁金香,左面是一把剑,剑尖指着一个小巧玲珑的骷髅。右偏上是一群人的漆黑的背影,挨着背影的是一条路,通向一个坟墓,墓碑上的文字看不大清。有好事者强为解读,说是画家在墓碑上写着的是改过的北岛的诗:"高尚,是卑鄙者的通行证;卑鄙,是高尚者的墓志铭。"

　　北岛的原诗是:"卑鄙,是卑鄙者的通行证;高尚,是高尚者的墓志铭。"

　　原诗充满了悲情的愤激,改版后更加悲情和愤激,咀嚼多了,反而多出了点滑稽。

画家拒绝证实或证伪这个说法,也不对画的内容做任何说明。她宁愿谈论此画是超级摄影现实主义与拼贴手法与结构主义的结合体。她还以毕加索的反映西班牙内战的名画《格尔尼卡》来说明此画的构思。

说是此画被重金购去收藏,画家卖掉了丙户型房,虽是二手,卖得的却是她当年购房时的房价的两倍。画家搬到了超巨超豪华住宅,从此少有音信。

时间将近过了一年,一家文化艺术小报上发表了一个有点头衔的评论家的严厉的文章,以此张画的高价为例,说明美术市场混乱无序,乌烟瘴气,指出全球化已经杀死了艺术,拙劣、幼稚、模仿、照搬、假冒、迎合、低俗、无耻已经彻底埋葬了天才、高尚、经典、精纯、宏伟、风格……当前的艺术市场上的作品已经越过了人文精神的底线,它们在污辱自己的土地与母亲,挑战文化,抹杀历史,背叛人民,亵渎真善美……情况不但比共和国建立以来的任何时期都更危险,而且比旧社会,比日伪时期,比"文革"时期都更恶劣。

文章义正词严,可惜没有为受众所注意,也没有被领导部门采纳,其效应是一片寂寞。这是什么世道了啊?

才女在晕倒后住了半个月医院,出院后五个月,她完成了一部中篇小说。小说是以第一人称写的:

> ……我一眼就看出来了,他是我的爸爸。正像我的长相像张爱玲,他的长相像天才的与晚境潦倒的爱尔兰作家奥斯卡·王尔德。他的脸长成长方形,骨骼硬邦邦,同时却又充满肉的丰满与欲望。

她的小说描写一个叫做鞠冏觚的男孩子,他具备了一切令人羡慕的元素:健康、外貌、聪明、举止、声带、身高与身材。像黑暗与贫困中的一颗明星。像荒凉和破烂中的一块玉石。没有几个人有这样的被上天也被人世所娇宠的经验。在黝暗中,他变成了明灯。在粗糙中,他拥有将一切锉平磨光的利器。在艰难与封闭面前,他获得了神赐的打开一切关卡的钥匙。他从小有两项武器:聪明与可爱。他从小就是人见人夸,人见人爱。周围的一切都是丑陋与平凡,而他熠熠生光。他被选送到法语学校读书。那个时期,即二十世纪的六十年代,说是鉴于我们需要自己的即无产阶级与人民大众的知识分子,特别是涉外工作人员,决定选择一些根正苗红,忠诚可靠,德智体文理全优、没有港台海外关系的孩子从初中就上寄宿制的外语学校。鞠囻觚被选中了。被上苍选中了的孩子,自然也被一切所选中。

他占全了一切美好,他像是破岩而出的钻石,光洁,锃亮,闪耀,成色是天成,珍贵无挑剔。

同时,一度更使他自己激动的是他显示的声乐才能,他的声带和他的大脑一样精彩。他喜欢唱歌,他得到一位音乐女老师的喜爱,他常常到此位胡鸥老师家里听唱片。那时还没有盒装录音带,更没有CD。就是在一台手摇的、转速有些快慢不稳定的老留声机上,鞠囻觚第一次听到了帕瓦罗蒂与意大利神童的歌曲。青年时代的帕瓦罗蒂的歌声太响亮了,每逢唱片运转到歌者高唱"O solomio"——"啊,我的太阳"的时候,由于声音过大,超过了留声机的摩擦负荷,转速发生失常,就会发出一种鬼哭狼嚎的怪声。而神童唱歌更像是哭泣。小鞠会不由得随着神童的歌声而落下眼泪。

同时他首次听到了《茶花女》,是意大利原文,老师将大意告诉了他。五十年代张权和李光羲在北京演出过《茶花女》,但是鞠囻觚的学生时代这个歌剧变得布尔乔亚起来。在鞠囻觚上中学以后,茶花女也变成了危险人物。

在寻找《茶花女》老唱片的时候,他发现了胡老师年轻时候的一张舞台照,穿着白色连衣裙,开口很大,不但头脸而且颈部与肩部都露在外面。这使鞠囻觚一怔,好像在大米粥里发现了一根奇怪的草。像是在饮水里发现了一丝阴影。

老唱片与老照片,在一个时期,它们曾变得神秘——可疑而且悲惨,直到刺激。

然而老旧又曾经是那样迷人。鞠囲觚常常梦见他的老师与老师的歌声。

即使那时的音响设备是如此不尽如人意,他还是迷上了男高音。他找到了当时引起轰动的《外国民歌200首》,模仿着现时所谓的美声唱法,学会了用中文唱拿波里民歌《我的太阳》与《茶花女》的对唱《饮酒歌》。于是,一直红里透紫的鞠囲觚面貌变得可疑起来。他得到的是《我的太阳》与《茶花女》,失去的是在共青团与学生会里的"官衔"。

一位惜话如金,绰号叫瓷娃娃的女生顶替了他成为学校领导的最爱。她名易永红,五官完美,但是没有表情。其实自古以来,人们就喜欢讷于言而敏于行的人。敏于行并非时时可以考察,讷于言便成了最高美德。而表情丰富,言语滔滔,如果不是演员的话,则仅仅意味着浅薄外露轻佻。

……到了那个黢色的,却被忽悠成血红的年代。突然风云变化,突然天翻地覆,突然颠倒再颠倒再再颠倒,突然严丝合缝暗无天日。紧接着是万丈光芒,阳光刺眼,四顾却更加天昏地暗。叫做玩弄于股掌之上。而他的爱唱洋歌眼看带来了灭顶的灾难。

这位天之骄子,这位四面八方的宠儿,这位一帆风顺,叫做一直泡在蜜罐子里的甜蜜的娇哥儿准人形蜜饯,完全崩溃:他的天堂正在摇晃,正在裂缝。他已经得到的一切似乎转瞬间将化为乌有,他已经完全不知道他是谁、谁是谁。而且,更恐怖的,《外国民歌200首》被指责为什么什么主义的货色,一位以亲切关怀文艺工作而著名的慈祥万状的高级领导说是这本歌曲书出得不好。

慌了神,应该说已经分不清东南西北的少年鞠囲觚,慌忙中抓住了一根稻草:他咬紧牙关,要灭掉一切脉脉含情,要立即处决一切自己的最爱,要敢于硬起一颗心,必须要刺刀见红,他的家乡话是"白刀子进红刀子出",这是不是一种绘画的现代与后现代风格……要敢于说自己不想说的话做自己不想做的事。

鞠囗觚"站出来"了,却兀立在那里像一个等待瞄准的靶子,他的腿发抖,他的舌头发木,他的脸发僵,他的面色发绿,他流泪了。

鞠囗觚,考验你的时候到了!鞠囗觚,你到底走哪条路?

鞠囗觚发不出言,出不了声,他一阵眩晕,暴躁的喊叫中他突然向胡老师冲去,扬手给了胡老师一个大嘴巴。他的手指上立即沾满了胡老师的血与汗水。他的右手立即变成了他的敌人,他的克星,他的背叛者,他的奸细。

他的魔鬼!

是你?胡老师呻吟了一句。全场欢呼,靶子在欢呼中变为射手,亡命的兔子一秒钟就变成恶犬。不知道趁机抡起了皮腰带的是谁人的右手。然后是反过来抡着皮带把钢铁的卡头挥舞到了胡老师的脸上头上,鲜血立即流满了胡老师的面孔……

三天后,胡老师死去。

胡老师是鞠囗觚的右手杀死的。

从此,这样一个念头跟随着他的一生。

在嗜血的疯狂中,只有一个人沉默无言,她也受到了极大的攻击与嘲笑,她就是顶掉了他的"官职"的瓷娃娃易永红。

他到了内蒙古兵团插队,他几乎天天梦到胡老师,他一次一次地给胡老师跪下。他常常梦到一群群的窄翅的白鸟在天空飞,而地上是泥泞的沼泽。后来他在草原的湖泊上看到了类似的鸟。什么鸟?有人说是海鸥。没有海哪里来的鸥?后来当地人告诉他这是湖鸥。窄瘦的身体,没有海鸥那样肥。湖鸥湖鸥——胡鸥,他惊呆了,他听到了湖鸥的嘈杂、嘶哑、错乱的叫声。他无法自持。他从小失去了母亲,梦中胡老师就是他的母亲,他只想伏在胡老师的怀抱里,他只想让胡老师打自己的手心。而所有的梦里梦外的湖鸥,都是胡老师的使者,胡老师的精灵的负载。胡老师已经幻化为无数的湖鸥。

牧马的时候,他给水面上飞翔着的湖鸥跪下了。他趴到了草地上,痛哭失声。

他把自己的脸孔与右手打出了伤。

他挑选最苦最累的农活,他申请去炸山修路,炸石烧石灰。他请缨去处理万分危险的"臭"炮,在暴风雨中登山寻找牲畜,他扛起三百斤重的麻袋,他跳下去用身体堵水渠的漏洞……他渴望着炸死砸死累死淹死跌死……他没有死,却在一次抢险中伤残了自己的右手。

他成了上山下乡的知青标兵。

鞠㧑觚的右手是他早有蓄谋,故意加害的?

这样一个念头也要求着占领与覆盖权利。

从此他在梦中常常梦见老师,还有一只血淋淋的右手抓搔着他的脸孔。然后,或多或少,或隐或现,梦里梦外,不祥的湖鸥跟踪着他飞翔。

他被派去参加讲用(学习毛著经验)会,讲稿是"秀才"们替他写好的,把他的一不怕苦二不怕死的优良表现归功于"文革"与北斗星。抬头望见,心中想念,红心不变,海枯石烂。就在上了台开始讲用了三句话以后,他看到了一只贪恋湖水的湖鸥飞进了干巴巴的礼堂。他晕过去了。

另有一说,他在听众中看到了胡老师的女儿。或者只是他认为是胡老师的女儿。对于男子与领导,他的认为比她本人是谁更重要。说你行你就行,说你是谁你就是谁。

底下的发展甚至于使人们想起单口相声艺术家刘宝瑞讲的黄蛤蟆的走运故事。"文革"后鞠㧑觚的没有将讲用完成的记录被解释为对于"文化大革命"的英勇抵制,他的事迹被传说得完全合乎要求,而一切故事的合乎要求比细节的真实要重要。为此会有各种的巧夺天工的安排。他成了英雄榜样,他从此青云直上。他又想起了胡老师给他的纪念册题写过的字:飞翔,署名是湖鸥。仅此一次,音乐教师将自己的签名写成湖鸥。他当时想问老师,她的名字到底是湖鸥还是胡鸥。后来自己解答了自己的问题，胡鸥就是湖鸥。

就在一片看好，飞黄腾达有日的时候，他突然辞职。

在一九八三、一九八四年，"文革"后的一次整党当中，他自己揭发自己属于准"三种人"，即造反起家的分子，打砸抢分子还有一种什么"坏头头"分子。何况他还有男女作风问题，这个问题后面再说。他同时也揭发了参加殴打胡老师致死的其他几个现在已经混成了官员的人。那些人与鞠囡觚的看法不同，他们宁可以教义或原教旨来解释他们的青少年时代，美化自己的无怨无悔，唯独不愿意联系真实的历史。鞠某的行为堪称疯狂，他伤害了差不多所有人：器重他的，将他培养成为抵制"文革"的标兵的人。他的同伴，和他一起参与过疯狂的年代的一切事件的人。他的朋友，有求于他或愿意帮助他也期待与他联手做成一些事情的人。巴结他讨好他以求借光照亮自身的前途的人……

他离开了公职，传出了他患有精神疾患与几次自杀的消息。

所有的人都找得到使自己不发作精神病的办法，所有的人都能对自身进行心理调理。除了疯子。

你总得活下去。你总得常常现出笑容。你总得盛米饭，涮火锅，结婚生子，挣人民币，听相声看小品和转发各种无奈的笑料段子，有时候还人五人六，穿西装，打领带，用微笑掩盖自己的尴尬与卑鄙。

高尚，是卑鄙者的通行证。

卑鄙与疯狂，是高尚者尤其是承担者忏悔者的墓志铭。

可以想象鞠囡觚的墓碑："终于为自己的卑鄙付出了代价的忏悔者。"

自责，归根结蒂是一种病态。

十年后，他出现了，他在海南岛做房地产生意，大获成功……据说还"买"下了太平洋上的一个岛国的护照，然后照旧在国内投资经营。

迄今，他并没有去过那个以香蕉与木薯为主食的岛国。

小说里有那么一段：

我在追捕我的影子。

我的心里有一块石头,我的身上有一条绳索,我的喉咙里有一团毒火。而我的右手上是一道血腥的疤痕。每天都有白色的轰炸机向我丢炸弹。我的影子狡猾灵活,它拉着我跑得无影无踪。它的聪明,它的快乐,它的永占上风,它的无往而不胜,使我也不能不佩服和惊叹。

而我的右手永远流淌出黑色的血。

这一天我抓住了影子,我扼住了它的咽喉,这是唯一的一个日子,它不敢奔跑,它的遁身术无法发挥效力,它的隐身法也不工作。甚至于,它一见到我就低下了头。

这是八月十九日,胡老师的祭日。

它说:"我们的一生中会有许多难过的事。世界没有承诺过使你永远开心的义务。一阵大风吹过,许多花朵凋零,如果是龙卷风则会造成船车倾覆房毁人亡。然而大风是无法避免的,没有风就没有雨雪,没有降水,没有气候与季节。历史也有时候刮风。天地无情,以万物为刍狗。历史无情,尤其以青年人为刍狗。你算老几,你能做什么,你能改变什么,你能负什么责任?人只不过是狂风吹过来再吹过去的沙砾。"

它又说:"你为什么对我赶尽杀绝?也许我做得并不比别人好,我不是英雄,不企图用自己的脖颈去阻挡挫钝历史的利刃。我不是智者,不可能在人海如沸的时候保持孤独和冷静——我要说,这样的智慧其实是冷血的谨慎与自私。我究竟做了什么?有哪一句话哪一个举动是我自己独断专行的?哪一件哪一句没有听命于……我的绝对权威的主人!那么对不起,不是我而是我们,我们与十几亿同胞有多大的不同?如果说不是优于百分之九十九的人的话,至少不会低于劣于百分之九十八的人!"

它又说:"你怎么可能,尤其是我怎么可能,当时就知道十余年后这些都变成了四个坏人之罪?我们相信历史有历史的逻辑,导师有导师的神机,蓝图有蓝图的宏伟,代价有代价的无可避免。我们相信了,我相信了,你能让我怎么样呢?有的人到现今也宁愿相信这一切的伟大辉煌,相信自身的峥嵘岁月与那鲜红的标帜!"

它还说:"哦,有多少推诿过失的无赖左右逢源,有多少妒贤嫉能的废料高举虎旗,有多少不学无术的混蛋接受桂冠,有多少以蹬踩为看家本领的小人一路青云,有多少落井下石的流氓转眼变成趋炎附势的宠儿,有多少血迹斑斑的右手在那里书写慈悲与博爱,你不懂吗?健忘才能健康……而你,你究竟怎么了?你有什么可亏心的?"

我嗫嗫嚅嚅地回答:"我接受你的雄辩的无懈可击……我并不想起诉你。我其实无言以对,我不能控告,不能倾诉,不能——甚至不能忏悔,不能当原告,却又不能当被告,不能投案自首。只是你杀死了我的善良,或者任何力量通过你的手杀了我,你杀死了我的相信与开心,你杀死了我的青春、爱情、歌声。你杀死了一只洁白的湖鸥。在一个从来没有罪责与忏悔意识,也就不可能有真正的怜悯与宽恕的空间,告诉我,你还能洋洋得意?你还能无往而不利?你还能保持着你的成功者的身段吗?"

但是我们的辩论没有能够继续下去,一只带血的大手,一个巴掌把我与我的影子打得满地打滚,然后是我、影子、湖鸥与右手的四重唱:

我:黑糊糊黑黢黢黑黢黢……

影子:轻飘飘轻哒哒轻沥沥……

湖鸥:嘎嘎嘎嘎啦嘎嘎嘎啦……

右手:血淋淋淋淋血血滴滴……

很奇怪，已经在网上的写作中颇有成绩并且不无效益的七〇后才女，这次突然想上一上平面的，却是主流的媒体。审读此稿的资深主编说，通篇作品中，这一段令人一怔。

周主编已经许久没有读到这样的作品了，他更多地被迫去阅读遗忘，欣赏星巴克与FRJJ，欣赏金光闪闪，欣赏伪奢侈与装颓废的口水，欣赏直逼欧美的中国新一代，民族特色剩下了的只有丫的脏话你妈×。

小说继续磕磕绊绊，有时候是捉襟见肘地在荆棘与泥泞中前行。它叙述着鞠囡觚的故事，人们不明白这个主人公怎么会起了这样一个莫名其妙的姓名。贫乏有助于精巧，而充实与大度自是挥霍。顺畅的小说像风，像海潮，卷起沙石烟尘，粗粝而且散漫，推动虾蟹龟鳖，污浊乃至腥臊。难产的便秘型小说像挤干的柠檬，沾上一粒水，像泪，酸涩的珍珠，稀世珍奇，它们往往被称道为纯美晶莹，玲珑剔透。小令小品小段子小玩意儿当然比长卷巨制更容易接受和把玩。

小说还写到，鞠囡觚想起了音乐老师的女儿。老师结过两次婚，单独带着一个女儿过日子。批斗老师的时候女儿不在场，但是老师除了窝藏《外国民歌200首》的修正主义书籍以外，还被辱骂为破鞋。原因只在于胡老师结过婚，又离过婚，而现在家里没有男人，家里并且常有男客包括男学生出现。有红卫兵当场用铁锤砸烂了她的一双旧皮鞋，然后用鞋带把两只鞋拴在一起，挂在她的脖子上。

影子多次试图说服它的主人，是人嘴里的脏言比右手更能摧毁老师的生命。

人们变成凶恶比变成仁爱要容易进行得多。

那个所谓的鞠囡觚在下乡插队期间与瓷娃娃易永红分配在同一个生产队劳动。那位老实得使你觉得她并不存在的女生，听话得你觉得她根本没有个人意志的"文革"前的模范"干部"，下乡以后却完全受不了那种寂寞与无望。新的一批所谓头上长角身上长刺的人物已经取代了她。她已经被造反派们贬低得一文不值……下乡三年后说是易永红爱（？）上了他们的生产队长，她怀上了队长的孩子。一天凌晨，鞫囘觚因为梦中的湖鸥聒噪而无法再睡，他出门漫步，在湖边的枯柳树下发现了失魂落魄的易永红。可能是易永红正要寻死。

当时正赶上那股子风潮：福建的一位投诉的家长，得到了毛主席的关注，老人家指示要做好知青下乡的工作，包括严厉打击染指女知识青年的农村人。当时此事如果发作开来，那个生产队长极可能被抓了典型枪毙。而这对易永红也将是极大的恐怖与耻辱。

是鞫囘觚在关键时刻应那位女生的要求站了出来，把腹中的孩子认下，由于他已经被三级领导树立为"活学活用"的标兵，他与易永红被批示为"需要爱护"，各方面得到招呼，不可再追究易永红肚里的孩子的源起。孩子，易永红回老家生下了，一年后，鞫囘觚与易永红正式结婚。自然，那个时候人们还没有关于DNA测试的概念。赎罪？鞫囘觚未必想那么多。易永红的痛不欲生竟然使鞫囘觚感到了一种巨大的庄严和温暖，甚至是伴侣感。请与我同行。她在殴打胡老师时候的一声不吭也使鞫囘觚对她有一种感激之情。你不能指望人们都像张志新一样去饮弹，却可以像易永红一样变成瓷人木头人。陷于悲伤与混乱的青年人并不仅仅是鞫囘觚一个。一个模范的眉目端庄与平静绝顶的女孩却比他还易于身败名裂。他，正是他，有可能帮助这位绝望的好学生——共青团副书记。

他庄严地举行了与易永红的简单的婚礼。新婚之夜易永红伏身哭泣。他搂住易永红，过了好久，易永红转过身来，哭着问鞫囘觚是不是觉得自己是坏人……易永红突然从一个最难以接受的角度看到了他的伤手，易永红吓了一跳，她发出了一声惨叫……而鞫囘觚似乎同时看见了房间里飞翔着一只湖鸥。湖鸥飞入了他的新婚洞房。

……"文革"结束，他们回城，永红把孩子从家乡接了来，完全推给了假爸爸，越是老实人越会下斩钉截铁的决心。他们始终没有办法建立共同的生活。又过了一年，她与这位鞫囘觚离了婚，出国学艺术史去了。鞫囘觚时时奇怪，为什么国人的百分之七十在需要时都能够证明自己出自贫下中农,而换了人间时,他们也都能找到海外关系的鼎力资助。同时,中国人的戏路子之宽令人瞠目,演什么像什么,他们时时能演成令你晕菜的角色。

非婚生女孩后来成为一名小说写手。她的长相令人想起爱玲张。她崇拜和爱恋她的后爸爸,从七岁就对爸爸说长大了一定嫁给"爸爸"。她有特强的伊莱克特拉情结,再说鞠冈舥一年有五分之四的时间不在家,他无法照顾孩子。头几年将她托付给一位保姆。他在孩子九岁时将她干脆转移给一位无子女的古汉语教授,自己再不肯见她。她只能使他的混乱和闹心的生活更加混乱闹心。他也许可以胜任许多社会与政治角色,但是饰演不了伪爸爸。孩子开始则根本不知道自己的妈妈与亲爹爹是谁,而且后爸爸避她如避虎狼蛇蝎。虽然她知道,爸爸常常会汇来钱。后来老教授干脆拒收后爸爸的汇款,以免将来在愈来愈显出聪明与美丽的女儿的监护关系上出现纠葛争夺。

而亲妈妈的无情是她所无法想象的。出国二十多年,易永红更名为易素蓝,她成了一位外籍学者,回国讲学频繁。女儿从古汉语教授养父口中得知了有关自己的一切。有一次她闯到了生身妈妈所住的一个外国专家招待所,她见到妈妈,流出了泪水。而妈妈却充满警惕与怀疑。妈妈的脸上只有加固了的马其诺防线。易素蓝绷着脸说,她的对于孩子的正常的情感已经被拆那(China)尤其是"文革"的语境所摧毁。她严正声明:"我已经被杀死了,过去的我并非一个活人……"易素蓝现在与一位比她小五岁的洋教授同居,外国人可能看不清华人的实际年龄。她不能认下个子比妈妈还高、作品已经写得相当红火、更加显示了妈妈的老大与平庸的小说写手做她的闺女。她并且强调,自己只是虚名在外,她其实没有几个钱,在纽约停一次车也要缴十几到几十美元,她的信用卡由于没有及时付账而面临被吊销的危险……

才女没有等到妈妈说完,鼻孔里冒出了吭吭的冷气,转身走了……以此为素材,她写了她的应征网络小说,得了头奖。是她在她的获奖小说中首先写出:对于孩子来说,没有谁比父母更虚伪。

成为鞠囡觚一直自责的原因的不幸的音乐老师,她的女儿继承了上一代人的音乐细胞,她在许多年后国际声乐比赛中获了奖,她被一个欧洲的歌剧院所聘用,成为那里的主要演员之一。在她回国演出的时候,鞠囡觚与她相识并且成为热恋的一对。那时候歌剧演员并没有用自己的真实姓名,她的艺名是安琪娜。

小说写道:

《茶花女》的第一幕,已经为了阿尔弗莱德与薇奥列塔的二重唱、脍炙人口的《饮酒歌》而如醉如痴的鞠囡觚,为接下来的薇奥列塔的咏叹调《我灵魂的渴望是他》而热泪盈眶。

薇奥列塔唱道:

多么奇怪,

他的话在我心头燃烧……

这两句像是从天外落下来的闪电。

也许他触动了我的心,

我是多么孤独。

想哭。

鞠囡觚多么想说:我也是孤独的啊。自从那次不成功的赎罪婚姻以后,他更认定,自己没有权利做男人,自己没有权利爱与被爱,天理昭昭,他不能,他不配,他应该承受这样的耻辱与惩罚。

她接唱:

也许他正是我偷偷地幻想过的人,

他使我患上了新的疯狂的热病,

这令人心跳的爱情与宇宙一道呼吸受用。

自问自答,沉醉却又恐怖。

鞠冈觚问自己,究竟什么是爱情,究竟有没有爱情,在歌剧与小说以外? 宇宙的呼吸与一场又一场的热病有什么区别,又有什么关联? 而患过热病的罪人,还有没有权利舒畅地呼吸?

> 荒唐荒唐,这儿是男人们的巴黎,
> 我只能疯狂地自由寻欢作乐。
> 无论晨昏我只能这样活着……

荒唐,荒唐,当年张权唱的是"不可能,不可能……"

宁愿是荒唐,不愿是不可能。荒唐的是梦,是艺术,是游戏,而不可能的是零。

这是不是薇奥列塔与她的影子的对话? 可请问,谁又是影子,谁又是主人呢? 那个寻欢作乐的交际花,难道不是她自身吗? 那个善良的、高贵的、钟情的、为爱情情愿献出生命的女子,接受了乔治·杜瓦的恶魔的劝告,难道不是一个软弱和灰白的影子吗? 一个人的影子有可能比本人坚强吗? 如此的不堪一击的爱情,难道不是泡沫,不是影子吗? 而即使没有乔治·杜瓦的破坏,在巴黎,在浪漫的法兰西,他们的爱情在与宇宙同呼吸上两三年以后,不会像影子见了光一样无疾而终永远消失吗?

小仲马也不否认,高尚,是卑鄙者的通行证;卑鄙,是高尚者的墓志铭。

……舞台上的薇奥列塔穿着开口很大、露出肩颈的白色连衣裙,穿行在欧洲式的雕花精美的沙发椅之间,用她的纯净如水、响亮如铃,而又是神妙入云的声音,唱着这首富有圆舞曲的潇洒与泣血的伤痛的激动人心的歌儿,庄严而且疯狂,陌生而且亲爱。一刹那间,鞠冈觚的灵魂突然翻了一个身,影子消失了,右手也掖进了口袋里。我究竟是为了什么,我究竟是为什么要活活杀死我的自己,我的身体和灵魂,我的情感和快乐,我的亲人和朋友？我为什么不能活不能爱不能疯狂又不能正常如他人？这个世界上有屠杀也有背叛，有暗箭也有毒药，有欺骗也有愚蠢，有沉冤也有屈死，然而千千万万的人仍然在生活，仍然在亲吻，在做爱，在唱歌，在种花和赏鱼赏月，在订购生日蛋糕和积累钱财势力。我究竟是怎么了，非要将自己变成活尸，变成十字架下的厉鬼！

鞠冈舥为饰演薇奥列塔的那时并不年轻也谈不上如何貌美的女歌唱家而倾尽了全力。他的公司包了一家鲜花店，连续三天在演出期间为安琪娜献花。他通过公关手段包括慷慨地使用钱财，使三家传媒一家网站下了大力气宣扬这位歌者。出现了这样的报纸通栏标题：此曲只应天上有，人间哪得闻几回？音乐学院举行了声乐论坛，论述安琪娜的演唱中体现的中西文化的交流和融合。

鞠冈舥相信，他半生蹉跎，疯魔苦痛，这些都是一种等待，人活一辈子，其实就是为了等待另一个人。有了这个人，生命才真正成为生命。我在等着你，等着安琪娜。我的人生就是这样一次苦苦的等待。这个想法使他泪如雨下。而他的爱得到了正面的回应，他期待着也相信着自己的新生。

然而在成婚前一天他看到了她随手拿着一本出自菲律宾的华文小说《湖鸥》。他几乎晕倒。惩罚总不至于成为永远、天意？

他们的婚姻仍然不成功，他们仍然无法获得上苍赐给一个男人和女人的相爱恋的缱绻温柔，销魂沉醉。歌者仍然对他极好，只有中国的女性才能做到这样体贴和宽容。他满心愧疚地向她叙述了自己少年时代的经历与心结……他说他要给她购买一所湖滨的别墅房屋，那里经常有白色的湖鸥在飞翔。他知道她爱花草树木，他要为她栽培建造不但在祖国，而且在整个亚洲太平洋地区难得一见的美丽花园。

这时候,鞠冈觚才知道,安琪娜正是胡鸥老师的女儿。

我终于等到了,我果然等到了。鞠冈觚恶狠狠地对自己说。没有谁能拯救我原谅我。

她去欧洲演出,一次自驾车从荷兰到比利时去,她出了车祸。鞠冈觚认定,安琪娜也是他杀死的。

周主编对这个故事不无兴趣,同时提出了请作者修改使之更匀称和精致的意见。显然还需要进一步的推敲与打磨,使读者对人物与情节更加信服……后来没有收到修改稿,说是作者移民到澳大利亚墨尔本去了。

过了一些年,显赫的文学刊物主编结识了湖鸥别墅区物业管理公司的美丽女秘书。不幸的是或者说是幸运的是,女秘书醉心于写诗,虽然她的诗其实无善可陈,她还是得到了主编的忽悠夸赞。身材姣好的秘书是前面提到过的那位因数次惊世骇俗之作而赢得了荣誉、金钱、嫉恨与辱骂的画家的女儿。这位女孩因为只热衷于写诗,几门功课不及格而被勒令退学。她根据母命到这家房地产物业管理公司做事。

考虑到了演艺界的据说的潜规则,她摸不着文学的海洋的底,用顾盼的美目与铜铃一样的笑声解释着自己的诗心诗魂诗艺诗情,她说是要邀请主编到后海边上的一个酒吧喝一点东西。她说要请主编喝"血玛丽"。主编知道喝一点东西的说法表现了全球化时代的汉语的窘迫。汉语或者说是喝酒,或者说是喝粥,而如果说是喝饮料,则更像是医学乃至兽医用语。

出乎女诗人的意料的是周主编相当正人君子,按照女诗人的理解老男人应该是渴望年轻的女性的,她在某个卫视台的节目里看到一位年轻的才女追问一位老学人,死乞白赖地问老教授是不是有一种对于少女的渴求,称之为"洛丽塔"情结。少女追着老头儿问这个,女诗人有点不安,或者用香港人爱说的话,叫做感到困扰。那么此位主编的无动于衷只能解释为生理心理上的同步缺少自信。周主编听了她的一阵子关于别墅房的交易的忽悠以后,给她讲起了他收到过的那位移民墨尔本的女小说家的稿件。

女秘书亦女诗人大喜,她说,这个故事是真实的,发生这个故事的这所别墅就位于她新近供职的社区。我妈妈为它画过画,我为它写过诗:

> 花朵的星星就像是你的夜空,
> 花园的沉默就像是你的畸零,
> 花草的繁茂就像是你的隐藏,
> 花瓣的凋谢就像是你的平静……

女诗人向周主编讲了她妈妈的那张画,虽然没有见到绘画原作,青年女诗人的讲述还是征服了周主编,他相信那是传世之作而不是堕落与垃圾。他委托女儿诗人向她的妈妈画家致敬。

主编问道:小说写手的小说里提到,她与画家见到这位所谓鞠囙觚的半张脸,两个人同时都晕过去了,这只是故弄玄虚吗?有什么道理吗?小说写手好说,她是鞠某的继女,那么画家呢?

青年诗人思忖了一下,她说,您可以这样想,但是我不想告诉您这是事实还是构思。有一位神经质的画家,这一年由于爱情上的打击,陷入精神恍惚的状态。她在游览绍兴东湖的时候失足落水,你可以解释为是她企图自杀……一个男子英勇地从游船上跳入水中,他就是鞠囙觚。他成了画家的救命恩人。他没有留下姓名,更没有留下地址。从此就玩起了追捕的游戏,女画家要找到自己的恩人,要嫁给他;活雷锋则千方百计地躲开谢恩兼求爱者。为了找到没有留下姓名却留下了自己的不凡的形象的他,妈妈跑了十三个省,二十几个市,六十多个景点,一百多个新建社区……

主编忽略了及时褒奖那首关于花园的诗,也没有特别称颂她的关于画家与她的救命恩人的故事的神奇与魅力。这使诗人觉得此老人乏味。

一个连洛丽塔都没有了的老男人,活之何益?

女诗人不屑地,不无打击这位已经落在生活后面的主编的意图地说,您所说的这篇小说其实早已经发表在网上了,不久前在海外正式出版,书名《岑寂的花园》,获得了不少小说奖项。女诗人想说的其实是:现在都什么时候了,您老还想提意见,请作者打磨?现在的作者,谁还有耐心遵照编辑的一般般老掉了牙的破意见去批阅修改增删?现在的编辑的功能已经改变:现在的编辑的任务只在于选题,选人,包装,炒作,促销。这里的卖点是清晰的,写手的相貌宛如张爱玲嘛。何必管其他?现在的编辑一般连校对都不做,连错别字都不改,以免将原来的对字改成错字。可怜的嘛新鲜事物也不知道的老男人啊,你们早该歇菜了。

主编说他想去这座花园和它的房屋看看。诗人说,这是不可能的。主编想,为什么不说这是荒唐的呢?诗人以非常务实与专业的态度解释:在房屋售出以后,房门钥匙只由业主掌管,开发商与物业管理人员绝对不允许也不可能继续掌握钥匙。再说一般业主购房后为了安全防盗防贼,多半会更换自己的全部门锁。像这种高尚的住宅,业主应该拥有三百至五百多把钥匙,每一扇门至少三把,还有电器与落地式大衣柜,还有各种抽屉……也各有自己的钥匙。

新时代不但有信息爆炸、知识爆炸、性爆炸,也有钥匙特别是磁卡爆炸。这些,都是数字数据爆炸。

诗人说,据她所知,这所别墅的主人已经有三年没有出现过了,倒是一位自称是业主的外甥女的人,来过几次,整理花园草坪,缴纳有关费用,修理过供电跳闸和一处阳台由于导雨管被泥土堵塞造成的局部漏雨。

说到这里,诗人兴奋起来了,她说是了是了,她进过一次这一家的房屋。业主的外甥女要求物业协助修好造成漏雨的阳台与被雨水泡得变形的屋顶,外甥女忙于离开,便把房门钥匙暂时留给了物业,物业为了负责,要诗人带着工匠进屋查漏修漏。她进了这一家的门。

诗人说,他们家的家具全部是欧式的,听说是叫什么巴洛克式的。

谁说的?主编问。

诗人摇摇头。

继续说,座椅面罩的色调包含了紫红、土黄和金色,而木器用的油漆偏于褐色。扶手和椅子腿都啰里啰嗦,像是几条蜿蜒欲动的蛇。有许多椭圆形平面与立面和弯曲的线条。有凸凸凹凹高高低低的墙柜。有夸张的螺旋形楼梯。

她说,给她印象最深的是大厅里的一个壁炉,壁炉旁整整齐齐地码放着劈得大小均匀的松木柴块,材质真好,都是金黄色的。

她说,他家的楼梯装置得特别不同,它位于大厅的正中,孤零零蜿蜒而上,乍一看,你会不敢上这样的楼梯,你会相信你走到楼梯上以后,会无助地跌下来。

请问,他的墙上是否有什么女人的照片?他的房间里,是不是有什么人体的雕像?

诗人想了半天,是可能有几张女歌唱家的剧照。

歌剧?《茶花女》?周主编迫不及待地问。

女诗人已经无法再作回答。

后来她补充说,人唱歌的时候是不好看的,太用力,嘴张得太大,筋绷着,鼻子左右的纹络太深太显⋯⋯

她又补充,屋里的墙壁上有一些鸟类的摄影作品。也许是湖鸥吧。主编几乎跳了起来。

主编去了一趟女诗人供职的物业小区,去了这一处难见业主的房屋近旁。他在这一处岑寂的花园边徘徊了良久,他忽然想,连同这花园也是巴洛克式的⋯⋯富足了,浪费了,堕落了,没有一定之规了。从前,我们知道我们要什么,祖国要什么,人民要什么。现在的事如入十里雾中。人的生活也渐渐难以理解。他也老了。何必要他理解呢?他说好了以显著版面刊登女诗人的诗,女诗人将会在这家文学刊物的封底刊登别墅楼盘的广告,广告费用的百分之三十将会奖励给拉到广告的主编老先生。他的所作所为无懈可击。

啊,你的夜空就是我的星星,你的星星就是我的夜空……

老主编竟然在退休九个月以后收到了天才的网络写手寄自澳洲的书,她的第二次印刷的新书里,增加了一个结尾:鞠囘觚晚年皈依了佛教,他把他为老师的女儿买下的别墅赠给了他千方百计寻到的老师的一个外甥女。

她写道:

这一天的阳光是这样干净,一片片树叶反射着晶亮的光辉。春天的繁花由于盛开时间的短暂而显得可疑,显得如梦非真,显得似喜实悲,显得韶光不过是一闪一霎,片刻的流连与沉醉,丢下的是永远的怀念与失去。也许这种对于失去的怀念与终不可再,比没有沉醉还遗憾。为什么经过了漫长的严冬,经过了瑟缩与萎靡,才给人们这样短暂的快乐……你才眨了眨眼,一切又失去了。

返青的、尚未均匀的绿草上置放着尼龙半躺椅与半透明的塑料面长桌。四面是可以调节的轻金属架与帆布遮阳伞。白发苍苍的老者坐着轮椅来了。他的面孔与皱纹早已过时而且江郎才尽。性急的新人类也许抱怨他为什么还不肯自杀。他说话嗫嗫嚅嚅,不知道是不是得了脑血管疾患。当然,失语也是一种美丽,一种略嫌深沉的"秀"。可以设想每一个人包括最新最新的人,都有失语、才尽与咯屁着凉的那一天。天地苍苍,何等公正,夫复何言!

随他而来的是一个黑衣女子小乐队,和他请来的一些青年人。据说这个小乐队是艺术企业的一个典范,演出场次多,服务灵活,节目健康,不劳文宣部门操劳费心。她们十三个人演奏了许多老歌。她们曾多次出国访问和演出获奖。她们或奏或唱,或齐奏或分部和声。她们的曲目有云南民歌《小河淌水》。有

《毛主席来到咱们农庄》。有长亭外古道边也有花露重草烟低人家帘幕垂。有大悲咒与般若波罗蜜多心经。有鸽子和美丽的哈瓦那。有我的太阳也有梭罗河。还有歌剧茶花女的一些咏叹调与对唱。当然也有女声的今夜无人入眠。用女声唱图兰朵的这首男高音咏叹调,是她们的一绝。她们当中有莎拉·布莱曼式的细嗓。有女花脸的雄伟。有史翠珊的浑厚。有迪·卡纳娃的惊天动地。也有才旦卓玛的甜甘。她们的演奏演唱吸引了许多湖鸥飞来又飞去。有几只湖鸥更像是定格在天空,一动也不动,陷入了终极深思。她们的歌声惊落了许多花朵。有些花瓣随风飞舞,如阵阵小雨。她们的歌声抖动着一些树叶。有一棵细细的翠竹低了一下头。老人一直满眼含着泪水。他的泪水流在他的脸上,他不让旁人擦干他的眼泪。他慢慢地向下出溜。他的头渐渐垂下。

这时刮起了一阵阴风,风笛呜呜地哭叫着,野餐烤肉开始,烟气升腾。红白葡萄酒与黄黑啤酒一听一听地打开,泡沫的香味在空中升腾。岑寂的花园变得吵闹而且俗气。

然后是一声惊呼……

鞠囝觚醒来了,他咕咕哝哝地说:"生活……"

周主编反复琢磨,他相信,小说的结尾只是洛丽塔情结严重的小说家、鞠囝觚的继女的一场梦。周主编宁愿相信,鞠囝觚也已经变成了或者即将变成一只湖鸥。飞着,飞着,绕湖三周,无渚可栖。周主编还不无幸灾乐祸地想,这位小小年纪的网络宠儿也已经落伍了:按照八〇后或者三岛由纪夫或者干脆是只活了三十六岁的德国天才电影导演、同性恋者法斯宾德的路子,也许结尾写成这所别墅与这座花园突然在一个深夜起了熊熊之火,会更精彩。那将是怎么样热烈的火势啊。

发表于《收获》2009年第1期

悬 疑 的 荒 芜

二〇〇八年十二月八日,照理应该是快乐的一天。天晴气朗,精神饱满,打一睁眼就有点"恣儿"——美滋滋儿的。已经很久很久了,老王找不到太认真的不快乐的理由。一位访友对他说:你各方面已经达到了极致,你还想要什么?

他答应了CCTV9接受一次英语的访谈,作为纪念十一届三中全会的特别节目,收入这个节目的还有吴建民、龙永图与何振梁的谈话。他与节目主持人田女士已经排练了一次,比预想的效果要好。这么大年纪了,他喜欢接受这种新的挑战。他仍然不能摆脱小小的显摆心理。他的英语主要靠四十六岁后的自学。而头一年为了去俄国参加中国语言年的闭幕式与书市,他前后用三个月时间学会了原文唱《遥远啊遥远》。口语时,他发不好俄语的卷舌音,唱歌的时候,他完全可以蒙混过关。莫斯科的书市上有他的小说集、有关他的评论集与他和他人的散文合集的俄语版同时发行。他的新著《老子的帮助》已经出了样书,新华文轩集团准备将它做成二〇〇九年的重点产品。几天前的沉重的雾霾已经散去,空气污染指数已经从四百降为四十。早晨他接收电子邮件,跳出来一条网上的信息:一家网站公布了二〇〇八年作家富豪榜,他忝列第二十四名。两年前,他似乎曾列为第十二名。虽然,做文学而谈收入,这滑稽得近乎拧巴。

其实是第一名。一位老熟人这样说,理由不赘。

有许多写作人声明自己没有挣那么多钱。老王从来没有统计个人收支的习惯,年轻时他几次与太太下决心要记账,记过若干次,没有一次能坚持得下来。说明他其实没有为糊口操过太多的心。他的经验是越穷越算,越算越穷。他认为网上的列表八九不离十。写家——老舍的说法,不叫作家叫写家——的收入比较难于隐蔽,出了多少书,卖了多少,版税率按百分之十上下计算,差不多。有些书籍的版权页上没有印发行数,或虽印了,有水分,也没有关系。现在的诚信越来越没有保证。现在的谎言,越来越容易揭穿。因为现在有专门的网上业务,负责统计各种书籍的发行情况。这个网站与全国数十家大书店、购书中心、书城的电脑终端联网,这数十家的售书量约等于全国售书量的三分之一,就是说以此网站提供的数字乘三,再乘书的码洋(书上明码标的定价)再乘百分之十,应该是该写作人的收入。越是名家,则会越多,他们的版税率有达到百分之十五到十七乃至更高的。实话实说,榜上列举的收入只可能低于、不可能高于作家的实际所得。当然也有另外的作家,在补贴的支持下出了书,然后一年过去了,没有卖得出一本。说是一本也卖不出去的书,占全部出版物的百分之十以上。

好长时间了,生活的频谱与节奏、音质与对比度、底色与伴音、后景与前台,都差强人意,都其实相当不错。尤其是老王个人,他应该知足惜福,应该心满意足。已经有不止一个人嫉妒他:不知他为什么能亦情亦理、亦效益亦艺术、亦文亦官、亦虚亦实、亦浪漫亦随缘、亦保守亦开拓、亦土亦洋……而且,找不到谁像他这样屡败屡胜,因败而胜,大败则大胜。

用庄周的说法,这是靠近了"道枢",是迫近天道的圆心。你距离失误有多远也就是距离成功有多远,你距离贫困有多远也就是距离财富有多远,你距离诽谤流言有多远也就是距离挚爱与知音有多远。用港报与网民的说法,老王早已经成了精。

老王这一天的下午到魏公村的凤凰会馆录《锵锵三人行》节

目。"三人行"一半是在香港,一半是在北京录制的。会馆偏于简陋,男厕所尿味臊然。凤凰台事业爨爨发达。老王喜欢"三人行"而不喜欢"大讲堂",大讲堂的一位年轻人居然对老王说:他们设立"大讲堂"栏目的目的是为了给学人提供公益性平台。不知是不是意谓没有多收学人们的广告费用。

而"三人行"没有谁来对老王进行公益义工教育。老王实在没有想到,那样一个信口一说、常常跑题、蜻蜓点水、点到即止,极像茶余酒后闲聊的节目能有相当高的收视率和全台各栏目中最长的寿命。

一位全国政协副主席(中共党员)对老王说:"我不放过'三人行',因为我想多听到一些真话。"

"锵锵"节目上说的话的真伪,不一定一听就能鉴别与证明。有人即使是普通聊天,也要注意礼貌,注意不要伤害谁得罪谁,注意说的话要对自身有利;即使是貌似扯闲篇(四川人说是)、吹牛,也还要注意讨好强有力的能够掌控自己命运的人物。但是闲聊天的方式至少有一个好处,哪怕掺了某些水分的话语,也毕竟是自己的话语,是自己掺的,属于自己的个性的水分。如果水也要掺人家的,掺得惨点。"锵锵"的谈话绝对没有稿子,绝对没有念稿子的路数。而现在各种说话、发言、报告,尤其是上传媒的节目,朗诵化、书面化、诵吟化、表演化已经成了惯例。主持会也照"主持词"的稿宣读。有些工作,照本宣科已经越来越成了定势。

老王夏季与几个老伙计一起吃饭,一位领导的孙女,据说是重点学校的高材生,还是"班干部",前来给老人们敬饮料。女孩子说的是:

"我敬祝各位爷爷奶奶身体健康、精神矍铄、发挥余热、培养后辈、生命不息、奋斗不止!"

老王还没听完就傻了。

老王也在视听媒介中欣赏过一次据说是最成功的讲演:

"朋友们、同志们,春风送暖,阳光明媚,风景这边独好,江河日夜奔流,灿烂的前景在向我们招手,英勇的前人在向我们注视,危机也是机遇,难点更是热点,困难的后面是奋起腾飞,坎坷的后面是阳关大道,我感谢你们的包容也感谢你们的厚爱,我赞扬你们的辛劳也赞扬你们的奉献,没有付出就没有美好,没有辛劳就没有丰硕,没有曲折就没有成功,没有理解也就没有拥抱……"

老王几乎晕了过去。

老王梦见一位男青年向女孩求爱,读道:

"啊,我爱你,我想念你,我思考你,你不仅有美丽的容貌,你更有美好的心灵,容貌会衰老和变易,心灵却永驻青春。我们的结合会带来圆满,我们的温存会滋润生命,我们的和谐会经营宁馨,我们的热烈会燃烧激情,我们的相爱是我们生命中的火把,我们的火焰是暗夜中的光耀,你是我的奇葩,我是你的雄鹿,你是我的小雨,我是你的晨风,你是我的追求,我是你的给力,你是我的黄羊,我是你的马驹,你是我的朝霞,我是你的雷电……"

这位青年很可能获得了演讲比赛的冠军,很可能被邀参加电视节目。电视节目正在涵盖人生的诸方面:择偶、治病、烹调、司法、升学、就业、婆媳与妯娌关系,都已经成为收视率高、广告收入好的良性节目了。在电视节目生活化的同时,反过来整个人生也学到了节目化、做秀化的路子了。

……总会有一天,哪一天?人们会自自然然地说话。你是谁就是谁。你怎么说话就怎么说话。你本来啥模样就是啥模样。困难在于,倒胃口处在于,你本来是方块3,却一定要以红桃A的样子与词汇、逻辑与口气发声;你本来是疙瘩Q,却硬要以梅花老K的谱儿来发言。你越来越不像你自己而像别人,甚至不是像别"人"而是像一架别的录放机与扬声器了。

这其实是让老王捡了便宜。他有什么卓见真知?未必。他不过是没有完全忘记怎样拉拉家常,怎样不必戴上面具,怎样亲切自然、本来面目。他确实缺少做一个非老王而是老李或老陶的勇气与脸皮。他有时甚至佩服那些明明是老侯老朱,却以老马老吕的角色出现在地平线上的哥们儿姐们儿。

老王在"锵锵"节目中也还是有所把握的。但他听到人们信口说话,随机搭茬,就像听到了民歌小夜曲或情人枕边的喃喃低语一样地由衷喜悦。他无法想象谈情说爱的人们会准备发言稿。真情无稿。然而真情是不完美的,真情一定不会完满无缺。当他自己能够随意地本色地说话的时候,他觉得自己、同时他竟然被抬举为是帕格尼尼范儿的小提琴演奏。

"锵锵"的貌似随意任性的机灵至极的主持人,其实也不是不注意应该注意的颜色。上个世纪八十年代后期,有一位年轻的地市级领导,提出某个会议上说话可以"肆无忌惮",后来很快受到了白发高龄、德高望重的老马克思主义理论家与领导人的公开批评。

谈了两个小时,相当于四套节目。老王在领取了少量劳务费用并与有关合作人士愉快告辞以后,助手对他说:"您的别墅那边出事了,进去了贼,可能偷走了东西……"

什么?老王首先是产生了一种滑稽感。网上刚刚将他名次大大靠后地勉强列入了富豪榜,他的生活从来没有像现在这样舒心,他的事业从来没有像现在这样兴旺发达,他的形象从来没有像现在这样人五人六,伟大中华从来没有像现在这样芝麻开花,一年一小变,三年一大变。怎么会这样地缺乏安全感呢?怎么刚刚"行"得、谈得那样驾轻就熟、举重若轻、游刃有余而又天衣无缝,自己硬是想为自己鼓掌,紧接着却是这样低档的安魂终曲:滑稽后面不无恶心,遗憾当中充满庸俗。作为一种经验,拙劣得近乎穿帮;作为一种遭遇,更像是对自我感觉不赖的王某人之流的讽刺嘲笑……噫吁!

这是什么?曲终人不见,江上数峰青。君莫舞,君不见,玉环飞燕皆尘土。劝君莫猖狂,后边一队一队的白眼狼!天若有情天亦老,人间正道是仓惶!

三年前,老王在孩子的鼓动下,预支了一些著述费用,倾全力在威尼斯别墅购买了一套三百多平方米的单体二层楼房,另有地下层与阁楼不计米数。他有点惭愧,有点拿不定主意,有点觉得对不起自幼受到的艰苦朴素教诲,也对不起现在常住的公寓单元楼房。国管局帮他解决的建筑面积达二百多平方米的房子似乎是他的明媒正娶的原配夫人。那么别墅房就成了他的新欢。人怎么能做喜新厌旧的薄幸之事呢?别墅的威尼斯与户型的文艺复兴的命名也使他难为情。北京郊区的一个住宅区,怎么成了意大利的威尼斯与文艺复兴的化身了呢?他住进这样的小区,是不是有些观感上影响上的问题呢?

嗯嗯。老王有点乱,有点冷笑,是自己笑自己。

他决定,先吃晚饭,再去查失窃的别墅。他应该做镇静状。

荒唐!《红楼梦》的说法是"反认他乡是故乡;甚荒唐,到头来都是为他人作嫁衣裳!"或者,按让·保罗·萨特的存在主义的说法是"荒谬"。或者按时尚,他应该说是陌生乃至诡异、吊诡、悬疑。

想不到,他的饭食居然没有吃出任何滋味。他不是很豁达从容、高瞻远瞩的吗?他不是清高壮丽、宠辱无惊,从来不在乎鼻子底下的小事的吗?怎么为一点低俗的琐屑,竟然饮食无味起来?世上诸事,端的是知难行易,还是知易行难呢?

他接到了孩子的电话:

"爸爸,您别着急。下午三点邻居给我来电话,说是见到了您的别墅的房门大开,情况奇怪,他怀疑有什么人进入了房间,希望咱们有人回去查看……"

"……物业怎么说?"

"物业根本不起作用,他们都是白吃饭的……我连忙过去……进去贼了,翻得到处乱七八糟,为了保护现场,我没有往里走……我现在在派出所……噢,所长说想和您说话……"

换了一个人,男,有相当的阅历与见怪不怪的从容,略沙哑,京腔京韵,淡定地说:

"我是 LL 派出所的所长,有人进您家里盗窃了,您的孩子来报警。我们考虑到您的身份地位什么的,请您考虑,您这样一个级别,这事要不要报到刑警大队?如果报告他们,他们就要来全面调查取证,做笔录做分析,且得折腾一顿……那样的话您觉得方便吗……如果这里头有任何不方便,那么这个事就不报了,也行。我们要请示王老,请您自己定吧。"

所长的声音很友好,很体贴,很义气。说话中打了一个哈欠。

所长的语调,与演讲比赛冠军还有模范少年等完全不同,他的亲和贴心的调子尤其是那一声哈欠其实最适宜参与《锵锵三人行》。窦文涛君可惜了,他的"三人行"节目中还没有派过哈欠的角色与软感动的用场。

老王似懂非懂,非领情其实已经很领情,连忙同样用友好合作与淡定又不无趣味的"三人行"声调说:"多谢,多谢。还是报啊,报吧,报!欢迎他们来调查取证,我这里的一切都可以公开,欢迎欢迎,没有什么问题。"

高堂明镜悲白发,朝如青丝暮成雪。萧瑟秋风今又是,换了人间。永忆江湖归白发,欲回天地入扁舟。君子坦荡荡,小人长戚戚。

当然人家是好意。已经听说过不止一次了,小偷是反腐的先锋,小偷一进屋,才发现某某人家里有那么多来路不明的金银财宝现金现汇。说是很多大案要案都是由失窃报警才暴露的。

是段子还是真事?

他想起了一位领导,在面对各国记者的时候悲壮声言自己的愿望是完成任期后能被百姓认定是一名清官。这未免太沉痛也太刺激。

老王当然谈不到那些。他只祝愿所有的人五人六失窃后敢于立即如实报案。

偏偏这一天老王常用的那辆车禁行,找了朋友的另一辆车,老王先赶到了派出所。

天色已晚,派出所的几位领导等着老王,脸上显露着遗憾与无奈,还有永远的责任心与疲劳。他们脸上的褶子超过了他们的年龄。他们从淡定到淡漠的面部肌肉的分布也盖过了刑侦的既定程序。他们向老王说明,这个派出所管的地面太大,人口太多,尤其是一些新开发的社区,秩序混乱,管理松懈,不安全的因素比比皆是。派出所领导还指出,你们那个威尼斯小区,本来是 BU 物业,管理得很好,后来你们的诸位业主们,为了每平方米节约五毛钱,换了现在的 AD 物业,结果……所长很有分寸,他可不想介入业主与物业的矛盾中去。

改革开放以来,房地产业是中国的一项新兴产业,蓬蓬勃勃,乱乱哄哄,带着几分异己的邪门歪道,带着人民币的芳香,满足了多少人的需要,勾起了多少消费与挣钱的渴望,浮出水面了多少新富暴富可疑之富,形成了多少钱与权的结盟,正与邪的共舞,也支持了多少地方财政,支持了高档餐饮业与酒水业。同时诞生了一大批新鲜名词:物业、置业、业主、开发商、按揭、月供、首付……老王对这些本来知之甚少,但是他去看朋友,看孩子,去到一些新的住宅小区,他印象最深的是,一看保安人员的身高与形象气度,就基本上可以判断这处小区的成色。平均身高一米八,个个俊俏文明,衣装平整清洁,气色健康,面带笑容,手套、对讲机、身份标志等配备齐全,说话也口齿清晰、文通字顺者,是一流高档社区;保安队伍歪七扭八,胖的胖,瘦的瘦,高的高,矮的矮,老的老,小的小,面带倦容,眼睛睁不开,值着班睡觉,衣冠不整,扣子系错或有的系有的不系,从脸上到身上都显得脏乎乎,说话龇牙咧嘴,牙床上黏黏糊糊,当然是末流社区,或是业主正在与物业管理方面进行意气用事的混战的社区。混战的特点不仅是保安的形象风度丧失,混战的社区还会停水停电停燃气停绿化停停车管理，能够使小区化为地狱，化为对社会主义市场经济的声誉的败坏。当然在一流与末流间，会有大量的游走与中间地带。

老王置了业的威尼斯小区，应该属于超一流社区。地大房稀，周边有山有湖，有全市罕见的面积不小的湿地，有国务院有关机构对此湿地进行保护的盖了印的公文。社区的绿化也是第一流的。林带是柳树、枫树与梧桐，种的花主要是月季、美人蕉、扶桑、玉兰与一些牡丹芍药，果树最多的是樱桃与冬枣。是个好地方。

老王在此置业时，BU物业的保安人员，要个儿有个儿，要条儿有条儿，要五官有五官，要谈吐有谈吐，要做派有做派。小区里不止一名年轻的保姆倾心、暗恋于这里的保安，并且有一对有情人终成眷属。不久，老王看到了社区内部的小字报与抗争标语，内容是反对不合理的收费。购房时，只算一、二层面积，地下室与阁楼算是免费赠送，当然免费云云，也只是一种促销手段，不可当真。但物业公司收取暖费时，考虑到地下室是安装了暖气设备的，便要求业主们按一、二层的取暖面积加上地下室的取暖面积交费，一部分业主反对，贴起标语口号乃至告邻居书，号召起抗争来。

在这样的贼人的面前，所有可以半夜轻易地打开的房屋都是平等的。它们的区分只有两条，就是可窃性的高低与风险性的大小。可窃性的高低取决于你有多少现金多少珠宝放在可以轻易进入的房屋里；风险的大小，取决于你与你所在的小区，有多少反盗窃反犯罪分子的自我保护措施与能力，与你们的小区的物业管理状况，也与你本身的防范意识与防范措施密切相关。窃贼，是目前社会上极少数没有将级别与财产、名望与荣辱、地位与阶层、一切的资产阶级法权放在眼里的人，是真正做到将人看成天赋平等、生而平等的人，是当真做到了与许多旧风俗旧观念旧成见旧习惯彻底决裂的人。我们早就知道了在真理面前人人平等，在法律面前人人平等，现在我们还知道了：比前两项平等还生动具体的是，在盗窃面前，就像在玉皇大帝与阎王爷面前一样，人人平等。他不是撒旦，但是他带来魔鬼的冲击；他不是造反者、反叛者，但他带来颠倒的畅快与倒立的特技。

老王一阵头晕。

老王知道这已经是脑梗阻的某种表征。老王知道自己的前庭器官已经随着年老而走向式微。这时家务女工前来诉说，她的一千七百块钱丢失了。头几天老王给她开了月工资一千七百元，她放在这里，随老王到城里去了。老王知道，这是此次唯一丢失的现金。他安慰着变颜变色、一脸苦相的女工，说："我会给你补上的。"

是的，窃贼没有阶级路线，不懂得劫富济贫，不懂得照顾自己的同命运的打工姐或打工妹。

老王连忙晃晃悠悠地来到一层半自己的工作间。首先，他发现自己的IBM笔记本电脑原地安然无恙，他大喜。幸亏窃贼也不会用电脑，没有对于IBM的兴趣。可能最戏剧性的事情还有待未来，今后，也许一位电脑迷上网迷选择了盗窃生涯，也许一位电脑迷窃贼在满足了现金盗窃以后帮你修好了运作迟缓的电脑。但此刻，他看到，书柜、写字台、底柜，所有讲究的木器家具，不管你雕着什么样的美丽的花纹，都被打开抽屉翻了个乌七八糟。是的，这里的木材品种与质量，管你黄松也好，花梨木也好，水曲柳也好，哪怕是紫檀也好……也不管你经过怎样的大师级的加工，用了什么样的工具与油漆，雕龙描凤也好，百花图案也好，一切文化与艺术并不属于窃贼。窃贼也就不属于文化，不属于国学，不属于西学，不属于儒释道也不像法轮功或基地组织，不属于普世价值，也不属于真善美，从而一切的文化不属于他自己。当然温饱更是不属于窃贼，户口不属于窃贼，职业不属于窃贼，工资不属于窃贼，居住权与居住条件不属于窃贼，八荣八耻与他老或他小无关。难道还有什么人间的美丽的文化艺术是属于他们的吗？

还好，窃贼并没有怀着多么愤激的仇富心理。匆忙地也许是如入无人之境地搜索，目的明确：找现钱！此外并无破坏的冲动，并无打他个稀巴烂的红卫兵激情。满地扔着CD、VCD、DVD等国内外光盘唱盘,有帕瓦罗蒂、迪里拜尔、芭芭拉·史翠珊、莎拉·布莱曼的歌曲,有获得了奥斯卡奖的故事片专辑,有本国的获奖电视连续剧专辑,还有籍薇、王哲的梅花大鼓与一批京剧、地方戏曲的唱盘光盘,还有一大批交响乐与俄苏歌曲……虽然满地狼藉,却没有被故意踏毁。

也许只是由于他的匆忙?由于他的目标的单纯与明确,他无暇作进一步的破坏?

也许老王根本不应该这样想,也许老王不应该称他为窃贼。可以假设他入室行窃,可以假设他理应依法判处徒刑,可以假设他不止一次盗窃,被称为无耻的与危险的惯窃,但是不是用一个窃贼的称谓就能概括他的全貌,仍然是一个问题。哈姆雷特说,存在还是不存在,这是一个问题。老王则糊里糊涂地想着:窃贼是窃贼还是不完全是窃贼,这也还是一个问题。

老王决定,从此,他只用"他"来称呼这个擅自进室与拿走了一些东西、更严重地扰乱了破坏了这所房屋与它的住户的秩序的人。就像宗教信徒用"祂"来代表上帝,而忠臣孝子用"他"来代表父皇一样。

可怜的他。唯一的唯一,老王的妻子曾经将一点打小麻将的零钱放在卧室,是四十二块二毛五,包在一个小手绢里,手绢放在一件风雨衣里,风雨衣挂在壁橱里。零钱手绢包外边是一只线手套,属于工人阶级的劳保用品。左右两个衣袋,分别装着左右或不分左右的两只手套。他已经掏出了两只手套,差两厘米,他已经能够够着那个烂手绢与四十余块钱了,不知道为什么,天意呀,他戛然而止。老王甚至为他顿足,如媒体上提倡的换位思考:怎么硬是功亏一篑啊!

卧室的地上乱扔着纸头、水电费收据、挂号费收据、揉皱了的面巾纸、收款条、便条、不知何人的电话号与不知哪儿来的人名,还有许多报纸与杂志也扔得满地都是……

这时一位刑警队的同志上来,告诉他们已经查清了进室者的入室路径。人们一起来到了地下室，一路上开了好几盏灯，经过了榻榻米室，进入了地下主厅。地下室的上方实际处在地层上面，地下室的采光靠的是位于地平线上方的一排小窗户。他们的这间地下室主厅的窗户的方向是向南与向东。向东的两个窗户的关窗用的别棍，莫名其妙地搞了一个裤裆里放屁——两岔里走。左边的是捅入插销向上一别就锁上了，而右边的窗户必须是捅入插销，向下别才锁得上。老王曾经不止一次来到地下室，看来看去老觉得这两扇窗户别扭，扭过来，扭过去，扭得整齐了，必然有一扇窗户没有关好，扭得不整齐了，则可能是两扇窗户都关好了，也可能是两扇窗户都没有关牢。究竟为什么要把关窗户的别棍做成这样地不合逻辑呢？除非当时已经策划了不可泄露的天机。这次呢，显然是一扇窗户没有关牢，"他"只需轻轻一推，身材如果不是十分庞大，一出溜，神不知鬼不觉，一点响动都没有，他进了地下室，第一步脚踩在哪里，第二步脚踩在哪里，一步一个脚印，清清楚楚，不费吹灰之力。地下室的房高是比较小的，从窗户中向下出溜太方便了，简直是天造地设。老王只好承认，当初修建这间地下室的时候，命运已经做好了迎接不速之客的周到准备。这是一个命中注定。

第二个命中注定，这一套别墅房，正面一扇门，还有冲西方向的一扇侧门。侧门本来就没有安装结实，勉勉强强，只要用力一摇就可以将侧门卸下来，老王是用一根捆行李卷用的线绳将侧门勉强固定住的。老王太大意了。他竟然相信这里是高级住宅区，是精英的住宅区，港台的说法叫"高尚住宅区"。住宅区里使用众多的监视器，有数量不少的保安，保安人员时不时地还闹点军训，一二一，齐步走，立正，向后转，甚至还叫喊过"一、二、三、四！"做秀。当年 BU 公司管理物业时，进来一辆车，也如临大敌，左一个呼号，右一阵报话机，追踪汽车动态，管制汽车停泊。这里应该是多么安全的地方！老王的孩子先期搬入，孩子说，他们的捷安特轻金属造自行车从来都是放在户外，从来没有加过锁。那大概是开初，这个小区是个管理得井井有条的地方，万物莫不如此，虎头而蛇尾，美好的开始与混乱的后来。然后是不知所终。

别墅房正门号称安装的是日本门锁。民间有所谓锁头"防君子不防小人"一说。这个日本门锁的特点是锁舌很长，可以转两圈，牢牢地深深地伸入锁槽。但是，这种门锁，从外面开虽然不易，只要进入了房间，用手指一拧再一拧，两圈，则是要怎么打开就怎么打开。这种锁头的特点是只要入室便是全权的主人。一旦有不速之客从另外的路径进入了室内，一切的一切就听从他的调遣了。

房屋与门户的布局是第二个命中注定。第三个命中注定呢，就是物业的每况愈下。从最早的反对不合理收费，终于发展到欢迎盗窃来去自由的地步了。

最后使老王实在压不住火的是一楼半层原来汽车房改建的妻子的书房。这里很奇怪，高等户型本来各户都有可以容纳一到两辆汽车的车房，但大多数都没有做车房用。老王这里，将价格不菲的德国进口金属卷门赠给了装修工，改成了落地式大玻璃窗，挂上一层白色纱布帘，把原来向外开的门取消了，另外打开了套房内的侧门，再将墙壁与屋顶加工修缮，完成了一大间很好的书房。正墙上是装在镜框里的大大的拓印大唐高力士墓志书法，两侧有波斯诗人莪默·伽耶的诗歌配画的挂毯，还有老王夫妇的近照。他们头一年度过了金婚，五十多年，真正做到了执子之手，与子偕老，不但曾经拥有，而且天长地久。他们走出了命运坎坷遭难的阴影。地上还放了些色彩绚丽的瓷瓶陶罐。这是一间很享受的屋子。

恰恰这间屋子遭到了最彻底的洗劫，两瓶五十年茅台陈酒，一本货币纪念册，一件国际名牌的刀具，被"他"掠走。还有一些国际纪念邮票与一支美国金笔。可能，这是窃贼的最后一站，他偷得比较尽心尽力。

最最惊人的是，在这间书房里，老王的太太隐藏了一些她准备的纸钱，是为她的享年一百零二岁的亡母坟墓准备的。每年入冬，她会悄悄地去昌平的一个义地,为亡母"送寒衣",烧掉这些上书十万、百万、千万元的冥钞。而窃贼洗劫当中,把这些纸钱全部散扔到了地上。他没有拿走冥钞,却仍然侵害了亡者的尊严与生者的悲哀。

问题在于,此时此屋内的吊灯、壁灯与环灯还都亮着。老王没有忘记幼年时家住大杂院,一间屋子里只有一盏十五瓦白炽灯照明的日子,那时的夏天一个月用不了一度电。现在呢,只此间书房,吊灯至少有三百瓦,环灯至少有二百瓦,壁灯也在百瓦左右。看了这样的照明情况,你会判断是他在这里进行录像,是在拍摄一个 CCTV 的法治在线节目。

问题不在于"他"没有考虑盗窃也应该遵守节能省电低碳的原则,问题是这间房经过大落地玻璃窗与威尼斯别墅区后门斜对,老王在这间屋能够看到后门的昼夜值班的保安人员,保安人员当然也绝对地看得到这间房舍的大玻璃。"他",对不起,老王走到这里又不能不称他为窃贼了,窃贼只能是夜间入室的,不可能是大白天。不然,谁开的灯?夜间,这间房子漆黑,他只能是开着大灯来寻找搜刮翻腾挑选的,他不可能来到盗窃现场苦练夜老虎的本领。他能判断出五十年茅台价格高于连战主席赠送给陈云林会长的金门高粱特曲,说明他不仅具有饮酒的 ABC,也有良好的视力与现场照明条件。即使他的效率神速,老王认为,他至少在此屋"作业"了半个小时。半夜三更,这里灯火通明,窃贼大张旗鼓,得心应手,拳打脚踢,左挑右拣,要什么拿什么,想什么干什么,真正做到了以我为核心,当家做主。好的,可以设想,只能认定,后门的保安人员正在打呼噜,正在好梦方酣。老王对此并不怀疑,因为他早就发现,AD 物业的最大特点是保安人员的嗜睡性,何须半夜,大白天,各处保安都在睡,不睡也睁不开眼。

问题还需要往更深处想:窃贼他怎么知道此处的人员善睡嗜睡?他怎么这样有把握,他怎么胆敢打开总共五六百瓦的照明灯具,深夜独明光,肆意翻个忙?只能有一条解释,是他与保安里应外合、上下其手、联手作案!

萎萎恶恶的一个物业方面的管理人员似乎猜到了老王的心思,他过来悄悄地对老王说:"看样子可能有内鬼,您的工勤人员当中,有没有这样的靠不住的人物呢?"

老王不想理他。

然后公安人员分成了三部分,一部分科学取证,用现代科技手段留鞋印、留指纹、留现场照片……一部分找老王一家包括女工谈情况进行笔录,第三部分则另行与物业方面谈话了解有关情况。

是的,很丧气,很没劲。但是老王毕竟是个老实人,得了病他只会找医院和医生,他只知道听大夫的,他从来不信什么偏方、发功、刮痧、拔罐子。进了贼,他也只知道找公安,虽然他知道,对于公安来说,这只能是小事一段,最后丢了两瓶茅台,是茅台酒协会朋友送的,可能价值一万多块钱,这太小意思了,这根本不值一提。

老王感谢这个事件,使他体会一下老百姓的触霉头的境遇和滋味。如果在别处,他被欢迎、被认可、被接待、被安排、被介绍、被保护也被照顾。如果是别的事,他有助手,助手替他处理各项事务。但是在威尼斯别墅,他只是一个业主,他是花了钱买了房来居住的一个人,是一个面对或背对窃贼,没有什么自卫还手能力的老头子,是一个面对公安只能求官来助、求他们为小民做主的人。他是受害者、弱者,而且是由于自身的粗心大意麻痹而造成了个人的损失也给国家添了麻烦的人。他必须从头说起,姓名、性别、籍贯、曾用名、所在单位、何时来过(威尼斯别墅)、何时发现被进入、丢失了哪些东西、价值价格如何、家庭人口、直系亲属、务工人员……然后一一核对,签字画押。老王想自己从十四岁就当了革命干部,除了二十多年的特殊遭遇,他其实离老百姓已经有了距离。这回好了,感觉不一样了。失窃使老王狠狠地接了一回地气。老王惭愧的是,闹了半天,没丢失真正像样的东西,没有丢失机密文件,没有丢失一笔够在银行开一个理财金户或财富户、办一个金卡或白金卡的现款,没有丢失任何像样的金条、钻戒、玉镯、宝石、玛瑙、珍珠、象牙哪怕是碎银两。他惊动了派出所、区与市一级的刑警刑事侦查单位，他增加了公安部门的行政成本，他显出了一副窝窝囊囊、糊糊涂涂、生活无能、添乱有余的讨嫌相。他的此事做得不漂亮也不生色。

老王还不死心，他一不做二不休，他请本单位的保卫处室与市刑警部门联系，请他们关照，请他们尽可能地破案。他还到处分析，原车房的电灯大开是一个问题，想提醒有关领导考虑这种在深夜大放光明的环境下作案的可能性与蹊跷性。

一小时后老王接到了媒体的采访电话。他十分惊讶，中国已经飞速进入了媒体时代了吗？他老王已经如此先进地公开化、会展化、八卦化乃至明星化了吗？他老王的一举一动、一饮一啄、一得一失，已经有这样大的传播学社会学意义，已经受到这么多人民群众，或者干脆叫受众的关切呵护了吗？他毕竟不是章子怡、不是韩寒、不是小沈阳也不是为中华民族拿到过好几次田径金牌的刘翔选手啊。他真是对不起媒体的朋友们啊。

……然后靠的是劳动，老王明白了什么叫重建家园。这是一个经过盗贼的咀嚼吐出来不要的家园。家务女工的辛劳使这里大体恢复了被进入以前的样子。想不到的是第二天来了一位来访者，提供了本来应该与老王没有关联但也可能关系甚大的老王未曾想到的信息。

来访者说，这个别墅的文户型中有两户比较出色走光的业主。一位是周先生，是全国的少数巨富之一，他购得了文1号别墅，给他的一位女友居住。女友是一位诗人。女诗人有点像利比亚的革命领袖卡扎菲兄，不喜欢住在房间里，而多半会睡眠于花园里搭起的帐篷中。她怎么防蚊子？三年过去了，女诗人安稳地、悄悄地、我行我素地住在文1号，除去有一次据说是一位富态的女士来到这里与诗人大吵大闹了一番，而女诗人居然做得到一声不吭，可见她有多么好的内力与定力。

顺便说一下，威尼斯别墅的房屋分文、艺、复、兴四种户型。文型房屋，全部向阳，处于小区的最南面，面对湖泊水域，面对两座石桥和水葱、莲藕、菱角和芦苇。原来还常看得见野生的水鸟飞来栖息，《北京晚报》为此发布了消息，算是北京郊区环境整治的一项成绩。不久由于前来垂钓的人过多，野鸟早已经被吓得无影无踪。艺户型，位于从南向北数的第二排，也是全部向阳，同时透过文户型房屋的间隙看得见水域、植物和南面的远山；同样也保持了对于乍会面便远走高飞的野鸟们的生动怀念。其他地方，依势而修的，单体别墅算是复户型，而一双双联体的是兴户型。老王是由于孩子住进了兴户型，而拿下了一幢艺户型房屋的。

再顺便说一下，说是周先生"文革"当中曾经在自发性文学刊物如《今天》上发表过令一些领导如临大敌的现代派的诗歌，八十年代后期他为自己找过一些麻烦。只是在彻底放弃文学以后，弃文从商，弃暗投明，顺风顺水，一通百通，他最后走上了人生靓丽、事业发达的光辉之路。

有人说数年前（老王搬入此别墅之前）来到文字1号问罪的富态女士是周先生的夫人，有人说不是，而是周先生的另一位女友。有人说周先生抗议物业方面未经文1号的女诗人同意就擅自放人进来骚扰女诗人的灵感。更多的人表示对此不感兴趣。对邻居兴味盎然，这是自然经济小国寡民前现代性的特点，不是商品经济生活方式的城里人，更不会是拥有豪华别墅的、提前实现了现代化的业主们的习惯。

老王倒是远远地见到过女诗人，好像还文静，有点孤独和忧郁，或许还有苍白的贫血。今年春天，女诗人的后花园里移栽了一株大银杏树，还有一株极大的梧桐，两株大树都是用大卡车运输过来，再由起重吊车将树吊起种植的。这两株树显得很威风也很高雅。另外有一棵没有人知道它的种姓与到底怎样来到这里的更大的树，说是周先生从刚果购入的，这株巨树身上吊着许多滴注吊瓶，为巨树输营养液。而此户的四周,种植了大量黄杨树条,作为自我保护的篱笆。

然而就在三棵大树栽好了成活了不久,一过"五一",说是女主人走了。不要问我从哪里来,不要问我走向何方。会不会是周先生帮助女诗人去了刚果?大陆的女诗人与前现代派诗人现企业家联手,PK 台湾的三毛,也有一拼。

如果老王猜测,老王没有那么牛的想象力,他虽然已经走过了那么多地方,却没有去过刚果,他想的不是刚果(布)或刚果(金),他首先想到的大致是寂寞。寂寞使女主人无法再在豪华别墅的后园帐篷中生活下去。人除了食色性也的不可更易的要求以外,人还有一个要求,就是打破自己的与他人的硬壳,在交流哪怕是冲突中转移自己的寂寞感与孤独感。革命的发生学研究中,应该有这样的思考。

来访者说的另一家,文户型 2 号,老王没有什么印象。文 1 的西邻是文 2 的郑先生。郑先生什么时候都是衣冠楚楚,纤尘不染。郑先生似乎有着港台或者东南亚的背景,说汉语普通话不带轻声。据周先生说,最初他们两家邻居相处甚好,但是郑先生的文化背景不同,常常不能接受周先生的友谊与情义。周先生并不常常在此,有时候来了,带着厨师,做好一桌席,招待友人,并且临时去请郑先生赏光,郑先生一律辞谢。有时候周先生做了烤乳猪、小米粥炖海参、冰糖燕窝银耳,叫下人给郑先生家送去,却遭到拒收。来访者的口气,这方面他们对周先生不无同情。

问题出在六月,说是郑先生在自己邻居周先生家的东侧,靠近周先生住房的地方,修了一间简易棚子,也可能不是新修的空间而是原来自己的西侧洗衣房中,安装了一件估计是空调压缩机类的电机。电机工作起来噪音不小,周先生对此提出异议。郑先生不拟改变。周先生乃在自己的住宅的西侧大兴土木,组织了一大批建筑工人,准备兴建一个三层楼半高的隔音层,名义上是阻挡来自西侧的噪音,旁人看着也可能有点震慑与示威的含意。显然,这座别墅小区里,没有谁的财力能够与周总相比。

郑先生很认真,拿起法律的武器维护自己的利益。他到法院告了周先生:违规建筑,损害小区环境与邻居利益。同时郑先生还广招媒体记者,通过舆论向周施压。

后来法院判决郑先生胜诉,要求周先生限期拆毁违规建筑。但周先生不准备执行判决,他的理由是全社区自己额外扩张地盘搞建筑的多了去啦,从来没有人管过,法院管这种事,管得过来吗?

老王想起了在物业布告栏里常常看到的告示:有关部门要求物业清查小区的违规建筑,经查:某号某号某先生,有某类型的N平方米的违规建筑,处理办法是与业主沟通。这样的告示如同废纸,根本无人理睬。

老王这才明白,他散步时从文1号门前经过,不但看到了许多工人,还看到了一张字纸,上书:"未经本户主人同意,任何媒体人员不得进入此屋,否则一切后果自负。"

到老王这里的并非喜欢搬弄是非的来访者,完全以为艺术而艺术的纯洁心态提醒:第一,数十名农民工居住在这里,这是一个不安全因素。老王的房舍被进入被盗窃,很可能与这些人有关。第二,不要光骂物业,物业有物业的难处,物业说话等于放屁,拖欠物业费用的业主达百分之四十九,至今数年未交物业费用的有七户。拖欠水电煤气费用的业主也居高不下,电业局多次威胁本小区要全部停止电力供应。实际又不好停,总之这样的小区,根本没有起码的规则与秩序。第三,业主委员会的工作也很难开展,谁对业主委员会的工作认真过支持过?物业则对业主委员们可能多少来点政策倾斜……谁还愿意再得罪人?第四,威尼斯别墅的优点是人少户少,威尼斯的致命伤也是人少,二百多套房舍,卖出了一百九十多套,经常在这里住宿的,不过七八十户,这样一切公共设施都门庭冷落,吃不饱;搞小卖部,无交易;游泳池,无光顾;搞班车,无乘客;烧热了一大锅炉热水,走不了几个字儿,闹什么什么赔,全部奄奄一息,最后是无疾而终。

来访者估计,老王家失窃的事件那么快被媒体得知,也可能是郑先生的活力所致。

老王虽然听得一头雾水，但他还是渐渐品出点味儿来：威尼斯别墅小区，其实是一个无政府主义的民主自由王国，比意大利的威尼斯自由多了。有人到法院去告状了，法院可能过问一下，不告则不理。中国是一个离开了领导至少一半人无法无天胡作非为的地方。中国人最不习惯的就是自律自行自觉自由。中国人最不习惯的最不擅长的就是当真由众人管理众人的事。在中国众人管理众人的事就是无政府主义，就是自我戕害到自我毁灭。中国人最不接受的就是公共管理与管理公共的概念。威尼斯小区哪儿来的领导？这儿没有党的书记，没有民政长官，没有公司老板，也没有驻军；一句话，这儿没有主子。大家都是主子，自然就没有了主子。开发商在售出了所有别墅之后，早就成了众矢之的，他们当初推销房屋时的一切的一切的承诺，全落实不下来。游泳池，歇业了；小卖部，关张了；班车，减了一半；会所，停顿了……物业，就更甭提啦。

老王还有一件难过的事：以他的身份和性格特点，他应该热烈地拥抱勤劳朴实辛苦无限的农民工。但发生了什么坏事，人们首先会想到的是农民工的危险性。理念与现实总是有不小的距离，从前是这样，现在是这样，将来也还是这样。老王已经早就超过了酸酸地爱恋理念与痛惜生活不完全符合理念的图纸的年纪了，他有些哭笑不得。

而他不能不与有关方面谈到来访者的说法，请他们注意这些五湖四海、乌合之众、身份证不知真假、不被太多的人信任也很少有被信任、被关爱、被照顾的经验甚至常常不能得到说好了的工资的民工们。除了人民币和老家的几间房屋，老公老婆孩子，他们还能相信谁？

人们告诉老王，刑警队的公安们，已经采集了周先生汇集的民工们的指纹与鞋样，他们中的一些人已经神经紧张要求退出这个工程，而包工老板可能已经以老王家里发生了窃案为由，不肯与他们结算工资，也不放他们走人。

同时老王在网上读到了自己别墅被盗的报道。有许多跟帖，证明网民们的同情在窃贼那一边。许多人为之顿足："傻×，怎么不多拿几样值钱的东西！"还有人说："既然进去了，怎可以善罢甘休！"还有一个帖问道："难道老王已经这么阔气了吗？"也有人干脆为盗窃者叫好，"凭什么让那些家伙享福，让我们受苦！"

跟帖的人士是谁？是人民吗？他老王已经与人民拉开了那么大的距离了吗？为人民服务。为人民服务，为人民服务的人很难被人民承认，被人民认可。为人民服务的人生活水准比一般人民高得多，口袋要鼓得多，房子要大得多，银行存款要多得多。为人民服务的人的住地人民是很难进去的，除非采取那位"他"的特殊方式。

而且人们看到的是，人民为为人民服务的人服务，至少不比为人民服务的人为人民服务少。

但是毕竟为人民服务是一个非常好的口号，目前还没有比它更好的口号，为人民服务的口号毕竟比谢主隆恩的口号，比万岁万岁万万岁的口号好一些。

所以老王前十几年就说过，在中国不可能放手地搞资本主义式的自由竞争。中国的许多人并没有从事自由竞争的起码本钱与习惯。在中国搞资本主义式的高度自由竞争，只能是少数人的暴富与多数人的愤懑与仇恨，只能是由多数人组织一个比共产党更左的党，批判中国共产党的改革开放与市场经济，把中国重新带进仇富仇官仇名人的、每三五年搞一次的无产阶级专政条件下的继续革命里去。

这就是社会主义的核心价值。其实没有比社会主义的核心价值更容易表达、更容易讲明白的了。社会主义的核心价值就是社会主义。就是选择社会主义、维护社会主义、发展社会主义、搞好社会主义，拒绝绝对的与不加任何限制词的资本主义。

老王深信，"他"与"他"的同情者们，如果弘扬民主来决定中国的事情，他们中的某些人肯定愿意搞二次土改、房改、斗老财、除恶霸、杀灭贪官污吏及其衙内、富二代、拼爹集团,用极左的口号再来它一次"红旗卷起农奴戟,黑手高悬霸主鞭"!

没有办法,没有办法。这一切,网上的几个帖子,其实比一次或者一百次一千次并非为富不仁的人的别墅的无端或有端失窃,情势与危险要严重得多。

从此,两年过去了,关于这个算不得案件的案件,杳无音信。小区管理,日益没落。湿地环境,正在由于超量的钓鱼游客而恶化。烧烤的臭烟在小区也在湖面上飘散。入室盗窃事件连续发生,有增无减。开始,老王通过内部关系与权力系统打问过一两次,无回应。算了。老王一辈子好多事是靠"算了"二字保护了自己的心情与平衡的。生活照样进行。岂止是这样一个两瓶酒的失窃事件,即使是发生了战争,发生了"九一一"恐怖袭击,发生了汶川大地震,发生了冤屈与迫害的人命关天事件,然后,也是该吃还得吃,该做还得做,该风头还是风头,该苟且还得苟且。

亡羊补牢,破釜沉舟,孩子们与至交们为老王设计了各种自卫防盗的方案。比较有点情趣的是养一两只大藏獒,大体量,大脑袋,长鬃毛,忠诚而又狠毒,胜过专门配备的保镖班子。说什么有什么,一位山东的共患难的老友,他的电影学院表演系毕业的女儿,改行养殖藏獒,愿意慷慨赠予老王两只价值近千万元的藏獒。

不久,传出了兴户型的一位老大姐在复户型散步,被复字某某家养的恶犬伤害的消息。老王乃将豢养藏獒的故事当做小说材料暂先储存到自己的心里。

老王找了门窗师傅,做了精心的策划与施工。他安装了高级仿铜防盗门,外有三乘以四的加长锁销,内有同样的加长锁销另加手动的二乘以四的加长锁销。如果从里边锁上了手动锁,外面的人即使有全套钥匙也打不开门。如果从外边锁上了钥匙支配的锁销,即使进入了房间,如果不是执有钥匙,你也开不开防盗门。

所有的窗子外面,都安装了铁艺护栏,原铁的黑褐色,有梅花与葡萄枝蔓图案。原来老王对于自制铁窗生活觉得很晦气,安装上以后才知道并没有那么糟。倒是在"新左"的网站上,看到了旅居美利坚合众国的新左弟兄们对于改革开放的抨击,说是改革开放提高了人们的个人收入,结果社会秩序恶化,人们自己为自己建造了铁窗牢房。

只有二层半高的阳台大玻璃窗外,没有卡边,没有安装铁艺护栏打铁钉的地方,也就没有安装护栏。工匠师傅说,那里是直上直下,位置又高,企图往那里爬,除非不要命了。如果谁谁,真的不要命了,靠门窗工匠,也没有办法好想了。老王想想也是,如果他架着坦克车来呢?你的防盗门,你的墙壁,你的铁艺,又算得了什么?毕竟你住的是别墅,不是要塞,不是马其顿或者敦克尔防线,你预备迎接的不过是顺手牵羊的小蟊贼,不是敌军的敢死队。

防盗门安装在室外,又发生了新的问题。先是防盗门内的原门洞,一到夏季潮湿异常,墙皮脱落,惨不忍睹。于是安装气窗。接着是防盗门的锁孔里进了雨雪,生锈,开关不好使了,结果一次扭断了门柄。就又在门的上方架设了拱形的小棚子,还好。老王计划很久了,想干脆在绿地四周也架设起护栏来。

一位朋友忠言:你们也不要封得太严密喽,太严密,如果本室发生什么火灾之类的情况,会自己把自己封锁死的。老王唯唯。他已经做好了准备,有了紧急情况就砸没有安装护栏的那一处窗玻璃。

几个月后威尼斯小区里出了一件大事:FF区人民法院,宣布将强制执行法院关于文1号的违规建筑的拆除。那一天来了执法人员,驾驶着起重机大车,用铁爪抓住已经盖得与阁楼一边高的隔离层的房顶,晃荡两下,把房顶抓了下来。再抓墙壁,稀里轰隆,劈里啪啦,五十分钟后,隔离建筑化成了废墟。

老王不想凑近了去看热闹,对于他人可能不甚愉快的事,他没有旁观欣赏的兴致。但这件事仍然令人兴奋,第一是它体现了法律、国家、政权的力量,体现了我们的社会生活中的某些强制性,这种强制性一般并不张扬,但必要时不会含糊。第二,它表明,虽然威尼斯小区众业主当中,没有书记,没有组长,没有权威的领导,然而这里并不是化外之区,区人民法院的布告中明确指出,此区尚有不少的违规建筑,它们应该由责任人自觉地予以拆除。法律还在,规则还在,管理也没有完全摒除。

老王在自己家中,实际上是兴趣盎然地注视着人民法院的强制执行判决的行为。他看到了烟尘的升起,他听到了起重机的嗡嗡声与墙壁被撕扭,然后迸裂、倒塌、撞击发出的刺耳的声音。这种声音平时是很少听得到的。

老王的住房的汽车房改造的书房,它的落地式大窗,正好在保持距离的同时可以比较清楚地观察到这一进程。

晚报上刊登了这一强制拆除的画面。郑先生的形象也在其中。

老王匆匆地离开了"威尼斯",忙自己的事去了。一周后再来到这里,他大吃一惊,周先生的房屋全部门窗都卸掉了,变成了大小不一的若干个黑洞,一片狼藉的拆除现场上,除了被拆除的建筑体,原来备好的建筑原材料包括水泥、石灰、涂料、麻袋、纸袋、钢筋、木材与砖瓦外,还增加了新从主体建筑上拆下的窗框、门框、碎玻璃、铁钉、木屑、墙皮、壁纸等等。把原来的精心布局与整护过的草坪、灌木丛、花卉压的压,挤的挤,一片乱七八糟。

老王大惊,出了什么事?又不便乱打听。写作的行当使他按捺不住自己的好奇心,各种清规戒律又不允许他刻意打探。他不会忘记老作家周而复的教训,他以写作《长城万里图》的需要为由在日本看了靖国神社,为此,他受到开除党籍的处分,直到死前不太久,才改为留党察看,临终前恢复了党籍。

辗转听说,有道是周先生请国家承认的专门机构来检查过被拆除违规建筑后的文1号主体建筑的受损情况,因为原来兴建违规建筑时,已经用水泥等材料将新旧建筑粘合在一起。检查的结果是,主体建筑已经受到严重损坏,主体建筑已经成为货真价实的危房。危房就危房吧,为什么还要拆光门窗呢？不知道了。

据说有媒体追踪到了周先生,打问有关事项。周先生说,一年前此房已转售出,他对后来发生的事既无了解,也无责任。说是周先生的样子很潇洒。

就这样,文1号成了真正的废墟,整个房舍与前后花园都破败荒芜不堪。绿茵干枯,花卉委顿,树木半死不活,门窗宛如被挖掉了眼珠子的空眼囊,房屋如同一具干尸。几场雨雪过后,建筑材料也变得污秽坚硬,令人痛惜。遥想当年一位孤独的女诗人在这里住帐篷的日子,遥想当年突突突地响着栽植大银杏与巨梧桐尤其是那棵来自兄弟非洲的奇异巨树的日子,遥想当年宾客们在这里吃烤肉与痛饮茅台的日子,你不由得回想起当年在延安黄炎培与毛泽东的交谈,黄先生引用《左传》与《新唐书》上的话说:"……其兴也勃焉……其亡也忽焉……"

固然说,"人间正道是沧桑",沧桑得忒快了,也有不胜其忧的感慨啊。

第二年秋天,废墟里长起了好几蔓牵牛花,大部分是老王最喜爱的紫黑颜色,它们表现了自然的秋天与秋天的自然而然。难道从凝固的水泥堆中也会长出花花草草的吗？

又次年的新春之际,一直不下雪的北京突然大雪连连。在雪后初霁之时,老王散步,看到了废墟的钢梁上的两只小麻雀,难道死硬的建筑材料与建筑垃圾之中会有谷粒或者小虫提供给宜人的小鸟们吗？

老王还有一个恍恍惚惚的印象,春夏间文1号的废墟上,有过一个灰溜溜的松鼠跑过。废墟为小区带来了难得的情调,尤其在这个急于开发、急于挣钱、急于出效益的浮躁的年代,在这个赶制垃圾、媒体忽悠、领导出数字、数字出领导的时代,在一个被机遇、创新和品牌追得上气不接下气的年头,一个这样迅速形成的豪华废墟,真是打着灯笼也找不着的金不换的景点啊。

当然也有另外的分析，说是周先生就是要这样，干脆牺牲文户型1号，用这荒芜的文1号，为文2号的郑先生添一点点堵。能添堵吗？如果郑先生很艺术，如果郑先生喜好这一口呢：秦时明月汉时关啊，西风残照汉家陵阙啊，庞贝古城与楼兰古城啊⋯⋯如果能坚持几百至千余年，也许威尼斯别墅的文1号废墟能够申请联合国教科文组织的世界文化遗址名录呢？

又过了一年，说是周先生或周先生转卖的文1号的下一任业主反诉郑先生的违规建设成功。郑先生在封闭自家的阳台的时候，向外有所扩张，不完全符合原貌。人民法院显示了自己的不偏不倚，也派来了强制执行工作队，稀里哗啦，把那座已封闭的阳台，拆了个不亦乐乎。

这也会演变成一个冤冤相报的过程吗？

与此同时，别墅小区许多家，大兴土木，任意扩张，肆无忌惮。有的把门厅接长接宽，有的把阳光室扩大，有的在大客厅外面另接出一片风雨走廊，有的给房后连接出了花卉温室。拉砖的拉砖，卸木头的卸木头，堆玻璃的堆玻璃，扛钢筋的扛钢筋，堆涂料桶的堆涂料桶，煞是热闹。认真执法原来是邻居不和，相互咬着不撒嘴的产物，而其他诸业主，发扬和为贵的优良传统，你好我好大家都好，能退步时便退步，得饶人处且饶人，睁一只眼，闭一只眼，与人方便自己方便，谁吃饱了撑的管那么多？

小区的面貌已经不知伊于胡底了。其实暂时小区的面貌依然美丽，老王七十岁以前，不但没有住过、没有拥有过，也没有见过想过这样的惬意的小区噢。

几道思考题：

一、老王购买这样的豪宅，是不是违背了君子固穷、安贫乐道、先天下之忧而忧、后天下之乐而乐，劳其筋骨、饿其体肤、清贫才是无价宝的古训，也违背了艰苦朴素、壮烈奉献的红色传统了呢？他的失窃,正是上苍给他的黄牌警告啊。他应该做的是深度忏悔,他应该写的是自我检讨而不是别的啊。

二、说是中国有长期的封建专制主义传统,是不是同时也有无政府主义、一盘散沙的传统呢?中国缺少的究竟是民主自由还是强势领导与严刑峻法呢?

三、国人喜妥协,重关系,喜欢捣糨糊与和稀泥,不喜欢动辄诉诸法律,追究个水落石出,这是不是值得弘扬的美德呢?

四、有人说,这样的物业小区,完全证明了没有党的领导中国只能是一团糟,必须要求各住户将党的临时关系转入小区,必须在各小区建立党小组党支部党总支党委,否则,中国的房地产业与物业管理将陷入万劫不复的困境。这像是认真的建议吗?

五、也许更可行的是成立由中华人民共和国住房和城乡建设部监管的房地产业公会特别是物业管理全国公会,制定规则,给以政权方面的支持引导,结束各房产小区的无政府状态。同时也要建立起工会来,让全总也发挥起作用。

六、也有人说,这样的小区本来就是畸形的。要不就彻底地私产化,各人购各人的地盖各人的房,像国外的 house 一样;要不干脆盖公寓楼,谁也甭想还能有什么发展扩张。现在弄成高尚住宅的小区,怎么得了?高尚者谁愿意小区化?小区化了谁还能高尚得了?

总而言之,言而总之,那时候没自己的住房,没有城市里喂养的藏獒,没有电视机和洗衣机,没有地沟油也没有掺了敌敌畏的茅台,没有信用卡也没有什么存款,没有见过只有间谍才会有的外币,当然也就没有炒汇,没有小康,没有福布斯榜,没有置业与物业,没有市场经济,没有听说过什么效益,没有防盗门也基本上没有入室盗窃,没有拐卖人口,没有"鸡"呀"鸭"呀的,没有多少贪官污吏,没有艾滋病,没有农民进城打工,没有星级宾馆与"的士高",没有留学与情人节,连"的车"也没有,连足够的口粮也没有……然而那时候有大海航行靠舵手、抬头看见北斗星，有斗争的哲学，有超英赶美的三面红旗、三十面三百面三万面红旗也有的是，有雄心壮志冲云天、上九天、冲破天、冲霄汉，有蚂蚁啃骨头、鸡毛上天、穷棒子精神、两参一改三结合、小土群、帽子拿在群众手里、敌我矛盾按人民内部矛盾处理，有红得不能再红的如火如荼的歌曲大繁荣和动不动的忆苦思甜与热泪盈眶，也有不少的乙肝与浮肿……想一想吧，人生长恨水长东，道是无情却有情，问苍茫大地，谁主沉浮？

又过了一年半，位于完全另一方向的远郊区的公安机关，给老王的孩子打了电话，说是曾经进入老王家的窃贼已经落网，为了量刑的需要，需要请老王对一些情况进行核对，以做到事实清楚，证据确凿，量刑准确。

老王等到了另一方向的区公安机构的到来，他们所问问题有限，没有浪费老王太多时间。问题是老王对此事兴趣未减，他向公安同志提了一大堆问题：他是在威尼斯小区干过活的民工吗？他认识原AD人员吗？他进入这个小区很多次吗？他是开着大灯作案的吗……公安同志一声不吭，也许这需要保密？也许那一区的公安没有回答这一区的失窃问题的义务？那么报案者与受害者作证者，有没有知情的权利呢？

老王仍然闷在闷葫芦里。他希望本中篇小说发表后，《中国作家》杂志帮他联系本市公安部门，给他获得一个与强行进入者见面与沟通交谈的"准三人行"的机会……也许《中国作家》的读者与《锵锵三人行》的听众对于下文不是完全没有兴趣。

噢，这毕竟只是一篇小说，一篇虚构得跟真的一样，实录得小说一样的作品啊。

还有那位女诗人，她的近况如何？她的忧郁的眼神与淡淡的笑容中有某种动人的东西。中国的，我要说还有世界的各大洲的女作家女诗人，有几个人生活是幸福的呢？数年来老王与女诗人只说过一句话。那天她从靠近艺户型的她的后门送一个客人，老王正在自己的门前收拾花盆与盆花,他还拿着剪枝剪子煞有介事地剪掉四面冒尖的新竹笋。她送完客走向艺户型这边来,对老王说:"您在吗?刚才我送的客人是李二白啊。"老王本来与李二白很熟悉的,李二白是一家有名的文学刊物的主编。后来经过了那一年和那件事,说是李二白改行做生意去了。他怎么会到威尼斯别墅这边来看望女诗人呢?他现在在周总的麾下?

老王还感到了一种极其小儿科的得意,没有人介绍他与诗人相识,但是女诗人还是一眼就认出了他老王就是王老。

而李二白对于文学,当真仍是不能忘情吗?

老王对女诗人不无思念。他从来不接受类似"二奶"类的浅薄分类学。她是朴素的,朴素证明了她并非流俗之辈。而废墟的诞生也给了老王好感与遐思。一位富商,照样可能有自己情感上的隐痛。也许废墟是为了纪念今后难以相会的女诗人吧?就像在西班牙的格拉纳达,有一座驰名寰宇的阿拉伯花园,是当时统治了西班牙的大部的一位阿拉伯王,为他的爱妃修建的。那座阿拉伯花园,让老王感动得沉醉得灰心丧气,他偷偷地哭了。

不好意思的是,老王的一次梦里,他看见一个长脸的、有点面黄肌瘦的然而眼睛很美丽而且忧伤的女人,她的风采已经不再,她的年华已经老大,她的灵感正在消退,她的记忆渐渐茫然,她的秀发已经小有干枯,她的身材仍然秀丽挺拔。那眼眶里的一点点泪痕与老态化的泪囊让老王蓦然心动。她轻轻读了一句诗,那是咒语、祷告、密码一样的诗,梦中令老王如此感动,一醒就忘得杳无痕迹。她是谁?她是谁?她究竟是谁呢?

只是在醒来十几分钟以后,老王想,她是不是那位女诗人呢?在读到这篇虚构的实录小说以后,她也许给老王写一封信?老王想,将来,就以这封信作为小说《悬疑的荒芜》的附录。

附记:关于此次失窃的物业管理方面的问责问题,也许有一些读者对之感兴趣。老王曾多次提出希望物业总结经验,追究责任,物业方面的反应与理解接近于零。与物业对话的经验是广东人所说的鸡与鸭对话的经验。物业方面提出,为了表示他们的歉意,他们可以少收老王的一个月的管理费用,老王说一个月太少了,据他所知,此小区的类似问题,受到损失的业主是一年不缴物业管理费用的。考虑到各种因素,老王可以接受停缴一个季度的管理费用的方案。物业方面大喜,于是就这样处理了。

听说老王丢了茅台,不止一位好友给老王带了飞天商标真茅台来压惊。老王在此郑重声明:谢绝茅台,有欲赠茅酒的伙计,敬请一律免开尊口。

发表于《中国作家(文学)》2012年第3期

山中有历日

一

　　这个山村里头一个引起老王注意的是一个九岁左右的个子不算太高的小女孩。她眼睛很大很活,眼珠黑得刺目,块儿不大,但是显得紧绷结实,而且有一种准备好了起跑或者出击的待发状态。有一回她抹了红嘴唇,穿了一双半新的高跟鞋,走起路来左右晃荡。她说话的时候有一脸的毫无顾忌的笑容。有时候她还参加大人们的说话,说到深山里酸梨峪做豆腐的老郭,说老郭的儿子有点傻,三十多了还没有娶上媳妇。在老王的童年时代,没有哪个女孩能这样地不怵窝子,能够这样地大模大样地与城里的大人们说笑交流,说什么也不选择题材。

　　人们说,白杏喜欢城里人,喜欢与城里人一起,听城里人的口音、词汇、腔调。

　　白杏常常义务地充当城里游客的向导,带着他们爬山进谷,带着他们到村民家中东张西望,寻摸树根、怪石、土特产。她的左腕子上戴着一只景泰蓝镯子,就是一名城里的游人送给她的。还答应她再送一只戴到右手腕上去。送镯子的城里人给她留下了电话。

　　也许更主要的是她有一个特别端正的、几乎像是雕刻出来的鼻子、鼻梁。迄今为止,老王只在三个人脸上看到过这样端正的鼻梁,一个是维纳斯雕像,一个是CCTV的一位女节目主持人,一个是这个小孩子。

　　她们的鼻子端正得让你落泪,让你觉得有一点害怕。人不是雕塑,人的鼻骨怎么能够长得这样精准合度?

　　老王过来后不久,一次让自己的两个孙子随这位名叫白杏的小丫头到村口去登山,一直走到与河北省的蒿县交界的山顶,走到了山顶的水潭,看到清水中小鱼儿游动。一位村干部悄悄向老王打招呼:"怎么能让您的孙子跟着她去玩?(她)太野。我们的孩子都不允许跟她一块儿玩。我儿子跟她说话说多了,回家就让他妈一顿暴打。"

　　别人当着白杏的面,指着这女孩告诉老王说:"她现在就是跟着她爸过,她只有爸爸,没有娘了。她妈跟了别人。"

　　老王问过白杏:"这个,你母亲……"白杏一声冷笑,超出了她这个年龄的人负面情感表达可能到达的程度,她说:"我没有妈,只有爹。"

　　白杏咬了一下下嘴唇,说:"我爹最疼我了,天天给我烙饼……"

　　这个山村,认为烙白面饼是食品的极致,天天吃白面饼是人生的极致。这种共识一直延续到二十世纪末。

　　老王的两个孙子向爷爷讲述了与白杏一起登山的故事,他们走了很远的路,穿越了巨石,穿越了山涧,走过了窄洞,走过了羊肠山径,走过了一处下面是万丈深渊的天然条石桥。在大太阳底下走过了碎石沟,又在阴山背后沐浴了凉风。近处他们看到了放牧的羊群与迎面而来的牧羊狗。远处他们看到了一只山猫。白杏说,那就是野兔。大孙子说,那只山猫个儿很大,顶好几个兔子。二孙子则认为那是一只獾。二孙子为什么提出獾的概念,因为老师最近刚刚给他们讲过与獾有关的故事。

　　老王相信,这里的山景确实非常好。大量的石头,同样大量的泥土与植被。有野生的荆棘与榛子、槲树、橡树,有农民们栽植的白杏、柿子、板栗、山楂、京白梨,也有历年绿化种植的油松与侧柏。这里的山景是李可染式的,而与元代王蒙与黄公望的山水不大相同。大杏子峪的山脉，不像王蒙的山水那样坚硬、威严、突兀与浑厚，又不像黄公望的《富春山居图》那样秀美、温柔、忧伤与葱郁。大杏子峪的山谷，把巨石的桀骜、树丛的亲和、野草的疯狂、山峰的陡峭与山势的连绵，尤其是地貌的对比与参差汇聚到了一起。

孙子们说，从顶峰上看村口的大水库，只剩了一个亮点。

水库是这个山村的骄傲，是山村的灵光巨大的眼睛。从京城进山，先见水库，再见山村。水库又像一组串连起来的大镜子，反射着山光云影，草色林荫。水库里有放养的鱼苗。水面时不时地颤动着梦幻和愿望，感受与温存。这个水库能与你交换目光、使眼色、轻轻地说话。老王几次走到水库旁，他注视着也奇异着，不知道水波的颤动是来自水体还是来自天心，要不就是来自他的对于山水与天空的沉迷。他仰天长啸：

"呵……呵……呵……"

这里说的白杏与大杏子峪的情况是指一九九六年初秋。

二

这是北京郊区的一个山村。山村属于紫李子峪乡。紫李子峪的地势总体上看很像一个大写的X，上北下南，乡政府所在地是X的左下端，说是开始进入了山区，其实还很平坦，四下一望仍然开阔敞亮。往上即北面走一段蜿蜿蜒蜒不无惊险的傍山公路，就是大杏子峪了，由宽而窄，山势引人入胜，水势则可以从大水库寻根溯源到上游的一些涓涓细流和点点山泉。山势最险峻的地方是到了酸梨峪与老鸹窝，也就是X的中央两条斜线的交叉处，四面皆山，舍山无地。而中央点的最高处叫黄金岭，据说半个多世纪前大跃进当中，在这里采过金沙，至今仍有黄灿灿的细沙堆积。后来可能由于成果不理想，淘金云云随着时过境迁而停止。近年全国淘金成梦，有些人又重操旧业，很快受到了政府的禁止。

再往北走,经过一处隧道,地势渐渐走宽,到了大柳树地界,而后又是与白杏水库相呼应的大柳树水库,连接着另一个乡的七星峪与棋盘村。在新农村建设高潮中,那里推倒了所有的旧房,按照统一图纸建成了千篇一律的兵营式农民住宅,吸引了许多参观者的眼球,有的啧啧称奇,有的鼓掌叫好,有的则认为实在不能恭维。

大杏子峪只有三十几户人家,一大半人家都是包产到户生活改善以后分了宅基地,盖起了院子,盖起了砖瓦向阳北房,而且是南北前后开门,便于运输与夏季通风。电灯电视,早已安装好,电视信号暂时只能收到CCTV诸台、本市BTV诸台、河北、山东、浙江、湖南、江苏一部分卫视台。自来水每隔日晨六时至八时供水二小时,各家都有大缸伺候。厕所则还因陋就简,有的家根本不设厕所,需要时到住家对过野地处理,取之于地,还之于地,充分发挥地势坤、厚德而载物之美德。全村格局大致住房偏东,中间是一条铺了沥青的柏油马路,西面则是碎石河滩。夏季,山洪暴发,大大小小的山壁上都会流下一行行、一道道、一幅幅的瀑布。用村民的说法是河开了,浪涛滚滚,一条大河波浪翻,直接注入水库。其他时候,或有潺潺细流,多数情况流水转入地下,在矿石细沙下形成暗流。地下的暗流经过了天然的过滤,刚出山的时候还是浊流杂乱,水含木片、树枝、石子、沙砾,尤其是水呈现着金沙的金黄色,等进入水库了,已经千滤百洗,清纯至极了。怪,这里不是古人说的"在山泉水清,出山泉水浊",这里是"在山泉水浊,出山泉水清",更正确的说法是,刚刚出山泉水浊,出山不久泉水清。

小村四面环山,春天石山现绿,山岭系上了一条条碧绿腰带。夏天,草木葳蕤,巍峨与葱茏、坚毅与活力并举。秋天,绿黄红紫,斑斓丰满,到处飘着香蒿与酸梨的酒香。冬季则经过了大自然的删节,群鸟飞翔,羊群散落,炊烟扑鼻,人踪寥寥。

提到飞鸟,老王的感受是进了山,常常会被成群结队的飞鸟所感动,为天空与山岭所感动,有时面对群鸟有迷惑不解的感觉。而在夏季，离开山进了村，鸟鸣则远不如虫鸣的规模宏大，虫鸣是山村的交响乐团，气势磅礴，涵盖辽阔，和声丰富。虫鸣村更幽，虫鸣山如潮，虫鸣如海，虫鸣天籁，虫鸣给世界增加了活力，也给自己增加了困扰，虫鸣得这样苦，鸟飞得那样高，人心快乐却也艰难。

毕竟它离着北京整整一百公里。这里空气新鲜，透明度好。尤其是秋天明月升起，全村都浸在如水的月光之中。你不能不承认，月亮为山村而清辉如洗，月亮为山村而水银泻地。

常常能在大杏子峪的月光中好睡一夜，这才是人生的极致，是与山野人吃白面烙饼一样的享受的极端！

老王来这个村的时候，生活的新契机还在酝酿之中，山村呈现出来的更多的是朴实和浑厚，说话带着浓浓的京东味道，第一声读成第二声，第二声读成第一声，要说"把枪挂在墙上"，别人听着却分明是"把墙挂在枪上"，到供销社买盐，售货员听着分明是买香烟。二十世纪九十年代，这里的多数农民盖起了新房子，但收入仍然很低。主要一笔是深秋对于柿子的收获。一般是家庭的一男一女上阵，男子爬到树上，女子拿着一个布单，两侧绷上木棍，手持木棍将布单抻平，等在树下，男人从树上摘下柿子，投下来，女人用布单迎上去，乒的一声，柿子完好无损地收下来了。那时候，一个农家，柿子的收入约两三千元人民币，此外的杏仁、核桃、酸梨、桃子、板栗的收入有一千块钱左右人民币。山里红就看怎么处理了，去掉核，弄利索了，用剪刀剪成薄片，放到屋顶暴晒几天，就成了山楂片，是中药也是泡水喝的佳品，其效益也还不错。

在上个世纪末的时候，开始有城里人假日到这个小山村一游，爬山、钓鱼或游泳，吃点菜团子、干南瓜与干豆角，放放鞭炮，也算开怀一乐。那时城里彻底禁止了鞭炮，于是一些农民摆起摊来卖山货，包括卖用蚕屎做的枕头芯，说是桑叶变成了蚕屎，大凉，枕着可以去火。其实蚕屎并非本地所产。

白杏也在村口卖过山楂片与蚕屎枕芯。卖东西的时候，她像个大孩子。很快她学会了京片子口音,她的摊档前总是堆满了人。

三

白杏的父亲名叫白大梁,是大杏子峪个子最高的人之一。据说他原来姓柏,过继给大柳树地的白家姓了白。他个子太大了,心眼差点——这儿的人都相信身高与心眼是成反比的。白大梁就是个典型的傻大个子。谁家盖房也不敢请他帮忙,砌砖他一准砌斜,上梁他一准上歪。购物他常常算错价钱。栽白薯,他打的垅曲曲弯弯。二十大几了,还没有娶上媳妇。

赶上了改革开放的好时代。他的一个堂兄,当过村长,比较见过世面,一九八五年,为他在《中国妇女》杂志封三登了一则征婚广告:

> 北京市 AA 县紫李子峪乡大杏子峪村农民白大梁,身高一米八二,有北房五间,西房三间,院落零点八亩,手扶拖拉机一台,三马子(作者按:农用柴油三轮运输车)一台,现年二十六岁,身体健康,不嗜烟酒,高小毕业,征求初婚女子,希望女方二十岁至二十八岁,热爱劳动,革命持家,身高一米五至一米八均可……

征婚的结果令全村振奋快乐。杂志社前后转来了四十九位附有照片与身份证复印件的应征信函来。还不仅是按照征婚词约定的方法前来应征者十分踊跃;一名来自江西的大学毕业生,五官端正,皮肤白皙,戴着眼镜,为了幸福与爱情,竟然不远千里来到了大杏子峪村,吓得白大梁咻咻地喘不上气。幸亏他的堂兄原村长,出面接待,向学士女士讲述了大梁的不堪厚爱,请学士女士吃了小鸡炖蘑菇,还送了学士女士一袋山楂,也收了学士赠送的两瓶"四特酒",据学士说"四特"的命名出自周恩来总理,周总理曾经指出此酒的四个特点。大杏子峪村民与江西学士女士,互相留下了美好的印象,最后堂兄恭恭敬敬地将她送走了。

成功了的是一位湖南女性，高挑个儿，面色红润，来山村后皮肤变白，大眼睛，双眼皮，开朗美丽，姓赵名丽华。她说她想到北京，她家那边也是山区，太贫瘠了。她其实年龄刚过二十三，但她的家乡认为她已经是婚嫁太迟了，她受到了某种关心式骚扰，她下决心把自己嫁出去，为自己争取一个美好的前途。

大杏子峪村的一些男人看到大梁的艳福自天而降，羡慕得流口水，并且警告自己的老婆说："咱们是北京，就冲这一条俺想娶谁就娶谁，你要是再犯倔脾气，小心我休了你再征她一个婚去！"

"你敢！再不想想你才一米几呀？比武大郎高不了多少……"

"他白大梁不识数呀，我起码知道个七八十五，七九六十八！"

"什么什么？"女子一听一阵头晕。

"哄你玩呢，这都不懂，你比白大梁还笨！"

如此这般，在中华乡村生活务实主义的指导下，一九八六年初冬二人登记结婚，阴阳好合，一年半后生下了白杏。白杏的相貌继承了父母二人的优点，白杏的身材却与父母二人都不相像，从生下来就属于短粗型。

事情是如何往下发展的，渐渐不可考了。村里的另一个大个子杜铁栓，外表看憨厚恰如白大梁，苦干与专心学技术还有膂力则远远比大梁好不知凡几。他是个会开拖拉机、汽车，会供电维修与各种家用电器维修，长年照看隔日供水的水泵，基本会黑白铁匠与瓦匠木匠油漆匠，会泡豆芽也会做豆腐的能人巧匠。他时任乡农机站长。他与赵丽华产生了感情。与此同时，大梁的某方面"不行"的故事传了出来。一年半后，一九八九年白杏的弟弟白钢出世，全村的人一致判断，白钢长得绝对与杜铁栓一个模子，而与白大梁毫无共同之处。

流言与各种猜测推理分析满天飞，在山村没有比议论不能上台面的男女之事更过瘾也更出火的了。白家密云欲雨，暂无动静。杜家闹开了锅。杜铁栓与老婆闹离婚，老婆不干，村支部领导批评身为党员的杜铁栓。杜铁栓回到家往地上泼了汽油,又往自己身上泼了汽油,只需一根火柴,家灭人亡的惨祸立马发生。他的执着压倒了全家全村,最后,居然以将房屋给了原本的夫人为代价,他的离婚办成了。比起来,这边的赵丽华没有费太大的劲,也与白大梁散伙,白大梁的条件只有一个,女儿归他,儿子请赵丽华带走。从此白大梁、白杏与赵丽华再无瓜葛。这从民法上看并不对,这种说法是不可能受法律认可的,但是斯时赵丽华离婚心切,与杜铁栓结合要紧,白大梁的一切条件她都接受。

从此,杜铁栓与赵丽华过着无家可归的生活,他们从道义上与生活条件上,等于被开除了"村籍"。他们二人住在一大间当年公社化时期存放农机具的竹板房,与一些废旧农机具在一起,闻着刺鼻的机油气味。尤其是冬天,他们用一条电热褥子暖和着两条壮实的难舍难分的身躯,度过了十个冬天。杜铁栓为此还丢掉了乡农机干部技术站长的身份,付出了太大的代价。当杜的亲友为他的代价而唉声叹气的时候,两个人一起说:"我们也要幸福……"这是京东与湖南口音的男女二重唱。中国的农民学会了用"幸福"两个字,学会了呼号与践行对于幸福的追求了,一旦有了能给自己带来幸福的认定,便与对方以命相许。

一开始,村民们一致谴责他们二位的不守夫道妇道,人人摇头,人人不齿。后来又叹息他们的狼狈困窘,可怜他们的寒冬岁月。而二人的宣扬幸福,使人们刮目相看。村民们终于同情他们艰难的爱情了。虽然他们看过的电视连续剧水准有限,但是广播电视的发展与改革开放的大气候,毕竟拓宽了农民的思路,带来了许多新观念。

在二人为幸福而大吃其苦期间,紫李子峪的电视收看实现了宽带宽频有线化大跃进,村民只需要缴很少的钱,便可以收到三十九套清晰度很好的电视节目了。县电视台,在紫李子峪乡还设立了记者站。时为一九九五年。

四

　　当然,村民们更加同情的是大梁与白杏父女俩。当初,在堂兄弟们的帮助之下,也是在湖南俊俏麻利的女子赵丽华应征下嫁的鼓舞之下,大梁的房屋盖得很好。其实他们在《中国妇女》杂志上刊登征婚广告的时候,五间北房啊,三间西房啊,不无水分。那时候的北房只盖起了两间,但是留下了地基,也留下了墙砖的茬口,为了设想中的另外三间预留了各种条件。而西房当时只有一间堆柴火的石棉瓦搭就的棚子。赵丽华的应征感动了白家,应该说是感动了大杏子峪,白大梁的堂兄弟、三亲六友、全村人都来为白大梁补功课,落实许诺,变愿景为实景,在白赵新婚的前夕完成了基本建设。院子里除了两株山楂和一小畦菜地以外,也铺上了洋灰地。唯一的缺点是,为了省钱,窗玻璃挑的都是小块,大小也不尽一致,显得零碎寒酸。省钱省钱,这是农民最大的硬道理。稀奇的是,有不止一只苍蝇飞入没有安装细密的双层玻璃夹缝里,出不来了,用自己的遗体为白大梁的窗户增加了风景,而窗户的主人也完全没有办法将这些不速之客再请出来。

　　两个人成婚的时候放了上百元的鞭炮。

　　一九八八年两个人去乡政府办离婚手续时,民政干事问离婚的原因,赵丽华眼睛眺着白大梁说:"他自己知道。"而白大梁所答非所问地念叨着的是:"我娶她的时候,光买鞭炮就花了一百块钱。"

　　走了媳妇后,对于大梁白杏父女,院子与房间显得过大。大梁第N次回答关心他的生活的提问了,对于别人要再给他"说"个媳妇的好意,他的回答是:"她妈走了,她还在,我们爷俩还是一个家。我要是再娶一个吧,也可能容得下我这个孩子,也可能容不下她。如果她们俩互相容不下……我连现在这个家也没有了,连现在这个亲人也没有了。"老王听过他不止一次讲这个道理了。老王怀疑村里人说他傻的话的可靠性。这个大个子也许有点孱弱,不一定傻。干活质量不好也不一定是傻,比如可能是懒,可能是精神不集中,可能是由于他的生活不幸福。

相依为命。许多人包括城里来的观光旅行者,都对这一家父女产生了这样的印象,都从他们的大院子里体会到了相依为命四个字的深挚与动人。相依为命四个字字字带血,带泪,也带着一切的艰难困苦。人生最难最幸福的就是能够与亲人相依为命了。

小小的白杏像一个大孩子一样地无情地咒骂着她的妈妈。她说:"我才两岁,她抛下我们走了,拿走了我们家许多东西,连炊帚与筷子笼她都拿走了。她是最不要脸的坏人。她根本就不是人。我根本不认识她。去年她跑到小学去找我,我说,我不认识你。她说,我是你娘啊。我说我哪里有娘,我有爹,没娘。从两岁就没有娘,我娘早死了。"白杏说这些的时候眼睛里没有泪水,只有轻蔑与仇恨。她还说:"谁让我爸爸老实呢?应该去告他们,应该给他们判刑,送他们去劳改,要是我说,枪毙了他们也不冤!"

枪毙?老王听了一阵冷战。小小的孩子已经是苦大仇深了啊。

不知道与她的婴儿记忆有什么关系,九岁与十岁的白杏已经常常穿戴上她从城里来的游人与在这里买下了所谓"小产权"的农家房舍的城里人手中得到的高跟鞋、连衣裙、胸罩、遮阳帽,擦拭上胭脂、口红、香粉,画上眉毛与眼线,自我娱乐了。她像个小人精。她未免早熟。她想突破山村,突破大杏子峪,突破她的父母也突破她自己。也可能只是寂寞的童年的一点嬉戏。你会觉得她的打扮太凶狠过度了。她还走不好高跟鞋,她不会走那种袅袅婷婷的步子,不会自然地扭动自己孩子气的腰身,她走起高跟鞋来有点像踩高跷,试探着与寻觅着陌生的激动。同时她脸上常常出现一种生猛与吃力的表情,一种满不论的要报仇的杀气。

后来提起老爹来小白杏常常是眼含热泪:"我爹太老实了,是人就欺负他……"小小的她如是说。听了她的话的人不由得一惊,"是人就……"那包括着听她的这个话的人。人于是不由得先反省自己有没有对于白大梁的瞧不起乃至欺负……

而且白杏蛮有劲。一次老王在山村吃午餐,他打不开他带来的密封酱菜广口瓶,又是找改锥又是找刀子,小白杏过来,用她的相对于她的身体未免发育得偏大的左手,一拧,再拧,憋红了脸庞,生生把瓶盖拧下来了。

五

白杏一天天长大了。她在上行爬坡才能到达的酸梨峪小学读完了从一年级到六年级。她是有名的一位铿锵玫瑰。白大梁经常被老师找去谈话,老师控诉白杏如何上课说话、传纸条、骂同学也骂老师,捉了一只青蛙放到同学的课桌里,吓得那位同学尿了裤子。还有一次在期终考试的时候,一开课桌抽屉,飞出来一只小鹰,全班一阵鼓噪,教师气得立马回了备课室,老师说是没法再给她们班上课了。

作为白大梁的最大优点是他的容受性——耐训斥性。大个子,一脸的可怜加上麻木,哪怕校方指出他的女儿是土匪是黑大姐大,他也只是听着听着再听着。他一抬眼皮,两只眼睛里都是全然的无奈。有时愤怒中的教师乃至校长指责大梁的女儿长达一个小时,大梁仍然是只有"嗯、哎、嗯、噢……"他只会说语气词。只是在教师或者校领导说得口干舌燥之后,他抬起眼皮翻翻眼,他得到了一点暗示,或者他也没有得到什么暗示,他给老师鞠了个躬,醉步踉跄一般,回头走了。

走的时候他似乎是在自言自语:"没有娘的孩子,没有墙的屋子……"

回到家,他开始和面,给白杏准备烙饼。

而白杏的功课并不差,虽然她多次声称,她不爱学习,她觉得学习没有用。

一九九九年,上不上中学?父女俩拿不定主意。正赶上区县里抓九年制义务教育的落实。白杏去到走路约需一小时四十五分钟的乡里,上了紫李子峪中学。那是一座改革开放以后民办公助的寄宿制学校,有一些城里的老板子弟送到了这儿上学,有一些优秀的退休教师高薪应聘来到这里执教,高考升学率一直很不错。由于学校占用的是乡里的集体所有制土地,对于本乡穷民子弟的入学他们采取特别优惠的政策。

白杏上中学了,住了校。虽然具有一系列真实的优惠,每年还是要缴上一两千块钱,等于他们的一半柿子收入。

六

从三岁到十三岁,白杏从幼童到成了中学生,白大梁已经一以贯之打了十年的光棍。赵丽华与杜铁栓过了十年的住竹板房的生活。十年以后,一九九八年杜与赵回到大杏子峪村子的生活中来了,分到了自己的宅基地,盖起了新院新房,糊上了当时时兴的人造大理石与花瓷砖贴面,还使用了冒着刺鼻的甲醛气味的、不合乎环保要求的墙壁涂料。

人们开始关心起白大梁的生活来,怎么也得有个堂客啊,你烙饼是烙得不错,可也得择点菜啊,腌点萝卜啊,连连衣扣啊……

白大梁又硬是坚持了三年,二〇〇一年,就在为白杏上不上高中而拿不定主意的时候,一桩婚事接近成功了。

关心他人的婚姻,这是国人的一个习惯,也被认为是一种仁义美德。再说得雅一点,叫做"君子有成人之美"。为傻呵呵的白大梁说续弦媳妇的人络绎不绝。也有一说,就是大杏子峪的四周,特别是河北内蒙古一带,贫困人口太多,而大杏子峪这边,毕竟隶属北京首善之区,山水明丽,已经开始有城市人口假日前来旅游,村民们有机会卖点山楂片、用硫磺熏过的显得白净透亮的核桃与蚕屎枕头,能见上点现钱。这里有它地理上的吸引力与凝聚力了。这也证明了经济是基础。再有就是,从白大梁说亲的状况看来,咱们这里的中年离异或丧偶、嗷嗷待再嫁女子竟是这样大大的有。虽然人口专家连年来警告的是:重男轻女习惯势力下单婴政策已经造成了男多女少,中国男人正面临娶不上老婆的危险。

被认为有谱的是内蒙古邻县吕家村的沾点蒙古族血统的吕二凤,与大梁同岁,身大力不亏,方脸,有几粒麻子,会做饭,自称有四级厨师证书,虽然没有人看到过。她与前夫生了两个女儿,离异,她带着两个女儿过日子。白大梁换了一身西服,打着松松垮垮、歪歪斜斜、领带夹晃晃悠悠的一条领带,由他堂兄开着一辆上海桑塔纳代步,到吕家村相亲。不知道为什么,白大梁一见吕二凤就被震慑住了,他一句整话也没有说出来,出了一身冷汗。回家路上对他的堂兄说:"我哪儿敢娶她,我哪儿敢呀……"

但是吕二凤对白大梁却是一见钟情,绝对满意。堂兄再一分析,二凤加两个女儿,三个女子的家庭仓满圈实,柴堆于院,煤砖砌成小山,锅灶方圆,光洁整齐,干菜鲜果、猫羊猪鸡俱全,肯定吕二凤是一个持家劳动的好手,是一个不让须眉的干活练家子,是大梁这里最需要的人,是大梁后半生幸福的钥匙,是白杏的比亲娘还中用的真娘。连每年选不出妇女队长来的大杏子峪村,缺少的也正是这样的女中豪杰。

吕二凤的青睐使白大梁如同抱住了一兜子热饽饽,汗流浃背,幸福得哆嗦。堂兄与随后的听说了情况的全村头面人物的高度肯定与撮合使白大梁不再有自绝于人民的勇气,只能接受与投入吕二凤热气腾腾的怀抱。但他还是没有忘记说一句话:"得疼我闺女,我闺女得上高中!"但他说得闷声闷气,口齿含混,可能无人注意也未必得到了首肯。

吕二凤就这样娶过来了,她果然不俗,不是等闲之辈。

七

白吕结婚第二天就听到了吕二凤恶声恶气的声口。表面上是在争论白杏要不要上高中，实际上呢，所为何来，只有他们两口子知道。

然后吕二凤的全部精力扑在劳动上。她上山砍柴，一次用背子背大体积的百十斤柴火下山。她挖掉白大梁庭院里的洋灰地，全部种上了菜。她一面经常上山采蘑菇，一面在家开始做生产蘑菇的营养炕。一到大杏子峪村白家，她立马成了主事的统领。凡是到白大梁处的人都得到一个印象，从成亲第二天起，白大梁低声下气，细声细气，吕二凤颐指气使，主导万事。

但是吕二凤的气势越盛，干活越强势，白大梁对于白杏要上高中的坚持就越不可动摇。他蔫蔫地，说话旋律带点曲里拐弯，一声紧，一声慢。但是他说来说去就一句话："孩子得上高中，上高中，高中，高中……"

吕二凤可以主导一切，气吞山岳。大梁则只求守住一点：他有他的贴心闺女，被狼心狗肺的亲娘抛弃了的闺女。为亲闺女上高中，他甘愿付出一切代价，有条件，要上，没有条件，还是要上。在强势的二老婆没有进门以前，白杏上不上高中他还拿不定主意，老婆进了门，反对孩子上学，声气高高在上，他白大梁反而下死了决心。一息尚存，白杏上高中就没有商量。他恍恍惚惚地估摸，女儿又聪明又敢干，功课一直不差，她的前途无限光明。

父亲为白杏缴纳了上高中的费用，吕二凤得机会就发牢骚，甚至当着白杏的面指着白杏的脸说："我们家能怎么办呀？你爹的钱全花在你身上了。上高中？还上大学呢，还当干部呢。上得成吗？当得成吗？你有那个命吗？你考得上吗？考上了，有那个钱吗？供一个大学生，就咱们这里，那是活活要一家子的命啊。"

八

　　白大梁在那里度过了童年的大柳树地，上世纪八十年代中期被区旅游局承包，转移了大部村民，开辟了龙潭泉眼、人工瀑布、半月湖、盘山栈道等。白大梁就是在此时被疏散到大杏子峪村来的。

　　旅游局的承包与经营以失败而告终。一家房地产开发商转手再包，将此地更名为"山吧乐园"。在大柳树地修筑起一些游乐项目：天梯、缆车、滑车、滑草、套圈、电子手枪打靶，也还修筑了些休闲设备：石桌、石几、安乐椅、茶室、小卖部、果皮箱。一时反映不错，来客日多。大家叹息，为什么这样的事，政府机构来办，办不好，私商来做，反而很快就能扭亏为盈，面貌一新。

　　这天白大梁没有什么事，来到山吧乐园这边。随着改革开放的发展与国家对于环境保护的重视，地方政府确定整个紫李子峪乡为退耕退牧还林还草地区，按照原耕地面积，政府给补助。老实巴交的白大梁被任命为护林员，每天他要巡视各地山岭，不准本乡与外来的羊群牲畜侵入毁坏林草。再有这里还有一说，英文里的"吧"到了中文译成了"酒吧"，人们按照中文的语法与构词规律，便将"吧"理解为一个房舍、一个地点、一个空间，而将"酒"理解为一个功能界定。把一个单纯的英语词bar，变成了"酒"功能与"吧"实体的复合词。再从"酒"与"吧"的组合按汉语法则繁衍出"书吧"（一个比较温馨的卖书租书的地方）、"话吧"（即公用电话服务间）、"氧吧"（即氧气充足的空间）……而大柳树地的凭票入场的山林公园就被称做"山吧乐园"了。这样的词，华人是越听越糊涂，外籍人是越看越头昏。然而，既然谁也没有提倡过这种时髦名词，这样的词条的出现并非有意为之，也就无从限制或减少这种名词了。

　　白大梁由于原来是大柳树地的人，对那里的情况有些关切，同时，他知道本村人进"山吧"看看，管理人员是不会收门票的，而这种自然风光转变成的收费公园,门票比颐和园还贵。北京来的人买张门票是八十多块钱,他一直没有进去过,觉得自己有点冤,如果他去玩过三次呢,等于得到了二百四十元的好处,明明可以得到二百四十元的好处,却不去获得,岂不等于损失了二百四十元人民币吗?

二〇〇二年九月二十二日,白大梁这次进"山吧"去了,他觉得挺可笑,他完全不明白好好的一个山沟,加上些鸡零狗碎的设备,为什么就值八十元看一回。有意思的是在这里,他看到了久违了的赵丽华。

赵丽华回到村里的正常生活中来以后,一直忙于挣钱还盖房所欠下的债。她在山吧乐园的大门口卖零碎东西,脸色红扑扑的,看着精神很好。她一眼认出大梁,立马进入主题,说:"白杏上高中,我可以出一半钱。"

显然赵丽华听说了关于白杏上高中问题上的白与吕的歧见。她退出大梁与白杏的生活十年了,现在,吕二凤上场了,她也准备出场。不知道是偶然碰巧还是处心积虑。

这可不是小事。为了上高中,白大梁的预算是要花四千块钱的。学费杂费一千,住宿伙食一千,置办行李一千,供孩子日用的零花钱一学期至少也得一千。赵丽华出一半,那就是两千块钱。谁敢小看了它?他模模糊糊地听说过,问题不在于赵丽华的练摊,问题是杜铁栓在区里农机站恢复了工作,月收入一千多元,有时候加上奖金能三倍于正常工资。

白大梁与赵丽华的见面与赵丽华愿意出两千元协助白杏上高中的消息,大梁第一个告诉的是女儿,很奇怪,女儿在大梁再婚以后,对亲娘的态度生了转变,两千元的许诺立刻使白杏流出了泪,这与后娘一进门先阻挠她继续上学的对比太鲜明了。没有等泪落下来,白杏硬是挤挤眼皮,使泪水消失了踪迹。她接着又咬了几次牙,她说:"让上就上,不上就不上,上不上,一个样,心可是不一样……反正我还是没娘的舍女儿。"她捏了一下拳头,忽然满脸都是泪花。

第二个知道的是吕二凤,她立即破口大骂:"不要脸的婊子,现在又来勾引你个不中用的窝囊废来了……她出钱?什么钱?还不就是卖逼的钱吗?她用她卖逼的钱给你女儿,不就是教给你女儿接着卖吗……"

白杏喊了一声:"说话干净一点!"摔了一家伙设在北房正厅北墙的后门,出门走了,直到夜里十一点才回来,没有吃饭。吕二凤的说法是,果然,开始卖"期货"了。

九

中国人民从小就经历了风风雨雨,懂得内外有别的道理。白杏自己可以用世界上最难听的话骂亲娘赵丽华,但是绝对不允许吕二凤置喙。随着吕二凤粗口的升级,她的反击也逐步升级。从说话干净批到嘴巴太脏,然后是闭上你的臭嘴,然后是臊嘴,然后是逼嘴,然后是茅坑。其次从干净到刷牙,从刷牙到冲洗,从冲洗到掏茅坑与消毒。吕二凤以长辈的身份动手,被举动灵活的白杏闪避成功,二凤不知是真是假绊了跟头,摔破了额角,大吵大闹。大梁说了女儿几句,女儿立马走人,当晚住进了紫李子峪中学。白杏还没有注册,没有缴费,没有领到学生证与宿舍门卡,却想住就住了进去。而大梁也及时为女儿补交了有关费用。

从表面上看,吕二凤来到白家,气势如虹,白大梁糊糊涂涂窝窝囊囊,白杏小淘气一个,但大梁有大梁的极明晰的原则。面子上二凤第一,闺女第二。实际上供闺女上学是天经地义、雷打不动。而与人民币相比,什么都是第二;命都可以往后靠,该要的人民币,当然不能放弃。

于是吕二凤频频哭泣起来。

一个月后又出了事:一天晚上,已经过了紫李子峪中学住宿生的熄灯时间,白杏住的女生宿舍突然停电,校方总务处以已过熄灯时间为由，拒绝派遣电工前来维修。别人只好拉铺盖睡觉，不甘心的白杏拿着手电筒，扛着一条破板凳，前往楼道入口处的自动电闸开关匣子那边检查。她发现，电闸盒盖子不知为何脱落了，一条小蛇爬到电闸盒里，将保险丝咬断。生性狂野的白杏接上了保险丝，又捏住小蛇的头，将它拿在自己手里。回宿舍时经过她最讨厌的一位女班长的宿舍，宿舍已经熄了灯，白杏顺手将小蛇从没有关严的窗子扔到了女班长床上。女班长发现了异动，也发现了电灯已经通了电，她拉开灯，看到了小蛇。当然，她也并非窝囊之辈，她冲到白杏的屋与白杏全武行大战……白杏打折了她的左臂。

　　学校大怒，召见白杏父母，指出殴打班长的问题不属于一般同学打架性质，并称如处理不好就将白杏送入公安机关，按刑事犯罪处理。白大梁与吕二凤一说，就是劈头盖脸的一通臭骂，不但骂了白杏——赵丽华的祖宗八辈，而且卷了白大梁的祖宗先人，然后一直骂到紫李子峪与酸梨峪，当然不能不骂大杏子峪。白大梁无法，同时预计凭自己一人无法保住闺女，便约了赵丽华同赴学校。到了学校，吕大梁只如木头疙瘩一般，一个屁也不放，全凭赵丽华，答应赔偿五千元，并且接受了学校党支部、董事会、校长、教导主任、班主任、宿舍管理员，还有受害方即女班长的父亲、母亲、哥哥的轮番长篇批判训斥，连连赔罪。最后由乡领导做了总结，并给予白杏记大过处分一次。好不容易，在白老爸的慈爱执着与赵亲妈的明哲与泱泱大度下，他们平息了一次白杏危机动乱。

　　爹爹流下了泪，对闺女说："好好学吧，爸爸忒笨啦，爸爸指着你……"

　　赵丽华掏了五千块钱为闺女买来了平安以后，面色苍白地对女儿说："你能叫我一声妈吗？"

　　同样面色苍白的白杏，低下头，说："五千块钱我早晚还你……"她哭了。她不叫赵丽华"妈"，赵丽华也哭了。

十

按吕二凤的逻辑,白大梁与赵丽华二人去乡里,前后用了四个多小时,路上一个半小时,还有两个半小时,两个半小时二人什么做不出来?谈谈话,说那么长时间干什么,她本人前后三次结婚,每次谈婚事谈条件谈聘礼谈嫁妆,也没有用过那么长的时间……这还了得,这边占上了她,那边并不断线,她成了什么人了?她们吕家哪里出过这样的窝囊女子?

尤其是,白大梁居然认可赵丽华骚货赔偿五千元的许诺,并且准备分摊二千五百元的义务。这叫什么?那个年代,许多农户,一年也挣不上二千五百元啊。

吕二凤根据自己的经验,她判定,白杏不是等闲之辈,杀人放火,谋杀亲夫,卖大烟倒赃物,小孩儿将来都干得出来。如她所料,嫁过来前她已经判断白大梁她完全能管得住,所以她才满意这项婚事,没有预料的是,小屁孩子白杏的能量,远远超出了她的想象。

她与白大梁大闹了一顿,白大梁一声不响,使吕二凤的语言艺术声乐艺术朗诵艺术表演艺术乃至手舞足蹈的造型艺术全部白搭。

世上没有比无言无反应更令人撮火的了。吕二凤一不做二不休,拿来了敌敌畏药瓶子,一面喊着叫着哭着闹着,同时做出开怀痛饮的感情深、一口闷的壮举姿势。

白大梁临危不惧,临乱不惊,只拨了一下电话座机,他的堂兄加几个村干部就过来了。

这些人对于处理家庭矛盾寻死觅活、喝药上吊跳井抹脖子似乎蛮有经验。进了大梁家的门,不问不听不言语,只是一副抢救的架势,停车、掉头、抬担架、抱人、抬人、盖被单……完全进入程序,完全符合专业标准。一开头吕二凤未知其意,乐得把事情闹大,等抬到汽车上,她忽然明白过来了,他们这是把我往医院里送,弄不好弄假成真，对自己未必有利。她一边说："药我没有喝多少，瓶子里没有什么药了……"一边准备下担架下车。白大梁的堂兄如何允她自便，堂兄两手像铁钳子一样将她的全身按倒在担架——车后座上，一面从塑料袋里掏出木炭渣粉，说是"要不咱们先灌活性炭……"吓得吕二凤不敢乱动，只是紧紧咬死牙关，怕是被灌了干面子，活活噎死。

一辆小"面包"拉着"服毒"人员"看护"人员，一辆夏利拉着村支部组织兼保卫委员，一起到了医院，医生也完全进入程序，下令用肥皂水然后是生理盐水冲洗肠胃，注射阿托品，并用探喉压舌木片放入吕二凤的嗓子，探喉压舌催吐。吕二凤抗拒挣扎，人们便七嘴八舌地说要采取更严重的强制麻醉与医疗措施，总而言之，感谢我国农村合作医疗的成功，这次是把吕二凤治了个三魂出窍，二魂涅槃。在医院把她折腾了几个小时后，吕二凤服服帖帖了。

十一

表面上看，在大杏子峪村老少爷们心照不宣的合心合力的默契与合作下，吕二凤已经彻底被摆平了。重点转移，从此吕二凤主抓经营了。这个时期，农家乐旅游在大杏子峪村渐成气候，都市一批画家记者来到此村暂住或长住，带动了一批又一批城里人假日前来旅游。一些条件好的农家，腾出高级房间，搞好清洁卫生，安装上下水道（全村的自来水系统完成，从隔日供水两小时改为昼夜不间断常年供水），安装空调设备，修厨房火灶，尤其是兴起了土法烤全羊的热潮。过去一年到头见不到几次现钱，现在都是明码交易，现款结算。农村标准间居住，加一天三顿饭，每天每人五十块钱。叫一只烤全羊加二百元。酒水在外。凡是经营了农家乐旅游的，家家时时见钱。见钱眼开，见钱眼开，大杏子峪村人总算开始尝到了见钱眼开的快乐滋味。

白大梁只能眼馋地看着别人挣钱。他没有财力装修房屋、增加客房、安装卫生设备、雇用服务员与厨师,他做不到现场结算、见钱眼开。吕二凤这时显出了足智多谋。她将自己住房的西南方的墙打开,拾掇拾掇,弄成了一个小卖部,进货包括啤酒、白酒、香烟、打火机、面包、饼干、果汁、可乐、雪碧、黏豆包、火烧、蝇拍、万金油、花生米、糖果、油盐酱醋糖茶、酱菜、腐乳、香肠、火腿……刷刷刷地进钱。真是无商不富,钱滚钱,货增货,白大梁的家境马上变了样了。

吕二凤的这一项实绩,不但令白大梁佩服欢喜,连白杏也不敢造次了。

白杏上学陆陆续续用着钱,白大梁没有预备好钱等着白杏花,就只能向老婆乞讨。吕二凤边冷笑边讽刺,指着咱家白大小姐上大学做大事发大财吧,好日子全在后头呢。伸手的人如何能直得起腰来!

到了上高中三年级的时候,白杏那边的花销越来越多了。多数同学来自城里的老板家庭,开学的那一天奔驰宝马卡迪拉克雪佛莱雪铁龙凌志日产一大片,公路都为之堵塞了。白杏是坐着爸爸开的三马子来的。同学们的衣装名牌炫耀,女生们的化妆品,她不但没有用过也没有听说过。而学校里又是秋游又是运动会、又是艺术节又是大联欢,又是书法比赛又是补钙补锌与一些商人联手推销营养与国家的未来——一些营养食品与饮料的推广词是:"为了国家民族的未来",样样活动都没有说要缴纳多少钱,但样样活动都是孩子们显示自己的家境与慷慨程度的平台,在这样的学校里生活,白杏每天感觉到的都是屈辱与憋气。

那时候还没有发达的互联网,没有"拼爹时代"一词,白杏也远远不是有爹可拼的一族。但是,在紫李子峪中学,拼爹的实际已经摆在了白杏的面前。拼爹一词的终于诞生,证明了存在决定意识,生活先于语词。

一个周末,为了需要做新衣服参加国庆歌咏大赛的事情让白杏痛感到没有钱的委曲、向继母要钱的丢份儿、继母面孔的难以忍受、父亲的舐犊之情的终无大用与随着年龄渐大再也无法与有钱人家的子女混在一块儿了的自觉的痛心疾首，她大喊起来："你们不用为难，我对不起你们，我花钱太多，我不上学了……"她突然带着青春期的歇斯底里，变音变色地大叫。

同时，她抄起面前的一个搪瓷茶杯，照着玻璃窗砸去，咣当，哗啦，吱嘎，玻璃窗受损了。

接着是白大梁给了闺女一个大嘴巴。

白杏愕然。长这么大，爹爹从来没有动过她一个手指。她看了爹爹一会儿，白大梁一副傻呵呵、糊涂涂、茫茫然的样子。白杏没出声，回到了自己住的西厢房。原来白杏和爹爹住的是北房，从爹爹再婚，她下调到西厢房去了。北房是土木砖瓦结构，高大宽敞明亮，厢房是预制钢筋架子，临时浇灌水泥，冬冷夏热，五面洋灰，不通气，无毛细作用，居住不适。

等到第二天一早，大梁与二凤发现，闺女已经不在了。

十二

离现在的居民点三公里，有一座孤立的山头，山顶被铲平，方圆不过几百平方米，上面盖了几间茅草房和一个大院子。这是本村仍然保留的少数几处老房子之一。歪歪斜斜的院墙上还依稀看得出大跃进年间的标语："鼓足干劲，力争上游，多快好省地建设社会主义！"由于早已无人居住，院子里一片杂草和厚厚的几层羊粪蛋子。正房的房檐下，有一处电灯开关，说明早在近半个世纪前，憋足了劲却颇有些蛮干的干部群众已经在践行农村电气化之梦。列宁说过嘛，苏维埃加上电气化就是共产主义。靠泥和干草搭起来的屋顶，由于没有防水材料，修成两面的大斜坡好走雨水。还有室内仰望，看到的裸露的梁柁椽子和破洞多多的苇席，比此后的民居还更有文化意蕴。如果你是国画家，你会视此房为珍宝。一出院门，居高临下，到处都是密密麻麻的位于你脚下的果木丛林、灌木荆棘蒿草，也很给人美好的感觉。老王他们在这里生活的时候,将此旧房命名为"小庙",没有常理或考证上的根据,他们自然而然地觉得在二十世纪末叶,这样的房舍更像一座小庙。

白杏挨了爹爹一个嘴巴,悄悄离家的第一夜,传出来是在"小庙"度过的,而且吕二凤援引一二三四,四位乡亲的话说,那天晚上呆在小庙里欣赏享用新鲜羊粪蛋气味的不只白杏一人,而是有另一男青年在。人们甚至传出了二人在小庙里发出的响动,说的人,听的人,包括转述的人吕二凤,一提到这响动就二目放光。

"放屁!"白大梁二目圆睁,怒火中烧,吕二凤还从来没有见过他的这副神情,她不说了。同时,她对全村广播了大梁给了白杏一个大嘴巴的铁的事实。

别人谈起此事,白大梁一言不发。许多年以后,大梁才说了两句话。

第一句:"我不就是图她上个学嘛……"

第二句:"我当时要打的不是她……"

关心者问道:"你要打谁?你要打吕二凤吗?你敢吗?"

白大梁低下了头,又是一声不响了。

十三

白杏一走就是半年。学校通知白大梁与赵丽华,白杏的学籍已经注销。白大梁气得咬牙切齿。他在守护山林的时候对着大山嗷嗷地大哭几次,一边哭一边诉说他为了女儿的学业与前程付出的艰辛,而女儿的一切使他全然无望。"白杏,你狼心狗肺!"他冲着大山喊,村民中甚至有人说,几个月过去了,人们在村里家里,在床上炕上,夜深人静之时,月圆月缺之夜,仍然听得到白大梁痛苦呐喊的回声。

还有白杏的同伴,说是白杏承认,在城里,在梦里,她听到过她爹向着山岭大哭与对她大骂。

村妇女队长告诫大梁：你得积极寻找你闺女的下落，你是监护人，你与赵丽华的离婚协议当中包括了白杏的监护权在你这里的条文。白杏尚未成年，她有个什么闪失，你必须负法律的责任。白杏有个三长两短，赵丽华有权起诉、追究你的监护责任。

白大梁才不在意民法的有关规定呢，爱怎么着怎么着，白杏让人强奸了杀害了，活该，我去坐监狱，那敢情好了，省得我在家憋气。把我枪毙，那尤其好，一了百了，全舒服了。

难以理解的是从此小庙的名誉越来越差，有说这里头闹鬼的，有说这里头有敌特藏匿的，有说这里头有可怕的无名病毒的，后来许多年过去了，在美国"九一一"事件以后，还有山村的农民说，这个小庙其实可以充当本·拉登临时使用的指挥所。农民看电视，与城里人一样，新闻节目里喜欢看国际新闻，觉着看国际新闻过瘾，而且常常自发地在村头讨论中东与独联体的局势。

终于，进入二十一世纪不久，小庙临时卖给了城里一家，他重新大兴土木，把这里盖成一个鹌鹑蛋生产基地，修起了大铁丝笼，许多鹌鹑在笼里飞，像是新加坡的飞鸟公园。又过了若干年，鹌鹑蛋生产基地无疾而终，但基地留下的破败景象冲淡了人们对于少女白杏即白杏的少女时期的温情与伤感的纪念。此是后话不提。

直到挨嘴巴出走一年后，二〇〇五年，白杏年近十八岁了，她回来了。她言说，她用两天时间，蹭公共汽车加步行到上百公里外的北京，根据多年前留下的地址，她找到了当年送给她景泰蓝镯子的游客，游客留下了她也帮助了她。她一年来经送镯子者介绍，在一家成衣铺打工，她学会了一点使用缝纫机的技术。她说，这期间她多次给老爹写过家信，未获答复。对此，白大梁断然否认，他说是绝对没有收到过女儿的信。女儿则指天画地，说是写过许多信。她怀疑是继母没收了她的信。为了证明她写过信，她甚至于说，她给亲生母亲赵丽华也写了信，在信上，她叫了赵丽华"妈"，为此赵丽华给她的三页的长信浸满了泪水。这么一说白大梁与吕二凤又大哭大骂起来。吕二凤说白杏给她栽赃,并找了乡邮递员来作证,证明一年来从来没有投递过任何人给白大梁的信件。白杏则立即指出,邮递员是内蒙古与他们相邻的?莒县吕家村人,与吕二凤是同乡,他的证词根本无效。中华文化的特色是重视关系,重视后果,重视息事宁人,躲避锋芒,而绝对不管事情本身的青红皂白是非曲直。白杏学历上是上到高中二年级,而在生活经验上她早已就是博士后的水准了。她对此已经深有体会。

当然,这样的争执、这样的讨论最后的结果肯定是不了了之。事情一旦经过,随着时间的逝去,事情本身的意义就向零方向变化了。白杏是白大梁的女儿,她给他写信,是女儿,她不给他写信,还是女儿。她与他相依为命,是女儿与父亲,她与他发生口角,动了手,也还是女儿。那么,赵丽华与白杏的母女关系、赵丽华与白大梁的原夫妻关系,吕二凤与白大梁的现任夫妻关系,杜铁栓与赵丽华的现夫妻关系,乃至于你如果愿意说吕二凤是白杏的继母,而杜铁栓是白杏的继父,又有什么可以争执、承认或者否认的呢?承认又怎么样?否认又怎么样?

靠一个十年前的景泰蓝镯子在北京混了一年?村民中有人提出怀疑。白杏则解释说,当年给她这个镯子的时候,她岁数小胳臂细。镯子本来是可以打开的,由于她对于那位北京客的良好印象,同时她害怕摘下镯子会丢掉镯子,她一直老老实实地戴着它,以至于镯子的开口也锈死了,她也胖了壮了,她根本打不开镯子了。城里人好,城里人觉悟高,城里人文明,她找了他们。

当然,吕二凤的版本别样。她讲的故事比较肮脏,儿童尤其是少女不宜。

十四

回来后有一段时间白杏的生活谁也摸不清。你问她本人,她说她在自己的即白大梁的家里。你问白大梁,他说,不知道。再问,说,有时候在,有时候不在。再问,说是在就在不在就不在,吃饭时有她,就一块儿吃,没有她,就自行吃。吃完了她回来了,有剩东西,自己热一热吃掉。没有剩东西,做一点吃。没有做,就不做也就不吃。做了,吃了,还剩下了,就第二天接着吃。没有什么东西好做,也就随她便了。

老王有一次听大梁讲这么一套意思,觉得很有哲学味道。人生不过如此,人生大体如此,是问题就什么都是问题,不是问题就什么也不是问题。本来嘛。

还有人说看到白杏住在小庙里,与她的男朋友在一起。她毫不避讳,她给全村看过她的男友。

夏天,有一次老王看到白杏与一青年亲密同行,白杏搂着男青年的腰,男青年搂着白杏的脖子,那个姿势与北京王府井大街或者上海外滩上的情侣没有两样。男青年的一个特点是留着披头士式的头发,使老王一阵阵以为自己到达了统一前的西柏林。老王觉得大杏子峪的村民思想观念更新得十分迅速。老王反省自己,过去以为国人的观念陈旧、前现代化、保守因循,恐怕都是错的。他认识的墨西哥女汉学家白佩兰讲得好,中国人其实是最能追逐时尚、求新逐异、一日千里的。原因之一是国人没有那么严厉苛刻的宗教信仰,中国人最懂得无可无不可,此亦一是非,彼亦一是非;两岸猿声啼不住,轻舟已过万重山;山重水复疑无路,柳暗花明又一村……中国人什么没有见过?中国人什么没有经历过?谁能难得住中华儿女?

白杏有一回还对老王发表评论意见,说是为了发展旅游,大杏子峪的村民们纷纷拆旧房盖新房,拼命向城市靠拢,这失落了山村特色,不对,早晚城里人会另行寻找真正的山野旅行景点,到那时候大杏子峪的人肯定会叫苦不迭的。

老王甚至觉得白杏的参与议政水平快跟上县政协委员啦。

十五

又过去了两年半,白杏与一外省青年结婚,老王一直没有辨清楚的是,此人是不是那个披头士。成家立业以后,她再也不去白大梁那里了。人们说,他们彻底分道扬镳,互相见面竟谁也不搭理谁。至于吗?老王不解。她管杜铁栓名正言顺地叫起了爸爸。爸爸回到村里的正常生活来以后,诸事顺遂,当了村干部与技术管理人员。爸爸带着人不但给女儿盖了房,也修了路。女儿卖山货效益也不错,外地来的新郎买了一辆二手捷达车。爸爸的亲儿子白钢上了高中,功课不错,考上了大学。现在麻烦的是虽然上了大学,毕业后工作难找。杜铁栓声言他已经准备了八万块钱,打点方方,只求给白钢找个城里的工作。赵丽华在村口开了一家"辣妹子湘菜馆",招揽顾客,常有斩获。她的生活幸福美满。春节快到了,她准备带上老杜与俩孩子回一趟湖南。

吕二凤的奔小康事业也是成绩斐然。她把自己原来的一个娘家弟弟两个女儿全带到了大杏子峪村,又从家乡雇了几个人,扩大经营,管吃管住,干菜野菜、靠山绿、木磊芽、山蘑菇,使家庭面貌一新。她的农家乐餐厅翻修以后,扩大为"二凤风味馆",不但北京来的游客,连区县领导招待市里来的领导与各种关系户,也时而拉到二凤风味馆来尝鲜。

一家辣妹子湘菜馆,一家二凤风味馆,增添了大杏子峪的旅游吸引力。更巧的是,吕二凤与赵丽华都参加了电视台举办的农家乐烹调大赛,两个人都上了电视,都得了奖。谁的菜烧得更好,到现在难分轩轾。人们意见比较一致的不是炊艺,而是容貌,相差实在太明显。只是白大梁的堂兄等人,对吕二凤的印象仍然不佳,常常传出来她把在大杏子峪村挣的钱倒腾到吕家村去了的消息。

幸福的生活里也会有各种龃龉与曲折,幸福与龃龉的轮番作业使白大梁的头发过快地花白了。在大大小小的女子面前,他自惭形秽,觉得自己是一事无成。在村里,在自己家里,他都在边缘化。农民而不好好地种地,开饭馆开旅社卖杂货,这使他若有所失。而不论是赵丽华,是吕二凤,是白杏,是白钢,都比他强。大家都说白钢其实是杜铁栓的孩子,但是他跟着赵丽华走了之后,没有改姓。既然姓白,他白大梁就对他有父子之情。每每想到这里,他会怆然泪下。他又不敢承认自己对白钢的感情。他惹不起吕二凤,他在自己的家更像是一个打工佬。他也惹不起杜家,他谁也惹不起。唯一使他有些骄傲的东西,是他的红袖标,红袖标代表的是国家,封山育林,育草,要改善首都的环境条件,他有他的任务。

又一年,二〇〇九年,白杏生了个大丫头,又白又胖。白杏说,一定要让她好好上学,她要天天给女儿补功课,等女儿考上了大学,会带着她去找姥爷。如果那时姥爷不在了,就去给姥爷上坟,弥补她这个不孝女子给老人带来的遗憾。

白杏还说,她相信她的女儿一定比她更幸福,更出息。光阴去得太快,转眼,白杏也到了把自身未能实现的梦想寄托到下一代身上的年纪了。生命延续着,对于幸福与出息的希望也在延续着。

十六

老王到这个村来居住已经满十五年了。这次走过吕二凤开的杂货店,与二凤闲聊了几句。在二凤的热情邀请下,他走进他们的店铺看了看。有一套体量不小的风铃引起了他的兴趣。风铃其实不完全是铃,应该叫风铃兼风管或风笛才对。大小不同的五个金属管子,稍稍有风,管壁发出的是叮叮咚咚的清脆撞击与呜呜嗡嗡的悠长之声的和鸣,管内的空气发出的是 CDEGA 五个闷音,或者也可以说是多瑞米骚拉。五个音无序地或因无序而似乎有序地参参差差地响了起来,忽然一声像《紫竹调》,忽然一声像《梅花三弄》,忽然一声像京剧过门中的《夜深沉》,忽然一声像《小放牛》。忽然随着风力的加大风笛激越起来，它挑动得你泪眼迷离，世界如何会这样地眼花缭乱，悲喜莫名。一会儿又因为风力的减小而淡漠了下去，它抚摸得你万念俱空，山沟里竟如此淡淡浓浓，终于失落。来无影，去无踪，似有意，更无情，没有所谓，却是心惊。而金属管壁的碰撞，清清脆脆，零零碎碎，如水，如波涛，如滚动铁环，如春汛破冰……

山野的人也是这样，碰碰撞撞，起起停停。风起了，声起了，动人得心醉心软，撩拨得你无比动情。原来会有这样散漫与游移的旋律，诉说着捏不成个儿画不成形状的喜怒哀乐，自己也不知道自己究竟要诉说什么。风要停了吗？在你刚刚摸着了一点脉络，体会了一点天籁的时候，慢慢地，声音渐趋收起，共鸣余震仍然长远，再长远它也渐渐卷起来了，一直是若有若无，若无若有。你感到的是留恋与失落，既空虚又充实。你忽然想为山风与风铃、风管与风笛浅哭一场。

终于，你笑了。

　　　　笙管本无律，清风顾盼闲。哀哀稚子意，眷眷亲人怜。
　　　　岁月悲华发，流光爱少年。山中有历日，年尽不言寒。
　　　　　（唐诗云：偶来松树下，高枕石头眠。
　　　　　　山中无历日，寒尽不知年。）

　　　　幼小便失亲，山深自本真。几行逝水泪，一片朝霞涃。
　　　　或有野村梦，岂无花蕾心？春夏秋冬后，情仇过眼云。

　　　　"山吧"样样宝，处处闻啼鸟。游客沟沟至，大巴路路跑。
　　　　现钞结现场，新妇抱新小。惜取花开日，曲吟"金缕"好。

　　　　曲唱金衣缕，歌吹杨柳枝。情人应有泪，父老岂无持？
　　　　鸟散伤秋晚，虫集苦夏迟。山光日日好，愁心淡如丝。

　　　　　　　　　　发表于《人民文学》2012年第6期

小胡子爱情变奏曲

一

小胡子老二钓上了一条十好几斤重的大鲢鱼的消息传遍了紫李子峪全乡。说是他洗澡（游泳）的时候看到了这条大鱼的出没，当时就想抓住，结果不但没有抓住而且喝了几口水，差点没让鱼钓得沉了底。此后下定了决心，要引它上钩，光鱼饵他就预备了二斤牛肉，手工剁成了馅，加了引鱼的作料。小胡子前后来垂钓过九次，用了无数时间，终于，达到了放长线钓大鱼的目的。

他自村口的一家农家餐饮店请来了厨师，做出了他们店的招牌菜"籴花鲢"：先泡制，再煮，再制作臊子，再向鱼身泼浇那一碗火热、浓烈、香馥、酸辣、咸甜均达于极致的臊子。那时才是上个世纪的后期，咱们这个山村的收入水平有限，小胡子居然花了这么大力量烧菜请客，而且老王也在被邀之列，甚至被视为"主宾"，又推到主位上——许多国人无法接受洋规矩，由主人大模大样地坐在正中，而请客人两边陪衬。就冲这条特大的籴花鲢，也让老王对小胡子刮目相看。何况那一碗令人跳起来、令人休克，也令人销魂的臊子。

但是老王还是接受不了"spicy girl"——辣妹子——的说法，籴花鲢的此种臊子，约等于英语里的 spicy 。一个好好的妹子，全身浇上了籴花鲢的臊子，可能惹你垂涎，可能让你磨利牙齿，再龇出一嘴的虎牙犬齿，可能让你产生野兽的饥饿感与掠夺占有的欲望，你还能产生出万种柔情与千般缱绻吗?

在大快朵颐吃花鲢的时候,老王得知,随着国家财政力量日益雄厚,对于农村的支援力度也在增加,其中就包括对于村级党政班子成员的误工补贴。于一个往往劳动一年,见不上几次现钱的山村,每月几百块钱补贴,不是小事。

但是前几年换班子,小胡子老二一再谢绝了出任党支部委员的提名。

五年后即一九九七年,老王来到了大杏子峪,在欣赏氽花鲢的同时,言及此事,觉得处在一个官本位的生活气氛中难得有这样的同道。小胡子的诨名也令老王极感兴趣,他想到了索尔仁尼琴的成名作《伊凡·杰尼索维奇的一天》。那篇小说里,被送到西伯利亚劳动改造的犯人们称呼斯大林同志,就是用"小胡子爸爸"这一亲切的昵称。开头,这个说法有什么幽默生动的含义老王是不理解的。后来他到了新疆,学习了维吾尔语,知道了例如维语中将长在上唇的小胡子称为布鲁特,而将长在下巴上的大胡子称为萨卡勒;同时,维吾尔族喜欢将领导人——尊长人物说成自己的大大——爹爹。举维返俄,他懂得了"布鲁特大大姆——小胡子爸爸"("姆"是第一人称的词尾,全文翻译应该是"我的小胡子爸爸")的说法有多么亲切与无奈。他只是想,把爸爸译成爹爹效果会更好。至少对于北京人,"爹爹"比"爸爸"放在这里更带有装嫩装嗲卖萌的自嘲意味。看啊,爹加上口,就是嗲嘛。

大杏子峪这里的小胡子当然不是"爹爹",而是"老二",村里人对他的全称是"小胡子老二"。可惜老二对于老王,似乎具有某种猥亵的意味。人的思想是不能肮脏的,一旦肮脏过一回,且洗不干净呢。

打一开始,老王只称金胜强为小胡子。

小胡子的姓名是金胜强。他个头中等,肌肉发达,眼睛不大,但堪称炯炯有神。说话听话时他有一种罕见的聚精会神加深思熟虑的紧张,答话的时候他常常会慢四分之一拍,显示出他的山村农民的淳厚与质朴,外加深沉与谋略。而在老王的经验里,说话速度与官职是成反比的,就是说,像小胡子说话这么慢的,应该是国字辈四副三高级的领导。他对老王解释说,一九九二年初,由于邓小平南巡讲话,全国改革开放掀起了新的高潮,他应运去做五金电料买卖。他在城市近郊租了房子,辛苦经营了三年多,没有太亏本,更没有什么赚头,他急流勇退,打算改辙了。

"我喜欢自在。"小胡子说,很有点原则,而又是极平常心地这样解释他的"辞官不受"。

"得等着下一个高潮了。"小胡子立马回到当前,要言不烦地总结,"咱们中国,只要有大领导,就会有高潮。"

小胡子说话,像凤凰台的时事评论员,也像哈佛费正清中心的编外教授呢。老王想。

是的,老王老伴的一个同学的机灵儿子就是在这小平南巡、春潮滚滚之时去海南岛大干了一年半房地产,从此全家不愁,光给双亲他就买了几处房产,本人移民到了新西兰,又转移到澳大利亚的墨尔本。

回过头来说花鲢,老王深深感到,吃东西吃到佘花鲢就牛栏山二锅头这个份儿上也就差不离了。再往稀奇古怪与奢靡浪费上走,那就是罪过,那是造孽:

人生得意佘花鲢,莫使牛二空眼前。
毛豆笋干亦大快,何必穷愁悲万年?

在生活比较艰难的时期,这里的人弄上一小瓶牛栏山二锅头,就一点五香煮黄豆,更好的是毛豆即嫩黄豆。鲁迅那边的孔乙己则是就五香煮蚕豆——茴香豆。

关于笋豆的说法,老王兄曰:疑此种大量加花椒八角酱油的煮黄豆法来自江南,本是要加进笋煮熟的,北方做的则是无笋之豆。南方笋豆,有名有实,名实相符。在北京,笋豆笋豆,有豆无笋,有名无实,名实不符,就更要坚持传统的名称,以正视听,以示高尚。

二

然后小胡子连年来试验了各种致富与自在之路:开小巴——每天凌晨四时起床,六时从乡里出发,八点半开到城市二环的一个大站,九时再从二环出发,十时半回到乡里,十二时回到大杏子峪。尤其是冬天,又冷又辛苦,实在挣不上多少钱。老王坐过一回他的车,过张各庄的时候,小胡子特意奔跑了一回,发动机突突突突,老王的身体心脏屁股上颠下颤屁颠,不亦乐乎,比坐马车或者二等(搭自行车)快老鼻子了。

不理想。金胜强他改为谋求驾"的"。困难在于刚刚公布了政策,郊区农村户口的人不准参加出租汽车公司征聘工人的考试。不知小胡子采用了什么样的办法,他硬是克服了这一政策关卡。接着的困难是到城里当"的爷"需要过英语关,面向世界嘛,而小胡子的英语确实没有底子也没有多大希望。这一类的硬碰硬的麻烦,到了历史悠久、天下无难事只怕有心人的中国农民手里,总是逢凶化吉、遇难呈祥、化硬邦邦为绕指之柔。个把月柔性处理后,小胡子的"的"照,拿下来了。

一位奥地利友人对老王说:"在中国,没有做不到的事情——走这条路你做不成,你换一条路嘛。"他眨了眨眼,补充说,"其实在欧洲,只有我们奥地利人也跟中国差不多。"

后来有多次,老王一见小胡子就想起了约翰·施特劳斯和他的舒畅奔流的《蓝色的多瑙河》。约翰·施特劳斯也有这样的小胡子,只是没听说他考过计程车驾照,那时有没有汽车特别是计程车也还待考。但是这位圆舞曲的旷世奇才为了婚姻的"可领照性",也柔性斗争了许多许多年。

领照后小胡子又在城里租起了地下室住房。当年朱元璋谋臣的建议是:"高筑墙,广积粮,缓称王","文革"中我们的口号是"深挖洞,广积粮,不称霸"。那时候的粮是不是积得够多,老王不详,洞是挖了不少。那时代的人防工事,为小胡子之类人物改革开放年代"城漂"闯荡生活留下了方便。

小胡子在城里夜以继日地跑车跑了两年。他拉过大款、老板、小姐、老外、涉黑人士、醉汉、斗殴中受伤者……一次是一个醉汉到了目的地,给了他一百块钱却坚持那是五十块钱。一次是凌晨三点,上来一个摇摇晃晃的大汉,而且此人一登车就问小胡子:"这个点儿你拉出租,不害怕吗?"

"怕啥?"小胡子明知故问。

"做了你呢?"大汉说。

小胡子哈哈大笑,说:"我带着一万五千伏的静电警棍哪!"说着,他还晃了晃身边的一把收拢起来的雨伞,昏暗与匆忙中他估计会收到八万伏电压的效果。

小胡子告诉老王:"我过去一直以为我是一个胆小的人,这次,要是不遇到那人,我还不知道我真个是足智多谋,从容镇定……"

小胡子还说:"听人家说,屄人一见狗就怕,一怕就分泌出一种冷汗的气味,最招狗们狼们发火。见怪不怪,其怪自败,王老,正不压邪,不不不,是邪不压正!您信不信?"

老王说:"如果你有机会,也许你能当上个副总理。"

小胡子哈哈大笑,老王后来觉得自己说话有点过于随便,本来不应该讲这种会引起误解的话。

当老百姓,和老百姓混成一片,这感觉真好。老王想。

不知道是不是受到老王的阿谀式忽悠的鼓励,小胡子兴奋起来了,两只眼珠上火星闪射。

他说:"伞其实也不是我的。那天半夜上来一个女子,我看是鸡,一张口全是洋酒气和法国香水气,说是叫苏格兰威士忌。一上来就夸我长得性感,说是想摸摸我的胡子。我说,您猜我说什么?我说,我可是有艾滋病……她说她服了。你黑我更黑,你油我更油,你野我更野,你红我也不含糊。有一位老同志上车来了,我干脆给他讲我爸爸是革命烈士,我是党支部委员。您知道,提名了,我没干。"

"那伞呢?"老王问。小胡子不接茬了。

小胡子仍然谈香水,他说,一位什么不太小的官,男性,常上报和上电视的知名人士,身上发出来的香水气味与宾馆男厕里的香料味道一样。

"我怀疑他从人家厕所里顺了一瓶香水。"

"不要瞎说。"老王制止了他说涉嫌不敬的话语。老王提出质疑:如果人家是大官,就不可能坐你的"的"车,如果他坐你的"的"车,他就不是大官。对此,小胡子挥了挥手:"那您得问他去呀!您问我我怎么知道,又不是我把他拽上来的,您想想,也许打'的'更方便?"

那天晚上老王与小胡子到湖边吃了烧烤牛蹄筋,喝了燕京啤酒,那时候查醉驾不像后来那么严。吃完晚饭,将老王送回村里,小胡子驾着新夏利,走了。

"的哥"仍然是好景不长。说是城里原则上不允许开自家车跑出租了,要跑出租,也得把自己的车卖给出租公司,然后按天给公司缴"份"儿。"的哥"的日子越过越紧,不好再干下去了。老王知道自己不了解情况,没有发言权。此后许多年,当代女作家张抗抗担任政协委员以后,多次在政协小组会上为出租车司机说话,说是他们的车份儿太高,说是车份儿一年收三百六十五或三百六十六天的,他们从来没有休息,也没有加班费用,说是他们没有工会,享受不到工人阶级的主人翁地位与主人翁待遇等等。听到张委员的亲民爱"的"的恳切的发言,老王感动得想建议出租车司机们今后免费为张委员服务,后来一想,要是那样,只能是更减少出租车司机的个人收入了,他只好苦笑。

小胡子改戏变成了饲养肉鸡专业户,是泰国一家企业经管组织的。小胡子从报纸上看到了他们招聘合作者的广告,算计了半天觉得还行,订了合同,领了鸡雏,在自己承包的板栗林地里盖起鸡房,白天黑夜,与上千只鸡同甘共苦,同呼吸共命运。那段时期,不论什么时候见到小胡子,或者说是不等到看到他,已经闻到了他身上飘散出来的浓烈的鸡食、鸡室与鸡屎气味。老王去过几次鸡室,其味道实在难以忍受。

在小胡子养鸡期间老王也做出了自己的微薄的贡献:废报纸。他给小胡子提供了许多。用那么多废报纸做什么,老王就不知其详了。

小胡子一个堂弟,养猪养得挺红火,小胡子也跟随着在养鸡的同时养了几头种公猪。不仅兼养猪,其间利用成鸡上缴、搞清洁、等待下一拨鸡雏的机会,小胡子让老婆领着一个外地的女子清理鸡场,自己跑到东北,购买了数只梅花鹿,说是还要经营鹿茸、鹿血、鹿肉;说是吃了鹿身上的东西,老王可以返老还童;说是老王回城市不必坐车,而是可以推着一辆桑塔纳,从大杏子峪到长辛店。

为了保护自己的饲养事业,防盗防偷,小胡子豢养过一条大狗,威风凛凛,有模有样有好响动。

一年后,养鸡事业无疾而终,又半年后,公猪与公鹿都不见了。大狗也不知所终。小胡子说,第一是挣不上钱,条件太苛刻,不能指望外国的公司会给农民留下挣钱的余地。继续给公司养鸡的人也有,那是在赤贫地区,那是在三个月挣不上一块钱的地区,三拼两打,毁了自己的地,毁了自己的身体,毁了自己的生活,能混几个活命的钱。

第二是一个地块饲养家禽家畜,一时半会儿的可以,时间一长,该地点就会积累一大堆病毒病菌,狂长急升,专门整治你的此类家禽家畜,消毒也不行,搞卫生更没有用,不但他的养鸡玩不下去了,连本村的养猪首富、上过农业中等专业学校、在县里当过猪场领导的他的堂弟,也正在考虑终止养猪,改行。

过去老王知道种瓜是"臭地"的,西瓜甜瓜,都不能连作,连作就会使瓜染上病毒。这回才明白,饲养也照样臭地。人啊人,人的需要怎么会给田地带来这么多问题呢?

小胡子的行止老王也不完全明白,进入新世纪后,他一次出去三个月,说是做矿石采掘去了。还有一次说是为朋友做变压器与太阳能热水器推销。二〇〇四年,小胡子对老王说:"改革开放以来,我什么招都试过了。我没有失败,可我也没有成功。我说这个话你别介意,你们城里人是有各种机会的,我们只能在土地上死受。过去是这样,现在路子宽多了。只要让我们进城打工,我们就饿不着了。要想有点大出息,比登天还难!我已经快五十岁的人了,我想不出什么别的招儿来了。我还有四五万块钱存在银行里。爷们儿,我算了,我只想拿这几万块钱出趟国走一走,我只是想看一看,这个世界到底是怎么个样子。你说行吗?"

小胡子的话让老王很感动。他不知从何说起。他东一榔头西一棒子。他说到小胡子的活力与奋斗精神。他说到人生的不容易。他说到中国城市农村的二元格局正在变化与需要变更。他谈了自己在国外对于人家的城乡格局的感受。他也谈了小胡子对于家庭成员与对自己的渐近老年的未来思考。他声明,他不反对小胡子的出境旅游计划,而且为他的志气与勇气感动。他唯一想着的是,如果小胡子出去走了一趟,花掉了所有的积蓄,却又大失所望,嘛也没开上……毕竟现在音像节目这样发达,有时候出国旅游还不如观赏外国旅游影像DVD的感觉爽呢。

老王有气无力地说了几句:近年来,也有不算太少的农民企业家崭露头角,例如张三李四王二麻子郭大姐李老太,卖瓜子卖酥糖崩玉米花烤羊肉串,最后发展到了买飞机,卖大楼,造船修桥,进出口开发生意做到五大洲四大洋南北极……

小胡子笑了。小胡子的略含诡异的笑意使老王觉得惭愧。怪事,说泄气话你倒从来没惭愧过,怎么一树标兵反而心虚了呢。

他的这些话是不是最后起了阻挡至少是推迟小胡子的出境旅游心愿的实现,老王的说话是否合适,是否妥当,他始终闹不清楚。吾日三省吾身,"省"多了又实在是脑仁儿疼。

三

老王为小胡子的奋斗历程而深深感动,他应该写一部小胡子奋斗史。

这不是一个一般的农民:不是杨白劳式的,不是周立波的《暴风骤雨》书上的赵光腚式的,不是柳青的书《创业史》上的梁生宝式的,也不是赵本山和他的朋友们所饰演的东北奸、熊、贫、逗、忽悠的能人式的。在他身上躁动着城市、改革、开放、现代化的肾上腺激素,也积淀着胜败乃兵家常事的沉着乃至木然的老成。他其实确实认为,也确实证明,没有什么是不可能的,老爷、少爷、款爷、人五人六……宁有种乎?

但更大的可能则是一事无成。然而,无成即有成,老了以后,回顾此生,小胡子也能酸不溜秋地哼一句:"我奋斗过啦。"

老王对小胡子的出国意愿也不无感动。他相信小胡子们有权利也有必要考察考察整个地球。

在小胡子在城市日夜两班地开出租车的时候,给家里买回来一套电视、音响、卡拉欧开设备体系。小胡子的老婆白超英自称找了一批"育龄"姐妹,常常大声演唱《真的好想你》与《路边的野花不要采》。初夏,昼永,蛙鸣,蝉嘶,老王在这个季节常有的缺觉引起的疲倦中,多次相隔老远就听到了白超英与众育龄姐妹们的歌声。她们为了凉快通风,大开院门房门后门侧门,歌声如吼如潮。老王在夏日即景的诗中有句云:

树下闲蹲无话奇,长空云淡逝依依。

咔啦吽嘁嗷嗷叫，农妇欢歌亦解颐。

另一首诗曰：

浓荫郁绿映山光，树盛苗肥草亦香。
雨雨风风全自若，生生已已总奔忙。

其中"咔啦吽嘁嗷嗷叫"句，老王追求的是一连七个带口字偏旁的字的众口齐张的视觉效果。汉字的妙处也在于除了表音还有它的可视性、多媒体信息性。可惜初次在报纸上发表的时候此句被编辑规范成了无任何特点的"卡拉欧开"了。老王深感，君临一切大陆出版工作人员的《现代汉语词典》，有时候真是扼杀文学与语言创意的刽子手。

而"育龄"云云极有情趣，颇性感、生命感、强壮感。一次金夫人白女士从老王家出来，谈到老王的山居门前有一大块空地，老王花了几个钱将它抹上了水泥，平整洁净。白超英说："嗨，您这儿都能举行舞会。咱们商量个时间，我通知全村育龄妇女，让她们都来跳舞好不？"看来白超英参加过不少妇联、计生委基层组织指导计划生育的会议，张口闭口都是说"育龄"妇女如何如何，以致找跳舞的也要找育龄妇女。把跳舞与生育联系起来，未免有点哏儿，有点令人心猿意马。

除了育龄妇女们的歌声以外，大杏子峪的山洪也是此个夏天的最动人的景致。这一年才刚六月，蓦地一场大雨，次日，处处瀑布，面面水流，稀里哗啦，滴滴答答，从三面山上，落下水来，流入西面山谷，轰隆轰隆，咆哮前行，劈里啪啦，此溃彼陷。头几天，枯枝败叶，垃圾秽物，浮土泥巴，还有被冲垮的不合格建筑的断壁残垣，吐着泡，冒着气，冲决扫荡，气势磅礴，不分青红皂白。几天后，水开始自然变清，声响渐渐单纯化常规化，而各种脏东西冲到边缘，沉到水底，不见了。

这里的农民对于山洪，干脆用的是"河"字，山洪暴发曰"开河"

了。凭空出现了一条玉带一样的河,显示出山村的活力,令人赞美。好啊,这里的夏天男人在拼命挣钱,育龄女子在集合唱歌,大河在一个晚上形成了波澜壮阔,鸟虫在每个晚上尽情高歌,犹有余力,又从不声嘶力竭。

白超英浓眉大眼,膀大腰圆,说话声音偏于憨厚与直不棱登,自有一种大大咧咧的做派。他们夫妇有一儿一女的龙凤胎,令人羡慕。但与母亲相比,两个孩子体型略显瘦小。

白超英告诉老王的老伴:"上学的时候,我们同班。金胜强是全班功课最好的优秀生,我是全班最漂亮的女生……现今儿还说什么呢?女人一过四十,您还有什么说的?"

老王这是第二次听到农村女子兴青春苦短之叹。上一次是在二十世纪六十年代,灾害困难时期,在通州的永乐店,一个不过二十七八岁的女性,说是生罢孩子,觉得自己也就"老"了。

然而从小胡子那边,他从来没有用这种语言讲过自己的婚姻与妻室。当别人谈起白的时候,金胜强脸上会显出一种半似谦虚、半似厌烦的表情,使老王印象深刻,窃自心惊。

有趣的是白超英的母亲自动来拜访了老王一回。那是小满才过的初夏时节,老王由于被城里人吃饭按点儿而不是按老阳儿的规矩主宰,常常能享受很长的一段晚饭后天色缓缓变暗的过程。这个过程使他感到悠然而又散落,惆怅而又空飘。他还得了几首写山居初夏的诗:

初 夏 闲 咏

其 一

向晚山益静,轻食腹自闲。育龄思曼舞,萌子难成眠。

其 二

奔波闹市中,更喜深山里。落尽残阳时,吟风待月起。

其　三

何事栖青山？风铃为我喧。无心多酣梦，朝日染群峦。

其　四

向晚山益静，心平意自安。抚今无胜负，忆往岂哀怜？

进来一个利利索索的老太太，见面熟，说："我是白超英的妈妈。"

老王正在那里咀嚼初夏的向晚，第一个反应是："不速之客乎？"同步的反应是："老王果然与乡亲零距离也，老王者真正人民的写家也！毛主席当年的教导言犹在耳软！"然后是："密切联系群众的人的生活节奏常常容易被打乱的呀。"

没有想到的是超英娘说上几句闲话后就骂开了小胡子：一个是"花"，一个是家庭暴力，一个是太精明。"我们家超英根本不是个儿，我们家超英，让他耍笑白玩儿……金胜强他城里包养了小蜜，回过头来还欺负人……是这样……"

超英娘拿出了份县法院的判决书，却与小胡子无关。原来是他们家即超英娘家与邻居发生了斗殴，说是他们家打伤了对方，被告上了法庭。原告胜诉了，要道歉和赔钱。超英娘听说老王当过官，便来找老王帮忙。不用说，超英不让她来，小胡子更不必说了。超英娘她自己闯上来了。

许多在边远与贫困地区生活的人相信官员无所不能。老王的老家的一位乡邻的后代，哥哥由于偷牛被关了班房，弟弟硬是来找他放人。当老王解释他做不到时，乡邻的后代则不停地重复说："我们都知道，你能，你能，你能……"

还有一位新疆小伙子，来北京找老王介绍他去美国经商。他带着几十万现款，使老王极其担忧。老王找了在北京工作的维吾尔与哈萨克族干部，给小伙子讲明情况，帮助他找了廉价而又安全的旅馆。他终于弄明白了原委，没有进旅馆，当天乘车返回了南疆，有点乘兴而至、兴尽而返的"世说新语"之意。临走的时候此人说，在我们那里，一个大干部没有做不到的事情。

一面听一面品味超英娘的口齿的伶俐与吐字的清晰与速度，同时观察着她四面扫描的目光的锐利与脸盘上变化不定的神态，"这是个人物呢"，"农村里的人才多了去啦"，老王作如是想。

他好不容易吞吞吐吐、黏黏糊糊、窝窝囊囊地打发走了超英娘，而没有做任何许诺。对于超英娘带来的干豆角干南瓜条，他则回报了一筒精包装的信阳毛尖茶叶，没有造成被单方面送礼的窘境。想到他面对超英娘无言以对的狼狈，他想起了孔夫子关于邦有道则智，邦无道则愚的教导。他这一辈子吃亏就亏在了硬是做得到智却做不到愚，与孔子说的一样，他也是其智也可及，其愚也不可及。想不到，古稀之年，他终于在山野人民面前变得有些个"愚"的意思了，真是活到老、学到老，群众是真正的英雄，而我们自己往往是幼稚可笑的啊。

有点不那个。就冲小胡子的丈母娘的这轻轻一点的说辞与官司记录，他觉得小胡子虽然自我感觉良好，处境未必有那么佳妙。

小胡子有小蜜？绝了。时代不同了，城乡都一样，现代化一化，哪儿都能化，官员与大款们明星们还甬臭美，拥蜜包二，平等自由博爱性解放至少是性宽松，人人都赶上好时候啦。

四

这年入冬以后，果然传来了消息：金胜强与白超英离婚了。

小胡子不想谈这个话题，白超英也不太想谈这个话题。而且，两位的情绪都还正常，不像老王与老王的上一代人，离婚听起来做起来都很恐怖，不似割断喉管，胜似卸走骨节。

恰恰是次年春季，这里的农家乐旅游发展起来了。老王的小产权农家院隔壁,是一位瘦高的女子,名叫红莲,但乡亲们都叫她婉婉。老百姓说,她小时候老是端着一个碗,盛饭盛菜盛汤,也把一切玩具如石子、桃核、荷包放在碗里,乡亲们叫的是碗碗,老王死活听着是婉婉,有几分雅气。

都说是矬老婆高声,但是婉婉的亭亭玉立型身材也常常发出震天动地的巨响,略略有些沙哑,这儿的说法就是有点劈,可能是个子过高引起的声带弱点造成的。婉婉这个人直性子,急性子,没心没肺。她老公则常是驼着背,拖着鼻涕,不免有点熊。老王住过来以后,不止一次听到婉婉对老公开骂,一骂就是两三个钟头,声音从南头传到北头,从水库传到汽车站,从核桃树传到白薯地,而后婉转入云。可惜内容不能完全听清楚。老王觉得自己丧失了一个向人民学习、向生活学习的机会,不禁考虑到年龄对于耳膜的影响,产生了老年性忧郁感叹。

可巧的是一个"厅局级"著名油画家到这个村来采风。采风云云,也是改革开放时期的流行词语,它继承贯彻了毛泽东时代要文艺家"下生活"的思路与风习,又连续上了《诗经》与古人的到民间去查得失、摸民情的传统,还减少了毛泽东时代下生活改造思想的政策的压迫感,为文艺家不必太执着深入认真,不必吃苦摸爬滚打,为在改革开放时代的生活减压找到了出路。各路科处局部级别文联理事委员主席副主席,不妨蜻蜓点水,也不妨游乐徜徉,品尝点野菜山雉,带走点特产绝活,就算人民性了一番。这样,既没有辜负延安"讲话"的谆谆与严正教导,也没有辜负新时代的宽松、舒适与和谐。

大画家在婉婉家吃了一顿香椿炒土鸡蛋、花椒芽炸小鱼(内无鱼,而是掺上面粉鸡蛋炸成鱼形)、干菜炖排骨、黏面豆馅饽饽与金黄的棒子糁粥,非常满意。而婉婉一听人家是画家,又长着极可爱极性感的蓬发与须髯,立马宣布此次用餐奉送,向人民的艺术家致敬。大画家来她家吃饭,是她的祖上坟头冒青烟的时运,是她的荣耀。画家一高兴，回城后给她画了一张小画寄来，还题上了"婉婉山屋"字样。婉婉无师自通，为画做了裱糊、配了镜框，又把"婉婉山屋"请人仿写放大，做了两个塑料灯光箱式广告牌，一个竖在家门口，一个立于路旁。

老王想起了他与维吾尔大诗人铁依甫江同去鄯善县农村的情景，农民送给诗人好几颗白菜，老王感叹说："老铁真个是人民的诗人啊，吃上了人民的白菜。"

老铁为之喷饭。

伟大的祖国，你的文学艺术家所享受到的爱护宠幸抬举和不知所起的超常喜怒，真是——只此一家，异域难寻啊。

一传十，十传百，婉婉山屋引来了许多游客，游客多了，就以婉婉家为中心向外扩散，带动了全村的旅游新兴产业。

来早了不如来巧了。正好区妇联开会，抓了婉婉的典型，她作了大会发言，被树成了勤劳致富标兵，得到了区旅游局一千元奖金、乡政府一件红外线餐具消毒柜、区妇联一件电洗碗机的奖励。

最重要的是，从此老王再也听不到婉婉开骂咏叹调了。打狗看主人，文明待客人，游客在此，游客掏钱，你这时候受了天大委屈也不能恶声恶语，不能面带怒容，脸含凶相。凡是国人都明白，来了客（读且）不能吵架，不能打孩子，不能嗔鸡骂狗。婉婉变成了另一个人。婉婉换上了全新行头：旗袍、软皮夹克、牛仔裤与连衣裙。她也武装了男人与婆母，二位焕然一新。

老王深深感慨，让农民挣上钱吧，她们知道怎么个美丽与享福法，自然走向文明高素质。婉婉做了美容，画了眉线，染了成绺的条发，戴上耳环。她穿着旗袍戴着耳环上房晒柿子干的麻利与别出心裁，是大杏子峪的一道新景。

有一次婉婉穿着时装在秋日阳光下进行屋顶作业，老王盯着看，他甚至觉得其享受与在电视荧光屏上看莎拉波娃打网球差不多。

老王与金胜强谈起了标兵婉婉，老王明确指出："你要是也想开展旅游,就必须把白超英接回来,你们俩必须复婚。你一个光棍,没有哪位城里人敢住你的家庭旅馆。解放前租房就是这样,男女光棍招租,没有人敢进住;承租,没有人敢将房租给你。这是中国文化。"

其实外国也是这样,你去西方国家,凡个体律师、医生、经纪人的会客室,都挂着经营人的全家福照片,证明有老有小有配偶的可靠性是普世价值。

小胡子唯唯。没出一个月,二人复婚成功,装修完毕,农家院一改,一大间饭厅,四间双人标间,两间三人间,还有一大间睡大炕。小胡子夫妇坚信,睡大炕的乐趣,永远不会被席梦思软垫所代替。金胜强毫不含糊地回敬老王,三四代、八九个人睡一个炕,是"咱们的文化"。

老王从中明白了生产力是决定性的因素,发展是硬道理,经济是基础,执政的中心课题是民生,要注意弘扬中华传统文化等等有本国特色的马克思主义历史唯物主义、政治经济学的基本命题与当前已在我国占主流地位的一些大政方针的提法。

五

小胡子笑嘻嘻,为自己辟了一间办公室,接电话、接受预约、开票、收款,很有点农家乐旅游综合服务中心分部经理的味道。

村里的旅游事业直如雨后春笋。小胡子与白超英精益求精,先是把吸引过"育龄妇女"的卡拉欧开机用到了旅客服务上,尤其是周末假日,从早到晚,金家门窗不断向外散发《爱就爱了》《大约在冬季》与《心太软》。"心太软"用粤语唱,老王横听竖听都是"心太懒"。

回到自己的农家屋,老王则是听苏联歌曲、陕北民歌与贝多芬、柴可夫斯基。老王老矣,当然。

与老王商议后,金胜强又添置了联想电脑,安装了 ADSL,不但能用游戏软件,而且能上网。

旅游使大杏子峪村一日千里,城市的现代文明与技术设备向山村密集空降:首先是厕所与抽水马桶。头两年还是河滩上野草堆里树底下庄稼地里随便排泄,现在家家是被城里人叫做卫生设备的真家伙了。山村搞卫生设备还有个好处,土层比较薄,往下挖是"筛子地",化粪池的底儿是天然交错垫起的石块,人体排泄物进去,自然走失于无形,无色无臭无味无物,生于有而归于无,连清理也用不着。而窗式空调、中央空调噌噌噌地往外冒,春兰、海信、奥克玛一直到东芝、松下、索尼,一一落户。家用电器呼啦啦到处都是。钱生物,物生钱,钱与物也推进着文明,不说脏话了,不打孩子了,不搞偷摸了,善哉!

没有比农民更精明的人了。人气一旺,立马雇人,不唯书,不唯上,只唯实。远自辽宁、内蒙古,近自河北省,大姑娘小厨子,都往这个村走。然后是养猪的放羊的往这边运活畜,培植蘑菇的送蘑菇,磨豆腐的一天两次豆腐,灌液化石油气的送气进村,土鸡蛋一筐筐运抵山村,各种山货干货鲜货,直到卖布鞋的卖草鞋的卖草帽的都往这儿跑。其乐也无涯,其致富也大大地有!

老王也看明白了,比起雪里送炭来,人们还是更喜欢锦上添花,烈火烹油,顺风顺水,喜上加喜,何其大吉大利! 一时节,乡、区、市政府与有关各方面都来视察支援采风,领导一来,总会有所表示。交通局一次次修路改善路面,增添防护设施,安装太阳能采光路灯;园林局组织路旁的观赏林带、四季花草与山坡的植树绿化;电信局奉送了全村的免费无线上网;体委免费提供安装了健身设备,活动腰腿、仰卧起坐、臂力蹬力、角力比赛、快跑慢走……都闹了个不亦乐乎。农村里主要是孩子们过来摸摸动动,三十岁以上的成人根本不理会劳动不能代替体育的说教,没有人认为自己干了一天还需要上器械努劲弯腰。倒是城里来的游客与上级领导,见到城市社区里的这些东西上山下乡,颇有几分满意与舒服,不免见健身器材而点头赞叹伟大祖国是如何地一日千里,并从中论证确认了奥林匹克运动会上中国来举行的不容置疑性。

几项锦上添花中只有无线上网未能坚持久远,仅仅用了几个月,然后是不断故障,然后是自行消失。

金胜强通过旅游与一些城里人交了朋友,有人回城市后给他写来了感谢信,有人寄来了书画作品,有人邮来了包裹:茶叶、保温杯、纪念邮票、重大节庆纪念币、纪念章,还有人寄来了与他们夫妇儿女全家人合照的照片。小胡子开始在大厅里挂起书法与国画作品,文化气息也就不一样了。

"还是得侍候人,光侍候鸡呀猪呀鹿呀的,也能得益,但是只有人给你付现钱,只有人会记住你的好处,只有人会惦记你,只有人会对你有情有义……"

理论上这样说是很动人的。但是不久,小胡子又有了新思路。他不再是侍候人,而是侍候房屋。随着旅游的发展,越来越多的城里人对这个山村产生了兴趣,他们租购了农民承包的、由于环境保护的需要又不准耕作的部分土地,盖别墅房,盖旅游房,盖铺面房。上级或有不得胡乱"开发""出售"山村土地的指示,第一,这个指示本身就不清不楚;第二,一不准许,就反而无法无天起来。为什么前面提到"租购",因为不准出售,没有说不准租让,那么我不是卖,是出租。你承包三十年我就出租三十年,你承包七十年我就租购七十年,反正大趋势是城市化,是与城市的接轨。

小胡子们开始出租自己的房屋与土地,能够更方便地获得效益。政府虽然讲过不少控制土地使用、整顿小产权、不准盖独体平房别墅之类的话,其实这些事照旧发生不误,治理这样一个大国,而能做到令行禁止,太不容易了。

六

就在本村比较能干的人尖子们开始实行由经营旅游到经营房地产租赁田地过程中,小胡子与白超英又发生了大问题。

老王几个星期没有见到金胜强,正自纳闷,忽然听说出了大事。后见到了神色有异、肩歪嘴斜的小胡子,说是由于小胡子给了一位雇工女服务员一些钱去购物,白超英有不同意见,二人口角起来,白超英向他下了狠手:用纳鞋底子的锥子作武器,一锥子捅到金胜强的屁股上了,锥子进到肉里好几厘米。金胜强受伤后报了警也叫了急救车,他先后在区医院住院八天,又在区上一个朋友那里住了几天,这才基本上脱离了生命危险,回到美丽的大杏子峪来了。

都知道,清官难断家务事,原因是家务事里有太多的难言之隐。关于持锥猛刺股的带几分先秦色彩的故事或者加上服务员买菜惹妒的带几分心理分析色彩的背景,不管它与事实有多少出入或没有多少出入,反正这回是小胡子与白超英离婚离定了。

离婚已成不可违背的天意。天意总是要显示教训几次才能被无知的人类所接受。"不二过"其实只是孔圣人对于颜回的幻想。马克思也论述过,历史上的重大事件都要出现两次。第一次是悲剧,第二次是喜剧——闹剧?

既来之则安之,既分之,则随其便。人们想起老辈人包括美丽圣洁的安娜·卡列尼娜,为一个离婚的纠葛闹得死去活来,天塌地陷,不免赞叹国人观念现代化、生活方式与时俱进之神速。也从而更加体会到为什么不论是英国的原首相撒切尔夫人还是美国的原国家安全顾问布热津斯基,都断定苏欧的改革必败,而中国的改革最有可能成功了。

这种改革成功的例子首先表现在白超英身上。离婚后不过两个来月,她已经做了高高在上的黄金岭原支部书记黄大发的"填房",

代替了黄大发老婆去世后的出缺。由于二人没有登记婚姻关系,白超英只能算是代理填房夫人。

黄大发六十九岁,一条腿略瘸,在台上的时候很威风。五十多岁的时候,他与村委会主任闹出了很大的矛盾,村主任与大发缠斗死掐,直到将大发逮捕法办。大发开发了黄金岭的淘金梦旅游,拉扯了好几个企业,好几个部门,据说他还发明了一种收税退税的细小手段:将一部分明明经营在城区的小企业的厂址改到黄金岭来,由黄金岭的村委会代收地税,然后退给企业相当一部分,却也大大地改善了村委会的财政收入,增加了村干部的奖金与各种名目福利。黄大发被拘留收监了近一年时间,宣布无罪释放。到底怎么回事,不仅老王说不明晰,全黄金岭村与大杏子峪村的人民群众也没有谁能说得清楚。本来嘛,按说人民的眼睛是雪亮的,并不等于万能,眼睛雪亮了一回却硬是说不明晰,近视眼远视眼沙眼白内障青光眼就更看不见什么了。

瘸书记出来后,他的对立面吓得不轻。一桩基层的政治角力,瘸者胜了,而且在瘸者蹲大狱期间其妻病逝,农民们认为这是由于二虎相争,村主任下手太狠所造成的冤孽。瘸书记出狱后十分平和,先办自己的婚事,用时尚的语言应该称做性伴侣之事,在他得到白超英这样的憨实强壮的性伴侣之后,他才嘿嘿一笑,放出一句话来:"君子报仇,十年不晚。"

而强壮的白超英也分享了黄大发的喜悦与威势。一次她骑着自行车轻松地下行,见到老王高兴地说:"我嫁给黄书记了。顿顿饭都是他的儿子给我先盛,他儿子不在,是老头子给我盛饭,先给我吃……我在黄金岭这回可享了福啦。"

白超英笑得十分灿烂。中华农村女性的务实与自尊精神让老王十分感动。

老王还得知,白超英原来在村口用木板竹板搭建了两间铺面房。可能那时她是不愿意参加有两个女服务员的旅游招待活动,她另起炉灶占据了村口地理位置的先机，抓起零售业，安装了照明电灯与装饰用满天星小灯泡，购买了货柜、货筐、货箱与公平秤，真像是那么回事。在商亭上她还公布了自己的手机电话号码，表明她与小胡子已经是各经营各的了。

白女士商亭离原来的家即与金胜强共同的家很近，现在她一高飞黄金岭，这儿的商务无法继续经营，她把自己的亭面租了出去，每年近万元的房租或者叫亭租自天而降，那里的风水好着呢。

小胡子对前妻的状况非常满意，他说，再怎么着我是男人，人家给我生儿育女，给我做饭洗衣，我不能没有良心。她过得好，我巴不得呢。她往前走得快，我给她鼓掌！

"你怎么样？"老王关心地问。

小胡子英俊地笑了。这个笑容使老王想起了网球巨星李娜的丈夫与教练姜山先生，还有电影明星刘桦先生，他演过《没事偷着乐》《疯狂的石头》《迷失的情感》等等。他们的共同特点是眼睛小、气场大、胡子神气、身体结实。当然，金胜强比那两位身量要小一圈。

至于奥地利御用音乐家约翰·施特劳斯，他的潇洒与诚挚，再加极度用心、劳神的形象，仍然常常与小胡子的形象在欲睡未睡的时刻，在老王脑海里相互叠印、流转、激荡。老王想：是多瑙河更美丽呢，还是《蓝色的多瑙河》更迷人呢？为什么这里硬是没有一个作曲家写写紫李子峪的瀑布、山洪、河流与人工湖呢？它们没有那么蓝，它们是绿颜色的。

老王还想起了老友张贤亮的高论，他渐渐忙于银川西部影视城的商务了，他的影视城已经取得了旅游管理部门的"四星级"景点认证。他坚决否认自己辍了笔，他声称他的影视城商务活动是文学创作的立体化、现代化、数字化与后现代化，是立体文学。那么，小胡子金胜强的生活，就是类约翰·施特劳斯的作曲的立体化了。伟大的人民，伟大的精力充沛的育龄男女，谁不在写自己的红黄蓝白黑的河的山的谷的湖的海的陆地与沙漠的圆的与不圆的舞曲？

顺便说一下,紫李子峪也已经取得了"四星级"景点的认证。贤亮老弟毋庸因一个小小的四星而自鸣得意。

七

相当一段时期,小胡子上网成瘾,多次老王从小胡子家走过,都看到他在上网,他添置了扫描、摄像、受话、扬声等设备。他的"办公室"里老是有一股发热的电线与线包的轻微的煳味儿。煳味中还有几分馨香,是现代工业与信息文明的香气。

令老王没有想到的是,两个月后收到了小胡子的邀请:参加他的婚礼。他是这样说的:"我找着了一个媳妇,您来吧。"

一个媳妇?老王略有困惑。

被称为媳妇的人姓商,名红霞,大眼睛,双眼皮,这在大杏子峪是独一无二,包括应征"外来"的湖南妹子赵丽华也不是双眼皮,而土生土长的山野人,据说是由于北方冬春的风沙太大,长不出双眼皮来。这是当年的广东作家孔捷生的高论。时间不短了,孔某移居了国外,听说前些年还回过北京。

商红霞眉毛做得很弯曲,眉线的色调是黑中透绿,使老王联想到北部新疆的维吾尔姑娘喜欢用来描眉染脚指甲的奥斯曼草。小商的头发进行了挑染,黑褐的基调中几缕隐隐约约的金黄,灯光照耀下时而显出炫目的光辉来。大杏子峪中出现了这样的女子形象,令人不能不想到中国的改革开放盛世,虽然老王知道全国政协委员、著名川剧作家魏明伦,曾经在一次正规的会议上提出缓称"盛"的主张,并获得了与会指导的一位尊敬的国务委员首肯。

可惜的是,商红霞的脸太方,颧骨偏高,有人说这是克夫的相。再有她自称四十五岁,比白超英还小一岁,但穿越过精心的美容,你仍然会感觉到她的沧桑,你不禁会问她哪儿来的那么多不祥的纹络。

小胡子说:"我在网上认识的她,她问我到底是干什么的,我说我是普通农民,她说她不信……然后她就来了,来了就不走了。她是山西人……"

"她说话可没有老陈醋味儿。"

"她是城市的人啊,她有城市户口啊……有一次坐我的'的'车的是一对夫妇,也许叫情侣,两个人拌嘴。女的说:'我知道你从来没有真心对过我,你跟我来往就是为了让我从山西给你捎带宁化老陈醋……'"

然后他正色补充说:"人家商红霞可不是这样……我压根没有向人家要过醋!"

一提到醋,小胡子很郑重,有点天日昭昭、人神可鉴的立体文化感。

商女士的身材尤其是后背,其实与白超英相差不多。不,这里给人好感的不是青春与育龄,而是文化。婚宴上,她显得文静,说话前眨巴半天眼睛。她的普通话也显得标准一些。为了祝贺小胡子的新欢二婚,老王赠送给金胜强一个八音盒子。音盒购自维也纳,盒面上有漆制约翰·施特劳斯雕像彩照。当老王向商红霞讲述小胡子如何如何聪明能干,而且长得像是约翰·施特劳斯的时候,商红霞才舒展愁眉笑了一回,说:"合着我还真抓着了头彩啦吗?"婚庆回来,老王说,这个金胜强,居然网恋成功了,现在的农村人真了不得。

老王妻子说:"我看他们长不了。"

老王听了很受打击,他没有想到老伴是这样的评论。人家刚结婚,哪有这样说的……他变得不自在起来。

"我听大杏子峪的人说了,他们谈不到结婚,没有登记。"妻说。

"那是另外的话。"

"白超英与瘸书记成了两口儿,也没有登记。他们明白着呢,有了一次婚姻失败的经验了,再发生问题怎么办?不如先生活一段再说。这叫什么来着?中国农民思想最解放了……"

"这叫见贤思齐……"

"不,这叫从善如流,与时俱进。"

妻平常里是不喜欢用这些政治熟语的,现在却从山村的日常生活中得到了时代新潮的启发,而又归结到祖宗的老话儿上去。老王大笑。

妻说,她觉得商红霞完全是另一路人,她这样热烈地追求金胜强,但是你会觉得她在这个喝酒吃肉的什么婚宴上更像是客人,脸上连笑容也很少。再强调一步,她更像是外人,或者洋一点的说法,她是陌生人。

"你太神经了。"老王表示异议,他还说,"我给八音盒的时候她也笑了呀。"

"半年之内,你就会看明白。"妻子喜欢预言一些事情,实现率相当高。

老王则但愿祝福他们二人过美满的生活,上苍保佑,平安幸福。上苍也会保佑白超英与瘸书记的。老王特别是祝愿天下所有的中年女人幸福,因为中年女人的不幸率太高。中年的特点是离青年越来越远,离老年越来越近。中年女子而不怨天尤人、缺情少爱的人越来越少,她们并且常常从痛恨不像她们一样怕老的异性,发展到痛恨体制、社会与主流意识形态,她们的眼泪与毒火天天增加……倒是这个年头的农村人有了幸福感。而直到老王的姨妈那一代,还有祥林嫂式的悲剧在九百六十万平方公里的土地上循环上演,还有老王所写的《活动变人形》中的静珍那样的封建贞节观念的牺牲品令人落泪。有什么办法呢?历史的欠账太多了。

老王不无恐慌,值得同情的中年女子太多了点。如果你对每个这样的女子惦记与关爱,你一个人的精力确实不够使。更不安的是,现在时兴的是揭露开发与发展带来的破坏、失落、犯罪,现在时兴的是怀念周公、孔孟、《弟子规》与《三字经》,还要怀念蜡烛、牛拉犁、驴拉磨、人拉碌碡与手工纳鞋底子。而他老王竟然还在为改革开放唱喜歌。

　　此后老王几次到金胜强家去,看到的商红霞踏踏实实,寡言少语。一次她是在给庭园里的菜畦锄草,一次她在搭葡萄架与南瓜架,一次她在洗、晾、晒被褥。她总是在干活,这给了老王以良好的印象。他坚信一切邪恶都是从懒惰开始的。商红霞还有一点与一般农民不同,她从来不向老王问什么问题,对老王这样一个城里人、有一大把年纪与阅历的人五人六儿,从不表示兴趣。这使老王觉得小商有几分高雅脱俗,但又有一点微微的失望,人家不向你提什么问题,你也就不好向人家提什么问题。用老王妻子的话,既然咱们不是派出所的民警来查户口,既然咱们没有人口普查的任务,就不能向人家问东问西。总之,小商的态度使老王感到了与之沟通的困难。而作为一个写作人,他本来是非常有兴趣与这位空降的小城女子闲谈交流的。

　　但是小商不能说对他们不够热情与尊敬。她的礼貌无可挑剔。她一口一个大叔大姨。不论金胜强在不在,她都主动地为他们沏茶倒水、让座陪坐,送鲜菜鲜果、干菜干果,从不让老王他们空手离去。他们双方四人也一起吃过几次饭,小商的炊艺不算太高,服务仍然十分周到。

　　王妻问老王:"你对小商的印象怎么样?"

　　"好。"

　　王与王妻一起点了点头。

　　"可她好像有点心不在焉。"老王试探地说。

　　"好像是那样。"

　　半年过去了,小商还是这样。一年过去了,小商仍然是这样。老王对妻子指出,她所预言的"不超过半年"如何如何,已经不能成立了。王妻也承认自己确实有时候预言不那么准确。

　　老王转而称赞,小商这样的城里人,非常自律,人家到你这儿来,从来不会贼眉鼠眼、东张西望;人家与你说话,绝对不会问东问西,连蒙带诈;人家与你共餐,绝对不会飞短流长,是是非非。人家尊重你的隐私,无形中也保卫了自己的尊严。

王妻说:"行了行了,何必分析个那么多多……"

八

这年春天,离紫李子峪五公里的绿山湖上举行维吾尔族杂技演员阿迪力的达瓦兹(走大绳或走钢丝)表演,一下子招来了许多游客,他们正好把观看惊险奇绝的杂技与乡村旅游结合起来,先在大杏子峪住上一晚,次日再去观赏阿迪力的惊险表演。大杏子峪各家喜气洋洋,人民币一旦流转起来,敢情挣钱也并非那么艰难。红莲婉婉不知道听了谁个高人的主意,她竟然由吕二凤介绍从内蒙古的吕家村请来了一男一女唱小曲,一会儿是山西陈醋味儿的民歌,一会儿是内蒙古加晋北的"二人台",一会儿是河北落子。经人指点,红莲婉婉说是这些小曲都是出自大杏子山寨,并请市文联的作家题写了"大杏子峪民俗风情小曲"的招牌,一直发展到CCTV派人来拍了风光片,宣传了大杏子峪农家乐旅游,宣传了紫李子峪地貌,也重点介绍了先进人物红莲婉婉。然后,红莲婉婉在区妇联同志帮助教育下写了入党申请书。

在大杏子峪的旅游掀起新高潮的时候,老王又是一连几个星期没有见到金胜强,后来说是他在城关区购买了公寓楼房,与商红霞同在城关住了一阵子,过上了小来来的寓公生活。还说是商红霞在那里做股票投资。老王一听,不由皱起了眉头。对于老王这样的人来说,股票就是坑人,只有白痴才会去做。

老王庆幸,他并非对改革开放来者不拒,例如他绝对拒斥股票,这显得他既不算特别庸俗,也不算特别讨好,更不算特别右倾。

一听商某在做股票,老王立马深锁起眉头。

"我不能管呀,我们俩虽然生活在一起,她的就是她的,我的就是我的。我也不知道她打哪儿来的钱,我也不能过问她怎么用钱。这不,才十几天,她已经赔了个一塌糊涂。现在倒好了,她回来栽樱桃树来了。"

画线,挖坑,筛土,薄施底肥,栽树,盖土,踩实,提苗,大量灌水……给小胡子家带来了节日气氛。山区的樱桃砧木有的是,栽活两三年,再嫁接上名牌樱桃,老王已经预感到小胡子家的美妙远景。小胡子对于放弃了接待游客的高潮,去城里陪小商,毫无二话。他的观念很新,并不是唯收入论唯钱票论,根本不在乎一时一纸的得失盈亏。他注意享受爱情也注意享受生活。小胡子是一个会生活的人。

樱桃园。老王感谢小胡子正在构建樱桃园。樱桃园正在从契诃夫的话剧里来到他的身边,这有助于老王爱实际的生活,也有助于他怀念契诃夫,怀念那个萌萌的酸酸的青春时代。

宛如晴天霹雳,一个月后小胡子告诉老王说,商红霞已经被公安部门逮捕。说是他与红霞在城关的新开张的肯德基炸鸡店吃辣味鸡翅并且喝一种称为"圣代"洋名词的红加仑加冰激凌饮料,来了四位民警,两位是本地的,两位来自商的家乡。说是商因为涉嫌参与诈骗团伙犯罪活动并潜逃,被通缉逮捕。金胜强试图问问原委,他被警告不要妨碍警务。

什么意思呢?到底是怎么了?金胜强给老王说了一些,说得不清不楚,老王是愈听愈糊涂。是不是金胜强本人也没有弄清呢?商不可能不打自招把一切早早地告诉他。要有那么坦白,何必潜逃?戴上手铐子以后她也没有时间向金说明一切。小胡子说,红霞临走只重复了几遍:"毁了毁了毁了……"

几个月后,小胡子到商的家乡去过一次,从商的娘家家属与当地的政法部门那边,小胡子得到的信息是:一个犯罪团伙以商红霞名义与证件骗走了数百万块钱,分给了商红霞二十万。小胡子补充说,商红霞来他这儿的时候身上有个十七八万,他对此没有深追,也从不认为这个钱跟自己有什么关系。看来小胡子不是完全没有考虑,他说他很明确,商的钱归商,他的钱归他,在这里的生活,他们两个人都有贡献,有时候像朋友一样争着付账,互相也并不计较。

又过了两年,老王在CCTV12《社会与法》栏目中,看了几件诈骗案例。其中有一个诈骗团伙,通过一个基本不知情的熟人,先去接近一个缺少知识又贪财的老妇,冒充银行电脑室主任,声称他可以通过他的职务权力与技术操作将此老妇的账户存款额凭空上调五倍。他先做了一个"实验",让老妇存一个一千元的活期,他往里添了四千元存款,果然,再拿去一看,一千元膨胀了五倍,成了五千了。然后老妇财迷心窍,一家伙存进六十万元去,他拿走老妇存折,说是几天后将自动膨胀至三百万元。这样的哄小儿伎俩居然得手,如此这般,肉包子打狗有去无回,诈骗成功。不费吹灰之力。

而这样的团伙中都会有一个可能是真名真姓,也可能是一会儿一变的负责收取汇款与领出现金,然后立刻逃匿的角色。领钱的人并不知道钱是怎么来的,领出来的钱也主要不归他或她本人,他或她只是分成得利,其他一概不知。这大体上可能就是小商的写照。

与其说是愤怒,不如说是哭笑不得,不如说是难以置信,不如说是心寒彻骨,不如说是无比悲凉。一个这样伟大、这样历史悠久、文化博大精深、智慧光芒万丈、经验老到丰饶、精明得每个细胞都流油冒光,同时照样能够追求时尚、求新求变的民族,出现这样的比白痴还白痴、比脑残还脑残、比幼稚还幼稚、比愚蠢还愚蠢的人与事,而且这是真事,不是谣言,不是恶意诽谤,不是忽悠,夫复何言?

而且说下大天来,也许仅仅是老王个人的好恶,不足为据,老王绝对不认为商红霞是恶人,商红霞显然本来可以做好人,她的受骗上当之轻易,令人无法相信。

还有一个小心理,老王喜欢商这个姓,如他喜欢柳与邵,杨与廖,平与萧……不喜欢,他不喜欢王这个姓。

只能有一个解释,已经有一些低级犯罪分子得了手,他们的突然暴发之容易,超出了想象。

金胜强显示了自己的品德和水准。他一次又一次地与商家联系,光山西就跑了四趟。他宣布:一日夫妻百日恩,只要在双十以下,即退赃在十万元以下,判刑在十年以下,他就会第一,用自己的积蓄帮助商红霞退清赃款,争取宽大处理;第二,他可以等待商红霞刑满出狱,从现在的四十七等到五十七。他解释说,刑期再长,他就进六十了,他等不到那时候了。

老王称赞他有情有义,有理有法,有节有度。

小胡子的设想并没有实现,由于炒股票,商红霞的赃款,已经所余不多,加上各种情况各种说法,金胜强要掏三十多万才补得上窟窿,而商红霞的一兄一弟,说是都由于生活困难,无法提供援助。如此,商红霞判了十五年有期徒刑。判刑后,小胡子先后两次去探过监,给商红霞带过衣服与食品,还有一些中药。他与商红霞说明了一切,他得到了商红霞的理解与感激。老王相信小胡子说的完全真实,因为对于原配白超英也是这样的,他们俩固然是再次离异,动了家伙,有锥刺骨之痛,实际上小胡子仍然帮助她盖了新房,人力财力,都有贡献。有什么法子呢?原来美得不行的白超英,二婚前期预备也没有成功。由于与前妻留下的子女相处不好,白超英回大杏子峪来了。

又过了一些日子,老王与王妻到城关吃了一回肯德基,对那里卖的"圣代冷饮"印象深刻。光看广告图片,倒是花花绿绿,二十块钱一杯,价钱也还行。吃到嘴里的蓝加仑红加仑,老王实在不敢恭维。那个"圣代"(Sunday——周日)冰激凌,尤其令老王骇异,怎么是那样的惨白色?难道是放了石灰或者马牙石?而所谓果汁的鲜艳性、单一性,也令老王不敢相信。好在商红霞违法事件冲淡了对于饮品质量的关切。他们不停地想象着商红霞、小胡子两人在那里吃吃喝喝然后遭遇拘捕的情景,很像影片的情节与镜头,吃的、喝的、做的、受的、遇的,都有几分初级阶段的粗糙与可疑,有几分超前与滞后的相结合，有几分网恋时代的虚拟性与靠不住性、不确定性。网络与媒体时代，你一会儿超女，一会儿成为意见领袖，一会儿成为窃贼，一会儿成为时尚，一会儿身败名裂。

老王夫妇的情绪也不是很好。原因是购买圣代饮品时老王想闹清晰什么叫圣代，一再向服务小姐请教，服务小姐显出了蔑视与不耐烦的表情，好像他们二老是多么土鳖。而只是在吃得不舒服，欲呕未呕之后，老王忽然明白，那是英文星期日罢了，是美国威斯康星州最早制作并出售的一种冷食，约是水果冰激凌而已。怎么如今圣代起来？难道是神圣的代理人？神圣伟大的时代？这可真是英国作家奥威尔发明的所谓"语言腐败"了。

吾日三省吾身，老王此后反省了不止一次，为何他对行为腐败的至少是犯诈骗罪的商红霞毫无义愤，而对圣代的语言腐败如此上火？莫非他身上也沾染了"文革"情结？

老王高举起可疑的圣代红加仑杯，为商红霞的老实服刑与重新做人、弃暗投明而预祝干杯。

此后许多年，老王一听《蓝色的多瑙河》圆舞曲就想起金胜强，一吃到水果冰激凌就想起商红霞，一见到锥子就想起白超英，而作为对上一篇写山村的小说的补充，我要加一句，老王一见到敌敌畏药瓶，就想起吕二凤，而一闻到运行着的拖拉机的柴油烟气，就想起赵丽华与杜铁栓的艰难爱情。美不胜收的形形色色山村新生活啊。

九

不知道是什么原因，商红霞判刑收监以后，躁动的与浪漫的金胜强似乎变得安稳了不少。他集中精力一个是盖房，一个是整治果园。他居然有逆潮流而动的伟大与清纯。自从乡村旅游发达起来以后，这个村子的一大问题是果树撂荒。酸梨、核桃、板栗、柿子、山楂成熟的时候，根本腾不出人手去采摘。雇人去采吧，由于本村劳动力价格上升,山果的收入抵不上雇人采摘的工资支出。百分之九十的村民,干脆放弃,除了家门口采摘一点自用以外,随它烂到山里。更不必提一年到头的松土、施肥、嫁接、打药、剪枝、疏果、疏叶种种栽培管理了。

小胡子这个时候大搞樱桃园,使老王从他与约翰·施特劳斯的相似性发展到他与契诃夫的名剧《樱桃园》的相似性。这使他对于小胡子的兴趣日益浓厚,而对于契诃夫的迷醉渐渐趋于平实。想当年,他年轻的时候,提起契诃夫来他当真是又想下跪又想号哭。文学与现实,俄罗斯与中华,剧场剧本与炊烟冉冉的村落,究竟哪一边更重要,更有魅力呢?契诃夫的剧本是那样悲与美,小胡子的樱桃园哪里会有那种虚无缥缈与梦魂萦绕,最重要的是小胡子的樱桃园里没有契诃夫的塔妮亚或达妮亚啊。他有过商红霞,不能天长地久,只是偶然拥有。

然后等待着她的是铁窗生涯,等待着他的是渐行渐远的怀旧情绪。

老王抱怨自己真是没有出息啊。为什么他不会写剧本呢?他最早不是没有尝试过话剧剧本的写作啊。曹禺还接见过他这个梦想写剧本的小青年呢。他老王本来应该写一部小胡子的樱桃园加蓝色的圣代加仑的故事啊。

十

小胡子一静下心来,又赶上村委会班子换届,他立刻当选为村委会主任,百姓的说法叫做村长。原来中国农民与其他各界人士一样,能够胜任许多不同的角色。他首先是大抓宣传,请动了国家、市、区、乡的媒体与媒体派驻记者,一时间闹得到处是对于大杏子峪的报道,国旅、青旅都开辟了组团到此地来的农家乐旅游。CCTV 的专题片甚至影响到了国外,他们这里收到了国外旅游团队与个人的来信。

金胜强又与有关承包者经营者多次磋商，为村民争取了一些福利，例如某个区旅游局介绍来的承包商本年秋天给村民各家赠送了白面大米。他还争取了公共卫生局来这里修公厕，公厕修得堂皇光亮，但是长年上着大锁，不准使用，他明确地告诉大伙，修公厕不是为用，一用就又臊又臭了，公厕是为了拍电影电视、新闻摄影、广告摄影与艺术摄影，给高级领导、外国政要检查参观或偶尔使用而建设的。真是好好的人民啊，对此百分之百地理解同意支持。

老王为李劫夫作词作曲的二十世纪六十年代红歌《我们走在大路上》改了词，他唱道：

> 我们走在大路上，
> 我们的戏路(子)多么宽广！
> 抱起炸药炸翻碉堡，
> 招商引资盖上图章。
>
> 向前进，
> 高声唱，
> 饿过肚子饭菜更香，
> 向前进，
> 高声唱，
> 娶上媳妇充满阳光。
>
> 我们走在大路上，
> 我们的文化博大汪洋，
> 韬光养晦与时俱进，
> 东方不败创造辉煌！

"向前进，高声唱"云云，本不是李劫夫的词而是法捷耶娃的苏联歌曲《莫斯科你好》的词。由于这两个歌的曲调靠色，老王顺便将它也吸收进来了。

王妻说:"不要恶搞……"

老王说:"不是恶搞,是善搞!"老王说得十分认真,几乎流下泪来。

工作一忙,金胜强的血压噌噌噌地往上涨。当老王得知他的收缩压已经临近了二百,而舒张压一直在一百上下徘徊的时候,义正词严地要求他看病、服药,而且是终身服药不得停止。老王根据自己的高血压症治疗经验,给小胡子不断地上课。小胡子拿不定主意,这时来了一位游客,给他大讲了一回通过节食降血压的原理。这位女游客声言,牛津大学的最新科研成果证明,目前人们的饭量,实为人体需要的五至七倍,各种疾病,都是——差不多都是来自过食。许多社会问题,也是由于过食而造成食品匮乏所引起的。如此这般,小胡子下定决心,从此早餐减半,午餐减三分之一,晚餐全减,改为吃一点儿蔬菜如一枚西红柿或一根胡萝卜。

老王自幼笃信科学医学,而绝对不相信任何传言八卦。他不论怎样痛心疾首,小胡子的生猛减食已经并正在付诸实施。而且,信不信由你,他说减食以后,他的血压已经降到122/88。

老王仍然耿耿于怀,他已经一大把年纪,小胡子对他毕恭毕敬,怎么会不理睬他的意见却轻易地听从一位天知道与牛津大学有什么关系的姐妹儿的忽悠。莫非这里也有弗洛伊德的显灵?

真是树欲静而风不止,就在小胡子一手抓樱桃园,一手抓村委会工作,第三只手还在惊人地抓节食降压,正正经经、清清净净地生活的时候,他又落入了情网。

正是这位主张生猛减食的痛快女士。她是邻县的一位女主任科员,说是她供职广播局同时兼着县文联主席与县作协主席,虽说是两个主席,但她是不在那边上班也不管具体工作的,叫做主席而不驻会,所以她仍然只能算科员。还有,她并不是医护人员也不是卫生局干部,她的减肥减压并没有官方背景与学理支持。广播局科员、文联作协主席更热衷的却是养生、临床治疗与保健指导,真是通才啊。早就听庄子说过了,道就是通,通就是道,有道而通之,无往而不胜。

如何从切磋减食降压发展到卿卿我我的,老王不详。她健谈,开放,外向,说是老公有了外遇,她坚持与他分手了。她说她已经独身生活了十几年,她现在是最后的机会了,她喜欢小胡子。

据说,他们二人发展顺利,已经在城关同居。

老王又跟着激动了一回,并随着称颂了一回中国人民正在创造新的历史新的故事新的欢喜。关键是城乡二元结构正在发生变化,三大差别正在消除,科长爱上了农民,农民拥抱上了科长。好啊!村里人也说道此事,羡慕者有之,称奇者有之,不解者有之,摇头者也有之。

这年入冬小胡子告诉老王,多半春节前他们就会去登记结婚。

一冬天老王等待小胡子的喜讯,计划好了要送的礼品礼金。没信。等冬天过去了,说是节食专家与原老公言归于好了,与小胡子拜拜了。小胡子微微一笑,仍然是胜利者的表情。

干脆说,金胜强走起了桃花运。不久,他带着一位不成功的、中途转业的女子举重运动员来见老王。一听是举重,老王倒吸了一口冷气,万一惹火了她,她一把抓举起金某人,再往地上一摔,岂不会是骨节寸断?比一把锥子危险多了。

老王想起小胡子讲的他自己婴儿时期的故事,那时正赶上上个世纪的三年困难,他在出生一个月以后,过秤,只有五斤半,大家都说这个孩子保不住……中国农民的生命力,中华基因的抗逆能力真是无与伦比啊。

小胡子与原女子举重运动员相好了大半年,也是老王认为即将大功告成的时候,换了新的面孔。

干了一届,下一次民选,小胡子村长当不成了。不知道这件事与村民议论的他的花花时运有没有关系。他活得更加潇洒风流。

十一

在老王访问镇江的时候,听人们说起一个故事。美国女作家、诺贝尔文学奖得主赛珍珠,童年跟随传教士父亲住到了江苏省镇江市,她变成了自以为的中国通。后来她写的中国题材长篇小说《大地》,包含了对于中国革命、中国共产党的负面的见解,曾经备受中国大陆的舆论的抨击,以至于尼克松首次访华时她想跟着来而未果。但是,她本人晚年曾经给美国政要写信,她认为:中国人民在自己的悠久历史中经历了一切困难与考验,至今能够活下来的,乃是最优秀的人子。

从小胡子身上,老王也感慨,如果稍稍改善一下中国处境条件,如果他们身上的潜能潜质有所发挥,也许整个世界都会变一个样儿。

农村的旅游越来越发达了。强中更有强中手:有的把农家乐的客房修到山顶上,有的干脆修到水边,甚至占用了河道的高地,让老王提心吊胆。自制的烤全羊转炉千奇百怪,不断改进。烤全羊的香辣热气覆盖了全村。从兄弟区县引进了低温养鳟鱼,然后是到处栽植新西兰品种的猕猴桃,转眼又是栽植麻核桃的高潮。麻核桃雅称文玩,各式花纹与凸凹变化,令人称奇,进入二十一世纪,中国人渐渐有了点钱以后,对文玩的兴趣突然高扬,最最理想的大文玩,说是价格已经达到了数十万元一对。这里本来吃香的是薄皮核桃、脆皮核桃、纸皮核桃。不同的叫法强调的是你拿过那枚核桃来,一磕一敲一咬就能去皮吃仁儿。而现在,一家伙被麻核桃扫荡了。家家接枝,户户引进,结了核桃以后每只上都使用专制的塑料卡具,人工干预麻核桃的生长过程与成型形状。这样下去,早晚有薄皮核桃稀缺过麻核桃的那一天。

最想不到的是红莲婉婉的发家史。她本来是农村旅游的先行者、标兵，但是等到村里的精英们咂摸出了滋味，一个个都来闹旅游的时候，她开始渐显下风。有人文化比她高，在家里设立了家庭影院，准备了成百上千的CD、VCD、DVD和上网设备。有人本事比她强，做根雕、做泥人、做蝈蝈笼子与蛐蛐陶罐，一直发展到做人工瀑布与假山石，养荷花菊花兰花。有人原来是干部，人脉八方，生财有道，来他这儿的游客都是坐着大轿车的企业、机关、团体人员，他接待不下再视关系的亲疏远近有选择地分流转让给别家，其牛可知。

红莲婉婉不知怎么琢磨到了小胡子当年请客的那条大花鲢上了。请者无意，豪兴偶发；吃者有心，刻意取经。她终于在水库边上开了一家活鱼饭馆，斗大的字写着氽花鲢、侉炖鱼、鱼头泡饼、黄鱼泡烤窝头……气势不凡，令人刮目。

这座水库里哪有那么多大鱼？好在红莲与她的乡亲们敢吹敢唬，她一边收鱼，一边弄两条活鱼大鱼放在馆子前面的洋灰水池里，一边降格以求，咔哧咔哧剁剁，化鱼为块块，加上葱姜蒜辣椒花椒大料孜然咖喱香草山蘑酱油料酒，不活的鱼也因极度烹调而复活了。只有一次，三位广东籍游客，指着鱼头的下瘪的眼珠向红莲婉婉大兴问罪之师。红莲婉婉毕竟在商品市场中混了些日月啦，以超级良好的笑容加装傻充愣的眼神再加幽默打岔的温馨渡过了危机，带着广东食客到鱼池里挑拣，并且将被指出并非活鱼的菜肴免费赠送给了他们老三位。

"遇到歪顾客，你要舍得吃亏，这不，咱们的态度好的好名声传出去了，我不但卖活鱼，卖河虾，我明天就开始卖炸油饼儿啦。"

婉婉的话语与营销策略不很合乎逻辑，炸油饼儿与活鱼之间是什么关联也没有人听得清楚。然而，她做出了正确的决策。随着城市环境的讲究，沿街炸油饼油条的日益减少，而吃了一口婉婉这里的刚刚出锅的油条感动得热泪横流的老北京越来越多了。据说，在与科长的恋情无果而终以后，小胡子也跑到婉婉这里一口气吃了三张大油饼。老王问到小胡子的时候,金胜强坚决否认,但红莲坚守此说,说是千真万确。

人不可貌相。问题是窝窝囊囊的红莲丈夫却在吃好了大油饼,换上了的确良新衣以后传出了风流花事消息。红莲后院告急,前景难以预料。老王趁机贩卖他的廉价社会学原理:人类面临的两大问题,一个是吃不饱,一个是吃得太饱撑得慌。吃不饱会发生动乱、颠覆、恐怖、极端、分裂、愚昧、迷信,解决此类问题的要务是多供给一些食物。撑得难受情势就更复杂深刻,会出现吸毒、颓废、霸权主义、救世主意识、大规模杀伤性武器、世纪末感、昏天黑地、邪教、帮派、淫乱、肥胖、破坏环境、想入非非、灵魂出窍以及更荒唐的愚蠢与迷信。

不管如何,让山野的农民吃得饱一点吧。伟大的中华民族,吃饱了才有几年?即使小胡子们小肚子鼓囊囊的需要节食了,不是还有几千万温饱线以下的同胞弟兄们呢吗?

二〇一一年冬天,老王终于收到了小胡子的新婚请柬,从对方的名字上老王完全得不出什么概念或者形象来,她会是谁呢?

最新信息:与白超英过了一年的黄金岭原支部书记黄大发,声明说,"君子报仇十年不晚"根本不是他说过的话。他说的话是"大人不记小人过",是"团结在总书记和党中央的周围,构建和谐的黄金岭"。觉悟与生活质量,都在噌噌噌地往上拔呀,不服行吗?

附带一句,按照赛珍珠遗愿,她的遗体迁到了镇江,(按照司徒雷登的遗愿,他的遗体也回到中国了)镇江的赛珍珠旧居纪念馆,也已经向公众开放。只有个别博客,提到他们的遗体回到中国,认为这是背离了"别了,司徒雷登"的指示,他们气得不轻,他们渴望着退回历史的原点去。

发表于《人民文学》2012年第9期

奇葩奇葩处处哀

一

生日与金婚的喜庆,结束时候沈卓然感到了微微的茫然:天下没有不散的筵席,也没有因为待会儿散就不快乐地自找别扭的喜庆。为之喜庆的是积累,是成绩,是路程漫漫,是越来越老喽,呜呼乐哉!其实呢,也是过往,告别,不复返,然而还顶得住。当初,从来没有想到过,也没有敢想象过,自己能与淑珍共庆五十年婚礼,那时候从来没有想到过,也没有敢想象,自己能健康地活到哪怕只是六十三岁更不要说七十四岁了。斯大林威震寰宇,才活了七十几?他难忘瘦弱多病的少年时代。如今,却已经度过那么多年头,清清楚楚,足斤足两,全部进入有去无回的历史。回忆仍然温暖缤纷哭哭笑笑,而永恒的极光,冷得灼人,亮得睁不开眼,略含几分酸楚。

没有想到自己能够有今天的光景,像真行啊似的。岁月的长河其实没有亏待他。他有了光景,然后缓缓的失落与深深的记住相互平衡,毕竟还是幸运。说来脸红,出现了一个恶心的说法:成功人士。孙中山活了五十九岁,李白六十一岁,安徽省马鞍山采石矶水中捞月仙去。苏东坡与马克思都是享年六十四岁多一点。王勃与李长吉则是仅仅二十多岁就拜别人世。恺撒大帝五十八,拿破仑五十一,秦始皇千古一帝四十九岁驾崩。英国军情n处的尼尔·伍德则是四十一岁驾鹤西去。与他们相比,他姓沈的算个啥,何德何能,至今还活得这样欢蹦乱跳？

　　他至少已经经历了不止一次狂欢与兴奋。歌曲如醉如痴，鼓掌腾云驾雾，口号动地惊天，彩旗霞光万道，集会沸腾燃烧，铁树开了花，哑巴说了话，奴隶挺起胸，恶霸伏了法，天翻身，地打滚，你还想干什么？

　　最近的一次兴奋是二十世纪八十年代，处处机会，在在成事，梦梦皆圆。卖瓜子创业，爆米花大亨，闯红灯成了经验，花钱送礼开绿灯。解放再解放，转变观念一拨拉就中，笑语恭喜发财，呼唤突破松绑，是欲望的满地，是转变的大言，是起飞的嘈杂，是机遇的俯拾，是中心与基本点的布局，是新局面出现，普天同庆、大快人心、喜上眉梢、奔走相告，又一个美好天真十载。

　　一辈子的重大经验就是别高兴过了头，乐极生悲，福兮祸之所伏。果然在劫难逃，又有人陷入了困惑与迷失，几乎重新拾起已经戒了二十一年的吸烟习惯，想买个意大利石楠木，或者厄瓜多尔轻木，或者百年铁树牌海柳烟嘴。

　　就像从前那样，不仅有香烟而且有烟斗，不仅有烟头而且有翠玉嘴烟袋，不但有马（莫）合烟而且有国粹内画鼻烟壶。

　　他对淑珍说："你的好运使我这一生转危为安、转弱为强、否极泰来、笑到最后、笑得挺好。你的稳重救助了我的机敏高速。我们已经年逾古稀，我们有精神也有物质，有热情也有身体，有二代也有第三代，有级别职称也有真本事，更有人缘……"他底下还说了一些儿童不宜的话，淑珍笑骂说："别缺德喽！"

　　他不愿意再往下想，不愿意再想后来的事。但是他坚信好有好报，坏有坏报，因果报应，绝对不爽。你可能不自觉，你可能至死糊涂蛋，解不开事儿，你没有怨天尤人的理由。物极必反，月盈则亏……在那个快乐的金婚加寿辰晚上你口出狂言，你得意扬扬，几乎是小人得志。你也有当上了暴发户的心态，甚至做出了九十大寿时候乘邮轮游历巴塞罗那、威尼斯与塞浦路斯的预告，你这就是得意忘形，是自取灭亡啊,难道不是?

是淑珍支持了你,陪伴了你,坚持了你,兴旺了你,发达了你。从一九五七到一九七八,二十多年,所有的磨难都因淑珍的存在而不再是磨难,那只是携手共艰危的稀罕经历,是小儿解闷的游戏,是打入冷宫自己过家家,是人生相濡以沫的甘美,是相依为命的温暖,是却道天凉好个秋、人不堪其忧、俺也不改其乐的坚强与爽利。苦乐在我,淑珍在我,夫复何求?

再也没有想到,金婚庆贺两年以后是淑珍的葬礼。不堪回首的生老病死,医院里的长队,手术室外的煎熬,病房的一夜一夜……这只可能是沈卓然的罪孽铸成。他近几年太猖狂。年轻时候他想当作家,当头一棒之后他明白了自己只是文学与艺术远未入室的庸才。中年以后突然来了机会,他被选拔到一个领导机关,他的文字能力与二十余年来的谦虚谨慎习惯使他深受好评与器重。芝麻开花节节高,转眼他就成了司局级学长。好景不长,他又遇到新沟坎,他开始沉默寡言,不求有功。却得到了此生从未有过的舞台,现在时兴叫平台的,他成了人五人六儿,他得了不是头彩也是二或者三名,虽然不是瞎猫碰上了死耗子,却也是绝对戏剧性的幸运出奇,他的柳暗花明足以让嫉妒他的老兄气恼下去。

二

在满坡松柏的山岭下,在刚刚启用的墓葬新区,他站在青石镌刻的墓碑前泪流满面。究竟是什么样的罪过罪孽罪恶,让他在这样一个老来志得意满的时刻失去了淑珍呢?

沈卓然想到的第一件事是"大跃进"时期山区下放劳动时候毁掉了一支体温计。

和童年时期半饥半饱的日子里一样,在农村他长针眼,他长疖子,他发烧,他拉肚子,还长口疮。得了病他去村口唯一的一位残疾人业余中医那里。他去了,大夫让他试体温。当着他的面,体温计从一个婴儿的肛门中拔出来,业余中医用自己的上衣下摆擦了一下体温计,递给了卓然而且要求他衔在口中,并且解释说,门窗漏风,室温太低,腋下试体温怕靠不住。卓然对这种说法不怎么信服,但又不宜于与农家医生做某种论辩探讨,听农民、学农民才是思想改造。才一犹豫,窗外有人叫唤,医生推门而出,冷风扑面而来,嘭的一声,医生关紧了房门。卓然看到土炕灶眼边放着一把轻声呻吟着的生铁水壶,便拿着温度计凑过去,用一点热水想冲洗一下温度计,就在一点点热水触及温度计的水银管的那一刹那,他听到了一声极轻微的啪啦,他的手一抖,毁了,他看到了温度计玻璃管的小小裂口。

这时医生回来了,看到了拿着温度计发呆的沈卓然,他什么也没有问,从沈卓然手里接过温度计,瞟了一眼,说了一句:"呵,坏了。"拉了一回室内仅有的三屉桌抽屉,找出了另一个黑乎乎的温度计,照直对着沈卓然的嘴巴送过去了。

沈卓然相信,哪怕医生对着原来的温度计的破口疑惑地看一眼,更不要说如果他提出任何疑问了,他一定会坦白自己的"罪行"做出赔偿而毫无隐瞒。问题是医生视为理所当然地在两秒钟内处理完了这一切,而且沈卓然乖乖地叼住了卫生状况更加可疑的另一支温度计,他无法张开自己的嘴……错误就这样铸成了。对一个山村农民、复员荣誉军人、另一个哑女子的丈夫、方圆几十公里唯一的医疗救助人士,他竟然做出了这样的事。他流下了羞愧的眼泪。

人最好不要有什么错,有了错赶快改,不然你可能错过时机。如果你十年二十年后再谈这个温度计的问题,第一,你可能已经无缘与他们相见。第二,你去谈了,像是你有神经病。第三,如果你对学长对组织对公众谈这件事,他们不会受理,说不定他们会觉得怪怪的。如果是新世纪当中,你会被认为是在干扰发展、改革、反腐、法治、金砖或者 G10 的"大方向"。

……他想到更久的以前,还是"国府"时期,他刚刚上初中,一位要求严格,而且喜欢标榜自己的大不列颠牛津音的高个子英文女教员遭到了班上几个上课打瞌睡、考试打小抄的同学的不满。这位老师是旗人,应该是个格格,修长身材,浓眉大眼,一脸自尊睥睨,使沈卓然倾倒。她名叫那蔚匷,为了她的姓名她与班上几个同学较起了劲。同学们称"蔚"为"卫",她非得要人家读为"郁",并给大家讲蔚的 wei 与 yu 两个读音的通用与区别,讲得有几个学生出声地打哈欠。为了"那蔚匷"的"匷"读什么,她也费了大劲,动了肝火。有几个男生痛恨这位风度不凡的女教师。几个学生策划制造机关暗器,要出出此位过分出色,从而惹起了本能的普遍反感仇恨的女教师的洋相。木秀于林,风必摧之。几个不守纪律、不爱学习、不讲卫生、穷困破烂的捣蛋鬼,不知不觉中对此位教师恨得刻骨。而且他们相信,面对这样一位风度高雅的女老师,全班至少是男生必定会苦大仇深,尽欲除之而后快。他们谁也不避讳,公然大吵大叫地切磋、设计、进行祸害老师的阴谋——更正确地说应该是阳谋活动。

  问题在于,只上了两个多月的课,沈卓然已经获得了女教师的偏爱。他学得快,发音也好,他非常注意老师以之骄傲的牛津式发音、唇齿舌的位置与声带的音区,还有腔调与味道。老师多次在课堂上叫他起立诵读,给全班同学做榜样。学外文对别的孩子是灾难,是负担,对他们来说把"水"读成"窝特儿"是违背天理,把"老师"读作"提彻尔"是装丫挺的洋蒜,而卓然觉得学外语是别有天地,其乐无穷。而且孩子们从那蔚匷显摆牛津音的言论里本能地感到了她的崇洋媚外,是崇拜在中国贩卖鸦片、带头发动侵略压迫宰割残害古老中华的打着米字旗的老牌英帝国主义。

  在一个贫困、饥饿、混乱、褴褛、獐头鼠目、孱弱佝偻、萎靡龌龊、斜视斗鸡眼、罗圈腿癞痢头的时代,出来一个亭亭玉立、高高大大、自信自足、眉目端庄、一举手一投足都充满优雅和美丽的英语女教师,这简直是与时代为敌,与众生为仇,为社会所难容。她这是为了提醒他人的卑贱与不幸,为了污辱与压迫众生才出现在这个时间这个空间的一位异类。

偏偏这位异类喜欢与其他同学同样孱弱但具有一种学习与上进精神的小小沈卓然,那老师的一再表扬使身体单薄、智商有余、胸怀大志的沈卓然也难以在班上立足了。当一堂新课全班同学没有几个人跟得上进度,当绝望的老师不得不再次叫起沈卓然做示范朗诵的时候,班上出现了嘘声与其他怪响,还有大荤大素的谩骂。人同此心,心同此理,全班男同学清晰地喊叫道:"操性劲儿你,自大多一点儿:臭!"

事隔多年,他已经想不起来几个坏家伙是怎样设计祸害那蔚阗老师的了,他们用了一个破搪瓷缸子,里头装上了红颜色水,他们似乎还找了一把破扫帚,还有一个字纸篓,还有一个橡皮筋,还有一个脏得不能再脏的板擦,用他们的说法是"我们有机关"……一天那老师来上课时候,一推教室的门,板擦落到老师肩上,升起一股尘烟,呛得前排同学咳嗽,污水洒在老师背部,缸子落到地上叮叮当当,一把扫帚绊了老师一下,橡皮筋噔地一弹,还好,没有触及老师的身体。

而且发出了笑声,诡计的胜利打破了枯燥常规,调剂了表格化的千篇一律的课程生活,引起了惊喜,怒放了恶之花、坏之鬼,跳起了闹之舞。你无法不为之喝彩,你无法不为之一粲,哪怕紧接着是摇头与顿足。沈卓然也笑了十分之一秒,而且最要命的是,这十分之一秒,他的目光正好与那老师的痛苦不解狼狈的眼神相遇。

这都没有什么,最最离奇的是,最最感动卓然、激起卓然、麻木卓然的是在兹后的规模空前调查处理当中,几个坏小子一致指证:说是他沈卓然设计了制作了置办了行使了暗害教师的机关暗器的全部操控。这样离奇的说法让沈卓然骤然失去了辩解能力与愿望,他只有目瞪口呆,他干脆是失声,他的嘴唇乱动却连个"不不不"都说不出来。直到次日上午,好久以后他才恢复了说话发声的能力。其他的同学们也装傻充愣,哆哆嗦嗦,哼哼唧唧,吭吭哧哧,噫噫吁吁。他上了人生一课:有些时候,精彩源于荒谬,气势来自无耻,流畅基于谎言,荒谬绝伦远比实话实说强大有力。年满花甲以后他叹服的是,六十年了才明白:果然好人不知道坏人甚至是不太坏的人有多坏,而坏人也无法想象好人甚至是不太好的人有多好。

一九四九年以前,学校里没有书记,但是有校长、教务主任、训育主任与事务主任。校长带上三位主任与那老师来到他们的班上处理机关暗器事件,那老师面带沮丧,愤怒的情绪盖不过失望与惭愧,校长与三位主任气势汹汹,表示不查出是谁做的暗器机关,绝不罢休。

坏小子们指认祸害老师的原来是他,是老师的宠儿沈卓然,其他同学谁也不说话,是默认还是抗议,是劫持还是自愿,是无能还是无耻,沈卓然无法判断。他能判断的是自己没有辩诬的起码自卫能力,在颠倒是非的诬告面前,他只能是伏法或者干脆是伏非法。

明白了还是不明白?说不定他的外语成绩正是他受到全班同学厌恶的原因。用洋泾浜的发音读英语的学生,怎么容得下对于所谓牛津音的揣摩与模仿?揣摩与模仿牛津音的人不是汉奸、英奸,也一定是装大头蒜,是臭显摆,是不仁不义,是散德行,是决心与爱国爱家爱本省的孩子们为敌,是自绝于学校班级与同龄同窗,是人皆得而诛之、蔑之、灭之、收拾之的臭狗屎。

事后多年他想到,这还应该归咎于旧中国的男女生分校分班制度。那时候上小学,一、二、三、四年级男女混编,一上五年级叫做高小的,男生女生分家。中学就更不要说了,男生女生,性别隔离,要到上大学以后才有可能与异性同班上课。见到那蔚阗这样的自命不凡的女性,自卑自怜发育不良青春躁动已经开始遗精与自慰的十三四岁的男孩子怎么能不咬牙切齿,见到得宠的沈卓然怎么能不灭此朝食,怎么能吞下那一口鸟气!

沈卓然挨了校长一个耳光,明明白白,他此生有被诬陷的命!他怯懦,所以被诬陷,他习惯性遭诬陷,所以更怯懦。他的左耳朵一直听力不佳,直到六十岁右耳也开始听力减退,才渐渐平复了由于两耳听力不平衡引起的不平衡感与屈辱感。

在他接受体罚的时候他听到了那老师喊了一句话,那老师应该是说"不可能是沈卓然……",她说着话流下了眼泪。

但是挨耳光的他只觉得两耳"嗡"的一声鸣响,一片片从内而起的嘈杂与混乱,还有他痛不欲生的对于自己的怯懦的痛恨痛惜痛悔,已经埋葬了他,他完全无法听明白那蔚澐是在说什么。如果她是说"该打!这个没有良心的孩子"呢?

也许这件事与弄坏乡村医生的温度计的事性质不同。那件事是他对于他人的损害,他没有挺身而出,不,谈不到挺身而出,他没有起码的诚实与责任感。他是一个逃兵,他缺德!

而这件事他是被损害者,长大以后,在国家大搞改革开放以后,他渐渐从境外的价值观念当中参照到,至少是在欧美,被损害而没有勇气抗争的人会让人轻蔑到不齿的程度。

三

正好是在被冤屈被责打的那个晚上,沈卓然做了此生的第一次春梦。

被压抑的怯懦,转化为荒诞的性幻想,不知这一层弗洛伊德是不是发现了。

他似乎是在委屈地哭泣,他哭出了声音,感到他的眼皮上满是泪渍。他觉得一阵温暖,一阵柔软,他忽然明白他是伏身在那蔚澐老师的胸口上痛哭,老师紧紧地搂抱着他,拍抚着他的颈背,轻揉着他的腰眼,又摩挲着他的屁股,他像一只猴子攀缘树木一样地在女神一样的老师身体上爬上爬下。他又像一条光溜溜的水蛇一样地在女神的水域与水草当中穿来穿去。他也像一只自惭形秽的受了伤的小熊猫仔,在大猫的拥戴下减轻着疼痛与伤势,小心翼翼地伸开了腰腿。他在老师的怀抱里疗养、成长、沉醉、扩大、丰满、充实、热烈、渴望、雄起、爆炸,山洪决坝,泉水叮咚,天摇地颤,温热而又卑贱。

然而在快要醒来的时候他突然觉察，不是女神，不是象鼻神也不是神鱼，而且不是老师，更不是明晰的那蔚藅这个高大的女人，春梦中与他这个臭小子厮缠在一起的是巷口猪肉店的胖大的女店员，捏着割肉利刀，他鼻子里充溢着猪油的气息。他似乎想吐。

这是人生？这是成人礼？是神仙的醇酒也是傻小子的呕吐，是青春的销魂也是半大小子的流里流气，是飘飘然也是屁滚尿流，是美妇人也是挥动屠刀的"月半了一"（胖子），是不无大志的青年先锋也是猥猥琐琐的鼠辈厌包。那时候他和一帮臭小子同学，认为不应该用"胖子"之类的词儿形容异性，他们以白痴式的聪明用拆字法编造了"月半了一"密电码，流露了他们对于胖大女子的垂涎。

一首诗？一个梦？一次遗失？一个罪恶？一种龌龊？他为什么，竟是这样！

一些年过去了，中国是天翻地覆，历史从头开始。沈卓然听说那老师到了朝鲜前线，她参加了对于美军战俘营中中国人民志愿军与朝鲜人民军被俘人员的解释工作。在停战谈判的最后一个分歧上，双方协议，由印度部队接管号称联合国军的战俘营，由中朝方面派出人员前往说明解释，并在中朝美韩印几方面观察下由被俘人员自己挑选他们是愿意回到原属的中朝方面还是准备留到美韩方面另做道理。

……已经记不清是战后的哪一年哪个场合了，已经成为中学教师的多年以后，沈卓然见到了那老师，她更加风度翩翩，她穿着当时比凤毛麟角还凤毛麟角的欧洲出品外衣。他听到了老师讲述她在朝鲜的惊心动魄的经历，更多的是介绍在莫斯科硬碰硬反对苏修的得意之笔。尤其令人兴奋的是，沈卓然还见到了老师的体面的夫君，他与她在朝鲜相识，他们俩在战火纷飞中建立了终成连理的爱情婚姻，他们现在都是外事官员。他也报告老师，他小沈已经结婚，他的妻子是纯洁如玉、善良如羔羊的淑珍。在这次见面的时候，沈卓然说到了旧事，说到了他的被冤枉。那老师不等他起头便断然说，我当时就判定,是他们冤枉你,我由于校长的野蛮愤而辞职。沈卓然为之泪下,那老师却是哈哈大笑。这笑声似乎刺伤了一点点沈先生。

……他与淑珍谈起了他与那老师在这个场合的见面,他甚至谈到了他的冤案,然而他没有谈他挨了一个耳光,更没有谈他少年时期的见不得人的春梦,他将这一段回忆引导向忆苦思甜的正确方向,指出所谓"中华民国"的体罚恶制与品德教育完全失败。

这也是他对不起淑珍的一件事,他不诚实也不坦白,他这也是怯懦。他越来越明白了,为什么中国的圣贤对于勇敢的定义,首先不是敢于冒险、敢于斗争、敢于胜利、战胜对手,而是知耻,是指勇于战胜自己。

更怯懦的事在后面。一九六六年政治运动中那蔚阆的外交官夫君出了大事,被揭露出里通外国的罪行,他似乎已经成为革命的最危险的死敌。发牛津音的那蔚阆当然面貌可疑。她遭到激进少年的毒打,远比板擦与污水的洗礼升级得多。一天晚上受了伤的她不知怎么找到了住在远郊的沈卓然家,她要求在沈家躲一个晚上,她说否则那样斗下去她会丢命。

他可以找出一百个理由不接受那老师的暂避一时的要求,他与淑珍的房子总共只有十七平方米。他与淑珍的孩子已经八岁,已经上学。街道"小脚侦缉队"近在咫尺。革命的群众专政天网恢恢,目光如炬,覆盖如天幕。我们应该坚持两个相信,这是两条根本的原理,不应该躲避。坦白从宽,抗拒从严,抗拒革命就是反革命,当然。两条道路由你挑。我们要经风雨见世面。为人不做亏心事,不怕半夜鬼叫门。大风大浪并不可怕,人类社会就是在大风大浪中发展起来的。我们自己也并不平安。我们不知道明天会发生什么事情,我们确实帮不了你。如此这般,这个那个。他泥塑木雕,用一副死鱼眼睛看着那蔚阆,他这是此生的第二次失声、失魂。干脆只能说是神经官能性聋哑病发作。

……在那个时候到一个朋友家避风,这本身也是脑梗、智力短路！这正是企图引领一峰骆驼穿过针眼，这也是抓住一棵稻草支撑自己正在下沉的身体，结果当然是让稻草与自身同沉十公里深的海底。这是显然的强人所难，鸵鸟藏头闭目，实则是害人害己，骗人骗己。这是臆想狂，这是十足的颠倒与错乱。

沈卓然的泥塑木雕只用了两分半钟，那蔚崮胡乱地说着口齿不清的"对不起了"。他奇怪的是，虽然那老师比他年长近二十年，他并不认为这位高大上的女子的到来可能获得淑珍的同情与理解。而事实上，尽管没有同情与理解，而且明明看到小沈所抱的冷酷僵硬的态度，淑珍真诚地挽留了那蔚崮，前后十分钟。只有在淑珍真诚挽留的时候那老师的脸上显出了一点点血色，她从淑珍身上毕竟获得了些许的人情与温暖。

四

沈卓然与那蔚崮的故事本应到此为止，时过境迁，他不再为自己的少年奇冤与被扇耳光面红耳赤。他不再为自己的少年春梦羞赧低头。他不再为，他也并没有理由为自己没有能在困难的时刻帮助那老师而责备自己。

然而在淑珍的葬礼上出现了署名那蔚崮与李济邦的鲜花花篮。是阿里巴巴快递服务送来的。这几十年，谁谁发生什么事都是正常的，但是女老师姓名的出现使沈卓然立即感觉到五味俱全，是他的少年时期的懦夫罪过贻害到淑珍。他的一生首先不是成功的一生，而是惭愧的一生，忏悔的一生，所以他没有资格与淑珍继续牵手行走下去。他害了淑珍啊。

与此同时，他也纳闷于李济邦的姓名是不是那蔚崮的原装丈夫，他忘记了，他记得那老师当年提到自己的先生的时候发了一个上声字的音，他可能姓李，是的，但也可能是姓古，姓郝，姓钮，姓管，姓仉，主要是第三声。他常常记住他人的姓氏的一二三四声部，甚至记住一首诗句的音调,可能是咪、迷、米、密,但是记不住诗句,记不住人家的确切姓名。

姓氏为第四声的老师与她的第三声的夫君,甚至于没有留下自己的联络方式。他上百度与谷歌敲查二位的姓名,无内容显示。

我对不起淑珍,他在墓碑前流出了眼泪。

更加对不起的是他对淑珍一生的干扰。淑珍是新中国成立初期的归侨生,她原在印度尼西亚,由于新中国的号召力,她不顾父母的阻拦毅然在十六岁回到祖国。她的黧黑的皮肤,圆而大的黑眼睛,长睫毛,尤其是厚嘴唇,大嘴,带来了赤道的阳光、东南亚的风情与海外赤子的情怀,她也使北方的臭小子们为之神魂颠倒。她的好学、谦恭、礼貌、诚实、专注使她成为"三好学生"的标兵。一到十八岁,她就成了本校党组织的重点培养对象,而且她已经是新一届学生会主席的热门人选。

就在这个时候灾星出现了,灾星就是沈卓然,灾难就是沈卓然发出了给淑珍的信。

卓然曾经醉心于文学,成果是无。他唯一自信的是他给淑珍的信,他相信如果他把这些信保存下来,也许能够使他得到出版与招摇撞骗的机会。

至少,他的信是无法抗拒的,他的信是美丽的真诚,是人生的花色,是青春的强劲,是奇花异卉珍禽宝贝火种灵药,他的信会让任何一个女孩子甘愿献出自己。

一个崭新的时代的开始会是这样的,你相信我,我相信你,你相信所有的美好与光明,而以美好与光明的代表身份说话与做事的人相信你正在走向美好与光明。那时候每个人都认为你想干什么就可以干什么并且能够干得成什么。他们相信科学的发展会使去世的亲人重新复活。他们相信政治的发展会消除一切的差异与不平,全世界的男女老幼黑白棕黄红同吃一锅全家福,同饮一缸蒸馏水,同跳一曲欢乐舞,同写一部同读一部比荷马比屈原比莎士比亚比李白普希金雪莱拜伦所写都伟大百倍的伟大史诗的日子正在到来。那么,给一个刚满十八岁的高中女生写求爱的信,又能有什么可质疑的呢?

那是一个没有麻烦只有畅想的时代,那是一个没有怀疑只有相信的时代,那是一个没有背叛只有忠诚的时代,那是一个在自己这里只有爱情、在敌人那边只有仇恨的时代。

然而在那样一个美好的时代,一封封像花束一样芬芳,像夜莺的歌曲一样动听,像天空一样爽朗,像清泉一样纯净,像星光一样闪烁,像海潮一样汹涌的情书,给淑珍带来太多的扰乱了。

从此她的功课尤其是考试成绩每况愈下,她的睡眠状况日益恶化,她对于政治上进、党课学习、社会活动参与、学生会工作的积极性渐渐消退。

而在婚后,如果没有他,淑珍本来有更多的选择,更好的前途,更充实的人生。

然而淑珍不这样看,她说,在与他相好之后,她追求的是正常,是普通,是平平淡淡平平常常的日子,是生活,是一辈子的厮守,是永远的手拉着手,是一起看电视和看电影。呵,那拉着手看《斯大林格勒大血战》与《库班的哥萨克》的日子;那坐在一张小台子上点了木须肉与干烧鱼的日子;那烧热了灶火,在生铁锅里用葱花炝锅,有辣椒下锅引起惊天动地的喷嚏的黄昏;那乘着无轨电车走过路灯照耀下的寂寞的报刊亭与红绿旋转强劲发光的商场的时光;那几经煎熬,仍然永不分离,那进了被窝,沈卓然小声喊着林彪提出的口号"团结紧张严肃活泼",逗得淑珍笑出了眼泪的夜晚;那两人同时唱起《森吉德玛》与《小河淌水》,互相纠正互相配合,有时还唱起《苏丽珂》与卢前作词、黄自作曲的《本事》二重唱的欢愉……多么幸福,多么值得,多么甘美!

他们一天天、一点点年纪大了,更加喜欢唱什么"当时年纪小"了。"为了寻找爱的归宿,我走遍整个国土""记得当时年纪小,我爱唱歌你爱笑""梦里花落知多少",还有只有他们俩懂的暗语:关于旗手,关于电扇,关于火镰火石,关于山坡与森林,关于糯米填充的鸡肠子,关于学毛著就会立竿见影,关于列宁创办的《火星报》与托洛茨基创办的《真理报》,还有样板戏里的"谢谢妈"与《海港》中韩小强的咏叹调"我沾染了资产阶级的坏思想"。每当沈卓然说到"沾染了坏思想"的时候两个人就笑,坏思想一提乐翻天,贫贱夫妻百事欢,最最美好的时光他们是在最最狼狈的处境下创造与享用的。

有几次沈卓然轻描淡写地后悔当年对灾难中的那蔚聵老师的冷酷无情,称许当时陌生的淑珍对于他的老师的热情,他问:"为什么你的表现要比我好一百倍?"

"是吗?"淑珍全无感觉,"那只是常理啊,一个友人,一个教师,教过你,你还说过你喜欢她,你应该为她做点什么呀,做不了什么也还是要做点什么呀……难道能够是别的样子吗?"

那时沈卓然自以为懂得了政治,懂得了形势,懂得了处境,懂得了策略与手段,懂得了最新"两报一刊"社论;而淑珍什么都不懂,淑珍只懂得待客,懂得善良与文明的起码常识。他那个时期常常给淑珍讲解"两报一刊"的精神,淑珍听不进去,淑珍的逻辑与它们格格不入。

上苍给你多少快乐,就会同样给你多少悲伤,上苍给你多少痛楚,就会同样给你多少甘甜。没有比这更公道的了。

而恰恰是二十世纪九十年代他有点"小康""中康""巨康"了,他成了讲解古典文学与唐诗宋词的电视名嘴,动辄三万五万地进账之时,淑珍患了不治之症,原来他俩只有相濡以沫的贫贱之福,却没有芝麻开花节节高的发达时运。

我造成的,我造成的,沈卓然痛不欲生,他检讨自己的小人得志,他忏悔自己的胆小怕事,他承认自己的卑微渺小,他确有不敢成仁取义的犬儒主义、机会主义、实用主义、活命主义,他当不了胡志明也当不了切·格瓦拉,他对不起毛泽东也对不起淑珍应该更熟悉的她的出生地印度尼西亚共产党总书记艾地,艾地同志是被苏哈托军人集团处决的,后来马来西亚游击队的领导人陈平同志也失败了。是他罪愆累累,干扰了东南亚,使他终于老年丧妻,天塌地陷,一步没顶!

我的心太"软",港星唱起来听着似乎是"心太懒",我的心太懒。我已经丧失了平平常常的快乐的基础。沈卓然弯下腰,给墓碑行礼,小风拂来,他听到了一声低语:"不必,不必,也许,或许……"他匍匐在地痛哭。

这是刚刚开发出来的一块墓园,背靠青山松柏,面对梯田式一层层一排排预留的墓穴,方圆百米,只有淑珍一个墓穴有了主人。这里有一种宽绰,有一种安详与平和,有一种业已完成的宁静与圆满,在这里你会听到微风传来的低语。

五

然而他睡不着觉,这也是报应。他至少说了五十二年的嘴:他具有惊人强大的睡眠能力,他一沾枕头就"着",他可以利用五分钟打盹,他可以大会上、汽车上,起飞前起飞中起飞后持续打起呼噜,他一辈子没有吃过安定、舒乐安定、速可眠、眠尔通,他是愈睡愈精神,愈精神愈出活,愈出活愈能睡。他还忽悠说,养生的关键是睡眠,悠悠万事,唯睡为大。

尤其最最缺德的是他无意中折了一回当地一个大红人的面子。大红人,女,海归,企业家,慈善家,教育家,爱国党派的省级学长,省政协副主席。他得到荣幸去陪红人吃佳宁娜潮州菜馆,副主席滔滔不绝地讲述自己每天要做多少事,日理不够万机也有八千八百机,她说她一天只能睡四五个小时觉,可能说到这里她意识到了一直是自己女声独唱,便扫了一眼,看到沈卓然,觉察出他也是个频繁出镜者,便礼贤下士地说:"沈先生这样的知名人士,您还能睡什么觉哇!您说说,您一天能睡多少觉?"

沈卓然蔫蔫地答道:"九到十个小时……"

他看到,大红人的脸色立刻变了。

是他太不厚道了,他本来应该嘿嘿哼哼两下就过去了,不该诚心撅红里透紫的副主席呀。终于,他遭报应了。

在淑珍走了之后,他干脆在深夜大睁着眼睛,不睡、不醒、不哭、不笑、不思、不愁、不惊……什么都不,百不千不,他干脆感觉自己的并不存在,他已经感觉不到自己存在的必要,已经失去了存在的理由。回家晚了,他已经不需要给淑珍打电话。一个新的饭局,他已经没有淑珍可以商量去不去和如果去的话送什么礼物。遇到一个讨厌的人,他已经没有可能向淑珍说一句刻薄的话解恨出气。没有了淑珍的呼应、疑问、分担、惦念、抱怨和庆幸,他的活与不活究竟还有多少区别的必要?

沈卓然哪里去了?他似乎在问自己。沈卓然并没有随淑珍而去。沈卓然确是魂不守舍。色空空色,沈非沈,卓非卓,然不然。沈卓然不是沈卓然,没有淑珍陪伴,他怎么可能是姓沈的卓并然?也就没有必要怀疑自己不是沈卓然了。沈卓然变成了一片空白,家是空白,生活空白,口腹空白,阅读空白,言语空白,共享空白,睡眠空白,失眠其实也是空白,生命的痛苦还是空白。

睡不着他干脆集中精神想,比如说,我压根儿就没有出生,比如说淑珍就压根儿没有出生,比如说,这个入夜无眠的糟老头子,压根儿就不是我,这儿不可以是也没有理由是第一人称,而只是,最多是第二人称与第三人称。一切都会迎刃而解。"无我原非你,从他不解伊。肆行无碍凭来去,茫茫着甚悲愁喜?纷纷说甚亲疏密?"这是《红楼梦》,至于无碍与茫茫纷纷,也许还只是后话。

谁让他夸夸其谈地在电视讲坛上大讲元稹的"惟将终夜长开眼,报答平生未展眉"呢?谁又想得到,转眼到了"独坐悲君亦自悲"的当儿,而"百年"竟并没有"几多时"啊!

淑珍却是走得英勇。她早早留下了遗书。她得知难以挽回以后坚决要求停止某些无益的抢救器具操作,她表示并无遗憾与懊悔,她讲了对于此生特别是卓然的满意之情……她说她不惧怕任何新的经验,包括到另一个世界去。卓然最最不能忘记的是淑珍的遗容,那么安详,那么从容,那么平常得大气盎然!

是卓然对不起她呀,对不起,对不起,其实他仍然有不轨之梦,其实他仍然有看图片看电影而思有邪的可笑复可悲,虽然绝无什么不妥的行为,是感恩心涤荡了他的胡思乱想,其中包括对一个欧洲女歌手的特殊感觉……

他也曾吹嘘自己的健康,七十多岁了还能够连打几局网球,还能中速跑步八百米,还能吃一斤半肉片的涮羊肉,还能盛夏在深水海面上游泳一千七百米。因为他少年时代太弱,他尤其注意保护自己,他不敢尝试任何的不健康的癖好与方式。

这一切都随着淑珍的远去而一去不复返了。他的两腮开始凹陷,他的头发开始干枯脆落,他的膝盖动辄吃不上劲,他的口气日益浊恶,他的视力听力明显下降,莫非我也该走了?我是一个软弱的,明白地说,怯懦的人。"守着窗儿,独自怎生得黑?"李清照《声声慢》里这两句话,小时候他以为是李词人叹息自己长得太黑,明明说是独自怎生得黑嘛!为此,他与淑珍之间有多少调笑!后来知道是说独自怎样挨到天黑!他更愿意将"黑"解释为语助词,那就是说,守着窗户,好一个"守"字!孤孤单单一个人,怎么得了,怎么活下去噢!

果然,独自很难活下去。有些事情你一直认为是很远很远,凡是认为很远很远的事情都会突然变得很近很近,就在你的身上,就与你同桌同室同床同声同气。不,死神并不狞恶,死神并不穿黑色的道袍,死神也绝非冰冷,死神很活泼,很亲热,很——你甚至于可以说"祂"很随意,是你的老朋友。他向你调皮地一笑,眨眨眼,问道:"怎么样,哥们儿,还不过来?"然后向你张开了双臂。

然而老沈不甘心,他不相信自己已经行将就木,他还没有准备好立即随淑珍而去,他猛吃各种催眠中西药物,包括医生告诉他某种进口好药,是重要的学长同志也会服用的。

他仍然觉得自己没有睡着,其实事后证明他睡了好久。他二十三点躺下,四点过半醒过来,如果没睡着他不可能安静地连续躺卧五个半小时,且无辗转反侧。睡眠过程中他的耳边一直淅淅沥沥,他听着似雨又像耳语更像虫鸣的声音。人生是一种起伏扬抑的噪音。他一直想着"我仍然睡不着觉""仍然我觉睡不着",却突然张开了眼睛,看到了窗帘缝子中透过来的晨光,而且,最重要的是,耳中响起的不再是淅淅沥沥的声音,雨陡然停止,耳语突然远逝,鸣虫突然冻僵,而一种城市特有的类似轰隆轰隆的机械性金属性吵闹声响,接管了他的被睡眠的单调郁闷的呻吟延续。他的耳闻进行了彻底切换,他现在的醒证明了他的可能低效与无感觉却仍然不容置疑的睡。

被入睡数次后他的身体状态略有改善,他吃了一次猪肉大葱饺子,他吃了一次打卤面,他吃了黄花鱼,就了一点泡高丽红参的药酒。

他腹痛如刀绞,他被诊断为急性胆囊炎,他做了急诊手术。由于是急诊手术,术前没有来得及倾泻胃肠,手术后便秘,前后五天没有排便,急急使用开塞露,乃至超量,一旦破门而出,犹如堤坝崩溃,四面喷薄而出,全身全床都是粪便,儿子刚从国外赶回,与他共战一宵,闹了个不亦乐乎,他甚至想到了生不如死的命题。值班护士可能熟悉这出戏,只慷慨地发给家属一卷卷卫生纸,绝不吝啬,人则远离他的病房,眼皮也不向此房间动一动。

但他还是感谢致敬于医护人员,疼痛、麻醉、手术、刀光之灾、血污,无微不至,使他从痛不欲生渐渐回阳,穿戴雪白的护士们用熟练的操作清洁着、处理着、拾掇着他的伤口和带伤的躯体的这一部分与那一部分,包括他自己也不喜欢多看一眼多摸一下的部分,使他渐渐康复,一天好似一天,她们是真正的救苦救难的天使。

出院不久,一位病友,一位年龄级别与待遇都比他高的新结识的伙伴来看望他,并且向他提出了再次建立自己生活的建议。简单地说,要给他介绍对象,告诉他立马就可以娶上一位资深的貌美护士长。这样,他主诉的一切苦处:失眠、失魂落魄、头沉头晕、孤独、惊悸、虚汗、脚心冰凉、食欲减退、给正在国外边工作边求学的独生子增添了太多的负担（四个月前刚为他的母亲赶回来一趟，这次又赶回来与他一道进行粪便大战）……都会迎刃而解。

"夫人去世了，你还活着，为了去世的夫人，你也必须好好活着，为了儿子，为了国家人民老天爷，哪怕是什么都不为，只因为你还没有死，你明明是大活人一个，你只能好好活着，你没有其他任何不同的选择……这里我要明确地告诉你，不论是谁，是多么孝顺的孩子，是朋友，是领导，是特级护理员，谁也代替不了老婆，老婆老婆，是生命的基石，是男人的保命稻草。因而……所以……必须……完全用不着……"口若悬河的病友说。

"毕竟现在不是唐宋元明清民国，五四运动已经过去九十年，而运动前一年鲁迅就发表了《我之节烈观》，就是在旧社会你也不存在不节不烈的问题……"厅长级病友对他掬诚以告，按此人的水平，不，说不定此公已经享受到副省级待遇。

厅长副省级友人往他手机里发送了一张彩照，这张彩照十分养眼，美与不美，俗与不俗，一抹夕阳，一捧残霞，一朵欲萎的鲜花令沈先生心痛，令沈先生心乱如麻，血压升高，失眠更失，不安更不。淑珍，淑珍，你怎么走了啊，你一走，我怎么全乱了套了啊！

六

这是一张稍长的瓜子脸，也许是葵花子？她长着一双有点像京剧坤角那样吊起来的"丹凤眼"，她有一种端庄、一种凝重、一种瘦削，她名叫连亦怜，十分的可爱与不俗。她说话的声音很小，话也不多，如怨如慕，如泣如诉。她常常低着头。她刚刚五十岁，比沈卓然小二十多岁。她的样子楚楚可怜，只有熟悉中国古典文学的人才懂得"怜"字在古诗中的地位，它比爱更古老，比爱更幽雅，比爱更男权却也充溢着男子的柔情与担当，甚至还有一点戏耍的心坎上的欢愉。

怜就是保证，就是允诺，就是永远对得起女子的起码的男人的诚实与决心，是好好地吃，好好地咂滋味，是上海人吃大闸蟹。怜还是对宝贝，对宠爱，对弱者柔者美者的一百种义务，一百种照顾，一百种珍惜，一百种"阴秀软丝"（您可以去查英汉字典）。风月无边，美味无边，浪漫无边，恩爱万千。

沈卓然的说法，祖国认字的人对汉字深情如海。连亦怜，你找不到这样招人爱怜的女性芳名。连与怜同音不同字，本身就包含着一种纠结和期待，一种凄美和缠绵，一种上腭与舌头的性感，一种结合的暗示，一种如莲的喜悦。连就是合，合就是连。中间加上一个发音部位靠前的亦字，嘴张不太大，说起话来好像要流口水，亦就是溢，亦就是嬉戏，亦就是羁縻，亦就是枕边喁喁吁吁。连与亦与怜匹配得天造地设。哪怕只是为了发音学科研，为了文化爱国主义，为了品鉴汉语与姓名学，他也不能拒绝与她会个面。而且那个病友是要请他与她到家里便饭。

介绍说，亦怜是大专毕业专门学护理的医院护士长，她的先生病故，她有一个儿子，患慢性病，为照顾儿子她已于两年前提前退休，现在每月还有退休金三千多元的收入，享受社会医疗等保障，在银行有三万元左右的定期存款。她一直沉默寡言，埋头做事，从无是是非非。丈夫死了七年，不断有人给她介绍男友，她只有一个要求，对方必须有二百平方米以上的属于自家名下的住房。她很简单，很实在，完全靠得住。

沈卓然未以为意地一笑，他说："我的住房建筑面积是一百九十八平方米，不够数啊。"

厅长从老沈的一笑中看出了一点轻蔑，他急着说："不，这当然不是问题。第一，你的住房设计比较经济，房屋使用面积超过了百分之七十，足用一百四十平方米。第二，你有固定车位，你的车位占地三点五平方米。无论从哪个意义上说，你是十足老秤的二百平方米住房拥有者。"

厅长觉得老沈的表情仍然不够认真笃敬,他说:"你需要一个护士,医护人员对你是无价的救星。她呢,女人嘛,五十了,女人五十在择偶上的处境等于男人的'n+1/2n',也就是说恰恰与七十五岁的男子匹配。天上地下,没有比阴阳调和更大的原则,阴阳和谐,才能齐家治国平天下长治久安。你不用说了,你是人五人六。她呢,大专生,退休金,无房户,她还能想些什么呢?还想要什么?学问?名声?级别?权力寻租?……"

第一次会面是在厅长家里。正是身为客人的连亦怜为厅长夫妇与他们的病友炒了几样菜,同样的西芹香干肉丝,同样的广烧鱼,同样的宫保鸡丁与同样的榨菜汤,你如同进了东兴楼或者听鹂馆。同样的焖米饭,软中劲道,米香绵绵,也使老沈赞叹不已。厅长说:"你教文学的不会不知道,当代一位著名的女作家说过,炊艺是通向家庭幸福的金光大道。"

沈卓然果然点了点头。

一周以后连亦怜住进了沈卓然家。本来,没有想到事情"发展"得这样快。

那是当年与淑珍恋爱的时候,那个夏天,他在公园里突然吻了淑珍的脸庞,淑珍说不,淑珍不高兴,淑珍能够说不,有说不的权利,也有不高兴的理由。那时候她向他异议的是:不该发展得这样快。发展问题,后来这成为他们夫妻俩的一个风情趣话。有时候办完了好事,在意态涎涎、情致飞飞之时,他会问她,他们两人发展得是快了还是慢了?发展呀发展,我的好人,如今天人相隔,发展烟消云散,笑语无踪无迹,夫复何言?

就在这个时候出现了连亦怜,对于七十六岁、被丧妻之痛已经压得如老杜之"老病巫山里""老病已成翁"的老沈来说,她恍如天人,她就是从画面上走下来的巧姐,给庄哥洗衣做饭,给庄哥带来佳馔、清洁、整齐……给庄哥带来枕席之欢。枕席之欢,迷人的说法,传统文化万岁!她在本市没有住房,她是借住在亲戚家。堪怜,甚怜,好端端一个上品的、无懈可击的女子,竟然五十岁了连个正经住的地方都没有。他规规矩矩地说,她可以住在他家里,她可以拥有自己的房间,他不会随意去骚扰。

她没有说是也没有说不,没有点头也没有摇头,但是她没有走,不但给他做了他喜欢吃的手擀打卤面与黄瓜鸡丝粉条,还擦洗了他们房里的家具,扫净了犄角旮旯的尘灰,擦拭了并且摆正了墙上的挂钟照片书法与山水画,然后,不管沈卓然的劝阻,她跪在地上擦地板。一晚上只说了一句话:"今天晚上我儿子有人管。"

入夜,她给他铺好了被褥,她摆的是两个枕头,两床棉被,共用一张薄毯,两个依偎得那样近,不似新婚,胜似新婚,使沈卓然心神荡漾,脸颊绯红。他掐自己的耳朵,想证明这究竟是古稀老人的艳遇,还是少年臭小子的春梦。他有一些不安,他不但想到了淑珍也想到了那蔚阗,他还想到了有过一面之缘的欧洲女子。亦怜与她们各自的纯洁、优雅、活泼大异其趣。对于老沈来说,亦怜柔软如柳絮,空灵如云朵,光滑如丝锦,顺应如和得揉得恰到好处的面片儿,婉转如二胡曲。他最大的享受是大病之后发现自己仍然活着,仍然男子,仍然有气有力有欲有"坏"。同时,他从来没有过这样的失落心情,他感觉到的是色即是空,空即是色,他的感觉是什么都与当年一样,什么都已经今非昔比,他的好日子一去不返,受想行识,亦复如是。

他得到的是一百一的服务,是毫无瑕疵的第三产业的一丝不苟,是顾客即上帝的职场信条百分百遵守践行。然而她离他很远,她的眼神十分清醒。她的眼皮时而略略上翻,她似乎在内视,她一直在专注,在琢磨,她努力地保持在自己的世界里。她的动作是争取被动,像善于跳交际舞的陪舞舞伴,像风,像空气,像影之随形一样地围绕,完全无我无己,唯愿君得心应手。她几乎完全不出声音,她听任摆布,她轻如羽毛,她了无痕迹。同时,老沈分明发现,无论如何,爱咋的咋的,是她复活了沈某人,她挽救了沈,她带给沈新的生命。

发生了这一切以后,沈卓然更加疑惑,是发生了还是没有发生,当然不是与淑珍的酸甜苦辣的半个多世纪的日子，甚至也不是趴在那蔚阗身体上的春梦，也不是欧洲女子的风情万种……她给他带来的是尽善尽美的安排与敬业。完满的服务后面有一种悲哀的矜持。矜持的冷静中有一种遥远的尊严，一种艰难，一种带伤的坚忍。这在某种意义上更激发了沈卓然的渴望。因为他不能完全满足：他反省自己，君子求诸己，他的不满足也就是她的不满足，他老了，毕竟。他没有能燃烧起震荡起酣畅起迷醉起楚楚可怜的连亦怜，他气喘吁吁之中想着的是下一次，是他的有生之年，他仍然需要女人，却不仅是温顺与侍奉，他需要的是女人的生命之火，就像鱼需要水流，庄稼需要地气，他当然需要女人，因为他还活着。

而最最神秘之处是，从亦怜的某些动作，某些表情，特别是从她的微微摇头与嘴角的微微嚅动中，从某种隐蔽的私密的女人气息里，他想起了高大自如的那蔚阗老师来。这个感觉使他一惊。

他陡然一惊，陡然一想，这究竟是一种什么样的眼神呢？即使她是在做爱。

然后她去冲澡，她没有说话。

"你，好像，不喜欢说话……"

"发展早超过了说话了哟……"

七

从"灭亡"到"新生"，沈卓然的七十六岁的经验与巴金早期的两部长篇小说的标题吻合。他由衷地感激亦怜，感谢上苍，感谢淑珍的在天之灵护佑，感谢命运对于一个男人的恩赐，一个忠厚的有点才俊的不无怯懦的男人，离不开一个稳定的不慌不忙的哪怕是间谍一样的冷静的女子，离不开一种女性的容忍、沉静、节制、周到，医疗还有炊事。其实老沈也是喜欢吃的，他在淑珍去世以后几次反省自己的饕餮，他太喜欢参加公款宴请，从东坡肘子到牛排，从白斩鸡到炸乳鸽,从全家福到佛跳墙,从清蒸石斑鱼到葱烧海参,后来又从澳大利亚龙虾到泰国燕窝、鲍鱼、鱼翅、阳澄湖大闸蟹,他吃得太多太多,吃出不止一样毛病来了。吃多了有罪,他深信,在众生还远远没有温饱的时候。

他毕竟不能长在馆子里。他自己也会烧几样菜,做几样面食。口腹,身体,荷尔蒙,精神,话语,生活,一的一切,一切的一,在大势已去以后,后之后是尘埃落定,落在一个亦怜身上,天下定于一,老沈也定于一。他活着,过去靠的是淑珍,现在只能是靠亦怜。连亦怜,连亦连,怜亦怜,不怜亦怜,不连亦怜,不连亦是相连,连即怜即缘,缘即怜即连即黏即娴即绵。连吧连啊怜呀怜呀缘绵娴绵呀你呀你呀我呀我呀她呀她呀怎么能没有她呀!

连亦怜为他策划与执行了所有的保健项目,早晨,按摩与冲澡,喝凉开水八百克,牛奶、鸡蛋、肉松与香蕉、黑面包,降压降血脂药品。散步,太极拳。午餐后半个小时补钙……晚餐后的牛奶与长效白义耳阿司匹林。

连亦怜的到来改变了他家的气味,她立即添置了药用酒精与碘伏,酒精棉与碘伏棉,龙胆紫、红汞水、伤湿止痛膏药,创可贴与薰衣草精……听诊器、血压仪、一些急救药品也摆放在方便的地方。他叹息万物的沧桑多变,也感觉到了随时贴身的医疗保证。

她是美女、大厨、菲佣、老婆、保健员、护士、天使的完美集合。想到这里沈卓然想跳起来。

他接受了亦怜的儿子。儿子有一种官能的疾病,由于先天的某种元素缺失。他服用着昂贵的进口西药,和他妈妈一样的娴静文雅,当然是更加苍白与衰弱。他似笑非笑,似悲非悲,似存在非存在,似实体似影形。他绝对不惹人嫌恶。这样的二十岁的男孩,甚至于引起老沈的某种欢喜和佩服,这里头有境界也有克己。他想起淑珍的榜样。淑珍一辈子的最大特点是怕给别人添麻烦,她的第一信条是克己,其次是克己,第三仍然是克己。

啊,离得越久,越发现淑珍的非同凡响。她的非同凡响就是她的平淡与普通,她的高度的普通与平淡正是她的出类拔萃。她从来不计较不上心自己的私利,除了尊严。她从来不找任何人为自己办事,她认为每个人自己的事已经需要够多的努力与辛苦,尤其是她一辈子从不在人的背后说人的坏话,包括政治运动的检举揭发。别人说了她呢,她一筹莫展,她完全不懂得一个人为什么可以用绝对不友善的态度信口开河,编造传播,尽情诽谤,到头来把自己的卑劣暴露无遗。

"怎么会这样呢?"淑珍完全想不到也不明白这个世界上为什么会有无牵连无因果关系的恶意人种。她只需要常识,她只接受常识,谁也唬不了她,却极容易地唬住卓然。一个说法不符合常识,她也就不再放在心上,她也就感觉不到什么不快或者痛苦,她对沈卓然说:"有你呢。"她对其他人的表现干脆不以为意,视如无物。沈卓然受到了感动,便也说:"有你,这个世界是多么好啊。"

也许,只不过是无邪,只不过是不解,只不过是停止在某一条常规的线上。就像小学生看不懂高能物理的计算题,她和他怎么可能为答不上那关于为什么人生会有许多不良这一繁复的提问而苦恼呢?

只有感激。毕竟沈卓然是个善良的人。这一辈子他连一只鸡都没有宰过,他连一个麻雷子或者二踢脚也没有点燃过。他最多只吸了两口的香烟点响一挂小鞭。他最不愿意的是说他人的坏话,他相信向你说他人的坏话的人,见到他人一定说你的坏话。他相信他得到了上苍的怜惜,得到了淑珍的在天之灵的保佑,他在孤独了一年之后,一个女人,一个对于老年男子来说金不换的护士长与美食大厨家庭服务大师悄悄地走了进来,不但是美食,而且是美女,经得起看,经得起品尝与消化营养,年轻二十多岁,一声不响,服务周全,天衣无缝。她从早到晚不停地辛苦,勤勉过所有的家宅服务员小时工。连亦怜说:"我恨活儿。"恨活儿?沈卓然听不懂这个俚语。两次这样说了之后,沈卓然才明白,见到该干的活儿却尚无人去做,亦怜感到的是恨与仇,只有通过劳动让此活儿从她视野里消失,她才感到愉快与安然。这是恨,也许更正确的说法是憾,古汉语中恨常通憾事,恨不相逢未嫁时,就是憾不相逢未嫁。后主的"人生长恨水长东",苏轼的"长恨此身非我有,何时忘却营营",长恨岂不就是长憾?

有了亦怜,不再自苦,不再恐惧,不再一味恨憾,不用再咀嚼寂寞的凄凉,不必再质疑活下去的理由。男人的理由是女人。

他带着亦怜与他的亲友见面。他把亦怜的照片发给国外的儿子,他得到了祝福,但也有人据说背后说他的不是,他正在兴奋中,他对负面的说法完全不介意。

他带着她旅行,为此雇了专人照顾她的病儿。带她去了杭州西湖,去了苏堤花港观鱼,乘画舫去了西溪湿地,到楼外楼吃了醋鱼与梅菜扣肉。带她去了长沙,去了橘子洲头,看了青年毛泽东的意气发的半身像。去了西安,登了大雁塔,会了方丈法师。去了深圳,看了邓小平塑像,吃了粤式下午茶。去了武汉琴台,听了古琴曲《高山流水》,买了孝感麻糖,当然还看了长江大桥一桥二桥三桥、黄鹤楼与鹦鹉洲。他还与另外的一批朋友约定好,第二年春夏之交,他要与亦怜同游厦门、泉州、南京玄武湖、中山陵、苏锡常、河南南阳汉画像石、山西的隋塔、悬空寺与乔家、王家大院。

沈卓然准备好了一切手续,准备四月给淑珍做好清明节的祭祀以后,大约四月中旬办好两个人的婚姻登记,"五一"宴请两桌友人,举行规模适当的婚宴,重新建立自己的幸福生活。然后,走东南亚几个旅游胜地。

沈卓然完全想不到,这时连亦怜女士提出了一系列事宜。

八

连亦怜提出了以下几点:

第一　签订房屋赠予协定书,将沈卓然现住的一百九十八平方米公寓楼住室的产权证房主姓名更改为连—亦—怜。

第二　沈卓然现有的七十八万元人民币定期存款,全部转账到连亦怜的中国工商银行账户与银联卡上。

第三　目前有时过来照顾老沈的他的堂妹沈秀华,回自己的家,今后不再来此处。

第四　沈卓然的儿子提供法律文件,说明他在其父即沈卓然去世后,不会提出任何继承乃父任何财产的要求。

第五　沈卓然现在拥有的几件比较值钱的物品,钻戒两枚,玉石三颗,书画作品两件,金饰七件,全部赠予连亦怜所有。

几件事连亦怜讲得清晰明快,如数家珍,老沈乍一听,觉得很新鲜,很爽利,有几分幽默,他笑了,他想说:"怎么那么逗呀……"但是连亦怜的认真,达到了感情的沉痛、坚决,达到了心态的稳重、条理,达到了逻辑的分明与铁定程度,使沈卓然倒吸一口冷气。她,这个金不换的家庭主妇,这个侍候他做到了无微不至的女子,怎么瞬间变得这样严密、肃穆、精悍、悲壮、深文周纳,干脆应该说是伟大,是运筹帷幄、决策战略的大将风范,是精雕细刻、滴水不漏的大匠谨严,是一句顶一句、出口成章、出口成法成令的权威口吻,是清楚干净、字字千钧的文气文风。继幽默感以后,老沈的反应是想鼓掌,想喊万岁……不但坏人不知道好人有多好,一般低下小的人子也绝对不知道高大上的人物有多高多大多上。好你个连亦怜呀,你真是刺刀见红,一针见血,翻天覆地,扭转乾坤的奇女子也!

"那就是说,我变成一个彻底的穷光蛋,您可以随时把我赶到街头桥洞下边……"

"不会的,您的好心,我会回报。我写保证书,拿到公证处。我这一辈子,什么罪都遭过……可从来没有说话不算数。再说,您还有活期存折,还有卡,还有现钱……"

"您是从一开始就这样计划的吗?难道,半年来的共同生活您还觉得我靠不住吗?"

"我可怜巴巴到这种程度,只想找一个好人主子,还能有什么计划?!您是局级,您有职称,您有房,您有头有脸,您什么都有,您不可能知道我什么都没有的困难我受的苦,我丢的人。没法说给您。'饱汉不知饿汉饥',饱汉不知道什么叫孤儿寡母的日子。我只有我自己,老沈哥,您不觉得我是值得您出大价钱的吗?"

半年过去了,两个人同床共枕,同杯共饮,出则同行,入则同室,她第一次叫了他一声哥,老沈感动得落了泪。连亦怜说:"到我们这个年纪了,当然更明白,经济才是基础,是含嫡含肥的沃土,您能不明白这个吗?"

原来她还会这样说话,而且说话的自始至终,她的眼皮没有往上翻。她说话有自己的明确的思路,老沈越是觉得说法奇特,就越听起来言之成理,而且说得坦白老实,透明玻璃人一般。可能这样想的不止连亦怜一个人,这样清楚明白地说出来的,除了小怜,他还真没有听见过。

……两人的缘分就是这样告终的。沈卓然的拒绝是按照常识通理,他不能接受这种全面剥夺的方案,这甚至使他想起了土地改革中一种叫做"扫地出门"的对于没有重大恶行的地主的处理。

但是随着光阴逝去,卓然确实有时候也问自己,是不是他并非全然不可以答应她的条款。他应该多一点信心,对自己,对亦怜,对人类,对社会,对薄命的女子。舍不得孩子打不上狼!人活一辈子,房呀,钱呀,财产呀到底有什么用,活到他这个坎儿上,赠给一个自己确实喜欢的女人,让她感受一下人生世情的温暖,给她点正能量,这究竟有什么不好?人只能以善求善,以爱求爱,以信任求诚恳,以无私求奉献,以觉醒求幸福。怎么可能以设防求真诚,以自我保护求爱情,以斤斤计较求成全呢?人能活多久?人能和几个女子赤条条陶然忘机地搂在一起?如果到了这个份儿上还要步步为营、马其诺防线,活这么大岁数与再活下去还有什么劲儿?

真上了当,他也不是没有办法,他什么地位什么能量什么话语权?他何足挂齿?

从另一方面来想,她的自持,她的稳健,她的坦白,她的清楚,他摇摇头又点点头,他难以接受又不能不喝彩。她的向上翻眼与有时绝对不翻眼……他此生第一次碰到一个毫不装扮,一五一十地表达自己对于利益的关心的人。她的知者不言,言者不知,知者不博,博者不知,知者不辩,辩者不知,她的此处无声胜有声,她的喜怒不形于色,她的每临大事有静气……她的我有一定之规,如果她有机会,过去叫"条件",现在叫"平台"了,上苍给她一个平台吧,她绝不是苟苟碌碌者。她至少可以当个副省长。

她绝对是一个好人,她讲究的是商业道德,提供样品和售前服务,一切都光明正大,不藏不掖。她只是没有学会修辞的技巧与曲折路径。她既没有艺术的含蓄也没有政客的豪言壮语。她未免直白赤裸。她不是阴谋家。如果她是谋略家,如果她懂得"将欲取之,必先予之"的道理,哪有婚姻登记前明目张胆地进行商业谈判的道理!先登记上,底下的一切根本不成问题。他儿子在美国,能管他多少事?她堂妹说不说也要回农村,人家一大家子人呢。她只管嫁给他,他还能跳蹬几年?多少中产以上的老男人,最后不是落在哪怕仅仅一个保姆手里?CCTV12介绍过多少案例,子女再孝顺,起不了那个全天候陪伴侍候老爷子的保姆的作用,谁又能晓得孤独寂寞的老男人从保姆身上得到多少陪伴与慰安,体贴与抚摸,老而不死的局级待遇与正高职称拥有者啊,多少人最后把一切财产给了保姆而且引起了多少民事乃至刑事官司!

亦怜如果痛痛快快地嫁给卓然,她所要求的一切的一切,本来不会有任何问题,但是她为什么一定要明说,一定要竹筒倒豆子,干脆利索,直来直去,婚前就闹它个一股脑儿!她为什么这样明火执仗,急于求成,什么都摊到桌面上,违背了模糊数学、距离陌生、谦谦君子、点到为止的审美原则。这样一说,她不但当不了副市长,副科长也不够资格喽!

　　这个机会就这样失落。来如春梦,去似朝云。她最后的掏心窝子的言语,虽不铿铿,却也余音绕梁,落地有声!机已失,时不来,老沈呀老沈,惨矣哉!

九

　　在喜出望外的幸福感中,老沈已经带着亦怜与自己的所有至亲好友见了面,也向他们宣布了即将五一节举行婚礼的喜讯,特别是对于一位曾经共事过的老首长,他更是详尽地向他报告了他的丧偶后的状况。老首长曾经专门给了他一个电话,说是对连亦怜的印象颇佳,祝福他们。

　　好事告吹的结局令老沈不无狼狈,他只好再一一通知,他尽量轻描淡写,他说是对方面临了一些新情况,新困难,她可能需要远走他乡,她可能另有考虑,毕竟此事谁也不需要就和谁,这个那个,先不办了,吾老矣,不办也就不办了吧。他的亲友们都为之唏嘘,同时鼓励:"像你这种情形,正是钻石王老五!没关系,再找一个吧,我们城市里,条件好的待婚的成年女性,太多了,我现在就可以给你说两三个……"

　　老沈哭笑不得。老年人的婚恋问题,好像还很有新趣。他的一个老同学,丧偶后曾经考虑过续弦,被两个孩子骂了个狗血喷头……从此失魂落魄,低头缩颈,形如槁木,心如死灰,就在今年"五一",他老沈预定的续弦日子,此公心梗离世,咦!

　　月前他还与亦怜一起去看望过这个倒霉的老爹,他对老沈说悄悄话:"听说,对你的迅速再婚也有不好的反应……"唉,您说什么呢,现在对此公的反应是不是就好了呢?

　　只有对关系亲密,也是老沈最佩服其道德文章的老首长,老沈说了全部实情。老首长表示完全理解,也支持老沈的处理方式,他说搞得这样露骨，让"我们"即包括首长本人很难接受。市场经济市场经济，婚恋也彻底市场经济化了，这总是让人心里别扭。也许是小连碰到过什么特别的人，特别的事？也许她受过什么伤害和歪曲？一般地说，有点利益方面的务实考虑，倒也是正常的……老首长叹息。

不久，首长亲自向老沈介绍了一个知识型女性，"找个念书人吧。"首长摇摇头又点点头。起码不会与老沈谈商业条件的吧？该人是首长的一位朋友的小妹妹，今年已经六十出头，是当年科技大学的高才生，有过一段辉煌的经历，结过婚，有个孩子，可惜的是她命途多舛，丈夫四十多岁正是各方看好的时候因交通事故亡故，一直是一人带着孩子，也还踏实，后来她的孩子移居国外，把老娘扔下，她有点受不了……如此这般，热心的朋友们为她张罗个老伴儿。

"她为什么不出国找她的孩子？"老沈嗫嚅着说，说了又觉得不合适。首长是好意，他又有与小连的事情在先，他并没有摆出一副为淑珍坚守的姿态，人家去不去国外找儿女，他打问得着吗？

幸亏首长没有听清楚，首长说了，听力渐差，最近的听力测验，结果是降了二百多个基点。沈卓然马上恭维说，凡是老年后听力下降的人，都是寿星。

老沈与知识型女性聂娟娟见了一面，她戴着眼镜，头发花白，脸有点大，眼小，但是极其有神。下巴颏上的一粒黑痣看上去不那么可爱，但是一说话，她的谈吐就令老沈倾倒。她自我介绍说，她在科技大学就读期间，是大学的"三好学生"，市里的"五好青年"，省里的"青年社会主义建设积极分子"。她的毕业成绩，所有课程均属优等，一门"良加"的也没有。可惜她毕业的时候赶上了政治运动，不是由于她的原因而是她哥哥的原因，她被分配到了边疆做教师，教非所学，学非所用，为此，她奋斗了二十年，终于调回本市，能够教她当年学的东西了。她的课程全校有名。改革开放后她获得过两次创新奖，一次郭沫若奖，一次严济慈奖，她还是全国妇联评出的"三八红旗手"。她在牛津大学量子科学讨论会上语惊四座，她在德国汉堡大学被提名为莱布尼兹奖候选人。就在国外开会的时候她的丈夫出了交通事故,三天后身亡,她受了刺激,在医院里住了三个月。她从此每况愈下,但是,她讲的课仍然轰动全校、全市、全省。

她是不是有点喜欢吹牛呢?沈卓然想。

沈卓然约女教授到街口的一个鹿港小馆吃饭,要了两碗馄饨,一条清蒸鲈鱼,一客牛肉河粉。餐馆名称像是台湾品牌,环境布置得小巧温馨。聂娟娟从一坐下便显得颇为不安,且一再劝告沈卓然少点一点菜,"就点您一个人的吧,我吃不了……"果然,想不到的是聂娟娟除了用筷子搛了三个小小的馄饨吃下去以外,任何其他东西不吃不喝,还说她已经一再说过,她的饭量就是这样。说是她从来不吃鱼,她从来不吃牛肉,吃了鱼与牛肉就会得肠胃炎。说是她的吃饭很讲究,不吃韭菜,不吃胡萝卜,不吃香菜与芹菜,不吃红皮洋种鸡蛋,不吃大葱,不吃荞面,不吃花椒,不吃凤爪与鸭掌鸭舌……说得沈卓然又敬又乱又疑惧。唯一的此次与聂教授的共用午餐实际上不怎么用午餐,使沈卓然产生出一系列语义学上的困扰来。许多东西不吃,这能叫做"讲究"吗?不可能饱的食量,能够叫"饭量"吗?这能叫做正常吗?"我就是这样",当真"就是这样"吗?一个女性,学历很高,运气很糟,生活很孤独,这样的怪人为什么首长要介绍给他?但是与她说话确实很有趣,比与亦怜无话可说有趣,比突然听到亦怜赶尽杀绝的商务条件有趣。

与亦怜一起,他始终觉得不无陌生。而与娟娟一起,他脑中马上涌出了"奇葩"两个大字。她的奇奇怪怪的一切,使他大开眼界,学而后知不足,识而后知不识,天下之大,无奇不有,尤其是对女性,他自己真是太无知,太坐井观天了……就拿三个馄饨来说吧,第一,这是什么用意?她说她是一米六六身高,不矮呀,一顿午餐三个馄饨,是正常人饭量的八分之一,这里面有什么内涵或者背景,有什么动机什么暗示表白?难道这是一种克己?谦让?复礼?分寸?第二,这是不是一种特异功能?他这个年纪的人应该还记得,一九四八年

"中华民国"的国统区报纸电台纷纷报道重庆女子杨妹九年来未曾进食的故事，马上各地都有细妹子跟进，纷纷声称自己从小不吃东西或基本上不吃东西。整个一个国统区，正过着民不聊生、食不果腹的日子，碰到了你不吃我也不用餐的大好梦境，全民为之轰动，连国民党当局也为之激动，组织了专家组去调查，据说调查结果是在杨妹肛门上发现了粪便，粪便化验中发现了粮食残渣，科学家们做出了不食少女杨妹实则进食的结论。同时人们不死心，有专家分析说，杨妹进食远远少于常人，本是不争的事实，此点对于食品匮乏的我国，仍然有很大的意义。设想一下，如果全国百姓自觉节省口粮菜肴三分之二或五分之四点二，粮食供应形势立马好转，匮乏立马转变为富庶，其乐何如哉！

莫非聂娟娟是当代中国的杨妹升级版？沈卓然更感觉有乐儿啦。唉，一辈子沈卓然过得太憋囚，他应该接触更多的人，他应该接触自己完全不熟悉的女子，他应该一心去寻找奇葩，发现奇葩，研究奇葩，呵护奇葩。他当然不可能全无邪念，但他毕竟还有文明人的规则与道德意识，他不会做出不体面的事。人活着是为了知道，我知故我在，比我思故我在更靠谱。人应该识遍五颜六色，尤其要知道一点奇奇怪怪的葩华。你不是元首，你至少应该知道几个元首与他们的妻子女友，比如克林顿的绯闻与卡扎菲的女子卫队，杰克逊与他的女佣。你不是科技专家，你也应该知道牛顿、爱迪生、霍金和乔布斯。你不懂飞行航海，你也应该知道麦哲伦、哥伦布、戴维斯、麦克康奈尔。你不是杨妹，但是你已经听说了科学家的最新理念，人们的进食应该减少到三分之一，现在，一位一顿午餐只吃三个馄饨的量子物理学家、教授、女知识分子就与他坐在一起，侃侃而谈，娓娓动听，谈天说地，妙语如花，而且大致上是不吃不喝，反正她的不吃不喝不会给沈卓然带来任何损失，不会改变老沈的产权证与定期存款姓名，而只是带来节约俭省；她是空前的节能低耗减排型社会人士，何乐而不为呢？朋友，就是朋友罢了，而且，女性就是女性，他老沈可以不去抚摸聂娟娟的身体,他老沈可以不去与聂教授拥抱接吻、摩擦舐吮,他仍然感到了一种前所未有的愉快,一种舒适,一种补充,一种对于寂寞与孤独的排遣。即使是牛皮哄哄也仍然不失层次,不失素质。你好,杀猪捅屁股,门道独特的聂娟娟奇葩女士,什么时候我也听听量子物理学,听听十九世纪末二十世纪初物理学天空上的两朵乌云,欲穷千里目,更上一层楼,欲做高端人,先识女教授。我老沈的有生之年,有生之年攒劲噢!

十

聂娟娟很喜欢给老沈打电话,她的电话常常给沈先生以又惊、又喜、又乱、又疑、又晕、又累、又好玩的出其不意的感觉。夏天,她早晨五点四十分来了电话,很惊人。幸好,老沈的习惯接近农民,他五点三十分就起床了,十分钟后接到聂娟娟电话,他甚至觉得是天意,天不灭沈,一睁眼就热热闹闹忽悠上了。她在电话里大谈她的儿子,说他在硅谷取得了骄人的成绩,说是他被邀到比尔·盖茨私宅去做客,像我们的领导人的待遇一样。还有,她的儿子,一个电脑软件天才,被一个厚嘴唇的马来西亚女孩、一个嘴唇更加宽厚而且皮肤如黛黑绸缎的海地女孩、一个墨西哥裔拉丁女孩还有一个土生土长的美国加州一米八身高的女孩所同时追逐。聂娟娟大笑,说我儿子真有桃花运,"英特纳雄耐尔"就这样来实现。又有一次说是她儿子打算给她汇十万美元过来,被她严重制止。她说:"老沈,你想想,我要十万美元做什么?我一个人,我有十平方米的房子就够用了。我骨质疏松,我经常失眠,我喜欢唱歌,我不看电影,从小就不爱看,我现在每顿饭只吃四分之一两至半两粮食,我不吃红皮鸡蛋,只吃白皮,更不吃鸭蛋,我最多吃一个鹌鹑蛋,最好是吃半个。吃水饺我只吃一个,吃小笼包子我只吃三分之二个,吃馄饨我只吃一个半。上次是你请客,我不得不吃三个,吃太少了会让你失望。吃完了我差点撑死。我不喝牛奶,我不喝豆浆,我不喜欢豆子气味儿,我从来不吃冰棍更不吃冰激凌,我绝对不能吃梨也不吃榴莲,榴莲有一股鲜屎味……喜欢吃什么,我喜欢吃栗子,每次只吃三分之一粒,我也喜欢喝棒子面白薯粥,每次喝一调羹……"

又有一次,聂娟娟在电话里说:"我要请你吃饭,我们这边有一个淮扬菜馆,他们的狮子头我能一次吃掉五分之一。砂锅鱼头够我这样的人二十六个吃饱,你能不能找几个好朋友,一起来吃鱼头?淮扬菜的排骨黑里透红,咸里发甜……还有雪菜炒干丝。"这使老沈大惑不解,您吃得如此惊人的少,谁好意思让您请客?您推荐的菜要那么多人才能吃完,我上哪里找这么多食友去,其实若真是我的食友,最多仨人也就吃光了,您为什么要说够二十六个人用?看来,此言差矣,此言怎讲?谢谢了,您……

类似的话,再说一遍,老沈就感到了自己脑部的供血不足:热情、天真、寂寞、孤独、呦呦鹿鸣,食野之苹,我有嘉宾,鼓瑟吹笙,是渴望友谊还是虚张声势,是没话找话还是借题发挥……人是多么有趣的动物啊,女人更是多么有趣,多么神妙的物种啊!女人的话语,不似歌曲,胜似歌曲,不似魔咒,胜似魔咒;女人的旋律,不是后现代,远远后于后现代;女人的邀请,不是演戏,而已演戏;女人的大笑,谁知道是舒适还是苦大仇深?女人的哭泣,谁知道是怨怼还是高潮不期而至?

尤其是聂娟娟动不动讲一些物理学、电子学、遗传学、天文学、材料力学方面的术语,突然间演变成世界各大学的学术动态,演绎出英、法、德、俄语名词。她大笑着说莫斯科大学的一位教授给她写了求爱的信,她认为这纯粹是开玩笑,她相信全世界精神不正常的人数量超过精神正常的人的百分之五,越是所谓自由的欧美,精神病就越多。她问,您自由了,您由着自己的性子发展,您想怎么着就怎么着,您能不患精神分裂,您不撒癔症您想让谁谁撒癔症呢您?说到最后她又提起,她还接到了一个巴西原非洲裔黑人教授的示爱信,她说着说着大笑起来,笑得她在电话那边咳嗽,她的咳嗽似乎引发了哮喘,她在电话那头发出了牛吼和铁匠炉拉风箱的声音,呕呕的,呼呼的,似乎要把肠子呕出。老沈吓坏了,老沈知道,邓丽君在泰国就是这样哮喘病发作而过早地离去了的。

老沈对聂教授横生怜悯之心,邓丽君去世了,那么多歌迷为之悼念。如果是聂娟娟哮喘去世呢,头几天,也许谁也不会在意。这几天呢,刚刚有个人惦记她,就是同病相怜的沈卓然啊。

聂教授来了电话,老沈也得给人家去个电话。他去电话的时候聂教授更加兴奋,说的话更加广泛,漫无边际,天南海北,穆桂英杨家将,爱因斯坦相对论,杨振宁、翁帆、李政道、邓稼先、周啸天、伦琴、玛丽·居里、索尔·珀尔马特,也谈到了柳永与王实甫,龚自珍与聂绀弩,杨绛与钱锺书,台湾的钱穆。

聂娟娟说:"您知道咱们省的诗人孙醒吧?本来北欧的院士告诉他,是他要得诺贝尔文学奖的,一不留神,让莫言得上了。反正他早晚会得的,也不是挪威的也不是丹麦的,反正人家都知道了,五年以后孙醒获奖。他是我小学同桌的同学!此外还有某某、某某某,近年都有获奖的希望。都告诉咱们了。"

聂娟娟是无所不知的奇才!

有一次他们在电话中谈起了"革命样板戏",聂娟娟唱了一段《杜鹃山》里柯湘唱的"家住安源",然后问:"我唱得像不像杨春霞?"更想不到的是她接着唱了一段《海港》里方海珍的唱段"想起党眼明心亮",她唱道:"午夜里,钟声响,江风更紧……"使沈卓然大吃一惊,《海港》里的唱段没有几个人记得,如果不是聂娟娟学唱与提及,饰演方海珍的名角李丽芳的名字老沈早已经忘到了九霄云外。而且聂娟娟的嗓子是那样清亮干净甘甜,如村姑,如天籁,来自话筒的另一端。真是相闻恨晚啊!

凑趣的是老沈竟然能唱一段《海港》里沈小强的唱段:"我沾染了资产阶级的坏思想(昂),轻视装卸工作不(乌)应(嗯哼)当,我不该（咳）辜负了先辈（嘿）的希（意）望（啊昂），我不该（咳）听信那吃人（嗯哼）的豺狼！"他一边唱，电话那边的聂娟娟一边笑，告诉他，不是沈小强，是韩小强，"你怎么非得把样板戏里的落后人物改成与自己一样的姓呢？"

"那一年，我把样板戏上人物自我检讨的唱词都学会了，除了韩小强，还有杜鹃山上的雷刚，他的轻举妄动害了好同志田大江，雷刚哭腔唱了一段，荡气回肠……"

他们两人聊得可真痛快。

然后他们又就一个问题争论了起来，聂娟娟问："你记得样板戏《杜鹃山》当年正式公演的时候叫什么名称吗？"老沈说："不记得有什么变化呀，一直叫'杜鹃山'呀！"

"不对，正式作为样板戏演出的时候叫'杜泉山'，那时候的人真有意思，可能是觉得'杜鹃'太古雅也太悲伤，您当然懂啦，杜鹃就是子规，就是'归不得也哥哥'，太苦啦……"老沈听到了电话那头的哭声。这次通话，历时一小时十四分钟。

"还有你知道最早，《杜鹃山》里的起义武装的头儿是谁吗？最早他不叫雷刚，他的名字要好玩得多，乌豆……"在一小时十四分钟电话撂下五秒钟以后，娟娟又拨来电话补充他们俩的记忆。

这是一种完全崭新的体验：神经质，不无卖弄，万事通，出色的记忆力，阴阳八卦，中外匪夷，文理贯通，古今攸同。二人的通话话题扫荡文史哲理化生亚非拉生旦净末丑，重视大事也重视细节：信息量、新知新名词与旧事旧说法。"旧学商量加邃密，新知培养转深沉"，虽不深刻专一，仍然狼奔豕突，自成一脉。东拉西扯，信口开河，江水滚滚，波浪哗啦。为艺术而艺术，不无炫耀，言迷茫便迷茫，顾影自怜。痛快淋漓中自怨自艾，一拍即合中其妙莫名，互相欣赏中彼此费解，你我吹嘘中左右为难。还有超越饮食男女，绝不谈情说爱，也不是柏拉图，未必是用概念的撞击取代器官的摩擦亲热。又不是刑场上的婚礼，没有准备喋血青史。不是林觉民的与妻诀别书。不是刘青锋、金观涛他们的"公开的情书",述而不作,翻印必究。这里是一种混乱的、模糊的、跳跃的、打镲的、超越一切实务的安慰与享受,抚摸与滋养。如果说这也是一种老年人的爱情的话,这是无爱的爱情,这是行将消失的晚霞余晖。这是仍旧的落日照大旗,马鸣风萧萧。这是蒙头盖脸、天花乱坠、相激相荡、出神入化、谈笑风生、内容空洞、色即是空、空即是色的爱情,或绝对非爱情。玛丽莲·梦露没有这样的爱情,柳梦梅、张君瑞没有这样的爱情。罗密欧与朱丽叶,没有这样的爱情。安娜·卡列尼娜与卡门,也没有过这样的爱情。文学、戏剧、电影与连续剧中这样的爱情还没有出现过,因为它不是爱情。

老沈喜欢起聂娟娟来,没有柔情,没有肌肤的亲昵,没有私密与私处,连性器官与第二性征的想象神游意淫也没有。没有服务,没有温存,没有接触粘连,没有贲张与分泌。没有生活细节,没有炊艺、枕席、画眉、搔痒痒、捏肩揉颈,没有脸面、五官、嘴唇与躯体,更没有舌头。不是相濡以沫,没有沫,不濡,而是相悦于神哨瞎忽悠,相悦于言语的狂欢,试探寻觅,资讯重组,虚虚实实,连蒙带唬,冷饭重新热炒,热菜迅速冷冻,抡起纪念碑,扬起积淀的尘埃,记忆翻滚,旧事加温,年事推移,喜怒哀乐日益淡化却也就是日益醇厚发酵变酸变香变苦。不,又不全然是神哨忽悠,是生活,是口腔与哮喘,是神经元与肺活量,是什么都记得,什么都生动,是八十岁重温十八岁的无限依依,是永远的泪痕与笑靥,是拥有过与告别了的一切,是"我们都年轻过"的温暖,是"我们都记不清了"的悲凉,是"我们都是倒霉蛋"的风流倜傥,是我们都是精英,都是才俊,终于都是废物垃圾的痛惜……是难辨的记忆,是或有的往日,是往事不堪回首,往事岂可忘记,往事仍然多情,往事尽在无酒的酒兴、无主题的主题、无共同的共同、无携手的携子之手、与子偕老当中,慢慢温习,慢慢远去。

而经验使我们彼此靠得紧紧的:不是一家,亲如一家,不是自己,犹如自己,这百十年,我们的共享的回忆太多、太多了。啊,爱情,共同的记忆,共同的叹息,共同的胡诌八侃,共同的再怎么赶也赶不上趟儿了的鲜活的生命。

原来,经验的凸凸凹凹,粗粗细细,经验的曲线与伸缩可以是性感的,质感与多汗、多味的。智慧、风格、谈吐、夸张的想象、信口的胡言,都是魅力,都是撩拨,都是力度冲动,都性感起来活活要你的命!谁想到过这个!古往今来的小说家、性学家、青春偶像与影视女星、毛片角色、娱乐记者……竟然还没有表现过这种体验!

有那么一点激动了,虽然老沈不过是老沈。

十一

忽然,他找不到聂娟娟了。

聂娟娟突然失联!

连续一星期又一天,老沈没有得到聂娟娟的电话,他打电话过去也屡屡被"现在无人接听,请稍后再拨"的软件自动提示所结束。

老沈急了,他不惜去打搅因身体欠佳已经卧床多日的老首长,要聂娟娟的地址,原来娟娟只给他留了电话却没有说地址。老首长问候他们来往的情况,老沈说她是一个很好的谈话伙伴,如此而已,还没有想下一步。首长听了很兴奋,十分钟后让老伴给他回了电话,告知了他聂娟娟的住址。

按照获得的地址,沈卓然花了一百六十二块钱,打出租车到了地儿,他大吃一惊,她的住处不但在远郊,而且她的房号说明,她住在一间小小的地下室里,在那里租房住的人,都是农民工。在农民工居住区,聂娟娟的住房也是最狭小最寒碜的。

沈卓然努力要求自己做到镇静,镇静,再镇静。他毕竟走向耄耋,又经历了与淑珍的生离死别,刚刚经历了与连亦怜的大起大落,他已经处变不惊,他无变可惊了。

他塌下心来做了力所能及的调查研究,还是毛主席说得对,没有调查研究,就没有发言权。对于聂娟娟,众说纷纭,莫衷一是,但也有共同点，同一个楼区的打工的邻居们，一致称她为卖晚报的老太太。卖晚报？是的，她每天下午三点半起，在一家清真涮羊肉馆子前卖晚报，据说能日进三十元到五十元。沈卓然一听，只觉头晕眼花。她，她不是教授吗？她不是有退休金吗？

"不，不是为钱，人家是玩儿，是解闷儿，老太太最愿意的就是直着脖子在那儿吆喝'晚报嘞晚报嘞，又一个贪官坐监狱嘞！'叫什么来着？人家说，那是体验生活。人家说过，荷兰哲学家斯宾诺莎不也是这样吗？他倒是不卖晚报，他磨镜片。还有中东国家的一个大诗人，他的职业是理发师。"

了不起，农民工的素质也大大提高了。

都知道她是教书的，有的管她叫老师，这样称呼的多，有的管她叫教授，这样称呼的少。所有邻居包括一名管理人员，都说聂老太是个大好人，亲切朴素，与群众打成一片。她饭量小，这是真实的，没有人有不同看法。有一次一天她只吃了两个枣子加一小杯开水。有一次她买了一块烤白薯，吃了两天。还有就是她已经在这里居住了五年，这里的打工仔、打工妹、打工姨，随着雇主的变动搬来搬去，只有聂老师坚守在此地不变，有一位打工妹从这里已经三进三出啦，每次回来都看到聂老师、聂教授、聂老太，风光依然，头发日益白掉，声音仍然清脆爽朗。

聂老太为什么住到这里来了，其说不一。有的说，她原来有一套单位分的公寓单元房，近九十平方米，用不着，太孤单，卖了，于是到这个都市里的乡村，农民工的居住区落户，每月只花房租一千元。她与大家亲亲热热。有的说可能是她的孩子在国外遇到了什么麻烦事情，需要老娘的破产支援。有的说，她根本就没有孩子，或者孩子早已经在国外没了，不然五年当中，谁看到过她的孩子回来过一次？一套单元房的价款都给了孩子了，起码三百五十万元，可邻居们不知道她的孩子是男是女，是男是女哪能完全不管老娘亲呢？美国人也不能这样呀！听说美国人虽然不知道孝字，倒也并不六亲不认。而且聂教授学问那么大,她的孩子,有不懂事的吗?还有,人家经常是不吃不喝呀,嚼裹不费呀,又能看家又不费养活,哪个孩子不欢迎这样的老爹老妈!

有人大胆提出,聂老太说话没有什么准头,她结过婚吗?她当真有过儿女吗?谁敢保证?立马有人出来说,他就敢保证,他与聂娟娟面子大,他在聂老太那里看到过老太太与自己的先生和孩子合影的照片,她男人穿着呢子大衣,人家牛着呢。人家儿子,长得又像妈又像爸,模样俊着呢。

那么现在聂老太哪里去了呢?管理人员告诉了医院的名称与方位,老太太病了,住医院了。

天色已晚,沈卓然一头雾水,提醒自己要考虑考虑。聂娟娟对他讲的话里至少有百分之七十或者更多是虚构的,她的邻居农民工们也都知道她说话没有准儿,同时他们一致认为她是大好人,他们更一致同情她,说她这样的有学问、善良、亲民的孤寡老人天上没有一个,地上没有第二个。他们中没有任何人认为她的谎话连篇是个什么问题。他们既不是人事科又不是派出所,何必非知道她的真实经历不可?邻居们还一致同意,她太命苦,她生活在城市,她上过大学,她教过大学,她又有组织又有户口,但是她命苦,比农村的打工人员还命苦。

沈卓然满意于自己的公关能力,他居然在与陌生人接触中得知了这么多情况。越知道得多他越糊涂,到底是怎么回事?有点离奇,有点找不着北。有点超出了他一辈子的生活经验与理解能力。他似乎又愿意有所惦记,有所牵挂。妻子天人相隔,儿子大洋相距,工作早已退休,讲课可有可无,朋友不少不多,话语可说可不说,会议可出席可不出席,死亡或早或迟,早也谈不上太早,因为他已经转眼八十,迟也不可能太迟,八十过了九十还能过吗?九十过了,九十五还能过吗?一百了,一百又当如何?不信你老小子能混上一百一!他已经刀枪不入,他已经胜负无别,他已经生死相接三百六十度,他已经在淑珍走后经历了小小艳遇,他已经搂紧过亦怜,进入过亦怜,最后只怕是无怜无连、无亦无义、无情可言……呜呼哀哉。

那么,现在有这样一个奇葩让他惦念,这是多么幸福,这样才不至于弄成个不可承受之轻。

那么聂娟娟呢?聂娟娟是谁不是谁?有意还是无意说谎,与他有什么关系?同是天涯沦落人,相逢何必曾相识?何必相知?怎么可能相知相识?知与识何必一一核对?何必求真求实求是?人生本来嘛也不知,你又对人家娟娟说了多少真实呢?你说了你弄坏温度计的事了吗?你说了你梦中爬到了那老师的身上去了吗?你说过"文革"中你对那老师的冷酷无情了吗?命运是真实的吗?遭遇是真实的吗?《郑风》"女曰鸡鸣,士曰昧旦。子兴视夜,明星有烂。将翱将翔,弋凫与雁"是真实的吗?韶乐与《东方红》是相知相和的吗?《离骚》与《古拉格群岛》是真实的吗?唐明皇、杨贵妃、白乐天的《长恨歌》与"埃及艳后"的故事是真实的吗?吴妈碰上了阿Q,瞎猫碰上了死耗子,沈卓然遭遇了聂娟娟,就不能演绎出崔莺莺、杜丽娘、林黛玉、爱玛,包法利夫人们的惊天动地的爱情来吗?

如此这般,已经是十七点了,沈卓然想起了自己没有吃午餐,他找了一个小馆子,叫上了娟娟的几个邻居,要了两份馅饼、两盘扬州炒饭,每人一碗雪菜肉丝汤面,还有一盘凉拌鸡毛菜一盘麻婆豆腐一个牛腩锅仔,一起吃饭,更加确信了"人民"对于聂娟娟的肯定与赞扬是可以信赖的。人民,只有人民,才是动力,才是标准,才是幸福,才是依据。

一位十七八岁的男孩子说:"我带您去看老太太吧。"

终于找到了六人一间的病房,护士不让老沈进病房,说是女性病房天黑后不准男性人员探视,老沈不得不拿出电视明星的派头,说明自己是在电视上讲过白居易和苏东坡的老师,偏偏整个一个医院,没有一个医生护士勤杂工人有闲心收看什么诗词歌赋讲座。老沈还强调,自己找到这个病房很不容易,一个单程的"的"费就是多少多少,护士立即予以驳斥:您为什么不早一个小时来?老沈无言以对。

　　这时有一个女中学生前来陪病人妈妈的,认出了沈卓然,表达了对他的敬意,帮助沈老师向院方讲情,费了九牛二虎之力,老沈总算进了屋。

　　与电话里滔滔不绝的聂娟娟判若两人,她无言,她基本上闭着眼睛,对老沈的到来反应麻木迟钝。对是什么病的询问也不回答。老沈看到了她的一条腿被吊起来,询问是不是摔了跤,造成骨折,聂娟娟影子一样地哼哼着回答:"有,可能是。"

　　老沈自然也就凉了。他坐了十分钟,只是枯坐而已。

　　他告辞。"嗯。"聂娟娟对他的告辞回答得比较痛快,似是卸掉了一个负担。他沈卓然来得毕竟太冒失了。如果是英国人,绝对不可能当这样的不速之客。中国文化,没有受到邀请而自来的客人却也可能是颇受欢迎引起意外的惊喜的人,他沈卓然仍然不是。显然,他的到来给娟娟带来的是尴尬,如果不是痛苦,是打击,如果不是毁灭的话。

　　他向后退着告别,像日本人觐见天皇完事儿,从陛下那儿退出来的时候一样。他看到了娟娟的嘴在动,他连忙走了过去,他告诉娟娟,他的听力与他的老首长一样,正在急剧地下降,他因之没有听到她方才说的话。但是,她没有再重复自己的话,沈卓然看到的是娟娟的一滴眼泪。他的感觉是,娟娟也许真的快要走到生命的尽头了。

　　晚年巴金,喜欢用"生命的尽头"这个短语,沈卓然是从巴金那里学来这个相对婉转一些的说法的。

十二

　　一个月后,沈卓然接到了娟娟的一封信,可能是由于投递地址写得不清不全,可能是由于老沈住的这个小区物业管理混乱,也可能是由于电邮与手机短信微信的发达使邮政大大受挫,他用了这么长时间收到郊区寄过来的一封平信。

信上只写了八个字"谢谢你对不起再见"。

娟娟还在信纸上画了一个可爱的小兔子。为什么是小兔子呢?她属兔?还是她受了美国"花花公子"腰带标志图案的启发?

他询问手机的语音助手,软件用中英两种语言提示说:"对不起,没有这个电话号码。"

应该是,电话撤了。

他去找老首长,老首长已经病危,不能说话,不能交流互动。他问老嫂子,老嫂子说是不知道这么个聂老师。上次传达聂女士的住址?早忘了。问别人,别人更不知道。他想再去一次老地方,最终并没有去。历史上的事往往重复两次,第一次是虚惊,是诈乎,第二次是真是没救了。第一次是狼来了?没有来。第二次是没人理?真来了。现在他与聂娟娟当真失联了。他想找好友,找阅历多见识广的朋友一起谈谈娟娟,他憋了太多的话。他已经约好了饭局,临时改了主意,没有经过本人同意,他不应该任意谈论一位女性与他的私人交往,与他的私人通话,他不是也绝对不应该是斯诺登,他不是 CIA 美国中央情报局,也不是 SIS 英国的军情六处。同样,他不可能去审干,也不会为此主办双规。他可以与娟娟谈话,可以不谈话,但是他不应该透露娟娟与他谈了什么。他尤其不可以找上朋友,找上能人一起来分析聂娟娟教授的虚实长短心态动机悲喜与隐痛。他最最痛恨的一种男人就是与某个女人发生了一些来往,八字还没有一撇,就拿出去说事,乃至是去卖弄自己在女生方面调情方面的成功。有的人甚至于拿出某个女人的动情的信给一帮只想猎艳的狗男人看,这样的男人狗彘不如,这样的男人应该毫不犹豫地割舌去势。

……想不到有这样的节奏与频率,娟娟的信才收到三天,一位已经告老的原人事干部大姐来找沈卓然,开门见山,要给老沈介绍对象。

老沈略显犹疑。大姐痛批道:

"你以为你是谁?你不是浙江文化名人章克标,百岁征婚。你不是唐朝武则天时期出生的名将郭子仪,或者东汉年间的长沙太守张仲景,八十得子。机不可失,时不再来,你还等什么?中国能有今天的发展,一靠政策,二靠机遇,你的问题,不需要政策,关键是看你自己抓没抓紧机遇。机遇不抓,等于什么也没有。今天的事今天做,咱们等不到明天!上面不是没有说过,要有紧迫感,要有计划有追求有日程有时限!人生绝对不可以往后拖!万事万物,赶前不赶后,这是我的信条,你打一下五笔字型试试,'赶前不赶后',打出来竟然是'干部素质'四个字,绝了,哈哈哈哈咿乎呀乎唉……"

这位人事部主任,只是在退下来以后,才发挥了她作为长期接受"二人转"熏陶的东北人的口才,她讲得还真好,不服不行。

与聂娟娟确切失联后三十九天,沈卓然家里来了新女友,吕媛。吕媛身高一米七,块头很大,笑声爽朗,见第一面,她就说:"只要在穿衣镜前一照,我就想起'中国劳动人民还有过去那一副奴隶相么?没有了,他们做了主人了'。谁的文章?对,《介绍一个合作社》,毛泽东,一九五八年六月,发表于《红旗》杂志创刊号上,写于四月十五日,在广东执的笔。"

人与人是怎样的不同!淑珍是清水河。那蔚萴是云朵。连亦怜是家用智能电器。聂娟娟是一路神仙、一路无路可走的散仙鬼魂天才妖狐不幸的人。而吕媛像一部大吨位 L 系叉车,人、头与脸、胳臂、屁股、言语、气势、肺活量都是大号的。

吕媛原来是省直机关的理论教员,专讲马列主义基础与毛泽东思想概论,后来也讲过邓小平理论与"三个代表"重要思想,科学发展观的年代她退休了。但干了几十年,退下来,她仍然坚持天天看央视的"新闻联播""东方时空""焦点访谈",坚持认真阅读《人民日报》第一版与理论版,坚持看《人民日报·海外版》的"望海楼时评"与《光明日报》强有力的"光明论坛"。

吕媛可能猜到了沈卓然的反应了,她说:"他们本来要介绍给我一位有名的将军的,我想了想,我毕竟不太熟悉军事,听说您是一位学问家,我愿意与您结交共处。"她看了看沈卓然这一百九十八平方米,说:"以后,你们家的粗活重活,登梯爬高,买菜买面,都可以交给我。"她的豪爽、痛快、义气、认同乃至轻信,溢于言表。沈卓然不由得给她鼓了鼓掌,啪啪啪。

初次见面,老沈略略一惊,他没有与这样雄伟的女性共处一堂过,虽然他本人,成人以后,尤其是改革开放以后,由于贪吃,由于后来的养尊处优,其实也并不算矮小瘦弱。吕媛一米七,老沈一米七一。吕媛七十五公斤,老沈七十六公斤。吕媛有房,一百二十平方米,老沈一百九十八平方米。吕媛的退休金每月七千二百元,老沈的退休金每月八千三百元。当然,老沈有稿费与演讲费,问题是吕媛也有。如此这般,当然老沈略胜一筹,却仍然感到了吕媛的某种强势。加上她的自信,她的嗓门儿,她的畅快与阳光,甚至她的姓名让老沈想起著名的《后汉书》中所记载的马援来。老沈觉得吕媛不是善茬儿。

她向老沈自我介绍,五年前她检查出了癌细胞,她进行了五次化疗,她奄奄一息,受够了罪,她的体重只剩下了三十九公斤,她女儿做主把她搬到了深山里,她喝完全不一样的水,吃不一样的粮食,吃山上的灵芝,她连墓穴与骨灰盒都为自己准备好了,她的前夫来与她永诀,结果,她好了,她战胜了癌变,她女儿救了她的命。她不但为自己重新赢得了生命与健康,她也为她就诊的省肿瘤医院赢得了卫生厅的大奖,院长已经提升为副厅级干部,当选了省人大常委。她本人去年参加了老年时装队、老年乒乓球队、老年国际标准舞蹈队,她被评为全国"抗癌英雄"。为此,她首先感谢她的女儿,是女儿鼓励了她,告诉她不要退缩,勇往直前。而且,从二十世纪八十年代,由于她的前夫的"不老实",她与他离异以后,她一切靠女儿,与女儿相依为命。抗癌的成功使她有信心重建爱情婚姻家庭,生命在我,生活在我,幸福在我,在我的女儿。她现在一切的一切都听她女儿的。

老沈不能不赞美她的胸怀坦荡,她的透底阳光,她本来可以不说自己生病的情况,至少这一般来说不会有利于她与老沈的关系的进一步发展,但是她对生活是从最最正面的角度来思考的,抗癌英雄与战斗英雄劳动英雄一样,是她的无上光荣,她太棒了。

于是老沈请她们母女俩一起吃云南饭,显然,女儿认为他老沈合乎标准,饭后第二天,吕媛打了一个电话不等老沈确认,打了个"的",就带着随身物品住进了老沈的家。

老沈的家从此变成了吕媛的家,吕的声音更洪亮,吕的主意更多样,吕购买各种过去老沈从来没有问津过的小食品小商品,从不商量,也不跟老沈要钱或等着老沈掏钱,她自己有着大把大把的票子。日本带把茶壶、眼镜架、印度象鼻佛像、马来西亚胡椒糖、广西长寿乡香猪腊肉,把老沈闹得眼花缭乱,欲罢不能,欲停无术,了不起啊,她是真不把自己当外人呀。

吕媛如果晚生二十年,她也许会成为体育举国体制的另一项成果,她应该去从事女子拳击,砰、砰、砰,击倒世界女子拳击冠军米娅·圣约翰。

而现在她的冠军性格表现在她的指点江山上,她一会儿抨击省报的一篇报道标题不通,一会儿讥笑省电视台著名主持人读的别字……电视台名主持人将"士大夫"读成"shidafu",而吕媛认为应该读作"shidaifu",问题在于那个字多音,老沈拿出汉语字典来,说明"大"在这里读成"da"或者"dai",都是允许的,只有在"大夫"当医生讲的时候,才只能将"大夫"读作"daifu"。结果他遭到了吕媛的痛击,吕媛跺着脚说:"老天爷呀,原来你也念不准这个字!"

"《现汉》是国家语文委编纂的,你总得听国家语文委的呀!"

"国家语文委的乌龙多了,这些年他们改了多少字的读法写法了,屁!"

老沈受惊。他的这一百九十八平方米的房里,还没有出现过这样雷霆万钧的语势。

同时老沈也渐渐感到了吕女士的"二"与"糙"。洗完碗筷,厨房是一地水迹。冲完沐浴,卫生间到处水汪汪。打开抽屉,拿完东西,关上抽屉,仍然留着一道缝。"你再多一毫克的力气就可以把抽屉关得严丝合缝了,为什么偏偏硬是不肯关好呢?"

　　吕媛仰天大笑,她说:"这就是俺的风格啊,想俺吕媛,仰不愧于天,俯不怍于人,俺对得起你!俺女儿说了,沈伯伯是好人,妈妈你可以嫁给他!"

　　"可我没说要娶你呀,你女儿做你的主,也罢,你女儿并不能做我的主呀……再说,我也没有见过你这样的女人呀……"话已经说出来了,但是分贝不由自主地降下来了,吕媛根本没有听到老沈说话。最后,五天之后,老沈向吕媛摊牌:不希望"发展"得太快。他总算尝到发展过快不便的滋味了。

　　老沈终于受不了吕媛的喧宾夺主了。他决定说出自己的话。他说感谢她与她的女儿对他的肯定,然而他自己并没有想好。他说与她见面自然是可以的,请她们母女吃饭也可以,但是"我并没有邀请您搬进我家。我没有觉得感情到了那一步。您的主动使我感觉到的是被动。三天来,您与我同床共枕,我没有激情也没有要与您拥抱亲热的感觉,对不起。是的是的,您并没有打呼噜,您在床上也没有打嗝放屁,我说的不是那个。我只是说,也可能是由于我老了,老伴去世了,近三年不断地有朋友介绍我结识一些女性友人,都很好,都可爱,都有长处……但是我觉得是我自己把自己搞得很累很紧张,我相当疲倦,我已经不行了……"

　　吕媛的脸色变了,她说:"我知道,就是那个小娘儿们的祸害!她是害人精呀,她是诈骗犯啊,她是艾滋病啊,你带她去查一查,我保证是阳性反应啊!"

十三

　　此话的出处在于,就是那天上午,连亦怜来了。
　　连亦怜说:"我只是从您这儿一过,顺便跟您说一句话。我看到您这里有一位姐姐,我更踏实啦,您!您也甭惦记,我很好。我下礼拜二结婚,您知道咱们省的房地产大王李二虎吧,不,不是他,是他爹。他爹八十六,两米二的个子,得了中风,口眼歪斜。可是他喜欢我,他需要我,他拉着我的手不松开。李二虎给了我一处房子,还有一百万块钱。我不是坏人,我从来没有想欺诈谁,欺诈李二虎与欺诈您一样,没门儿!货卖与识家,物有所值。您是好人,您没有蒙过我,我也没糊弄过您。您知道吗,咱们这种岁数的婚姻,有多少欺诈,多少骗局,多少黑暗!一个老家伙,借了别人的房子假装他的房产,幸亏叫我查出来了,我没有上他的当。还有一个,拿假的银行储蓄存单给我看,我一看号就知道是假的了,我没有说破,不要逼得狗急跳墙,现在坏人不少,我们孤儿寡母不是坏人们的个儿……"
　　她讲了一点自己的故事。她是旗人。她妈妈是一位后来成了上流人物的格格的非婚生女。她太祖姥姥临去世的时候看出了一九四九年后国家的变化,她的遗嘱是她的女儿即亦怜的姥姥必须找一个根正苗红共产党员夫君,否则谁也不嫁。她的姥姥于是一直拖到三十二岁才结的婚,但是她二十九岁时与一个人好过,生下了她妈妈,却因为不符合太姥姥提的条件忍痛中断了这个婚事,把生下来的孩子即她的妈妈扔到了深山里。
　　几经周折,她与妈妈考证出了自己的身世,她们找到了姥姥,她没有想到姥姥冷酷无情而且振振有词,姥姥咬牙切齿地说:"我对你没有母女的感情,也没有母女的关系,我的感情早已经被摧毁得一干二净了,这不是我个人的事,这是历史,这是沧桑,这是大时代的小小悲哀,不值一提。而且,我没有钱。你不要以为我当了外交官就有钱,不,没钱。我不能给你钱,你们出身于劳动人民的家庭,这就是我给你们的最大贡献,最好的礼物。我无情,我无情,我早就无情了,我的丈夫,贫农出身,老八路,外交官,又怎么样?运动一开始就斗垮了,他自杀了,我找谁去?你们踏踏实实,你们健健康康,你们到底还想要什么?"

……连亦怜说,她的要求很纯正,无非就是生存的保证,无非是生存权,无非是让儿子得到护理和有限的治疗。她儿子的疾病就是贫困造成的,她本来还生过一个孩子,因为供应匮乏得了更重的病,死了。她说沈是高等人,沈是大知识分子,沈是讲文明理想爱情道德的人,她对不起沈,她是讲穿衣吃饭尤其要命的是住房的人。"我很下等,我低层次,但是我不害人,我从来不说假话,我只求满足我与有病的儿子的生存需求。"

沈卓然掉了泪,这使吕媛大发雷霆。连亦怜走后,沈卓然才想,也许她姥姥就是他所不能忘怀的那蔚阘?能是这么巧吗?世界能是这样小吗?转来转去,像一头毛驴子,它转不出五尺见方的磨坊。

他暗自抱怨吕媛,您究竟是谁?您吃的哪一门子醋?您又优越个啥?他下了决心,当晚与吕媛摊牌。

吕媛听了他的话又羞又怒,她说道:

"和我在一起,哪个老朋友不说是你占尽了便宜?我本来是要与将军,不,是中将,再过若干年就是上将,我本来是要当上将军夫人的。总共咱们国家有多少上将,你知道吗?我舍了他跟了你,我哪一点配不上你……"

沈卓然后悔自己刚才说话太直白,对于女性,他的话打击太大,太伤人,他低头嗫嚅:"您处处绰绰有余,您远远胜过我,不是说配不上,只是说俺配不上您,俺孱弱,俺不行,俺从小就怯懦,俺上对不起父母领导,下对不起子女群众,如今尤其对不起女朋友。俺没有什么希望,可别耽误了您……这几天您花了好多钱,我这里预备了八千块钱,您带上,八就是发,我祝福您!"

吕媛当然没有要沈卓然的钱,她拂袖摔门而去。

一周之后,吕媛给沈卓然来了电话,态度平和文雅,她缓缓地说:"没事。买卖不成仁义在。我只是关心您,我没有任何其他的目的,但是我不放心您,毕竟咱们有咱们的缘分。您去一趟医院吧,我认识一位主任大夫,看您的病一定有把握,您有中度的抑郁症,您是性冷淡,您的内分泌有问题,您已经不男不女啦,您需要补一补……"

沈卓然唯唯诺诺,不住地称是,他相信吕媛打了整一周的腹稿,心里至少讲了二十次,把这几句话说出来才能活下去。正像连亦怜把财产视为生存的保证一样,吕媛的生存前提是把要说的话必须说出来,尤其要把他"已经不男不女"这个关键句刺刀见红地展现出来,这话说出来有多解气!舒服!他则诚恳地向吕媛表示,完全正确,他就是有抑郁症和性冷淡,他有问题,他不健康,他早就暴露了缺陷,他感谢她的关怀,他需要她的介绍,下周他准备星夜起床,排队去挂专家号,他准备购买高丽参、虫草、枸杞、鹿茸、鹿鞭、蚧蛤、鹿血、干桂圆、肉苁蓉……

他多么希望把自己补成原子弹啊!他这最后一句表决心的话没能说出来。他不能再说伤害女性的话了,一个男子如果连续说伤害女性的话,那个被伤害的女性,应该有权利使用冷兵器杀死他。

十四

吕媛的名字就此别过,其实吕媛挺好。女人都是奇葩,吕是力量型葩。连是周密型葩。聂是才智型葩。那老师是贵族型葩。淑珍则不仅是葩,淑珍是根,是树,是枝,是叶,它提供荫庇,提供硕果,提供氧气,提供生命的范本。没有奇葩,这个世界将会窒息。没有奇葩,一切是何等的乏味,生命将会是何等的干枯和重复,人的定义将会是何等的单调与空洞:一种两条腿的,需要吃东西,并把食物变化为黄褐色软棍状恶臭物质的,生下来就注定了要嗝儿屁着凉灰飞烟灭的动物!

　　与女性奇葩相比,男人,臭小子,臭男人,头脑简单、自我中心、贪婪拙笨、粗野凶霸、好勇斗狠、自以为是、侵略扩张、无情无义,有时候又是拘拘谨谨、鼠目寸光、哆哆嗦嗦、呆呆木木,有什么好!男人最多知道个一三得三,三八二十四,女人却知道三三十三点,六六二百五,七七巧没个够。男人只知道云沉了下雨,雨下了出小苗,女人却知道有没有云,天上都能下鲜花,下馅饼,下神仙也下玉面狐狸精与她的情人牛魔王!

　　那么,他上学时候已经不能释怀的那老师,究竟后来这几十年怎么过的呢?老沈设想了无数版本,升一级再升一级。如果她当真就是连亦怜的姥姥呢?没落的贵族、垂死的优雅、空荡的羽毛、渐失的体面、或有的机遇、必需的灾祸、少女的失身、无情的了断、恐惧与毁灭、手段与谋略、拐点与难点、坚忍与厚颜、顽强与美丽、阴冷与克制……为什么老沈,不,小沈要想起她来呢?为什么对她念念于心?一日为师,终生为母。一日入梦,梦中的情人。她如果还活着,也已经年近人瑞,俱往矣,我们曾经年轻过,活过,只是当时已惘然。她应该已经,不然是即将安息,极乐,她应该早已平静,她应该早已神佛,安息吧,可爱与可怜的那老师和她的女儿,或者是不被接受不被承认的女儿,还应有她的不被承认、不被接受的女儿的女儿,与他睡了几觉的,不一定是她的外孙女,其实是不是外孙女并没有必要弄清楚,是就是非,非也是是,有也是有,没有也是有的人生奇葩们啊,我爱你,我爱你们,我不配爱你!

　　渔阳鼙鼓动地来,源源奇葩动地来,黄尘清水三山下,更变奇葩如走马。奇生奇,葩生葩,奇葩还将扣响沈卓然的家门。

　　…………

　　一个自称三十九岁的女孩子,穿着浅色套头衣与咸菜色瘦腿裤,梳着男孩子式的三七分发型,扭动完美的苗条身躯,背着一个大书包,一见沈卓然就用恰到好处的湘妹子口音说:"沈兄,我是送货上门来了!"

她开出一系列名单,张书记、李领导、周秘书、王主任、赵校长、邢老师、冶局长、郅先生、徐总经理、邵台长、衣制片人、于经理、劳作家……她的手机上显现着他们的电话,他们都是沈卓然最信得过的好友,但是她不希望由他们来介绍。介绍?笑话!谁介绍过芳汀与珂赛特给冉阿让?谁介绍了茶花女给阿尔弗莱德?又有谁介绍过契诃夫的"带小狗的女人"给德米特里·德米特里耶维奇·古罗夫,在至今多事的克里米亚的雅尔塔镇?

"就是王宝钏的彩球,也比如今的介绍更火爆!"她发挥说。

"我觉得我到您这儿来,不用介绍。"她无比自信、先锋、潇洒。

"我听过您的讲课……茂陵刘郎秋风客……三十六宫土花碧……忆君清泪如铅水……您讲得太好了。我更喜欢听您讲李商隐,红楼隔雨相望冷与从来系日乏长绳……"

新出现的,对于卓然来说全然是少女型、新潮型、"七零后"型又是洞庭湖型的乐水珊,她的比奇葩更奇葩的启动方式取得了很大的成功。她证明了自己,她畅谈李长吉与李义山,正中沈卓然的中脘穴。正在迅速衰老的沈卓然立刻感觉良好了起来,他的脸上出现了甜美的笑容,他的双目开始放光,他的嘴角变得柔和轻快,他的咳嗽马上停止,他的眉头立即舒展,他又加上了自己的体会,他说:

"隔与冷是李商隐笔下的雨的特点,这与其说是由于雨不如说是由于他的心情。而他的心情平心而论,与其说是由于他的遭遇,由于他在牛与李的党争之中站错了队,不如说是由于他的脆弱,脆弱的另一面是敏感,敏感的成果则是艺术,艺术透露了脆弱却又治疗着脆弱,因为有诗词的美,语言的美,悲哀的美。消灭对于美的感觉比消灭一支部队还难。一个人,即使是老死的时候,垂死的时候,如果想到他应该死得绝美,死就不那么可怕了,他就开始战胜死亡了。美成为抚摸也成为解释,成为旋律也成为节奏,成为小心翼翼也成为浩浩荡荡,成为弱懦也成为骄傲。你难以摧毁一个诗人的心,你难以摧毁一首诗的结构与构思,你甚至于摧毁不了一个句子。三军夺帅易,匹夫夺志难,夺美夺诗更难,原来的黄鹤楼早已坍塌毁灭,有崔颢与李白的诗黄鹤楼就永垂不朽!人们对于美的感觉更个人也更隐蔽……"

奇葩自称名乐水珊。她强调说,她是湖南人,湖南人被称为湖南骡子,她有自己的牌理,从来坚持做她自己。她喜欢老年人,她这二十年接近够了浅薄、暴躁、愚蠢、幼稚,来如阵风,去似一个出溜屁的小伙子。她觉得老头远胜臭小子。她觉着老人就是一首诗,老人就是文化,就是传统,就是内涵,就是古器的光辉,就是惊人的苏格拉底脸上的皱纹,好古敏求。三下五除二,干脆说,她愿意成为沈卓然的伴侣,老人就是马克思的络腮胡须。她愿意爱沈老师,服侍沈老师,爱抚沈老师,陪伴沈老师,直到明天,直到明天的明天,直到终极,直到另一个世界……她没有任何要求,她没有任何计划,她没有任何条件,只是在沈老师得便的时候希望与他老谈谈唐诗宋词……

"张书记、李领导、周秘书、王主任……您给他们打打电话,他们都了解我,他们说我爱学习,有智慧,有前途……没什么,我辜负了他们的厚望,我现在的单位是大元文化发展公司,我们的董事长是于书记的儿子……挣够了钱,我有兴趣的是研究中国古典文学。我没有经济问题、作风问题、纪律问题、和谐问题……各种各样的黄色、白色、黑色段子,我不看也不转。这又有什么奇怪的呢?有各种各样的人,有的人即使带着身份证和介绍信,即使有您的老领导给你打电话,他仍然可能是坑害你的骗子。有的人即使与您同床共枕一百天一千天一万天,您仍然可能摸不着她的底细。有的人即使您把他选成了高官英模,您仍然想不到此后哪一天他会原形毕露,成为一条断了脊梁骨的癞皮狗……有的人,就像辣椒一样灼热,像阳光一样光亮,像珠玉一样圆润,像李白一样性情,像我一样天真直率清明痴迷。"

如此这般,乐水珊当天就住到了沈卓然家,就与沈卓然睡在了同一张床上。当然,她睡得晚了一些,她上床的时候沈卓然已经鼾声大作,虽然并没有什么其他亲热,老沈这个晚上仍然睡得分外踏实与喜上眉梢。乐水珊好像轻轻拍了拍老沈的脑门,摸了摸睡眠中流出了些许口水的老头子,又轻推了沈卓然一下。沈卓然感觉到了,他抱歉于自己的鼾声,又幸福于少女的手掌轻抚轻摸轻推如天使。蒙眬中他觉得乐水珊的手相当粗糙,这是劳动人民的手。当然,安琪儿再次降临喽!老沈幸福得呻吟了一声,眼角沁出泪珠,就像重温少年时期春梦。尽管幸福满意得欲死欲瘫欲飞欲散欲随风飘去,沈卓然并没有振奋张目雄起。经过了一番超强度历练,特别是经过了聂娟娟教授的非人间的非此岸的超度点燃与提升引领,再经过吕媛的临床诊断与义正词严的黄牌警告,沈卓然一年前已经不灵了。该有的老化退化反应,三高三低,硬化弱化,增生脱落,他哪样也不缺少。他失去了不用伟哥,胜似伟哥的豪迈了。人生易老,光阴无情,门前河水尚能西?休将白发唱黄鸡!诗词是救不了您的啊!

十五

安琪儿的降临果然带来了新气息。乐水珊嘴里哼哼着英文歌曲,嚼着日本纳豆,拨拉着莫扎特巧克力球,有时甚至是嚼着槟榔,唱着曾因汉奸罪长期服刑的湖南老乡黎锦光作曲的《采槟榔》,不停地拨着听着写着最新款的 S5 三星手机。虽然看不见与小乐通话通信的对方,也听不清时不时飘到老沈耳朵里的小乐的话句,但是家里出现了杂货店加电话间加小吃店加文化站加卡拉欧开歌厅包间的混合气息。而小乐与手机在一起时的表情,嗔怒、喜笑、逗趣、欣然、嗲娇、摇头、翻眼、吐舌、错齿、噘嘴、挥手、转身、鬼脸,像在演戏,像在考电影学院的表演班,像在走舞步,像后现代的有中国特色的东方芭蕾,给老沈家带来了无数新一代的生活、动感、气息。

也带来了完全不同的生活习惯,铺天盖地的零食休闲食,各种各样的半制成品、速冻饺子、包子、馄饨、元宵、汤圆、肉夹馍、咸鱼夹烧饼、三明治、比萨、馒首、火烧、速食面条、米线、河粉、肠粉,还有各种的豆、各种的球、各种的片、各种的脯、各种的脆、各种的颜色、各种的味。老沈的家一下子就欢势起来了。

老沈家里有一架国产星海牌钢琴,原来是小孙子学琴时用过,那永不复返的黄金时代,那时家好月圆,三代人团聚一堂,其乐融融。然后,它沉默着成为沈家盛世的纪念。小乐的到来使之时或响出两声《少女的祈祷》《致爱丽丝》,后者由于成为太多的人的手机彩铃,已经使国人的听觉器官饱和膨胀欲呕。老沈懂得有些成功给真正的艺术带来多么无解的灾难,就像百分之百地大获全胜会给帝王、将军、学者、作家、斗士、宗教领袖、奥林匹克冠军带来奇祸一样。他走到正在弹琴的小乐那里,向她摆摆手,示意她停止她的节奏不精准、琴键发声也已经失常多年,而小品曲本来精彩,因精彩而普及到令人难以忍受的催吐弹奏。

乐水珊果然很乖,吐了一下舌头,停弹,关上钢琴盖,抱歉地向老沈乖巧地一笑,站起,走开。

老沈想起了儿子儿媳在、孙子在、尤其是淑珍在他身旁的幸福时光,泪眼婆娑。不,他已经得不到多少真正的幸福了,太阳落山明朝还会爬上来,花儿谢了明年还是一样地开,我的青春一去不回来。孙儿当年的钢琴无论弹得多么混乱无序,他得到的是天伦的快活,是幼儿的朝气蓬勃,是祖孙三代的连续与整体感。小乐呢,她弹得哪怕能直追郎朗,他得到的却是好景不再的永远的失落唏嘘。失落了的熨帖是泼出去的水,找不回来喽,您老!

他渐渐发现了一点蹊跷。小乐做饭马马虎虎,速食半成品,微波打一打,开水泡两泡,给他端了过来。她自己想吃尝两口,不想吃干脆只给自己的炊事成果一个美好的笑容;然后把剩饭倒入专门的厨余垃圾袋,她在垃圾分类方面做得很先进科学,潮。

小乐每晚最快乐的事情就是打发他上床入眠,给他倒一杯开水,给他放好纸巾,给他整理好被褥与枕头枕巾,不厌其烦地帮他吃完降血压血脂与补钙补维生素 E 的保健药物,相当殷勤地推荐他吃一到两片马来酸咪达唑仑俗名多美康片,说明这种药如何先进,如何她听说过,许多他们敬爱的首长与大师,人大代表与政协委员,书记与主任都吃这种药。

有时候老沈本来没有想吃安眠药,看到小乐那天使般的笑容,听到那入情入理、温柔敦厚的语句,轻柔磁性、如抚如击的声音,感受到了乐水珊的人气人息人温人和人力人意,他觉得小乐劝他服用的不是化学药片,而是关怀,是仁义,是温柔,是二十一世纪的科学与人文前景,是生命的安慰与将息,是男人的干枯最需要的滋润与浇灌的露与雨。

在他服用多美康的一刹那,他好似看到了小乐的一种调皮与得计的表情,这个表情使他微微地不舒服了一下。他在乐水珊的注视下闭上了眼睛。

凌晨四点未半的时候他醒了过来,他想起了一个词,叫做"控制"——"精神控制"。他觉得自己吃了一颗苍蝇。他发现小乐睡得十分克己,只占用了两米宽的双人床的一条边缘,他不能不明晰,这个年龄比自己的独生子还小一岁的孩子,其实离他很远。

从此他断然拒绝了睡前服用多美康。他有意无意地注意起小乐的生活规律。他逐渐发现,正是在他一般情况下入睡的晚十点半钟以后,小乐的真正生命活跃了起来。各种电话绵延不断。他隐隐约约地听到她那里讲的话与生意有关。她有时讲英语,她有时讲的应该是西班牙语,她有时讲广东话与闽南话。她会不会是间谍?他打了一个激灵。

他甚至于一天假装想吃药了,假装早早地入睡了。然后他悄悄起来,走近小乐打电话的那间书房,他听到了各种商业用语。有趣的是,虽然他多次提醒小乐电话应该优先使用声音质量信号优良而收费低廉的座机,小乐非常"自觉",她坚持只用她自己名下的手机三星 S5。

　　一周以后,他得出结论,当然,不用心怀侥幸,事实如此,事实无情。小乐到他这儿来的目的是寻找一室写字间加半室临时住房,她是一个胸怀大志的犟骡型湘妹子,其实,成为当下中国的成功人士的外部条件,她是一点点也没拥有。但是她具有常人没有的智力与决心,敢于采取常人不会采取的手段,走与众不同之路,她的目标是成为中国信息产业与文化产业的巨鳄巨星。沈卓然不能不为她的精彩绝伦而鼓掌叫好,沈卓然不能不为她的狡诈与自己的想入非非而老泪纵横,惭愧无地。

　　他沈卓然在发妻死后,做的是引狼入室、引狐入室,哪怕是引葩入室、引仙入室,转眼间发展到招商引资、招标融资、自由行、众奇葩百花齐放、登堂入室的地步了。他彻骨地悲痛起来。

　　"……无边落木萧萧下,不尽长江滚滚来。万里悲秋常作客,百年多病独登台……"这是老杜的诗。多么贴切啊,只消稍动几个字:"无边落木萧萧下,不尽奇葩滚滚来。万事悲摧犹忆旧,百年期至叹何来?"

　　他还想把开头两句"风急天高猿啸哀,渚清沙白鸟飞回"改成"雾重天低悲厚霾,山荒猿走鸟无回",最终还是放弃了这消极的话语。他接受孔孟的教导,要把握的是:乐而不淫、怨而不怒、哀而不伤。

　　次日,他裁下一张十六开宣纸,用京东网售的自来水毛笔将他前面胡写胡改的四句诗写了下来,约了乐水珊到附近一家湘菜馆吃剁椒鱼头、炒干豆角和吉首酸肉,还请小乐同酌了两杯湘泉厂出的"酒鬼"酒。他与乐水珊聊了一回画家黄永玉与他构思"酒鬼"包装的经过。他拿出他胡改的诗页说是送给水珊做纪念。小乐只惶惑了半分钟,说话也有点走神,她立即回过神来,表示感激沈卓然老师对她的创业维艰的支持,她明天九时半以前一定离开沈家。她还掏出八张百元钞票,表示这是她对八九天来在沈家的挑费的小小感谢。

产生了极大的争执,双方互不相让,也就是双方互让,绝对不妥协。老沈急了,急不择话,说:"你还干了那么多活儿,你还花钱给我买安眠药,你还侍候了我,你还自费买了那么多糖豆儿……"

第二天早上,八点刚过,乐水珊不听阻拦,清扫干净了沈家以后,撤退得干干净净。次日,沈卓然收到水珊邮汇来的八百元汇票。这事使沈卓然心乱如麻,全身刺痒疼痛,后背上出现了许多疙瘩,只觉腰背的皮肤已经不长在自己身上,只觉后背扣上了一个疙里疙瘩的牛皮革盾牌。盾牌上金属浮雕一样的疙瘩们,几乎失去了对于他的手指搔动的感觉,只有疙瘩内部的一股火烧火燎在困扰着他。

十六

开头,沈卓然以为自己患的是荨麻疹,过去,他很得意,别人读不出"荨"字的正音,说成什么"寻麻疹",而他读成"前麻疹",很有些上过大学,读过中文系,知道"茴"字有不止一种写法的优越感。但不久前,国家语言文字工作委员会以一不做、二不休的气概决定,干脆以国家的名义宣布将错就错、约定俗成,"荨"干脆不念"前",而念"寻、旬、循、巡、询、荀"了,他差点没晕倒。

他以为是荨麻或前麻疹,他以为是吃剁椒鱼头吃的,他以为湘菜太辣,不适合他这种老年人,就像生气勃勃的创业大干型不到四十岁的湘妹子不应该使他色令智昏一样。有女如荼,静女其姝,湘女奇葩,衰男其误,他怎么丢人丢到了这步田地!

他还有点低烧,他去看了急诊,急诊大夫只有内科,病人自述说自己由于吃辛辣菜肴得了荨麻疹,还似乎有小的感冒,他过去也患过这种病,他的皮肤属于过敏型,他需要开脱敏药、助消化药与中成药"连花清瘟胶囊"。他甚至于没有让医生看他的后背。由于他的年龄的增值作用与他的小有社会地位,医生对他百依百顺,稀里糊涂把他打发回家了,回家后他的后背后腰变成了硬甲了。

又三天后确认是病毒性带状疱疹,长在背上,正是典型的民间所言"缠腰龙",北方名龙,南方称蛇,毒蛇缠腰,疼痛钻心,不能入睡,不能咀嚼,不能咳嗽,不能行动,连医生都说,发现得太晚了,他的反应超出了常人。

这也是奇葩。缠腰龙是病毒疾病的奇葩,他的主观主义、自以为是、不懂(医学)装懂,也是老头子的奇葩!

甚至在他病得求死不得、求生不能的状态下,仍然有新老友人同事领导老乡亲戚来找他这个钻石王老五提亲。提出的对象有退休的驻外女参赞,有专练软功的获得过巴黎杂技奖的老杂技演员,有说话尖刻的涉嫌口头异见人士,有混血儿,有老年间劳模附传媒报道资料。他几乎是哭着求饶,他说他要登报声明,年老体衰,谢绝黄昏爱恋,他准备写血书拒绝任何关心,他的血书数据化摄像后,准备在微博上发布。

还有当年做讲座时结交的电视台一位好友,邀请他参加电视相亲节目"为爱向前冲"与"我们约会吧"。关于他的种种传闻,已经使他在公众中树立了风流时尚的形象。当然,与他的经验相比,约会吧,太保守,往前冲吧,太夸张。如果爱,就住过来吧,这才是他的经验,未免放肆。其实,住过来就住过来,连"吧"字都根本不需要。伟大祖国,已经何等进步了啊!只有几个海外华人,还对伟大的步子嫌慢呢。

"缠腰龙"干了他一年,他搞得精疲力竭,身心俱疲。他又搞得若有所得,精神世界进入了新的制高点。在急剧衰老的混乱过程中,他记得有一次自己似是收到了那蔚阆的讣告。他哭了一场,却在事后再找不到讣告了。他仍然坚信他的对于收到讣告的印象是确凿的,合乎逻辑的,认真的,靠得住的。那么聂娟娟呢?她的讣告会不会寄给他?

他做了决定,不但委托儿子,而且委托本单位的老干部处,在他沈卓然死后,不要忘记给连亦怜女士、聂娟娟女士、吕嫒女士、乐水珊女士发送讣告。

他给各朵奇葩定了位,连亦怜是画中人,聂娟娟是神仙,吕嫒是英雄,乐水珊是先锋前卫。还有那蔚蕳是骊山圣母,老母,梨山老母,要不就是瑶池的王母。

在思考"荨麻疹"与"前麻疹"的过程中,他谴责自己,吕嫒对语文委的不敬,他也不是没有过。关键是,他们都老了,他们常常活在昨天,他们习惯了怎么念怎么写,可别人不是这样的习惯了。这也是"无可奈何花落去,似曾相识燕……"归来还是没来?

他给连亦怜写了一封信,询问她是否可能正是那蔚蕳老母的外孙女,还有是不是她外婆于近日离世,她外婆的治丧人员是否给他发了讣告。他没有得到回答,但是他的感觉是,他已经洞察了一切。

在他与淑珍结婚五十八年,淑珍逝世六年的时候,他到了淑珍墓上,他惊异于死神的运转效率,原来刚刚开发出来的大片备用空地,转眼间满堂满座地成为过世者们的集合家园。沈卓然费了老大的劲才找到淑珍的墓,其实五个月前他还来过。五个月后不但增加了墓主墓碑,而且改变了道路格局,以增容扩用。沈卓然痛哭流涕。他说:

"我不是坏人,我绝对不会做对不起你的事。在你的有生之年,我有男人的纯生理反应,我有过一闪而过的念头,而已。但是我从来没有过认真的对于女人的深入体贴与关注,我从来没有用私密的、密不可分的眼光向着哪位动人的女子讨答案。

"但是要了解人生,不能不了解女人,不能不多了解一点女性。我不能怨她们,她们都有她们的理由,她们都有她们的精彩,她们也都有着太多的痛苦与想说而完全没有说出的话。她们的问题永远无解,与女权主义,与普世价值,与后现代完全无关。她们都是耀眼的奇葩,她们是对生命的奖赏,是给所有男性的热情的拥抱与响亮的耳光。她们也可能有刺,有毒,有假。她们都有自己的可爱。同时,除了你,再不会有什么奇葩与我枝结连理。

"无论如何,她们是干净的,比男人更好些。她们也更注意洗涤,手、身体、脸与下体与情感,她们的干净使我看到了历史的进化,我并不悲观。

"但是她们当然不属于我。不是她们对不起我,是我对不起她们。我已经成型,已经定影,已经保持得太久太久,已经充满了排异排他性,已经没有接受新的生命元素的可能。我这种平庸的,羸弱的,渐渐衰老的,生活在昨天的孬种,无法适应源源而来的奇葩们的纷呈异彩,异彩就是冲击与推进。我的生命正在靠近尽头,我已经无力接受新的奇葩的拥抱与贴紧。

"我仍然感谢上苍,感谢淑珍的平常心的无法战胜的力量。弱水三千,我只求其一瓢。奇葩三百,我珍重其缘分之一次。感谢晚年俺与绚丽奇葩们不平凡的邂逅,使我老而弥喜、弥丰、弥奇、弥色。感谢她们让我了解了更多的生命的奇妙与人生的滋味,特别是女性们的百态千姿,啊,每一个女子不分老幼,个个皆是风情万种,套路千般!多么丰富啊,我亲爱的奇葩们!也感谢当初给了我奇思妙想的那老师,没有圣母的领路,哪有此后的幸福!

"请允许我用男人的名义向所有的女性奇葩们道歉与忏悔。敬礼,奇葩们!何必言原谅,用不着太瞧得起我们就够了。我们其实不配接受你们的美丽与温存,细心与关爱。我们迟钝,我们自私,我们粗糙,我们自以为是,就像我明明患的是带状疱疹,而偏偏自以为是荨麻疹一样,还以为众人皆浊而我独清,众人皆误而我读音正确得很!我耽误了自己,我伤害了旁人,是我无面目对江东姐妹,无颜面对天下奇葩。而没有了奇葩,臭小子们有多么恶心多么贫乏,呸!

"世上有好人与坏人,有粗人有细人,有聪明人有傻人,有善良人与狞恶人,尤其有一种最最煞风景的人,叫做无趣的男人!上苍保佑我们与无趣者们距离远些再远些,上苍尤其要护佑女人们永远与无趣的他们脱离接触!

"生活万岁!爱情万岁!妇女万岁!奇葩万岁!奇葩奇葩我爱

你！我怎么搞的硬是配不上你……"

　　他俯倒在淑珍的墓碑前了，天旋地转之中他感觉他见到了淑珍，接着拉住淑珍的手。在淑珍走后，他多次盼望与她梦中相逢，莫非他已经进入了好梦？一切都与六年前一样，与十六年前一样，与永远的青年时代一样。

　　他知道淑珍已经与他天人相隔，同时他分明觉到，淑珍的手仍然那样温暖，柔和，亲切。他们俩笑嘻嘻地一同说：

　　"很有意思。"

　　他笑着，笑着，渐渐拉着淑珍的手飘浮而起。

发表于《上海文学》2015 年第 4 期

女　神

一

在我年轻的时候，认为最美好的地方是陆地上波光摇曳、喁喁软语的湖泊。而全世界最美丽的湖水当然只能是北海公园太液池：金鳌玉蝀、琼岛春阴、藏式白塔、永安与陟山石桥、蓬莱、瀛洲、方丈仙山、漪澜堂、五爪树、流苏树、小小游船，如诗如画，如"让我们荡起双桨""看我们的辫子迎风摆"，如——不仅是如，它就是我少年时代观止醉止的天堂。我那时候想的是，北京为什么好？因为北京有北海公园。

那时候北海远没有太多的游客，特别是老年游客，那时候除了国民党谁都不老，或许是等不到老就死光了。而现在到处都是老人，首先是我自己，我已经真的有点老啦。现在一进公园，成百上千的老人在那里玩我们这儿独有的太极柔力球，曲曲弯弯，黏黏糊糊，样子似网球也像羽毛球，我们的老人玩起来得心应手，绕指缠身，小德或者小威，李宗伟或者林丹，见到这样的游戏说不准会晕倒在地。

从前我很年轻，见到的到处都是年轻。北海属于青年。我们在北海公园组织团日，新民主主义青年团的团员们合唱"年轻人，火热的心""听吧，战斗的号角发出警报，穿好军装，拿起武器"，朗诵艾青、马雅可夫斯基、闻捷，还有土耳其革命作家希克梅特与智利诗人聂鲁达、巴西诗人亚玛多。后来才知道了苏联的特瓦尔陀夫斯基与叶甫图申科。

八年后出现了另一个长大了、受到锻炼了的王某。度过了约与"七七事变"到二战结束同样长时间,我与新疆乌鲁木齐—伊犁公路上迎面呼啸而来的三台海子——赛里木湖撞了个正着。后来我计算了好久,才确知赛里木湖面积大约是北海太液池面积的一万倍。我追求在我的小说新作里对二者水域之比宣示一个精准的说法。我的生活、狠心、视野与承受包容能力以万倍规模扩充。一九六五年四月迎面驶来的赛里木湖使到新疆刚刚一年的王某蓦地一惊,大喜过望,为新的辽阔天地而自傲,为新的困难提供的新可能而欢呼。海拔两千多米,人烟稀少,见得着的只有两三户哈萨克牧民毡房和个把护林人的俄罗斯式刷漆木屋。在满山的云杉林与挡雪挡畜栅栏下面,一个蓝得使人落泪、大得使人忧郁、静得使人朦胧、空得使人羽化而登仙至少是鱼化而入水的高山咸水大湖,它正在改变王某的生活与世界观,改变当时习惯于羞羞答答地自谦为城市"小"资产阶级的一个叽叽喳喳的甜里带酸的鸟儿,改变斯人的神经末梢感觉与梦。

然后许多的并不像王写到诗里去的"日子"的日子过去了,王已经不再吸烟,王写作发表了许多字儿与许多篇页,王羞愧万分地无地自容地拥有了一串头衔,也引起了一些闲言碎语,王三十七年前已被高级领导称为"老作家"。但那个时候王的浓密的头发当中一根白的也没有。后来该匆匆的当然匆匆,该迟迟的依然迟迟。后来王比较正常地过日子了,一九九六年盛夏初秋,出访德国马克思出生地特里尔并在大学讲演后,访奥地利维也纳参加论坛前,来瑞士联邦,途中小憩,到了日内瓦湖边。

日内瓦湖在法国和本地这边叫做莱芒湖。它的面积五百八十平方公里,它四面是阿尔卑斯山系丘陵。来自德国莱茵河,去向法国,海拔三百七十二米,但是它的一千英尺还多的水深是赛里木湖水深的数倍。最主要的,它是欧洲瑞、法、德三国的湖,它周边一系列美丽精致的小镇,它水面上是黑色白色的天鹅与它们的孩子灰不溜秋的丑小鸭。它尤其是著名的国际大都市日内瓦的湖,日内瓦有联合国的二十几个机构在此,还有一战后国际联盟用过的万国宫,一九五四年初登世界舞台的中华人民共和国总理周恩来与莫洛托夫、杜勒斯、艾登、范文同、南日……在这里举行了日内瓦会议,总理宴请过卓别林。在另侧的湖畔,有爱因斯坦、埃德加·斯诺的故居与好几个卓别林雕像。这里还云集了最好的手表品牌劳力士、IWC能工巧匠,化妆品蒂芳妮、巴黎恋人、尚天猫香水与瑞士莲巧克力的气味与湖水的清凉微腥气息。它是人、湖、欧洲、地球故事的大满贯。

而赛里木湖是天湖天和,是抓到手里就排列好了的"清一色"与"一条龙"。是雪山与枞树林、野苹果与哈熊,它是中国新疆北部的一条主要国家公路的湖。上世纪末它才引进了鳟鱼。最近,它的旅游活动才发动与发达起来了。开发赛里木湖的说法使一些关心环境的人忧心忡忡。

二

那是一个迷人的下午,美好得让你昏昏欲睡。早晨我与妻沉浸在"她是瑞士?""她是诺富特伯尔尼展览会酒店?"的把摸不定的微醺里。

好像在一次倒凤颠鸾的酣畅以后不敢相信自己的好运。吃完了半生不熟的煎蛋和冷牛奶泡干果与果干以后,我们晕晕乎乎到了瑞士首都伯尔尼附近天崩地裂的"响泉"。那断然的山势,愤然的流水,凛然的浪涛、雷霆,毅然的出击与威严宣告……我们禁不住需要寻求一个答案:它是不是中立却绝不温柔?加上它的世界驰名的军刀,它很阳刚。它为法皇路易十六提供的雇佣军卫队,全部尽职战死。

午饭后到达洛桑。是不是一座懒洋洋的城市?呵,今天星期六,著名的奥林匹克博物馆静谧悄悄,锁闭严严。有雕塑,它们健康、青春、竞技、狂飙而且性感;而洛桑市民却是轻柔的与无声的。几个少年在博物馆前玩蹦床与滑轮。他们像青蛙、像鸟、像猿,像奏鸣曲与回旋曲。城市是太静了。我们那里从来没有这样安静的城市,我们生活在一个吵吵闹闹的地方。我意识到美妙得意的欧洲之旅前自己忘记了与那位热心干练的世界公民作家大姐取得联系。本来,洛桑是韩素音女士常住的地方,她的永久通讯地址是在洛桑。她不止一次受到周恩来总理的接见,直到周总理去了,一切变了,她对故国的祝福不变。

这样我们就提早告别寂寂洛桑,到达著名的日内瓦,它的名称充满了历史,到这里以后我又想起了随总理来参加那次旷日持久的会谈的张闻天、王稼祥、李克农,还有法国后来换来的戴高乐派富尔与美国代团长史密斯。我在这里的日程多出了一个多小时空闲。难得浮生半日,而且是闲在神话般的日内瓦。晚饭后在这里,有一项官方庆祝演出要参加,现在正好也只能在日内瓦湖边闲逛。我们将有足够的虚静,无主题地享受城市与湖的端庄清秀。

我在游人大长椅上缓缓坐下。我在湖西南面看着对岸方方正正、大大方方的六层楼房,还有纷纷国旗、市旗、州旗。他们很喜欢自己的正方形红底白十字架国旗。与旗一样多的是游艇、快艇与帆船。还有那夸张的直射云天一百四十米的人造喷泉。因大压力而直喷上去的钢筋式水柱似乎分开了几个节点,似乎是你顶着我、我顶着他地接力攀登。而当水从最高处坠落下来的时候,被湖面的风吹成一角狭长的扇面,与钢筋形成一个三角形斜塔。距湖不远的另一把游客椅上坐着一位身穿灰色短外衣的老妇人,她的衣服与背影使我觉得雅致与亲切。她面对湖水,只是在脸部转动的时候,时而让我看到她的左半或者右半个脸庞。她的清秀与文静,我是说素养,令我惊叹。她右手拿着一个淡黄色飞盘,想起来就把飞盘旋转抛掷出去,一条哈士奇——西伯利亚雪橇犬,飞跃追跟,不等飞盘落下,跃起从空中叼盘飞奔归来。抛起的物品,从升高到下降,有一刹那是停留在空中的。我觉得有趣。犬很潇洒，人很老到，湖很安宁，动作若实若虚，盘子若圆若扁，两次抛出时间相隔或急迫或徐缓，旋转若均匀若突然颠簸打破，飞行路线或直或曲，飞行速度快快慢慢，狗嘴若凶猛若轻松适意，一切都是不固定也不准确的。我陶醉在盘子飞行所形成的线条里。我等待着每一次抛出与每一次反转，我始终非早即迟，非快即慢，不是等得发急就是没有等到集中起注意力来已经被飞盘甩过去了，乃至忘记了本来要的是看什么。

　　后来我自己也不理解为什么我的全部注意力集中在灰衣妇人与她的飞盘与雪橇犬而不是被称为世界奇观的高高的喷泉上。差不多一个小时。温暖的阳光照得我发困发呆。我坚信幸福使人呆困或者是呆困给人幸福。到达瑞士已经超过二十四小时，没有好好地听响泉，没有好好地吃热狗，没有好好地看青年男女的蹦床翻腾，没有好好地看山水与世界著名都市。我没有想清楚为什么这里是确凿的日内瓦而绝对不会是平壤或者张家口，其实平壤的大同江面也有更热闹的会唱歌跳舞的一组喷泉。我只是看着灰色套装、女人，还有一条同样身材上佳的好狗，湖水对我这个远道而来的中国客人给予安慰的催眠。

　　隐约中我戴上了罗马帝国恺撒大帝军团的帽盔，金属的反光令我晕眩。我已经无法判断是不是继续披挂上了恺撒军团的铠甲。我是不是要睡着了呢？我是不是瞬间深沉堕入了梦乡，六十岁以后我已经有了瞬间入梦的福气，新疆农民告诉我，老马就是这样睡的，进入梦乡，几秒钟后回到现实。出国旅行，对于我最重要的就是睡眠，年过六十，你想不清是不是旅行是为了好好睡眠，或者是睡眠好是为了旅行。我必须承认到达苏黎世或者巴黎、因斯布鲁克或者西西里，我首要地重视的不是参观谈话而是睡眠。游客不会缺少饮食与见闻、趣味与抱怨，我们也日益不缺少美元与瑞士法郎，还有与西方朋友的意识形态切磋。我们缺觉。我爱睡眠，我更爱半睡半醒，出入于睡眠与清醒间的那两个大厅的过道与抻拉门，一分钟往返五十次。

我要融化，我要融化，就在这儿，我融化了。

　　我一下子矮了下来。我一下子膨胀了老大老高，我在干什么，我在飞翔，我在升起，我在寻找，我在迎接。我如龙如蛇如电。我接到了，我抓住了，不，是我咬住了一枚淡黄色的，也许是淡绿淡紫或者淡红色的飞盘，过渡着转移着舞蹈着挥洒着消散着。我欢蹦乱跳地跑到了主人腿边，我成功得像飞马脖子上的一缕鬃毛，我快乐得像一组肥皂泡，我幸福得像森林与湖畔会说话的风，我流畅得像怀素和尚的狂草运笔，像乐队指挥上下翻腾而且点点戳戳的木棒，我自由得像小提琴曲音符，我强烈得像少年男女的拥抱与出入。真好笑，我做了一个多么古怪的梦，我坚信我是少有的小说人，你做一个这样的梦试试，如男，如女，如神，如狗，如龙蛇鱼兔，如云烟水雾。现在的号称作家的中外人士当中，有谁有能力获得一个类似的文学主体？我的特点是梦里保持着虚构的清醒与思维，而在清醒的主体意识中随时可以跳进梦的河流与星空，哪怕深渊。

　　那么有希望回到二十年前的蝴蝶躯壳里。二十来年过去了，我找到了雨点般多的故事，像德国民歌《罗瑞莱》中唱的。然后我醒了过来，我想我也许没有成功。这时有几名瑞士人打着"藏独""雪山狮子"旗吵吵闹闹，大呼小叫，从身旁走过。他们并不是藏族人，他们也不太像瑞士本地人，他们是为了抗议晚间的集会而来到这边的。我莫名其妙地站立了起来，看到了灰衣、飞盘与狗，正在离去。我看到了它们的主人，那个个子不高的女子的脸孔，她有一张东方女人的脸，她的眼窝不像多数欧洲人那样深邃与拉长。她眼睛不大，但左右两只眼拉开了一点距离，她双目的布局舒展、开阔而且英武，她的目光却是谦和与内敛的。她的下巴微带嘲弄地稍稍翘起，她的身材无与伦比。她走过我轻盈如云朵，没等我回过神来她已经走远，但是我确信，她走过我时飞快地看了我一眼。而且，她认得我。

　　我相信，如遭电光石火，心头一闪，没有任何理由地，因此是绝对地，没有根据即无厘头地，因此是无条件与不需要举证地相信：她就是你。

三

前提是这篇作品中的我当真是"我"的一半多,而"她"是"你"的一多半。所以我愿意称这部作品是非虚构(non-fiction)小说,说不定我们的同胞宁愿将它视作报告文学。不在意文学的人更在意文体。

非虚构,也就是说六十年前我的体重五十三公斤,每天读诗和写诗,大段背诵契诃夫戏剧《樱桃园》中安妮亚与《万尼亚舅舅》中万尼亚的台词,读巴尔扎克《人间喜剧》动辄失魂落魄到深夜,仍然不明白他老人家为什么将"悲剧"命名"喜剧"。用五角钱一张炭质唱片听柴可夫斯基与司美塔那的时候关闭所有电灯,并为此受到党组织生活会议上的批评帮助。后来沉迷于文学写作,疯疯傻傻,造成了作为干部如今被鬼迷心窍地称为仕途的彻底负面影响。然后我体会了许多大作家的内心焦灼,连担任过夏伯阳的政委的富尔曼诺夫也在日记上说,他写夏伯阳的书快要完成时,自己可能成功而誉满全球的念头令他发疯。我不明白这样的"一本书主义"议论怎么可能不受到粉碎性批判。他们的回忆录令我潸然泪下……很快我的一篇作品引起轰动,远在牛气冲天的自我期待之前。

一九五七年春,两个月前我在最辉煌的文学刊物上读到了半个世纪后日内瓦湖边突然想念起来的你的小说。你写得熟练大气、举重若轻、得心应手,优雅然而不免——说不清为什么,我觉察到了你心灵上的一点似乎可以叫做高处不胜寒的憔悴。你写一个假日,写假日休息与个人家庭生活的被剥夺,写本来可以不剥夺的人的一点小小的愿望的任意失落,写一对夫妻和另一对小夫妻。另一对小夫妻好像是此对夫妻身后的影子,这影子逐渐缩小和黯淡。你显然很熟悉高大上生活,高大上机关单位,高大上口号与道理,还有高大上冲浪中的渺小悲欢，如一艘巨轮边的巨浪中跌跌撞撞的小鱼。你文气浩然，信手拈来，胸有成竹，琳琅满目。你的小说人物渺小卑微，亲切如烧饼油条、女人发卡手绢、买烤白薯找回的零钱。喜欢它们却又为之鼻酸。

我也喜欢你的另一篇小说与你对于朗诵诗的见解，五十多年前你已经反对与抨击那种嗷嗷地叫喊的千篇一律、装腔作势的朗诵腔调。而后，这种腔调延伸发展，甚至在我出席七十余年前上过的小学母校秋季始业开学典礼的时候，我从小学生的讲话中，不仅听到了陈词滥调的大人腔八股腔，也听到了嗷嗷叫的朗诵调。

而后过了差不多一年，我的一九五六年秋天发表、其实是春天写就的习作一石激起千层浪，突然引起了惊喜、注意与如临大敌的恐怖。习惯中出现了不习惯，于是有人惊喜莫名，无法习惯那些绝对不应习惯的冒头，于是痛感作者"作"大发了，其灭亡不可避免，自身予以保持距离的声讨、落井下石以获保全乃题中必有之义。突然，峰回路转，东风浩荡，云过天青，转危为安，声如洪钟，歌如潮涌，旗如篝火，合唱齐唱法国号双簧管铙钹齐鸣地共颂"双百"时代隆重降临。

党的机关报纸用一个版刊登了为本人习作与编辑问题召集的座谈会上的全部发言。小小的王某名字出现在大号字副标题里。发言谦虚谨慎善良，不愧是一名小老地下党员和久受教育栽培的青年工作干部，庶几能背诵毛主席《反对自由主义》与刘少奇的《论共产党员的修养》多数段落。第二天我就收到了你的信，那时候人民的邮政服务是多么细腻而且高效啊。我曾把人民的邮递员错误地称为旧社会习用的"邮差"，立即受到了编辑部的帮助改正。历史篇章每一页都在从头开始。

这里要说的是字迹，那时候还不会用"书法"这个双字词，我甚至莫名其妙地疏离"书法"云云，我觉得书法是对于创造力、求新意识、生命力的残酷消磨。我相信的是汉字加专制主义将被民主与拼音文字取代的"进步"观念，这是吕叔湘教授所主张的。我最同情的是被乃父折磨写小楷的贾宝玉。但是你的信封与信笺上的字迹立刻使我爱不释手，如醉如痴，一时间亲切、秀丽、文雅、高傲、自信、清丽、英杰、老练、行云、流水、春花、秋叶、春雨、冬雪、飞燕……各种美名美称美感纷至沓来，我怔在了那里。

你是行书。没有方格却方方正正整齐准确如写在格子里。偶尔突破一下格子束缚，仍然维护着规矩与如皇家近卫军的行伍。它是出格与入格的天然结合。你维护着每一个字的形状，然后充分发挥每个字的方与不方、平衡与不平衡，明显的方块形状与搞不成形状的参差与异态和失态，法度与恣肆。你的笔画与结构雄浑有力，我相信你的手力握千斤，我相信你写字的时候脸上流露着笑容，同时嘴角透露了几分自觉得天独厚的得意。你时而抹出几笔比较粗壮的强健的捺，丰满滋润，而收笔状振奋人心，如骑士"皮靴"，威武温柔典雅。有时也有粗壮的一横。与其说是粗壮不如说是饱满，或者是强悍的温热还有多情多思的赶紧哦。冷与热，方与圆，柔与刚，捆绑与舒畅自由，不逊与平平常常，随随便便与一丝不苟，都流露——不，洋溢出来了。

我为你的并非书法作品的书法所折服，我为你的绝非炫耀的毛笔字的绽放而兴奋，我拿着你的书信快乐地在房间里转圈，我向前走，向后退，向左转又提起了一个脚尖，我觉得自己已经被邀参加北京饭店要不就是克里姆林宫的舞会。我轻轻地旱地拔葱跳了一下……多米骚、米骚多，我得到了这样一封信，有这样的书写润泽我指点我抚摸我与敲击我，写了什么已经是不重要的了。形式会不会有时候超过了内容呢？因为它是有意味的形式。我那时不懂美学原理，然而那时候我为了美愿意献出生命，我的捅娄子的作品，追求的仍然是"为赋新词强说愁"的孩子气的美的梦想。我沉迷于李商隐与王尔德、安徒生与汤显祖、普希金与保尔·艾吕雅不是偶然。

那时候你三十七岁，我二十二岁零七个月。

你的生活可以说是前紧后松。十七岁结婚与革命。十八岁到达延安,研究鲁迅,写作文学。而后步入领导的高层,从事文秘。三十二岁离开了火热的高层文秘岗位。五十四岁彻底回到家庭,三十六岁又发表了一些作品。三十七岁仍然英姿勃发。然后,你以一去不返的不存在的方式静静地,仍然是热烈地存在着。你永远的三十二至三十七岁。你的写信成为你的真正的清雅与执着。你的孩子郎郎对我说,他可能将来给我一封你写的书信。可以吗?

四

为我的小说《组织部新来的青年人》的修改问题召集座谈会,我的印象是一九五七年七月初的一个周六,那时的周六不是假日。最妙的是开完座谈会我赶到北京饭店门前,报名参加了一次周日旅游。从北京饭店门口出发,用一辆捷克造的所谓"无头"大公交客车,把游客拉到香山,住在香山饭店,也许不叫香山饭店而是叫什么旅店?客栈?更不像了。反正那时的香山游客住所不是后来贝聿铭先生设计修建的现在的著名饭店,而是一套已经颇有历史的中式建筑,平房大院,绿色为主的油漆门窗,包括木质门窗与纱门纱窗。院子在香山脚下,一进院子,仍然有油漆味道,同时更美好的是周围的树木花草的夏季的葱郁的芳香。彼时我与芳结婚已经四个月,《组织部新来的青年人》的发表,我是在太原发现的。那时她还在太原工学院(现太原理工大学)读电机,我到太原去看望她,临走时在火车站所在的五一广场边一个小店吃木须肉并且喝了一杯汾酒。饭后走出来,发现一个邮亭里摆放着新出版的《人民文学》杂志一九五六年九月号,杂志的小说篇目里排第二位,但是仍然是用黑体字突出表现着"组织部新来的青年人"标题与"王蒙"的姓名。我激动地把情况告诉了芳,但是考虑到当时没有带零钱,再说,一回北京,我肯定会得到不止一本赠刊,我竟然没有舍得在太原花六七毛钱买上一本有本人"大作"的新期刊。

开完座谈会到达了香山饭店，吃的饭号称西餐，虽然西得并不地道。饭后有一杯红茶，煎的鸡蛋是一面加热，两片无滋无味的面包，如此而已。仍然兴奋不已，想想自己居然花了二三十块钱旅游香山，我飘飘然，而且有一种弄不好会搞成脱离无产阶级下场的警觉。果然，七月份已经敲响了"反右"的战鼓，然后再没有这样的布尔乔亚、小布尔乔亚式的香山旅游了，直到四分之一个世纪之后，中国发生了全面的改革开放。

遗憾的不在于自费旅游甫始即止，我甚至于事后回想起来有些得意，我赶上了一次一闪即逝的城市旅游。我甚至将之比拟作阿·托尔斯泰所写的《苦难的历程》的开头，它描写了一九一七年夏天克里米亚海滨的一批中上层人士的醉生梦死，历史的严峻与雄伟都是小布尔乔亚们做梦也梦不到的。也许小托尔斯泰的作品不是这样写的？那么，仅仅是我所记下的。人们谈论的历史，也许更多的是自己的记忆。

我的遗憾是这个所谓饭店或旅舍号称的游泳池说是坏了，而我当时受父亲与毛主席的影响认为游泳比天还大。我带去了泳裤，那时候还没有男生戴泳帽，更没有人知道吗叫泳镜。一九五七香山游没有游成泳，是一个失落。

再一个失落或事迹是赶上了大雷雨。我硬性地打起伞来与芳游山，暴雨如注，雷电追身，只是后来，才知道了这种天气里游山的危险，纯是作死。我应该感谢上苍，使我最最早地体会到了旅游的骄傲，夏天的向往，天气的无常，期待的未必实现，转瞬即逝的新鲜经验，危险的电闪雷鸣，追求的乐趣与不过尔尔，还有作而未殆。

这就是青春，小小王某的与大大共和国的青春，还有对此次青春的告别，还有旅游结束后即收到了你的信。

还有此后每次去香山我都想找出一九五七年旅游时住过的地方，找不着，我没有成功，我的每一次访旧差不多都以失败告终。亲友们指出我缺少必要的方向感。也许，初中时我的地理课成绩相对比较不好,平常生活中也不善认路。但是访旧的失败恐怕不是旅人的方向感不善所能说明的。

五

烈烈:

我无法把要说的话全写在纸上。

我希望你能感到我与我们对你的始终如一的亲切与关怀。

去年冬与今年春,我曾一再打听轰轰的地址,我想能给远离故乡的少年人一点帮助,哪怕只是精神上的也好,但是未蒙答复。

无论如何,要健康地活着,努力学习,不要被回忆所窒息。

做一个真正刚强的人是不容易得很,但也是可能的。你年纪轻,希望你能像春天一样——它从不将泥泞苦寒的过去(冬)留在自己美丽的土地上,而却使处处开遍了鲜花。

匆匆,语不从心,祝

健康、进步

署名

娘娘与二姑全祝福你。

五月十号

感谢你的儿子给我提供了这封一九八五年信的照片。你的习惯是状语后边应该用"地"的地方仍然用"的",而"年轻",你的习惯是写为"年青"。我年轻时候也是这样的,那时候团员一开会就唱"年青人,火热的心",不是年"轻"人,正字是有一个发展过程的。

这是一封在二〇一六年只能算作是三十一年前的信。收信人是你的侄子,一个侄子叫"轰轰",一个侄子叫"烈烈",颇为不俗,有趣也有气势,还有时代特点。那是一个气势夺人的时代。我还看到了你的其他信件,看多了,我感觉到你的字迹如风过草地、鸟飞松林,如浮雕挂毯、湖面涟漪、如花坛芳菲、星光灿烂。也许更恰当的比喻是拉赫曼尼罗夫的《练声曲》,用大提琴演奏起来,从容与平静中包含了那么多情感的挣扎,你挣扎得那样高雅与尊贵。我摇头、点头、拭目与轻轻地叹息。我欣赏而且沉醉,温润而且满足。

至于你给王某俺写的信,是一九五七年,是上面这封信再上溯二十八年所写,也是在计划实现全面小康、消除贫困的二〇二〇年的六十三年前的一封信。那封信应该是在我当时所在单位上级机关的文书档案里,一九五八年前一年的政治运动扫尾中,它应该是被上缴了的吧。你的信让我看见了一张纸上的虚拟太液池,那里的水波要多整齐就有多整齐,要多随意就有多随意,要多美丽就有多自然的美丽。

给我的信大致如下:

王蒙同志:

　　从报上看到你的发言记录,我很失望。你本来应该把话讲清讲透的,而现在你的发言是多么平和,多么客观,又是多么令人不愉快地老练啊。

　　我家的电话是×××××。

　　敬礼!

署名

那个时候的电话是五位数字。那个年代家里装电话是高级干部、革命资历与地位、权力与级别的象征,一般人有多少阿堵物也是不可能在家中安装得了的。我为之平添了几分敬畏。我从北京市东四区团委机关拨通了你的电话,我听到了你的流利、熟稔、成竹在握的气韵与语气,与我设想的革命家、老干部、知识分子、大姐的质素完全一致。我说:"BW同志吗?我是王蒙。我收到了您的信……"我才一自报家门,听筒里传来了爽朗响亮的大笑声息,像震响了一个铜钟,叮叮当当,乒乒乓乓喝喝。你清清楚楚地说:"王蒙同志呀,现在已经找不到像我这样多事的人啦,哈哈哈,咯咯咯。"当然,我便无话可说,无需要检讨,无必要解释,没有什么可以"说明"。虽然兹后发生的事情"说明",你比比你年轻十四岁的俺更年轻。你是多么年轻啊!

不妨一提的还有:后来看到的三十一年前字迹,写得略有潦草,不难想象的洗澡礼、风雨雷电、社教五敢五气五反三不畏之后,比六十年前那次记忆中的字迹消瘦了,挺拔了,墨也不无窘迫,同时字迹的骨感十分奇绝,如梅如竹如峰如铁。就是说,一九五七年写给俺的那封信,圆润、饱满、酣畅,是你年方三十六的葱茏岁月,美丽年华,肉感与骨感鲜活,如枝如叶如郁金香如玫瑰。那时候你写小说也写评论,那年春天你心情看来不错。如苏联《祖国进行曲》:"我们没有见过别的国家,可以这样自由呼吸!"

动荡、稀奇、大潮大浪、大开大阖、天旋地转、高歌猛进,俺们的一辈子超过旁人几辈子,俺们亮相与旋转赶上了冰上芭蕾、公主王子,超越花样游泳。终于静下来。终于来到瑞士日内瓦湖边,于是观看着与狗一起玩飞盘的妇人,想起你。资本主义的优雅女人闲散到这种程度,这是令中国同胞发疯的啊!

联想不合逻辑,所以它是纯正联想,不是电脑品牌。也罢。此后连续几天梦见了你与我的信——书法。此生到了六十多岁才品尝出了书法夺魂的昏迷。梦中,你的毛笔字组合如海面,如鱼跃,如花落遍地,如雨挟冰雹遍打千亩苜蓿田。我在一九六八年,迷失在新疆伊犁一眼望不到头的苜蓿地里了,如舰艇沉浮于太平洋面,大雨倾盆,雷电满天,然后雨停,彩虹当空,前后只用了十三分钟,我已经振聋发聩,醍醐灌顶,生而再生,死而复生,找到了亲爱的维吾尔民族村落袅袅炊烟。我于是难忘你的书法与性格。有梦未圆,有字醇厚强劲。

还有一次听一首小号演奏拉丁情歌,一声一断,一长一短,如鸟鸣,如漫步,如词牌《声声慢》,如敲响五更梆子。我想起的是你的书法,行楷。如果是萨克斯风演奏,出来的就应该是龙蛇草书。

这期间也几次打探过你,问到一些老文艺家革命人。他们明明白白多少回答过我一些言语,总是觉得语焉不详,口齿不清,欲说还休,说了等于没有说。也许他们说过,但是从中我没有找到应有的感觉。

你到底是谁呢?

六

就是说,我其实始终没有见过你。

我曾经想象你的形象,当时想到了的是影片《红色娘子军》里祝希娟扮演的吴琼花,后来变成"样板戏"以后更名为吴清华,也想到了东北抗日联军英雄赵一曼。此后中国的革命女权主义,拒绝将女性喻为花朵。我也想到过丁玲和萧红,直到秋瑾直到花木兰、梁红玉。差不多一个甲子以后在网上才看到大姐你的照片,有一种不同寻常的清爽、清纯、大方,尤其是本色,我行我素,道法自然,要多快乐你就有多快乐,要多忧愁你就有多忧愁,然后忘记忧愁,如信所言,像春天,洗去冬天窒息记忆,只知道到处鲜花开放。再说还是那样傲气十足与随随便便。

我想象你应该住在北京东总布胡同一带一个四合院里。那一带居住过一些 VIP 文艺人士,邵荃麟、严文井、萧殷、臧克家、黄秋耘。你的丈夫 ZD 是具有延安经历的大艺术家,设计了中华人民共和国国徽,他应该是文艺一级,每月工资三百块钱以上,用现在的感觉来说,几乎是月进五万到十万元人民币。他应该住四合院,他需要超大型画案与画室。国务院总理与北京市长不会忽略。你如果不是文艺二级,那么至少是行政十一级即局级。那时候不要说局级,就是处级也是响当当红火火,曰:物以稀为贵。那时候官员与专家数量估计是当今的许多分之一。他们应该有很好的收入与福利待遇,买得起或分得上私人住宅。而那时的四合院只能卖个几千块钱。你的四合院院落有一百六十平方米,砌着方砖,一条雨廊,靠正房种着四株海棠。都说周总理喜欢海棠,还喜欢马蹄莲。那么你家也应该有室内花盆里养着的马蹄莲。还有一株龙爪槐的吧,像天然的绿伞。而在西厢房前,有一簇细细竹林,那是你的书房,当然,你的书房并不是潇湘馆。书架上有《史记》《李太白集》《苏辛词》,还有托尔斯泰、契诃夫、巴尔扎克、莎士比亚和不知道为什么被许多老解放区的女作家钟爱的法国作家梅里美。例如菡子、萧殷老师对我说过,她特别喜欢写过卡尔曼(卡门)与高龙巴的梅里美。而我当初,不太受得了梅里美写的生离死别、动辄人命关天的强烈与暴力的故事。

后来我知道了,你真正住过的是大雅宝胡同甲二号,中央美院宿舍,画《开国大典》的董希文住在你们的后院。

解放初你是政务院(后改称"国务院")工作人员,或者称之为周恩来总理身边机要秘书。更早在东北解放区为四野的军政领导做过文秘。原来如此,怪道你的字有一种力度,有一种内功,有一种稳定与大气。一个人写的字能够影响他或她的命运,或者是命运影响着书法,此前我还以为类似的说法未免夸张。你出生在江苏常州,我以为你出身名门,但是你的孩子郎郎说未必,如果很早很早名门过,后来显然也是已经败落。郎郎还说,建国初的二三十年,谁也不愿意回溯自己的非无产阶级上辈,回顾的话必须狗血喷头骂一顿,除非是代代贫雇农,计划安排在忆苦会上流泪控诉。这当然是真的,那时候绝对没有哪个本身其实流里痞气的作家频频卖弄说自己的父尤其是姆妈有贵族风度。如一位异议了好久又回来领退休金的才女所说,某作家的特点是"心比天高,身为下贱"。

父亲看到了女儿的书法天才与秀美伶俐,全力支持女儿读书育才。十七岁上为你订了大户儿郎的亲,你逃婚从家乡来到苏州,被正在筹备的电影厂招到了演员培训班。而这时的未来大画家 ZD 关在反省院洗脑。一位地下党的 XY 同志被捕后,据称是为了迷惑敌人供出了并非党员的 ZD,使 ZD 完成了在国民党监狱里深刻革命化的心路历程。同时在地下党的操持下，你为 ZD 作保，赢得了 ZD 的自由与爱情，你们双双去延安，开始了革命加文艺不凡生涯。

终于在我们通电话的五十九年以后看到了手机发来的你的更多一批照片：这样的大气，骄傲自信而又平和淡雅，更主要是端庄。肩宽，脸庞舒展。你的鼻子与嘴唇完美纯正，利索干净，神州第一，无懈可击。穿一件白色棉布套头衫。略偏方形的脸孔，带一点点五角形或六角形的热烈与坚强的轮廓，下巴端正圆润完满。你的嘴唇尤其是下唇温湿而且多情，略略地凸出。你的眼角已经略显沧桑，而你的嘴唇纯真如少女。天生丽质、自然分开同时饱含解放区女干部的质朴与高尚简洁的发型，恰到好处。你的眉毛与眼睛离得近，两边的瞳孔离得远。你的眼眶轮廓在国人当中看是相当深陷的，只有江南人与异族面孔才有这样的立体感。你的形象使我立即想起了历史故事中的窅娘，那是南唐后主大词人李煜的嫔妃。窅字读"咬"作深远解，我觉得它与另外两个同音字杳和窈可以互文，说的是一个人的眼睛眍睃进去，眼窝子深，组词有窅眇、窅冥、窅然等。据说窅娘是混血儿，所以眼睛和中原人不太一样。

一个人两眼瞳孔的距离也会给我深刻的印象，太近了立刻让我想起"鼠目寸光"的成语，太远了当然也忒像猛禽猛兽。你的两只眼睛是充分拉开了距离的，目光坚定，对不起，有一点较劲，可以想象你具有坚强的性格。你的目光还有一种深邃的思想范儿，肯定读过柏拉图与笛卡儿，《道德经》与《周易》。你会有自己的想法，有自己的倔强。即使从一幅照片上也可以断定你执着在自己的思想里，从不东张西望、贼眉鼠眼，像有些自卑而且犹疑不定的小人。同时你注视着一切，把一切收入眼底，第一是眼里不掺沙子，第二是不目空一切自恋自吹自我表白不已。我知道，有的人看得见乃至看得清自己，更看得见也看得清世界。另外的人或者只看着机会，只看着世界的瑕疵，只看着自己的美妙与背诵能力，只看着他人即是地狱。

你的嘴角微微显露笑意，如果不是悲苦，肯定是一种成熟与审慎的决绝。你敢作敢当,敢哭敢笑敢说。你全身透露着一种随遇而安的高贵,你就是你,用后来深圳青年女作家刘西鸿的小说题目代为表述,叫做"你不可改变我"。

照片上有你的丈夫和你们的六个孩子,后半生,你的主要任务是养育子女,辅佐丈夫,退职为民,不知道是不是真的自得其乐。

七

二十一世纪第二个十年,在我收到你给我的唯一一封信的五十八年以后,我去到你的故乡,除了与各地同一个模子出来的新建高楼大厦以外,我惊叹于那里的世界最高的佛塔,成为海洋的竹林与太湖湿地溪河旁的民居。水畔人家,黑瓦白墙,木栏纸窗,水腥光影,树丛花摇,杜鹃青蒿,男女老幼,黄泥螺、煎鱼与炸臭豆腐。我可以想象你的家必定是在水边,仰观佛塔,近指渔船,养鱼捞虾,种菜烤茶,猫猫狗狗,竹藤木器,陶瓷银铜的餐饮酒具。

我还想象有一次你拿着数角钱上坡岸杂货店去打酱油,你摔了一跤,你找不到零钱了,你吓得不敢回家,突然一阵大雨,滑到水边,你湿了衣服更湿了鞋,妈妈在床上因病躺卧,爸爸忙于镇上公务,危险中你明白了要活就要挣扎,从此你变了,你强势了。

又想,这不是你的故事而是我的软弱,五岁一上小学,听到老师讲故事,就是一个孩子死了亲妈,只有继母,买酱油丢了一毛钱,找钱掉到河里,淹死后变成萤火虫,提着小灯笼,寻找他本来无权丢失的一毛钱。我相信我的早早追求革命与此故事有关,我不能忍受压迫与威胁。不忍之心就是再不让这样可怜的萤火虫出现。

何况那本来就是个风起云涌、搏击翱翔的时代。一个小镇上的美丽天才少女逃婚、恋爱、革命、延安、鲁艺、东北、野战军、司令部与政治部,受到极大信任,走近过别人无法想象的领导层,熟识一大批包括林彪司令的解放区解放军党政军文艺高级干部与专家——虽然只是他们"身边工作人员"之一，仍然拥有许多优越性与优越感与别人不可能有的可能性；在延安整风的"抢救运动"中，你因为丈夫遭到怀疑而与如日中天的文艺领导人大吵大争，你揭露那位揭发丈夫的XY"同志"正是当年在白区出卖过丈夫的坏人……而你居然没有造成抗拒运动、自找麻烦的恶果，你胜利了。

想象这些是不那么困难的，它符合历史逻辑、人民革命翻身逻辑。革命的魅力之一是它的戏剧性与浪漫性、强烈性与剧变性、青春性与正义性，以及毫无疑义的巨大风险。冒险才有崇高伟大与献身勇敢。就连一生与革命没有一毛钱关系的契诃夫，在他的最后一篇小说《新娘》里，也写了一个幸福的待婚少女，终于婚前出逃，去参加革命。

难以想象的是这样一个革命的天之骄子，这样一个本应是法国遭受火刑的圣女贞德式、俄罗斯虚无党人苏菲娅式、革命之鹰罗莎·卢森堡式的准英雄，在凯歌花雨的一九五二年，在你的三十二岁美妙年华，你的命运发生了非被动的截然变化。

当然记得，那一年全国进行了共产党员全面登记。战争、胜利、飞速发展，带来狂喜也带来混乱。战争年代来不及做什么手续与档案保存：谁谁是共产党员，谁谁不是，谁谁是被搞错，谁谁没有差失但手续全无，谁谁干脆是冒牌货，全乱套了。地下共产党员发展，也不可能有正规记录。党员登记中显示了许多花絮，有人趁机争取更老的资格，虚报了自己的入党年月。有人趁机虚报了入党介绍人，将一个在战争中牺牲了的大人物的名字塞进去提高身价。有的与他人比较党龄、介绍人……并要求更高的级别与职位。深层打入了敌特圈子，却已经找不到当年与他联系的秘密工作领导人，宁死不能说，电视剧的说法叫做"誓言无声"，他们只能享受敌特应得的镇压，被枪决了也绝对不说出真相。当然更多的人是借此回忆了自己的革命历史，回忆了当年的艰难与危险、初心与宏愿，重温了入党誓词与《国际歌》，还有老解放区出版的绿中泛黄草制纸张印刷的党章党纲与七次代表大会文件《论联合政府》与《论党》汇编。

你在这个节点上做出了惊人宣告，你清晰地对组长说:"我还没有入党。"

组长哈哈大笑，像你这样从事周总理身边机要工作的要员，怎么会这样说话？

"你当然是党员，你是中共中央领导认定的中国共产党员。谁不知道你是延安来的，毛主席那边来的，你快快登记就是了。"

"我不是党员怎么登记呢？"

"我说同志，你这是在说什么，你从白区千难万险来到延安，你的爱人是地下党员，是著名美术专家与领导人，他经受了生死考验，你们到了东北民主联军后来是第四野战军总部，你们经历了枪林弹雨。总理、邓大姐、林彪、陈云、定一、周扬、丁玲、陈学昭都那么信任你——你与周扬大吵大闹，结果周扬同志听了你的，你以为我不知道吗？你这是在说什么呀，你对工作兢兢业业，你对党对革命忠贞不贰，你严守纪律，严于律己，你光明正大，纯洁真诚，我的好同志哟，你怎么了啊？"

"组长，主任同志，我只是说我没有入党，我不是党员而已。我没有写过入党申请书，没有谁介绍过我入党，没有开过支部会举手通过，没有上级组织批准，没有任何人与我谈过入党的事情，我没有介绍人，没有党龄，没有组织关系，没有填写过任何党员登记表格……"

然后支部书记、组织委员，还有一位党委委员都知道了这件事，他们开始是笑，后来却皱起了眉头。先后与你谈话，指出战争期间有难免的工作粗疏与忽略，认为没有及早为你"解决"好党员身份的事是不妥当的，是工作中的缺点，但是本人不应该"闹情绪"，因为这一类事情不足为奇，而解决起来十分容易，可以补一份入党申请书，时间可以往早一点计算，例如可以写为一九四六年或者更早一些入党，组织上可以追认，你在六年前乃至十年前无疑已经确切加入了中国共产党。

你说,十年前没有写入党申请书是因为觉得自己条件不够,许多对于党员的要求你距离尚远。

"那就从现在起计算党龄也可以。"四位领导异口同声这样说。

"现在我反省,我觉得我自己远远不够,我不是李大钊,我不是方志敏,我不是罗莎·卢森堡,我不是卓娅·阿纳托利耶芙娜·科斯莫杰米扬斯卡娅,就是说我仍然达不到党员条件……"

"你,你,你这是什么意思呢?"几位领导,一位上唇打哆嗦,一位红了脸,一位开始口吃,一位急得跺脚……

"党员应该是保尔·柯察金、捷尔任斯基、季米特洛夫、瞿秋白、方志敏、王孝和、刘胡兰、董存瑞。我不够。我只知道说实话,就是说我说的都是真的。"

"真话并不等于真理。"

"真话,总要比假话离真理更靠近一点点吧?是不是呢?"

为之震惊。甚至认为你患了某种强迫观念的病症,就是说或许是疯病。精神科专家说,有一种病人揪住旁人探讨,让旁人同意他的判定:二加二不可能等于四,只能是等于五。

……后果是显而易见的。你只能是离开那个光荣的前途不可限量的工作岗位。到一所大学教了一段文学,每次讲课都会爆棚,讲法捷耶夫的《青年近卫军》,讲完了与全体同学一起高唱苏联共产主义青年团团歌:

> 向前去,迎接黎明,
> 同志们去斗争,
> 我们用枪弹刺刀去开辟新前程,
> 青春的大旗高举起……
> 我们是工农的儿女,
> 是青年近卫军!

你讲鲁迅的《祝福》,讲到并无恶意的柳嫂以到了阴司也会被阎王老子锯成两段分给祥林嫂的两个丈夫的话恐吓折磨摧残祥林嫂的时候,你问:"这是为什么?"全班同学大喊:"愚蠢!浑蛋!打倒迷信野蛮!救救祥林嫂!"

后来,一说是由于生病,一说是由于对丈夫的厚爱与支持,一说是由于丈夫与一个又一个的子女占用你的时间太多,而你又愿意为相夫教子而努力,一说是由于文学越来越难于讲授,而你的讲课内容似乎不无瑕疵,还有一说是由于你想写一部长篇小说,最后一说是你受到了一个极不讨人喜欢、由于吸烟过多牙齿发黑而又自以为是到极点的讨厌鬼的骚扰。你喜欢你的家,你对自己很清醒,而家里的财政状况富富有余,你宁愿操持家务,自由自在地写自己的故事,不打算再过疯狂的加班加点的上班族日子。你的小说《假日》里已经透露了这边厢的某种信息。听明白了吧,你不但离开了高级领导机关,你一年半后也离开了任教的岗位,你还原为白丁——家庭主妇。

许多年后,只有一次说起此事,"难道有什么原因?"你说,"我不想以假乱真,我想多支持 ZD,我想好好看护孩子,我是六个孩子的母亲啊,我喜欢做饭与擦玻璃。你不在意让污渍一道道的玻璃变成全然的光明与透亮吗?为什么越是简单得如同一加二等于三,明白得如同吃饭喝水一样的事情,你们越是觉得捉摸不透呢?"

你光明、透亮、清晰,过分的正常、常态,所以你太奇怪了。

八

陪伴你的,我想,有一台大喇叭像盛开的花朵一样的老式留声机。是东洋造还是德国造,想不起来了。你有相当多的黑胶木唱片。你有上海百代公司制作的老戏曲唱片。

例如一放先念一声"百代公司特请梅兰芳老板演唱《霸王别姬》"的那张比起苏联唱片来沉甸甸的戏片:

> 看大王在帐中和衣睡稳,
> 我这里出帐外且散愁情。
> 轻移步走向前荒郊站定,
> 猛抬头见碧落月色清明。
> 看,云敛晴空,冰轮乍涌,
> 好一派清秋光景。
> 唉!月色虽好,只是四野俱是悲愁之声,令人可惨!
> 可恨秦王无道,兵戈四起,使那些无罪黎民远别爹娘,抛妻弃子,怎的叫人不恨!
> 正是:千古英雄争何事,赢得沙场战骨寒。

我看到了一九六五年十一月十三日,你写的一片纸头,一张公文纸的背面,蝇头小字,而且不是常写的行楷,而是行草。它的内容竟是梅派京剧《霸王别姬》中虞美人最脍炙人口的唱与白的词句。你写得狂放中透露着冷凝,如晚秋夜风吹过已经白头的芦苇塘,如带霜矢车菊略显零散地瑟缩在牧草丛中,如被惊动的鱼儿先后从水中跃起。它更使我想起一九六〇年困难时期为了改善机关伙食,前往内蒙古草原打黄羊即蒙古羚的情景,我们坐着吉普车追逐黄羊,黄羊奔跑着跳跃着,逃离着自由着与最后终于跌倒了受伤了的情势。罪恶的王某人,你理应承受报应,跌跌撞撞,有时候是头破血流,有时候是躺着中屎,有时候是半夜哭醒而白天欢喜幽默如二林:卓别林与侯宝林。五笔字型告诉我们,"卓别林"hkss 三字与"战栗"重码,而"侯宝林"的前三个码 wns 能够构建的短语是"全军覆灭"。从仓颉造字到王永民发明五笔字型输入法,汉字包含着一些未曾泄露的天机,随着电脑文字输入软件程序的发展,天机开始渐渐泄露。

"在我们都长大以后,妈妈的空闲时间多了,据说她曾经找梅伯伯的传人学过戏,她还常在家中一个人唱、念。她有事无事喜欢坐在沙发上练习手指。她嘴里念念有词说着只有她自己才懂的话,'蝶姿吐蕊'什么什么的。说过她最喜欢《霸王别姬》中的一个做派,虞姬也就是词牌里所讲的虞美人唱'猛抬头,见碧落,月色清明'的时候,两手的莲花指向上一指,叫做'小莺双飞'。

"有时候妈妈一个人'扮演'所有的角色。像这片纸头写的,本来在'看大王'开唱以前,有项羽士兵的一声叫板'苦哇',是妈妈自己喊出来的。只有一次我进门的时候听到了妈妈独唱,她发现了我,很不高兴。妈妈是一个心直口快的人,她好像未经世事,烂漫天真。是她先对我讲的京剧动作与唱腔什么的,可就是不准我们听到她的自演自唱。自演自唱京剧,这是她此生早年唯一的机密。如果是今天聪慧得浑身流油的小小子小丫头,他们看到妈妈,肯定会说她'二'喽。"

郎郎如是告诉我。

"'文革'中这片纸头被抄走了,红卫兵说是纸头上面都是看也看不懂的小字,估计是中央情报局或者克格勃间谍的密电码。红卫兵从《红灯记》这出戏里学到了'密电码',他们没有与日本宪兵队做斗争的机会,只能用这些知识武装来找我们的麻烦。'文革'后小纸头居然完璧归赵,虽然揉得皱皱巴巴。"

……我的眼前出现了你且唱且做的片段,你,不,当然是虞美人她,走出应该称作司令部的营帐,她且散愁情,她两手翻转,美丽的莲花指指向中天明月。你叹息自己做不好那些身段与手势,比较起唱来,做、念、打对于一个没有受过科班训练的人,更加生疏艰难。你当然喜欢道白,比唱歌还歌唱,比深情还情深,比辛苦还苦辛。或许你也庆幸,除了书法、革命、公务、家务、支持老公与养育下一代,你还有属于自己的京剧、唱机、唱片、老师。梅兰芳的念白美得你如醉如痴,有时候是泪下如雨,一个青衫说话,可以那样摄人心魂,动人情意。你突然明白了,为什么旦角的叫板总是:

"苦哇!"

三十三岁以前,"苦哇"的声响令你觉得略略怪异与可笑,三十四岁以后,你终于明白了戏剧的"苦哇"叹息是怎样有力的总括与庄严。

也有幸看到了你的日记片段：

"是不是京剧有点像茅台？可怕处在于你会醉上他（它）。一个花脸，一个旦角，两个角儿一台戏，演出了千军万马，十面埋伏，生离死别，惊天动地。

"然而你仍然有单调和寂寞，烦躁和厌倦，虽然你相信生活。爱才期待，待才焦躁，躁才癫狂，狂才文艺，艺才更加没完没了地咀嚼起孤独与寂寞。爱情、革命、出走、诗与小说、真理与牺牲，还有最神圣最悲壮的东西莫过于自我批评。流泪了，看到自己不够，不够，还是远远不够的呀。

"不够，是平凡的，平凡，是真实的，经历伟大，你获得的是平凡。经历苦辛，你获得的是甘甜。经历风暴，你获得的是宁馨。经历厮杀，你进入了和解的中年。同情了理解了所有的虞姬、杨玉环、苏三、窦娥……一直到扈三娘与潘金莲，蔡文姬与李清照，你接近了气定神闲。

"然后回到了'猛抬头，见碧落，月色清明'，对不起，我为什么愧惭万般！

"我很满意，我生活在溪河河畔，我逃亡到太湖湿地近边，我找到了革命家艺术家设计家丈夫，我去到革命圣地延安，我去到东北解放区，张家口、哈尔滨、沈阳。天翻地覆的血战中我没有旁观，我来到北京革命的领导核心机关，我写作，我机要，我更能年纪轻轻地回到自家，快快乐乐地回到平凡。人之一生，谁能这样完整俱全？什么时候都是我行我素，实现着自己的而不是他人的心愿！

"然而我还是时有对虞美人与杨贵妃的相怜。薄命红颜、生死相许、恩宠赏赐、刀光剑影、唱腔做派、水袖翩翩。

"我不应该喜欢京剧。他（它）让人上瘾。前朝过往，老旧的精雕细刻的荷花缸里孕育出彩蝶翠鸟玫瑰喷泉，痴痴的中国人，敲锣砸鼓，拼死拼活，哭喊声腔流淌在我们的血管里。"

还有:

"杨贵妃为什么那样痛苦?"

"我不能赞扬《贵妃醉酒》。把悲剧写出了几分轻薄。"

"从醉酒里看出轻薄的人呀呀呜,从轻薄里看出悲哀的人才是真正的戏迷情种。"

"杨贵妃,虞美人,都那儿冰轮啊、皓月啊、清明啊地唱月亮。无怪乎上海的左翼青年作家倡议中国作家再不写月亮。"

有一本手抄的常州名菜谱:"天目湖鱼头""苏堤春晓""红袖添香""珍珠皮冻""椒叶凤爪""芝麻鱼排""花果粉盅""常州糟扣肉",你在首页上题字:"做好饭,让人们都爱吃吃好。"你又写了一句:"要艰苦朴素,不要贪图口腹。"你是在与自己,与生活转腰子吗?转腰子是不是可以变成一个戏曲舞蹈的动作程式呢?转腰子就是"乌龙绞柱"呀。你写的是正楷。你写下了美丽锦绣的菜名,也有选择地写下了烹调的要领凡例。

"小资产阶级也迫切于革命,然而不敢当真去革命。鲁迅早看出来了。而且中国的小资产阶级极容易匍匐在封建文化面前。

"人生不怕有重复,人生必须有重复,人生必须厌恶重复,人生必须有对于不重复的陌生与恐惧感。

"好一似嫦娥下九重……嫦娥下了九重以后怎么样呢?嫦娥会不会遭遇、受得了受不了一场抢救运动呢?我们就比洁净更洁净啦。"

悄悄唱京戏一节,令我感受蚀骨。我期待着。我幻想着,我梦寐以求,我想欣赏你这位大姐的《霸王别姬》与《贵妃醉酒》。最后在梦中见到了。你扮起来是多么像梅兰芳啊,脸型像梅,气质是你自己。你还操琴拉出了荡气回肠的过门《夜深沉》,五更,鼓角声悲壮,三峡,星河影动摇。惊慌与沉痛,气概与衰亡,英雄与昏乱,战争与爱情,使我改变了对于京胡的深邃表现力质疑的想法。

然后,是我王蒙在梦中高喊了一声"苦哇!"从后台反射出回声,化作千军万马的叫苦连天。楚军土崩瓦解,汉军阴谋诡计。你袅袅婷婷、仪态万端地唱起了"看大王,和衣睡稳",步伐沉重从容,手指巧妙温柔秀丽。舞剑然后夺剑自刎,忠贞如情神女仙。青衣唱工与武旦刀马旦的做工,武功舞蹈交融一起。梦中鼓掌喝彩,醒后完全忽略了被我的眼泪浸湿了的枕头。我以为我是在日内瓦,然而不是,亦非首都北京,是在江苏无锡。无锡的太湖令我想起范蠡与西施。从虞姬、杨玉环到西施,中国美女还有红线、貂蝉、王昭君与赵飞燕。谁能与你相比拟?

王蒙老矣,尚仙游否?

九

我想念,我坚信,我保证,变相退职以后的你不仅独自唱过京戏也一准儿唱过《卡门》中的《哈巴涅拉》,《蝴蝶夫人》中的《啊,明朗的一天》,《茶花女》中的薇奥列塔咏叹调《永别了,过去的美梦》,还有在《祝酒歌》之后面临阿尔弗雷德的示爱含泪唱起的"不可能,不可能……"

我相信你也画过画。中国的传统是书画同源,而且令人感动的是,你的字笔力刚健,又是行云流水般地水到渠成。你是一个有劲道的人。但是没有画家常有的哆里哆嗦画字造型设计的痕迹。画过老虎,想来是受到了廖承志母亲何香凝的影响,后来不画虎了,画石竹与梅花,临摹过徐悲鸿的马。当然,你更加沉醉的是立陶宛出生的俄罗斯风景画家列维坦,临摹过列维坦的《白桦林》《三月》《杂草丛生的池塘》,你更喜爱列维坦画的云朵、海浪与从彼得堡看到的芬兰湾。动不动凝视列维坦画册上的《弗拉基米尔之路》,想象着沙俄时期被流放到西伯利亚的知识分子。你有几张油画,不成熟,但是充满了人生与革命的感情与解悟。

我相信你会喜欢花四宝的梅花大鼓《探晴雯》《黛玉悲秋》,尤其是《钗头凤》,你在一张小纸上写下了《钗头凤》的陆氏原词与唐琬作答。唐词的"难难难、瞒瞒瞒",六个字直冲云天又颓然落下。令人心碎。

我知道,你也同样热情地高唱《兄妹开荒》与《夫妻识字》,更何论陕北安塞的带血带泪的"信天游"!没有中国革命能有几个人知道信天游与眉户戏?没有信天游与眉户戏中国革命怎么可能那么快就取得了胜利?

你妈妈打你和你哥哥我说,
为什么你就把洋烟那喝?

因为不能爱不能自由而喝了鸦片——洋烟的少男少女多了去了,不革命行吗(毛泽东)?被囚禁在雷峰塔下的白素贞多了去了,不革命行吗?

不懂得从陕北民歌中寻找中国革命密码的人全是废物!中国革命是中外历史上破天荒的人民艺术节!

你是艺术的天才?不,不是才的范畴。你无意于实现自我,表演风头,夸张煽动,怪声喝彩。你只是聊以自慰,无师自通。丈夫是大画家,孩子一共六个,最大的是女儿乔乔,姓你的姓,不知道是不是出自大乔小乔的典故。下面五个儿子。大儿子郎郎,后来给了人,不再叫郎郎了。看来你好喜欢"郎郎"这个名字,便再接再厉把第三个孩子坚持继续命名郎郎。第四个孩子大伟,他是在百万雄师过大江那一天,即一九四九年四月二十二日出生的,那时你正在读《大卫·科波菲尔》,你给此子命名"大卫",后来上学时老师说此名太洋气,还有此名像什么基督教徒,便又大又伟起来了。第五个孩子寥寥。第六个是沛沛,后来也送出去了。

他们当中出现了真正的作家,不止一个。你已经是一个伟大的母亲,你为孩子们操劳一生。笑着,含着泪,一切都看得明明白白,无所求,无所待,无所忧,更无所悲哀。包括在儿子郎郎判处了死刑的时候。

我梦到了你晚年的客厅,三十多平方米宽大,大横幅上是你写的两个隶书大字:"平凡"。

不平凡行吗?

也许并没有擅长那么多样儿,琴棋书画戏歌诗,也不需要如前文写的那样光芒四射,"和其光,同其尘"(老子的话,是说收敛光芒,接好地气),其实你是平凡的与内敛的。喜欢文学与京剧,写过诗歌与小说,自己唱两嗓子"冰轮乍涌""嫦娥离月宫"。自然而然或神妙奇绝地"退职回家"以后,更是全心全意地相夫教子,做饭卫生(清扫),白菜豆腐,红烧鲤鱼,窝头咸菜,稀粥糕饼,童装少年装中山装华达呢卡叽(其)布,纽扣拉锁。一去二三里,烟村四五家,ABCD,毛主席万岁,多吃菜少喝酒,作文、大字、广播操。你的天才沉潜于平凡,你的平凡使天才更上一层楼。"常德乃足,复归于朴"。不但超凡入圣,而且超圣归凡。你是最文化的家庭妇女,最革命的母亲,最慈祥的老革命,最会做家务的女作家与从不臭美的、不知何谓装腔作势的教授。五个儿子,一个女儿,一个老革命与艺术大家、工艺美术学院院长的丈夫,奉献给他们,就是奉献给社会祖国人类包括并未加入也谦卑地确实承认自己不够条件却仍然围绕着跟随着的领导我们事业的核心力量——中国共产党。你于心平安,不平静的时候用小嗓叫一声"苦哇",也就是了。

当然,你有时也惦记着更上一层楼的人生。

十

和赓同志:

……你的感情与对生活的信赖,以今天的风气来比较,太古典了。

你受过那么多的苦——还能保持这样完美的心境,真令人钦佩。

你年将古稀,还保持了十七八岁青年初恋时的精神风貌。你钟情、痴情,如果不是为了革命事业,你准会殉情。所以你没有做"烈男",但做了"节男"。

亲爱的朋友,你是幸福的。在生活中,你有事业,你信赖这事业的伟大与永恒的意义,因此你全力以赴地干,越累越有劲,总是高高兴兴,像一个在严师面前的优等生。在生活中,你有爱情,你对过去的信赖,使爱情在回忆中永存。你不孤独与寂寞,因为,在精神世界中,你的爱人一步也没有离开你!

我是少见寡闻的人,我确实未曾看到或听到还有更胜过你这样:对生活既认真又洒脱的人!

现在的年轻一代,可能不易明白你的这种感情了,可能必须经过翻译才可以略懂一二了。真的,就好比,大家都买一把塑料花,讲究一点的,还给塑料花洒上香水呢!而你却要(做)幽谷蕙兰,甚至你只是在记忆中感到那芬芳!……

这是"文革"结束后你给好友谢和赓写的信。谢一直是周总理直接联系的党的情报兼统战工作者,谢是现代的李左车,有过各种神奇的经历,他生于上世纪,一九一二年,二十一岁入了党,再进入民众抗日同盟军,当过冯玉祥与吉鸿昌的秘书,然后跟随白崇禧,成为白的亲信。不知怎么搞成的,他又在一九四二年被国民政府派到美国留学,把工作任务与对象延伸到美利坚合众国。后被美国当局逮捕,经周总理营救回到本国,担任早在旧中国已经销量极大也是我钟爱的《世界知识》杂志编辑。不久划为右派,搞到黑龙江劳动,一九六七年"文革"开始后又被捕……一再受到周总理的营救。

他的爱妻王莹,是演员和作家,一九七四年死于被迫害。兹后谢独自生活了三十二年,二〇〇六年去世。

看照片,谢身心健壮,乐观阳光,大侠型硬汉。说是他家里挂着王莹的肖像油画,王去世后,客人来了,谢说:"王莹只能从画里向你们挥手了。"悲情埋藏在豁达之中。

而王莹更是侠义与才艺的巨星。她当过童养媳,两次吞吐鸦片自杀,可以说是对旧社会苦大仇深。后来巧遇美国女作家赛珍珠,在赛的帮助下上了学,而且在一九三一年十六岁时参加了中国共产党,比谢和赓入党还早两年。她四次被捕。她的戏剧电影演出大为成功。她去日本留过学,去美国白宫用英语演出过《放下你的鞭子》,得到了罗斯福总统的观看。

一九三九年十月,徐悲鸿为演《放下你的鞭子》的王莹作油画《中华女杰王莹》;后来在国际大学举办包含此画个展,泰戈尔亲为揭幕并致欢迎词。

一九四六年,王莹用两年多时间写下长篇小说《宝姑》,引起热烈反响。

一九七〇年她被"文革"迫害陷于全身瘫痪,四年后在狱中悲惨去世。

现在,在故乡芜湖镜湖三面临水的烟雨墩上,竖立着"洁白的明星"王莹的雕像。

我们的你,谢和赓的好友,信上写到王莹去世后谢先生的情况。幽谷蕙兰,记忆中的芬芳,也像是写自己。

那是一个翻天覆地的时代,英雄辈出、仰天长啸、呼风唤雨、光彩炫目、百折千回、九死未悔、刑场婚礼、狱中诗吟、粉身碎骨、血沃中原。只提一提那些姓名,那时的阵容,就令你敬佩悦服,感动无边。这样的革命运动中,尤其是身受更多压迫的女性,其斗争、其激情、其坚忍、其忠贞,更是绚丽夺目。法国大革命时期被雨果颂为"比男人更伟大"的米歇尔,德国共产党的创建者、第二国际的左翼领导人罗莎·卢森堡,被列宁称为革命之鹰,辛亥革命中的鉴湖女侠秋瑾,被梁启超介绍进来的贵族出身的俄国民粹派女革命家苏菲亚·利沃夫娜·佩罗夫斯卡娅,还有向警予、杨开慧、刘胡兰……加强了革命的正义性神圣性人情味与感召力。在这样的风流人物当中,有一个你,我现在说出名字来吧,我的非虚构小说或者你们一定叫"报告文学"也行——《女神》,取材于艺术家张仃的夫人陈布文。陈大姐她开局勇烈、闯荡关山、文武战地、急流渡缓、笔墨春秋、经事多端、高处低处、胜暖胜寒、气吞山河、返朴平安、龙飞凤舞、烙饼炒蛋、伟大忠勇、自在平凡。端的另一派同一宗景色是也。

你的朋友提一提也令人肃然起敬。革命的文艺大家们你已经是一网打尽。还有一些倒霉蛋儿,例如号称见过罗曼·罗兰的李又然先生,我在一九五六年中国作协理事会扩大会议上见过他的挨斗场面;反右以后狼狈万状,孤家寡人,贫病交加,一事无成,穷愁潦倒地死去。唯一安慰是得到了你的照拂。

那么再请读读你的五儿子寥寥的诗,写这首诗的时候诗人还没有满二十岁。

我怀着怨毒/来到了这/充满各种精灵的/原野
手里握着一把/有/一粒子弹的/手枪
对着虚伪/我抬起了手
心在说/留着它吧/没有它/将没有真实
对着残忍/我抬起了手
心在说/留着它吧/这愤怒的/复仇!
对着卑鄙/我抬起了手
心在说/留着它吧/这个和高尚/同时登台的小丑
…………
手枪/划过了一切罪恶/没有射击
不,/不行!!/既然我不能/与任何/社会的渣滓/同居/又不能/将它们/统统枪毙
那我/只好/灭绝心中/识别善恶的灵气
我又抬起了/手枪的嘴/对准那只/天空一般洁净的/小鸟/趁着心没有发抖
我/射击/了/烟消云散

怀着/仅有着/凄然的心/拥抱着/万般邪恶/我跳上/通向生活的马车

在/子弹的洞穿下/粉碎在尘土中的/是/我的/希望!

我至今弄不清这是一首啥意思的诗,但是,我哭了。

十一

这确实是一首诗,是五儿子寥寥的,也像是你的,非常像。诗继承着上一代英雄豪杰的气象,但面临的已经是不同的风景。如果你说你看不懂,那我也看不懂,诗人自己很可能同样说不清。神圣的冲动使他激昂却又惶惑,强烈而又无奈地燃烧,沉痛而又火爆。我凝视着,我惊叹,我难过,我不能不想到诗人的母亲,你的诗情培育了六个孩子,你的诗情写就了具有高度书法艺术价值的一篇又一篇公文。旧社会这样的公文称作"等因奉此",公文里离不开"等因奉此"的套话。新社会的公文则是充满"基本、结合、深入、贯彻"即"基结深贯"。现代史说,"基结深贯"硬是将"等因奉此"打趴下了。

"平凡,平凡,平凡。"你对我说。

你的诗情清洗了许多童装尿布床单毛巾,当急于干燥而把湿件搭在"炽笼"——炉火上的时候,你吸吮着肥皂与布匹加染料加婴儿屎尿污渍的气味,脑子里蹦出来一首又一首关于希望与失望、理想与不想、伟大与平凡、烈火与灰烬,最后是和解与安详的诗意。

你的诗意化成了去毒火的心里美萝卜、润喉清肺的鸭梨、下稀饭的榨菜肉丝、好消化的米粥与挂面汤、爆腌与老腌小仔黄瓜,还有时不时弄上点的高邮双黄咸鸭蛋。你的诗意更化成了对于厕所尤其是对于被男人立式小便经常弄脏的马桶边的清洁,对于一个又一个孩子的肛门与小鸡鸡私处的清洗。你相信庄子和禅宗的理论,道与禅,无处不有处处有,包括庄说"屎溺",禅说"干屎橛"。你甚至想早晚要写一篇关于屎屄屄的散文诗,直到后来,你才明白自己已经用真实的人生努力写毕了也写出了至少是自己满意的与众不同的诗篇了。

你的诗心陪着你度过了一个又一个夜晚，这个孩子咳嗽，那个孩子发烧，第三个孩子麻疹，第四个孩子泻肚，另一个摔坏了腿，还有一个后背上长出了红点与脓包。你仍然背诵你的《满庭芳》与《苏幕遮》。孩子生病的特点是晚上病症加重，夜十二点，抱着孩子哼哼柴可夫斯基的钢琴套曲《雪橇·十一月》《葡萄仙子》，还有你自己幼儿时唱过的歌："母牛母牛谢谢你，新鲜奶子天天挤，奶子又白又芬芳，我们喝了身体强。"再往下就是"小小姑娘……卖花卖花声声唱"了。后者来自一个美国民歌，在中国曾经流行，后来又到了朝鲜，经变奏后成为金日成创作的三大歌剧之一《卖花姑娘》的主题曲。在没有其他电影可看的时候，《卖花姑娘》《金姬和银姬的命运》加上阿尔巴尼亚影片《第八个是铜像》使你们的孩子涕泪滂沱。

孩子仍然不睡，哭着，喘着气，蹬着腿，哭的声音令世界低下头来，他的委屈预示他可以成为一个大文学家或者艺术家或者革命家或者哲学家或者发明家，小孩子的啜泣让人立即想发动一场革命。孩子们在幼儿时代太软弱、太无奈、太压抑也太寂寞，他们需要成长奋斗坚强孔武大轰大嚼立德立功立言，手刃阶级敌人。长大以后需要发挥与奔跑跳跃。他们要圆掉他们的上一代人两代人三五代人以及所有祖先挣扎一生血战一生绞尽脑汁一生却没有实现的梦想。你的诗进行在正在生病的孩子身上，你的梦进行在正在生病的孩子身上，你的甜和苦，你的文采和风流，你的浪漫与坚忍统统向孩子身上倾注浇灌，然而前提是他们先要退烧、止咳、消炎、排脓、通便种种，然后长出放出文化与艺术、品德与聪慧之花。他们的父亲还没有回来，高级领导人找他布置任务。或者是回来得很晚刚刚睡下。他是能者多劳，任重道远，你是？你称自己是火头军，是孩子他爹后勤支援团队头领，是专职家庭妇女、街道妇女，身兼同志、妻子、文友、母亲、厨师、护士与保姆勤务员还有作家、书法家、革命者的女人。你是女人，不能不正视，字写得再好也不能不承认。没有办法的寻觅，二十多年的摸爬滚打,你知道母亲的最大安慰,最具现实可能的事业是把一切伟大的慈爱献给孩子,把希望的拼图与接力棒交给孩子。希望在于孩子,遗爱在于孩子。活下去,为了你的我的他的与她的孩子。女人,还有比母爱更伟大的吗?

十二

你午夜抱着病儿出门,个别时候可以雇到三轮车,多数时候必须走路,自己咳嗽起来了,咳嗽得比可能是受了凉造成上呼吸道感染的孩子还厉害。你一阵岔了气,一会儿是左小腹一会儿是右胸腔发生阵痛与抽搐。你很满足,你知道对不起孩子的母亲该死,尽心爱孩子的母亲死而无憾。你知道跌跌撞撞,你一定要走到医院,挂一个急诊两角,开好药,最多七角钱左右。然而你出门时没有能找到钱,你不忍心惊动老公,你砸碎了专门存贮硬币的一个瓷质猪形扑满,从里边拿出了许多五分的但主要是一分的硬币。你在药房缴费的时候让缴费处的出纳小姑娘大叫一声:"我不要,我不要……"你耐心地,实际上觉得自己是有点恶毒地给缴费处出纳讲:"根据我国法律,您无权拒收任何种类的人民币,否则我可以扭送您去派出所。"

你觉得你要写一首诗、一则微型小说。深夜与黎明,患病与治疗,母亲与儿子,医生与出纳,常州、苏州、延安、哈尔滨、锦州与北京,作家与机要员,老党员与非党员,写诗与揩屁屁。最后万象归一,结穴于许多一分钱的硬币。

在终于抱回孩子而且孩子终于稳稳地睡踏实了以后,你睡不着了,当然。你此时就会背诵郭沫若的《女神》:

> 姊妹们,新造的葡萄酒浆
> 不能盛在那旧了的皮囊
> 为容受你们的新热、新光
> 我要去创造个新鲜的太阳!

想到孩子你就笑了。孩子,就是新升起的太阳。尿布,就是五彩云霞。排队挂号就诊划价缴费领取到的药水,就是葡萄酒浆。

你想起了每个孩子学走路的情景,延安出生的大女儿一周岁了还不会走,你想起阳光、蛋黄、钙与维生素D的缺乏,你为女儿心痛。只过了三天,女儿站在地上,忽然自己挪动一步,女儿怔在了那里,女儿又小心翼翼地挪动了另一只脚,看看你忽然迟疑,停了一下,紧接着,她走起来了,然后跑起来了,跑得飞快,母亲连忙在后面跟。"你在前面走,我在后面跟",这是旧中国一首流行歌词,说的是一个少女与一个小流氓,现在则是一个女儿与她的平凡伟大的母亲。女儿腿一绊摔倒在地上,哭起来,母亲跑了过去,这就是诗啊,这就是画啊,这就是电影和戏剧啊,难道不是吗?然后是一个儿子在床上前滚翻与后滚翻,滚到了地上,他想给地凿一口井。然后是另一个儿子突然大喊:"妈妈真好!"然后是你轻声哼哼着一首北欧民歌哄孩子睡觉,想不到的是另一个表面上看已经睡着的孩子和着你的哼腔呼应着唱了起来。"在森林和原野是多么逍遥",你觉得是一场童声合唱团的演唱,孩子和母亲,母亲和孩子,这就是哭与笑,这就是歌与诗,这就是戏,这就是天籁天伦天机天韵,这就是革命的追求,革命首先不是为了自己,而是为了孩子。

而你的另一个儿子是著名的郎郎。他是中央美术学院文学沙龙"太阳纵队"的活跃分子,他为沙龙的杂志设计过封面上的两个大红字:"自由"。加上他说过一些被认为对江青不敬的话语,从一九六八年被通缉,他跑到了杭州后被抓捕"归案"。一九七〇年"一打三反"的高潮中被判处死刑,受到周总理保护,一九七一年后正式地货真价实地坐了六年监狱。类似的没有执行处决的死刑犯还有文化部门的老领导周巍峙与老革命歌唱家王昆的儿子周七月。被执行了的是遇罗克。

而伟大的母亲非常镇静,你见到的事太多了。你懂得了见怪不怪的必须。你也知道了郎郎的同案犯郭路生——食指的名诗:《相信未来》。

> 我要用手指那涌向天边的排浪
> 我要用手撑那托住太阳的大海
> 摇曳着曙光那支温暖漂亮的笔杆
> 用孩子的笔体写下:相信未来

母亲认识也喜欢自己孩子的诗友,喜欢他的诗,对爱诗的儿子说:"年轻人的诗,更好。"

又说:"读你们的诗,比我自己写还好。"

说这话的时候你流出了眼泪,你想到了些什么呢?相信未来,当然那就是相信儿子与女儿,相信下一代。如果下一代之一竟要被枪决呢?是的,归根结底,人的一生能有多少追求?能铁定实现多少目标?你能更换一个太阳?挖深或者填浅一个湖泊?又能有多少不走形而令你绝对地满足与舒心?反过来说,既然你做不到求而时得之、梦而屡圆之、射而频中之、想而皆成之……那么,你究竟能有多少理由和心思可以无愧地大胆地去不满足、不快乐、不如意与哭天抹泪呢?

"我是快乐的",后来你多次这样说与这样写。当邻居、朋友和亲人向你索取书法作品的时候,你写了许多横幅与条幅、斗方与扇面、信笺与丝绢:生疏一点的人,你写"快乐"二字;熟一点的人,你写"其乐无穷";亲近一些的人,你写"我快乐""我是快乐的""当然,我非常快乐",还有你编的一个词,叫做"快乐无它"。

改革开放以后你给自己当年的一个"闺蜜",后来移居境外嫁了洋人的白发苍苍的老妪,写下了"快乐必孩皮"五个大字,解释后三个字说,就是"be happy"嘛。

孩子们愿意为母亲的快乐向历史纪念厅作证。他们愿意提供的证据是:第一,她至死也有着清亮的喉咙与平稳自信的嗓音。第二,她临了也还长着基本黑油油的头发。中医认为,头发的不良状态是血热风燥、脾虚胃湿的表现,而用脑过度、心事重重、烦闷懊恼,都会明显影响头发的营养供应,使头发像干旱贫瘠造成的树叶与枯草,过早过多地脱落。第三,她写了那么多表达快乐心情的书法作品。

你绝非凡俗,因为你自自然然选择了平凡。你绝非消沉,因为你超前实现了淡定悠然,而且从不秀清高。你回到家庭,你的家就是革命与艺术的细胞,你回到了你们八个人那里。还有那么多友人,他们都爱你,连没有与你见过面的蒙子也迷上了你。没有人算计你,你从不设防挖堑。

你只听自己的一个友人说到过,儿子可能已经判处了死刑,你没有掉一滴眼泪。后来提到的这一天,从早晨你坐到一个房角,一直坐到了晚上。一个朋友在晚上九点五十分风急火燎地来到你这里,告诉了你周总理"留下活口"的批示,说明郎郎留下了一条命。半晌,长长地叹了一口气,你说了一句"好想去日内瓦,看看周总理住过的地方"。朋友认为是你受了刺激,语无伦次。入夜洗脸时发现了眼角的血。次日眼科医生看了,医生给你讲解了眼睑出血、结膜出血、角膜(内)出血、眼眶出血、视网膜出血等情况的区分与治疗。你惭愧于以本来与眼科病理没有什么关系的麻烦,打搅了中规中矩的专业眼科医生,那是一个除了医生与城市环卫工人,几乎谁都不务正业的时代。刘晓庆头一次上镜,演的就是环卫工人,影片的名称是:《同志,感谢你》。

后来在梦里、梦话里,你说过不止一次:
"我要去日内瓦。"
你还写下了正楷:
"想去日内瓦。"

十三

也许最能证明你英明的是一九五二年的退职。或者根本不算退职?你并没有办理正式退职手续,例如领取退职金。你回了家了,不上班了,不领工资也不参加全体教职工大会了。大学的人事处记载了你的"离职",然后风平浪静,此生无事。

你已经被俗人认为是退出了体制,退出了社会,没有了"单位",没有了领导,你已经成为游离的离子。你毕竟是人人皆知的老革命。你自己并没有多少孤独更没有沦落的感觉。然而,想不到的是,从此"反右派""反右倾""三反五反""社教""无产阶级文化大革命"种种政治运动没有人找你的事。鸡飞狗跳的政治运动爆炸火热的时候你的身份仅剩下了"家庭妇女"四个字,那个时候的运动积极分子包括最蛮横的红卫兵,根本不认为家庭妇女是社会一员,更没有哪个红卫兵知道你不凡的历史,知道你的历史的革命人都被打倒了,住在"牛棚"里,狼狈不堪,千疮百孔,皮开肉绽,自顾不暇。

就是说,你十余年前已经为各种运动尤其是"文革"做好了准备,你早就已经充满了"电",充实了预应能与预应力,了却生前身后事,不求中外古今名。你最喜爱的词人是辛弃疾,你早就会背诵"了却君王天下事,赢得生前身后名,可怜白发生"。

早在"文革"以前你与一个朋友讨论,朋友说你的稀里糊涂退职是不"革命"了。

你哈哈大笑,声如铜钟。你说:

"是吗?"

你给朋友讲起了自己十一岁小学五年级时背诵下来的孟子"君子三乐"说:

> 君子有三乐,而王天下不与存焉。父母俱存,兄弟无故,一乐也;仰不愧于天,俯不怍于人,二乐也;得天下英才而教育之,三乐也。君子有三乐,而王天下不与存焉。

你释义,第一乐是天伦之乐,固然你自己的父母不在了,你子女的父亲与你这个母亲健在人间,谁也没被枪毙,当然是天伦之乐。不愧不怍,你更是满心快活。你教育的子女侄甥,也是英才的一部分,孩子们志在天下。孟子在这一节两次强调"王天下"不属于君子之乐,说明孟子强调君子首先是常人,快乐是常态。

是个大好人,只是脾气有点怪,朋友们都这样说。怪的表现是你过于常人常态,才而有常,常而不猛、不变、不戾、不暴,不亦怪乎?

你便一笑,说:"以常为怪,以怪为常,不亦怪乎?"于是朋友们大笑,好像鲁迅的咸亨酒店里听到了孔乙己的转文。

或许是国民党的反省院起了某种作用,你的夫君 ZD 后来选择了技术性比较强的美术设计,他见过毕加索,他曾经想搞一点美术上的现代派,后来在延安被同志们帮助后就不搞了。当然,他一直对革命忠心耿耿。此后数十年,ZD 与一位台湾作家见面,他们说起过曼德拉,说是曼在南非的监狱里服刑二十七年,出狱后洗尽一切浮躁,只留下了宽恕与爱心。你听后大怒,你说不能为各种歧视与残暴背书。丈夫说,去过比勒陀利亚桌子山下的监狱,那里有许多石头,监狱管理人员没事就让曼德拉他们将石头搬来搬去,以度过漫长的岁月。然后,ZD 说,从前是美国中央情报局帮助南非种族主义政府,逮捕了曼德拉,而结束了种族隔离以后是美国总统克林顿来到南非,造访了上述监狱,俯身进入了曼德拉当年坐过的狭小的单人牢房。

"文革"中 ZD 被莫名其妙的所谓红卫兵揪斗殴打,你全不躲避,冲向前去。你与所谓的天知道来历的红卫兵们辩论,你大喊大叫,声色俱厉。你说"上面"有明确指示,最高领导圈阅过,绝对不允许对 ZD 动手动脚。红卫兵们喊"打倒 ZD"的时候,你干脆大喊"ZD 万岁"。你以必死的精神准备与杂牌红卫兵们拼命,你大骂红卫兵们是假革命真破坏,你大讲井冈山与长征、遵义与延安的故事,你居然从气势上压倒了杂七杂八的"红卫兵"。最妙的是,在你讲了"上面"的指示以后十一个小时,最高方面的保护 ZD 的指示硬是照你讲的样子传达下来了。

"文革"中基本平安无事。纸头上的涉嫌间谍暗号的"别姬"唱词与道白,拿走后并无下文,混乱的定义之一是有头无尾,劫难的定义之一是无端之祸与无逻辑的侥幸并存。而你毕竟只是主妇家庭,丁白一妇,你在纷纷革命从而人人被革命的时代,创造了老左翼知识分子硬是没有从革命同路人变成革命对象变成三反分子的奇迹。"文革"时对于老革命的说法是,革命动力要学会充当革命的对象,而且要欢迎小将们革自己的命。

那么,你也只能是跟随着沾上了一点"文革"的光,你兴致勃勃地学唱过"都有一颗红亮的心""痛说革命家史""家住安源""垒起七星灶""面对着,公字闸,往事历历如潮涌"。较劲的是,你怎么想也想不通,觉得李铁梅唱的"红亮"二字不通,过去,只有形容声音的"洪亮"一说,也有鲜红、绯红、阳红、淡红、暗红之类,还有嘹亮、敞亮、锃亮、麻麻亮等词,岂有"红亮"之理。

找谁讨论去呢?

十四

而你却要(做)幽谷蕙兰,甚至你只是在记忆中感到那芬芳!

这是你对己对人的永远的颂歌。

后来国家形势终于发生巨变。你应该是十分高兴的,但是你杳无声息。巨变的那一年你五十六岁,当然不老。也许你已经染恙,心力交瘁。也许时过境迁,此时的文艺界与你已经互感生疏。也许你已经饱经世事,你不想轻易地放弃已经形成的生活轨道。正如学界昆仑钱锺书诗云:

弈棋转烛事多端,饮水差知等暖寒。
如膜妄心应褪净,夜来无梦过邯郸。

只是你给子侄们的信里仍然充满热情,苦口婆心,激励劝慰,慈母针线,良师温情。不,你不是昆仑,你是一个平凡的女人。

也许你对廉价的幻想早已通透无惊。也许你对成群结队的欢呼早已放弃。也许你虽然欢迎政策路线上的大变动,却仍然对某些人性、文性、官性、商性、艺性、男性、女性、幼稚性、老迈性、狡猾性、盲目性、肤浅性、跟风性并不放心。不,你不应该是这样,你不会是这样,人只能做自己确实想做也该做的事情,人有可能多考虑几步几米几十几百米乃至几年几十年,考虑一百年已属难能,更像是"不能",如果通透到望远千年,最佳选择是不要活下去。

但是小说的构思 ABC 仍然使小说人坚信,一九七八年十二月二十二日三中全会闭幕后,有过几次快乐的高潮。一次是与老公、孩子们一起听诗歌朗诵音乐会,与王昆、郭兰英、常香玉她们都见了面。一次是你们家庭成员的诗文交流与评比,你对每个"作品"都做了认真的评点,然后全体去西四摊档吃卤煮火烧。一次是老公得到了 XO 洋酒,轩尼诗与人头马,就着天目湖鳙鱼——鲢胖头在砂锅里炖出令人销魂的鲜肉与乳汁白汤,全家吃得如此快乐。吃完,你自语:"还能怎么之(着)呢?"

李白的话是"人生得意须尽欢",已经尽欢了,夫复何求?

更有一次是一九八四年,就是党的十二届三次中央全会通过"关于经济体制改革的决定"那一年秋后,你邀来了爱好京剧的十几个朋友,到你们的樱桃沟农村别墅来。锣鼓点一响,京胡京二胡一拉,看大戏了,气氛热乎的程度超过了娶媳妇与孩子过满月。你奇怪,为什么曾经将京剧当成腐朽与停滞的符号,为什么曾经听到胡琴响就想扔过一个手榴弹去……接着想,那么,会不会有激烈的青年听到他们院子里的唱大戏的热闹,顺手抛过一批破片式、钢珠式、闪光式、烟雾式、瓦斯式手雷来呢?

终于与京剧和解了,成了好友。也要与手榴弹手雷和核子武器和解的,好离好散,各得其所,靠的是生旦净丑,靠的是敲锣打鼓、月琴三弦大阮中阮还加一个笙,如果你学程派戏的话。

包括著名的梅派程派传人与操琴能手,与他们一起唱《凤还巢》《甘露寺》《四郎探母》《荒山泪》与《乌盆记》,你邀请了中国戏曲学院的教授来指导,一起在高唱低吟喊开了吊足了嗓子以后吃涮羊肉。佐料是你配制的,朋友们都反映是赛过了"东来顺"。你们的平均年龄是七十一岁,当时你是六十三岁。朋友们都是老革命、高级干部或者高级知识分子,其中一半是丧偶独身。

谈起京剧来不那么愧罪有加了,你露了一手,让赶巧在家的两个孩子也听到了你的唱与白。《霸王别姬》,西皮小开门牌,打引子:

明灭蟾光,金凤里,鼓角凄凉。

定场诗:

忆自从征入战场,不知历尽几星霜。
何年得遂还乡愿,兵气销为日月光。

……孩子们过去对于《霸王别姬》,知道的欣赏的只有过门《夜深沉》与南梆子唱段"看大王,在帐中,和衣睡稳"。这次才明白了虞姬的上场是怎样的光彩夺目,百感交集。

京剧雅集以后,你兴奋了一个多月,笑声连着笑声,题字接着题字,你甚至得便就把孩子们组成合唱队,你拿上一根木棍,指挥他们唱歌。然后你笑得喘不过气来。你说:"我够本儿了,在延安,在东北前线,在国务院,在甲二号,在樱桃沟,尤其是在你们当中,明年,我带你们去日内瓦玩玩……你们知道日内瓦吗?"

……小说人常常犯的一个毛病是把眼睛睁大,盯着望着找着打量着,思索着想象着追究着询问着。更应该拷问追求的其实不是别人,而是自己。远了不必说,就是从一九八三年王蒙担任《人民文学》主编时起,如果认真寻找,一定能找得到布文大姐的。是的,我没有停止寻找,但是当我得到了答复你是谁谁谁的夫人的时候却找不到任何感觉。彼时小说人似乎麻痹了对于"夫人"二字的理解与感觉,听到了等于没有听到。小说人可以多多少少地归咎于你的老友对于我的打问的冷淡态度。但更重要的是小说人那时正值青云直上,芝麻开花节节噌噌高呀高的时期。小说人宣布过,有三个词他不感兴趣:一个是鳞次栉比,一个是天麻麻亮,一个是芝麻开花节节高。太俗了,甚至觉得肉麻。小说人的妄语终于遭到了报应,那个时期,他天麻麻亮就起床忙这忙那,鳞次栉比的街道他坐着皇冠车来来往往,尤其是他岂止是芝麻开花,他简直是二踢脚叮当乒乓,炸巴着往上蹿。你还能掩饰吗?你还能自命清高纯洁吗?你还能酸甜可口地秀文采与灵感、纯洁与秀气吗?

本来在上世纪八十年代可以不费多少力气地找到你的。

什么都有可能,例如找到了,却没能见着,我想象,那时候你未必愿意见我。

十五

"我预备每十页作一函寄给你,时间不定,去年我也给郎郎写过,但寄了两次便中断了——我年过花甲,尚如此浮动无恒,自己颇失望……

"我想十页之中,以三分之二忆昔……照顾你的保姆叫李素英,她比我大几岁。卅四五的样子,却是一个在押犯。那时,有一种向监狱里找保姆的办法。她们多半为了做媒人谎骗,或虐待儿媳等(入狱)。监狱中人认为,放她们出来当保姆,不会有问题——我们根本一点也没考虑这点,至今我也未清楚她犯的什么过失。她一直跟我们,从沈阳到北京,五十二年,她儿子结婚,才接她回去,她一直叫我陈先生。

"其时我们都是积极分子,因为全国得到解放,新中国欣欣向荣,万事俱兴。真有一天做两天的事,每天一早上班,到家时,已在晚上八点以后。

"我是手工顶无能的,但我必须为孩子们服务。于是只有创新……首先我用大红绒布,给你做了一个'小红帽',你脸很白,戴了小红帽,确像童话中人。

"大伟婴儿时期是一个恬静愉悦的孩子,不哈哈大笑,也从未哭喊闹人。他总在默察沉思,高兴时舞动两手,笑着学语。上班时,他安静地举起小手说'再见'。晚上回来见面时,也是笑一笑便自己去玩。当时,他才三岁!

"其实,有关文艺界活动,差不多全有爸爸。只不过,他总坐在后边一角,他不愿上什么镜头。最近,爸爸给西苑饭店画的一张壁画——'群仙聚会',已上墙装置完毕了。

"……诸葛亮在《空城计》戏目中,摇着鹅毛扇,在城楼上唱道:'我本是,卧龙岗,散淡的人……'听到这句子,令人心酸。他为国为民出了山……历史不因英雄美人而留情。

"'……悟已往之不谏,知来者之可追;实迷途其未远,觉今是而昨非……倚南窗以寄傲,审容膝之易安。园日涉以成趣,门虽设而常关。'"

这是你给你的第四个孩子大伟的信。你的写作非常认真、诚挚,实在还有点天真,你的回忆富有稚趣。你纯。

一点悲观与消极吗?作为个人的选择,你是说到做到,你从没有蝇营狗苟的丑态,你从没有口是心非的尴尬,你从没有苦苦声辩,自我维护,此地无银一微两。我见过这样的伟大人士,例如他或她要写几本书来声称自己不吃荤腥,自己是素食主义,偶尔吃一星半点的肉是多么无奈,是中了奸计,还说是自己明明吃素却屡屡被攻击为肉食者鄙,世道人心何等险恶!

其实世界上许多人素食,谁也用不着哭着闹着表达素食的决绝。还有人是一面大快朵颐一面提倡素食。

表白达到过分的程度,也可能是管丈母娘叫大嫂子——没话找话。

当然,可以说你太个性了。这样的个性是付出了代价的,肯于付出代价的选择,值得尊敬。

一九八五年,那次京剧雅集的次年,你增添了过去没有的一种静谧与微笑。你原来没有胖过,这回开始明显地消瘦,脸色似乎也有点苍白。你的丈夫一次次问你:"怎么了你?"孩子们一个又一个地问:"您是怎么了?""怎么了呢?""妈妈,您?""是不是有一点不舒服……"

你只是摇摇头。

八月回了一趟家乡,找到从当年逃婚后没有再见过的父母双亲之墓,献了花圈,鞠了躬。你的花圈署名是"不孝女陈布文",鞠躬之前你低头静默了十多分钟,眼里含着泪水。后来你笑了一下。当地领导请你吃饭,你以患病为由谢绝。你还叹息,像是自己对自己说话,你在念叨:"那时候常说苦战三年,改变面貌啊,苦战了九个三年,变得有限。现在是真的旧貌换新颜了,我找不着北了呢。"

就这样告别了故家故乡与童年。

一九八五年十一月,多数非"高尚住宅区"还没有开始供暖,一天突然下起了大雪,而就在这个早来的大雪纷飞的傍晚,家人们回来,找不到你了。

那时候还没有现在的小型的手机,开始有颇似军用通讯器材的"大哥大"无线电话了,只有老板们才会用。天黑以后你满身雪花回到了家,你一身寒气,一脸绯红,非常兴奋。你说是步行回到家里来的。你说好久没有见过这样的大雪了,你以为北京再也不会像建国初期那样下老大的雪了。你灵机一动乘无轨电车去了景山。你说这是你当"火头军"以来头一回"擅离职守"。你说漫天雪花里疾走让人想起战争与革命的年代。你说下着雪上山,让你懂得了另一个世界。你说你这次才想起来早该好好看看景山。你说对不起景山、故宫、北京。嘀咕说北京真好。你说人真奇怪,到了许多地方,又离开了许多地方,却没有好好地看一看记一记想一想。你说在景山飞快地爬上了每一个亭子,身轻如燕,步健如飞。你喜欢公园大门附近的绮望楼,你喜欢沿山路修建的亭子:富览、辑芳、万春、观妙,还有一个东山脚下的亭子,名称忘记了。(王按,那应该是东面的圆顶周赏亭。)

你说景山公园里原来有那么多松柏。你说在万春亭上看从神武门开始的故宫宫殿原来有那么周正展样,布置得让你想呼口号。你说看着伟大的地方,住起来不一定舒适,不,你觉得并不舒适。不舒适也罢,你看得五体投地,想好好地哭一场。你说你最高兴的是没太费力到达了景山的巅峰,想看的都看到了。

你说你最怕的是北京盖了太多的高楼大厦,高楼大厦会遮蔽掉北京——有了高楼,却没了北京,你怕……你问自己为什么在新面貌渐渐替换了老面貌的时候你会想念老面貌呢?你说这也是生活在别处。你感到安慰,紫禁城一带毕竟没有让盖高楼。景山若只如初见?初见在哪儿?今天吗?在景山万春亭,你看到了北海白塔和这座白塔左后方悄然隐退着的阜成门白塔寺,它与北海公园的藏式白塔同一类型。其实妙应寺(俗称白塔寺)塔高五十一米,而北海白塔只有不到三十六米高,但是妙应寺塔悄然隐退。你看到了鼓楼钟楼和解放后盖起的部队领导机关的大楼。看到了东交民巷当年列强拥有治外法权的地区的欧式建筑。你说你太高兴了,北京永远不被遮蔽。

你说兴奋的是你看到了漫天乌鸦,也有麻雀,你以为曾经在大跃进中被赶尽杀绝的鸟儿喜欢景山和团城、柏树和桦树,喜欢戾气渐消的老紫禁城。你轻轻地说:"乌鸦只要少叫几声就会变得非常可爱……"

连续几天你通宵未眠。你一下子老了十岁。所有的家人朋友都催促你去医院,你不去。孩子们说你这是需要启蒙,你应该知道人类医学科学的重要性有效性不可或缺性。你说,没有谁比你自己更了解自己。比如一盏灯,油已将尽;比如一支蜡,捻子已经烧到自身;比如火柴,已经烧到取火的食指。不要送医院,你说得斩钉截铁。你愿意安安静静在家,在亲人身边走。然后你说了一句:"我对我的一生满意,没有冤屈,没有懊悔,没有遗憾。"

你苦笑着说,你明白,到时候了,你将像立冬后的树叶一样地凋落。你说你大雪天去登景山,就是为了告别。送君千里,终须一别。你的手抖着,写下了最后的书法作品:

"让我自由自在地凋落吧!"

你的笔有些颤抖,你的字哆哆嗦嗦,这不足为奇。而你的字稚拙得出奇,你好像回到了十岁以前学书阶段。

你对家人说:"我的一生过得很好。我没有不好。我只是想去一趟日内瓦,看看当年周恩来总理开会的地方。"

老公对她的日内瓦云云有点怕,她的言语——神经运动似乎不太寻常,要不就是年轻时候写小说"坐"下了病,虽然过去也听她说过日内瓦,但是神态与现在完全不同。老公还是不住地点头:"我们要去日内瓦。"老公向她做了悲情的允诺与庄严保证,老艺术家留学时候当真去过的。

一九八五年,十二月八日。你整个生病期间从来没有回答过家人关于哪里不舒服的提问,见到家人,皮包骨的你仍然显出一点点矜持的笑容,安慰他们。你说了许多次:"我满意。我已经满意了。我快要看到毕加索和周恩来……"

ZD 即张仃老师确实见过毕加索,就像李又然见过罗曼·罗兰一样。然而,ZD 见毕加索,是在法国,不是日内瓦。不是你混淆了瑞士与法兰西,是艺术不在乎国界,名湖也不在乎。然后你大声地喘气,你已经昏迷,然后你走了,带着笑容。

此际,我正准备着以嘉宾身份去纽约参加国际笔会第四十八届年会,三个月后,我就任中华人民共和国文化部部长。

十六

……在我为如何结束此作而绞尽脑汁的时候出现了两件事,它们极大地帮助了亦真亦幻的浪漫曲收官。一个是大名鼎鼎的学界昆仑身边的学界隐逸,以清且高闻名于国内外的杨绛老师一百零五岁高龄辞世。在回忆与致敬她的高风亮节的同时也出现了疑忌交加的杂音,并且祸延锺书大师。

求静名偏盛,欲潜话益多。隐名名岂隐,无意意何夺?

今古通中外,扶摇自巍峨。此生终了后,几许泪婆娑。

第二件事更切近一点。网上再次出现了著名党员学者于光远大女儿于小红具名与授权发布的文章《白花丁香树》,怀念她的三十三岁自杀的母亲孙历生。是的,孙是王蒙的同乡同班同学隔壁邻居。拙作《蝴蝶》里的角色海云,颇有取材于孙处。《蝴蝶》开端写到一辆苏制"嘎斯69"行进中轧过了乌鲁木齐吐鲁番公路上的一朵小白花,取材于写作前一年一九七九年秋初,我重返新疆,与大诗人铁衣甫江一同坐车去鄯善时所见。而文中为过早从枝头落下的树叶而写的抒情独白,被其时武汉大学教授章子仲盛赞并命名为"落叶谏"的文字,令我至今动情。

要紧的是事隔许多年,听姐姐王洒告诉我:"文革"后一年,孙历生自杀前数小时,她站立在西四北小绒线胡同自家门口,紧贴我家大门,不停地看看天又看看地。天地不仁,刍狗万物。她不再说话,当天回去,自杀。我非常重视这个细节,痛惜没有将它写到《蝴蝶》里。孙自杀的时候我已去了新疆。我是幸运的,我完全没有碰到过类似的事情。我最后一次见孙历生是即将动身去新疆的时候,也是假日在家门口与她巧遇。她说了她碰到的一件事情,她去救火却被疑放火;还说那事令人"心冷"。那事作为素材,我用在与《蝴蝶》同期的中篇小说《布礼》里了。

于小红的文章说是我妹妹与她母亲孙历生同班同学,错了。是我本人与她同班同学,是俺与孙历生一样年轻,而现时我的年龄是她离世时年龄的两倍半。在历生还上小学的一九四五年,我跳班考入中学,令小红甥女觉得我有多么成熟。孙历生在班上有几次与老师较劲,噘着嘴被罚站,她的大眼睛令人难忘,而我们的同乡个个眼睛都那么细小。红颜受宠,红颜也颇有性情;红颜薄命,她太不幸了。

都是些有灵气的女子。相比之下,你过得还好,其实相当好。

有两种珍惜。一种是因为珍惜什么都不放弃,一种是因为珍惜,什么都不要。而都不放弃的终于丧失了所有,都不要的却还勉强过得去。

在瑞士旅行的时候我为什么会那样确凿地想起你来?当知道你生命的最后时刻会突然提起日内瓦,我几乎叫出声。

我是一九九六年首次去的日内瓦,其时你已经仙逝十一个年头。

到现在为止,我只知道一个瑞士作家迪伦·马特,他写了《贵妇还乡》与《法官和他的刽子手》。

我见过这个人,一九八五年西柏林——那时两德没有统一——地平线艺术节上,我听到过他朗诵日本作家井上靖小说的德语译文。一面朗诵他一面抱怨不知道为什么要朗诵一个日本人的作品。这很不礼貌,会让原作者感到尴尬……幸好坐火车数日来到西柏林的井上先生听不懂德语。

贵妇用大价钱收买杀手杀了一个人,那个人可能不算绅士,但是罪不至死,贵妇的钱多,就打动了不止一个人去杀另一个人。

唉。

有许多出色的女子,有所成就,同时,有的强调冤屈,强调复仇,自恋自怜,愁肠百结;有的强调清高,强调高高在上,强调自己避俗人唯恐不及,仍然躺着中枪;有的强调他人即是地狱,却硬是躲不开可厌的他人。其实很简单,如果你爱一个人,你可能愿意为他写一本书。如果你嫌恶他,你说一个"不"字难道还不够吗?更好的方法是连"不"也不要说。滔滔不绝地说自己,写自己,描绘自己,这样的做法能够表现出超拔与清纯吗?

陕北信天游:"青杨柳树十八根椽,出门容易回家难。羊肚子手巾三道道蓝,咱们见个面面容易拉话话难。"

"日内瓦清水白天鹅,解(读改)不下来也见不着。"这是俺的洋信天游。从首都机场起飞,到苏黎世,LX197,代码瑞航与国航共享,十来个小时。

十七

写布文老师,这是我五十九年前的一个约定,它立项已经太久太久。

二十年前在日内瓦的那一天,虽然一直有藏独活动干扰,纪念两国建交晚会还是胜利举行了。演出开始后,藏独们跳到舞台上闹哄了一家伙,被警察带走,吓坏了来自我国的少年杂技演员,她们吓哭了。

为了写好这篇非虚构小说或者咱们这里更容易接受的说法叫做所谓报告文学,二〇一六年,我申请,获准,专门自费去瑞士游历了一次。我想着的是重写日内瓦湖湖畔的风景与氛围。我希望我能重新看到一个妇人一个飞盘一条哈士奇狗,之类。

我失败了。其实旅游空前成功。在苏黎世看到了被歌德赞叹的莱茵瀑布;在卢塞恩看到被海明威称为世界上最悲伤的石头的纪念路易十六瑞士卫队的狮浮雕纪念碑,应该叫做纪念山;在因特拉肯看到了世上最洁白最清纯的欧洲之巅的少女峰,纯洁的少女峰如诗如梦如仙,从此矗立在我的心里,像你;在沃薇参观了刚刚开放的卓别林故居。我围绕着日内瓦湖,搭乘欧宝汽车也搭乘神话般的黄金线路火车跑了三天,我刻意观察着寻找着寂寞的与热闹的,法国的与瑞士的,浩渺的与清晰的,湖鸥、鸳鸯、黑白天鹅,卓别林与爱因斯坦的河与湖。我得到了许多感想与图画,除去二十年前的场景与对你的忽然想念。

不,没有了那一刻日内瓦的中立的遐想与闲适,那一刻的疲倦与自得、睡眠与不眠,那一刻的谜一样的邂逅与无端想念,那一刻的一种已经延误与失落了大半生的精神记忆的激动与盘旋。我终于发现,已经失去了,五十九年前的来信。二十年前的日内瓦强烈思念。

一个年代,一个陌生亲人,几篇文字,一封短信,一次电话中的笑声,一生的念念不忘……时间没有消磨,而是在加强你的魅力。失望与不成功比情投意合、心想事成更会获得诗神缪斯的宠幸。人生中没有得到的,正是文学中苦苦经营着的。无价的精神资源得自失去了本应珍惜的所有。最期待的狂欢是失去的一切复活在文学艺术中。文学是人类的复活节日。复活,从而更加确认了也战胜了失去。文学的力量是使得没有对应办法的无可奈何花落去,生成了似曾相识燕归来的感动。

比起个人的一九九六年朦胧记忆,二〇一六年、世界的联合国的、瑞士联邦(八百万人口,二十六个州)并法兰西共和国共有的日内瓦湖,太清晰了。

回不到几十年前,梦醒了老头儿有点伤感有点受挫,却也只能更加豁达笑眯眯。如同二〇〇八年参与当时 CCTV9 现时 CCTVNews 英语对谈,十二月二十六日播出,当主持人田薇问我"It sounds so optimistic(你很乐观嘛)……"的时候,回答:"What else I could choose?(难道可以选择别的吗?)"那次我"混入"纪念十一届三中全会的特别节目,这个节目的嘉宾包括吴建民、龙永图、何振梁、王蒙。吴老何老千古。

为了写好《女神》,读了些京剧书籍,爱上了梨园谚语:

"一哭二笑三念白。"

"一台无二戏。"

"戏要三分生……"

往事不会重现,往事永远活鲜。

发表于《人民文学》2017 年第 11 期

生 死 恋

一 蜂窝煤之恋

所以顿开茅只能从煤球与蜂窝煤并存的那几年说起。也许它们往昔的使用是对大气环境的破坏,雾气重重非一日之烟。此情可待成追忆,只是当时已惘然。按照同院长大的尔葆的"父亲"吕奉德最看好的德国法律,起诉煤球与蜂窝煤已经过了追诉期限。

最近不知道什么原因,顿开茅常常梦见摇煤球。煤球的烟味儿有一些哈喇,似乎还有发面丝糕与肉皮冻气息。蜂窝煤的烟味儿却有几分清香,但是香得虚假廉价。顿开茅,一九四六年二战结束后出生,他爹说他们是正黄旗,满族。或谓他们本姓纳兰,是词人纳兰性德一宗,顿是他爹参加革命时改的姓,避免由于人们对于革命的选择而贻害家在白区的亲属。其实满族无姓,弄个姓是为了对中原文化的认同。

顿开茅对人生对生命的第一个感觉是煤球烟。那时北京市民大多烧煤球,把煤末子与黄土掺和在一起,加水,用大柳条笸箩摇成玩具风格的球儿,大致路数与如今元宵文化一致。侯宝林说过相声,嘲笑外国专家用各种仪器检验元宵,不得制作元宵放入馅子的门道。善良的中华百姓,他们的科技骄傲是煤球与元宵。这种煤球由于煤末子与黄土不均匀,常常烧不透,那时垃圾堆上爬满穷孩子,他们拿着一种专门的铁爪,敲开烧过的茶色煤球,寻找剩余的仍呈黑色的

"煤核",凑几斤可以卖废品。孩子们爬垃圾堆捡煤核,是中华民国古都北平的一道风景,是堂堂民国气数已尽的刺心征兆。

到人民共和国以后,改善了煤球做法,实现了模具化与一点点机械化,煤球的形状是两个小铁碗互压而成,所有的球球都围腰显出肚圈,少了煤核,少了黄泥烧成的陶块。

烧煤球儿的时代与大杂院、养猫、满天麻雀与乌鸦还有猫头鹰与蜻蜓、萤火虫的记忆混杂在一起。蜻蜓那时叫鹨鹂,鹨鹂本义是一种小鸟,读"留离"。下完雨北京城到处都是鹨鹂低飞。还有槐树上的吊虫、冬天漫天大雪、电石灯下的炸豆腐泡与豆面素丸子汤的记忆浑然一体。顿开茅此生最初闻见的煤球味道,除上述综合丰满的念想以外还混杂有猫儿屎尿气息,这尤其臊腥得动人,泪眼糊糊,往事非烟,往烟如歌,几十年岁月不再,却是真实百分百。远去淡出,与你告别挥手,与院落墙上的猫的叫春号声一道渐行渐远。

在仍然寒风料峭的早春,春天的生气使猫儿躁动如狂,号叫如受刑,上房顶如功夫特技。猫的爱情与人相近,叫上几次,会见几次,结识几次,试探几遭,两情相悦,叫做缘分。在天愿为比翼鸟,在房愿为互叫猫。却也有互叫三夜,拜拜衣马斯的失恋。然后到了那一天那一晚,已经相识相悦的猫再闹上几小时,一分钟交配,又一声惊天动地的惨叫,雌猫屋顶打滚,完毕。生命的交响与小夜曲就是这样纯真动人而且尴尬可悲可怖。然后一切味道留在煤球的燃烧里。然后现代化集约化的民居没有了猫的惨叫与烧煤球的气息,现代化的兽医科学做好了所有宠物的去势,除了人自己,并留下了后患。

顿开茅退休以后有时怀念过往,惊今叹昔,相信古人孔子与苏格拉底都没有可能半辈子看到那么大的变化。极好的变化,也令人时感生疏与些微的怀旧。

从三进大院出门往左再往右三百米,是一家煤铺,那里的工人阶级个个脸上乌黑。那里的一个孩子,旧社会连续两年想上一家比较好的师范附小,没有被录取。那个孩子教给开茅唱《二进宫》:"你言道,大明朝,有事无事,不用那徐、杨二奸党,赶出朝房,龙国太,自立为王!"顿开茅全身心地向往现代化与美丽中国,但是在他的猫爹(耄耋)之年,想念摇煤球黑头发小。他一直误学误唱,把上述花脸唱段尾句唱成"自立,威武"!

要点在于顿开茅家烧煤球的当儿,他父亲顿永顺服务的吕先生家里烧的是蜂窝煤。后来又率先改液化石油气,改天然气。白净的、戴过好几样眼镜的、最初高高在上的吕奉德先生像是天上的大神。蜂窝煤烧起来没有不良刺激,烧出来仍然保持着原先形状,直接夹出来就行,减少了煤灰。而用烧火棍捅下去的灰白的灰,轻轻细细,碰到一点风就成烟雾,像后来舞台上常用的喷雾剂——二氧化碳干冰。它更高级,好像还有点老练,如果不是阴柔。

吕奉德先生住在大四合院的二进。第一进住顿开茅一家与司机。第三进住厨子、清洁工与园丁。第三进后还有果园,樱桃和枣、梨、柿子、香椿。而最重要的是藤萝,架上紫花串串,香气袭人,摘下花串,放上冰糖,与面粉一起做成藤萝蒸饼,令人雀跃。

蜂窝煤曾经是一种新技术,说它是用无烟煤制成的蜂窝状圆柱形煤体,由原煤、碳化锯木屑、石灰、红(黄)泥、粉等混合基料和硝酸盐、高锰酸钾等组成的易燃助燃木炭剂所组成,有十二个孔。

在煤气、液化石油气特别是天然气已经成为家用主要燃料的当今,在能源早就实现了管道化网络化全民化的二十一世纪,品味着关于蜂窝煤的说法中的物理、化学、能源、技术元素,顿开茅仍然保持着某种敬畏和依恋。

可惜的是记忆中煤的形状不大像蜂窝,倒是像均匀切开的一节一节全等的乌黑的藕,切薄一点,就更是美丽的黑藕片。

吕先生是个人物,无怒而威,无言而博,无姿态而气场深邃无底。吕先生的夫人苏绝尘老师也是那样地非同小可,气质高雅,举止迷人。据说她是在法国马赛留过学的人,回国后没有外出做过事,静静地待在家里。说是她协助吕先生的专业学术与社会生活,无求于家外大世界。她的笑容如莲如菊,清新喜悦,你只在法国小说里的插图上见过这样的笑意。她的笑靥更是黄河以北罕见。他们家有别的家里看不到的自动拨号电话机。当时的城区电话五位数字。据说更早是把电话固定在墙上,拿起电话,有电话局的接线生与客户联络,客户报告说"请接2局(西四、平安里一带)2508",然后说话,如果2508有人接电话的话。

顿开茅的父亲顿永顺,是组织上派来协助吕先生管理这个院子的,相当于吕奉德先生的管家,但是那时已经不时兴"管家"一词了,顿永顺被称为顿秘书或顿主任。开茅长大以后,怎么看怎么觉得爸爸永顺个子像篮球队员,声音像歌手或广播员,姿态却像旧社会的跟班。更重要的是顿永顺的眼睛,他长着特别迷人的宛转的眼角,雅致而又灵动,鲜活而又痴诚,加上他的浓重眉毛,招引着偶然邂逅的目光。顿秘书常常到吕先生家里请示报告,商量夏季除蚊、深秋弹棉花、冬贮白菜、采购年货、卫生免疫、接种打针种种事务。永顺同志满面含笑,双手中指按着两边的裤缝,礼节绵密,京腔悦耳,举止透着老北京的文明周到。尤其是顿永顺与苏老师说话的时候,他们的相互笑意令人愉快升华,加强了他人的全面自信自爱。

吕先生不上班,但是常常被莫斯科人牌专车送到这里那里某个地方开会说话。然后他回来读书写字。他家客厅正墙上,挂着一个镜框,内有几行德语文字和中文,是他本人译出来的歌德名言:"阳光越是强烈的地方,阴影就越是深邃。"说什么那两行德语文字,是汉堡大学校长给他题写的。他家里有一台日本产留声机,从他们的房间时而传出"百代公司特请梅兰芳老板"演唱的《甘露寺》《霸王别姬》,还有周璇的《花好月圆》。开茅不久就熟悉了"和衣睡稳"与"凤衫翠盖,并蒂莲开"这样的不知其详不知其义的唱词。有时候,还可以听到苏老师对于梅老板、周璇的声与魂的应和跟随。

大约二十世纪中叶,吕先生似乎摊了点事,一天被带走了。永顺秘书同志也被找去谈了一些次话。

人们发现，苏绝尘老师的坚强冷静出人意料，她的脸上偶尔现出一点皱眉的表情，此外，若无其事。次年夏天，在意外的变故冲击中岿然不动的吕夫人生了一个儿子。这个孩子非常可爱。

然后有一些悄悄议论。

又过了一年，让苏老师和她的儿子腾出了本大院最好的位于二进的房子，迁至一进，他们变成了顿家的同等级街坊。苏绝尘仍然悄然淡淡，稳若青山。

二　二宝

姑且假设苏老师的儿子二宝（后正式名尔葆）出生那年顿开茅是十岁，小学三年级，少年先锋队员，红领巾。顿永顺四十六岁。吕奉德五十三岁。苏绝尘三十八岁。别的人，读者可以分析设定他们的年龄。

要点是，三岁时候，不知道爹爹出了什么事的苏二宝戴着一个当时少见的法国帽子，照了一张相片，多年后见过世面的一些"海龟"，告诉土鳖们那是二十世纪法国制帽老板特莱克莱特制做的马洛牌防紫外线鸭舌平顶帽。帽顶像西瓜似的切成四部分，两两相对，显现出深浅灰黑色方格图案。娃娃的照片光彩照人，娃娃的帽子迷人。本市最最著名的王府井中国照相馆以奉送一张十二时涂染彩色照片为条件，取得了二宝妈同意，将一张更大的染上彩色的二宝三岁标准像，在当年六一国际儿童节放在照相馆橱窗里，向世界示好。

永顺对开茅说，人民共和国初期，有一张摄影作品，题为"我们热爱和平"，那个年代苏联与国际共产主义运动，都懂得强调和平与民主，和平运动在全世界开展得有声有色。中国那个与女孩一起各抱一只和平鸽的歪着头的男孩，太可爱了。此外，人们没有看到过这样的小男孩，直到二宝出现在中国照相馆的橱窗里。二宝更小更纯，当然。而那个和平鸽男孩，据报道还由于上了图片，骄傲自满，不守纪律，至少是一度跌进了思想品质不端的泥淖，成为全国少年的一个走弯路然后转变的典型。

甚至招揽了参观者，知道了这个三进院子里有那个在橱窗里微笑的男孩子以后。男孩子为自己、自家、所在的院落带来了光彩，招来了当时还不懂得的一个词儿：粉丝。粉丝本来就不值钱，但是曾经很长时间需要登记购货本儿才可以买到限量的粉丝与芝麻酱等。那时的人非常好说话，都体谅大局。

十多年后老顿退休了，吕奉德出狱回大杂院，他们家早已从二进院子内迁出，腾出了大院最好的一组房室，搬到一进。所有当年的服务人员早陆续走掉了。老熟人只剩下了顿永顺，而吕奉德变成了刑满释放人员。天下没有不散的筵席。吕先生换了一个人，除了吸烟，还是吸烟，他把烟吸到鼻腔口腔，进入五脏六腑，吐出来时烟的颜色发黄。他的头发变得非常稀疏。他显得萎缩、丑陋、低下、寒碜，还加了些挤眼、歪嘴、颤悠腿与干咳等过去没有的毛病。

苏老师据说也犯了两次脑动脉血栓堵塞，都医疗康复过来了。其实他们夫妇体质底子不错。苏老师语言偶有吐字含糊，表情偶有与话语内容脱节，早了半秒或晚了半秒，但仍然保持着原有的风度，特别是她的笑靥姣好依旧。

而顿永顺恰恰在退休后显示了他的文明得体、人脉众多，举止进退恰到好处。即使政治运动啊，阶级斗争啊，背对背揪出一小撮啊，闹得不善，对此位自我感觉良好、翩翩浊世之佳老汉，并没有什么影响。有一位延安老领导对他很好，说是许多坎儿上他都得到了保护，他好比放入了红色保险箱，够幸运。

有一次夜半时分传来吕先生的怪声如狼嗥，然后是苏老师的压抑的哭泣，他们儿子二宝名字也被提及。他们为了二宝的事而争执？他们的儿子叫做二宝，没有大宝为什么叫二宝？后来才知道，孩子叫尔葆。尔葆还是二宝？小名二宝然后学名勉强定为尔葆？他姓苏不姓吕？文雅的名字尔葆被文化层次过低的人们误为二宝？哪个说法比哪个更正确一些呢？

没有人知道，没有人发现，吕先生与苏氏这一家发生了什么问题。文明与不文明相距何远！文明的特点是光鲜，不文明的特点是闹腾。文明的特点是收敛，不文明的特点是逆风臭出四十里。

但是开茅听到了那一夜晚的苏家——由于十多年不见，街坊们已经不习惯说他们家是吕家——的惨叫，当他说到这个情况的时候，他的爸爸老顿突然变了脸色，警告儿子："不许议论旁人家的事。"

那天晚上永顺爹爹自己就着酱烧笋豆喝七分钱一两的散白酒，酒辣而且略臭，喝一口，顿永顺张开口呲呲哈哈半天，像是患了牙周病。

那天顿开茅也心情恶劣，他突然问父亲："今天我说到苏老师家，你吃那么大的心干什么？你究竟干了什么缺德事害了人家吕奉德与苏绝尘？我问你，你是不是坏人？"

"浑蛋！"顿永顺骂道，他抄起了酒瓶，就要向开茅头上砸去，突然泄了气，坐下来抱住自己的头，摇手。他结结巴巴地说："不是的……不是……"

十多年来，大院里陆续搬入了新人六家，一家卖煎饼，大门洞里常常放着一辆装有炉火炊具的手推车。饼铛与各种令人垂涎的佐料。但只卖了一年不让卖了。有三家无固定职业。有一家丈夫是医生，夫人是托儿所保育员。还有一家大女儿说是在公共汽车上售票收票。

后来本大院又在后花园里盖起了住房，拆掉了藤萝，再砍挖别的果木。顿开茅心目中，古老的北京从此少藤萝了，院有藤萝的北京人家，从此不再。有时历史就是从自己身边开始与形成的。三加一进院子，后来是十二个家庭，一个蹲坑厕所，一间室内抽水马桶。幸亏胡同里有一个气味极正的公厕，顿开茅一家很少用本院厕所，而是依靠集体公厕为主。第一进院子里一个水龙头，第二进厨房里另一个龙头。除二进后来的主房医生家外，每家一个水缸、一只水桶，从早到晚,谁一开龙头,第一进雷声滚滚。

随着岁月消逝,夏天雨季各室漏雨的现象越来越频繁,那时的街道即现名社区的工作还是很不差的,随漏随修,随修随补,随补随渗,随渗随漏。大院里违法建筑与人口越来越多,其他物种苍蝇蚊子刺猬猫儿狗儿燕子麻雀蝙蝠越来越少。街上收垃圾的车子,放着《学习雷锋好榜样》的唢呐曲调,按时收垃圾。生活稠密,秩序井然,革命人永远是年轻,社员都是向阳花,山连着山,海连着海,各种歌词慷慨激昂,反帝反修反反(动派),气氛热烈,绝不闷得慌,我们走在大路上,意气风发,斗志昂扬。

后来第一进院子,一个重要女孩儿出场。

三 山里红

好的,小说人年事虽已渐高,他设计的每个人年龄大体靠谱。小说人长期以来说嘴,夸自己数学成绩高于爬格子同行,直到一天把稿费通知多看了一个零蛋为止。顿开茅二十一岁时发现,虽然表面上看不出来,吕先生的回家带给曾经温文尔雅、佳丽天成的苏绝尘老师是沉重而不是温暖。文明的家庭善于潜藏矛盾,埋伏危机。顿开茅此时刚刚作为"文革"前入学的大学生,被承认了毕业,就任了二宝就读学校的英语教员。苏绝尘老师给他留下的美好印象不可磨灭。他早已猜到,他愈益肯定,苏二宝似乎不是吕先生的儿子,是谁的,他不想也不想想。吕先生回来后,渐渐地,这一家虽亲犹疏,度日维艰。或无声无息,或长吁短叹。

最要命的是二宝。二宝的班主任曾经与开茅谈起这个学生,问顿老师二宝家里出了什么事。班主任告诉顿开茅老师,苏尔葆原来功课极好,循规蹈矩,温文尔雅,被班主任视为最爱。但是苏尔葆近来突然变得一声不吭。班干部反映说他每天从早到晚,从上课到下课,一句话没有,老师点名提问,他站起来,嘴动、舌动、牙花动,不出一点声音，完全成了哑巴。他的这种情况把班上的一位女同学吓哭了，令一个老师大怒，令几个老师害怕。班主任找了尔葆到办公室谈话，他自头到尾，没有出一声。她以此为理由要求学校处理，校长查看了尔葆的考试成绩与几个学期操行鉴定，认为尔葆无疑是全校最优秀的学生之一。班主任自费带着尔葆检查身体，孩子对医生的提问，做出了一些回应，是或者不是，有或者没有，出声有三四次，嗯，没事，是，行……最后医生也没有说出什么道道，基本上没有诊断，医嘱是适当吃一点韭菜、豆类与葱姜，还有能治百病的萝卜。

最近情况更加严重，尔葆的数学考试成绩很差。不等说完，顿老师告诉女班主任，苏尔葆的父母上月同时病倒了一回，两个人躺在床上呻吟，十二岁的尔葆照顾他们的吃喝拉撒睡看病吃药。单位那边、街道支部那边都来了人，从钱财上与人力上帮助了他们，他们感激涕零，但是家里真正的台柱子仍然不是街道与单位同事同志，是谁呢？是少年苏尔葆。顿开茅没有说的是，他老爹顿永顺，敲门进入苏家，欲为老邻居老主家老领导帮帮忙，被吕先生哀号着劝拒出来了。顿开茅也曾多次到二宝家里帮忙。那天二老同时呻吟的半夜，他听到了动静，帮助二宝，用借来的改装摊煎饼车，将吕先生与苏老师送到了医院急诊。

在顿开茅断定吕、苏一家三口确实是崴了的时刻，忽然来了一个女孩，是二宝初中二年级甲班同班同学，红小兵小队长，左袖子上别着带一道横杠的官阶标志。她带了四个同学，五个人忙活了一阵，打扫卫生，担水灌满水缸，还帮助二老洗了澡。

后来是小队长自己常来。她名单立红，开茅一听，什么？山里红？人怎么起这样一个麻利快的名字！果然，人如其名，名如其人，就是利索痛快的小大人。

最大特点是小心眼里有活儿。来到苏家，人还没有坐下，已经开始捡地上的碎纸。她扫地擦桌子晾晒被褥拾掇垃圾，她烙饼炒鸡蛋擀面切面炸黄酱调芝麻酱，炖茄子炖吊子炒鱼香肉丝虾皮丝瓜。她听说开茅半夜帮助尔葆推车送父亲看急诊的事迹以后,竟来约会大哥哥开茅与我们小弟小妹共进晚餐,使开茅对小天使小队长单立红钦佩不已,坚信吕先生苏老师苏尔葆一家吉人天相,命不该绝,天降仙童,修来的福。

随着单立红到来,尔葆略略说一点点话了。比常人少,比先前多。尔葆更多情况下是看着立红,不说话,也有时候心不在焉,不知他想什么,笑一笑,很快失去了表情。

过了一年,两个孩子,都告别了代替当年少年先锋队的红小兵,然后继续常来这里的单立红帮助苏尔葆加入了共产主义青年团。不是完全顺利,在立红成为初三此班的团支部书记以后,又费了一年多的时间,在双双升入高中以后,尔葆才成为中国共产主义青年团团员。

苏家大体正常。危机渐渐沉潜。苏尔葆寡言少语,顿永顺活得"恣儿"而且"赞",苏绝尘弱质千钧,吕奉德外干中强。吕先生坐在早年购置的大藤椅上,有时一动不动,有时嫣然一笑,苏老师甚至打趣说:"哎哟,您还是'巧笑倩兮,美目盼兮'呢。"吕先生只是苦笑,一天无话。

吕先生终于成了百分之四十一的偏瘫人,半坐半躺,少用饮食,突然原文背诵一句歌德名言:"阳光越是强烈的地方,阴影就越是深邃。"突然唱一嗓子舒伯特谱写的福格威德古老德语诗句:"菩提树下,你们可以看到我们俩,亲昵地摘草寻芳。"原来菩提树不仅可能在印度荫庇释迦牟尼佛陀修炼与觉悟。然后吕奉德用不同的语种骂一句带有强烈不雅动词的粗话。有时候对立红说一句"谢谢你",或德语的"菲林,但克"。后来立红有一次告诉开茅,最可怕的是不知什么钟点,吕先生清醒明白、口齿清楚、准确无误、文明礼貌地说一句:"我觉得我已经完全失去了活着的意义,是不是呢?"立红同时说:"我的尔葆同学太坚强了。您说呢?"小小的山里红对二宝的爱慕溢于言表。

立红向开茅老师说起尔葆家事的时候,如果尔葆在一旁,定会皱起眉头,脸色发红,额头现出汗珠,牙关紧咬。开茅甚至想制止立红说这些话,但是立红完全不在意,她从各种意义上,胸怀坦荡,自信自得,无惊无怵,碧空如洗。她以红小兵、共青团、时刻准备着以学习学习再学习的名义,把活计献给尔葆同学与他的父母,并且诚实负责地与顿老师交流沟通。顿老师也确信,尔葆一家,谁谁都离不开能干与善良的山里红小红果了。事实不需要额外的理由,大家信服。

山里红长着一双北方人中很少见到的大眼睛,闪闪透亮。一个前额小奔儿头,显示了智力与倔强。她个子不算太高,全身都是力气与机灵。不但帮助尔葆家吃上热乎饭,还使两位老人各得其所。她同时常常与苏尔葆一起做功课,他们互相督促交流,令人赞美。而且是她后来为全院各家带来了土暖气与水龙头。她的父亲是自来水公司工会干部,依据自来水服务规划,收了最少的成本费,给各家接上了管子,开初用蜂窝煤的炉火,后来用液化石油气点燃,做成了炊事用火与冬季取暖用热的合体供水与热力系统。原来根本不用多少技术,装进水,在一端烧上了火,热力的循环就会自然妥当进行,道法自然,暖发火焰,气走天然,水流循环。立红是苏家小天使,立红不但是红小兵的原小队长,也是这个三进大院的最受欢迎的小队长与团支部书记。立红自己的家离这里有公交车三站地。人们更多地看到的是立红在这个三进大院里,拿着标准的体育用尼龙绳和孩子们一起跳绳。她带领着十来个少年唱"就是好,就是好好好"和"啊,朋友再见"。她与同院的孩子们竞赛背诵语录与革命烈士诗。她受到了三进大院男女老少的欢迎,只有二宝的神色平淡一点。在大家眼中,他与立红已经是一家人,已经公认,他们是姐弟,说是山里红比二宝大二十天。要不他们就是,或即将是——一对小夫妻。

稍稍有一点可惜的是立红的牙齿没有长好,不懂得为什么她的牙齿七扭八歪,口型不太规整,她的下巴也看着不太对付。一开头开茅怀疑立红先天性唇腭裂,当然后来做了校正弥补手术,手术是成功的。后来有机会作更切近的观察,顿开茅断然否定了自己原来的判断,立红的嘴唇无懈可击,只是牙齿排队排得不十分规整,她张嘴的时候看着还过得去,闭上嘴不知为什么让人感到一小点别扭。开茅为自己感到羞愧,他不应该胡思乱想,他没有道理挑剔天使,不能不尊重时刻准备着助人为乐的接班人。他想,生活得美满与否,与牙齿不无关系又并非一定有关,世上谁的牙齿是完美无缺的呢?应该做的是管好自己的事,在时代风雨中平安成长。福或者毁灭,这是一个需要智慧与乐观态度,同时绝对不能犹豫与软弱的问题。

四　纳兰顿永顺

终于轮到说说顿家奇葩事迹。顿家,不是善茬儿。一九一〇年出生的顿永顺帅哥上几辈养尊处优:影壁墙、假山石、雕梁画栋、荷花缸、金鱼池、肥狗、胖丫头。早起小茶壶对嘴儿,得空儿水烟袋吹气儿如涨潮开锅,咕噜咕隆咕咚咚;变戏法,唱京戏,斗纸牌,手指一摸就知道手里的麻将是七条还是二饼;喂蛐蛐,养蝈蝈,更喜欢的是听鸽哨与收集鼻烟儿壶。后来家道中落,罐里养王八,越养越抽抽,故家不堪回首月明中,到了永顺父亲辈儿已经沦落不堪。永顺的爹小时因患病吸过两口鸦片,从此他不务实事,少吃少喝少穿戴,却又多才多礼多嬉笑。逢人对面称您老,不在场称慇(音 tān),送客(音 qiě)感谢话堆一车,迎客(音 qiě)客气话堆成山。迎接来客他常常拿出茶碗,请人家看自己泡的茶水中茶叶棍(梗)是竖立着的,而茶叶棍立起来,证明的是贵客光临。

尤其是,吸过几口鸦片的永顺他爹,原姓名是南荣锦。他喜读书、作诗,还有给孩子讲古。说南姓来自那拉,也写作纳喇,还可以写为纳兰,更好听也好看一些。是清朝灭亡后,按照读音反切,与汉民融合,改成南姓或那姓的。如果是纳兰呢?他们就是词人纳兰容若的一宗了。但是不一定,纳兰中还要分成四个大支,合久必分,分久必合，而不管是分是合，既然纳兰了，就是词人一支，你愿意说慈禧太后一支，也对。他个人，要将纳兰性德当做先人。

到了永顺这儿，他爹早早把他送到绸布店学徒，力图不再走无业游民的歧路，培养了他的满面春风与垂手聆听的规矩举止。一九三五年十二月九日，二十五岁的顿永顺被全民抗日怒潮席卷，他以店员身份参加学生运动，帮助几个被警察追捕的大学生逃逸，匆匆中见到了美国进步记者斯诺原夫人海伦·斯诺。后来永顺与大学生结伴到了延安。三闹两闹，他成了鲁迅艺术学院学生，娶了媳妇，入了党，写过革命歌词，进入了一个文艺机构。一九四七年他因为"男女作风"问题，其严重性达到破坏军婚地步，险些被处决，他受到开除党籍等一系列清洗处分，老婆也与他离了婚。一九四九年以后，一位老首长帮助他将原来的处分改为"留党察看两年"，就这样恢复了党籍与革命干部的荣耀。

一九四六年，永顺媳妇生下开茅。永顺与妻子分手后，兵荒马乱中可怜的开茅被一位单身老革命赵大姐所喜爱领养，直到十岁，一九五六年革命大姐赵妈妈病逝。二次婚姻后又因自己不"老实"与妻子分居的顿永顺，领回开茅，父子团圆，使开茅进入他们的三进大院。儿子模模糊糊地觉得自己的父亲不是个太好的人，而与老大姐的十年家庭生活，培养了他高大上的眼光与从严要求一切的习惯。他阴沉冷峻地看着父亲，他无法不轻视父亲。而他寻找母亲的结局是，人们告诉他，在他刚满两岁时，一次遭遇敌人偷袭，星夜山路转移过程中，生身母亲不幸失足坠崖身亡。偷袭是国民党的一位司令指挥的，他从共产党身上学到了一些以奇用兵的战术，后来他起义立功，成为新中国的显要。但是顿开茅仍然无以释怀。他摸不着生父的底，他永远失去了生母，他的最亲爱的革命大姐养母去世，他过早地品尝到世事无常与处处可危的滋味。幸好，在三进大院中，他喜欢尔葆家老小，他感觉到吕、苏二老保留着某种学问与知识的文明。他尤其莫名地喜欢苏尔葆，二宝。他看着尔葆的眼角与眉毛，有一种特殊的亲切感。听着他说儿童荒诞主义的童谣:"一个小孩写大字,写,写,写不了,了,了,了不起……"看着他长成一个少年,一看就是那样文明自律听话。他想起了一个词儿:"克己复礼。"批孔的时候他第一次听到"克己复礼"一词,一直到见到了少年苏尔葆,他总算看到了一个克己复礼的活人,一个榜样,一个符合千年理想的样板少年。他觉得克己复礼还是可爱的,比纵己非礼好,同时他看着二宝,觉得怜惜,毕竟复礼的时代早就过去啦。

顿开茅已经多少知道了,女生,是他爹犯错误的根由。对于异性他不无提防。他一次又一次被友人包括领导介绍"对象",在各个"对象"的情意闪耀与肢体接触的温柔中他闪转腾挪,躲避着当真的情感,更不要身体与器官的丑陋。一遐想男女的那种关系,他就觉得自己会是摧残伤害污染清纯女孩儿的猛兽。同时每到最后一步他都相信应该有更美更好的女生在下一站等待着他,他越来越为尔葆与立红这对小男小女的情谊而赞叹,却忘记了自己的生活。二十大几了,他还是一个人。

一九七六年,六十六岁的顿永顺患肺部肿瘤,千辛万苦地治疗了三年半,不治。弥留之际他对眼前唯一的亲人儿子说了一些含糊不明的话。他说:"我其实是个小人物,赶上了大舞台,我这一辈子过得很值。历史与个人,革命与生活,哪样都没耽误。没有办法,你爹有女人缘儿,一辈子喜欢过我的女人三十七八个,至少,如果放宽尺度,那就不计其数。不要胡思乱想,我说的只是喜欢,我也喜欢她们,如果谁也不在乎谁,又何必辛辛苦苦地走一趟男男女女的阳间呢?你也该……"他说了"成、家"二字,开茅立刻表态接受,并说他正在与一家报纸的记者,上海人,用上海话说叫做轧(gá)朋友,他们已经谈妥,年内结婚。永顺说"纳勒金德,我腾出地方来了……"这是顿家唯一传承下来的满语,nelejindé,是"好"的意思。而纳勒,说到底也是他们的种姓。

然后永顺爹爹哮喘憋气,面孔发紫,他说:"对不起,妈……"开茅听不明白,爹为什么说对不起妈,还是说对不起奶奶? 他忽然明白,爹是说对不起儿子他妈。开茅泪如雨下。"我一无所长,一无所成,我是个浑蛋,坏蛋。我喜欢过,她们也喜欢过;枪毙了,我也认为理所当然,那是应该的……"最后咽气的时候,爹说了或者可能是什么"照顾你弟弟"几个字,或者不像是"你弟弟",是"米痢疾"?"己鲫细"? 开茅心里好像泼上了汽油,点燃了火,忽地一下子,他两眼发黑了:到底有多少地方还有需要我照顾的人?

然后他清醒过来,他亲了一下父亲的脸,父亲的脸孔显得柔软。"爹。"他叫了一声,很可能,有记忆以来,这是唯一的一次亲近与呼唤。父亲没有回答,父亲的眼皮动了一动。

三个半小时后,父亲的心脏停止跳动,血压线成平直的零。父亲的脸上有一丝笑容,真的。医生护士都发现了这个笑容。

回想一九五一年,父亲结了第二次婚。那时开茅五岁多,与革命大姐一起生活,不知道他爹的这些事儿。等到开茅八岁,继母也离开了家,也是由于永顺爹爹的"作风"问题。父亲与他的后夫人没有离婚,据说父亲有时还会到继母的住所去,但是开茅没有见过继母。父亲的遗体告别,继母原来说来,后来说是病倒在床,没能来。

永顺的去世使开茅失魂落魄好久。二十年了,他们在一起。父亲毕竟是父亲,说起老年间旗人享福的事情令开茅神往。风一更,雪一更,聒碎乡心梦不成,故园无此声,旧梦已成齑粉,乡音已经不传,他们经历的,是一程山,一程水,一更风,一更雪。说起他犯过的错误,他也没什么隐瞒。他说:"我其实很骄傲。这样的事我不能对你说,我是福大命大,招人疼,包括(样)板儿团的角儿,她们喜欢我。我不能说不(他把'不'字拉长了声音,而且改作阴平第一声,他拼命丑化这个'不'字)。你要知道,一个男人不能对好女人转过脸去。你可以犯杀头的错误,你也不能让她们失望,而且丢脸。一个女人真的如她所说爱上了一个人——这个人不是别人,就是你,并且,她也是你喜欢的女人——你不能对不起她。我这一辈子活得一点也不冤。"

"少废话。要不我走。"开茅从来没有像那一次那样轻视他的父亲。"你怎么能不想想……"开茅想说的话并没有说出口。永顺父亲的脸上显出了惭愧与失望的表情。开茅轻轻地叹了口气。

"其实,男人也很可怜……等闲变却故人心,却道故人心易变,这也是纳兰先人的词……"

一辈子没怎么见过他读书的顿永顺居然能够背诵先人的诗词,从中医学来说是父亲的心迷、神移、三伤、痰涌造成的。"人啊,人,可怜……"他说话的声音更加轻微了,如果开茅驳斥追究,父亲一定不承认自己说了什么、辩了什么。

后来,女作家戴厚英写了长篇小说,题为《人啊,人》。女作家与诗人闻捷的悲剧与传奇性的爱情,令开茅激动不已。

"人啊,人",最初还是听永顺爹爹说的呀。

"人是没有出息的,人就这么几十年,没有'以前',也没有'往后'。没有,你难受;有了,你腻歪。"也许只是开茅假设,他爹说了这些话。也可以假设什么都没说。爱唧唧的人当然是弱者。

怎么是肺癌呢?父亲经常吹嘘自己健康、吃苦、顽强,"经拉又经拽,经洗又经晒,经铺又经盖,经蹬又经踹",他用卖布头的推销歌谣比喻自己的身体,侯宝林的相声里说过这样的妙句。父亲在六十大寿的时候还用手捶响自己的胸腔说:"我仍然年轻啊!"然后他告诉开茅:"上个月我检查了身体,各个零件,各项指标,都与医书上印出来的国际标准完全一个样。"

怎么会忽然得了癌症呢?

确信自己身患绝症住进医院以后,父亲对儿子说:"这也是报应!"儿子没有回答。父亲的嘴角咧了咧。

父亲死后,儿子才明白,原来死神与报应离自己是那样近。儿子严肃地思考,他的生活还会得到什么样的应验呢?

父亲死后一年里，开茅梦到他五六次，他梦到踯躅的爹爹，是不是人走了以后会有一种无家可归的涩苦？路灯风中摇曳，电石灯闪烁，传来火车机车的咣哧咣哧声音，有汽笛，更有机车轮与杆与铁轨的碰撞。黑影化的父亲愈来愈高大伟岸，也愈来愈衰弱孤单。开茅看过曹禺名剧《雷雨》好几回，他最感动的是火车头的效果。火车头的效果比周朴园与四凤妈妈的见面还令他感动。话剧第三场，半夜鲁家，火车头响动，真切得叫人颤抖落泪。雷、雨、哭、诉、呐喊、咣哧咣哧，这交响构成了他先验的童年的忧思、沉重、悲悯与改变的决心。小时候他多次夜半听到火车机车的鼾响，他们家离西直门火车站近。

后来各种高层建筑渐渐把机车声音封锁，再说蒸汽机车也被电气机车取代，蒸汽机车雷霆喷嚏式的特有音响随即消逝于神州大地，开茅只能在曹禺的话剧里温习声音的记忆。比起四凤、周萍、周冲、繁漪和鲁妈的台词，夜半响起的遥远而悲怆的、不得休息也不得缓冲的火车头声，让开茅觉得更加失落与悲怆。

梦中的火车头响起蚀骨的老音响，梦里的父亲是真的老了，他摇摇晃晃地走着，好像打着一个纸灯笼。走着走着，倒在了地上，纸灯笼点燃起来，然后，父亲与灯笼飘散无迹。

几次做梦，有一次父亲说了句话，话没出声，但是开茅听见了，爹说的是"没有……什么都没有"，没有什么呢？是出息？是幸福？是意趣？是良心？是事业与功勋？开茅想起了"报应"二字，他顿时惊恐地叫了一声。他在梦醒后暗下决心，必须汲取父亲的经验教训，一辈子不做坏事，不做对不起女人的事。尤其是对你来说，恩爱如胶漆、美丽如花月的女子。他还想起了地地、弟弟、细细、觅觅、唧唧、历历。他下床站立起来，去了一趟洗手间擦脸漱口。

五　年表

让我们再捋一下岁月和人：

1898 年　戊戌变法——百日维新失败。

1903 年　德国学术专家吕奉德出生。

1910 年　满族美男子、老革命顿永顺出生。他的父亲是没落贵族南荣锦。

1911 年　辛亥革命，推翻清朝帝制。

1918 年　著名苏联影片《列宁在 1918》写的就是这一年。吕奉德妻子、在法国留过学的苏绝尘出生。

1935 年　二十五岁的顿永顺参加一二·九运动，次年抵延安。

1939 年　二十九岁的顿永顺结婚。

1946 年　顿永顺的儿子顿开茅出世。

1947 年　顿永顺犯破坏军婚错误，开除出党，后与妻子离婚。儿子被赵大姐领养。

1948 年　顿开茅生母在山路星夜转移中坠崖身亡。

1949 年　顿永顺恢复党籍。

1950 年　顿永顺就任吕奉德庶务主任助理，亦称秘书，与吕奉德同住大院。

1951 年　顿永顺二次结婚。夫人姓名职业不详。

1955 年　吕奉德卷入胡风案与一件里通外国案，身陷缧绁，锒铛入狱。顿永顺二任妻子又因顿的"作风"问题与之分居。赵大姐过世，顿开茅回到父亲身边，住进三进大院。

1956 年　吕奉德入狱约十个月后，苏绝尘的儿子二宝出生，后正式取名苏尔葆。对二宝的出世，有一些不雅的说法。

1964年　顿开茅开始在外国语学院上学。

1965年　吕奉德刑满释放回家。

1969年　顿开茅就任苏尔葆就读小学的教员。

1970年　单立红出现在三进大院。已经停止了四年招生的各高等院校开始招收工农兵学员。开茅调到外语学院，任助教。

1975年　苏尔葆、单立红双双中学毕业，两个人都因为父母都患慢性病没有下乡接受再教育，分配到城建局建筑工地做小工。

1976年　六十六岁的顿永顺因病去世。

1977年　新年，顿开茅三十一岁，与上海籍报社记者王明光结婚。

1978年　十二月，十一届三中全会，改革开放新时期开始。尔葆与立红考入大学，1978年春季入学，算是1977届大学生。尔葆学的是中医，立红学的是有机化学。什么叫有机化学？立红解释说："好比六必居酱园与王致和臭豆腐。"

1979年　组织上为吕奉德平反，推翻了一切"不实之词"。秋天，吕先生住进医院高级病房。同年，苏绝尘被聘请为本市文史馆研究员。她的病情有一些好转。开茅任外语学院讲师。

1982年　吕奉德病逝，享年七十九岁。晚报上发表了一篇悼念吕奉德的文字，指出他是德国学的一代宗师，并在三年解放战争中在许多方面支持了地下党。

1983年　过去只承认是同学关系的尔葆、立红，终成佳偶。他俩都是二十七岁。两个人也都大学毕业，有了不错的工作。开茅获得副教授职称。

1984年　苏尔葆赴美留学。三进大院住房拆迁，在原址建起了港资豪华会馆，主要给外籍官员巨商提供服务。苏绝尘、顿开茅、单立红迁至南五环外原大兴县地域。

……时间，你什么都不在乎，你什么都自有分定，你永远不改变节奏，你永远胸有成竹，稳稳当当，自行其是。你可以百年一日，去去回回，你可以一日百年，山崩海啸。你的包涵，初见惊艳，镜悲白发，生离死别，朝青暮雪。你怎么都道理充盈，天花乱坠，怎么都左券在握，不费吹灰之力。伟大产生于注目，渺小产生于轻忽，善良产生于开阔，荒谬挤轧于怨怼，爱恋波动于流连，冷淡根源于厌倦。激情是你戏剧性的浪花，平常是你最贴心的归宿。今天常常如昨，照本宣科，明天常常不至，交通塞车。终于雷电轰鸣，天昏地暗，红日东升，艳阳高照。丑恶来自贪婪，美丽出于纯粹。你迅速推移，转眼消逝，欲留无缘，欲追无迹，多说无味，欲罢不能，铭心刻骨，烟消云逝，岑寂也是纪念，沉默也是咏叹。生生灭灭，恍恍惚惚，真真幻幻，沉沉浮浮，实实在在，辛辛苦苦，飘飘悠悠，磨磨蹭蹭。冷冷暖暖，炎炎凉凉，轰轰烈烈，叮叮当当，乒乒乓乓。转眼衰老，转眼成长，说到做到，匆来匆去，记录清晰，诗（史）无达诂，默念默哀，云霞万道。神力无边，神勇无限，百年易了，一刻难挨。骂糊涂易，脱糊涂难。力撼山河，难得明白。什么时候呢，顿开茅塞，清明自由，万里无云，舒畅遨游，秋江明月，海市蜃楼，长风大野，无虑无愁！

一九八三年，粘着商标的盲公镜在中国大陆已经少见，提着一块砖头一样的日本录放机放《太阳岛上》的哥们儿也明显减少。尔葆突然申请自费出国，而且是立红力促他留洋换一种活法。他们俩两小无猜了十几年，先是老大了不急着结婚，然后是结完婚立刻准备离别出国。这让开茅觉得不可思议。他甚至产生了某种疑惑：他们俩之间有什么问题吗？还是没有？

与此同时，他们家找了一个帮工，照顾苏老师。

立红对不解其意的开茅说："我是个简单的人。从那么小，我看中了尔葆，我只想一辈子伺候尔葆，我确实伺候了他们家十五年，我献出了我的童年和少年、初识和永远,我的生活永远简单地成为一加二等于三。直到十一届三中全会以后,知道了世界原来有那么大。我与尔葆,我们送走了爹爹吕先生,甚至于苏妈妈也催促我们走出去看看。我们总算在大学里学了一点点外语,还有你能帮我们恶补,我们应该知道一点世界。虽然爹爹冤枉坐了十几年笆篱子,他从前见过世面啊。虽然妈妈身体摇摇欲坠,她仍然告诉我们,不能放过光阴,不能放过时间,不能放过空间,不能没有勇气去尝试,世界上除了一二三,还有四五六七八九十,而且有零和 N。她还告诉我们在哪里学习与做事,其实有时候是一个程序问题,爱国不等于守一辈子家,出去好好看看,总会有更大更多更好的可能。意大利、法兰西、多瑙河、莱茵河、密西西比河,还有那么多地方,赤道与北极,她告诉我们,在南半球,新月的那根弦,是完全放平了的……那么多人,那么大的世界。"

开茅顿开茅塞,他不再劝阻,他知道他们的路线图与时间表,是尔葆先出去一至两年,站稳脚跟,立红跟出去。没有等立红再说,开茅说:"好的,明白了。对苏老师,我尽一切力量,照顾她,像我的亲人一样。"

一九八四年八月,苏老师、开茅、立红将尔葆送到飞机场。那个年代,都认为出国是一件祖宗积德积善、坟头冒青烟的喜事。尔葆含泪说着放心放心,苏老师没有多少话,只是点头,再点头,笑笑,直到笑得嘴有点变形,然后恢复原状。开茅则紧握尔葆的手说:"我争取不出八个月,到美国去看你。我们学院与美国有项目。"

进入边防与海关隔离区,送客的止步在区外。直到这时候,开茅看到了苏老师与立红的泪花,还有她们的略略歪扭的嘴唇。尔葆挺好,挥挥手。开茅向远行者摇了摇手。不知道为什么,开茅也觉得有点眼花,他已经三十八岁喽。乐莫乐兮,新相知;哀莫哀兮,生别离。浮云,游子意;落日,故人情。别意,还无已;离忧,自不穷。开茅想,中国诗歌写离别题材的未免太多太多了。开茅还想,既然孔子都说了,"有朋自远方来,不亦乐乎",那么,是不是"有朋从此去远方,吾意岂得不彷徨"呢?

六　文之原罪

当然,王蒙设计的,顿开茅先生追求的,不是小说的雾里看花、水中捞月的无迹化。老子的重要格言是"善行无迹",是说学习雷锋做了好事不要留姓名?是说会做事的人做完了不会留下瑕疵——不让别有用心的人抓住辫子?是说一种尚无尚虚静的仙风道骨,藐视那些孜孜求迹的恶心俗丑?我宁愿学习苏文茂的《歪批三国》,认为李耳是写给两千五百年后的影视编导们的:你写啥啥、咋咋,都行,可千万不要留下取材哪哪的痕迹啊。

也许善行真的能够做到"无迹",但是文学做不到,文学的原罪在于:白纸黑字,刻迹戳心,爱怨情仇,铁证如山。

写作人,我愈来愈不想自称作家了,嚼嚼吭吭把"作家"二字吞下去,反胃而且便秘。写作人的罪是他们寻迹造迹,求迹留迹,涂迹染迹,迹满乾坤。而同时文学的取材有时确与文学成品相距甚远。只有最最无趣的闲言碎语长舌头小市民才以考证小说原型传谣造谣挑拨是非为能。还有最低级的摇唇鼓舌之辈,舞文弄墨,装腔作势,毒汁喷溅,暗箭伤人,成事不足,败事有余。于是有人对号入座,炒热自身。有人一拼到底,时日曷丧,与汝偕亡。有人民间侦察、人肉搜索、牵强附会。有的坐山观兽,更暴露了自己的无能无趣。

文学里面确定无疑地离不开大的或小小的经验,例如我们可以假设是通过买一瓶供不应求的中药秘方黄金鼻痒散来结构一篇小说的。鼻痒散产生了震动人心的情与仇、生与死、神圣与狰狞。买药的情节只是串联糖葫芦用的一根竹扦,用完了就扔,不吃不留不转卖。从营养医学与美食味觉上看,鼻痒散的意义归零,但是没有这根竹扦,换成散装、铁扦、绳签、胶粘……都会使糖葫芦的爱好者失意失感。作者对这个黄金鼻痒散没有一毛钱的兴趣,没有一分钱的厌恶。但是他被认定与鼻子发痒的一批病人和医士结下了梁子,从而开演了有本土特色的崆峒——空洞山恩仇记。你懂的。

一个写作人写了一个与 XX 有关的情节,你写了一个与 XX 有关的风景,你写的那个人的性别、外貌、服装都有某些与 X 或者小 X 所说的另一个 Y 有相似之处,然而,天理良心,你丝毫无意写 XX 与小 X 说的他的 Y,你停摆了几十年,开始写一篇有自己特色的小说,你进入虚构,进入文学世界,你受到了 XX 与小 X 的某些外在情事面貌的影响,你要写的其实已经是文学的 $XX×A+BCDE÷QRST-UVW=L$。这里加减乘除后的各种符号,全部是取材自他或她自己。

所有的取材,都是第一取材于世界,取材于生活。而每个人的世界有大有小有善有恶有薄有厚有浅有深。第二,都是取材于自己,而自己有真诚有矫情,有卑下有高尚,有尊严有无耻。

如果被取材的是确定的 N 先生呢?亲爱的 N,在你被文学取材以后,你已经升华,你已经变异,你已经扩张与弥漫,你已经吸收了日月之精华、天地之灵秀,成为非 N,你已经置换入另一个假作真时真亦假的世界,你已经离开了人类的首肯,离开了大众的心愿,鲲鹏展翅,飞向远方。或者哪怕是神魔起舞,烟浓火烈。这后面的话参考了苏绝尘喜爱的法国诗人兰波名句。

X 认为,X 对于你与你对于 X 是重要的,但是在你的文学作品中,作品中只有一个 L,L 当然就是 L,不是 X。那么,L 是否以 X 为原型,是一点也不重要的。原型不是人身,不是文学,不是雕塑,不是版式,不是成分图,不是贵重珍稀不可再生而且在贸易战中加征关税的原材料。原型可能提供了很多,也可能只是提供了一点表皮表象表层,一点点痕迹。称小说中的人物原型如何如何,这本身就活活坑死人。原型也可能是午夜晴空一颗星对你的眨眼,是游轮甲板上与她偶遇时给你的微笑。你必须回应以眼光与微笑。而你痴迷于文学,你的回应成为小说、诗、戏剧,你进入文学的虚构世界却纠缠于世俗关系难以自拔。你其实并不想泡妞泡成老公、炒股炒成股东、打个喷嚏成了果子狸——"非典"的元凶。想想，L是被人当做文学作品中的人物来阅读与议论的，是你瞳孔中的微笑，你网膜上的闪耀，你的午夜星光，你对于猫儿叫春与蒸汽机车的无可奈何的记忆。并没有谁要嫁给他或娶到她，没有谁要提拔他或者重罚他。没有人给他打电话或者借钱。L至少在十余年或几十年中被几千几万几十万人阅读，星光闪烁，笑容温柔，X、Y为什么自作多情到与L死活不松拥抱，非得保持一块投井跳楼同归于尽的一体性呢？

　　作家是一种什么祸国殃民祸人殃己的玩意儿呢？哪怕是亲爹活祖宗，某一点点端倪，一点点影影与绰绰，一点点兴趣与触动，引发了作家的写作心思，就像一只蟋蟀被竹管毛毛拨生了斗志，好了，这时哪怕有天大的不是，哪怕注定会被愚而诈的小市民们认为是伤天害理，哪怕丢人现眼，丢己丢师丢友丢钱丢命丢德丢仁义，哪怕被猜测被传播被误解被记仇被冤沉海底，他必须写出来，他已经兴起，兴而不写，那就是生不准活，就是生不如死。认为这种情况下可以不写的绝对不是作家而是混混儿。作家作家，为作宁可丢家。

　　作家重视的是文学攸关，作家自作多情，认为自己的作品有可能长存远走，作品终归比自己这个破人长命、气广，有重要性。他们该总结的教训太多太多，总结好了以后也许不写更好，人应该述而不作，富而好礼，笑而不答，情而不发，允执厥中。文学的信息保存在天幕云中，如手机数据、编码与信号永存，哪怕你设法把手机砸烂烧成灰粉。文学攸关的意义，理当比人缘攸关、物议攸关、友情攸关、利益攸关那些玩意儿重要百万倍。文学有时需要由文学的法庭审判，正如杀人犯、强奸犯，只能由刑事法庭而不是生理肾上腺、教育、小说法庭来定罪。

　　那么你为什么要写被认为确实可能与某某友人亲人恩人熟人名声攸关，与他们的某些经历、痕迹、相貌、职业、性别、年龄相靠拢的题材呢？你为什么要取材于活人，你为什么不能玩一个虚构百分百、无迹千分千呢？你是不是挑衅、是不是诽谤、是不是欲盖弥彰、是不是暗器伤友，至少是害人精、讨厌鬼？七十年前，讨厌鬼是一个在小丫头们当中如此流行的词儿，小女生们碰到小小子对她贫嘴贱舌，就会骂一句"讨厌鬼！"而被嗔斥为"讨厌鬼"的小男生，就会不无吃豆腐的快感，而狗屁不通地答以"讨厌鬼，喝凉水，砸倒了冰，卖汽水！"

没有办法，天机天意，天网恢恢，疏而不失。天地的创造力，胜过了文学的创造力；把所有的什么贝尔、什么古尔、什么利策、什么布克、什么之介、什么雨果与什么提斯的奖都发给老天爷也对不起上天的作品。好的作品是天造出来，天压下来，天捅入你的心肺，天掏出了你的肝胆，天捏住了你的神经末梢，天烧燃着你的躯体——天命天掌天心天火天剑天风。天的构思，胜过了你渺小的忖度，和你的渺小的微信糊糊群。天的灵感，碾轧过殉文学者一个个的痴心。

然后文学人必须将自己的神、魂、心、血、髓输给天，炮制好、拾掇好、掆搛好天赐题材，天赐文运，十年磨一剑，百年竖一碑，传之名山，咏之久远，呼之天外，燃之大千。

天的感动，令你欲仙欲死。好，你可以为天的文学启示而死，却绝对不能不写，叫做宁死不避写。你可以通过神思补天、吟天、登天、扑天、啸天、泣天、绣天、飞天、殉天，还有共工怒触不周山，天柱折损，天塌地陷；但是你不能面对"天文"，背过脸去，你不能是胆小鬼，不能为了友情亲情版税情关系情的攸关，而忘记了天命的攸关、文学的攸关、历史的攸关。不履行天意的作家一律处贻误、怯懦、临阵脱逃、右倾投降至少是渎职罪，刑期六个月至二十五年，我以为。

小说被设计的比设计者小许多岁的顿ठ茅不得不六年前就做了保证，他不准备透露尔葆的故事。现在他开始写了，他对你与你周围所有的人，无意不惜不敬，更无不好用意，你们都是他的亲人恩人兄弟发小。其实动起笔来他几乎为你一哭，原因是写着写着其实他必然离开了你与你们。你们他们她们，提供给写作的是一点契机、一点由头、一个外壳、一层面膜，最多是一层表皮。当然也是感念与记忆，他爱你,他感谢你们的提供与付出,他不可能忘记与你的心有灵犀一点通。他写得更多的是他自己的灵魂,斑痕与痛苦,祝福与牵挂,遗憾到了吐血。而且恭请明鉴:老弟圣明,写作人如有嘲弄,首先是自嘲;如有揭露,首先是揭开自己的疮疤;如果长叹,首先是长叹自己的无能无奈无方无力文学下萎,尤其是无补;如果丢人,他早就不惜丢两辈子人。

让我们设想一下,如果曹雪芹还活着,如果他的贾府亲戚朋友都活着,曹雪芹能够得到宽容吗?他出卖了贾府,抖搂出了猛料。他对父兄姑姨姐妹下了黑手,他血债累累,他唱衰祖宗亲朋,他狼心狗肺,家庭叛徒。如果按照司法案卷的标准衡量《红楼梦》,我保证他至少有三篇六十五项不实、不避风险、不无失真。我们应该为赵姨娘、马道婆、贾环、尤氏姐妹……乃至王熙凤而诉曹诽谤中伤。林黛玉也不会宽容曹雪芹的,曹在对她的描绘中,明显流露了那么多随性与夸张,才把黛玉写得那么小性与任性。

曹雪芹与他的亲人们能为红学家们,尤其是为曹氏宗亲会所宽容吗?曹某人能不涉嫌成立涉黑集团,企图灭尽红学人的九族各等亲,或者疑似神经兮兮地总觉得自己要被红学家们所消灭、所侦察、所投毒、所讹诈?

其实是曹雪芹为你们刻下了丰碑。如果有林黛玉、贾宝玉、贾府诸君而没有曹雪芹,你们早已经灰飞烟灭,谁会为你们一哭一恸一笑一颦?是曹雪芹延长了你们的生命,扩大了你们的灵光。同时注定是曹雪芹而不是那些二三流小文人永远失去了浑厚质朴的人缘与美名。

七 洋插队

一年半后,一九八六年一月,开茅用了两倍时间,总算兑现了诺言,做到了到离尔葆打工城市九十公里的圣何塞大学做访问学者,简称"大访",大是指中国大陆。他考虑到二宝的艰窘,自己坐灰狗大巴到二宝所在地探望,请二宝吃馆子。他看到的二宝像是另一个人,清瘦,长发,嘴角下沉,目光可怜兮兮,神态卑躬屈膝。

二宝说:"你告诉立红去吧,反正你明白,来到这儿,我就是一个臭苦力。来以前,这个跟我说那个告诉我,谁谁谁来到加州扎针灸买了房子,谁谁谁在纽约拔罐子娶了影星,做膏药能够发财,太极拳能够迷倒老外,看风水成了大师。全是真事,全都与我无干。轻易的成功,过去没有现在没有将来也没有。不费劲就发财,中国没有外国没有上到火星上也没有。"

"你不是说这儿有熟人有老师和同学吗?"

"有又怎么样?来到这儿我才学到了一句话:'人穷不发三誓,不沾三情'……"

"什么?"

二宝解释了"三誓"是断交、诅咒与目标,穷人既不要怨恨他人也不要晒雄心壮志。"三情"是依养、滥情与便宜。然后说:"不到那个份儿上你也就明白不了我的话语。我在餐馆装卸洗涤粗活干了七个月,胳臂腿上起满了疱疹。我学会了开车,给人家送外卖,上机场接送人,非法打工,干了五十天。我还领到了老年护理的护士执照,毕竟我在国内是学医的。我一个人干两个人的活儿,白天送外卖,夜晚去老人院。送完外卖不走,等着人家给小费,遇到不给小费的,我们骂他先人。夜班护理,有探头盯着,许你没事坐会儿,绝对不能打盹儿,打盹儿扣钱解雇。还有一次我太饿了,我到市政广场捡过鸽子们吃剩下的面包屑。"

"天下没有易事。"

"这算什么?一位当年的美女,音乐学院女高音,声乐系高才生,被来华交流的 YCC 大学主管音乐专业的教务长看中了,当面动员她到美国留学,说是这免费那免费,还有一笔奖学金,并且负责给她办一切手续。她已经有男朋友,她英语不行,知道自己托福过不了关。再说她的家底很薄,父母两个人一个月的工薪收入折合二十五美元。她才二十一岁,哪敢出那么远的门儿。她犹犹豫豫,连本系党支部书记都跟她急了,几十个同学说如果她不去请她推荐自己去,男友也催着她答应,还要她想法把男友也弄到YCC。

"根本兑现不了。她来到美国头一个问题是吃不饱,是饥饿。底下的事我也不相信,信不信由你。姐妹儿她已经是一个传说。传说她饿极了发现了一个窍门,吃冰激凌。甜死人的奶油冰激凌省钱又禁饿。一年之后她吃成一个胖子。她得知在这里学了艺术就业很难,她也觉得发胖的结果会使她丢掉台缘,她改戏了,她学财经。她做不到把男朋友接到美国来,她干脆与原来的男友分手了。她见到我热烈拥抱,抱得我喘不过气来。"

"后来呢?"

二宝用白眼珠翻了开茅一下,泄气地说:"她提出来我们可以同居,省钱,解闷,健康……不影响任何人包括我与她的未来与过去。我没有回答……"二宝咳嗽起来,好像是过敏。接着又说,"一个男生,他原来是科长级干部,是一位书记同志的秘书,他的姨妈在这边,来了,太苦,回去了。不好意思,没有可能再做他的科长,他从朋友那边弄了点外币,又回来了,在法拉盛搞绿卡,花了不少钱,黄了,他破口大骂着又回了国,最后又回这边了。三进三出,为了下死决心,他把护照都撕了……"

"不可能。没有了护照他随时会被逮捕或者驱逐……待不住就回去嘛,不当科长就当科员办事员再不然到私企。当过书记秘书的人还不认识几个能人?"

"我哪里知道,糟糕的是跑了几趟美国的结果是回到祖国不踏实,来到美国待不住。就说我送外卖吧,中国人脑子灵,遇到阴天下雨,遇到我身体不好,不想跑远道,我就用个英语名字自己叫自己的外卖。到了店里取上食品就走,也完成了合同上规定的任务……他们还说,科长还跑到征兵站报名当美国大兵,当完了兵有许多优惠。

可惜人家不收他这位中华人民共和国护照持有者。"

"我觉得谁也不必勉强自己,国外学学看看,也好,太困难就回去,何必出这么多洋相……"

"开茅大哥!"二宝突然一声大哥,令开茅一震。

"开茅大哥,站着说话不腰疼。这不是洋相,真正的洋相我没法告诉你。人,男人还有女人,太没有出息了。三十如狼,四十如虎,五十如金钱豹,六十如孟加拉叫驴!"

"谚语里只有前两项狼与虎,哪里有金钱豹和叫驴?"

"后两项是留学生们总结出来的。生活经验,是新语词的源泉。大哥!我们受的罪你哪里知道。专吃冰激凌的胖丫头,我真想她呀!"

二宝哭了。他后来还说了许多不适合高尚风格作品的话,王氏认为,人毕竟是人,虽然孟子也认为人之异于禽兽者几稀……稀乎仍有异也。我们毕竟要为自己留一点颜面。

后来二宝讲得更加惊心动魄。二宝说,他接受了伙伴建议,周日去教堂踩点蹚道,见到了一位被留学生们称为"mother"(嬷嬷)的老妇人。嬷嬷为初来的留学生提供住宿与伙食补助,只需缴纳市价的十分之一,便可基本上食住无虞。二宝住进去了。一位教育方面有地位的人物杜莱夫人来他们公寓视察,一眼看中了二宝,将二宝找到家里充当家庭教师,辅导她的华裔养女学习中文与中医,很快发展为对于二宝的情感靠近。二宝不了解也不敢询问杜莱夫人的年龄,他的感觉是她应该有六十岁。当然,她容光焕发,线条完美,高大健壮,三围引人注目。特别是她使用的巴黎香水,能让他发昏章第十四。二宝承认,她绝对有对他的吸引力魅惑力,二宝承认他每次见到她,听到她的声音,看到她的风姿,闻到她的气息,他都有强烈的身心与器官反应。他不止一次梦中与她做爱,他觉得见到此夫人算是没有白来这一趟,没有白白赶上了伟大祖国的改革开放,他也不算白白地活了一遭。当了男人,长了那么一些没有出息也罢,气味不雅也罢,自惭形秽也罢，猪狗不如或者恰如猪狗才好的奇葩、蠢货、神具、小把戏、暗器、毒鞭、图腾与命门，他最后恐怕仍然是白白来了又白白走了，美国和世界。"

"那么，那么，你……"开茅感到了一阵闹心、乱心。文绉绉的、不爱说话的，有时候让他觉得未免窝囊的苏尔葆二宝，出国一年，突然发表了这样的狰狞露骨、不忠不孝、不仁不义、不齿不耻却又老老实实、真真率率、不打自招、不攻自破的胡说八道。开茅的声音颤抖起来。

"你不要那样看着我，大哥，我什么都没有做，我是人，我不是猪狗，我拒绝了一个又一个，我不做面首，不是鸡也不是鸭。我只与她们，注意，是她们，不止前面说的两个朋友，我只与她们说三个词，第一个词是 no，第二个词是 no，第三个词是 absolutely not，绝对不。她们笑话我，她们说她们不伤害任何人，不论安琪儿还是魔鬼。我不会做任何对不起我们家的小祖宗小菩萨单立红小队长的事。"二宝说，他改变了声音和容色，他吭吭吭地喘着粗气，他鼻子不是鼻子、眼睛不是眼睛地啜泣起来。

后来他们一起吃了相对便宜一些的中餐馆，有牛肉炒面与酸辣汤，还有一盘宫保鸡丁，最后还要了甜品冰激凌与咖啡，开茅点了三份大号冰激凌。吃的过程中，二宝脸上一直有一种贪婪与自责、饕餮与惭愧。开茅判定二宝其实仍然没有吃痛快吃饱满，喝完咖啡后他干脆激动地再加点了一盘龙虾、一盘阿拉斯加王蟹，打了"狗食包"，让二宝带回去。他也没有什么钱，他毕竟不是来洋插队而是来交流的，他有一点补贴。二宝兴奋中又给他讲了不少穷学生找窍门活下去的各种合法的与不合法的手段。例如用一个网状的细线兜住一枚夸特儿（四分之一美元硬币），去打投币公用电话，说上几秒钟没用的话咔嗒一响，夸特儿应该落入币箱，也就是说应该立即投放下一枚夸特儿，通话才能继续，不投，立马断电断话。但是你的线网要在刚一咔嗒时迅速抽出，同时立即再松手放下，于是还能继续通话。对于电话机来说,其感应应该与投放第二枚硬币无区别。毕竟机器不是生龙活虎的艰难学生的对手。

"不要老是说这样的事……"他与二宝一样,且笑且哭,且信且疑。生活啊,生活,发展到眼下了,下一步该怎么办呢?

还说到了一些大人物的子女在国外的传闻,更是哭笑不得,真伪莫辨。

临别,二宝发表感想说:"自由的代价就是孤独,自由是人类生活与精神的真正考验,真正的自由与孤独是不能接受婚姻与家庭的。美国贝贝从一生下来就单独住一个房间,咱们呢,也许是几辈人住一间小屋,几辈人住一个大炕。内蒙古、新疆来的中国学生告诉我说,他们的牧民男女老少主客全都睡在一顶帐篷一条毡子上。我有几次真想收兵回北京了,谈何容易?是立红让我坚持下去的。"

半夜,开茅回到自己的居所,他一夜辗转反侧,革命建设、跃进追赶、改革开放、发展与现代化、留洋海外,都是血肉拼搏啊……

八　阴影

圣何塞见面仅仅一年,二宝离家赴美两年半以后,一九八七年十月,来了消息,说是已经站稳脚跟了,他要立红赶紧办理护照签证,到美国与他聚齐。他还特别打了电话,希望开茅帮助安排好母亲,他催促立红早到一天是一天,早到一小时是一小时。开茅知道这对于二宝有多么重要,开动全部马力给立红加油。他充满感情地说:"二宝在美国太苦了。从他上初中,因为有你,在国内就没有受过这样的苦。"他与立红仔细商讨了夫妻双双出走美国后,老娘苏绝尘的安排与照顾。一是靠开茅,一是靠保姆。保姆极好,照顾苏老师已经四年,确实靠得住。还有市文史馆方面的关照,叫送温暖,还用上一个词叫"感情投资",这个词让开茅讨厌。文史馆还给苏绝尘办理了就医优惠的蓝卡,还在理论上为苏老师配备了一名学术助手。只是从配备以后，苏老师与助手，始终谁也没见过谁。

开茅指导帮助立红用了一个月时间开证明、排队、照相片、办公证、复印银行存款记录、进大使馆，千方百计，快要成行了。突然一天立红变了颜色，告知开茅："我不去了。"

听到传闻，说是二宝在美国有花花事儿，女友不止一个。

开茅真急了，他拍了桌子，他落下了热泪：

"我用人格保证，我用脑袋担保苏尔葆是世界上最纯正、最忠实、最干净、最对得起你单立红的男人！二宝是谁？他是王府井最大的照相馆橱窗里的明珠、明星，中国最帅男孩，他是我至今见到的真正的中国绅士。只有你做得出来，你把自己的三十岁的丈夫赶到外国，你还想给他上上贞操锁贞操带？你知道你让一个三十岁的男人过的什么生活，你知道那有多么可怕！依他的条件靠形象靠魅力靠气质靠性别他也早就发了小财开拓了事业，说不定他能登堂入室蹿高枝！为了你，他两年多当的只是苦力。我都没跟你说，说起来我只能同情他。快三年了你就不允许他活泛那么一次吗？没有没有，小姐，他没有。他说你是他们家的活菩萨，他说你是他们全家的救命天使，为了你，他拒绝了歌唱家加金融家的 roommate（室友）建议，为了你，他拒绝了主流人士的召唤。他也有人权，一个饥寒交迫的男人，为了温饱，为了生活，为了发展，为了他的最低最低最原始的要求，他采取了一些变通，又怎么样？问题是他连一点一滴那一类的事都没有做！你应该给他跪下！你应该鼓励他不能活活把自己憋死干死卡死整死！告诉我是什么人在那里嚼舌头？是哪个王八蛋？只有想爬上他的身体可是爬不上去的小婊子才会造这样的谣！只有羡慕他嫉妒他而自己是侏儒丑八怪白痴流氓无赖的臭流氓才会传他的闲话！你要真把我当成你们的大哥，过来过来，让我扇你两个嘴巴子！"

山里红完全怔住了，她没有想到开茅大哥会这样说话，她没有见过这样的开茅兄长。她说："你真不愧是二宝的亲哥呀！"听了这一席话，她其实是从头到脚地舒服，她听明白了，二宝好人，二宝够意思,如果她当真挨了开茅大哥的嘴巴,那她就是全世界最幸福的女人了。现代社会这样的男人已经凤毛麟角,世界范围这样的男人与恐龙、骇鸟、龙王鲸……一样,根本不可能存在。她完全明白,中国式的贞节牌坊已经轰然倒塌,中国男人个个都有一百一千个理由来闹腾点花花事,所有的女作家都在告诉读者,男人是靠不住的,一切海誓山盟都是过眼烟云,一切的坚持与自苦都一文不值,都是愚蠢年代的产物,而女作家自身要"解放"一下,也绝对能吓死一队队一批批的男人。她完全明白,所谓的白头到老,所谓的始终如一,所谓的"山无陵,江水为竭……天地合,乃敢与君绝"当然感人,但那是歌诗,而且是两千年前留下来的。那玩意儿叫 classic,那并不就是现实,如果是现实,就用不着作那种诅咒诗唱那种决心曲儿了。

但她仍然相信,她与二宝与别的夫妻不一样,她十二岁,严格地说是十一岁,第一眼就爱上了尔葆,她毫不犹豫地把自己的少年与青春贡献给了苏家,给了二宝,她认定了自己是二宝的人。当她小小年纪想起自己将是二宝媳妇,而二宝将是立红丈夫,想到这儿她鼻酸心苦,她想号啕大哭。她从开茅的愤怒中相信了夫君的老实、纯真、坚贞、完完整整、干干净净、从头到脚、从里到外、从心到魂、从疼到爱只属于她。她为二宝心痛,为什么不能让二宝舒服一点?为什么她的舒服要建立在二宝的不舒服上?她哭着哭着笑了,她笑啊笑啊笑出了新的眼泪。她给开茅大哥跪了下来。

开茅刚一说完就后悔得不行,他抱怨自己比二宝大十岁,与之相比,他完全没有二宝的沉静与自控。二宝是真正的绅士,他只是个粗人,他对不起立红、二宝、苏老师、爹爹和先人至少是名人纳兰。他情绪冲动夸张、巧言令色、怪力乱神,这些毛病他这儿都有,二宝那里,却是哪一样也没有。至于立红说的"亲哥",他该说什么呢?

……如此这般,好事偶磨,一九八八年一月,二宝与他的娇妻山里红会面在美利坚合众国。一年后,一九八九年一月,单立红生下孪生龙凤胎,哥哥叫凯文(Kevin),妹妹叫苏瓒(Susen)。

又一年后,一九九〇年立红当机立断,盘下一个华人店主因急于回国以超低价出售的一家东方杂货店,开始经营刺绣、扇子、梳妆盒、小泥佛、香包、线装书、字画、陶瓷、茶具、酒具、编织品、屏风、草帽、草鞋、珠串等。没有大进益,但不无小补,也省去了立红找事由安排生活内容的麻烦。他们去过一个西班牙女人开的小店,店主说,不是为了赚钱,而是为了不让自己失去生活内容。二宝发表感想说,自由不仅需要孤独,还需要寂寞与无聊。

立红是颗福星啊!开茅赞叹。

半年后,开茅得知,苏尔葆在立红引导下,考进一家名气不小的高等学院,接受他们的远程职业技术教育。远程云云,意思是不必去学院的教室上课,可以通过函授、网络、电视电话等系统听课,完成作业,跑几趟研讨答问答辩质疑切磋,接受考试,获得学分。最伟大之点,不久在苏尔葆的倡议鼓动下,学院组织学员们到因改革而大红大紫的中国北京做了一次职业技术教育课题调查访问,他当然也趁机看望了母亲,给母亲带去了碧根长寿果、混合干果、带有小颗粒的花生酱、费城牌鲜奶油、多种维他命、钙片、大提子干。其中维他命现在一般称之为维生素了,但是妈妈总改不了维他命的口,尔葆觉得维他命的叫法很生动,便也维了她好多回命。

双双赴美后他们不断地寄钱来,数量越来越多,弥补他们"母在,双双远游"的过失。美国一待,便学会了用金钱弥补一切难以弥补的路数。但虽然"四旧"也好五舅也罢,破了又破,孔夫子讲的"父母在,不远游"的教导,还是屹立在华人心里。在出国后四年,苏老师欢迎完了以参访名义回了一次家的儿子,日益衰老平静呆木,以静坐、微笑、吟诵拉丁语古典文学作品与兰波的《黎明》和《醉舟》等度日,若有若无,若思若忘,若喜若悲。见了开茅,她认识,她落泪,见了别人,她一概无反应。

二〇〇〇年,八十二岁的苏老师突然对开茅说了一句话:"我该走了。"开茅大惊,当夜给立红的东方小店打电话。五天后,二宝回来了，两天后苏老师含笑长逝。开茅坚信，苏老师不愿意给下一代增加负担，见儿子为了她专门回来了，她赶紧投向另一个世界。

虽然开茅理解这一切，同情二宝、山里红这一对小夫妻，虽然他对他们二人都充满友情、亲情、故人之情，虽然开茅早就体会到人生常常是充满遗憾的过程，你总要有所舍得，有所付出，硬起心肠，不管不顾，否则一辈子只会是一事无成，他仍然对二宝、立红有点意见。他们对自己的母亲，总可以再多做一点，何况他相信，那是一个美好的人、高尚的人、痛苦的人、克己的人，她本来可以有自己的风华和幸福，她本来可以有自己的璀璨和雍容，她本来可以有自己的梦断南柯魂断鹊桥，然而，她什么都没有，什么都没做，什么都没有说。然后，她自己也都没有了。

苏绝尘死后七天，开茅梦见永顺爹爹，爹只剩下了一个空架子，抱着苏老师，他含糊地说了两个字，又是："报应。"然后开茅醒来。妻子王明光被他叫醒了，他说了自己的梦，说是自己心里别扭，妻子摸了一下他的脸，说："我们面对的事情已经够多，就放任一下梦境管理吧。事实，会隐没在梦中，像冰雪，融化在火里。"又是百分之九十五的兰波，深夜，她笑起来。

后来他们拥抱在一起。后来明光怀孕。次年他们得女，起名忆苏。他们找回了苏老师晚年的保姆，为他们俩看孩子。生命是有一种延续的，女儿的清纯当中，似乎有什么东西让开茅想象与说给自己。

九　月儿出场

直到苏老师离去，二〇〇〇年五月，尔葆已经四十四岁了，学分终于修够，他有了洋学位。次年，他被一家登记在爱尔兰的跨国医疗器材公司雇用，派他到中国一个工业园去办合资厂。

两年后他的工厂办起来了，他成为厂长，他的工资一下子比过去增加了十九倍,他成了真正的白领。他享受到了此生在国内外从未享受过的尊敬和礼遇。他有一辆供他专用的原装沃尔沃轿车,有一名兼职司机。有时候他更愿意自己开车。他有一名英语比他讲得还好的美女秘书。他的办公桌是半圆形,向左向前向右,都有一大片桌面供厂长使用。而他仍然是一样的小心翼翼,谨小慎微,寡言少语,克勤克俭。中国人无不说他是君子风范,外国人无不称赞他是绅士教养。尔葆也很满意这里的民风,远远不像北京人那样大爷、天津人那样刻薄、东北人那样信口开河。长江流域人认真细致,精巧敬业,少说多做,勤劳本分,温和礼让。他也不知道到底是怎么回事,他从来没有感觉到过自己有什么能力、才干、精明,但是他在这里的工作成绩卓显,受到中外上下的一致好评。

根据他的建议,公司高管同意他选择优秀技术人员与熟练工人骨干,到世界各地参观访问,见识先进,成长自身,精益求精,攀登高峰。对开放不久的中国人来说,这也是难得的开洋荤的精神与事业享受。

他因工作关系带领本厂有关人员去过了都柏林、哥本哈根、利物浦、海德堡、巴塞罗那,也去了肯塔基与西雅图。他每年结合述职回美国的机会有五六次,耶诞节长假他也有半个多月的时间回到美国,回到自己的四口之家,安享天伦之乐。亦中亦西,亦乡亦城,亦农亦工,亦劳亦逸,他的脸上渐渐显出了四十余年来少有的笑容。

在中国的这个开发区工业园里,他当然也认识了拿着各式护照的外籍与本土企业家,和他们你来我往,豪肚油肚、咖啡、龙井、茅台、五粮液、苏格兰威士忌、XO、香槟、朗姆、伏特加、牡蛎、龙虾、牛排、意面、燕窝、鲍鱼、鱼翅、宫保鸡丁,慢慢加上了卡拉OK、蹦迪、交际舞、高尔夫、网球。

二〇〇四年开茅应邀带上妻女到尔葆在的这个工业园做了一回客,深表称赞夸奖。他们一起到工业园一家富有地方特色的船形餐馆吃饭,要了糟熘白鱼、蜜汁火方、阳澄湖大闸蟹和糯米豆沙做的鹅形甜品,喝了女儿红老酒。说这个酒是在闺女出生后立即预备到坛坛罐罐里,到女儿出嫁时再拿出来贺喜启用的民俗酒。

一边吃东西,一边还有当地名叫丘月儿的弹词演员表演说唱。女演员银装素裹,柳眉凤眼,莺声燕语,糯体柔情。开茅听不懂一个字的吴语,但是为之入迷,目不转睛,嘴都忘了并上。夫人王明光说:"你怎么成了《红楼梦》里嘲笑的那只'呆雁'啦!"说得开茅脸红。

好在说唱进入吴语 rap 段落了,大量吴语,其次是上海话、宁波话、少量英语,还有普通话,融为一体,洋快板节奏,说得大家笑成一团,掩饰了"呆雁"的尴尬。就在这个时候,突然在客人饭桌当中上演了全武行。

原来是他们的邻桌,坐着与尔葆有一面之交的一位湖南老板与几位男女友人。他带着自己喜爱的圣大保罗名牌公文包来吃饭,单肩斜挎,坐好后将包包放在身边一把椅子上。就在 rap 令人们笑成一团的一瞬间,一只手伸到了圣大保罗包包上,抓起了包包,开茅的妻子叫了一声:"小偷!"明光不愧是有相当历练的记者,即使眼前有再好的美食美酒美妙演出,她总是耳听六路、眼观八方,随时发现新闻、动态、舆论、突变、奇形、怪状。随即是湖南老板的果断出手,叭的一声,一个十四五岁的男孩子倒在了地上,是的,扇了小捋(小偷)一个大耳光。

接着老板将小家伙一只手提溜起来,第二个第三个耳茄子,全上去了。

想不到的是 rap 立即停止,演员从表演台上跳了下来,一步抢到小捋与老板面前,喝道:"可以报警,不准打人!"

老板一听,目露凶光,再一看是义正词严的女演员,他一怔,尔葆也赶紧响应,向老板示意:"对的,对的,是的。"

开茅夫人将这个活计揽了过去,她把小捋带到外边,教育了三十分钟,还给了他二十块钱,谆谆嘱咐,放他走了。回桌后,差点被偷窃的湖南老板问:"这位姐,如果他是惯偷,他会认为您是傻子,他拿上您的钱也许立即换场作案,偷盗一个'梦特娇',内有钻石白金戒指和大额现金。您怎么办?"

明光说:"我只能做我认为对的好的高尚的事。小家伙他一定要坏,我怎么办?世界这样大,我们只能把事往好了做。您想,就算他最后因为罪行严重,刑场处决,砰,打死了……他也仍然有可能想起今天的事来有一点点后悔吧?他后悔而被枪毙,比在痛恨他人痛恨社会的情绪中被毙掉好。何况他也许有救呀,有千分之一的希望也还值得百分之百的努力。救道德救人心是积德呀。万一他本想改恶从善,反而是咱们这些吃澳大利亚龙虾的人,没有给他机会呢?他的后悔仍然是一种能量,每个人的喜怒哀乐,都有他的蝴蝶效应。不管怎么说,世界上,好人很多,中国这里,好人很多,吃饭听唱的人里头,好人很多。"

她的话博得了首肯与轻轻的鼓掌。

Rap 随后停止。女演员改唱弹词风格的《洪湖赤卫队》,唱得尔葆泪下。

开茅、明光、立红、二宝,有机会两次在美国会面。二宝开车带他们走了东岸,在缅因州足吃了加拿大龙虾,在波士顿查礼士河边观看了哈佛与牛津大学生的划船比赛,在纽约曼哈顿对面岛上攀登自由女神,在西岸去了旧金山的金门大桥,去了红杉林,去了洛杉矶的好莱坞。他们在密西西比河上了游船,最后还去了华盛顿 DC 的琳琅满目的博物馆。也算人生一乐。比起上一代、上两代或更多的代别人物,他们就算够幸运的了。"还想怎么着呢?"他们四个人互相问着,互相满足,互相鼓励,惜福惜乐。

二〇〇五年开茅又结合外语学院的业务交流,到尔葆在美国的家过了复活节,吃了肚子里装满栗子核桃夏威夷果与大提子干的火鸡。吃得苦中苦,方为幸福人。他很有感慨。同时他奇怪为什么二宝开始显得闷闷不乐。他问了两次,"你有什么事儿吗?""你有心事?"二宝连连摇头摆手傻笑,但是二宝的笑容不知为什么,给开茅以酸苦的感觉。

二〇〇六年的清明节,开茅去父亲的墓地扫墓,他小声告诉父亲,二宝现在日子过得不错,他常常吃龙虾,他希望父亲的在天之灵,保佑二宝,平平安安,幸福体面地过好自己的一生。还说,前不久二宝回来了,给他妈妈选好了墓地。他也去了一趟。

说完了,他又觉得无趣、多余,一天胸口疼痛,饮食无味无香。打了好几次怪嗝儿。

十 有女怀春,吉士诱之

二〇一〇年,二宝专门在一个周末来到北京。他穿着意大利华伦天奴名牌西装,身上有股应该是吃多了西洋退烧药片才会出现的浓烈汗味儿,他找开茅倾诉心曲。先是谈到,由于他担任厂长的业绩和各方面的良好记录,他与立红已经取得了美国国籍,他说,相当于办上了户口。紧接着是大谈他的房产与汽车家业。他在美国住地与中国工作地点各相中了一套房产,共值二百多万美元,两所都是独幢别墅型,他计划是一次性付清购买。此外他买了一辆崭新的"平字",中国大陆叫做奔驰,德国原装,刚开了两个星期,半夜在住所附近被人用碎玻璃划了个体无完肤,他找了当地公安机关,至今没有破案。他想不通为什么会发生这样的事,他准备再买一辆原装凯迪拉克……

开茅点头称颂,他不内行,提了些不必一次付清吧之类的屁话,然后就称颂二宝是吃得苦中苦,终为人上人。他另外提出二宝不必激动,不必一下子花出去那么多钱,他说他认为中国人喜欢银行储蓄是一个优点。他说他参加过一个经济研讨会,专家们认为中国经济有了长足发展的原因之一是喜欢存钱。一个以色列,一个中国,都因为热衷于存储而获益。一面说一面怀疑着自己言语的意义,怀疑着今天的有朋自远方来,到底意味着什么。二宝他为什么一方面准备大笔出手消费,一方面药汗与新西装交相辉映,二宝怎么了?东一榔头西一棒子,究竟是想说什么呢?他自己也颇觉兴奋,却又困惑。人家娶媳妇,自己傻高兴?人家发了财,自己烧得尥蹶儿?人家置业,横跨太平洋,你也发晕?你们俩,到底是谁更需要吃药或者减药,到底需要吃什么药减什么药呢?

而且在谈话中发现,二宝的两只袜子,不是一对,一只藏蓝,一只蓝黑;一只腰长,一只腰短。二宝是一个细心谨慎的人,他不应该出现这种情况。

然后吃饭。然后小酒。然后明光回自己的小屋做报社的事。然后二宝仍然是哼哼唧唧。"怎么了?"开茅问。"其实,也没有什么……"二宝答。

最后开茅急了,他喊叫起来:"从小,你就是这个毛病,你不急,你活活让别人急死。我的兄弟大人,有话说,有屁放,我明天还要接待哈佛的校长,克林顿时期他当过财政部长,我这儿还有几十页的英语文档要看,需要恶补的事情一大堆……"忽然,开茅似乎明白了。

天啊,坏了,好个老实到了窝囊程度的苏尔葆,他敢情是陷入感情的迷狂乱阵泥淖,他面临的是没顶的危险,他找不到自己的存在了。开茅完全傻了眼。他自言自语,他说:"不,我不信,你与立红青梅竹马,两小无猜,不,不可能……"

"开茅,你应该明白,如果我与立红还保持着当初的恩爱,我不可能同意一个人回中国来当厂长,每两个月回到立红那边。你怎么会想不到这个?我和立红分居两地已经八年多了,八年多就是三千天,你不觉得我也是个男人吗?"

完了。二宝的声音像蚊子哼哼一样,二宝的面色如土,身体发抖,二宝在发疟疾。他的话像是含着热茄子说出来的。开茅已经感觉到问题的严重性。他不知道说什么好,他结结巴巴起来,倒像是他开茅感情生活家庭生活中出现了危机,是他遇到了折磨,是他有了难言之隐。

"我……我……每次我见到你都问这个立红,问那个凯文,还有苏瓒啊……我还建议过把他们接到你们厂子来啊。是你说她喜欢她的东方小店,你说一批用草编织的物件把立红的心吸引住了。你怎么说瞎话呀!"开茅差不多声泪俱下。

尔葆整理了一下自己的衣服,他解开了衬衫的最上头的扣子。他缓缓地说:

"是,就是那个吴语 rap 演员,她也许不算最漂亮,她仍然好看得让我哭了一夜。而且她的纯洁清爽,她的傲骨侠心……她有头脑,爱学习,你听过她唱的弹词,你没看见过她写的字和她画的画,她上着英语班,她参加过托福模拟考试,已经达到四百五十分。是的,是她看中了我……她追了我五年多,你可能不相信,我们相谈甚欢,我们谈天说地,我天天去有她演出的餐厅吃饭。只是最近,我们才有了男女最亲密的关系。我坚持了六年,适可而止,不及于乱,发乎情,止乎礼,求之不得,辗转反侧。知止而后有定,定而后能静,静而后能安。她说,她说我应该无论如何烧灼这么一次,不论付出多少代价,咱们都只能活一次,骂就骂吧,打就打吧,死就死吧,死也要死一次林黛玉,死也要死一次罗密欧……最后成了灰,也是幸福的……上一个周六……"二宝呜咽了。

"我总算有了一个自己的机会。问题不在于她选中了我,问题在于她选中了我的结果是我哭成了狗!

"叫什么?她叫丘月儿,当然,这是艺名,她是上了一年大学退学出来唱弹词的。她说,她只想陪陪我,她说寂寞比饥饿还要可怕。她说她是爱情至上主义者。陪陪我。此愿足矣……"

两个人沉默了。二宝补充说:"月儿说,她只想做自己愿意做的事,她觉得唱弹词比上大学好,她就退学卖唱,她后来觉得认识我比唱什么歌剧戏词诗词都好,她准备放弃用弹词挣钱。她知道我有妻有家有子有女,但是她愿意见我,与我说话,也可以不说话,只要常常见到我。只要我常常让她见,她什么都不需要了。我已经跟月儿好了,我怎么办呢?"

"可是可是,"开茅不知说什么好了,"你再冷静冷静,咱们毕竟是中国人,咱们得多想一想,过去和将来,妻子和孩子。生活,你知道什么叫生活吗?苏联有一个作家,叫巴甫连柯,现在俄国人说他是一个打小报告的坏人,他害了许多苏维埃作家。我们不了解他。他的小说里写过,'生活比感情更强。'"

二宝说:"当然,你想着立红,谢谢你,哥!我哪能忘了立红?我成了陈世美,我成了无情无义无耻无德卑鄙绝顶的丑类,我想着凯文与苏瓒有权利端起枪来毙掉我!这究竟是为什么呢?我的一条小狗命,现在要要立红的命,要凯文的命,要苏瓒的命。早晚还要要,你信不信,早晚我会要了丘月儿的命。妈妈的命也是我要的,妈妈早晚会来找我索命的。但是妈妈对我说她喜欢兰波的温柔的疯狂。爹爹,真爹爹假爹爹的命也都丧在我的手里……"

二宝终于大哭失声。开茅厉声制止了他。

"我底下的话可能显得没有良心,对不起,我没有选择过,我没有追求过,我没有失过眠,没有心跳过,我不知道什么叫窈窕淑女,君子好逑。有女怀春,吉士诱之。压根儿不知道求之不得、辗转反侧的滋味。我这一生只知道接受,只知道听喝。是我的家庭和命运决定了一切,是最最有主意能决断的单立红从十一岁就决定了一切。她是个敢想敢做、敢杀伐敢决断的人。她是司令员兼政治委员。杀伐决断这个词出自《红楼梦》,是用来形容王熙凤的。从升入初中,从见到了我,她就选定了我,从此我再没有机会选择。她是菩萨,当然,她是我们家我的母亲苏清恶的救命恩人。也是……"

"什么什么,你管你的母亲叫什么?她不是叫'绝尘'吗?"

"不。她喜欢的自己的名字是清恶。'清'是两点右边一个'青'字,'恶'是'而且'的'而',下面加一个'心'。两个字的意思是惭愧……用不着扯这些啦。我的理论上的父亲,其实是最憎恨与厌恶我的人,是吕奉德。立红更是他的救命恩人。"

"冷静一点……"

尔葆狂笑了,他再不是开茅的安宁的、收敛的小弟弟了,他再不是温文尔雅的君子、轻声慢语的绅士。他说:"立红善良得如铁如钢,坚决得势不可当,她目光远大,有心无二,说到做到,坚持到底,一往无前。而我呢?来路不正,从十一岁,我的世界里只剩下山里红了。我算个啥,我根本没有生的权利,吕奉德不承认我是他的儿子,苏清恶不告诉我谁是我的父亲,她只让我叫你大哥,我无缘父姓,却又是罪犯吕奉德的种子,叫你一声大哥完全不能证明顿永顺叔叔是我亲爹呀!我能去做 DNA 检测去吗?和谁?和你一道?我难道是嫌自己给父母丢的人还太少太少?我从小知道的是小心小心,树叶掉下来,别人没有什么,我可能因此头破血流,千夫所指!我感谢立红,我喜爱已经二十多岁了的苏瓒与凯文。但是这次,在工业园,我有了我真真爱上的灵鸽仙子,我的月儿,我的心碎了裂了爆了。"

"你……要不你就两边跑吧,咱们中国人并不呆木,自古徽商就是两头大,回老家有一个家,有正夫人尊夫人,做生意地方,不可能没有另一个家,也有太太有老婆有房室……"

"开茅,您这是说什么呀。"明光这时从她的房间出来了。她说,"别听开茅的胡说八道,他以为这还是明清前朝呢。我听到了,我明白我也理解,你只能自己决定,开茅不能替你决定,你的家人不能替你决定,你的情人也不能替你决定。世界上的一切事情都是有舍有得,不用糊弄自己,更不能糊弄立红、凯文、苏瓒,你还必须对月儿负责……你做好准备吧!一个男子汉,要么不要伤害别人,要么干脆冷酷一些,不必给自己找那么多理由,不要用歉意再去侮辱被你伤害的女子!"

"你说什么?用歉意再去侮辱被我伤害的女子?"

"这是阿尔蒂尔·兰波的诗。原文没有说是女子,只是说某个人。目前的状况,你舍弃哪一边都是三分之一或者更多的悲伤,三分之二或者少一点的希望;你两边都舍弃不了,那就只能是三的 N 次方的通通绝望!"

连开茅也为之一震,怎么明光能说出这样严厉、这样坚决又是这样精彩的话来?明光哪儿来这么大的本事,这么强的姿态,这么清晰的判断?男人,啊,你们觉得你们是什么大丈夫,所以你们要考虑影响、舆论、道德评价,可能还有什么意义、后果、理论、倾向,你们的思维与概念,你们的掂量与算计成了你们的伤口,你们的软肋,你们的压顶大山。而女性呢?一个"心"字,概括了一切,我心即我意,即我行,即我情,即我爱,即我天,即我命;也就是我的世界,我的人生,我的太阳!女人啊,你们太伟大了!

第二天凌晨,去飞机场以前,二宝敲响开茅家的门,一见他们,他哭了一场,说是总算明白了,他不能抛弃家室,不能抛弃恩重如山的山里红,不能抛弃神情卓越的凯文,不能背叛小精灵苏瓒,他确定了,要与月儿开诚布公地谈清楚,恨不相逢未娶时,他做不出狼心狗肺的事情来。他笑了起来,说是一旦下定决心,只觉心明眼亮,条分缕析,幸福安康,长治久安,全赖兄嫂。他带着笑声,与他们告别,邀请他们秋天去工业园骑马,吃内蒙古风格的烤肉与"老绥远"名牌烧卖。

十一 摊牌

先添上年表的新增部分:

1988年 立红到美国与尔葆团聚。
1989年 立红生孪生龙凤胎:凯文与苏瓒。
2000年 苏绝尘(改称清恩)病逝。
2001年 顿开茅与王明光的女儿忆苏出生。

进入二十一世纪又过了十一年以后,腾讯公司于二〇一一年一月二十一日推出了一个为智能终端提供即时通信服务的程序,做出了一个改变国人生活方式的叫做微信的玩意儿。网上的咖咖们说,最厉害的不是核弹巡航导弹,不是航母也不是超音速战斗机,是微信。微信打败了电视,打败了电脑,打败了信用卡,打败了各国货币,打败了电话,打败了邮政,打败了盛宴与会见,打败了零售店与专门店,打败了隐私权与名誉权,干脆说是打败了人权与学位制度,打败了文化,每天孜孜于读微信的人远远超过了读经典名著的人。

有了微信,二宝与立红、开茅与二宝相距不再遥远,地球村的说法似乎也不勉强。二宝发了几张他与月儿的照片给开茅。他们一起在公园。他们一起在水乡散步。他们去看望住在那里的一个名作家。还有一张他俩的逆光照,注明是夏季的夕阳下。

明光问:"怎么回事?"

开茅答:"那还不明白,就这么回事。"

"那他临走时说的……"

"他自言自语的时候也许说得更多……"

"二宝在网上传这个,他不怕立红与孩子们看到吗?"

"不用咱们操心。按二宝的性格,他一定要告诉立红和孩子的,否则,二宝不成前几年电视剧《潜伏》里的余则成了吗?"

开茅与明光看完孙红雷与姚晨主演的电视剧《潜伏》,感动了半天,感动的不是特工故事、特工忠勇、特工奇葩,而是主人公需要潜伏、潜伏然后还是潜伏。抗日,潜伏;日本投降了,继续潜伏。为了新中国,潜伏;新中国胜利了,继续潜伏(到台湾去)。而且在台湾要另行组织家庭,就是说在家里也必须潜伏,不然,不是等于自首叛变了吗?永远潜伏?潜伏一生?而且有人行家里手地说,死后还要继续潜伏,免得影响了未死的特工同志!

转眼就是二〇一二年,开茅六十六岁,二宝五十六岁。春季,开茅夫妇应邀到工业园看望二宝,月儿已经以个人雇用的管家兼秘书名义与苏尔葆同居了两年。二宝的说法,月儿早已不在餐馆"卖唱",她为他料理一切,包括帮助处理商务。月儿参加了英语中级班,进步神速。

二宝邀请开茅夫妇到这里骑一次马。他们在五月份来了。他们在一个周六开着豪车走了一个多小时,来到月亮岛跑马场。一路上汽车音响里播放着腾格尔与德德玛的歌唱:《父亲的草原母亲的河》《美丽的草原我的家》《天堂》。明光对开茅说:"兰波的诗说,生活在别处;高晓松说,不是只有眼前的苟且,还有诗与远方。"

开茅说:"佛讲的是'活在当下'。有趣的是这又是美国最大的会计师事务所董事长的名言。还有人说'诗与远方'是毒瘤……"开茅夫妇笑了,二宝、月儿没有笑。

听腾格尔的《天堂》的时候月儿泪如雨下。二宝问:"这是怎么了?"

月儿说:"你听不见?我的天堂,我的家!"

二宝没有出声。

他们过了一个非常美好的下午。开茅与明光,各自上了伊犁马,缓缓地走了几圈,闻到了青草与马汗的气味,身子一颠一颠,有点紧张,更是十分欢愉。骑马毕竟是一件值得自豪乃至吹嘘的事,是他们此生的新经验,在本土,涉嫌豪华,做梦也想不到,他们此生也豪华了一回。"时人不识余心乐,将谓偷闲学少年。"再过几年,也许他们会上游艇,上太空飞船,他们会像穆天子一样地去瑶池会王母娘娘,还要逛赤道逛两极?

"关键是身体的重心与马背起伏保持一致,你上我也上,你前我也前,你落我也落,你扭我也扭。"二宝大声地宣讲骑马的要领。他与过去是多么不一样了啊!

他们二人下马以后,二宝与月儿骑马跑起来。显然他们已经是老手,马场这里有他们存放的骑马专用背心、头盔、紧腿系扣子的马裤与黑马靴,他们一跃一跃,跑到了马儿前腿双跃接着后腿双跃的腾跃级别,马半跑半飞,半地上半空中,如驾云而飞。飞腾的感觉使二宝也是腾云驾雾,开茅与明光为他们鼓掌。尤其是开茅,他看到二宝这样的从未见过的舒展快乐,他忘记了一切。

就在这个时候二宝对月儿大喊了一声:"红红,加油!"

什么意思?二宝想起了立红?面对月儿,二宝口误将月儿说成了红红?

月儿在马上一晃,众人惊呼了一声,还好,月儿总算又直起了腰,她停住了马。

骑完马,他们一起吃了马场酒店的烤肉。就是北京烤肉宛、烤肉季做的那种葱花与肉片混合翻滚的烤肉,原来这来自蒙古民族,应称作蒙古烤肉。开茅说起可爱的多民族的北京,普通话的形成中,汉族、满族、蒙古族、回族、女真、鲜卑、契丹咸有荣焉。

"老绥远"的烧卖,更是令四人赞不绝口。关键是肉要用手工切成小块,绝对不能绞成肉糜。粤式早茶里每只包一块大虾仁的烧卖也与蒙古族之正宗烧卖相距甚远。人们在江南的工业园体验内蒙古,人们享受着生活的开拓之乐。何况在吃烧卖的时候,四个人都觉得自己岂止小康,是不是快要大康了呢。

在回程快要结束的时候,忽然,坐在副驾驶位子上的月儿一字一字地说:"二宝,我觉得终于是时候了,我们两人要到民政局去登记结婚。"她的说话口音与方式,令人想起吴语弹词。

二宝带着哭音说:"你这是想起哪一出来了呀!"二宝似是叫苦。与吴语的蚀骨相比,二宝的北京话显得有一点点油滑。

"站住!"月儿声嘶力竭,她哭出来了。全车人都吓了一跳。

二宝踩了急刹车。月儿推开车门,下车走了。车上三人愕然,一时谁也没看谁。寂静中二宝似乎诉说:"我已经许多次,叫她红红了。"而已经下车走远了的月儿的声音是:"八年了。别提它!"她说得痛心疾首,使你想起样板戏《智取威虎山》。明光的样子似有不满,她如果说话,会说二宝"是时候了!"而开茅能说什么呢?也许他要说:"天哪!"

十二　生生死死

上次骑马后回京,明光突感身体不适,检查后怀疑是白血症前兆。开茅一心帮助明光治病,别的事都顾不上。二宝几次邀约与开茅见面,在工业园,在北京,在其他地方,开茅实在不便,他只是一次一次地讲着"对不起""请原谅""过几天"……开茅与明光去了台湾,说是那里的几个留美医师正在推行一种相对有效的方法治疗血癌,叫做CAR-T疗法,大体是使用病人体内的健康细胞,经过培植繁育,成为更强大的健康力量,再用回到病人身上,去战胜恶细胞毒细胞。大陆也有这样的医疗探索,还都在临床实践与积累数据的协和医院里。

一年过去了,明光有起色,接受治疗,明光能忍受一切考验也完全合作。至于二宝,微信中告诉开茅,他与立红已经在美国办理了离婚手续:他把三份房产(后来买的与原来与家人共有的)全部转给立红,他把银行里的存款,也全部汇兑了立红,他现在已经是"无产者"了。他用这种自我扫地出门的方法,表达他对立红的负疚感。他说作为一个年已半百的老伙计,他是疯了,他是丧失理智了,他什么都不顾了。他没有自己的家世、国家、家庭、使命、记忆、感恩和渴望了,他没有父母、童年、少年、记忆、志向、愿望了。他现在只剩下一个已经整整一年未见过面、未通过信,连春节期间微信表情都没有互发过一次的月儿了。月儿其实也不是神仙,不是天使,不是绝代佳人,不是维纳斯,月儿也是一个普通的人,但是他毕竟只剩下为月儿疯狂这一件心事。他终于可以把月儿明媒正娶,合法夫妻,从头生活,从头奋斗,人生从五十岁开始。他终于不必再躲躲闪闪,含含糊糊,无言以对,蛮不讲理加耍赖皮了。他已经发疯,已经害人害己害家害妻,害子害女,害了立红一生,害了月儿九年,害了友人大哥大嫂。他第二天就要回中国工业园了,他将向月儿报告,他毕竟为月儿做了一件事，他不是玩弄女人的拆白党，他不是不负责任的坏蛋。

他问候明光，为明光祈祷。他甚至说明光的病他也是有责任的。"我与月儿找你们一起来骑马，我这边名不正言不顺。恰恰在你们在场的情况下，月儿提出了婚姻的要求，而我的反应自私自利，毫无心肝。明光无法忍受我这样的朋友，你无法忍受我这样的朋友，回京后明光就病了……"

"这是胡说些什么呀？"明光回复道。

开茅摇摇头，他对二宝的心理状况担忧。对二宝所说的与月儿已经告别经年，也觉得匪夷所思。

他们立刻给二宝打电话，二宝关机，他们认为是二宝登上了越洋飞机。他们次日又打了多次电话。他们在网上搜查了所有二宝可能乘坐的航班包括经港澳台、夏威夷、新加坡、韩国、日本转机的航班。他们在网上又搜查近两天全球发生的空难。无。第三天，电话通了，这证明，二宝已经下机登陆，除非是手机被盗，现在拿在他人手中，他们马上就能与二宝联系上了。但是二宝不接电话。再打一次，再一次，再两次、三次，手机里发出了软件的声音："您拨叫的电话，暂时无人接听，请稍后再拨。"到第五天，开茅忽然紧张起来，他觉得太不对劲，立即订购飞工业园的机票，并且给二宝发出语音与文字信息，说他将在次日十一时抵达二宝厂区。

二十分钟后，二宝传来了有气无力、半死不活的音频信息："月儿上个月嫁人了。"

开茅顿足，更要赶快见到二宝，按原日程，次日午前他一人到达了二宝的厂区，他背着一个大口袋，活像从前自北京使馆区秀水街趸货的洋倒爷。他看到了一个被吸干了血、被抽走了灵魂、被打了药针一样的二宝。他只盼着二宝抱住他嗷嗷嗷地痛哭号叫一场。他希望二宝抓头发、跺脚板、摔玻璃杯，至少自己打自己一顿嘴巴，窝囊，文明，礼貌，七讲八美，急眼了打打自己总是可以的吧？然而二宝不响不吭。

他把自己陪明光去台北治病时买的台湾土特产金门高粱酒、新东阳凤梨酥与盐渍金橘、冰糖柚子皮,还有大溪豆干、珍珠奶茶、号称比散黄金还昂贵的冻顶乌龙,都带到二宝这里来了。

他带来了一幅镜框书法,是启功的《心经》全文抄录。"五蕴皆空,渡一切苦厄。"看了一会儿,又觉得字不一定是启功的真迹,倒更像潘家园出售的赝品。不过,请看,既然色与受、想、行、识皆不异空,真启功假启功又有什么计较?真情假情,真家室、假家室、无家室,又有什么分别?他顺便教授给二宝,般若进智慧,而"般"在这里必须读"饽"。他教导二宝,许多"运生不测"者,是读通了《般若波罗蜜心经》后得到健康、欢乐、金刚不坏之身的。

开茅披心沥胆地给二宝讲了几个小时,二宝无表情。

当天晚上,开茅陪着二宝,同睡一张大床,他也觉得可悲可笑,他就是把整个台北华西街的食品与佛教用品全部搬过来,他即使与二宝同床共枕三个月,他也不可能取代月儿的角色。月儿上个月已经嫁给一个经营乡村俱乐部——高尔夫球场的二老板,她已经怀孕了。离完婚前来报告的二宝,根本没有见到月儿,月儿只是给他发了微信:"既有今日,何必当初?冷言冷语,冰凉彻骨。月没那福,宝没那路。缘断情绝,读罢删除。"二宝乖乖地删掉了月儿的回音,同时将月儿的话背得滚瓜烂熟。

开茅受了月儿启发,也是为了哄二宝一笑,说是他从网上看到了用东北方言翻译的普希金的诗《假如生活欺骗了你》。此版本说:"要是姐们儿糊弄了你,败急眼,败上火,败吭声,败蛄蛹,你就是一个大绿虫子,一边儿忍去,你把自个儿缩到茧子里,几天以后,咕隆,你咬破茧子飞出来了,你成了个花里胡哨的大蝴蝶。"

"不是姐们儿,"二宝说,"是生活欺骗了你。"敢情二宝也知道这个自普希金发展到中国东北网民的段子。二宝的嘴角儿上显出了一点笑容。呜呼,还是东北大厾子管点用。

第二天早晨,对方的时间是晚上,二宝给闺女苏瓒打了电话,多部分是北京话,少部分是西岸味道的土美语,他们谈了半天,开茅看到与闺女说话的父亲泪流满面。

三天后,开茅离开工业园回北京,二宝送他到机场,告诉开茅:"我的那张造孽的童年照片,从美国家里的墙上取下来,快递到厂子这边来了。"

一个月后,二宝建立了微信公众号,天天发表狗屁不通的诗。他篡改古今中外著名诗句。李白的《静夜思》改成:"红红一个大月亮,掉到地上变成霜,抬头不见昨天(的)你,低头想你断肥肠。"改了王维的诗:"己个儿坐在竹林中,张着大嘴喝北风,四面不见人鬼影,只有月儿不吱声。"后面注上原文:"独坐幽篁里,弹琴复长啸。深林人不知,明月来相照。"还有李清照的《声声慢》:"寻寻觅觅,冷冷清清,凄凄惨惨戚戚……守着窗儿,独自怎生得黑?"二宝写成:"找了半天上哪儿找,冷得(你)冻手又冻脚,长得黢黑谁人喜,卖单窗口没人要!"二宝在后记上说,这里说的"卖单"与埋单买单结账开票无关,是老北京话,是说一个女性呆坐,等于卖色相给众人看。另外他认为李清照长得不白净,她的词写得再好,也会有感情上的苦闷。后面跟帖一大堆讽刺,尤其是将"怎么能熬到黑天"的"独自怎生得黑",说成长得面皮黑,更是荣膺"狗屎乱屙奖"。居然还有人对这种歪曲经典文化的公众号主人进行人肉搜索,公布说,这些不通的诗是一个买办奸商瘪三无赖大坏蛋阴谋制造的,别有用心,是挑战中华诗词大会,亵渎古典诗词,人神共愤,国人共诛之,好人共讨之可也。

二宝还写了一首新诗:

上 班

每天都要吃饭,
每天都要上班。
上完班需要吃饭,
吃完饭需要上班。

不上班也要吃饭,

不吃饭不能上班。

我每天都吃饭,

我每周上五天班,

天天吃饭,

天天上班,

直到有一天忘记吃饭,

直到有一天忘记上班。

开茅倒是略感幽默,山穷水尽,四面楚歌,写出点不通之作,勇于勤于晒给大众,穷极无聊也总要无聊出个样儿来。倒也不算大恶大噩大疴大讹。开茅甚至认为,二宝的新诗比旧诗更有希望。再说,他又到了与明光赴台治病的节点上了,"生得黑"问题已经有人指教了,连英语的译文"Oh! How could I endure at dusk!"也给二宝标上了。二宝只要自己想上进,中文英文,语言文学诗学,通的与其实不通的非诗,总会有所长进。开茅又有个把月疏于与二宝联系了。

人生长恨水长东。与革命前辈相比较,二宝那点事算什么?爹爹教过开茅一个解放前蒋管区城市学生运动中爱唱的歌:

跌倒算什么,我们骨头硬。

爬起来再前进……

顿永顺还喜欢唱:"我们的青春像火焰般鲜红,燃烧在充满荆棘的原野,我们的青春像海燕般英勇,飞翔在暴风雨四布的天空。"

青春,你怎么可能低眉顺眼?即使青春已经远去,即使青春已经鼻青脸肿,头破血流,除了顶住,你还能怎么样呢?

十三　爱与死

二〇一六年四月十日周日零点,也就是周六午夜,开茅收到二宝

发的微信照片,是苏老师早年写下的兰波的诗句:

> 我罚下地狱,被天上彩虹,
> 幸福已经是我的灾难,也是
> 我的忏悔和我的蛆虫……

下面是二宝的一行字:

> 灭亡为爱作证,挚爱也会成为虚空。

不好,开茅暗暗叫苦,他打电话、发微信,得不到任何回应。

三十四小时后,二〇一六年四月十一日星期一上午十时,顿开茅接到工业园二宝工厂急电,告诉他,苏尔葆厂长去世,估计是四月九日周六晚八时左右辞世的。他的尸体是刚刚,也就是死后三十八小时发现的。尸体的样子更像是自杀,公安部门正在查验。死者与妻子已经离异,前妻与子女都在境外,四十八小时内他们没有谁能来到工业园,死者一方再无亲属,他们从会客资料上知道苏厂长与顿开茅是好朋友。他们希望开茅来一下,协同处理一下苏尔葆的丧事。

"但是十日凌晨,我收到了苏尔葆厂长的微信啊。"开茅与厂方人员叫起来。对方没有回应。

当天晚上十一点半,开茅与病中的明光到达工业园。厂子的人告诉他们,周一上午本来有厂长主持的例行办公会议,过规定时间半个小时,厂长未到。厂里人也发现厂长一段时间以来状态不好,不放心。厂办派了人去厂长家迎接。敲门无人回应,与物业联系后,破门而入。发现厂长跪在床头,床头立柱上套着已经扣死的皮腰带圈环,是厂长常用的万宝龙牌腰带做成的,他的脖子放在腰带环上,靠头脸与身体的重量,勒住脖颈身亡。公安部门检查鉴定,无其他人入室痕迹,无生前搏斗痕迹,除脖颈勒伤外身体无其他伤害痕迹。为了防止尸体腐化,公安部门摄下大量照片,并获得厂方同意后已将遗体送往医院太平间。也与外方驻华领事部门取得了联系。

开茅夫妇进入他们并不陌生的二宝卧室,又仔细听取了实地讲解说明,并留下他们对于二宝生活状况与感情波动的证词笔录。

至于苏厂长在估计的自杀时间之后发来微信照片的事,警方认为未有异兆,可能验尸人员对死者辞世时间估计有某些误差,他不是九日晚八时而是十日零点以后才自杀的,也可能是死者使用了推迟发出时间的手机功能,到了他指定的时间点才发出的。这几句诗句的照片,警方在死者的手机中已经发现与读到,除了心情的抑郁外,未显示有其他方面含意。

第三天,立红与两个孩子来到。开茅与明光一惊,他们认不出精精神神而又凝重痛惜的单立红来了。立红等又补充了有关情况:四月九日晚八时,美国当地时间晨五时,尔葆给立红打电话,立红未接。立红说二宝在与月儿婚事泡汤之后,多次与立红通电话通微信视频音频,把月儿已经结婚、不久将生子的情形全无隐瞒地告诉了立红,并要求与立红复婚。"我无言以对。"立红对开茅说,"后来他的电话我有时接一下,有时告诉他我没有空闲,真的没有空闲,两边时间又配合协调不好。星期六早晨五点来电话,这是谁也不能接受的……"立红没有再说下去。

"我也是在这边给我电话说明他已经离世以后,才收到了他的音频。他说的是:'红红,我不配活在这个世界上。'"立红的眼睛眯成了一条线,她的嘴唇咬得更紧了。

"死后?"开茅喝道。

"死后我才打开了他发的微信。"

总而言之,那个北京时间周五的夜晚,尔葆给立红电话,得到的是晨五时立红的内心抗议与实际拒接。给凯文电话,凯文按下了两小时内拒接的功能键。给苏瓒电话,苏瓒说:"爸爸您先让我睡觉好不好,待会儿我还要去上滑翔机培训班……"她想着的是鸟儿般地飞翔,在高山与大海间。没等她爸爸再说话就把电话按死了。苏瓒回忆起来很悲伤,她说她没有想到这个结果。年来她爸爸给她打了不少电话,心神不定,也不知道他到底要说什么。

开茅夫妇与立红、凯文、苏瓒共同看了现场照片。开茅注视着穿白衬衫和内裤的尔葆，身上披着一部分被褥，衬衫上端解开了三粒扣子，半闭眼睛，张着嘴，嘴角与鼻孔下边都有血迹。立红躲避着对于照片的正视，看照片前她问工厂专聘律师，她以什么身份来处理这件不幸的案件。她已经与苏尔葆先生离异，尔葆死后，他们已经没有可能复婚，她什么都不是，她不能代表尔葆的家属。律师说作为死者的原妻子、生前友好，尤其是死者子女的亲生母亲，她完全可以也应该参与丧事料理。她仍然铁青着脸，面对开茅也毫无表情。子女惊慌失措，不敢看照片也不敢不看。

他们看了一批遗物，其中有立红自美国快递来的他的幼童标准玉照，他根本没有打开包装。开茅与明光想起上次前来，二宝说那是他"造孽"的照片。看来，他觉得美好的记忆，已经无处容身。

开茅提出了一些问题，首先指出，尔葆的身体并没有完全吊起来，他怎么会死？法医说，第一，可能他在把自己的脖颈放到皮腰带上以后，一度下了必死的狠心把体重放到了脖子上，一度在脖子上压上百斤以上的力量，随即气管食管动脉勒紧窒息，几近断裂，然后又显示了跪垫的式样，跪下以后，颈冲压力有所减小，但后来这样的姿势，并不意味着脖颈处吃力的微小。他的心情波动与活动会极大增加脖颈压力。第二，在身体没有离开床褥的情况下，也能吊死自己，这样的先例，过去政法机构也见到过，不是没有。

然后开茅指出，按照尔葆按部就班、注意细节的性格，是不是可能他并没有下定决心自杀，而是只想试试？如果他当真要实行自杀，按常理他会穿得整整齐齐、干干净净，不会像现在这样轻易。对此大家认为开茅的看法有一定道理，但生活经验证明，也有另外的不按常理做某些事情的可能。再说决心已定也罢，未定也罢，现在还能说些什么呢？

开茅并没有什么认真的看法，只是不希望自己的老相识、自己的准弟弟之死处理得太简单、太草率、太方便。除了苏瓒与明光以外，没有谁眼睛里有泪水涌出,这也使开茅心有不甘。现在随便一个电视的装腔作势的节目都要搞出嘉宾、群众、观众的泪水,还有个专门名称,叫做泪点。搞出泪点,才有收视率,有收视率才有广告与利润。怎么连亲人的死亡都搞不出泪点来了?而且是一个如此善良文明的人!

而后他把不快发泄到从都柏林赶来的公司高管身上。他指出公司管理层竟然让尔葆离家十年到万里之外服务,这是不人道的,是侵害尔葆个人幸福与健康的,应该依法追究公司方面的责任。说到这里,前妻与子女哭出了些微声音,算是有了点动静。

洋高管马上抓住机会解释说明。他找出记录文件,说是十年来,他们三次询问尔葆的意见,还有一次是在美国问过立红的意见,他们都不要求返美夫妻团聚,苏尔葆希望继续在华工作,单立红希望苏先生到中国挣更多的钱。他们甚至告诉高管,中国人与欧美人不一样,不是离开了经常性的性生活就受不了。

"这样的事情合适不合适,你们应该有判断的责任与能力,不能完全由当事人负责,例如,你们是否给他安排了与家人在一起的更合适的职位与待遇……"开茅有力地驳斥说。

他们还看到了一批文档,是二宝胡涂乱抹的纸头,一张纸上写了无数"我爱你,我害你,你害我,你爱我,我爱,你我害,害我你,爱我你,爱死你,害死你,你爱死,你害死……"另一张纸头上写着八个大字:"天理恢恢,自取灭亡。"开茅钻心撕肺,站立不稳。

都柏林来的高管提出了公司给凯文与苏瓒的抚恤方案。

当天下午,签署了一批文件,从法律上结束了此事。子女没有异议,前妻没有异议,开茅不快,包括并不满意他们的抚恤,但也没有再提异议。该说的话他都说了,夫复如何?当地的公安民政外事部门要求所有的参与者包括立红、开茅、明光签名留取证言,只消证明子女与生前好友认可有关处理安排。他们都签了。

四月十五日,经各方同意,在殡仪馆举行了苏尔葆遗体告别。厂里的人来了不少,都说也只限于说:"人家苏厂长,可真是个好人呀!"开茅看到告别仪式开始的时候,快递公司送来一个别致的小花圈,全部是紫黑色荷兰郁金香,中间有一个用白色钟乳花做的署名:乐鸸。事后,开茅想起乐鸸也许是月儿的另一种写法。他与明光谈了,明光不在意,只是不满意地说,她至少应该过来告个别。

如果说这样一个草草的告别仪式上总算有差强人意的点滴,那就是正中悬挂着的苏尔葆先生遗像。这是厂子里的一位青年职工用手机给厂长照的,他正在上楼梯,他的心情是那样明朗,他的一只手在轻击额头,这个姿势甚至不无高雅,他的左眼睛略略比右眼睛小了一点点,他似乎在调整焦距,他要看准与看清一个对象。他还充满着活力。

开茅与立红有所沟通,他知道立红的意思是告别后即刻在当地火化,他们已经购下骨灰罐,然后他们回北京,把尔葆的骨灰送到西山附近一个墓地。立红还宣布,要在苏尔葆的墓碑上,印上他童年戴过的法国男童帽照片。

"如果没有人反对,我希望死后能与尔葆埋在一起。"立红对开茅说。开茅似乎已经成为二宝的法定代理人了。

"当然,再没有别的人了。"他与明光做出了一副宣誓的姿态。立红终于减少了一点尴尬。然后拿出二宝给她的要求复婚的二十一条微信给他们看。他们看到了二宝的血书照片:"我没有想害你,可我害了你。"立红还告诉开茅,二宝临离开他们在美国的家的时候交代过:"我的事,找开茅哥。"

她说:"他说他害了我,最后是我害了他。我不管两国的法律,我会向中美两地亲友宣布,我要以最正规的方式宣布我与二宝复婚!"

山里红,毕竟是山里红啊!如二宝所说,她是杀伐决断的司令兼政委。开茅想向她伸出大拇指。

而且,延迟到现在小说人才顾得上一提:此次在二宝的丧事中见到的山里红焕然一新,她做了口颌整形手术,她一下子变得多么漂亮啊。

又过了些日子,开茅得知,立红的美容手术是在她与二宝离婚后,专程到韩国做的。

了解了这一点以后,明光说:"天知,地知,你知,我知,他知,她知。我们都不愿意说。这个话题太渺小,谁都不愿意暴露自己的渺小。即使将二宝与立红的故事写成一篇小说,也没有人会说破这最渺小之点。"

明光叹道:"我们女人哪!"

十四　重码

此后一两个月,这件生离死别的事件成为开茅与明光的一个主要话题。明光恨得跺脚,认为二宝太不坦荡磊落。明光甚至引用鲁迅的话,从国民性的角度叹息:为什么不敢爱也不敢恨,不敢说也不敢做,不敢乐也不敢哭!在月儿提出要求以后,二宝一开始没有思想准备,他的回答冷血而且颟顸自负。后来呢?一年时间,他下了那么大决心,做了那么大动作,他不与月儿沟通,他是在特工潜伏吗?潜伏恋爱?潜伏婚姻?他已经搞得立红与她的儿女天翻地覆,他已经颠覆了自己的家庭与人生,为什么却要向最要求最盼望最关切最痛心的月儿保密?这不是发疯吗?这不是浑蛋吗?这不是死人吗?这不是废人吗?坏人害人死,好人害死人!害死人首先是害了自己!他为什么不在一年前就说清楚他要去离婚?他甚至于应该光明正大地去问月儿,她能不能再等他几个月。他背着月儿做一切为月儿做的事,他背着月儿去为了月儿,他牺牲原有的一切!这是什么逻辑?他吃了什么蒙汗药丸儿?他凭什么认为月儿在愤而中途下车走掉之后,会为他守节守志,会也像特工一样潜伏起来,一直当尼姑当修女立贞节牌坊,等着他猴年马月再来偷偷找她调情?

"也许这是天意。归里包堆,二宝的媳妇还是山里红!"开茅说。

"可能。那他有权更有义务摸清摸准这个天意。如果天意是另类呢?比如,二宝应该与月儿再过十年,然后月儿患上我现在的病!"

开茅捂住了明光的嘴,"瞎说!你的病好了,人类已经战胜了癌细胞。海峡那边的三位医生很棒,北京也已经开展这种治疗实验。据说日本医生也在研究治疗癌症的新套路。何况再过十几年!"

开茅说,二宝为什么不惜一切代价破釜沉舟办离婚手续,却整整一年与月儿隔绝信息,并无任何难解。他告诉明光,二宝的难处太多了,说实话,不仅二宝太难了,连姓顿的他自己也一直是吞吞吐吐、黏黏糊糊,一句痛快人话没有说过的呀!

开茅说:"你想想,在与立红办完离婚手续以前,二宝能认定自己当真会与立红离婚吗?他能下定下死真正的不要良心不要亲情不要妻小的狠心吗?他只能走着瞧,试试再说。他能像兰波的诗那样不感歉意不感亏心地大步往前践踏自己的前半生、自己的最最亲近的亲属吗?他当真舍得立红、舍得儿女、舍得凯文、舍得苏瓒吗?现在我不好多问,但是我敢断定,这次离婚也是最后由立红下的决心!你信不?二宝不是一个杀伐决断之人哟!他能断定自己会这样办事?如果他与月儿一同计议商量他的离婚计谋,他还算是个人吗?"

明光一百个摇头。她认为,当真出现了不可开交的情势,就必须男子汉大丈夫,好汉做事好汉当:"人有好也有坏,人有施恩也有欠情,但是人应该坚决些。施恩与欠情,都不要回避躲藏,都要敢亮出来。否则,害了所有的人。不下决心就是虚伪,就是不敢负责,就是哈姆雷特,就会害一个又一个。他不想弄脏自己的手,他自己放不出一个响屁,你顿开茅当然也就吞吞吐吐、迟迟疑疑了!开茅,我们都不喜欢凶恶的小人,但是,前怕狼后怕虎的君子绅士有多恨人!走了一个好人,留下永远的悲伤和遗憾……"明光声泪俱下。

"他从小……"开茅说。

"从小怎么啦?"明光说,"从小就不能鬼鬼祟祟、哆哆嗦嗦!"

"你应该了解,出事的时候是四月,天还凉,但是白天已经变得很长,下班的时候夕阳照在墙上。四月的黄昏太漫长,四月的黄昏不好过,孤家寡人,独自怎生得黑!尤其是周末、双周末,形影相吊,天怒人怨。境外的心理学家与精神病学家,乃至公共安全学者,都有注意灰黑四月的论述。"

"倒真像是欧美学者的话。他们喜欢鸡毛蒜皮的微观实证,我们喜欢大而无当的高屋建瓴。但是,人生岂止四月天?完了还有五月,还有闷热的八月,还有那冬天的漫漫长夜,夜夜刮着西北风。每天还有许多空闲,每周还有那么多时间……说不定几年后要实行每周四天工作制了。你会越来越受不了孤独,你至少得对自己负责,对自己最爱的人负责。"

"再说,"明光突然激动了,"你想想,如果月儿有心机有算计,二宝的三套房产根本不可能全归了立红……月儿是好人啊。"

"我头一次见到山里红的时候,她只有十几岁,她像一支火炬、一盏灯,一下子把二宝的家照亮了。"开茅听出明光对于月儿的同情来了,他必须讲讲立红的好处,二宝的一切难处他们两口子也都感觉到了,他们需要保持某种平衡。

……总算把对于二宝的不满全都说出口,明光最后哭出了声。她呜咽着说:"二宝真是好人啊。好人恨死人啊!"她又说,"在男男女女的事情上,我们是怎么搞的!从五四运动我们就够启蒙、够先进的了,直到现在,也没整明白。多了几个二郎八蛋,多了几个花言巧语与假招子,多了几个精神病,现时又多了许多下流网络小说。看看电视政法社会节目吧,不是因为认定对方变心下毒手杀了情人,就是伪造身份骗到人民币;不是掐人毁尸,就是将情人的尸体装到后备厢里星夜转移。说到男女关系,开口闭口都是'背叛''阴谋''出轨''绿帽子''冤枉''包二奶''小三''情商低下''人财两空''鱼死网破''冤冤相报'之类的字眼,你想了解我们的爱情、婚姻、家庭、伦理吗?你去找刑侦部门的年度资料汇编去吧……"

"没有这么严重吧?不要胡说啊!"开茅努力止住明光的激动。

"你想想,在刑侦案件中,情杀情骗男女之间的事故占了百分之多少;再想想,在爱情与婚姻中刑事犯罪又占了百分之几十几的比例呢?"

"真是想不到啊,二宝就这样没了。"两个人又是一阵叹息。他们知道,他们会这样叹息一生。

"我最近常想,当然有可能,一个人死后仍然会给你发微信,发兰波的诗、纳兰的词,还有自己痛苦的心声,只要用对了程序与功能。我们后死者,就应该好好等着听着,会不会先我们而去的他,十年乃至二三十年后,发来那时候才想告诉我们的一些悄悄话……人是不会死去的,他们的心里话,还在天幕云里蕴藏着与氧化着,成为糖,成为酒,成为余响与新韵。"

"你讲得真好啊。"但愿上苍保佑明光平安。开茅心里默默祝祷,想着他们这个普通渺小的家庭的幸福。他说:"生命应该珍惜啊。"

"生命应该善待。"明光总结说。他们俩同时流出了泪。

然后开茅背诵了纳兰性德:"……年来苦乐,与谁相倚……待结个、他生知己。"

人去以后,又能与谁共享喜怒哀乐?来生呢?谁与谁结为知己?他解释说,不是他生另寻知己,纳兰的诗句应该解释为,不仅此生是知己,他生仍然必须是知己。不是有情人终成眷属,结成眷属甚至也不是最最必须的,人类需要爱情。想想吕奉德、苏清恶、顿永顺、顿永顺的妻子与情人,包括二宝与他的前任妻子和后任未成的女友……再想想开茅明光他们俩有多幸福吧。

十五岁的女儿忆苏自网上搜出了北京纳兰性德园,他们带上女儿,根据网上提供的资料去了海淀区上庄湿地。不错的房子,当年的纳兰墓,墓没了,新建了园。词人园子门口挂着一个黑板,粉笔写着:

"蘑菇炖小鸡,烧排骨,手擀面,家常饼,炒土鸡蛋,香椿鱼,野菜玉米团子,煎河虾……"标注了各菜品的价格。根据一些政协名流的提议修起的纳兰性德园,修好后无物可展,无人来看,园主将它干脆改造成农家乐旅游点。女儿明知故问:"纳兰性德,是厨子吧?你看,别的地方都说东北人要吃小鸡炖蘑菇,纳兰老师说的是蘑菇炖小鸡!"

爱情成为刑侦学的课题,纳兰性德的美词接上了蘑菇与香椿的地气。我们有那么好的词人和词,却少了什么呢?

春节到了,开茅收到立红贺年微信,有几个花花绿绿的表情图片,别致喜人。她发来了客室里挂着二宝幼童照的照片。没有谈别的,只是说了子女的学习与体育成绩,还有俩人参加文艺演出的情况。她还给开茅家寄来两件外穿的加厚纯棉线衣。她说,她那里人们对于纯棉织品的喜爱超过了毛织品。

开茅与明光给他们寄去了中英对照的《唐诗三百首》,还寄去了一批中成药,他们知道,立红喜欢六味地黄、桂附理中,加上香砂养胃。

又过了半年,开茅收到乐鸸的微信,告诉他们她一直感谢大哥大嫂。她还提到,她的孩子成长得很好,她本人次年将到新西兰惠灵顿大学读英语文学。她现在正在家乡参加说唱曲艺研讨会。

开茅用他与明光二人的名义给月儿回微信:"月儿,收到,谢谢,想念,祝福,我们活着的人要过得好,这是怀念,也是感激。明光、开茅。"

开茅将应该是在尔葆自杀后,他们才收到的有兰波诗与二宝的狠话的微信照片转发给月儿,并说明了有关情况。与立红与月儿的微信来往,安慰了、填补了二宝溘然离去留下的空白。长远地说着他、想着他,哪怕是怨着他,这正是他们极其愿意的,为二宝的真实存在而作证。存在的证明是爱情,爱情的证明是难忘的悲痛。

两天以后，开茅看自己的手机，突然发现，给月儿的两封回信的上款写的不是"月儿"，而是"豺狼"。他发出的微信是："豺狼，收到……我们活着的人要过得好……明光、开茅。"还有"豺狼，请看尔葆死后发来的微信……"

他大惊，不能相信眼睛，不能相信精彩绝伦的五笔字型输入法。他试了二十次，证明"月儿"一词与"豺狼"重码。他连忙再发信，再再发信，再再再发信，没有回音。他发现，一个词"相信"，在五笔字型里已经与"相依""想念""相仿""相邻"重码。

月儿不回答，是不是月儿拉黑了他的微信？他想着的是等明光再好些，他们一起去一趟新西兰惠灵顿。他们一定要找到月儿——乐鸸，他们祝福她和她的家人。听说惠灵顿海风极大。听说诗人顾城，就是在那边发了疯，杀妻以后自杀的。

……直到写完小说，这里谈谈汉字奇迹。我的主人公顿开茅与王蒙有着奇异的先验关系。请你在这个大约十五年前的五笔字型外挂版框架里敲键GGAP，四个字母连打出来词组：第一个词组是"顿开茅塞"，第二个是"王蒙"。

后来，已经很少见到这样的外挂五笔版本了。五笔字型的重码是完全偶然的巧合吗？我不知道。LLBY，"男孩"，同时是"慷慨陈词"。ADLT，是英语"日常生活活动试验"的缩写，是五笔的"巧克力"，还是"苦力"，还是"恐龙图"，还是"苍龙转生"。

还有"延迟"，与"延迟"重码的是"处以"与"自尽"。"足球"同时是"蹭球"。"海龟"同时是"活象"。"小三"同时是"小厂"。"逻辑"同时是"鸭架"。而"怪力乱神"同时还是"发回重审"！英明噢！

"月儿"就是"豺狼"？当然荒谬，简直混账。顿开茅与王明光在这里向月儿乐鸸喊话，豺狼是软件的误伤误撞，与咱们的友谊互信毫不相干。

月儿你好！请回信！

立红你好！改革开放很好！

不忘好人！生活，前进！

最近的《新闻联播》里，播送了工业园与苏厂长供职过的厂子的正能量消息。

十五　尾声

二〇一八年四月五日，星期四，清明节，开茅与明光到八宝山烈士陵园为赵妈妈，到房山静安墓园与昌平万佛园为吕、苏二位老师和顿永顺爹爹扫了墓，献了盆花与祭果。又到海淀区香山南路，正黄旗十八号金山陵园祭奠了二宝。这一天，通向墓园的道路车水马龙，人山人海，他们早上八点出门，连午饭都没有吃，晚上七点多才到达金山。

墓园的发展太迅速了，当年苏尔葆入葬的时候，是新开辟的长思园的第三个安息者，周边敞敞亮亮，见山见水见田。现在，长思园内的逝者墓碑已经好几百，密密麻麻，几乎是拥挤与火热。生命如烈火燃烧，死亡如海潮涨涌，墓园的入住飞速覆盖。暮色中开茅以手机作电筒帮助照明，费了十几分钟，才找到苏尔葆的姓名。青山，松柏，白云，逐渐深藏到暮色然后是夜色里，肃穆的扫墓者们大部分已经退离，一鞠躬，二鞠躬，三鞠躬，使人悲凄也使人平静。果然，一切生的苦恼纷扰渴求与手忙脚乱都结束了，安宁了，同时仍然被惦念着与回想着、叹息着与抚摸着。

开茅与明光都体会到那宁馨的交谈，那无言的眷恋，那永远激荡着悲苦着与爱恋着的虚空，他们俩的手拉得更紧了，手拉手的时日由于有限而更加珍爱。

开茅用手机闪光拍下放上了盆花的苏尔葆之墓，他不理睬不宜在墓地拍照的说法，将照片发给立红。最令人感动的是碑石上方，通过瓷艺技术，在白色瓷砖上打印了一个法国男童马洛帽的彩色——

其实也只是蓝灰与灰黑色的照片。建墓时单立红定下碑石与瓷艺照片标准,立红离京后两个多月,碑石与瓷艺做好,经开茅首肯,竖好了墓碑,摄影,发去了照片。

回家路上吃了烧卖,清明返程一直延续到晚十点以后。开茅发现丢掉了手机。他给金山陵园接待室打电话,没有人接。

当天夜晚,开茅睡着睡着听到了手机的信号声,是他特别设立的专属二宝的彩铃,是腾格尔的《天堂》歌声。他一惊,他略有感觉与思忖,莫非是自己没有将手机丢掉,手机他一进门就自然而然地放到抽屉里了?他曾经多次将手机放到抽屉里,为的是妥为保护,结果是自己看不到着急。他想起来察看一下,又实在瞌睡,迷迷糊糊地与明光拉着手飘进一个屋室,并且听到了声音:

"哥哥,哥哥……"

他突然明白,是二宝在呼叫。

他从床上立起身,他拉开不知是哪一个抽屉,拿出手机,飘出卧室。他在自己的书房,打开了手机,手机顶部显出了二宝头像标志与音频的符号。

……他听到了二宝的声音。微弱、起伏、衰减、增强,然而清晰,他说:"都好,都好。只是要勇敢些。幸福并不是我的苦痛。"

开茅有点晕,像喝多了酒。他摇摇摆摆回到自己床上,日益瘦弱的明光身边。明光咕哝了一声,他没有搭茬。

第二天醒后,他到处寻找手机,仍然是哪里都没有;打电话,给金山陵园的接待室,几经周折知道了手机的下落,说是今天凌晨,清洁工人从苏尔葆墓碑底座处,捡到了手机,他们已经向在接待册上登记的旅美联系人单立红女士发出了信息。

后来,费了老大劲,取回来了。清明假日,去陵园的人太多了,车根本开不动。

"还在?"明光问。

开茅点点头,他拿着手机说:"我上个月才刚网购的华为 NO-

VA3,在二宝那里宿了一宵。它已经向可怜的弟弟传达了我们的问候。无论如何,是二宝再次给我发出音频微信,他的声音,云里云外,飘来飘去,我都听得出来,他仍然是温文尔雅的呢。"

发表于《人民文学》2019年第1期

夏天的奇遇

繁 星

有过一次讨论或者测试,问:"对于夏天的星空,你的第一印象是……"

刘说:"深不见底。"
陈说:"远,期望,迷人,向往。"
李说:"地球、人、我和诗……都太渺小了。"
周说:"星星就在你的头顶上,即使你没有读过康德。"
赵说:"晴天,有它们,不转向。"
你说:"星星真多啊,忧愁而甜蜜。"
我说:"星星、生命、故事,哪个比哪个更多呢?"
他说:"经过牛顿的力学、光学、天文学、哲学、文学、诗学……各自独立的星星们,构成了一个整体的星空。"

神 翁

那年夏天,海滨,在省上的一个论坛上,我有幸与九十七岁高龄的翁耆苍结识。他的神仙风度迷住了我;他的姓名汉字组合,使我得到了额头被抚摸的亲切感,说起话来,他的抑扬顿挫如歌如吟,他的银色须髯,他的竟然还保持着一些灰黑颜色的相当浓密的头发,都给我以成熟与丰厚的熏陶;而最喜人的是他的长眉,他的有点细小但仍然放光的眼睛,挺起胸膛,挺直腰板,像士兵一样的走路的姿势,都给人以鼓励与自信。从此不敢轻言老,因有神翁在前头。而他的年龄与活力,提醒比他年轻许多的你,只能更加振奋和努力,再不要说什么"少壮不努力,老大徒伤悲"的话。只能承认,"远远未老大,神伤又怨谁?"他迈着大步,只有轻微摇晃的腿,透露了相期以茶的风趣。

我早就知道他的名字了,那叫一个如雷贯耳。他不止一次担任过我们这个华侨大省归侨团体的一号,一再人大代表或者政协委员。有人说他在他的出生国,在他的少年时代,或许参加过马来西亚陈平的革命游击队。他的父辈是最早的化学企业家,游击队的生涯结束以后,他承继了父业,还兼通天文学、文学与绘画。闹心的是他出过小说集与旧体诗集,还在本省美术家协会展厅举办过画展。所以有一些在网络上崭露头角的咖咖VV们批评他:不应该涉猎那么广泛,更不该兼营商务,还不必从政这委员那代表,尤其不该侨而后归,归后还常常回到原居住国。仅仅就他的国籍问题,就在网络上传播了几十条互相矛盾的虚假信息……显然,他的阅历与使命,大大超出了凡夫俗子。

细节我搞不清楚,只知道他关涉的领域宽广,与众不同,极不常规。现在毕竟不是意大利文艺复兴时代。唉!人们难以接受通才。我的一些好朋友,一生只想做一件事儿,终于没有干好,我们又该如何判断一个已经做好了许多方面的事情的人物的得失呢?那些到老了耄了还找不到他们一辈子做好了些什么事情的常人,一味炒作自己而不可得的网星们,又如何去理解一个一生相当于过了他们几辈子的翁老大哥呢?一个专心包饺子,却并没有包出一个出色的饺子来的老老实实的好人,又怎么去评议一个包子饺子面条烙饼五谷杂粮红案白案中餐西餐泰餐墨西哥餐全活,偏偏又是个业余厨师的特例呢?

还有一位朋友批评翁先生的散文中谈到三岁时期的记忆,认为那是不可能的,因为批评家自己六岁以后才有记忆。那么,当某一年度高考满分是七百分时,如果考生的平均成绩是三百六十七分,而这位批评者本人只能考出个二百五十,是不是他会认为获得六百九十九分就绝对是造了假呢?

莫扎特四岁时作的曲《小星星》,至今还被器乐家演奏,莫扎特六岁时,一年有五首音乐作品完成,八岁时是十五首了。这也是造假?当然,大器可以晚成或免成,拙笨的另一面可能是朴厚,但是你的当真的蠢朴,总不应该成为理直气壮地否定明显地比你强大的人的理据吧?

诗曰:

> 鱼目或能充蚌珠,岂因光大妒才殊?
> 耄苍或有春秋笔,描罢星图作海图。
> 坐井观天此意坚,微雕核舸似移山。
> 鹏程万里掀涛过,击水中流八万年。
> 武武文文爱后生,道通为一自聪明。
> 读书万卷何足论,且思乾坤日月星。

(注:光大,是指嫉妒他人的光辉,也指急于放光的自己。)

还有,学问和艺术、事功与资源,是怎样地分科划界的?主业和兼通,登天与掘地,炼钢与网鱼,陀思妥耶夫斯基的轮盘赌与被陪绑处决,李白的金鞭走马、流放夜郎、突获赦免,契诃夫、鲁迅与郭沫若的医术,还有各种获奖与硬是屁奖未获,各种远近与古今内外行当超行当泛行当,它们之间哪个耽误了哪个,以及又是哪个成全了迎合了哪个呢?

丁香已老香犹胜

"我生于一九二一年,也就是中国共产党成立的那一年。小朋友,你呢?"

在中国,两个老家伙见了面喜欢互问"贵庚",在欧美,忌讳问年龄。他倒别致,自己先报马齿。他叫我"小朋友",更是令我雀跃,干脆是如沐春风,受宠若惊。他的存在与光照使我年轻了十余岁。我相信,除了他再没有谁叫我小朋友了。

我说:"我出生于九一八事变的后三年,卢沟桥事变的前三年。"

我们静了一下,对视一笑,我相信,我们相互的无声言语是:"行,咱们哥儿俩的这辈子还真够全乎儿的喽!"

俺们的人生吗也不缺。

有这样的人,越老越精神,越老越爱学习,爱思考,爱调整变化也爱反思,爱交友也爱倾吐。我作为小朋友,就更想听他说话了。

翁耄苍对我说:

"……我喜欢海边那个夏天的小院子,我常年都是在夏天小暑节气上到达,处暑节气后离开那里。那个小院里有古老的柏树、松树、由于潮湿始终没有长大的桃树,有大盆里养着的莲花与遍地的墨西哥原产晚香玉。晚香玉,也就是抗日战争期间,沦陷区,被李香兰唱疯了的《夜来香》。而对于我来说,小院子的主体是廊下六棵饱经沧桑的老丁香。我在那所小院子小房子里外说话、阅报、会客、散步,太极拳和广播操,接很多电话和此后的微信音频视频。住房廊下头一排是四株高龄丁香,后排两株是更加显得老大庄严的白丁香。南唐中主李璟词上说:'青鸟不传云外信,丁香空结雨中愁。'如果是《红楼梦》里贾宝玉他爸爸贾政评论,当然会说李中主的词颓丧。何况现今有鸟没鸟微信短信都可以实时传来。李璟作诗词的时候却不可能说什么'无线飞传云外信,丁香掀起雨中欢'啊。

"其实我是六十五岁以后才知道先人为什么将丁香视为烦愁的标志。丁香树似乎没有主干,它歪七扭八、缠绕勾连,从幼树时期就倾倒辗转、横生斜躺,六株树里有四株,主干的起始是平扑在地面上生长的,同时难以分清哪根枝条是哪棵树的。它既如乔木又如灌木,你永远理不分明，是离愁，别是一般滋味在心头。它强烈而又淡雅，它的花朵凝聚细小，团团片片，一簇一簇，难解难分，团团愁雾，芳香沁人。年轻时候，它的开放令少年的我如痴如醉，'春天的花，是多么的香，秋天的月，是多么的亮，少年的我，是多么的快乐，美丽的她，不知怎么样？'这是新中国成立前夕极其流行的少年情歌，作词作曲是香港的李七牛。一九九〇年北京亚运会开幕式上，运动员入场，香港队奏响的正是这个歌曲，用长号、法国号、巴松、长笛与定音鼓、大鼓、小军鼓、钹、架子鼓、三角铁……演奏出来，像浩浩汤汤的军乐。

"丁香盛开，它告诉少年的你的，是春天已经当真到来，春天即将转眼离去，春天委实刻骨铭心，春天确然兴奋得如此惆怅，惆怅得如此珍惜，春归再无踪迹……次一年，丁香与燕子的重归一定令你热泪如注，如重生的惊喜。

"在年轻时分，我羞于出口'说不得'的'夜来香'的正名'晚香玉'，那时我已经感受到晚香玉仨字儿的纯洁、芳馨、白细、温柔与柔软的女生的弹性。那时候只消'玉体'二字就会让我脸红心跳，'小怜玉体横陈夜，已报周师入晋阳'，李义山的这两句，至少在古代的中国涉嫌微黄。天才的李商隐甚至被林黛玉贬低，甚至被分析成是由于黛玉敢爱，义山懦弱。我为这样的解析自惭形秽，无地自容。在我也走向耄耋的时候，我惊叹于用五笔型系统敲'夜来香'组词键的结果是——'说不得'三字。"

"请教一句，老哥您为什么与我相识不久，首先要与我大谈丁香花呢？"我插言说。

"我……我相信那几棵丁香与我一样老了，它们至少有二百岁了。它们有它们的老年生理学、病理学、哲学与美学。"

翁老又说："在丁香一族中，尤其是与现在比较容易培植的灌木丁香丛相比较，我熟悉的六株老树，似乎是太老了，呜呼、喔嗬、壮哉、老大的丁香。它们魁梧壮健，饱经沧桑，老当益壮。只是看看枝叶与虬蟠的枝干，已经使你深沉肃穆强悍，看到两排丁香编队，就会想起了不起的光阴与事业,也有惭愧或者斩鬼,老子早说了,'物壮则老,是为不道'。

"历年只有夏天我才有空闲去到小院,我甚至不敢去追溯它们的盛开,我知道盛开的季节已经离我而去。小就是小,老就是老,小准备了老,老延续着小,向死而生,缘生而逝,逝而思之,逝而念念,教我如何不想它?宇宙、天空、世界,就是这样的整体,万法无常,万象有定,谁也坚挺不了自我,谁也否定不了谁,谁也离不开谁。十年前丁香盛开,我四月底专门去造访过一回,一回已经蛮好。我信的是,真正经历了好事儿,有一次你就感恩吧,够了,不要想着第二次。快乐、盛开、怒放、获赏,往往不无侥幸,连续侥幸的期盼当然或许会成为罪孽了。十年前,我与六株老大丁香花开如云霞的相处,有了几个小时。后来,在微信中看到过它们,想念过它们,总觉得还有许多机会亲近它们的芳泽,嗅它们,看它们,摸它们,爱它们,想它们。不会忘记它们的,像怀素和尚笔走龙蛇一样的树枝树干,像云霞像浪花一样的团团花朵。

"然而五年前发现了它们的老态,照看绿化的工匠为它们安置了几根支柱,支持枝干重量。它们横向生长,它们本身的成长,增加了自身越来越扛不住的负担。一只哑铃,你从五公斤练到了十二、十五、二十五、三十,一直到了四十五公斤了,您再加码,您会累断手腕乃至小臂,至少拉伤肌肉。人工支柱的安装,终于失效,从东往西排位第二的最大紫丁香的横干在风雨中老脆断裂,它断裂的声音使路过的警车刹车急停,检视四周,警惕敌情与刑事犯罪。它的伟大强势终于伤害了自己。它的断裂折断了它从那里生长发育出来的母树干,然后,另三株同样的大紫丁香与两株更大的白丁香,也开绽暴露,像商议好了一样,基本同步,呈现了衰败开始后的惨烈的裸露与撕裂。

"……开始时没看太清楚,此后的夏天,我终于发现,断裂最严重、不得不清除了一番的,地面残干的二号树残根上,长出了新枝,翠绿而且鲜活,幼小而且灵动,招人欢喜疼爱。它们在母体衰老的同时不无淘气地生长出来了,捉迷藏般地隐藏在四季开花的夜来香中、'说不得'中,宣示新生,宣示快乐与希望。新生是坚决的,坚决不下于残酷的死亡。"

我随即口吟一首:"闲话丁香未可哀,馨香愁煞是庸才。欣欣漠漠长年事,再喜新枝绿叶来。"

翁老高兴。

翁老讲得好,但是丁香与海与夏天又有什么特殊的关系呢?丁香属于春天,而说海本应该首先说说游轮航空母舰,哪怕是虾米与海龟……

呵,明白了,始终惦记着夏天与海的其实是我,不是翁老,他是出生在海岛上的,他无须闻海而百感交集,梦海而浪漫甜酸。

那美丽的大眼睛

翁耄苍又说:"大学时代一位堪称'校花'的女同学与我开玩笑,她说她对我的印象非常好,可惜的是她感觉我的眼睛太细小了,不然,她也许会追求我。"

"老哥,你太幸运了,校花能够这样与你说话,你至少应该拥抱她。"我立刻插嘴说。我完全想不到他会与我说这个。我又想,快满百岁的男生女生同学们啊,多想想你们的爱情经历吧,此时不想何时思?百年正是成欢时!

"你倒像情场的老手。"他嘲笑我,"你知道,我的出生地在东南亚,那里的人们普遍是大眼睛、双眼皮,我不能不埋怨我祖上的中华西北血统,黄土高原的风沙缩小了人们的眼睛轮廓,减少了我们眼睛的光泽与情意生动。我受到了很大的刺激,我曾经想去做美容手术,把眼睛打开得大一些。我也想到了丁香,没有人批评丁香的弱小,积小成大,积弱成强,也没有谁只是由于大而迷恋牡丹,更不要说我的出生地的大王花:巨大,肉质,寄生在树上,腐臭难忍。

"后来我在事业上有了点成绩,我的家庭非常幸福,我的婚姻使许多朋友艳羡,我不再为眼睛的大小而自卑了。"

我插嘴说:"当前的中国,如果生了个女儿,眼睛实在太小,如果女婴的相貌不符合我们的文化传习,当爹的就会说:'闺女长大,只能等着她嫁老外喽。'"

翁老接着说:"我养育了一盆富丽堂皇的龟背竹,有一个人高,保持湿润,喷雾施肥,更换花盆,摆在那里,受到所有客人的羡慕与夸赞,它高贵大气,我引以为傲。都说,这盆大龟背竹,是我家庭美满充实丰厚张扬的标志。

"而且我的房舍外墙上,爬满了浓绿的地锦枝叶,它们的枝条上长着吸盘,吸着爬着上了墙头,再往下伸展,墨绿叶子也遮蔽了墙的内面。地锦、五叶地锦,还有枫藤,都是我喜爱的'爬山虎'的一种,这也带来了不同的文化,欣赏、嗫嚅、习惯、慰安。

"在我五十岁的时候,招聘来了一位大眼睛的中英文秘书。她的眼睛令我转瞬呆固,我一惊,这样的眼睛使我进入了一个不同的世界,比马来西亚人的眼睛大,比拉丁美洲人的眼睛大,也比伊拉克人的眼睛大,水灵灵的大眼睛,会说话也会跳舞。她的眼皮一动,我确实心动神摇,这样的大眼睛令林黛玉所讲的粗野恶劣的臭男人们魂飞魄散。九十五岁以后,我才敢于再回忆这一段,九十七岁了,而且是碰到你,我才说到这一段。陷入了她的大眼睛,就像是落进了一泓高山大湖的深水里,明亮清爽,无边无际,压得你不能呼吸。

"不,我不准备说我的浪漫丑闻或者失态激情,这一类故事有你们作家们忽悠疯扯一下也就行了。我承认的是,我感谢人类的眼睛的存在。不只人类,有些游牧民族高度欣赏骆驼羔与羊羔的眼睛,新疆,有一首民歌叫做《你羊羔一样的黑眼睛》,如火焰,如哭泣,如洪水,如流星雨。我可以忏悔,可以自责,可以向妻室儿女道歉,接受严惩,但是我仍然赞美所有女性生命的美丽多情含笑的眼睛,像赞美天上银河内外远近所有的星星。星星,不就是世界的眼睛吗?承德,有千手千眼佛的雕塑。眼睛,有的大些,有的小些,有的蓝些,有的银白,也有的橘黄,也许是橘红。巧笑倩兮,美目盼兮,可能是她的眼睛太大了,你与她说的时候她直视着你,显得有点多忧也许是关注,也许是一股火热的痴情侵入了你的肝脾。"

"在您的生命历程当中,为眼睛而且为美丽的眼睛而迷恋,有多少次呢?老哥!人需要知音。也需要知眸、知盼。您知得很多很多吗?那也太煎熬了。"我说。

"没有的,我的人生已近百年,陶醉美目,不超过四次,概率是每二十四点二五年一次。下次迷醉应该是我一百二十岁以后了,我很乐于再最后迷醉一次,小朋友陪陪我吧,把我的故事写下来。"他笑了,好像早就拥有了数据。

"还是谈往事吧……当然这生发了不幸,我的家庭陷入危机,我不必说那些口舌、哭泣、失望、摔掼、悔恨、忏悔与仍然有的惨淡诡辩了。我要说的是她的心碎了,我的心裂了。龟背竹立马开始困惑、哀伤、枯萎、半死不活,而且,地锦爬山虎也全部唰地蔫了下来,有些枝叶脱落到了地上。你见过悲伤为难的人工栽培的观花或者观叶植物的痛苦表象吗?

"……终于挽回了。后来,同样惊人的是:龟背竹恢复了生机,地锦重新缓慢地上墙爬墙。请记住,对于一切的缺憾、一切的失望、一切的痛惜,有百分之一的期望你都要找补回来。我还希望二十一世纪的媒体避免用那些太古老的夸张话语,背叛啦,绿帽子啦,奸情啦。说到出轨也就罢了。大眼睛的女友后来到国外去了,听说她现在仍然是单身。说是欧美男生如果与中国女同胞成双,他们一定会选择小小的细眼睛。"

我说:"也许只是,你们俩陷入危机,顾不上好好照料你们的龟背竹与地锦爬山虎吧?"

"不是的,当然不是,家里有服务女佣,她一直照拂着花盆里与园子里的花卉树木,始终如一。我只是说,花卉与树木也要求和谐欢乐,而受不了危殆与怨怼。

"即使仅仅是为了你喜爱的那些培栽植物,你应该文明与道德、快乐与光明、担当与诚实、节制与律己;光合作用不仅出现在阳光与叶片的互动当中,更会发生在人间。"

"我不敢完全肯定您的说法,龟背竹也好,爬山虎也好,它们同情我们的命运,它们有孟子所说的'不忍之心'?"

"我和我太太就是不忍的人啊,我们救援过受伤的野天鹅,也收养过被遗弃的猫与狗。一盆龟背竹,你养了它二十年,它能不受你的影响吗?该你说说了,我喜欢你的小说,我的小兄弟。"

怀　往

"真好。"我不知道该怎样去赞美他的龟背竹与地锦或者枫藤,我说,"我最最不能忘记的是一九五〇年的五一,中华人民共和国一开始,咱们是五一劳动节,与十一国庆节都阅兵与游行,苏联模式。那一年游行时候,学生们打的领导人照片特别多,中国的是毛刘周朱陈林邓,外国的有斯大林、保加利亚季米特洛夫、罗马尼亚乔治乌·德治、波兰贝鲁特、匈牙利拉科西、捷克斯洛伐克诺沃提尼、朝鲜金日成、阿尔巴尼亚恩维尔·霍查、法共领导人多列士、意共领导人陶里亚蒂、西班牙共产党领导人被称作热情之花的伊巴露丽。那是多么的红火难忘。到现在我还想找个人背诵背诵这个名单啊。"

"我理解,你毕竟是地下党……"

"那您是游击队啊!"我喊了起来。

点点头,他小声说:"记得,没有你说的这样完全,知道。"他的眼圈一红,后来说,二十世纪末他访问过马德里,五一节游行队伍唱着的是《国际歌》。

我接着说起了我最喜欢的话题:"对于上一代人来说,游泳不仅是体育健身,那是文化,那是生活,那是现代与前现代的分野,那还是身躯的自然与自然的本体,那是人在自然、自然在人,生命在水,不分海洋湖泊,也在山,昆仑、崆峒、喜马拉雅、阿尔卑斯……"

我与翁老闲话:

"那是'五四'运动。请想想看,传统上我们提倡骑射,提倡八段锦、少林拳、太极拳、剑、棍,还有软硬气功、打坐、骑马蹲裆式,并且至少从苏东坡时代就练开了瑜伽。

"但是除了强盗,除了水鬼,除了渔民迫不得已,又有哪个仁人、哪个君子、哪个国士、哪个乡贤与淑女会去游泳,更会去喜爱与迷恋游泳呢?你看《水浒传》中的阮小二、阮小五、阮小七,还有'浪里白条'张顺、'混江龙'李俊,他们都是当年的强人匪类啊。

"我的父亲追求西方新文化新民主主义凡七十余年,他活了七十四岁,一事无成,除了游泳。在专业与家庭、社会各方面到处受挫的时刻,他夏季发起狠来,一天要游两次泳,冬季要进两次澡堂子。游泳、洗澡、洗澡、游泳,'五四'的高潮余波中成长起来的那一代人中比较没有出息的一个,对不起,我说的是先父,毕竟……只能,留下了这样的记录。他渴望新的更健康更现代的生活而不得,不得而更加渴望。这个渴望渐渐影响了我。我们这一代幸福多啦!"

"我读过你的小说《活动变人形》,扎心刺肺,我读得睡不着觉。我读哭了。"翁老毕竟比我大十多岁,他更能体贴上一辈人的痛苦。

我继续说:"从一九五二年我开始在什刹海游泳场学游泳。会游了,我学跳水。跳水学得我天旋地转、心惊肉跳、脉搏加速、头昏脑涨,越怕越要学,越学越要挑战更大更危险的怕。从池边跳到踏板跳,从一米板到三米板到四米板到五米板;越怕越上台阶,越上台阶越怕,越怕越激活了让自己勇敢些再勇敢些的决心与行动。我是一个瘦弱的孩子,我是一个胆怯的孩子,但是我要游深水大海,游长距离,跳高木板,跳高台与高山。我的父亲反过来受我的影响,他也开始跳三米木板。一次已经快六十岁的他上去了,站在踏板上不动,后面跟随排队的男孩子们叽叽喳喳,说:'老爷子运气哪……'他没有跳,平平地砸下来了,出水上岸以后,他的胸腹部全面拍红。幸亏他没有上十米跳台。

"即使在新疆,我也不放弃任何游泳的机会,我曾在没有游泳池也没有水库的乡下大窑坑的黄糊糊的泥水里,与赤裸光腚的儿童们一起凫水。我曾从大水库的五米高的悬崖上转身向下跳,那里的水库里的水,源自博格达雪峰,盛夏水温不到二十摄氏度。从峰顶上一跃而起,我特别睁大了眼睛,我决心弄清楚从起跳到入水的全部历程进度风景细节。我看到了,四面山水与岩石湖岸迅速上升掠起,一层接着一层,在伸直的双臂靠近水面的时候,我意识到了成功与安全,我感谢天山峰顶的白雪与地上清碧的库水。我至今念念不忘的是,希望有一位朋友帮我计算清晰,从起跳到入水一共用了多长时间,起跳时应该是负加速度,我跳起了六十厘米,转体,归零,下落,入水,我估计是超过了一秒,我确确实实地感觉到了从始至终的一个完整的进度,那是一个落体过程,也是一个心路历程。它哪怕只占据我的有生寿命的亿亿分之零点零零零一,哪怕我的跳水姿势只能得零分或者负分,我仍然要报告您老大哥,那是我此生的绝妙瞬间,那是我来到这个世界,走一趟、哭一趟、爱一趟、拼一趟的枢要而且神奇的一个节点,不,不仅仅是节点,它是'阶段',它肯定漫长过佛家所讲说的:一个、十个、百个刹那。

"我也曾在意大利西西里岛巴勒莫市郊、策勒尼安海峡畅游,从而认识了与我同科获意大利蒙德罗文学奖的英国作家多丽丝·莱辛,她后来获得了诺贝尔文学奖。她与玛格丽特·德拉布尔——《金色的耶路撒冷》作者,一起访华时,她们来过我朝内北小街四十六号的家。令我害怕的是,在策勒尼安海游出一百米后,看到了海底的黑褐色海藻,对于我,那是魔鬼的颜色。呵,您不要以为意大利人多么爱游泳会游泳,他们有更多的岸边阳伞,更多的人裸露着晒太阳,在阳伞下喝卡布奇诺与爱尔兰咖啡,许多的人在浅水处嬉闹,却没有什么人像我一样一味地傻游,直走纵深。我也曾在墨西哥城郊区金字塔附近的公园游泳池的四米跳台上跳水。我最后一次跳水是大约十年前,在香港的一所大学。我犯了一个错误,我没有充分起跳,死站着,脑袋与上身下屈转体一百八十度,往下一坠,胳臂一伸,涉嫌投江轻生的姿势,像一个沉甸甸的麻袋,咕——咚噔,坠入水中。从来没有在跳水时这样沉重呆板地向下狠砸过啊,老天,我终于明白了,我不应该怜悯自己的年龄,不该娇惯自己的不足一米七长的身体。跳水不是坠落不是自杀,当然,起跳,绝对不能省略!充分起跳,才可能幸福地体会到转体时一刹那的零加速度,体会到在空中身体运动而位置静止的那一种绝妙的体外四大皆空。人之大患在有吾身,抛出这个大患吧,于是,身轻如燕,体灵如羽蛇,意态飘飘,生机满满,那是生命体验的一个高端,如诗如舞,如鱼如鸟,那时我是真正的从必然王国,进入了自由王国。

"最近我在网上看到了一则报道,一名安徽农妇,稍稍喝了一点酒,她下江水游泳,睡着了。当然,这说明她精通仰泳,无需换气,她的生活早已超出了小康,进入了大道。醒来后才知道,她已经漂出了上百里地,她上岸于江西的景德镇。

"这又是一种境界了,与海盗水鬼不同,与'五四'新文化不同,与奥林匹克不同,也与我个人的习惯性顽强锻炼拼命奋进不同。这是道法自然,这是御水而行,这是酣然江湖,这是浑然尽忘。这是远远超出了庄子描绘的'坐忘'境界的'凫忘''飞望'与'落忘',是忘江忘夜忘星忘天忘水忘己忘身的百忘之意趣,也是高忘之欣欣。"

我说了我的诗,诗曰:

> 适意清流造化中,遨游静卧自天成。
> 千波万浪滔滔过,得水如鱼月正明。
> 江南农妇最风流,醉卧川江乐自由。
> 一夜高风拥碧浪,安徽直下瓷都州。
> 戏水穿空似梦中,江风雨雾更从容。

笑问客从天外至?手梳湿发意朦胧。

珍 惜

翁老给我鼓了几下掌,问我:"你每天都游泳吗?"

我说:"是的。"

"游多少米?"

"在室内泳池,三四百米。夏天下海,八百米以上。"

"不行。我前年还是每天一千五百米。满九十六岁以后,改为日游一千。"

明白了,越是我这样的二把刀游泳者,越是热心于与每个朋友交流游泳的经验,而翁老的游泳与他的吃喝拉撒睡一样平常,他无意多说水里的事儿。

反骄破满,在翁老面前,我服了。

后来他问我最近的情况,我请他先给我讲完龟背竹的故事。他说:"我和太太挽救了我们的幸福。自从我们和美如初以后,龟背竹越长越好,爬山虎越爬越旺。和我的家庭生活一样圆满和谐。"

翁老告诉我,他也诌了几句诗:

> 糊涂情势实堪哀,害己伤卿枉自衰。
> 且散阴云苦雨后,枫藤龟背再春来。
> 如花如叶是天生,和穆团圆赞性灵。
> 美目当知风月好,此生此世喜相逢。
> 昔日难无昏滥时,黑眸丹凤曾相欺。
> 相逢已是长相忆,相证更惜三生石。

惊 疑

"但是你有一点点不快?"翁老对我说。他的敏感使我惊怵。巨大的幸福与进展中也有一些意想不到的小故事、小场面,谁想得到呢?

然后我说:

"你知道我不贪吃、不贪钱、不贪位,不贪一切。什么是我追求的生活高峰呢?夏天,海滨,负氧离子,树和花、草坪、海浴场,丘陵地形,凌晨走步,上午写小说,下午游泳。每游一次海泳就获得一次洗礼,每往返一次防鲨网就完成了一次全新保鲜重启作业,每看到过一次海上的日出就像听一次世界的宣告大彻大悟的钟声,并回应一次我自身对于世界的应对。夏天到大海去游泳,已经是我的必修功课,我已经坚持了六十多年。

"七年前有一次看完日出,我进入海滨一家总部设于天津的老字号西餐馆,正逢餐馆经理向大量的季节服务生训话,经理怒不可遏,说:'昨天晚上竟然有人下海去游泳?这儿的水有多深你们知道吗?潮起潮落的规律你们知道吗?海溜子是什么玩意儿你们知道吗?什么叫抽筋,什么叫呛死,什么叫鲨鱼,什么叫海蜇贴胸、纤维毒肺,你们知道吗?近五年这里淹死过多少人,你们知道吗?你们不在我这儿,我不为你们操心,既然到了我的店里,我负多么大的责任,你们知道吗?'

"然后他宣布,到他这里打工的,游泳一次扣半个月工薪,两次一律开除,薪金全部扣掉,转入专项救护基金。不愿意接受上述约束的,可以立即辞职。

"我,一个年老顾客的在场,似乎是更加激发了他的行使权力的快感。他的鼻子、眼睛,特别是嘴巴的线条与运动,流露着一种满足舒畅,一种准做爱式的淋漓有致。禁止和阻挡他人的一次快乐健康生机勃勃,扼杀一个打工仔打工妹的开心,能够让一个经理那样过瘾和强大吗?

"过了两年,又是夏天,同一个著名的梦幻海滨,我去一家组织性纪律性极强的群体主办的医院,发现他们在消耗大量人力物力挖建游泳池,我问,为什么在有这样好的海浴场的地方还要修游泳池。他们的领导耐心告诉我,他们的职工,都是独生子女,绝对不能允许他们下海游泳。

"果然,在另一处只接待高级人士的海滨疗养院大门口,我看到了黑板上明文书写的告示:'严禁随意下海游泳'。还好,如果不是随意任意,而是经过报批程序,也许会让休养员们小试锋芒,吹风拨浪。当然不是乘风破浪,呵呵。

"更惊人的是今年,我被邀与本地最优秀、升学率最高的中学毕业生座谈,我问他们这个夏天游了多少次泳,同学们显出极其冷漠的表情,使我怀疑本地人对普通话的接受程度。最后才承蒙教育局的巡视人员告诉,这个学校是严禁毕业班也可能包括非毕业班同学下海游泳的……我几乎当场落下泪来。'毛主席啊!'我差点叫出声。

"我还看到了一个高、上,然而不大的干部培训单位的专用海浴场,五年前那里有一位酒后下水的藏族学员不幸遇难,从此,所有的负责人与全体员工,都将防止游泳事故看作自己的首要责任。缩小游水规模是选项之首,他们用两根粗大的尼龙绳索在浴场海面架上十字,将本来就很小的海域分成四个水域,只允许学员老干部休养员利用其中最浅近的四分之一个浴场游泳。坐在救生船里的救生员,不停地用大喇叭喊话:'快回来快回来,不要到非游泳区去!'他立志摧毁游泳者的壮朗欢欣,认定让你扫兴才有利于不出事故。另外四分之三的浴场只供眺望,但愿那里能聚焦更多的海鸥海狗。最近他们又正式宣布,八十岁以上老人下海游泳是那里的不安全不稳定因素,不再让他们下海,今后本单位也不再组织八十岁以上老人前来读书学习或者休假。"

呼 唤

翁老睁大了眼睛,喷出了怒火,有什么办法呢?他毕竟比我更高龄也更高位,这些生活琐碎他也许不知道、不理解也难于相信。

"这是怎么啦?这怎么可能呢?我们正在自强不息啊,不是自弱不断吧,当然!"他的样子像是听到了不是狗咬人而是人咬狗的新闻。高龄的他,是多么天真啊。

"这是年龄歧视。"说到这里他咳嗽起来了,年龄歧视一词唤醒了他的年龄意识与气管痉挛。他稍稍抖颤着说:"年龄歧视与性别歧视、种族歧视、信仰歧视、残疾人歧视与职业歧视一样,是不可以的。"

然后他强调说:

"你说得对,毛泽东那一代人,对于游泳的提倡中,蕴含着救国救民、强国强民的历史大任感。毛泽东说过,他希望中国人口的一半,都会游泳。他号召到江河湖海里去锻炼,还说大风大浪并不可怕,人类的历史就是在大风大浪当中发展起来的。

"现在呢,有些没有出息的人,想到的只是不要出事儿,第一是不出事儿,第二是事儿不出,第三是吗事儿没有,第四则是好好休息。上头越是强调问责,他越是无孔不入地追求免责。现在,不少的朋友亲人见着我都说,短信与微信上也说:'好好休息吧。'他们不赞成我上网与看微信,为了休息我的眼睛;不赞成我讲话说话提什么意见,为了休息我的元气;不赞成我唱歌、穿运动衣,为了休息我的风度、尊严与清白;不赞成我吃肉,为了休息肠胃;不赞成走路,为了休息膝盖半月板。"

我笑了:"网上的说法:who 作 who die,不作等着殆。这是中英文合璧的中学生语言。请问什么是纯粹的与绝对的休息呢?等待等殆等呆等耄,归根结底是等死两个字。该死就死,这是天道天命天意,这正是人生的一切意义所倚所生。如果人的寿命是无穷的,那么每一天一周一月一年对于他的无穷生命来说,其意义约等于零。而有了死亡这个零以后,我们的每天每时每刻都通向无限大。"

"我希望普及一个观点:凡是没有死的基本健康的人都是活人,

他或她应该有活人的义务和担当,有活人的使命与追求,有活人的自律与自觉,也有活人的权利与待遇——包括吃肉、说话、爱情与凫水。"翁老认真地说。

"乌拉!薇哇!布拉沃!布拉娃!"我用万国语言高呼"万岁"!

古　苍

翁神说:"当然。也有不同的角度。现在的心灵鸡汤师傅都在那儿说:'老了就是老了。不必计较,不要放不下,学会忘却,学会舍得,不必期待,不必要求,想开,想得开,虚室生白,吉祥止止。'一位日本政要告诉说,日本的老年头面人物,被称为'古苍'。说是有这么一批古苍,退休后常常到高档医院去,医院成了古苍们的社交聚会场所。有一天,高等医院的古苍们发现,他们中的一位吉田君两次没有来。又过了几周,吉田君还是不见来,古苍们叹息:'看来吉田君真的是病了,他来不了医院啦。'"

"德国的老年人又不一样了,他们是不兴谈年龄的。"我说,"他们是冷幽默,说是一个德国老男人在餐馆用晚饭后发现自己新买的汽车丢掉了。另一位比他年龄更大的老朋友告诉他,'赶快买火车票乘快车,到某邻国的首都,你的车多半在那里。'您明白他的意思了吗?"我问。

"知道。一些老家伙认为那个邻国的偷车蟊贼很多,这是二战以前的说法。老人的老眼光老言语,本身就有点悲哀也有点笑话了吧。我们也不会例外的啦,留下悲壮的奋斗史,也留下含着泪花的一点点、一点点笑料。让我们的重孙曾孙玄孙来孙晜孙昆孙……们去奇怪:他们的先祖是何等幼稚啊……"

我说:"'别梦依稀咒逝川',毛泽东也感触到了时间的无情与恓怆,而恓怆能够升华成为什么。您说呢?恓怆终于变成了幽默感。'老而不死',这幽默不幽默?'是为贼'就更幽默了,冰心老人晚年喜欢用的闲章，宣布了'是为贼'的旗号。我也想起了二〇〇七年我访问俄罗斯喀山市的时候，一位女汉学家说是给我唱一首老歌，什么老歌呢，二十世纪七十年代的，三十多年前的，当然是老歌了。然而对于我还是太新了，我会唱的苏联歌曲，到《莫斯科郊外的傍晚》为止，这首歌创作于一九五六年，在中国红起来已经是二十世纪六十年代了。我在喀山给女汉学家唱了几支苏维埃社会主义共和国联盟的老歌，女汉学家说：'如果没有中国人，也许我们早就忘记了这些古董了。'我们快成为古董了吗？"

"小朋友，我要告诉你，我还有兴趣于'死'的语词学，长逝、安息、坐化、涅槃、驾鹤西去、长眠、老了、走了、没了、过去了、一了百了了、纵浪大化中不喜亦不惧、蹬了、踹了、听蛐蛐儿叫去了，吹灯拔蜡了……"

"老哥，更惊人的是北京土话'嗝儿屁着凉'您听说过吗？"

"知道，'嗝儿屁着凉大海棠'！"

"翁老真神人也。满族北京话专家，编过《北京话词典》的金受申先生解释，那是指人死时的某些生理状态，例如打嗝儿。然而惊人的是近年学者们指出，'嗝儿屁'来自德语 krepie，发音是'嗝儿屁人'。而另一个词儿您也许听说过，老北京管一个业务生疏、技艺初学、摸不着门的新手叫'力巴''力巴头'，出自英语 labour，就是劳动。瞜瞜来自 look look，这就不用提啦。这些词儿的出现都与庚子年的八国联军占领北京有关系。唉！"我说。

我虽然比他小十几岁，我们童年时候都听上辈人说起过庚子年间的事儿。我亲历过沦陷区，他亲历过日军对于东南亚的占领。

"小朋友，想一想，知识能够减少恐惧与失态。为什么孔子说，君子中庸，小人反中庸？无知的人更容易被极端、分裂、恐怖三种势力忽悠。知道的越多，包括语种与词汇越多，你就会越知道词语所要表达的存在其实很普通、很亲切、很自然，俚俗、普及，于是苦中作乐，彻底幽默。"

"大神,您说得真好。"我为他鼓掌。

"与其说什么大神,不如假装是禅学,干脆声明自身不过是屎橛。我喜欢小朋友你的那个说法,'明年我将衰老',当然,今年如果可能,还想再坚持一下——生龙活虎,欢蹦乱跳!"

"太好了,"我说,"正因为如此,您不应该独自一人过了二十五年,您自己刚刚说,只要是活人,都有爱的权利与使命。"

他笑了笑,没有说话。

过了两天,他请我喝咖啡。他将写好了的一幅行草送给我,上书:"功名文卷,岂是平生意?"我未免震惊,我知道此语出自龚自珍的《湘月·天风吹我》,原文是"屠狗功名,雕虫文卷,岂是平生意?"极有力度。

"哈哈哈哈哈哈……"他笑起来了,他很少这样大笑的。他笑得真实和善。他让我给他讲一个我的幽默故事。

我说:"您讲的'幽默'的发音,有点接近北京话的'肉末'儿,这是客家话口音吗?"他点点头。他还说,客家话把美国叫成米国。我说:"是的,日军占领的北京,孩子们冬天相互拼命挤到一起,是游戏也是取暖,这个游戏叫做'挤老米'。日语也是将美国写作米国。"

然后我说:"老毕竟是老,老不老本来无所谓。早在三十年前,已经有两位小哥哥宣布一位名家的'过时',开始时是每隔一两年宣布一次,让我想起马克·吐温的名言:'没有比戒烟更容易的了,我每年都戒好几次。'现在,虽然没有谁宣布,现在的青年已经早就把可以忽略的人忽略了。"

"也许是真的?"永不过时的翁大神甚至有点温柔,"及时地'过时'也是一种不错的选择,嘎儿屁最后还能结出红扑扑的'大海棠'来呢!可悲的不在于嘎儿屁与过时,而在于在最好的时间时机机遇下边,你没有做好应该做的事。'功成、名遂、身退、天之道','鞠躬尽瘁,死而后已',不同情况下有不同的选择,都好。对不起,如果你过时了,不必因为他仍在其时而着急、操心。一切都会过时与

krepie'的,小朋友们放心好了。"

我们都笑。

然后当着我的面将委内瑞拉咖啡豆打磨成粉,用最简单方便的越南制造、法国马德拉斯式——在印度则称为金奈式——咖啡过滤器过滤,做出了比星巴克的"拿铁"口味好得多的翁式咖啡,递给了我,讲了一些他在越南与印度的故事。然后说:"我要告诉你,我的失败谢幕的最后一章爱情篇页。"

芭 蕾

他说七十六岁时他的妻子因病去世了,他紧拉着妻子的手送走了妻子。后来,一些朋友关心他的此后生活。七十八岁的时候,他因事到达一个精致的城市,住到一个精致的花园住宅小区里。

"那里很好,有小溪也有不算小的池塘,有假山石也有总共三个亭子,有两个木桥、三个石桥、三个伸入到水域的栈桥,有两个圆形的还有一个八角形的用花岗岩修的户外舞池,当然,还有你可以说很好也可以说是莫名其妙的什么罗马式建筑的柱子。我说得不清楚,那里并没有罗马式建筑,然而有罗马式建筑的柱子。

"而最可爱的是在比较宽大的栈桥与水池形成的夹角水域,我发现了闲养的大批金鱼,夸张一点说,鱼的数量使我想起杭州西子湖观鱼的'花港'。但是我们那里的鱼小,与我小时候见到的父母养的小金鱼一个品种,但它们有幸生活得千倍的辽阔与自由,它们拥有的不是高贵与装备齐全的鱼缸,而是活水、阳光、蓝天、芦苇、荷花、水草、浮萍、睡莲、细小的浮游昆虫。我每天会去观鱼多次。"

"鱼缸里养的金鱼热带鱼,是不太可能在户外的水池小湖里豢养的喽……"我插嘴说。

"噢,不是的,也许他们只是短期养着玩? 哦,也不是的。他们找我不是为了宣扬房地产的开发,也无意通过馈赠房产炒作他们的公司。他们希望我在这里结识一位女士,一位舞蹈老师,在旗的,现在的说法就是满族同胞,当年跳过芭蕾,演过白天鹅和吉赛尔的 C 角,没有结过婚,她已经六十九岁了,少女的身材,挺拔的英姿,优雅的举止,比清洁还纯净,比纯粹还清爽的冰雪莹光,她让我想起了苏联人民演员乌兰诺娃与中国的薛菁华。尤其是她爱学习,她不仅有舞蹈家的身体,还有好学不倦的头脑,她与我探讨天体测量,牛顿的天体力学与爱因斯坦的天体物理。她也发表她的对于中国经济体制改革,对于证券、银行、保险与信托的绝对不外行的评估。

"最重要的是,她当然矜持,她的身上仍然有白天鹅与吉赛尔的骄傲,但是长年的独身生活并没有留下怪癖奇葩的格格不入,她仍然乐观,仍然乐于接受社交与公关,说到中国的舞蹈教育、舞蹈事业、文艺演出与市场化改革,她知道许多情况、许多麻烦,乃至一些扭曲和隐患,但是她仍然充满期待与祝愿,她不是愤愤不平的怨妇。

"这与其说是一个心理健康问题,一个三观方向问题,不如干脆说,这就是教养。

"而且她有一双大眼睛,多情的,同时是沉着的。不好意思,我也许本不应该这样说话。未能免俗。

"然而在决定我后半生命运的关键时刻,浪漫与幸福的彩霞之梦突然遭遇了莫名其妙的阴霾。

"……对不起,对不起。"

翁老脸红了,他的手指与声音都有些变异。

我不解地看着他,同时示意:对我说什么,都可以轻松,再轻松,多一点天南海北,少一点念念不忘与痛心疾首。我故意笑出了一点声音。我的潜台词是,一切往事都不妨付诸一笑,好事、乐事、嘚瑟的事可以是一笑,蠢事、坏事、痛悔的事,对于一个年近期颐的高士来说,更可以一笑,哪怕是苦笑,哪怕是含泪,只要您没有自杀的倾向与谋划,为什么不笑一笑呢?

他这位大神苦笑了,他说,是那一年的大暑节气,他清晨起床,他来到观鱼水湾,发现,一条鱼也没有了。他围绕着池塘寻找、寻找、再寻找,还是一条鱼也没有。

"这又是什么问题呢?"我眨了眨眼睛,不明白他要说什么。

他很长时间没有说话,他不想再回溯、再追踪、再解释与再懊悔。他说:

"我忽然认定是这位舞蹈家做了伤害金鱼的事,虽然这样想毫无依据。这里住着的客人,就我们俩,如果不是我做了伤害金鱼的事情,只可能是她。这样的思维逻辑,对吗?她是投毒?当然不可能。喂食过饱?也不会的。还是将自己的美容用品的残渣或者残汁泄漏到池水里?显然,也是胡思乱想。胡思乱想的结果是我睡不好觉。我还怀疑她也许悄悄地吸烟,我认识不少卓有成就而且极富魅力的单身女人吸烟。你问为什么?我不知道,到现在我也不知道。只能说是缘分,就是说,我们俩的缘分是没有缘分……在她告别离去的时候我有意识地现出了冷淡,她有点惊奇,她于是显得更加高高在上。她干脆是让我喘不过气来了。"

缘

我有点目瞪口呆,有点被吸引,好像看了一篇现代派的小说,越不易解,就越有味道。

半天半天,翁老没有说话,北京人管这种说话节奏叫做"大喘气"。

大喘气后,他说:"舞蹈家走了,我也订下了次日早晨六点二十九分回厦门的机票。凌晨时候我早早起了床,我走到宽栈桥与水池的湾处,我看到了更快乐、更兴旺的金鱼群,我欢呼而且顿足。我错了。"

"正如你讲的那次大眼睛秘书事件,错了,完全可以挽回呀。"我说。

他无语,下嘴唇与上嘴唇相互使了一点劲,他摇摇手,表示他不想再谈这个话题。

"后来呢?"我有一点皱眉。

"后来就没有后来了。"

我说:"不,事实不一定是这样的,除非还有金鱼冤假错案以外的原因。黄昏恋不是一件容易的事情,单身是有自己的强大和较劲的,如果她到了六十九岁还没有结过婚,也许就很难再结婚了,除非遇到了奇迹。VIP的婚恋更是活活地要人的命。在人们的灵魂的深处……有一种自作聪明的提防与别扭。"

"也许。"他说,"芭蕾与细腰,大眼睛还有芭蕾舞女演员特有的锁骨与平胸,尤其是她们的修长完美的腿,我们梦中的一切,最美好的一切,都不容易变成现实。比如,如果您描写罗密欧与朱丽叶,他们婚恋成功,生了五个孩子,两人都活了与我们差不多的年纪……然后莎士比亚怎么向观众交代呢?正是由于遗憾,人生让我们留恋不已,回味不已。"

"那么,您说起的夏夜星空呢?您为什么还要仰望星空呢?这与康德到底有没有关系呢?"我问。

"也许是,我想以各式的连线把相距甚远的星星连接起来,我的一些绘画来自星空繁星的高远的启示。还有,我将希望寄托在新一代丁香上,我喜欢南唐中主,我更喜欢王国维:'醒后楼台,与梦俱明灭。西窗白,纷纷凉月,一院丁香雪。'其实只有'灭',一定灭,才能为'明'做证,为美好热烈的火热生活做出像模像样的证词。零疫情也是出自疫情。物穷而后无,无穷即是无无,无得彻底必须是连无本身也无了才行,无得有有有,还有无吗?无了无即是返有,就是无限与永恒,灭了再灭则纷纷丁香无数,一院丁香如雪,也就是无灭,永生,也是永灭。"

"是佛法吗?"我问。

"当然不是。我喜欢的是数学、天文物理学,是'道法自然'和恩格斯的自然辩证法。而且我记忆着大的、更大的眼睛,诚实与专注的眼睛,无意中放出了光辉,照亮了你与我,有与无,明与灭,眼睛啊。"

"然而,"我说,"我们已经够满意的了,我们活得足实、热烈,有征伐也有苦熬,面临见识也遭遇嫉妒,许多时候是逢凶化吉,遇难呈祥。试问,还能怎么样呢?"

同 游

一个年已小小耄耋的愣家伙,结识了一位即将期颐的寿翁,而且此位老哥仍然每天游泳千米,又知识又性灵,又好学好问又豁达幽默,又土又洋,又沧桑又见足了世面,又成竹又热情;这使小耄耋获得了多大的鼓舞,小朋友哇,成长到"了",如切如磋,如琢如磨,携兄之手,更上一层楼。

……响起一声电子信号:盛夏中伏,分外凉爽,我与翁老一起在昆仑山和阿尔卑斯山滑雪。我们轻松滑行,我们风驰电掣,我们回转急弯,我们跳跃升降,怪呀,我是什么时候学的本领,滑起雪来与三浦雄一郎有一拼了,他六十五岁首次登顶珠穆朗玛峰,八十岁时再次刷新了之前自己保持的纪录。二〇一八年八十五岁的他,登顶海拔八千二百零一米的卓奥友峰。

我们是没有翅膀的大鸟,我们是黄羊与麋鹿。我们耳边的风声奏出了肖斯塔科维奇《列宁格勒第七交响乐》的森严宏伟,我们眼前的白雪蓝天与山谷,好像传来了莫索尔斯基《图画展览会》的多彩多姿,《古堡》《杜衣勒里宫的花园》《基辅大门》俱全。我们的行进、速度、转移、声音与画面是这样激动人心人命,上去了,上去了;下来了,下来了;转弯了,转弯了;跨越了,跨越了,冲向云霄,降入山谷……

于是我们干脆开起了飞机,今宵我们要做一切过去的未能,学会过去一切的不会。翁耄苍是正驾驶,我是副驾驶,我为自己空中驾驶的无师自通的技巧而自我褒扬,而如醉如痴。究竟是怎样学的艺呢?

我自来就会？我会看每一个图示，我把握每一个指针，我注意每一个明暗，我谛听每一处声响，我明白每一个需要我做的小小的操作，也知道应该怎样耳听六路眼观八方。我们迅速地穿过了各形各状的白云，我有时候清晰有时候模糊地看着机身下的迷人的地图。多么神奇呀，敢情我会开飞机！也许我还能操纵战略导弹与宇宙飞船！

于是骑马，哈哈，进入了我的长项了，万岁，伊犁河谷、巩乃斯河与巩乃斯草原，焉耆马与伊犁天马，翻身跨越，我教给翁老认镫上马，脚不能认得太深，太深了一旦出现情况下不来马会丢命，太浅了你稳不住马身上的自己。略略弯腰，重心前倾，这应该算是马上瑜伽。两腿用一点力量，避免骑马人的所谓"铲"了屁股，两腿夹一下再夹一下，抓住缰绳，扠两下马脖子上的痒痒肉，顺一下天马鬃毛，它舒服了，它的感觉与你们被大眼睛的美女拍了拍脸蛋儿一样美好，发出了快乐的呜呜声，我轻轻用脚后跟踢哒一下马肚皮，马立刻提高了速度，好马一加速自然就变得平稳了，像德国奔驰车一样地平稳，好车在好路上的行走，不像是车轮飞转，而像是冰雪平面上的滑行。而当好马在草原上匀速跑起来以后，你的感觉是微波上小船的上上下下的滑行。最妙的是近百岁的翁耄耋，他干什么像什么，像什么会什么，干什么爱什么，马嘶人喊，风吹草动，雪山皑皑，蓝天湛湛，草原阔大，山花遍野，晴晴雨雨，山路弯曲而又漫长，人生新奇而且恒久。每个经验都同样地新鲜，跑啊跑啊，我有点累了，腿有点麻了，心仍然像大丽花一样地铺张着与嘚瑟着。

于是一道游泳，一道做数学题，一道下棋，一道练少林拳与跆拳道，一道吟诗填词唱昆曲，一道肃立默哀，一道举杯祝愿……我们还要驾驶军舰和操纵导弹。

……是九月底烈士纪念日了，军乐团吹响纪念号，奏出了庄重深情的《献花曲》，许多人，包括我们俩，端望着呈现奋斗历史的汉白玉浮雕，缓缓地登上纪念碑的底座，献上了白花黄花。

晴空丽野且奔流，耄耋期颐复壮游。

三生不负马骠力,四海同操日月舟。
也曾凌志焕新颜,欲壮文心耕砚田。
梦想鱼龙庄与蝶,风云文墨岁经年。
老迈仍然万丈青,蓬勃春夏又秋冬。
遍野心音与妙谛,诗情乐感笑如风。
松鹤当知色未空,悲欣交汇庆今生。
蓬勃不已纷然事,美目凝眸无限情。
或曾歌舞颂天骄,挥洒诗文志气高。
老当益壮何须壮,对酒当歌风萧萧。
生老灭明未堪哀,欢喜怜愁入梦来。
书写汪洋千万相,苔花怒放百花开。

我们想得很多,很老。仍然有生活,当然,仍然有时间和天饷,有幽默感。这一节我用了许多"于是"代替原来用过的"后来",二者同是连词,它们都具有"前事发生之后"的意思,二者又有不同。请咀嚼"后来",并且品味"于是"吧,谢谢亲爱的小朋友们。

发表于《人民文学》2020 年第 10 期

从前的初恋

缘 起

从前,有这么两个孩子,一个是男孩儿,一个是女孩子。

他们是唱着"我们的青春像火焰般地鲜红,燃烧在布满荆棘的原野,我们的青春像海燕般地英勇,飞翔在暴风雨中的天空"长大的。

他们也都曾唱着"兄弟们向太阳向自由,向那光明的路"向着高压水枪与刺刀冲锋。

从前,就是说七十多年以前了,一次,曾经,仍然,最初的,爱。

后来,他,也就是我,找到了曾经写下的这一段故事,稿纸已经变黄、变脆,文字依旧完好。

二十世纪五十年代,文具店的蘸水钢笔、稿纸、骆驼牌与北京牌墨水,还有少年王蒙的写作,经受了相当长期的考验。倏忽一别,六十六年。

为它写下三首七律诗:

> 往事深情恋逝川,稚文六十六年前。
> 钟声荡漾黄昏夜,口号高扬碧落天。
> 一笑一颦全历历,初肠初意俱端端。
> 少年挥洒多雄论,鲐背重温更俨然。

陈迹苍茫两万天,关山踏遍人翩翩。
初温犹热暖米寿,往事无常思百年。
感遇柔情称进取,应无俗态益欣欢。
屈指九旬读少作,一词一字亦涟涟。

一切悉熟自在身,少年英气正纯真。
青春万岁犹回味,组织新人继沉吟。
往事如歌声未老,今宵说梦语何亲!
为有文学多记忆,风风雨雨砺初心。

　　但想不起写作的确切时间。应是一九五六年稿吧,根据是一九五六年一月全国主要出版物由竖排改为横排,而作者书写使用的是那一年市场开始提供的大张单面横写五百字格纸,此前的稿纸都是折叠双面竖写小张的。这一年公布了首批简化汉字,文稿上写的却是大量不规范的民间简体字。

　　如果确是一九五六年,那么有趣之处在于,它与同年的《组织部来了个年轻人》,互通互生互补互证同胎同孕异趣。

　　给过一家刊物,回答是"不拟用",退还。然后六十六个春秋来去,从北京西四北三条(报子胡同)、北新桥到乌鲁木齐南门、团结路,到伊宁市解放路、新华西路,到北京前三门、北小街、奥森公园……经过了"日月推移时差多,寒温易貌越千河"(引自旧作)的迁移,许多东西都丢失了与淘汰了,此旧稿却完整地、寂然冷然地保存着,坚守着,与我为伴,我再没有翻起过它。它与我共度了两万多个不平凡的日夜,比我本人更静谧、耐磨、沉得住气。

　　它是我的纪念和从前,直至今日。

　　至于文稿内容,写的是七十多年前的事。七十年后心血来潮,打开,热气与稚气腾腾。它是往事,是昨天,比昨天远,但比前天近。仍然保留着笑容、多情、歌曲、好梦,包括"最宝贵的"(一九七九年我的复出小说的题名),包括一条条大义凛然,永生永世,天地人心,必须、笃定、坚决、当然。

　　我尽量少动原文,原汁原味。日记体,是因为一九五六年前五六年,我确实坚持写过详尽的日记。此后小说写多了,公务事务也大增了,日记基本失守失踪失忆,写也不成样子了。小说与公务事务,对于日记,是推动也是妨碍。不太忙也不太不忙的人可以试着写点小说,不然就写点日记手记,留点印迹。

　　到了一九五六年,写作此稿时,参考了抄录了移用了几年来的"非虚构"日记,包括某些日子的天气标记,应该都是有根据的。从前的真实日记,写在三十二开横线笔记本上。在《组织部……》轩然大波之时,我写下了孪生的《初恋》。

　　往事如烟?非烟?那么请问:你是谁?你是不是文学地写了下来?你生活得很急很热,你写得很动情很火,瞭了一点一个甲子,它仍然乒乒乓乓欢蹦乱跳。文章何处哭秋风(李贺)?如火如荼势如虹,且掬黄河泼大墨,文心文气岂雕虫!

1951 年 12 月 23 日　星期日

　　再有一个星期,光荣的、伟大的、深沉的一九五一年就要过去了,时间如飞,小心自己不要落在时间的后面啊。

　　到了冬天,到了新年,我就想起雪,白白的、可爱的雪,雪使世界庄严而纯洁。今年寒冷偏偏来得晚,一场正经的雪还没下呢。

　　一九五二年我就年满十八岁了,的确,年龄自有它的真理,我从来没有像现在这样地感觉到,我已经大了,我已经是一个年轻力壮的小伙子,我有多少力量、又有多少幻想啊。

　　从前我为自己年龄太小而羞耻,好像一株小树,没有发育好,就生长到伸展到风暴里去了,结果年龄,嗯哪,妨碍了我的工作,这样一说,我觉得自己不免失笑于众。众精灵、老干部,革命与战争培育出来的精明与犀利的一代,他们怀疑地打量我并且信且疑地询问我的岁数,当别人窃窃私语"团区委来了一个小娃娃"的时候,当我不能参加某些正式党员的会议的时候——我入党三年多了,岁数不够,还没有从候补党员转正,我总羞愧于自己为什么小,如果大一点,就更可以有所作为了。

现在呢,不再想这些,没有人怀疑我不是二十多岁。区委书记老伴,办公室的老田大姐,从一开始一直称呼我为"老刘同志",工作里,我已经显示了一点点沉着与老练。本来嘛,成为脱产干部已经三年了。

环顾四周,朋友、亲人们,也已经有了许多变化。爸爸和妈妈离婚了,这很好,也很不容易,结束了旧社会遗留下来的几十年的残酷和痛苦的变态,固然还有尾巴。最近几个月,我首次在家里感觉到了平静和幸福。姐姐从学校出来,走上了工作岗位,她变得沉稳而且严肃。上次她批评我不该对一些不那么重要的事情兴奋与入迷:滑冰、小说、唱歌、欣赏风景……说话也不应该动不动夸张激动。她提出要把更多的精力集中到工作和学习中,对极了。她还告诉我,她已经有了一个男性好朋友了。

过去我觉得,她虽然比我大一岁半,可是我帮助她在政治上"进步"起来的,而最近,我越来越感觉到,许多地方,是我需要向她学习了。

还有学校里的一些同志,中学的团总支干部们,我与他们的亲密,超过了与本机关的同事们。说实话,他们身上的担子够重的。一个中学生,每天七节课,团区委给他们布置了繁重的任务。就说两次军事干部学校招生吧,他们下了课后与校长们一起做新生审查工作,同学们对他们的要求又特别高,一次早操缺席,同学们就会说他们是"带头作用不够"。结果呢,一个学期结束了,他们的考试成绩比一般同学还要强,甚至于,他们学会的新歌与集体舞、新诗与新知识,即使是读报,也比其他同学们读得更多。

市委领导彭真同志说了,大讲学生党员干部的负担如何如何繁重,是没有意义的,前所未有的繁重任务,你靠谁去呢?只有一个办法,要吃点苦,必须加油努力。

市委领导的指示让新民主主义青年团的干部惭愧而又振奋。

我常常回忆今年年初参与的中学生党员积极分子培训班的情形,这些孩子们自我检查起来,比谁都沉痛,眼泪会在检讨会上流下。不,这是保尔·柯察金式的对自己的苛刻与无情。他们如果发现自己身上有一些不利于党的缺陷,会万分痛苦。高兴的是,培训班结束后,他们一一地入党了。小李还送我一本"革命日记",其实是我应该送他们一点什么纪念品的。我也怀念参军上了干部学校的同志们,前天,收到建群的信,他们马上要开赴朝鲜前线了。而省立高中的地下党第一支部书记,参军以后立即保送到沈阳的空军学校,他将驾驶着战鹰在蓝天白云中万里飞翔,与敌人短兵相接,瞬时胜负存亡生死。我羡慕他们,也祝福他们。我们这里的张昌,常常嬉皮笑脸地叫他们"小干部",我不喜欢。老有老的伟大,小有小的庄严,不容亵渎,不容轻薄。

我自己呢,不知道从哪里说起。我们的书记黎银波近来几次颇有深意地对我说:"你很不错,你真的大了……"可以想象,比我大十七岁,抗日战争前"一二·九"时期就参加了地下党的她,对于火爆的小人儿刘夏有多少期待。

一年当中有多半年我参加全区的一揽子中心任务,没有更多的时间取得她的理解与指导。但是她的敏锐与友情,她对旁人的观察深度,使我相信她永远了解着关注着指引着我。

我爱一揽子的突击任务、中心任务,它像火焰一样地把干部把群众燃烧起来,平常想做而没有做成的事情,一下子就做成了。

我也怕这一类工作,一开动,我就必须连基层的党支部带团支部一起抓。有个别党支部的老爷故意与我这个毛孩子找麻烦。"立仁"厂的支部书记不执行区委的指示,我与他吵了一架,我很难过,虽然区委领导支持了我,我仍然长久地不安。我们毕竟是团结起来到明天的最后斗争中的战士,英特纳雄耐尔,等待着我们一道去实现。

……朝天每日地开会、写材料、谈话、听报告、读文件,但是一年过去,我好像更爱玩了。对不起,正是玩——让我真切感动地体会到,我们用双手正在建立着的新生活的幸福。有时候周六晚上开了一晚上会,我仍然愿意会后用十分钟走到近处新盖好的电影院的门口看看。美艳的灯光照耀着鲜明的影片广告图片,图片上的中苏影星与散场后走出来的欢喜的人群,脸上仍然停留着关注、沉醉、迷恋与感动,我分享他们的兴奋与满足。我觉得如此轻松快活,生活中给我们的不仅是压弯脊背的任务加任务。我还爱音乐,一唱起歌来就进入了一个远远更伟大与悲壮的殿堂,更辽阔与深沉的世界。

> 我们生在美丽的祖国原野,
> 我们生在劳动战斗的地方……

这是《人民日报》上刊载的歌颂斯大林的歌。我喜欢这两句歌词的情调。(插话:后来不喜欢斯大林了,一直喜欢从前歌颂斯大林的歌曲旋律与歌词。)

这一年,我看了许多小说,普希金的诗,巴甫连科的《幸福》,法捷耶夫的《青年近卫军》。也许我还不能够充分理解它们,但我是忠实的,我爱书,我要按照书本来做。我坚信生活应该像书上写的那样美好,那样崇高而且纯洁。如果还没有完全一样的美好纯洁,那就正是对于革命与日常工作的期待。我不满足自己,我想的是对自己的全盘重塑和推进,我要的是近卫军队长奥列格,队员万尼亚、邬丽娅,和《幸福》里的伏罗巴耶夫式的人格、品性、美好与圣洁的精神世界。

天啊,我写了那么多,每天记日记,记得多,做得不够。

我必须结束日记了,我还要赶写原教会学校现第九中学教徒们对于教会自传、自立、自养三自革新运动的反映材料。

后来想到了的是

革命高潮的特点之一是革命群众革命志士的年轻化、低龄化,咸与革命,不分老幼。影片《小兵张嘎》《红孩子》《闪闪的红星》,演唱、歌剧、连环画等艺术形式中表现的《刘胡兰》《鸡毛信》《王二小》,已经脍炙人口。同时党在国民党统治区的中学里也发展建立了地下组织,包括一个学校的数个平行党支部与党的外围组织"民主青年联盟""民主青年同盟""中国青年激进社"。为了迷惑敌人,隐蔽自己,故意弄出了些翻新的花样。但地下革命组织力量的分布是不均衡的,有的学校革命力量雄厚,如北京的河北高中,从"一二·九"运动时期就有了不容小觑的革命力量。有的学校反动政治背景强大,如军阀政客张荫梧担任过校长的北平四存中学,还有洋教会学校、专业学校,基本上没有革命力量的种子。再有就是,学校中,学生中的地下党员,远远多于老师中的地下党员。

北平是和平解放的,最初一两年,各校大体由原班人马留守管理,同时,在各校积极建党建团,起初也是学生中的团组织建立与发展更迅速。青年喜革命,革命育青年,三番五次后,青春燃火焰!这样,该时期的中学,大量党的任务,很大程度上通过各级团委团总支团支部代为至少是配合协助进行。中学生参军、参干,南下到新解放区,一直到参加"五一""七一""十一"各种纪念庆祝大典活动,中学师生这一群体的组织工作,许多是由团委系统运作的,直至此后逐渐向各校派遣了领导干部;改造了原来的中学格局,取消了私立、教会学校,实现了从男女分校到男女合校的转变,中等学校党政系统健全有力了,上述模式,乃告结束。

1952 年 1 月 2 日　周三　晴

有七个学校送来了自制请柬,请我去参加他们的除夕晚会,结果没有去成。那天晚上,区委书记召集全体干部,传达区各界代表会议决议,中心是反贪污的问题。

今天报纸上刊登了毛主席在中央人民政府新年团拜会上的讲话,毛主席特别强调:现在开辟了一条新的战线——"反对贪污、反对浪费、反对官僚主义"的战线。

新的一年是在紧锣密鼓的备战气氛中来到的。

1952年1月31日　周四　晴　风

我又被抽调到区节约检查工作组,与区委组织部、宣传部的联系学校支部的同志一起,抓本区中、小学的"三反"运动。

今天晚上,我受命去旁听了男二中节约检查委员会负责人与查办重点人物廉维仁的谈话。廉是留用旧总务主任,有名的"三只手",几天来检查账目中发现疑点四十余处,说是竟有购买坤袜的发票混在体育用品支出项目中。他们的谈话进行了四个小时。廉维仁谈笑风生,若无其事,后来进入具体账目质疑,他竟然装聋作哑地推托什么"年老昏聩"。我实在忍不住想插几句嘴,揭露一下,想起了领导的叮嘱,贪污浪费发生在我们机构的内部,开始揭盖子恰如京剧《三岔口》,几只手在黑暗中摸索攻防试探发力,作为区委干部,要从倾听各方、观察分析、调查研究做起,切不可主观印象,轻易有所倾向表态。而我的在场,我的全无表情,我的认真记录,我的莫测高深,已经是推动运动进展与获胜的一个因素了。

参加完这次谈话,夜里十一点半,接着参加了校节委会碰头汇报,直搞到次日一点多。

从学校出来,迎面大风,街灯吹得抖抖颤颤,明明灭灭,沙石打脸堵嘴,我穿着的旧军大衣一吹即透,前胸冰凉,这才想起,没吃晚饭,饿呀,嘴一动,吞进去的是大口冷气。更蹬不动自行车了,只好下车推着走,瑟缩地弯腰,把上身弯到车把上,一步步地艰难移动。

街上稀稀拉拉地走过一些人,他们竖直拉紧了大衣领子,用手捂着嘴说话,随风送来一些声音,好像也是在说什么"老虎""坦白""攻守同盟""斗争会"。中华人民共和国成立两年三个多月,毛主席屡次敲响了贪污腐化、脱离群众、蜕化变质、重蹈覆辙的警钟。一九五二年一月,全国五亿多人口,有一亿在反贪污。

有的商店仍然灯火通明,隐约听见人声嘈杂,门口停着汽车,是叫违法资本家胆寒的工商检查组乘坐的。这边的运动叫"五反":"反行贿、反偷税漏税、反盗骗国家财产、反偷工减料、反盗窃国家经济情报"。我们那边的"三反",则是"反贪污、反浪费、反官僚主义"。两大战场,相呼应,相配合,相促进,连成一片,惊天动地。

古老的封建社会,贪污中饱已经是千年万人痼疾,看来是有一拼。

大风里我默默地向同道的同志们致敬,我们是友邻部队。我也默默地想念朝鲜前线的同志,向吕建群小鬼致敬,他们会比我们艰苦得多。

于是我的冻饿似乎给了我一点安慰,我并没有在五十年代的艰苦奋斗中只知享受北京的舒服日子。我有了劲,把自行车推进了区委会。

回到我的办公桌前,桌上有同志们给我留下的馒头与熬白菜。碗底下压着一张纸条,上写"你母亲来电话,说你好久没有回过家了"。老天,我是该看望老娘亲啦。

饭菜已经冰凉,办公室的炉火,剩下星星余温,我拿起饭菜走到廊子上,看到秘书室里开着明晃晃的灯,便走了过去。

秘书室里生着一个特大号日式"新民炉",我将拿过来的菜碗放到炉盘上,把馒头烤在炉边,拉过一把椅子,坐下,唏嘘着烤手。区节委会秘书室的同志还没有睡,与我聊天。身上的寒气渐渐消失在懒人的暖意里,哈欠于是连连袭来。这时我听见一声快乐的孩子气的叫喊:"刘夏同志!"

我揉揉眼睛,转过头,从大文件柜后面看到了一个女学生,她个子不是很高，我看到了她的天真的目光、浅浅的酒窝、永远的笑容，和最能表现出她的良善、朴素、稚气与纯洁的上唇微凸的紧兜着的小嘴。我认出了这是女六中高中一年级的党员，学生会主席凌蕊园。她的略显肥大的供给制干部通用的所谓苏式系带"列宁服"，并不能遮蔽她的活泼伶俐的身躯。她叫着我的名字，他乡遇故知般地向我伸出手，她一边笑一边急急地说："记得我吗？认出来了吗？你怎么这样晚才过来？"

我不解地问："你……怎么……在这里？"

她说："区委调我来，利用寒假期间到节委办做统计员。已经搬来两天了。他们说这几天你都是早晨七点钟就走了，晚上十二点才回来。你可真忙啊！"

她说我真忙，我欢喜，除了旧中国遗留下来的垃圾废料，新中国的每一个成员，谁不是在与时间赛跑，在与时间拼命呢？

"你也忙啊，都快午夜两点了。"

"我其实没事。大家都不睡觉，我也不想睡觉。我帮着黄大姐整理简报。"说着她看到了炉盘上的菜碗，她说，"这样热怎么能热得了？"她到文件柜中拿出了她自己的白地红花的搪瓷缸子，不管我的阻止，把熬白菜倒进去，挑开炉顶中间的圆盘，把搪瓷器具放入火炉，立即，冒出了白菜的热气与香味。

不眠之夜咏叹调

这是什么样的美好？这是什么样的热潮？这是什么样的奋斗？什么样的青春，什么样的咏叹调？

每一刻钟都要推进局势，每一刹那都要争分夺秒，两三天可以完成一周计划，我们确立了方向目标！

时间、时间、时间，时间属于作为，时间属于热血，时间属于激情、理想、冲锋、奔跑，时间属于智慧，时间属于经验总结，改进，再改进，调理,也有微调,时间属于真正的、深沉的、严肃的头脑!

人类浪费了太多的岁月,阶级社会野蛮,丛林法则消耗,小农意识愚昧,历史从今夜,开始上道,生活从今晚,全新创造! 幸福从今夕铺染,大楼从今晚建高! 血汗哺育鲜花,口号夹杂欢笑,不眠的是从未有过的心愿,不眠的是美梦正在成真,比奇妙还奇妙,每一颗心都在发光发热燃烧跳跃! 为了救中国只能拼死拼活,梦也要梦中国的伟大复兴起跑,读读《红楼梦》就知道了,寄生的懒惰的消费的麻木,只能靠铁与血的人民革命扭转面貌。

……不仅仅是七十年后的咏叹,更是七十年前的活报。我曾入迷于青年艺术剧院的建院剧目《爱国者》,我常常感动于另一篇文学叙事作品的命名:《战火中的青春》。啊,战火,啊,青春,青春在战火中光热燃烧。我也要写党委会里的青春,青春在党的拼死拼活、日理万机、开天辟地、重塑广宇中发功出力成熟欢笑。

早在写作《初恋》的同时,我尝试了话剧的写作。又入迷于契诃夫的《万尼亚舅舅》《三姊妹》与《樱桃园》的烦恼,而且我痛感生活到处提供着舞台的氛围、角色的对白、戏剧的激情、舞美的魅惑与感动的功效。我的话剧第一幕写的是加班加点的不眠之夜,办公室,紧急的汇报与通报,请示与批复,钟声响了,电话铃响了,暗藏的敌特露出了马脚。一位少年制止了阶级敌人的阴谋,天快要亮了,郊区的鸡啼传到城市,风雨如晦,五更鸡叫。又一个不眠之夜推动了生活的进展,又一个不眠之夜战胜了敌对的军统、中统、蓝衣社、CC系、中央情报局、一贯道,还有圣母御侍团和所有的坏蛋。七尺男儿经历了重生,生活经历了创意,国家经历了水涨船高、霞光万道。

我觉醒于革命再革命的机关,可不是等因奉此的干瘪的衙门。这里应该是何等浪漫,何等献身,何等摩顶放踵,何等呼风唤雨,何等改天换地,何等旭日东升,何等社会主义、共产主义、集体主义、大爱无疆、英特纳雄耐尔,在最后的决战斗争中,我们一夜未眠,又一夜睁大了眼睛……

我的话剧第一幕稿,曹禺老师看了,他请我到家里吃了午饭,为我的没有后文的第一幕叹气把头摇。

后来就有了组织部的故事和故事以后的故事,延续着,再延续着,很长见识,很好了,我的文学生涯陆陆续续,突然掀起波涛。

她扶着我的椅背,解释说:"都在开夜车,我也不愿意一个人去睡。"

在我们旁边打着算盘的老周指着她吓唬说:"这小人儿好不听话,现在不注意养精蓄锐,等忙起来你想休息也不可能了……"

我拿起半边热半边凉的馒头就着已经烫嘴的菜吃了下去,脑中浮现了她去年暑假在初中毕业生的联欢大会上讲话的情景。她现在穿着白衬衫、灰色系带列宁服与藏蓝裙子,她的样子像是素有作报告经验的干部,她信心十足,声音洪亮,她喜欢说:"这样,我们……那么,我们……"

我想起来了,这是个特殊的学生,上小学时就加入了"民联",一进中学就入了党。一九四九年秋天,团中央根据中央的指示建立少年儿童队(后改名为少年先锋队),她担任女六中首任"少儿队"大队长,她在中山公园音乐堂全市的第一个建队大会上,在军号声中上台领到了红领巾与大队长的三道杠袖标,当场佩戴。后来当选初中部学生会主席,再后来是高中部学生会主席,再后来兼任团总支副书记,再再后来兼任党支部委员。这样的党、团、队、学生会贯通的学生干部,似乎再没有第二个人。

当然,一年后,她不兼任少年儿童队的"干部"了。

为什么要把她调到区委来呢?这里并不是适宜中学生度寒假的地方,虽然她是党员,而且我知道她比我大一岁,但是我认定她还是孩子。不,不要和我比,我不是,我没有童年,没有少年,我只有革命,再革命,革一辈子命的命。她应该在冬天与她的同学同伴一起到什刹海冰场滑冰,或者靠着火炉去读《把一切献给党》与《卓娅和舒拉的故事》,她应该参加青年宫的合唱团舞蹈队,她应该与女生们去跳房子、踢毽、抓子儿……我甚至想给区委区政府提意见,对于使用学生党员的寒假时间,要慎重。

她从我的表情上看出了点什么吗?她说:"我们支部还有两个同学调到区工会参加'五反'去了,工人们发动起来,揭发老板的罪行。是我们自己要求的,我们给支部写了几次信,要求参与运动,接受阶级斗争的教育。"

我嗯哼了一下,说:"该休息了。忙起来,够受的!"

她睡去了,我没有睡。我打开日记本,现在已经是三点过一分了。是的,现在,已经不是一月三十一日,而是二月一日了。日记中的许多今天,应该写作昨天了。《国际歌》里唱的是"团结起来到明天",现在,当然就是明天。啊,明天你好!

1952 年 2 月 3 日　星期日　晴

昨天晚上,本来要在七点钟,去市委汇报,后来汇报改在九点,我"清闲"地与小周、小李唱起歌来。我们唱影片《幸福的生活》的片尾曲——《幸福之歌》,"不在那遥远的彼岸,不在汹涌的波涛那边,我们的幸福和我们在一起,就在我们美丽的祖国"。世界上还有更好的歌词吗?

最初大家都唱第一部,后来小周唱一部,小李唱二部,我唱三部。我们的三重唱唱得很完美,每唱完一遍,就自我鼓掌。也许主要的不是歌,而是影片,是影片反映的二战后苏联哥萨克人集体农庄的生活。每唱一句,就可以联想到无数美丽的画面,联想到赛马、大西瓜,女主席毕百灵,女子群舞《红莓花儿开》……于是我们忘记了贪污分子和不法奸商,浸沉在幸福的憧憬里。这幸福对我们,好像还有点陌生,但是唱歌的时候我们觉得,再开一个夜车,再在寒风里往市委跑一个来回,等次日早晨,太阳一出来,所有的憧憬,就都会实现了。

凌蕊园胆怯地推开门,我们停止唱歌,招呼她。她说:"我被你们的歌声引来了,到这儿第一次听见唱歌。"我说:"其实也常唱,只是最近,没有时间。"她眼珠转了转,问:"为什么你们这样忙?"小李反问:"谁又不忙呢?!"我补充说:"忙里偷闲,唱点歌,那是最好不过,时间充裕,老唱,又有什么意思?"她点点头,主动地说:"让我跟你们一起唱吧。"

她唱了。唱得很安详,嗓子有些放不开,声音发颤,一丢丢沙哑。也许她不是个善于唱歌的姑娘,但我听了舒服,她的歌声里有内在的激情,过多的热情压迫着她,使她反倒唱不痛快,这是一种沙瓢味儿的嗓音,听多了,不知为什么,我觉得你会落下泪来。

远还没有尽兴,小周、小李就走了,他们得去基层。凌蕊园对我说:"你们真好。"我问:"好什么?"她说:"……又忙,又唱歌。"我说:"那你别上学了,和我们一道工作吧。"她问:"你们要吗?"

我不明白,她说话的声音为什么这样动人,比唱歌更好听,不是朗诵,胜似朗诵,不是话剧对白,胜似对白。

后来她参观我的办公桌。看见玻璃板底下压着的姐姐的相片,赶快把目光离开那里。她非常敏感,不看男生珍藏的女生照片。我说:"这是我姐姐。"她一怔,大吃一惊,眼睛一眨一眨,思索着说:"她也姓刘,嗯,不,她是你妹妹。她才十九岁。"我问:"你认识她吗?"她说:"当然了,一九五〇年,她在高二,我在初二,我们一起参加过关于保卫工作的学习。"我听说她认识我姐姐,挺高兴,再告诉她:"她真是我姐姐。我只比她小一岁。"她不能理解地问:"那你多大了呢?"十九减一,我难道还要计算吗? 我不好意思地说:"虚岁十九岁。"她坐到椅子上:"我以为你至少二十二了,这么说,你比我还小……"

我那时脸红得很厉害,不希望再对我的岁数研究推敲下去,她却又问:"你为什么那么小?"这一句问话让我的心都融化了。我吐吐舌头:"这话怎么回答?"她笑了,用手指敲一下额头:"我是说,你为什么这样小——做了干部、领导?"我简略地回答:"需要嘛。"又用话岔开,"唱歌吧。你独唱一个吧。"

她深思着,好像没听见我的话。她托着腮,脸上突然出现了迷惑和忧郁的色彩,眉头微皱,又放开。我仿佛听见她自言自语:"我真差……"

过了一会儿,她转头微笑着望向我,我再要求:"唱歌吧。你独唱一个吧。"

她定了定神,答应了。

她说:"我唱一个德国民歌,是讲一个童话……"于是,她用近似朗诵的歌声给我"讲":

> 谁知道很古老的时候,
> 有雨点样多的故事。
> 这寂寞而幽静的莱茵河,
> 飘荡着清凉的晚风。
> 美丽而又鲜明的落霞……

我才被她的歌声吸引,她忽然停住,小声说:"不,我不唱了。"我看看她,脸色不太好,我慌忙问:"你不舒服吗?"她摇头。我给她倒了一杯水,她推开了。

秘书室黄大姐,隔着院落叫她的名字,她说"得干活了",就跑出去。才走了几步,又回来,"刘夏,我想起来,能借给我一本书看吗?小说,不要太厚的。"

……今天下午难得有空,我回家了,恰恰姐姐也在。我问起凌蕊园,姐姐说:"她很好。"又说:"挺懂事的。"又说:"她特别随和,跟谁都处得来。"又凌乱地说:"她朴素,真正的朴素,无论是穿衣服,无论是说话,无论是做事情,都没有一点点矫饰……她参加革命很早,一九四七年上小学的时候就加入了民联,但她从来没有表现过自己。我很少看见这样朴素的女学生。"姐姐已经不是学生了,就用过来人的口气评论她。

我静静地听着，觉得姐姐说得很对，我希望她再多说一点，我情愿一小时一小时地听她讲凌蕊园的事情。但她没有再说。

晚上，我带弟弟去什刹海滑冰场，他是第一次去，我是第三次去。冰场真是个火热的地方，冬天是不敢进冰场去的。在灯光底下，在红红绿绿地飘扬着的围巾当中，连日睡眠不足的疲劳，被互相追赶的滑行与外刃兜圈除去了，我劲头十足地学着滑冰。跌了再爬起来，手套湿透了，汗水也湿透了内衣，人人都像火车头一样地喷着热气。弟弟学得很快，眼看就要超过我了，我觉得自己有一点笨拙。

1952年2月9日　星期六

一星期匆忙地过去，"三反"运动进入紧张激烈的阶段。星期一，团市委给中学生团干部举办了一个报告会，由市店员工会领导章纯久讲资本家进攻的各种事实，他讲得好动人啊。今天，《人民日报》上登出了章纯久因受贿被开除党籍的消息，他原来是一只小"老虎"。所有听过他报告的人都怔了。

正像秘书室老周预言的，凌蕊园最近是"想睡觉也没有时间了"。她做统计工作，等各基层的数字报上来，再统计全区数字。基层的报上来，往往要到每晚八时以后，她连续几天都是早晨四五点才睡下。我每天晚上开会回来，总去看看她，怕打搅她的工作，就站在旁边，烤一烤火。我本来十分粗心大意，那次却"指导"了她，她复写表格的时候，只用了一个大头针——把日式美浓纸与复写纸叠起来，最多一次可以复写四到五张，复写过程中，靠下面的几张纸很容易歪斜滑动走形，我告诉她，应该两边都用大头针别死。她感谢我。

前天夜里我把一本苏联小说《少年日记》拿给她，我说："书是拿来了，怕你没有时间看。"她说有时间。

（插话：少年日记最难忘，少年心事仍牵肠，少年情节全无影，少年记忆仍堂堂。）

1952年2月10日　星期日

今天一天没有休息。

我常想：我并不羡慕别的年轻人。甚至包括苏联的年轻人的美好愉快生活，人应该美好，人应该愉快，又不单单是美好，不单单是愉快，人还需要艰苦，需要挑战，需要咬牙，需要坚忍，需要逢凶化吉，遇难呈祥。我没有少年时代，十一岁作为"进步关系"，即尚无组织身份的革命人，与本市地下党建立了固定联系，十四岁加入了党，不久就参加了工作。这种早熟也许是可爱的，我也曾为之骄傲称意，或者，也许是艰难的、过分的；会有各种人戳你的脊梁说这并不可取。但这已经是事实，是历史，是从前，也是后来：各有各的命，各有各的百味杂陈，各有各的得失苦乐。我什么也不换！我就是我，不是吹着口哨、哼着歌曲、梳着发型、穿着皮夹克、吃着馆子的他她你您。我愿意这样生活，从自己有思想，就全部献身在改造生活的伟大事业里边。我喜欢提前、努力、加油，预先做到旁人认为我做不到甚至是不能尝试的事情。

以后呢？将来呢？现在的世界是现在不是将来，现在的中国需要的是苦战。等生活里没有了地主、联合国军、五毒俱全的资本家与贪污分子，等中国的经济走上富裕……后来的少年们就会获得真正日益轻松的幸福与发展了。

我把这个意思讲给凌蕊园，算作对她那次问我为什么那么小的答复。她同意我的话，后来说："可是你太瘦……"

1952年2月12日　星期二　大雪

昏昏一觉醒来，到处白得耀眼，大雪无声无息飘飞，无声无息抹去了大地上一切杂色。

早晨，骑车走过大街，雪花温存地触摸我的脸；晌午，斗争会开得正紧，雪花轻轻地敲打窗户；半夜，拖着疲惫的步子回机关，雪花清凉地挑起精神。最后我们都睡了，雪仍然下着下着，不辞辛苦，覆盖黄河长江……

1952年2月13日　星期三　雪

　　早晨,起了一阵风,太阳露出头来,人们从屋里走出,眯起眼睛,紧接着阴云漫过来,雪下得更大了。

　　今天进行第一阶段的工作总结,节委办公室主任表扬了我,说我了解情况细致,发现问题及时,我高兴。饭后我到秘书室去看凌蕊园,她正在灯下读《少年日记》,黄大姐在一旁打毛衣,问我:"来找小凌吗?"我说:"不,我来找你。"她挤一下眼说:"我有什么好找的。"我提出一个要问的事由,她草草回答了一句,就开始数毛衣的针数,同时比画着对我说:"小凌这个同志真好,她来秘书室几天,人人都说她好,没有一个人不喜欢她。"她还要说下去,凌蕊园跑过来制止了。

　　凌蕊园向她问毛衣的打法,我无事可做,看看火炉里的火烧得不旺,就拿起烧火棍起劲地通火。哗啦啦,天呀,我把炉箅子捅歪斜了一点,燃烧着的红煤落到了铁盘上滚动,我非常惶恐,凌蕊园熟练地用通条棍把箅子自下而上地端起,恢复了原来的位置,又向上抬了抬,火炉转危为安。我按她的指导,添了些小块的煤。

　　我说:"我们出去溜达溜达好不好?"她有点迟疑,我又低声请求,我说,"走吧。"

　　(插话:我已经想不起来了,后来许多年过去了,她说,我的那两个字"走吧",说得非常委婉,腹腔共鸣深沉诚挚,无与伦比。似乎一辈子,我的喉咙里再没有出现过那样动人的发声了。)

　　我们穿过区委大院的后花园。那边有一个小侧门。花园里新安装了一副双杠。走过那里,我突然心血来潮,我说:"你不是说我太瘦了吗,可是我会练双杠啊。"于是我掸掉了双杠上的雪,在上边做了几个悬垂举腿动作,然后曲臂直臂前后悠甩起来。我极力并直腿,挺起胸,摆正姿势,避免横向摇动,尤其是从双杠上一跃而下,发挥出了我双杠运动的最佳水平。她淡淡地说:"挺好的。"我也就安静下来了。

推开侧门,胡同里静悄悄,一个戴大毡帽子的老人推着一车冻柿子过来,车上点着的电石灯摇摇欲灭。我请小凌先出门,我挨着她也走了出来。我买了两个柿子。上半年我们改供给制为包干制,每月除了饭费以外我还有七块多零花钱。我把柿子给了她一个,她笑了,说:"好,我拿上,回办公室再吃。"

我闻到了雪夜的一种醉人的气味,清爽而又洁净。有雪花本身的潮湿,有从人家烟囱里飘出的木柴与炭火气息,似乎也有晚饭的暖和与亲切。吃饱晚饭和为次日的早饭午餐准备好了食材的人是多么福气!还有小凌的发香,似乎混杂着颜色深红的中华药皂的香药气。我还感觉到了一种能够把所有的这些冬天的抵御寒冷的生活味道糅合起来活跃起来的类似早秋的莲荷的味道,我相信它是从天空降落下来的,只有雪天才闻得见。或者,对不起,不好意思,会不会它是从小凌的身上散出来的香气呢?啊,我脸红了,心跳了,我低下了头。

"你在……"她可能觉得我有点不对劲,她有点奇怪。

"下雪的晚上,有一种芳香,在我们身边。"我说。她没有出声。

"你疲累了吗?你好像不太想说话了。要不我们回去?"

她摇摇头说:"今天接到了电话,我叔叔被开除党籍了。"

什么?我本来应该大吃一惊,但是在运动的高潮里,听到点事情,我没有大惊小怪。发生了任何事情也许都不足为奇,你只消弄清,它是怎么发生的,为什么发生的,往下该怎么样发展。

过了会儿她告诉我,她叔叔在上海工作。叔叔原来是新四军的干部,他们的联系有限,然而她的上学,她的一家走向革命,她从小学时代就加入了党的外围组织,这一切都决定于叔叔的存在、叔叔的信仰、叔叔的言说。她说:"我一直认为,他是最好的、最了不起的人物,他对我特别好,那个德国歌也是他教给我的……那时我觉得,一个共产党员,几乎就足以拯救与改变大半个世界。然而,世界的改变不是一劳永逸的,改好了,如果不注意,也许又变回来。前一个月已经听说他在'三反'运动里暴露了问题,我很苦恼,现在,现在说是查出来了,他……贪污了抗美援朝的捐款……"她说不下去了。

我们都皱起了眉。她难过地问:"这是可能的吗?他原来那么好,后来,那么坏了。他曾经在我的日记本上题词,他题写的是:百炼成钢,学习刘胡兰、赵一曼、罗莎·卢森堡、卓娅。他是这样题写的呀!"

我没有说话,我知道用不着对她讲阶级斗争的规律、与腐败分子的界限;我也不想说,现在正是政治运动如火如荼的高潮当中,而一个人犯了错误,到底问题有多么严重,现有的揭发材料是不是全靠得住,这需要到运动后期慢慢做出冷处理。她的话也触动了我的心,有些人,有些事情,让我心头流血。幸福的暖心的生活里,也有冷水浇头与针刺心窝。

我们一起缓缓走到胡同口,看到路灯下面打冰出溜的孩子,凌蕊园想往回走了,我的目光扫过滑倒在冰上的孩子。我说:"人人都在成长变化,有的人会变好,有的人会变得不太好,还有人会变坏。屈原的诗说:'何昔日之芳草兮,今直为此萧艾也?岂其有他故兮,莫好修之害也。'——从前的香草,变成了后来的臭草,谁让他们不注意自己的修养呢?我们也不能放松自身,不能学坏人坏样子……

"芳草,经过了各种风雨云雾、虫灾蝗害,能保持住少年时期的纯洁与忠诚?这并不是一件容易的事情。'三反'运动让我们懂了许多,不要以为革命的道路笔直平滑,不要以为明朗的天空下边没有阴暗的坑洼。"

她站住了,睁大了眼睛,看着我,她的两眼上蒙着一层悲哀的光泽,她激动地说:"刘夏,你说说,我能吗?我能永远保持你说的那种纯洁和忠诚吗?"然后她咬紧嘴唇,转过脸去。

这时,我才知道她叔叔的事对于她的刺激有多么大,甚至于也可以说是打击有多么沉重。我站立在她的对面,看着她,紧握住她的手,我说:"你怎么了,你怎么会这样提出问题?我们有一颗真正的共产党员的心,我们什么都不怕。如果有缺点错误,就一定能够改正。生活中的一切曲折,比如你叔叔的情况,考验我们,教育我们,冶炼我们。我们更有经验,也有决心,迎接一切风浪。你的叔叔,就是你的叔叔嘛,他做的事他负责。如果他确实是对不起党,对不起人民,对不起妻子儿女后人,我们要从他的身上吸取教训……但是你无论如何,仍然要等一等,看一看。"

她慢慢听着,呼吸,吐出的气凝聚成一朵朵的白雾,她想说话没有说,向前走。登上区委会大门的石阶,她用一部分手指握了一下我的手,她说:"谢谢。"

我们走进院落,她要回秘书室,我要到团区委。我向她挥手说"再见",在雪花中感到了从未有过的温暖,也有些微的忧患。党内查出了贪污分子,这不奇怪,为什么是纯洁的凌蕊园的叔叔呢?我其实也别扭。我没有注意到黎银波同志正在我们的办公室门口注视着我们,我走过去,她说:"都在一个大院,各进各的办公室,还要说'再见'吗?"她笑了。

我脸红了。

1952 年 2 月 15 日　星期五　晴（中午记）

为什么我这样骄傲、幸福?起床的时候恨不得喊几句口号,庆祝充实忙碌工作日的开始。

走路的时候,我向阳光下的白雪致意赞美,多留几天吧,暂时先不要化成水流。

在学校里,许多人向我打招呼。校长主任老师同学,都认识我,都知道我对于他们学校,不是完全不相干与不重要的,我是他们知道的人。

回到机关,一连接了好几个电话,有许多事情人们要问我,我要回答他们并且再问他们。和人和生活和工作和大事小事国家社会市委区委,我都连接得非常紧。

除了我,还有着多少个这样的十八岁、十九岁、二十啷当儿岁的快乐光明、天马行空而又脚踏实地、吭哧吭哧的青春吗!

1952 年 2 月 15 日（夜,补记）

我好像有了一种神奇的充溢的力量,在紧张的工作生活里,不觉得一丝疲劳。而且,我盼着做更多更多的事情。

从明天,每天清早,一定要跑步做操,把又冷又新鲜的空气大口吞下去。我要买几个笔记本,一本记时事摘要,一本贴剪报,一本记读书心得,一本记对于任务、政策、方法、作风的感想与体会。再买一本呢……我要试着,在上面写几首诗。我早就想写诗了,老是不敢,再不写,实在是辜负了生活,辜负了我自己的蓬勃兴旺,噌噌噌地向前,四面笙歌,八面来风,感动与情愫如浪涛起伏涌动。

> 我想出去走走逛逛,我觉得
> 不如坐下来整理我的思想;
> 我想与同龄友人通个电话,又觉得
> 不如先读完报上的文章;
> 我想到雪地里多跑八百米,又觉得
> 不如写下这一天的感想;
> 我想重新听一遍王昆、楼乾贵,
> 却又想不如干脆自己高歌引吭。

天啊,我的诗是不是太小儿科了呢?

如果,一个人打开自己的心灵,常受感动,多思索,就会发现那么多好事情,新鲜而又有趣的事情正等着他去做,去写,去唱,去喊,那就做去喊去吧!如果发愤做到了能做的一切,也许,也许他成了一个——英雄。

1952年2月19日　星期二

明天,所有的学校都要开学了,据说,开学头几天还不能上课,大家忙于"三反",许多事情还没有准备好。我问凌蕊园:"什么时候走啊?"她说:"还不知道呢。"我告诉她,学校不会马上上课,心里希望她多留几天。

报上又刊登了美国军队在朝鲜和我国东北散布细菌的消息。大家气愤极了。护士学校全体团员给团区委来信要求去前线,参加抵御细菌战的工作。有一个孩子,带头写了血书,有二十多位同学咬破了中指在血书上签名。银波同志和她们谈了话,劝她们安心学习,听候祖国的召唤。她们对于帝国主义的仇恨,移山倒海。

1952年2月21日　星期四　晴　小风

她走了,也没有告诉我一声。

晚上回来,银波同志把我的《少年日记》拿给我,不需要说什么,我只是连忙点头。又不由得愣了一下,女六中不是二十五日才开始上课吗?我翻开书,夹着一纸小条:

> 我走了,再见。书还没有看完,先不看了,谢谢你。
> 区委会真是个伟大的、难忘的地方。
>
> 　　　　　　　　　　　　　　蕊园,午后

我一遍又一遍地看着这两行字,从这几十个字里,感觉到她的亲切、成熟和朴素。还有,我能不能说呢?我深深地有了一种感觉叫做亲近。亲近,就是又亲又近,在中国共产党一个大城市的区委会里本来也不会有陌生与遥远,工农劳动大众的特点正是联合起来,亲近如一人。我仿佛听见了她淳厚的声音,仿佛看见她热情而礼貌地向我伸出手。我感觉到了,她丰富的毫不做作的内心情绪的流露,这流露又是有分寸的。而且,她的纸条的字迹有一种中学女生少有的干练劲儿。于是我忽然想到,许多地方,我要向她学习……

教育局指示各学校尽早上课，银波同志说，这次运动以后，学校青年团的工作要更围绕着学好正课与建设调整学校的党政领导班子进行。团中央一位副书记指出，团在学校的工作，不要捣忙。捣忙？不太懂他的江苏宜兴吴语。似乎是说团的活动不要干扰学校的教学秩序。我不太舒服。我的思想，同时正围绕着那张小条飞快地旋转，恍惚中听见黎银波同志的这么些话。

但是我仍然明白，由学生团总支管那么多事，出头露面那么多的时代，快要过去了。

1952年2月24日 星期日（早晨）

这个世界有了一个笑容，到处是她的喜兴。这个世界有了一个声响，到处是她的声音。这个世界有了灵巧与清澈的目光，到处都有对你的关注。这个世界每天唱二十四小时歌，苏联、德意志民主共和国，瞿希贤、马可。睡梦里也响起了歌声，你的、她的、我的歌声。世界人间天下家国主义，一切都变得更加美丽、温柔而又正义弘扬，德行高尚，强大辉煌，礼花绽放。

1952年2月24日（深夜又记）

几天来，无论什么时候，都想着凌蕊园。

我想她。在火一样的"三反"运动中，我们的心不知不觉地连在一起。饭后三言两语，午夜短促问候，成为艰苦的生活里最宝贵的相互鼓舞和慰安。而我们之间的了解，也好像超过任何长期共事的朋友。她走了，就走了吗？我们长久地见不到面，她念书，我工作，"因公联系"的时候握一握手，是这样吗？

我有许多好朋友，他们比我年龄大得多，而那些年龄相仿的，我往往觉得他们太小孩。凌蕊园是我有生以来，第一个同辈的最好最好的朋友，我们可以挽着手参加生活与战斗。谁也不知道，这种对于朋友的想念，不，不说"想念"，就说想吧。想比想念这个词淳朴亲热得多,它有多么甜,又有多么苦。

"我想你了!"一声呼唤与多方的回应在世界上回荡,天开了,云散了,红日高照,万花千草,都在成长开放,所有的河流,发出了哗哗啦啦的奔流的轰响。

1952年2月25日　星期一　大风

我打开日记本,坐在写字台前,钟摆嘀嘀嗒嗒,把时间送走,大风在窗外狂叫,我的心像风下的海洋一样波涛万丈……

我明白了,我明白了!

我真傻,到今天才明白。我害怕,我还可能再多糊涂几天。刘夏同志,无论如何,你要平静一点,慢慢地讲……下午在长安大戏院,参加了全市中学教员控诉贪污分子大会,当场把二中的廉维仁逮捕了,同时,宽大了几个坦白自首的贪污分子,"免予处分"。会后,不知道为什么,我没有和别人一起坐电车,我独自在寒风中回去。我已经预感,有许许多多的事情在等待着我。

会开完是七点钟,虽然全市都处在"三反""五反"的紧张斗争里,长安街的夜晚仍然有一片太平繁华的景象。道路做了新的整修,马路牙子换了一色的预制件产品,国营商店和合作社的门面也开始了金碧辉煌的装备。长安大戏院旁,是首都电影院,新片子开始预售票了,排队买票的人竟站了一里长,笑声此起彼伏。我匆匆提着书包走过,路灯把我的影子一时送在前,一时送在后。我向红绿色彩霓虹灯"首都"两字看了一眼,叹了口气。挺想看一次电影,已经一个多月没进电影院了。这时又想起了一直萦绕在心里的凌蕊园,对了,与她一起看一场电影该有多么好!如果和她一起看场电影……

还没想下去,这幸福已经使我受不了了。我愿意提前几小时去排队,买两张三角钱一张的,二楼前排正中最好座位的票。我们坐在一起,聊一聊学校里发生的事,灯黑了,我感觉到她的呼吸和目光,我能不能拉住她的手?新片开始映出,我们与影片里的主人公共同经历愁苦与快乐,我们都平心静气地看着,我懂,你应该比影片的角色更加耐心,你已经是年轻的老干部了。

我将因为她在身边而看得更感动,更入神。我的胸膛里有担忧也有祝福,有期待也有坚决。结束了,片子最后是幸福与平安,掌声中丝幕落下来,绒幕也落下来。我们走在长安街上,"长的是长安街",《人民日报》上刊登过一首这样的诗,第一句就是:"长的,是长安街。"人们将会在长安街的漫步中谈电影、谈生活、谈前进、谈朝鲜战争。我的幻想入微,就像真的和凌蕊园看了一场电影,然后走在长安街上。我的脚步变得轻快,我的眼神变得明亮。

这是为什么呢?我想着的老是凌蕊园。凌蕊园,我轻轻念了一下"凌蕊园"三个字,马上笑出了声。

"你……"

好像忽然一个人闯来告诉了我,四顾无人,血液流动得更快了,我也想到,那么自然地,一点没有准备地想到:"我……"当那个字一从心里出现,当我再次自言自语,听到那个"啊——咿",眼泪哗地涌了出来。

不知怎么,我马上想到了我的童年,没有幸福的童年时代。想起了有一次,父亲和母亲打了架,地上倒着破碎的家具,父亲在冬夜穿着一身薄衣服走了,母亲伏在枕头上呜呜地哭,姐姐吓得缩在橱柜后一动不动。

我也想到了一个又一个冬天,在六七级西北风里,在北平街头冻死的饿殍,和"叫街"的乞丐,拿着石头砸着自己的胸口,哭诉着走投无路的悲哀,如果迎面看到一位有钱人走来,叫街的乞丐突然拿出一把刀,把自己的脸孔割上一道,满脸鲜血地跪在"行好的老爷太太"面前,哭诉着"有剩的给一口吃吧!"用他们职业化的口音调门发声,听起来却像是"人眼扭是秤嗯横迪,给一寇迟拔……"

我的童年没有和睦和温暖,没有温饱和游玩,我从小就知道了人生的艰难与人与人间的残酷,我多么渴望着真正的忘我的爱……在落华生与冰心那里,隐约有一丝丝爱,在巴金那里,有火一样的爱,在鲁迅那里,有痛苦与坚毅的爱。

紧接着,也许是同时?谁知道那一刹那,万种心思的出现次序呢?三个星期以来,和凌蕊园相处的记忆,像闪电一样迅速地从心中展示,相见、白菜汤和大火炉、瓷缸子、歌——东北风,莱茵河寂寞而幽静,颤抖和微哑的嗓音,第一次散步,胡同口打冰出溜的小孩子,直到最后"告别"的纸条,她在条上写:"谢谢你",她的署名并没有写姓……十八年来第一次有女生给我写信只签名字,没有写姓,这很重要,我要为之泪下。

二十几天来,我们在一起时,她说的和我说的每一句话,她唱的和我唱的每一首歌,她的和我的面部闪过的每一个细微的表情,都留下了痕迹。我们一起坐过、走过的屋子和街道上的每一个物件,我都能不差毫厘地全部回映清楚,像一个大合唱,像一组镜头与画片,像一阵又一阵雪与雨,包括"三反"和"五反",总结材料和数字统计,还有深夜不眠的温暖与活力,直至契诃夫与他的妻子莫斯科大剧院的巨星克尼碧尔,都深深印在心里,永远不会被无情的岁月消磨。契诃夫终于与克尼碧尔结婚了,却没有足够的时间在一起,三年后,契诃夫病逝。

她呢?她,我觉得她也对我好,这个发现或者说这个判断给我难以形容的骄傲和喜悦。她难道不是关心我吗?她问我为什么那么小,说我"可是你太瘦",她的在场见证了我的存在、我的年轻幼小、我的绝非肥头大耳的傻瓜、我的聪明、我的思索、我的瘦削、我的革命加多情气质。再想下去我微微有点害羞了。我第一次知道,一个美丽的姑娘的抚爱是多么动人,多么令人眷恋,多么使灵魂变得崇高而且丰富,一句话,她证明了感动了我的存在,她是我活过不平凡的少年时代的见证与标志。

我也能使她骄傲的!我还很幼稚,没立过功劳,不怎么光荣。我的上衣缺两个扣子,头发老是梳不顺。实在算不上什么,不,我还远远不是我自己,远远就是还差个十万八千里。但有了她就一切不同了,这与四年前的入党一样,开始了我的新生命。我有许多惭愧,只是决不气馁,我相信我的忠实、我的聪敏、我的深思、我的力量,对不起,力量有待于爱情与理念的发动。爱情是情,也是理念,是理论和信念,最见一个人的高尚还是卑微,诚挚还是奸诈,智慧还是愚笨,鄙俗还是高洁。

从西单走过天安门,到了东单,再从东单走到东四,到区委会了。我不回去,我又从铁狮子胡同向西走,那条路两旁长着高大的洋槐,很安静。我踏着积雪,走来走去,重新想起那已经想过的事情,想了又想,想了还想。

在雪后的北京大街上走路,是这样开心,还觉得自己有点神气,叫什么来着?昂首阔步,精神十足,路通千里,四面八方,时间是我们的,年龄是我们的,事业是我们的,美梦是我们的,北京市、一二三四五区、路灯和交通红绿灯、汽车站和商店的招牌,都是我们的。你好,白雪;你好,北京;你好,爱的梦;你好,长安街、东单、东四三条、六条、八条、铁狮子胡同……你好,主要是你,欧薮喽密奥(意大利语)——我的太阳!

1952 年 2 月 26 日　星期二(早晨记)

一个人,在古老美丽新生的北京市城区大道上,在雪后走上三小时,谁能有这样的豪兴和诗意,这样的眷恋和温暖,这样的如歌的行板?

然后躺下,做了一夜的梦。

梦见在大森林里开庆祝"三反"胜利大会,贪污腐化一扫而光,光明灿烂,日月经天。

我问银波同志,这是什么地方?她说,这儿是热带。我看见了大象、犀牛、孔雀、群猴。梦中断了,又看到了小学五年级的级任刘老师,他的脸上贴着橡皮膏。我当时很清醒地想起,他是在日本宪兵队的虎口里被害的。他怎么来了……我在冰场上滑冰,滑得非常快,于是围上一圈游人,欣赏我花样滑冰的技巧,凌蕊园却没有来,我哭了。用手揉着眼睛,有人掰开我的手,一看,是凌蕊园,她穿着桃红色的裙子。我说:"天这样冷,穿裙子行吗?"她说:"天冷什么?现在已经是春天了。"我回头,果然看见如茵的绿草,听见小溪淙淙的流水声。这时我飞起来了,怎么搞的,我会飞了呢?我长出了翅膀,穿过树林,穿过山岭,穿过月光,穿过快乐的风,穿过歌声,是马可的《我们是民主青年》,是歌剧《刘胡兰》里的"交城的山来,交城的水"。是"东北风啊,刮呀,刮呀,刮晴了天啊晴了天",是"天翻身来地打滚,仇人今天见了面",我飞到了战火纷飞的前线,"我们是投弹组,战斗里头逞英豪"……我飞翔着穿过了交响乐伴奏的大合唱,苏联《共青团员之歌》:"听吧,战斗的号角发出警报,穿好军装,拿起武器……亲爱的妈妈,请你吻别你的儿子吧……"

一觉醒来,做过那么多梦。这使我有点激动,又有点不安,也许还有点惆怅,有点忏悔。

一代人,活得这样足实,这样热火,这样飞翔,我相信,我们相信,我们永远相信!

1952 年 2 月 26 日(晚上记)

一晚上有些忧郁,我好像变了,整天发狂地想着,想着梦,想着"三反""五反",想着会议,想着苏联、市委和华北局,到处是她。我相信她也做了梦。我的少年时代就这样结束了吗?在大合唱中?结束得这么早!不,我不怕,我经历的是少年的爱,春天的花,是多么地香,秋天的月,则多么地亮。不,这不是香港传过来的歌的原词。少年的我是多么快乐,美丽的她——沉稳的她、深沉的她、奋斗的她,而且是温柔的她,她是怎么样的呢?她是天使,她是淑女,她是大队长!我们都要长大,我们都会长大,"我们的祖国,多么辽阔广大!"我们的年月辽阔光明!真希望自己多做几年无忧无虑的孩子,真希望自己已经是顶天立地的壮士！是个孩子，不是孩子，早已不是孩子，是先锋队、是后备军、是阶级的战士、是投弹手、是国士、是党人，力拔山兮气盖世！时不利兮骓不逝。骓不逝兮挥长鞭，追风逐电马长翅！

然后我读书，我思索，我总结思想，我读大部头哲学与社会发展史，《资本论》。读通了《资本论》，那时候的刘夏，百战百捷，无敌于天下。

睡觉以前，仍然要到雪地里走一走，至少要跑三千米。

1952年2月29日　星期五　晴

明天就是美妙的三月了，今天太阳特别好，谁都觉得阳光是在把自己照耀，严寒就要消逝，春光正在明媚。为什么小小的、俗俗的"春、光、明、媚"四个字会让一个猛志入云的青年含泪？当我看到，各处貌似干枯的树枝和树干，它们的叶蕾蓓蕾蓄势待发，已经可以想象满树的桃李杏与樱桃花了。

每年春天都好像特别短，未及受用，匆匆已满。今年可一定要特别认真，注意地迎接春天。早晨，做完早操，我跑到胡同空场上大声唱歌，越唱声音越大，我觉得，凌蕊园在她的学校多少也能够听到一点。过了一会儿，小风吹过，我仿佛听见一个嗡嗡的回音，也许那是凌蕊园答复我的歌声吗？我跑着跳着等着回去。到了理论学习时间，我拿起精装厚书《联共（布）党史简明教程》，忽然想象，也许她不那么在意我呢？她可能根本没有想到诗与梦的故事，对于一个学生来说，当然最重要的是考试的分数和体育体能达标。我们的工作在向配合正课学习方向转移，庆祝会、联欢会、开幕式和接二连三地响着吹奏乐送别参军的日子正在收减。我的热情，我的快乐，我的苦恼，岂不都随风飘逝？那太可怕了，那太惨了，我不敢想下去，又忍不住想。就像童年时候等待妈妈回家。天黑了，没回来，是不是被汽车撞了呢？早晨的理论学习没有学下去，无论如何，不能把思想集中到书上。下午开会的时候，脑子也常常开小差。

参加工作以来,从来没有因为什么"个人问题"影响过学习,现在是怎么了呢?我翻开少奇同志的单行本《论共产党员的修养》,我要向"修养"求援,我要向党的教导求助。

1952 年 3 月 2 日　星期日

从家里吃晚饭回来,团区委办公室只剩下黎银波同志一个人,这个星期日比较空闲,都各自玩去了。银波坐在火炉旁,把电灯拉近,正在看放在膝头上的小说,她的头发湿漉漉的,大概刚洗过。看书当中偶尔用手摆弄头发。她见到我,把书翻过去,问我:"回来了?"

"你怎么没和老韩去玩?"我问。

"等着你呢。"

"有事吗?"我赶快脱掉棉军大衣,在她身旁坐下来。"没什么。"她随意地说,问我,"快回来了吧?"(指从区委的中心工作回到团委。)我点点头。"三反"已经进入复查甄别定案总结阶段,快收兵了。

"这一段,真够忙的。"她说。把右腿搭到左腿上。

我觉得,她只是随便找找话说罢了,她正在观察我。

莫非她觉察到了什么?

"小鬼,越来越大了。"她富有深意地说,脸上隐藏着狡猾的笑容。在这敏锐的好心的领导同志面前,我好像有了依靠,动荡的心思初次平静了点,我不能隐瞒也不该隐瞒什么,我向前拉了椅子,叫了一声"银波同志",她仰起头,凝视着我,默默地等待着。

我慌乱地开始说话,不知道往哪里放我的手。"最近,我好像……我是说,我……常常……"我断断续续讲着。

"说吧。"她轻声劝我,把两手交叉在膝头,耐心倾听。

我鼓起勇气,"银波同志,我……爱她,爱上了凌蕊园。"我终于说了,不知道怎么说的。党员、团干部,还是原来的队干部,银波当然也熟悉。我第一次公开了自己的心事,整个世界完全变了样儿,我豁出去了,我已经做出了重大的决定,我准备迎接命运的恩宠或者嘲笑,抚摸或者一脚踢到腔上,踢出三十里铺——"提起个家来家有名,家住在绥德三十里铺村","有心拉上两句话,又怕人笑话"。这样昏沉沉地过了一会儿,睁大了眼,不急促也不眼红,期待着银波的说法。

1952 年 3 月 2 日　星期日（又记）

　　我已经完完全全变成一个大人了。银波同志后来讲了许多,许多我都听不清楚,我只记得她的声调是平和的关切的严肃的。她有好几次叫我小鬼,她用几句话打中了我的心:

　　"没什么,小鬼。如果爱就爱吧,别怕,别胡思乱想。本来是一件挺好的挺美的事嘛。不过,也许还是可以等等吧,时间,会帮助人。一切的好与不太好,都需要时间的检验。她毕竟还是中学生。是的,我也认为她不一样,她与别的孩子不一样。她能处理一切……她现在,已经是学校的一个管事的主任。你们还小。你还是正在探寻……"

　　谢谢银波同志,谢谢!

1952 年 3 月 3 日　星期一

　　是的,我还小。

　　如果我的心里有了爱情的种子,那就深深地埋藏起来吧,经过春风化雨,种子就会发芽,也许先静静地等待着。你革命革得很急切,你入党入得很提前,一粒种子,会长出一片、几片、一树的叶子。叶子慢慢生长,从前,以后,后来,终于……成为一株高大的、受得住风吹雨打的苹果树。

　　何必让瞬间的春风吹乱自己的头发?何必让种子在浮土上太早地发芽?

1952年3月4日　星期二

　　为什么不能说呢？九岁，我看电影《不求人》，我看到周曼华饰演的角色在类似蒸馒头的家务事中的干练和辛劳，为什么是那样地打动我的心？我忽然想到，我长大了，也会有一个媳妇儿，像周曼华一样，勤劳、俊秀、利索、奉献、长头发，抹着额头汗水，抿着嘴角，招人疼爱，美丽而又辛苦。

　　不能说的还有刚解放，地下党刚刚公开，团市委刚刚在东长安街8号成立，第一任团市委书记荣高棠号完房子立马调离随军南下，第二任书记刚刚接手，新成立的青年文工团排练歌舞。刚刚调到团市委的我被邀去看彩排，我看见了另一个白净如玉的她，见到了她看着盼着我的微笑……她是燕京大学法语系的党的外围组织成员，她会弹钢琴，她又分配到舞蹈队去了，这次彩排中，她一直对着我笑，再笑，又笑，还笑。我痴想了前后大约三十七个小时，七十二个小时我沉浸在她的笑靥里。然后。我笑了。

　　还有过一个人，她梳着两个小辫子。一次我突然找借口去找她，在见到后的第一分钟，我也笑了，清爽，如水，如空气，空空如也。

　　（插话：与她们分手都已经七十多年矣。不，我不能再告诉自己什么了。我不能再写下什么了。）

　　晚上六点多钟，我去文具公司买红铅笔。出门了。看见一排女学生迎面而来，忽然听到了她的声音，"刘夏！"

　　她离开女伴，向我跑来，我被这意外相见的惊喜搅得迷乱，靠在文具店门口的电线杆子上。她穿了一件半新的赭石黄皮夹克，显得英武而俊秀。就是这身衣服，使我没有认出她来。

　　这一瞬，我似乎，初次正面靠近看清了她的脸，才知道，她多么美丽，她睁大眼睛的时候，出现了双眼皮。她的鼻子匀巧而且清秀。她在微笑的时候，有浅浅的酒窝隐现。从她的脸上看不出丝毫一点拙笨疑惑琐碎怯懦，像在太多的颇有些畏缩躲藏的少女身上看到的那样。她让人觉得的是毫无保留的友善和透明的纯洁。如果我再多看一会儿,恐怕双脚就支持不住自己的身体了。我转过头,我想是这样的一瞥,有多么暖心、舒心、适意、惬意,你把所有的表达美好心情与深深感动的言辞全部用上吧,把俄罗斯语的"夏思列夫"(幸福)与英语的"孩波伊"(快乐)也都抢出来吧,我永不满足,永不嫌多,永远牢记。

嗫嚅地回答她的招呼——她曾经招呼了你,你却没有回礼。我不知道应该怎样回答你,已经感动得旋天仆地。已经感动得山高水长,已经感动得悄悄哭泣。

"明儿有工夫,我去区委会看你们吧。"她可能好像这样说,我欢喜得声音发颤,忙不迭地说:"欢迎,太欢迎了。"我的口齿,怎么似乎不太清楚。除了她的声音,我再也没有力量听别的、想别的、说别的了。

1952年3月5日　星期三

一夜没有合眼,四点钟起了床,给她写了信。

小凌,你走了,我天天想你。

春天就来了,你喜欢春天的草地吗?三月来了,马上会有一片绿草地,大得没有边,我们去玩上一天好不好?我们坐在草地上,我拉手风琴,你唱歌,白云从我们头上飘过。唱完了,我们谈一谈,我要把我关于人生的思想,告诉你。或者你常常思念的是大海吧?我们活了这么大了,没见过海,总会有一天,坐在毛泽东号巡洋舰上,迎着朝阳,一起朗诵着普希金的《致大海》:"大海啊,你自由的元素……"浪花飞扬,打湿了我们的衣衫。

还有呢,我们一道去参加青年城的建设,在沙漠上建造花园,有一次你受了凉,生了病,躺在雪白的病床上,我去看你,你睡了,我蹑着脚悄悄走过去,带给你一束小红花。

过了好些年,好些日子,再也没有恶霸、间谍、贪污分子了,也用不着在"三反"运动中开夜车了,那时会开一个庆祝共产主义实现的大舞会,几万个红绿灯照着所有的朋友,他们都来参加舞会。我们一起跳舞吧,先跳狐步舞,再跳华尔兹,还要跳探戈、伦巴,当然我是很笨的,常常走错步子。我一定会用心地努力地跳,只和你一个人跳。从黑夜跳到天明,从北京跳到上海,我老是邀请你,邀请你。

你答应吗?

你的朋友 刘夏
3月5日

写完信,天还黑。我跑到大门口,悄悄拔下门闩,推开门,看到弯弯的小月,我揣着信,向邮局走。寒风把我的眼泪吹干,在这黑夜的最后一刻,我祝福凌蕊园,祝福银波,祝福吕建群,祝福黄大姐,祝福老周、小李、小周,祝福姐姐和她的朋友,祝福一切为缔造新生活而憔悴了的好人,有一个甜甜的梦。

没想到,今天就接到了她的电话。日记刚写完,电话响了。她的声音十分微弱,像在遥远的地方,她说:"今天中午我接到信了。"沉默了一会儿,又说,"你忙吗?"我没言语,沉默了一会儿,她说,"星期六晚上到学校来找我好吗?"我啊了一声,沉默了一大会儿。她说,再见,把电话挂上了。整个接电话的过程中,我竟没有说出一句话来。

我真笨!

为什么她的声音这么小呢?在一个女子中学的宿舍里。可是她那么快就回了电话。

今天是星期三,离星期六还有三天,三天,七十二小时,这是多么漫长。

1952年3月8日　妇女节　星期六

我喜欢三月八日,我喜欢妇女节,它也是我的春天节。许多年在这一天,骑车走过金鳌玉蝀桥,你一定会发现了全面的解冻,你看到了满太液池的碧波,你看到有几艘小游艇已经下水。

一直盼望着天黑下,汇报会偏偏开得很长,刘校长一开头就是一个钟头,我简直急得要哭。会散了,我吃了几口饭跑出门,忽然想起自己的头发太乱,又连忙跑回宿舍,生平第一次对着镜子认真拢头发。向晚的街头非常恬美,行人似乎都用羡慕的眼光投向我,我羞了。传达室工友说,凌蕊园在团总支书记的办公室,我进去,发生了意外的事情。

借着昏黄的灯光,我看到她躺在床上,白色的医用棉被齐胸盖着,头上裹着纱布。我进屋的时候她脸向里,我轻咳了一声,她转过头,马上流露出笑容,强作无事,坐了起来。她说:"真好笑,晚上我和周露老师(专职团总支书记)一起去吃门钉肉饼,吃完饭在街上溜达,被马给撞了……才破了点头皮,不要紧。"我觉得她是故意说得这样轻松,我怯怯地走近床铺,让她躺下,我的动作不大自然,不知道怎样表达一个男孩的柔情和关心。她没躺,拉过枕头靠上,继续说她被撞的经过。

"一个解放军同志骑的马惊了,大家都躲开,我正和团总支书记谈话,说到了区委,说到了黄大姐,说到了你,一下就被撞蒙了。睁开眼,好些人围着,那个解放军同志脸上掉着豆大的汗珠子,我忙说,没撞着,别着急。"

她微闭了一下眼,摸了下额头,我退后,在离床一定距离的椅子上坐下。

不知道哪一班,在开周末晚会,有音乐声飘进来,是波兰集体舞曲:"有位姑娘去到林中寻找红莓果,寻找红莓果,寻找红莓果……"我轻轻地和着乐曲哼哼了几声。

"疼吗?"我指着头问。她摇摇头。"上课了?"我问。

"早上课了。先生讲得非常好。"沉默了,我又小声问:"过得怎么样?"她一笑,过了一会儿,她忽然说:"星期二,我看到了你……"

"什么,是……在文具店门口吗?"

"不,那是星期三。星期二,在先农坛。"

"匈牙利!"我们一起喊道。那天有匈牙利文工团的访华演出,最精彩的是他们跳的"瓶舞",每个女演员头上顶着一个瓶子,唱道:"快快和我结婚(梭发米发梭梭)……今天就当新娘,明天就是母亲了,再晚就要变成老太婆(梭梭拉发米瑞多)。"

回忆是美丽的

那时候是一个高潮。二战的发生,在法西斯匪徒面前显现了世界各国共产党人的英勇无畏。斯大林格勒的血战,列宁格勒的坚持,中国东北的抗日联军,华北敌后的八路军,土耳其共产党员诗人希克梅特把红旗悬挂在纳粹军人占领的市政厅楼顶上,他的诗句说:"中国所有的风帆,都充满了风。"还有西班牙共产党的领导人伊巴露丽。

而中国革命的胜利,更是国际共产主义运动的高潮中的高潮。僵尸化的旧中国凤凰涅槃,到处是红旗,到处是秧歌,到处是锣鼓,到处是《喀秋莎》,凌蕊园已经唱过了;还有捷克斯洛伐克的"快把小鼓咚咚地敲起来",保加利亚的"唉,我们辽阔的原野,辽阔的原野,啊,我们亲爱的巴尔干山",罗马尼亚的《多瑙河之波》,波兰的"弄脏了泉水就不是好姑娘",匈牙利的作曲家李斯特和巴托克,阿尔巴尼亚的《你含苞欲放的花》……中华数千年,什么时候那样开放过,打开收音机,就是广播俄语讲座:"这是什么?这是书籍。那是什么?那是铅笔……"

文艺的记忆也是历史与地理的记忆,歌舞的演出也是政治格局的花花绿绿,还有爱情、友情呢,你的爱情,你的浪漫,你的人生,来了,去了,起了,伏了,笑了,泪了,小说了,畅销了,丧失了。

仍然相信,仍然想念,仍然难舍,仍然闪光,仍然挥手示意,仍然仍然,明年我将衰老,谁的青春都不是吃素的。

她勇敢地抬起眼睛:"我看了你的信。"我怀着紧张的期待注视着。"你写得真好。"她低下头。

这时我多么想,走过去拉住她的手,但是我没有胆量。时间就这样慢慢过去了,我偶尔说两句,她偶尔说两句。我们谈得很轻,很少,我们互相听见了许多许多。在无声中,在窗外传入的不知为何的声响中,在似有似无的谈话中,有一个旋律,有一个鼓点儿,有一支小曲儿,奏响了,唱出了,摇曳着。

我应该是自制而有礼的,于是说,我该走了。她点点头,当我要出去的时候,她叫住了我。

"我的叔叔到北京来了,他说,他要申诉。"

"哦,怎么?"我皱起眉。

"他来找我,我没见他,他又写了信……说是……"她紧紧闭着嘴唇。

想了想,我告诉她:"还是应该见他,至少他可以改正错误,做一个好人。斗争贪污分子的时候,我们是严厉的,对于承认了错误的人,我们其实宽厚而且仁慈。你是他的侄女,为什么不能关心他、帮助他呢?"

她想了想,点点头。

我回到机关。把一切告诉给银波,也告诉小李、小周,我一点也不想隐瞒,我爱得高高兴兴、亮亮堂堂、轰轰烈烈、风风火火。我只愿意得到别人的祝福,今天夜里。凡是听说了我的故事的人,都在笑着,谈论着,找我握手。我回忆着这次见面的经过,努力记住一切,我忽然害怕,如果,有一天,连这样的记忆也会淡漠起来呢?

我更加明白了,一个人在没有去世之前,他当然活生生地欢实;一个记忆在没有消逝之前,它当然刻骨铭心牢记;一团火在熄灭以前,它当然是在呼呼地燃烧。

生活,就是面对。快乐,就是信任。幸福,就是勇气。

1952年3月10日　星期一　晴

今天参加了两个学校的庆祝"三反"胜利大会,会上对这次运动查出来的贪污分子,做了极宽大的处理。这些贪污分子听到,将要宣布对他们的处分的时候,脸唰的一下白了,两腿簌簌发抖。而等他们听到免予法律处分、退赃的标准不按物价上涨的幅度增加的时候,一个个痛哭失声。昼夜不停地干了几个月的"三反"运动,表现了决心,表现了希望,表现了紧张,也表现了宽容。"三反"和"五反"陆陆续续要结束了。由于银波同志与党委交涉的结果,我不等整个工作完了,过两天就离开"节委办"回团区委做我的老工作去了。我有一种即将回家的兴奋感觉,我的新的生活阶段要开始了。我痛切感觉到现在的一切就是在创造自己的一生,我的幸运在于早早地独立地创造生活、创造此生、创造属于自己的选择的人生了。即使是最熟悉的工作,要的是挖掘出自己的全部潜力,努力的人、深爱工作的人、工作中成长和学习的人有福了。

我买了一双新皮鞋。

1952年3月11日　星期二

托人给凌蕊园带去了一个小条:

那天晚上以后,我更知道,和你在一起,是多么快活,我恨不得天天和你在一起,看着你,听着你说话。但是,哪能这样呢?你每天上课,学习并不是不吃力,而我,工作又那么多。我说,最好平常我们谁也不要想谁吧,你忙你的,我忙我的,越忙越好,然后见面了,我们拿出成绩来,一瞧,都不错啊。

小条最后,我请她星期六晚上,一块看个电影。苏联片《在和平的日子里》,我看到的广告画,是苏联的海军故事。

1952 年 3 月 15 日　星期六

从早晨起我十分焦灼,昨天排了一中午队,买下来大华电影院今晚的两张票,可她来不来呢?我觉得她看了小条,应该回复我,中午给她打电话,叫了好久才通,结果她在开学生会执委会,晚上下班以后再打,仍然没找到。我决定到学校去找她。

这时小李从传达室拿来了她的信,小李举着信和我开心,非要我答应请客才把信给我。我急得要命,而且好像有点不安,我夺了信,一个人跑到后花园,双杠底下,心跳着拆开信,看了头一句,就慌乱了。

刘夏同志:

所有的错,所有的错,全在我。

我的眼花了,从头又看。笔记本上撕下纸,字迹凌乱,很多修改后加的话,我还没有完全绝望,继续看下去:

区委会的相处,你给我的帮助是难以计算的。你写信来了,写得那么高尚,那么真诚,那么温暖。我觉得我收到的不是信,是诗,是闪电,是春天的雨。一个幼稚的、肤浅的、容易冲动的女学生,除了响应你,难道能摇头说"不"吗?我激动起来了,我从来没有收到过,也没有想到过,恐怕今后也收不到这样美好的信笺了。你是写信的专家,你的信无法阻挡。我被大风吹来吹去,来不及思索,愿意一切按你的意思。

但是还有时间,过了第一分钟,总还有第二分钟,过了头一小时,总还有另一个钟点。时间帮助了我,唤醒了我,理智比情感更强,我只能说,我不行啊,我怎么行呢?

看到这里,我知道,是不一样的情形了。我困难地读下去:

我比不上你,真的,那天知道你比我还小一岁的时候,我无地自容。我是个中学生,和女伴们一起跳集体舞,玩猜领袖,但是，我告诉你，我的日子并不容易过，无时无刻不有一种巨大的羞耻，鞭挞着我。我已经十九岁，才上高中一年级，我的知识贫乏得可怜，我的考试成绩不那么理想，也许可以原谅自己，分出来许多精力，做政治工作。提起政治工作，又怎么能比你呢？这些还好说，最使我不能安宁的，是同学对我的信任和爱，她们什么事都找我，什么话都和我说。有一次，先生出作文题：《我最敬爱的人》，竟有同班同学写了我，在敬爱后边，她写上了我的名字。我觉得深深地对不起她们，昨天一个同学问我一道几何题，我也不会。

我常想，幸福还不是我的，现在还不是我的。我没有权利，我没有办法，我没有时间也没有能力，按别的轻松如意的方式想。

我抬起头，看见了黯淡下去的天空，我问，就是因为这个吗？你不行？为什么我觉得你了不起！正如你所讲，同班的同学，已经认定你是她们最敬爱的人。这样的评价，是随意的吗？

我知道，这样做会使你痛苦，请相信，我也并不好受，但这样更好。

我想说，你了不起。

天啊，我刚刚自言自语，我在说："你了不起！"这是什么，是同气相应，还是碰巧接上了火？"灵台无计逃神矢"，这回是鲁迅。

在未来长远的路程上，您一定能做出点什么……生活不会苛待您，您会有更好的朋友和伴侣。那时候，您能够同意我了，至于我，有您的那封无价的信，已经够了。我让它伴随我，一生永世，在我十九岁的时候，收信。

我已经够开心的了。

凌蕊园
3月14日

就这样,她称呼同志、您,署名凌蕊园,写完了信。

1952年3月16日　星期日　阴　风

　　起风了,北京的春风是可怕的,谁要到街上走一遭,回来满身是土,包括耳朵眼儿、鼻孔与眼角。我回家了,在家里听广播、洗衣服、擀面条、聊天,一切都觉得没意思。妈妈说我脸色不好,我不愿意他们看出来,故意表示高兴,和姐姐弟弟玩扑克,我常常看错了牌。下午,待在家里实在烦闷,去新华书店看书,翻翻这本,翻翻那本,哪本都很好,哪本都看不下去。打开一本《普希金诗集》,莫斯科外文书籍出版局出版,戈宝权译,有一首叫做《我曾经爱过你》:

　　　　我曾经爱过你,爱情,也许,
　　　　在我的心灵里还没有完全消亡,
　　　　但愿它不会再打扰你……

还有人人会背诵的:

　　　　假如生活欺骗了你,
　　　　不要悲伤,不要心急……

　　看了几句,泪珠在眼眶里打转。跑出新华书店,往机关走,等啊等,等到上了电车,车开了,忽然想起背包丢在书店,只好在头一站下了车,重新跑回书店,取了背包,回到机关,一个人也没碰见。我觉得非常疲倦,就到宿舍拉了棉被躺下,一会儿想再写一封信,一会儿自尊心绞痛了,决定不再想她。风一阵阵,越来越大,隔着门缝、窗户缝,撒下一道一道的黄土。

从前的北平——北京

　　现在很多人不知道了,一九三七年日军与汪伪占领下的北京,是叫做北京。一九四五年,先是美军在天津塘沽登陆,然后开着吉普、道奇大卡车把美军运到了北京,并将日伪时期的靠左行车规则,在二十四小时内改成了美式的靠右行车。接着,"国军"开进,北京改名北平,属于第十一战区,司令孙连仲。

北京北平的春天风沙极大,小学老师在课堂上就这样讲,北京的市容与天气是:"无风三尺土,有雨一街泥。"南社名流黄节诗曰:"一尘黄不上丁香,似雪翻风风却黄。日日好春风里过,令人梅雨忆江乡。"

到了二十一世纪的今天,什么都不一样了,除了故宫北海颐和园天坛一些名胜,我已经常常是人在路上,在高楼大厦摩天建筑之中,不知身在何处。

好像地安门大街改的样子稍微少一点。一九四八年年底,地下党给我们支部的任务是以"华北学联"名义组织高中男生数十名,以"童子军"军棍为武器,在解放北平的巷战基本结束、国民党军溃散、解放军尚未接管进驻行使管理之前,要靠我们这些潜伏的革命力量保卫地安门商业街区,避免青黄不接之时,商家遭到暴民恶徒哄抢。

对于地安门大街,我一直是情有独钟,分外在心在意的。

至于前门大街,近年注意恢复古城风貌,甚至恢复了一骨节有轨电车,但更给人印象的不是老北京,而是新时代新北京对于老北京的认真追忆,辛苦经营召唤。平安大街更是如此。民国时期的老北平,西城区平安里这个重要的公交车站,并不存在,相当于平安里车站的是太平仓,在平安里南近处,有轨电车从太平仓向东拐,走大约一站路后往北拐弯,进入如今的平安大街,走厂桥、东官房、北海后门、地安门等等。平安大街的设计与建设,无声无息。

再回来说北京的风,那时有一种风,老百姓叫做"下黄土",应该是从境内外的黄土高原吹过来,然后落到许多角落。风带来了无孔不入的黄土,风又使盛开的丁香一黄不染。成也春风,败也春风,净也春风,脏也春风。此诗还证明了那时风大黄土大的时节是四月丁香季。

那时北京的夏天,雨前有燕子与蜻蜓在大街上低飞,雨后更是到处蜻蜓,夜晚是萤火虫打着小灯笼。孩子们称蜻蜓为:留离。冬天,西北风吹过电线,发出的声音鬼哭狼嚎。白天,成大群、结大队,飞满北京天空特别是北海团城一带最多的是大声喧哗的乌鸦。

（王蒙插诗:昨日京城昨日鸦,当年黄土当年沙。七十（载）文字犹激越,雨打陵园不败花。）

黄节的诗我是一九六三年在前辈学者钟敬文教授家悬挂的条幅上看到的,他设宴欢送我远走新疆。他家的墙上与咏风诗并排,还有一幅诗,表达一种含蓄的、类似对于红颜知己的情愫。忘年交黄秋耘大兄见了这另一首诗句,对我不断地说"赵慧文,赵慧文",说的是拙作《组织部来了个年轻人》中的一个女性角色。

诗语诗人,波流未止。

星星点点亦模糊,犹忆曾然语似珠。日夜七旬东逝水,小王不忘话当初。

1952年3月17日　星期一　晴

真的过去了吗?使我这样激动,使我幸福,这样使我痛苦的一切,无声无息无踪影了呢。

怎么那么空啊,好像一所大房子。本来有人、有火炉、有钢琴,有各样的摆设和书画。现在什么都没有了。空空的。没有东西可以填补。

各校团组织,交上本学期工作计划。年轻人,火热的心,跟随着毛泽东前进!我却不能集中精力阅读,我不是个好干部吗?不,不可以这样,绝对不可以。

1952年3月18日　星期二　晴

天好了,天暖了。为了抗拒细菌武器,各地开展了爱国卫生运动。我们今天下午进行了彻底的大扫除,我负责擦玻璃,打了一盆水,蘸湿了抹布,使劲擦,站在凳子上,擦高处。一边擦一边哼哼歌,想用歌分散悲伤,想起了那个晚上,说是:"又忙又唱歌,真好。"说对了,这就是我们的梦。于是不等这个歌哼完,就哼哼起《白毛女》的插曲,《白毛女》插曲也使人渴望爱情。我的喉咙又哽塞了,赶快转而哼哼我最爱的《运盐小调》,"捎带上一把南路货,去到那三边把盐驮。哎嗨哟,哎嗨呀",里面还有一段"额咧咧咧",是模拟吆喝驴子的声音。这个幽默的歌似乎也不像当初那样使人快活。那个单纯地听边区盐贩吆喝驴的快乐时期,已经一去不复返了。

（插话:已经有许多离别,已经有许多"一鞠躬,再鞠躬,三鞠躬。清明扫墓墓安然,往事多端未可言。此身或旧心难老,姑写小说泪若泉。依旧文章依旧情,他生话旧不朦胧。绵薄难尽雪花舞,孩气童心慰此生。"）

1952 年 3 月 20 日　星期四

好像不相信那些理由,太暧昧,太过分,我不相信如此丰满的幸福突然变成了弥漫的悲苦。

天气暖得那么早,女学生穿着红毛衣到户外来了。百货公司的货物添了很多新品种,"五反"以后,经济生活更加繁荣兴旺。

1952 年 3 月 22 日　星期六

和她约会了今晚一谈,在她的一位同学家里,我初次脱下了棉袄,换上春装。周末的街道非常拥挤,无论是坐在新电车上的老头,提着医疗包的妇人,水果摊前大嚼着的孩子,大家都显得满足而快活。在朝鲜战争的炮火和斗争贪污分子的怒吼声中,人民已经感觉到大建设时代就要到来。我也快乐,也许更快乐得多,我为祖国的前进是那样激动,所以,因为,国家民族正在踏开大步前进,我的激动与快乐的心情特别希望与人共享。

她的同学住在国家一个部的宿舍,宿舍盖高楼,有人楼上愁。我首次进入九层楼的宿舍,看到了城市的面面灯火,灯光密密麻麻,令人觉得奇异和感动。这套宿舍是从前兰花饭店旧址,等我找到这个讲究的地方的时候,星星已经出现在暗褐色的天空。我被引导进入一个漂亮的房子,凌蕊园正在沙发上看画报。她介绍说这家同学的父亲是一位大艺术家,名声如雷贯耳,她提到了一些作品标题,我连连点头。然而,现在这里,艺术家的妻子不是凌蕊园的要好的同学——也是我认识的一个团干部的亲生母亲。她的亲生母亲是封建包办婚姻的不幸遗存角色,遗迹消失了,待在他们的家乡广东潮州。女儿与生母相距遥遥。

有些孩子,从小已经一江春水向东流,同时还八千里路云和月。

而会客室的墙上挂着一批艺术家与周恩来总理的合影,还有齐白石的画,有秦怡的大照片,有影片《一江春水向东流》的剧照,还有《魂断蓝桥》的主角费雯·玛丽·哈特利的照片,看不出费雯·丽的签名是手写还是印刷。最惊人的是,用相当大的镜框,装着一张小幅炭笔素描,上面的签名,是法国共产党党员,大画家巴勃罗·毕加索。

坐在这里,我有一点点不一样的感觉,我的呼吸平稳了些,表情也雅致了些。

"看了信了吗?"她问。

"看了。"

这是一个高级的会客间,我还没有到过这种地方。是的,人生有很多层级,有更多的故事,留下许多照片,许多动静痕迹。

"你了解我吗?"

"我……不能说不了解。"

"你高兴吗?"

"我们生活在这样的大变化的时代,一切的一切,一日千里!太阳出来了,满呀嘛满山红。我们能不高兴吗?不高兴的倒霉鬼啊,让他们作孽去吧。青年团的任务是学习,学习,还有学习,是培养全面发展的共产主义新人。是的,"我咬了一下嘴唇,"我只知道生活本来有多么地好。"

说话当中,我不觉流露出一种酸涩的味儿,我其实不希望这样。

她觉察了,皱起眉头,阴影从脸上掠过。

她不看我,小声地执拗地开始说:"对不起,我知道。我觉得你特别好。'同志',这个称呼对于有些人,可能无所谓,但是,'同志'是一切话语里最能感动我的。我叫你,刘夏同志,我愿意尽我的微小的力量和你一起,我愿意为你做一些事情。我不知道比同志更亲密的名词,何况你那么早就参加了工作,你不容易。我接到你的信了,我只有一个想法,你是好的,我不能让你失望,不能使你受伤,我觉得如果不回应你,就违背了我的心,对自己的同志的爱,当然,也许用不着说这些了,有什么可说呢?"

她难过地轻轻地喘气,我慌了,我请求说"原谅我",我不知为什么,伸手打开了又一个立式的台灯。

她摆一摆手,她说:

"请求原谅的当然是我,虽然我只是一个中学生,对于爱情我不是全无所知,我知道那是多么珍贵多么严肃多么艰难。我得考虑一切,我不能随随便便,为了做出过的应许,我应该献出自己的生命,我能吗?我不能马马虎虎。

"很想和你谈我的过去,只说一点点,我曾经寄住在亲戚家,在我十三岁那一年,我的刚刚四十岁的父亲去世了,妈妈有慢性病,当时说法是我爹患了'猩红热'。有一天听到亲戚与他们家的人说闲话儿,我知道了,他们说我是白吃饭的。当天晚上我离开了亲戚家,在城里转了一宿。我说的是济南,有一条大街叫四大马路。第二天早上,迷迷糊糊经过一个大院子,门框贴着招收童工的告示。于是我当了工人,折页子,干了两年半,直到我叔叔从外地回来,供我继续上学。就是这个叔叔,出了事情。我有时候,执拗得可怕,改不了,现在,我这样一个各方面都差的人,各方面都落在别人后面的时候,我觉得是耻辱,人可以不幸,但是不可以耻辱。不,还是说不清我的意思,总而言之,有一个力量命令着我,责备我吧。也许你以为我太不可理解。"

她说不下去了,双手捂住了脸。

她是工人,她是工人阶级,咱们工人有力量!

听着无限诚挚的诉说,坐在这间陌生的屋子的沙发上。我觉得,自己对她的了解,刚刚开始。

不要只知道自己,更要知道别人。

原来以为,一切都明白了,其实一切还都模模糊糊,她的说话,给我的印象,也还不是非常清晰的确定的,但我已经被她执拗的愿望感动,坚决而又美好。她对自己的要求,也正是更炽烈和深厚的,无怪乎同班同学会那样敬爱她。我同情和理解了她本来是个要强的女孩子,甚至于我要说,正因为我喜欢她,就不能不充分尊重她的意愿,不能用自己的表现刺激她。

这时她又问:"刘夏同志,你说,最重要的是什么呢?"

我不知道,从何回答,反正她的用意是,现在,对于她最重要的是学习,是班上校里的工作,是她叔叔的问题……反正不是爱情。那我还能说什么呢?

我把话题转向了闲聊。聊到天气,聊到新近流行的歌,聊到北海游船下水,很快地我们轻松起来了,话很多,很活泼,就像什么事也没出现一样。我真愿意和她一起聊下去。但是时间大概已经很晚了,她的那个同学敲门走进了屋子,她瘦瘦高高的,广东潮州人,大眼睛,非常明亮。我自惭形秽了。过了一会儿,我和她都向主人告辞。那个同学介绍我们看了一下楼下的小花园。我们看了,树木已经发芽,同学向我讲述了花开季节会多么美丽,我当然相信也会意。然后离开了这个在我的一生中只有一次机遇逗留的地方。我推着车送凌蕊园走了一段,到了该分手的路口,她叫我快走,她说,"再见"。

我难受了,想起那次在本院里道"再见"来,反身骑上自行车,飞快驶过深夜街头的寂静。

1952 年 3 月 23 日　星期日

我永远地默默地想着,不再悲苦,不再埋怨,一切都有当然、必然、自然。从她那里知道了"同志"两个字的价值。最主要的是什么?我懂得她的意思了,你时时刻刻应该思索的正是这个问题,你忘记必须用行动做出回答的正是这个问题。最主要的难道是,一起逛逛公园和看电影,一起吃两个门钉肉饼?最主要的是战斗,是前进,是学习学习再学习,是明天,永远在一起,永远有共同的幻想和忧虑,有共同的奋斗和成果。我希望她好,她希望我好,最主要的是还要加倍努力,最主要的是要活得光彩,不能玷污了我们小小年纪已经经历过、思索过、煎熬过的不幸的但也是崇高的一切。

主要是什么,此生永不能忘。

1952 年 3 月 25 日　星期二

晚上和银波同志谈了,在她的屋子里,我极力用平静的语调叙述经过,说完,她找出来外国糖果招待我,点着头叹息,又笑起来。她称赞说:"刘夏,你们有点柏拉图的味道。现在,斗争激烈,胜利与建设匆忙,没有留下太多的柏拉图式思考与对话的时间和空间了。很好,你们还有一点,长着头脑的人是幸运的。人要活,还要思考与选择活,还要总结与改进你的活。我们太忙了。说真的,我欣赏你们的多少有一些的柏拉图主义。"

……然后她说:"在我十八岁的时候,也无缘无故拒绝了第一个追求者,那是个很好的人,会画画,会法语,比我大许多岁……"

她想起往事来了,迷惘地望着绿色的灯罩,接着说:

"也不是无缘无故,我梦想的是更伟大的事情,我没有准备好。谢冰心说过,她最烦的是《红楼梦》,整天姐姐妹妹,哭天抹泪。不,这与文学史与文学评论不是一回事,冰心有她的时代与个性。我其实也是差不多,我不喜欢《西厢记》的腔调、《牡丹亭》的堆砌、《罗密欧与朱丽叶》的闹腾,不希望爱情来得这样简单,直不棱登。我渴望的是对自己的要求,那时我刚刚参加民族解放先锋队,国家在苦难中。也许,许多时候,许多个姑娘,除了拒绝第一个追求她的人,不能有别的办法吧?日寇长驱直入,你这个时候恋什么爱!也许以后就是以后了。"

她凌乱地说着许多"也许"。我懂了,生活里还有许多也许,当你碰到困惑和艰难的时候,你就想想苏格拉底、柏拉图、亚里士多德,直至车尔尼雪夫斯基他们的追求吧。

银波同志走近我,摸着我的头,又一次说"小鬼大了"。然后,她说:"你很好,你是个好的党员,可惜有点多愁善感,也许你太文学了,心不仅要像火一样热烈,还要像钢一样坚强。人生的道路上,你还会碰到许多事,应该非常乐观,非常男子气地对待。别害怕不顺利,不顺利使人坚强,刺激人鼓起最大的力量。当然,一切对于你来说,还在未来,你要准备未来,你要创造未来,你要赢得未来……不能让未来的也许是十分伟大的可能性从你的指缝里溜走。"

银波的话使我有点不好意思,从银波的房子里走出来,我好像真的有力多了。个人生活的事情,应该已经不能震撼我。我会跨过它们,我知道生活中,最美的是最初的念想。无论遭到了什么,失去的总是没有得到的多,我已经了解了一些事了,再也不是小孩子了。

回到办公室,拉开灯,拿出各校团组织的工作总结和计划,自言自语地责备自己,工作荒废得够多的了,然后专心致志,一篇一篇地看这些材料,把意见和疑问记录在工作笔记上。

结　语

初恋是珍惜的文物吗?放了一年又一年,呵护了十载又十载,仍不古董,却是新章。初恋是少共 CY 的成长,是真正的成人节,是更透更彻的而立之年。初恋是海平线上出现的一艘舟船,非雾非云,若隐若现。初恋是第一次高歌，无谱无弦，无伴奏无轻弹，催人泪下，令人无眠。初恋是冲动，是洗礼，是净化，是远离腐恶轻薄的誓言，是决心保证，永远忠诚与贡献，责任与自律、自爱与爱怜。初恋是精神的提升，初恋是朝霞和旭日，是一阵风？是一声"八九"节气带来春光信息的雁唳。初恋是爱的培育，爱的发芽，爱的生根，爱的世界，奠基兴建。

初恋是永远的温习，回味，从最初到最后，从啼哭到哀乐，从做梦到惊醒，从笑笑到酸苦，从泪迹到光照安息。初恋不会遗失，初恋不会失联，初恋不会淡漠，初恋永远陪伴。

成是初恋，不成也仍然是初恋永远。再见了，我的初恋，不会再见了，也是初恋，就算是忘了吧？忘了什么呢？忘的不是别的，只是初恋。

初恋热气腾腾，温柔缱绻，兴高采烈，枝叶纷披，攀缘提升，登峰望远，好云好雨，好人好心，好的故事，好的纪念。

在抬头不见低头见的时候，说过"再见"。再见不是告别，是等待重逢，"你好""早安""别来无恙""同干一杯吧，我的不幸的青春时代的好友"（普希金句），欢呼：你丝毫也没有变，"从前这样，现在还是这样！"（苏联电影插曲）

在混乱的箱箧之中，在未知的颠簸飘摇里外，在已经有了许多个告别与痛哭的经验之后，七十年忆龄存货，依然活泼生动，仍然就在眼前。

初恋是一个声音，是电话里的慰安，初恋里还有许多打电话的故事，有些许的私密，下次，等我有了机缘，再专门写给文学的期刊。

特别是，尤其是，在苏联人说是俄罗斯波波夫、意大利人说是意大利马可尼、英国人说是英国亚历山大·贝尔，而美国国会二〇〇二年六月十五日做出269号决议、确认是美国人安东尼奥·穆奇发明了的电话里，稿纸上的主人公相信，仍然会一次次响起你的声音。你的声音在电话里是如此动人，温存，沉稳，不无矜持，略有犹豫，欲说还休,谛听敬肃,心语耳语,有声无声。你的声音在电话里得到了完美无瑕神奇与熨帖的表现。

我想,电话机里的声音的混响,声响的后浪前浪,抵御了战胜了一切的胆怯畏惧试炼袭击磨难。

一只小鹰在天上飞翔,又一只小鹰飞翔,两只小鹰颉颃,小鹰成双,小鹰分开了,再见,不是两两,不再成对成双,仍是一只加一只小鹰飞翔……

一只小鱼在水里游航,又一只小鱼在水里游航,两只小鱼游航,两只小鱼成双,小鱼徜徉,小鱼分别了,再见,不是两两,不再成对成双,也还是一只加一只,在那里游航。

必然,飞跃,成长,有人惦记,有人占据你的前心后心、左脑右脑,有人得到你的赞美追求和欣赏,有人逼迫你变得更好一点更美善光亮。于是,一江春水泛来,却尚未成渠,水到渠未成,成就的是一片生机,一片汪洋,草色遥看近却无,春花秋月永无了,花事无边风光好。

一声咏叹,又一声咏叹,二重唱,小合唱,美声,南梆子,保护了战斗的号角;有掩护的开火,有冲锋的炸药包,有卧倒也有奋起,有礼赞,有微笑,有柏拉图的理性,马克思的科学社会主义,也有文学的多姿,更有狙击手的十环连击,百发百中……

> 韶光应是最童真,朝日彩云万物新,
> 陶然最乐汗滴土,倜傥应推歌入云。
> 风寒苦斗贪污犯,日暖欢拥生动春,
> 涤荡污泥与浊水,花红柳绿更欣欣。

> 天真孩子稚无眠,热烈青春诗畅酣,
> 革命党人期大任,太平百姓盼丰年。
> 轻声且问卿心曲,或愿携行我梦圆?
> 未敢轻说诚有幸,与君然诺重如山!

几个月后,我想念,我相信,我觉得,我似乎,终于接到她的电话了。有说,其实电话机也是爱迪生发明的,好的,爱得死发明了它?迪迪生也随它去,它值得欢呼赞美。从前,对于爱情最重要的是书信,是旧手帕上题诗,贾宝玉。后来就是电话了。现在是微信。爱情不应该林黛玉那样艰难,也不应该微信表情那样便捷轻率。最好的亲近的随时的声音,传递在爱谁谁发明的德律风——telephone——电话机里。

我总坚信记得,你说呢?她在电话中说过:她已经被邀请,九月二十三日凌晨一时三十分,她要上天安门观礼台,参观本年国庆阅兵的预演,包括礼花、礼炮、焰火。他们的集合时间是九月二十二日,二十三点十五分。

我在区里工作,我知道得更多,我知道此后还有第二次预演,还要加上各界群众游行的彩排。不巧的是,我的参观票是二十七日凌晨的,我说。二十三日的预演,观众里没有我,我预祝她看得满意。

在电话里,她笑了,咯咯咯咯。

一!二!三!四!

发表于《人民文学》2022 年第 4 期

霞 满 天

一

在王蒙上小学的时候,看到一拨男女大学生从大街上走过,不知道为什么,我替他们觉得焦躁:他们年纪这样大了,还在一堂一堂地上课、做作业、考试,我从他们身上,看到的是急迫与不安,是期待与得不到,是成长带来了或有的腻歪与疲劳,闹不准还有点空白,就这样上学呀学上呀六七千昼夜,老天。

我是急性子,一辈子催促自己和亲人,被说成是"催人泪下"。我觉得人生的最大痛苦和冤枉,是徒然等待,推迟进行,一些操作与发生耽误了点、分、秒。

在我满三十岁的时候,吓了一跳,怎么噌不楞噔就三十了呢?哪儿来了个三十而立?果然仨十?我什么都没准备好,无缘无故、无着无落、无声无色地三十岁矣!三十功名桌与椅,八十里路门与户!我还有一肚子青春的烦恼与火热,诗情与故事,大志与大言,大心与大胆,还有点滴的露珠儿似的才华,像一位可敬的老师说的,我并没有做没有写也没有弄出什么瓜果李桃儿来呢。

四十岁,一九七四,五七干校刚毕业,我已经老大。少小才刚老大悲,喁喁未罢踽踽归,人生奋力拼八面,不可空空走一回!

安徒生的一个故事,一个坟墓碑文上写着类似如下的文字:

逝者是一个作家,但是作品尚未动笔。

逝者是一个画家,尚未来得及准备画布。

逝者是一个政治家,亟待首次竞选演说。

逝者是一个运动员,梦里获得了世界冠军。

大意如此,不是原文。

二十世纪七十年代,我觉悟了,不能只知道等待。我开始正式动笔,《这边风景》的花与叶绣将起来。此前,五七干校休假期间,已经试写了一些段落。其中有一段写伊犁农民春天大扫除,还有俄罗斯族妇女擅长以石灰水兑蓝墨水把墙刷成天空的淡蓝色。我提道:这是当地的习俗,也是爱国卫生运动的实践。一位老夫子式挚友,听了"爱国卫生"四字,笑得岔气。没有办法,我有我的底色,我的童子功,我的不同路子。

曰:革命。

二

四十二三岁以后,日子正常化、顺当化了。我对五十岁六十岁七十岁八十岁……的反应日益淡定,活进深处意气平,当然必须稳住阵脚。淡定也是晚近时兴起来的词,此前,我更习惯的是燃烧、激越、献身、豁出去,英特纳雄耐尔,让暴风雨来得更猛烈一些吧。

嘲笑"爱国卫生运动"这一词语的挚友体格极佳,在新疆,冬季零下三四十度,他户外步行半个多小时来我家做客,帽子都不戴,他的鼻子与耳朵都呈现出胡萝卜色,不以为意。现在却说成不以为然,"为意"与"为然"都分不清,咱们这个中国的认字儿情况到底是咋啦?我的挚友喜欢喝酒,喝多了走出房门,找一个墙角把迷魂汤子与已经咽下的食物倒逼出来,呕吐干净。回来坐到小饭桌前再吃再喝,谈笑风生,面不改色,同时用普通话、陕甘方言、维吾尔语、俄语掺杂上英语、德语说着笑话。同桌的朋友,都称颂他是"铁胃人"。

他吸烟,又买不起好烟,他吸的香烟又臭又辣,并于吸吐过程中时有小规模爆炸叭叭叭儿叭儿出现。

更奇特的事是,他的儿子看了一个极好的影片,《大浪淘沙》,学上面的自缢镜头悬梁,就这样离开了人世。为此,我们全单位的人,他的众多的好友,制定了劝慰他与安排大侄子后事的精细方案,做了,了结。

他喜欢读书,喜欢研究比较语言学,向我传授遇到特殊情势,可以用背诵书页或外语单词生字的方法,稳定情绪,心理治疗,利用一不小心就会白白浪费的时间,有所长进,自然入定,百毒不侵。他认为苦学也是气功,在被一批中学生死缠烂打不可开交的时候,他背诵普希金的长诗《叶甫根尼·奥涅金》而意守丹田,进入情况,完事以后,他一个人弯腰练功立在台上,泥塑木雕,拽也拽不下来。

老夫子定力如山。

我让他给我背诵"叶"诗,他只说了一段,说是普大喜奔的金子一样诗人诗句里说:"走遍俄罗斯,找不到一个女人长着美丽的脚板。"

提到俄罗斯女人的脚,带来的是阔大感与生命力度,自然令一批中国亲苏中老年知识分子开怀畅阔不已。

我们当中有的人,有的为普希金的诗作中出现了这样的低俗,面露憾色与痛惜,老夫子突然独树一帜:

"你们怎么这样不懂、不通、不解呀!酸溜溜的小男人才会发生为普天才改诗的冲动!普希金有多么体贴,多么亲切,多么含情,美丽中饱含生猛!再温吞他也是俄罗斯!"

讲到俄罗斯,他用俄语原发音,像是说"嘞儿阿斯衣"(Россия),元音 O 发类似 A 的音,味道果然不一样。

是吗?你又觉得老夫子他体贴了普诗人,超越了诗,超越了最最可笑的小布尔乔亚与风雅,超越了文学与儒学的呆气,超越了传统,更超越了爱情、失恋、追求、懊悔、挑剔、肝肠寸断、要死要活。他的本真天性小小子劲儿可以与普希金、莱蒙托夫、杜牧、李后主、贾宝玉、也不妨加上唐·璜——比肩。

他还讲过由于一段时间夫人回内地探亲,他把家里弄得乌七八糟,夫人回家后大怒失态,对他又骂又打,又哭又喊,又抡又跳,小施家暴。观察着夫人的声像,他想起了"酣歌醉舞""珠歌翠舞""燕歌赵舞"……一串串四字成语,他觉得非常幸福,比世界许多地方许多历史时期许多人要幸福得多得多。

"语言啊语言,学那么多种语言,为什么不会为自己的生活细节作出最佳命名呢?"老夫子说。

为此,他含蓄地写了新诗,登在那一年本自治区文学期刊"批林批孔"专号上,大意是林彪和孔老二,想破坏人民的幸福,我们仍然是载歌载舞,莺歌燕舞,快乐欢欣,声色琳琅。

他说自己的老婆发起脾气来,堪称声色琳琅的啊。

我离开边远地区后不太久,传来他患咽喉病症的消息,之后急剧恶化离世。我始终感觉到他在离去的那一刻,可能脸上露出了一个轻松却不无诡异的笑容。

他是个大好人,后来,他在世时对他歌舞交加的夫人告诉我说,老夫子已经预感到了改革开放快速发展的好时候,他临别时说:"你们会有非常好的生活。"

愿他安息。

三

另一个北京油子老乡,也差不多同一个时期,咽癌去世,他一直闹腾移民国外,靠边疆已经移民到澳洲的俄罗斯族艺术家友人帮忙,终于实现了移民梦。出发前患病住院,迅速走了,他的故事我写在一篇小说《没情况儿》里。我的感觉是他离去时说了一句京腔话:"齐了,您。"

后来访问澳大利亚墨尔本时请他妻子、舞蹈家——曾经是谢芳的同伴、一位心直口快的女性吃饭,她说到自己的移民洋梦,她希望拥有一艘自己的游艇。

流光匆促或堪哀,四海五湖运未裁,游艇白帆卿且觅,碧空银浪鹭鸥来。

后来见到的是与他们同事的另一家老北京,他们移民海外后回京探亲,我请他们吃饭,他们为北京面貌改变之迅速而极不习惯,甚至喷有烦言,意思是说他们此次回来,找不到自己的老家了,北京变得让他们不认路了……我不知道说什么好:一日千里好,还是妥留故迹好?发展变化、旧貌换新颜,还是平和保守、一切大体照旧好?

而他们的在本土上过体育学院打手球的闺女,则埋怨老朋友见到他们只知道请吃饭,说得我尴尬惭愧。据说小朋友曾经心仪一个残疾人,被父母劝退了。

心灵、心理、心愿、心病、心犹不甘。出国生活、定居、归化,滋味究竟何如?

是的,陈寅恪大师说过,去国移居,恰如寡妇再醮,不可总是怀念前夫,更不可再叽叽咕咕抱怨前夫。

还有两位对我极尽关心帮助照拂的老领导,老河北人,打死他们他们也不会反认他乡作故乡的啦。他们在我最艰难的时候对我伸出援手。二位都是离世于口腔癌。他们都是河北人,都爱吃刚出锅的热饺子,都在包饺子时评论面和得要软硬合度,筋道弹性,得心应手。他们俩都爱说"打倒的媳妇,揉倒的面"。其实他们是最最良善的爱妻主义者,是媳妇面前的五好丈夫。我想念他们,感恩他们,绝对不能辜负他们。

四

三十多年前,我一度因颈椎病而狼狈不堪,那时我发狂地写作,又被通知参加许多会议,接待各种来访友人,国籍不一。一旦病起来,旋转性晕眩,天旋地转,深感恐怖。在一个海边的中等城市文艺之家,我看病疗养了一个多月,认识了一位海滨城市比我大五岁的朋友。

他姓姜,是该市政治协商会议领导人。面相很好,尤其是目光明亮,他每天注意看报,皱眉思索,还与我不断切磋讨论苏联在斯大林去世后的变化与埃及、伊拉克的政局,直至赤道与北极南极。他有点驼背,有点秃顶,还有点东张西望。他很健谈,既谈市、省、北京的领导干部的升降前瞻回顾,也谈吃喝玩乐与半荤半素的笑话与谜语。麻烦的是他的口音比较重,说话大舌头,发不出"儿"音来,该发"儿"的时候,他发的是"哦",这样他的说话至少有三分之一我听不清原文,但自以为能猜出他的话语里的百分之八十的原意。

我们有时和另外两位年轻人一起打麻将牌,年轻的"手哦"胡乱出牌,但是常常和(读胡),市政协主席就点评说:"傻小子睡凉炕,全凭火力壮。"

那里是革命老区,他父亲是抗日烈士,他小时候当过儿童团长,抓过地主还乡团的探子,在北京的革命大学,他学习过一年,在省委所在城市的党校,学习过两期。他的老区少年积极分子与根正苗红的来路,使我觉得十分亲近。

分别后不到一年,听到了他因病去世的消息,使我十分震惊,兹后又屡屡听到他的故事,更是令人嗟叹。

说是他老家有一个不无精明却又不务正业的小伙子,乘上了发展市场经济的东风,开头是崩苞米花,后来卖煎饼馃子,再后来加上包子、老豆腐、烧鸡、炒肝,置备了流动餐车,成了小财主。小老板还经营社会政治,不但当了政协委员,还取得了有关部门给予组织保安公司的批件,成了家乡一个能人。

说是此位能人以当地眼光中的高薪,聘用了一位练硬气功的保镖,保镖在自己左臂上刺青,上书"恩公姜勇"四字。他与我的牌友同宗,都姓姜,论辈分儿他应该叫主席爷爷。

姜主席到了年龄,下岗了,人们议论说,小老板事业与财力的飞速发展,使姜同志艳羡有加,出招帮助他多方发展,并且抵押了房产,贷款投资,与小老板亲密合作。

小老板傻(精)小子睡凉炕,火力越来越壮,被鼓动睡上了从未与闻的"期货"市场大炕。已经一步登高的傻精小子,"成功"得太顺利了,他还要一步登天,冲天,超越太空,他还要拉上已经退休的大官与他一起飞天高冲。结果是上当受骗,不但赔得精光光,而且负上了债。

傻精小子也是接纳了旁的坏小子的主意,早早花钱办下了太平洋一个岛国的护照,突然间消失踪迹。而我们的姜主席,就这样地跟随着傻精小子,从热炕上一直跌入无底深潭。

此事闹得沸沸扬扬,省纪检委与检察院来到此地进行立案调查。老姜突然死亡,正式说法是心肌梗死,也有人说,说不定是自尽的。详情不好过问。

是个惨痛的愚蠢与白痴的悲剧故事。我们会奇怪志士与贪官、艰苦高尚与蝇营狗苟、有板有眼与全无常识、可敬可亲与无耻无赖之间怎么会这样近在咫尺。而在主题新闻纪录片中听到大贪腐分子侈谈什么三观缺陷、为人民服务的方向不够坚定、崇高伟大的信仰缺失的时候,我完全不能相信我的耳朵,他们明明是刑事犯罪啊,他们是蛀虫、是骗子、是利欲熏心、是无恶不作、是社会主义与人民利益的死敌,怎么他们像是在检讨自己没有赶上张思德、刘胡兰、董存瑞与雷锋啊?!

同时我又回忆起二十世纪改革开放初期,万事起头难,万事起头鲜,万事开头美,万事开头欢;春潮正澎湃,春风涨满帆,春意暖人心,春花喜人寰,春气大浩荡,春雨润万田;一番风光,透着可乐、可为、可笑、可奇,新鲜芽苗,破土出长,什么都有可能,什么都不一定,摸石头,湿布鞋,飞越彼岸,节奏翻一番。讲的是思想更解放一点,胆子更大一点,步子更快一点,是抓住机遇,是呼唤是号召是杀出一条血路,是奋力变动力,是无商不活,无工不富,无农不稳;是各种商品等待着出入产销,各种人才等待着发财致富。只要你干,三十天就成事,三百天就成精,三千天就完蛋……伟大的中国,古老的中国,镇定的中国,机遇满满的中国,大风大浪小花小草摇摇晃晃时有新变的中国啊,你的生活是多么有趣,你的机遇与政策誉满四海啦哇!

看官,以上是本小说的"楔子"。您知道什么是"楔子"吗?中华传统小说与戏曲,常常要有个帽儿戏、帽儿段子。比如听戏,刚开幕,戏园子不像现在的剧场那么有秩序:找座位的,招呼亲友的,递手巾把儿的,卖孝感酥糖的还在闹腾。需要台上先蹦跶蹦跶,渐渐聚起观众的注意力。读小说也是一样,开个头,对世道人情、生老病死感慨一番,显示一下本小说的练达老到、博大精深,谁又能不"听评书掉泪,读小说伤悲"?

五

该说到正题上了。

随着市场经济的发展与计划生育规范的推进,养老事业养老产业渐渐发展、壮大、升级、攀高。长者之家的名称,有的人从《易经》《诗经》、楚辞、汉赋上找词儿,唐以后的都嫌俗浅。长者之家的工作人员,个个受过专业训练,持有民政部门颁发的从业执照。医疗、康复、饮食、娱乐、心理抚慰、绿化、环境都有专业团队机构与责任部门,会客、剧院、舞厅、书画、棋牌、球馆、卡拉OK、酒吧、咖啡、书报……各种不同性质与规模的餐饮、琴室都有专门房舍、设备、服务人员。入住要有会员卡,购卡费五十万至百万元,月服务费还要收万元左右,VIP型的更高。

我的一个老友人的孙女名叫步小芹,争取到了民政部门的指导支持,创业兴办了一个称为"谙贲"的敬老院。谙读"案",熟悉之意;贲读"毕",是说美丽。你认不得与读不准,她的命名就更算成功了。

两年后对这个长者之家名称,说是反映不佳,又赶上民政局长问小步起这样的名字,又要立"案",又要枪"毙",究竟是想跟谁过不去?她顺势立即改名为通俗易懂的"霞满天"三字。

这个过程令我想起历史演义小说对于武将阵前对打的描写,常说是"卖一个破绽"然后如何如何,以退为进,以破绽求机会。绝了。

"霞满天"以后,果然前来联系入住的老人增加了百分之四十,收费在各种压力下减少了百分之十六。步小芹是明白人,明白人不较劲办糊涂事儿。这加强了有关部门对于步总"听招呼"的好印象。

我应邀到他们的六万平方米建筑面积地盘上看了一下,并听她讲了前所未有的奇葩故事:

二〇〇二年,"霞满天"这里入住了一位七十六岁的女性教授,她曾经受到过举国公认、大名鼎鼎的某学界泰斗的夸奖,她号称懂十余种外语。她入住的时候有大学的三位年轻工作人员陪同前来,提包推箱,还有一位男士十分谨慎地专为她推着一小车贵重物品,包括工艺瓷器、镜框照片、一幅油画和美国原装戴尔电脑与DUO无线蓝牙音箱。资深美女教授的名字叫蔡霞。奇怪的是她自己拿着一个专用网兜,内装一个篮球。进入了房间以后,她首先做的不是打量门窗、采光、生活设备、洗手间,也不在意到窗口看到的风景与建筑。她做的第一件事是从手袋中拿出一个粘钩。把平滑的底片紧紧贴在同样平滑的床头墙面上,摩挲摩挲,使粘钩底片与平滑墙壁之间完全吻合,无胶胜胶,真空零距,然后稳稳当当地把篮球网兜挂到了上面。她眼眶含泪,面带笑容。自语说:"你陪着我呗。"

莫非她曾经是知名的国家女子篮球队的体育明星?个头却不像啊。

以蔡老师的身材、风度、举止、穿着和笑容,更不用说她的知识学问经历名气,来到霞满天长者之家,可说是春雷滚滚,春风飒飒,春雨潇潇,春花灿灿,一举激活了高端昂贵、似嫌过于文静的疗养院,引起了"霞满天"的浪漫曲高调交响。一批男生休养员,特别是单身男生休养员,最小的六十岁,最大的一百零三岁,为之换了心情、换了发型、换了领带与裤缝、换了英国衣料、意大利裁缝、法国围巾,和不但是法国而且是戛纳附近的世界第二小国、面积一点九平方公里的摩纳哥公国出产的三件套男用化妆品和德国亚马逊电动剃须刀。

还有说是焕(不仅是换)了三观的。

然后出现了一些如果是如今,实应上网的文学戏剧小品抖音:有的男士由于望蔡兴奋眉目呆痴,受到夫人痛斥。有的男生由于从蔡教授出场以后再也听不清夫人的问话也延迟拉长了与夫人交谈的节奏,被夫人察觉,不止一家提出了在本院开展"反带"(节奏)的口号。同样女士中也有对于蔡老师的眼神的质疑,她们说女性品德,主要看眼睛目光。水汪汪、眉目含情、娇媚弄姿、过于灵活生动、迹近勾引卖弄的眼睛眼神眼白与瞳眸,是各国各地各民族淳风良俗所不可允许不宜接受的。对于白骨精、画皮、蜘蛛精、玉面狐狸的眼光,一定要警惕,不能去看,不可回应,不准对视,严禁眉来眼去。

同时本所管理团队,一致认定,这些话语只是老年寂寞性的自我调笑、自寻安慰、自作多情、自解心宽,类似歇后语:"管丈母娘叫大嫂子——没话找话儿。"

蔡老师的高雅与美丽是磁石,也是刀刃,是温情,更是尊严,是暖洋洋,同时是冰雪的凛然不可造次;只消比较一下蔡老师的亭亭玉立,与一帮子酒肉穿肠、大腹便便、口气臭浊、举止鲁拙的俗物蠢男的风度观感,也就没有人再说什么了。

更不要说舞会上的情景啦,每个周末,这里都举行一次舞会,下场跳起来的不超过休养员的百分之十,但是多数人都会前来,坐在软椅上,喝杯小桌上的茶水或者软饮料,听一听半生不熟的探戈舞曲《彩云追月》《鸽子》,华尔兹《中国圆舞曲》《青年圆舞曲》《皇帝圆舞曲》与《蓝色的多瑙河》……

每次舞会之前已经有了不知多少关于蔡教授将要、会要、可能要,大约前来或者不来、迟到或者早退或者准时,起舞,或者只看、或者未定、或者随机下池的消息。蔡老师已经成为传播与猜测的话题，成为舞会的兴奋点，舞翁之意不在舞伴，不在蓬猜猜，不在灯光乐手清咖果盘，而在蔡霞一人。有佳人兮女神之光，下舞池兮温雅淑良，万般风韵兮似隐步态，鸽子探戈兮展翅飞扬。

而老男生们随之浮想联翩、自作多情、忽然豪放、时而沉郁、希望失望、期待成空，增益了对于生命与爱情的品尝想象、回味反刍，也许更美好的说法是想入非非，ICBC，爱存不存，若尽不尽，罗曼蒂克，余音袅袅。最喜应为耄耋时，春光阅尽心犹痴，轻盈一笑天光丽，桃李春风舞未迟。

一位级别与教育程度最佳的男生对太太说："进了长者之家，难免烦闷，所有的人告诉你好好休息，休息休息休息，人生只剩下了休息，那就等待最好的休息吧。然而，我们不能不承认，凡是没有死亡的人都是活人，凡是活人都有人生的权利和义务，欲望和文明，向往和期待，还有那么一点点'坏'劲儿。苏教授，噢，你看我连人家的姓都记错了，人家姓蔡，姓蔡？菜彩材采猜揣，一个提手，一个思想的思，它念'塞'，也念猜，你说好不好？为什么不让寂寞的单调的等死的老年变成随缘一笑、且歌且舞的幸福老年呢？"

好的，道行已经突破纪年、岁月、加减乘除，若再无想入非非，痴心依旧，其悲切更欲何如？否定之否定之否定即肯定之否定之肯定，更是肯定之肯定，其乐无穷，其乐连连！乐天乐地，乐山乐水，君子饮酒，神仙抱朴，遨游天外，蓬嚓击鼓，玄之又玄，善哉妙舞！

百年不过小歌舞，汇入了时代大歌舞，康姆尼（公社）式的大歌舞！

六

蔡霞老师进院两年即二〇〇四年，七十八岁，她跌了一跤。

对于"霞满天"这样的高级长者之家来说，这是严重事故，这个事故几乎使业内部分股票崩盘。

所有的讲养生与医学常识的人都宣扬老人勿摔,摔人无老。伤筋动骨一百天,老人平躺三个月又十天后,内衰五脏六腑神经肛肠,外废四肢五官筋骨皮肤,并从头脑开始衰弱颓唐迷茫荒凉;只能从骨科病房直奔骨灰美罐。

不好理解的是跌了这一跤,蔡老师身体损伤有限,大腿轻度骨裂与肌肉瘀伤,卧床三周后可在护理协助下下床行动,生活自理,康复进展大大优于寻常,金刚不坏之身。瞧人家!

但她的风度形象与精神状态出现了一点变化,开始显出过去未有过的刹那迟钝呆滞,怔怔忡忡,与原来的神仙风韵开始脱离。跌跤时下颌与口唇也有撞地与擦伤,好了以后似乎微微有一点天包地的上下齿的不吻合。

她的跌伤惊动了她所在的大学,新来大学担任校党委书记的一位领导邵教授带了院系负责人前来看望。步小芹等长者之家的行政与服务与医疗负责人也都陪同大学领导进到蔡的宽大的住室。他们发现,蔡老师的说话风格产生了一些变化,说话比摔伤前声音小,速度快,口型不到位,口齿有些不清,但她的声音低沉立体、脉脉含情、如歌如诉,感染动心。

随行的外国语学院院长没话找话儿,指着网兜问道:"您这样喜欢篮球吗?床上躺着,还能拍打一个大篮球?"

蔡霞翻了一下眼珠,一瞬间显出了那么大的眼白,把别人吓了一跳。

也许是长期当老师当的吧,过去蔡老师说话非常注重交流、互动,只一说话,她的目光一定注视着听话的对方,与对方的表情相互呼应。对方听得入神,有首肯与关注的表情,她会显出满意、津津有味、益发要讲精彩讲生动讲透彻;对方没太在意或者有点没听明白,她会立即反思自己可能讲得不够清晰,是不是第三人称人家可能听不出是指谁来,或有其他疑点,同时她也会自省是不是讲得无味,需要生动;人生一世,时时刻刻离不开的是生动二字;她会立即予以必要的补充、强调、变更语词与语气,吸引对方的注意,推进对方的理解接受。

现在呢?为什么她的说话增加了自言自语的韵致?她的说话平添了几分低垂眼帘、忧郁温存、自恋自怜。过去说话是显然的对唱,现在呢?是自我中心的独唱咏叹调。

而在听到随行院长的问话以后,她的表情是何等诡异!

停了一会儿,十秒钟,看望她的人与她自己,双方失去话题线索。又过了十秒钟。

询问篮球的老师觉得尴尬,有一点不对劲。

蔡霞目光里出现了几许火星,她随意一笑,念念有词:"谢谢书记,党委的报告批下来了,教育部决定给我授荣衔,给我发国家科学与教育奖金,还有香港的学术基金会说要支持我千万元人民币。我非常感谢,我请求不要奖励我个人,我喜欢的是低调行事。"

她讲这几句话的调子像是在念稿,如果不说是祭祀词与祈祷词的话。

她的话使大学的探视人员吃了一惊,教授怎么了?天啊!她产生了幻觉,她无中生有,白日说梦!

七

告辞后,邵书记与院长等到霞满天长者之家的主持人,王蒙的老同事的孙女步小芹院长的办公室,共同探讨。当然,将获巨奖是幻想中事,而蔡教授在大学从来没有过幻听幻视胡言乱语的记录。步小芹找来了本院心理医师,回答是他也略有所感。他说摔跤的那一天是蔡老师拿着自己的篮球到体育馆投篮,投了好多个,累得气喘吁吁,一个球也没有进,她神态失常,平白无故地跌了一跤。后来,出现了一点意外的变化。但蔡教授的想象型谈吐,与精神病学所认定的幻觉、幻听、妄想,尤其是迫害狂,全然不同;她绝无与不存在的对手争论纠结,感觉到某种危险、恐惧紧张压抑……这些负面的情绪与心理病态。相反,她有时的低声含笑自言自语,更像是一个美好的假设,一首诗,一个温馨的微笑,一次巧遇,一种闲暇中的自慰,文静中包含着一点悲哀,与悲哀一起,还有几分得意——她的温存、春风、细雨……还有学历,她怎么可能不自得自诩?那种平缓与自美自赏的想象是正面的、丰富的与深情的。心理医师甚至认为,蔡霞老师的幻觉是文学性、诗学性、教育学性、养生学性质的,她太聪明了,提提神就想说一说,怎么说就怎么像。虽然她此生遭遇过重大的不幸,现在孤身一人,但是她仍然充满对生活、对他人、对自己的光明与善良的爱抚与信念。她不像最近一位颇有名气的文学人,偏要匪夷所思地隐身离去。另一位山呼海啸的大家,绽放了令天地增辉的鲜花,又向珍爱的一切泼遍了腐臭毒辣的脏水……禀赋超人的女性,钻起牛角尖,吓唬人。

　　心理医师还说,在医学课堂里没有听导师讲解过类似的病例,医学研究档案与学理假设上也没有这种说法,但是根据他近二十年的临床经验,他认为蔡霞的横空出世的受奖婉拒说,其实是一种语言训练、交际经验回顾、思维培育、世情重温,也是一种老龄存盘过期乱码的智能补偿。老来失去多,不失又如何?幻想宜美妙,美妙自快活。仍然多谦逊,俯首先谢过,彬彬有礼处,教养育亲和。

　　蔡霞其后一天给十几个熟人打电话,说到自己将要受奖而坚决谦辞的故事,这相当令人惊骇。但总体上说,蔡老师的情况无恙,预后甚佳。那些接到了她的辞谢奖项故事电话的友人,开始或有一怔,很快便是恭喜恭喜的笑声。而听到了她的谦辞坚辞的态度之后,也都一律表示理解和赞扬,认为蔡老师做到了著名人物、教授、清雍正九世孙、爱新觉罗·启功先生所题的北京师范大学校训八个字,"学为人师,行为世范"。启功体书法,温良恭俭,精纯沉静。

　　此后大学的同事们来探望教授,她的受奖说、谦辞说有些发展,说是收到了外事部门信息,将要授予她菲尔兹国际数学奖,她强调自己的专业是语言学,但是加拿大的专家坚持要发奖给她,指出她关于语言的符号学论述适用于数学的符号理论。她学的当然不是数学,她岂能接受数学奖欤?不仅是数学奖,甚至于纽约方面试探着与她讨论,要给她颁发基泰精神病学奖。

"遗憾的是,世界上只有精神病学奖,没有精神病人奖。"

她与客人们都忍俊不禁,多人赞佩她的幽默与机锋。

说得多了,听者就接受了。人们对她的辞奖说闻怪不怪,点头称是。美丽的荒谬,也比疯婆子怨怼的卖弄好一点,要知道,她已经退休二十来年,到本长者疗养院也两年了。本院的休养员长者显示某些心理不平衡不稳定的记录,并非少数。

慢慢地,她的倾诉不断发展,可以兴,可以观,可以群,可以戏嬉喜怨了。她加上了新的节目,她开始对人说她将晋升级别与军衔,先是少将,可以称她为蔡将军了,最近又说是快要获得中将军衔了,她也坚决请辞。一个多月后,在她的生日,校长来看望她的时候,她说她受到印度宝莱坞、美国好莱坞、韩国希杰娱乐公司,还有伊朗的电影人阿巴斯的热邀,希望她写作与出品一部关于中国的故事片电影剧本。

莫惊奇,事事有来历,凭空不会兴灾异,幻梦也非凭空至,悲到尽头应是喜,牛到极处又无趣,与时俱化是实际,努力努力再努力,未成大器仍优异,总还是,勤勤恳恳,爱怜众生,脚踏实地,嘿嘿,嘻嘻,她是有、一点点、个人的脾气。

八

更离奇的是二〇〇三年本地民政部门干部前来巡视检查,收到一封休养人员郦女士举报信,说是郦女士的先生、著名朗诵艺术家、六十三岁的美男子宋春风受到了蔡霞的吸引乃至骚扰,写信人的家庭完整受到威胁,要求将蔡某人请到本院其他分支院所去。

高龄长者能出此等事情?他们本应该万事看透、宠辱无惊、色即是空,古井无波?不,那可能是古代,是血压低、血糖低、血脂与胆固醇四低的时代。全面小康、总量第二、购买力量世界第一、拥有百分之二十以上中产阶层人口的时代,高龄长者们有可能渐成为终其一生、老而不衰、飘风骤雨、石破天惊、爱爱仇仇、永远的激情飙客。怎么能提前消停,过早瞑目,早早退避三舍?

稍稍打听了打听,观察了观察,民政巡视组做出结论:并无此事。巡视员找郦女士沟通,郦女士主动撤诉,此话带过。

又过了一年,蔡霞的自慰自语,有所压缩,只有最亲密的访客来时,她才压低分贝,感叹这么一回,而且不要求任何回应,不怕你是微笑、疑惑、点头称是或者摆手劝阻。她说完了她的,如同宗教信徒做完了早课,立即回到现实生活世俗杂务之中,谈论房价、SARS疫情、气温、晴阴、湿度、狗不理包子铺、快递网购、垃圾分类与厕所革命、防止便秘与生理病理诸事务。长者们普遍认定,对于他们,排泄远重于摄入,小康以降,三天辟谷,有益无损,三天不走动,大难临头。

九

二〇〇五年来了蔡霞教授的闺密,送来了一批唱盘与U盘新款,她的住室从此音乐涌动。她很快迷上了新疆的《十二木卡姆》,像哭,像笑,像呐喊,像调情,像婚礼,像乡愁,像怒吼,像赏花,像暴风大雪,像相思苦恋,像高山也像大漠,像甜瓜也像坎儿井,更像千年不倒不死不烂的大漠胡杨。蔡霞随而起舞,有两次感动得哭湿了枕头。她还引用新疆维吾尔族舞蹈家的名言:"一天没有起舞,便觉得辜负了人生。"

有五六个老头儿受到了这风情浓重的声乐与器乐的吸引,他们走近蔡老师房室,门外蹭听。他人走过,他们赶紧走远一点,等人少了他们回来再蹭。蹭蹭蹭,人生须蹭足,蹭天蹭地蹭音乐,生活即歌舞,人生如老虎,虎虎生威大志竖,一日寻它千百度,真善美无数,大美在身旁,大美在己手,大美在此处,大美在前何庸怵?

后来听得多的是莫扎特的《加冕弥撒》,蔡霞听这部作品的时候脸上是含泪的微笑,她轻轻点着头,既有欣赏,又有认同,还有赞叹,连连伸出大拇指。她告诉步院长说:"你听这个女高音独唱,她是一个非裔歌唱家。"

她听舒曼也听《茶花女》,听日本演歌也听腾格尔。听十九世纪出生,拜恩戈尔德的歌剧《死城》,听着听着会从椅子上站起来,行立正礼敬,她说,无怪乎人们说是德意志通过这部歌剧,从战争的黑暗与崩溃中开始走出来了。

她也听"文革"中的红太阳颂歌,特别是张振富与耿莲凤对唱的藏族歌曲:"您是灿烂的太阳,我们像葵花,在您的阳光下幸福地开放。您是光辉的北斗,我们像群星,紧紧地围绕在您的身旁……"她听得满眼热泪。她小声说:"早春最爱唱这个歌……"这里,没有人知道她说的是什么。个别人以为蔡老师说的是春寒料峭的清明前季候。

二〇〇七,蔡霞八十一岁,大年三十头一天晚上的本院联欢会上,蔡霞用俄语、英语、法语、波斯语朗诵了普希金、拜伦、艾吕雅、哈菲兹的诗,再用汉语做了翻译,她重新显示了风度与聪敏,良好教育与自信,饱经沧桑与活力坚韧。

霞满天长者之家的心理医疗主任医师说,是时间与音乐,或者是音乐与时间,治好了她的精神疾患。反正音乐是时间的艺术,旅游是空间的求索与发现,它们的医疗作用都是很大的。

为什么提到了空间的旅游?也还少有谁知道情况。霞满天,并没有旅游业务,小步他们还不敢组织古稀耄耋群体的大空间活动。

第二天晚上她看CCTV的春节晚会,边看边有议论与不甚满足,不甚满足也仍然津津有味地从猴年末尾看到了除夕夜的子时三刻。

从此，蔡霞渐渐恢复了初到"霞满天"的最佳状态，没有发音不清，没有天包地，没有念念有词，没有幻觉奇谈，没有走路时的身体摇摆。八十一岁的她更加从容、成熟、尊严、体面、清晰、克己、多礼。她提升的是人境、圣境，也许可以说是佛境，她离开的是言语的迷失，她清醒地告诉步院长："我知道我有点胡言乱语，对不起，我有点憋闷，我不服我的倒霉厄运，我想着我应该有点幸运、福气、彩头，我相信我的生活里会有许多美好的东西出现。没有也会有，没有当做有，心里有，念里有，想着有，话里也要有。我要快乐，我要幸福，我不信我会常常不幸，我要的是高雅与幸福，不是炫耀，不是撞大运，我又不愿意显摆显佩。我想撒撒气儿，我要坚持我是福星，不是灾星。当年胡风是主张自我扩张的。后来扩张到笆篱子里去了。太有意思了。"

王按：后来，步院长说，这些一时露头的偏失，全部自动清零，冰雪洁净。王说："我感觉到的是一种痛苦与对痛苦的反击宣战。她，要表达的是成功与胜利她本来应该胜利和成功。"

王按：侃侃而谈，念念有词，这就是岁月积蓄，逝者有声。是反刍与消化，是遗忘与淘汰雪藏，是珍惜与告别，又是永恒的安宁与纪念。人会消失干净，仍然有话语留存。笔补造化天无功，病里微言意不穷！

渐行"渐远"，可以用五线谱上的五个表示"渐弱"的"p"符号来表示。一年一年，不愉快的记忆渐行渐远。蔡霞有不愉快的记忆，步院长注意履行为休养员的私生活保密的规矩。还没有告诉王蒙。

青春百样美，老态P般甜，活到惊人处，苍天变蔚蓝！爱情耽热火，歌赋醉华年。香蚁（酒）得佳贮，举杯叹月圆。

老泪思早先，新诗记变迁，春秋酿深意，广宇惊鲜妍，惜爱愁应忘，欢欣乐未眠，此生多感触，何日不缠绵？

谁无不称意？谁有金刚身？敢历八番苦，乃游四海新。悲哀怜楚楚，喜乐忆津津，受用天人趣，清流洗净真。

唧唧得与失，恨恨谁人知。开阔艰难后，清纯困苦时。少年多激越,成长渐矜持,灿烂容光焕,丰饶岁月痴。

亲爱的读者,王蒙从小就想写这样一篇作品,它是小说,它是诗,它是散文,它是寓言,它是神话,它是童话,它是生与死、轻与重、花与叶、地与天,它不免有悲伤,有怨气,有嘲讽,有刻薄与出气,有整个的齐全的祸福悲喜。同时,尤其重要的与珍贵的是刻骨铭心的爱恋与牵挂,和善与光明,消弭与宽恕,纪念与感恩,荡然与切记,回肠与怀念。

高尔基说过陀思妥耶夫斯基的作品像是狼写出来的。高不喜欢陀。我没有感触到陀的狼性。而且,某种情势与条件下,我们固然不可以请狼先生放羊,但不妨容许狼写两篇小说试试,同时注意防护,注意狼的利爪与獠牙。

珍惜文学,珍惜生命、生活、生机、生长、使命、运命、受命、人生。不能接受对生命一词的一分钟猜疑与敌视。病态、冷漠、敌视与仇恨生命批判生命的人怎么能算人呢?我们珍惜的人又是什么人呢?且请读下去再读下去。

十

当步院长告诉蔡教授她的爷爷是王蒙的好友,她说我也与王爷爷谈得来的时候,蔡霞说她愿意让王蒙了解她的经历。

说是蔡霞对步院长说:

你不可能信服我的命运,我的遭受,我的不幸,我的噩耗。屋漏再遭连夜雨,船迟偏遇打头风。走平路落马,进高厅撞墙。躺平偏中十分准,低头巧遇二把刀。绊跤星点石子,砸头颗粒流星。

我敢问,谁见过比我更倒霉的老姐?

我生于一九二六年,一九四五年十九岁赴英留学,不必说我出身于资产阶级,我知道我的原罪。我在剑桥大学学法语、西班牙语与俄语,当然前提是先学好英语。我结识超拔英武的中国留学生篮球队长,比我大一岁的薛建春。我俩在剑河边牵手行走,我们谈论民国的徐志摩和校园皇后陆小曼,梁思成和林徽因,以及为林小姐终身不娶的逻辑学家金岳霖。我们欣赏两岸的秀美,听醉了教堂的钟声悠扬,忧虑着抗战胜利后国内形势的严峻与危难,我们感到了中国即将大变,这又使我们心跳加速,全新的国家与前景在向我们招手。

……一九四九年新中国成立前夕,我们赶回北京,我们俩参加了大中学生的暑期学习团,我们听了大诗人艾青的讲演,听到对于徐志摩和他的诗《别拧我,疼》的嘲笑,惭愧极了,也兴奋极了,革命改变着一切,我们也见到了周扬与丁玲。我分到四川大学的外语学院,他分到文化部的外事局。一九五四年,我们二人结婚,两地分居,好不容易确定了我调来北京,与建春团聚。

一九五六年,建春作为随团外语干部随中国艺术团去拉丁美洲演出两个月,中间在瑞士德语区苏黎世市休整排练。那时美国对新中国采取封锁政策,赴拉美阿根廷、巴西、智利ABC三个大国与遥远陌生的乌拉圭巴拉圭唱京戏、耍坛子、跳红绸舞与唱陕北民歌,是一件突破局限、扬眉吐气、走向世界的大事。那时当然没有中国直通拉丁美洲的民航航班,我们的人员分两批,走莫斯科、布拉格、苏黎世、墨西哥,再到拉美其他国家,这是个辛苦麻烦的航程。回程从苏黎世到布拉格一段,本来建春是坐第二班飞机的,临时与另一位在瑞士遇到亲戚的团里的同志报批以后换了航班……想不到头一班飞机出了事故,建春三十一岁,与我结婚两年,死于空难。我哭了三年,患上角膜炎、结膜炎、青光眼直到鼻炎。为什么,这究竟是为什么呢?不为什么,不为什么,为什么这样的不幸会降临到我的头上?我,我的祖上,究竟造了什么孽,犯了什么罪,害了什么人,让我受到这样的天谴地震空难!

或者说,有天大的不幸者,也就有天大的福气,有池鱼之祸、无妄之灾者,也就有天上掉馅饼,地涌醴泉,穆清祥和,符瑞天相。

我说的是建春有个弟弟,比他小六岁,比我小五岁,名叫逢春。他没有建春的苦学勤勉,也没有哥哥的高大英俊,但是他极其聪明伶俐,而且有一副意大利的澎湃与俄罗斯的多情男高音好嗓子,毕业于苏联莫斯科柴可夫斯基音乐学院声乐系。在他哥哥去世三周年,一九五九年十一月,我三十三岁的时候,他来找我……

命,这都是命。他唱了一晚上怀念与爱恋的歌曲,唱了格林卡的《北方的星》,唱了柴可夫斯基的《连斯基咏叹调》,也唱了刘半农诗赵元任曲的《教我如何不想她》。前者表达了年轻稚嫩痴情的连斯基在与叶甫根尼·奥涅金决斗丧命前的心情,"啊,青春,你在哪里?"这样的歌词令人销魂。而"不想她"呢,就像后来李谷一的《乡恋》一样,推动开始了一个新时代。

连斯基的歌,本应该由铜管与大提琴奏出序曲,我的这位小叔子逢春,以闭嘴的鼻音模拟序曲与过门的伴奏,他一个人变成了一个乐队,管、弦、弹拨吹奏打击乐器齐全,而主要是自己的男高音独唱;再有他说在苏联,他的俄语名字就是连斯基·谢尔盖,他在苏联姓谢尔盖,是因为谢尔盖的发音最接近薛,而俄语里难以拼出汉语中的 uē 这种复合元音。与此同时,他拿出来递给我看的,是一九四九年的日记,他写到了我与他哥哥回国,十七岁的逢春见到我后受到了什么样的震撼。他写到他一夜不眠,只想着我这位"天使"与"圣女姐姐"。

"我决定自杀,我已经见到了,听到了,想到了也融化了,我已经活到了这样一个熔断点。与蔡姐姐见了面,可以了,满足了,确实是生存过了也飞翔了失事了,我已经变为彩霞和礼花,变为奏鸣和独唱,变为跪在蔡霞姐姐面前的一块永远的石头。我还需要什么呢?"

……不用说别的了,我嫁给了建春的遗弟逢春,也可以说是另一个建春。原来,我与建春的婚恋是一个建构一个寻觅,后来,与建春的胞弟,是一个巧遇一个偶然,是幸运之鸟大难以后立即栖落到我的霉运的额头,甚至于是我从人生中坠落,撞上了逢春,撞成了我们俩的满怀爱恋。我嫁给了中国式加意大利兼俄罗斯式的歌声,嫁给了他的疯狂的对嫂嫂姐的恋情,嫁给了永远的我与剑桥、苏黎世、布拉格、意大利与俄罗斯的缘分与灾难,嫁给了《太阳出来喜洋洋》《教我如何不想她》《啊,你冰凉的小手》和《今夜无人入睡》,嫁给了《青春,你在哪里?》《黑桃皇后》,嫁给了一个无论怎么说,有哥哥的脸型、有哥哥的嘴角、有哥哥的笑容更有哥哥的口音哥哥的眨眼的另一个男孩子。

十一

蔡霞继续说:是的,出嫁在一九五九年,似乎也可以说,同时是一九五六年,还同时是一九四五与一九四九年的重版,是时间的多重叠加,是人与国与家,还有我正在逝去的青春的情与梦的热遇……当然,你算得出来,一九四五年,我十九岁,四九年,我二十三岁,五六年,三十岁了;而建春三十一岁之时,逢春二十五岁。五九年,三十三岁的我与二十八岁的逢春在北京结婚。各种机缘,我们举行了盛大的婚礼,在北京颐和园听鹂馆,五桌婚席。

结婚十三个月,一九六一,我们得到了一个儿子,起名叫早春。早春更是建春的几何相似形制图,是建春再世,我的与建春、逢春、早春三春的生活,从儿子呱呱坠地重新从头开始。

奇特的是,早春在幼儿园就是拍皮球的冠军,小学三年级他长得个子很高,他喜欢球类运动。高小时他已经开始打儿童篮球,初中一年级他就选入了中学的篮球校队。父与子两代打过的篮球,是我的命根子。

对不起,猖狂,与逢春结合,我又觉得我是世界上最幸运的一个人,大恸反得喜,深埋又还阳,得了儿子后,何事再牵肠?我,我正是陷入大悲哀大痛苦,哭泣成病的准寡妇当中,康复得最快乐最完美最称意的唯一一个特例。我被命运砍了一刀,养好伤,受用了命运带给我的新的可能,新的机会,新的补偿,是痊愈的快乐,是康复的成功,是另一回新生,是咸鱼翻身,是命运碾轧后直起腰,爬起来,起跳,一米八,超过了打破世界纪录的郑凤荣,她是一米七七。

我想的是什么呢?你必须活着,活好,活着就有爱,活着就有情,活着就有戏,活着就有天空和太阳,活着就是春天,花开,叶绿,水流稀里哗啦,鱼戏南北西东,鸟也嘀嘀哩哩地叫,虫也变蛾变蝶升空,虫儿们组成了绿色的夏天的夜夜室外乐队。

乐观是不是轻薄?佛家讲究大悲、慈悲、悲悯,应该怎么样去感应和体悟?

我的罪,我的罚,我的悲,远未做好准备。这是幼稚,更是浅薄。

十二

蔡霞继续说:

一九八一年,学校暑假期间,逢春出国演出。我们的儿子参加完高考,信心十足去上一本。快要满二十岁的早春,回到他爹他大爷老家,一个著名的旅游景区 N 市郊区农村。山川壮丽的农村在改革发展中开始兴旺,民居发展开放,接待八方来客,吹海风、洗海澡、吃海鲜、坐海船、躺在海滩上穿着泳衣晒太阳,外加登山爬山看日出采野菜、戏弄松鼠、偶尔看到五颜六色的山鸡。一九八一年的八月六日,是阴历七月初七,是鹊鸟搭桥,让牛郎与织女相会的七夕,是中国的情人节。在 N 市模仿国外新建成的一个游乐场,早春赶上去玩翻滚过山车,突然过山车的钢缆机件出了问题,几名游人坠落。幸亏那天游人不多,斯地斯时人们的购买力还相当有限,游乐场式的地方,只有部分人问津。就这样也遇难二人伤七人。我的早春离开了我们,提前会他的伯伯建春去了。

请问,你们谁能相信,这样的十年不遇、百年难遇的事儿,像一颗流星在太空坠落,两次坠落不偏不正,全都瞄准到我蔡霞灾星的脑门子上了。

我到现在也不能相信,不,这太夸张,这不真实,这不是真的,是编的,是胡思乱想的走失。如果是真的,这就是不可能的。如果说这也可能,那就只能是假的。是的,我在一九八一年一九八二年集中力量思考与研习的是概率论,我的遭遇出现的概率绝对近于零。这应该也是一个数学悖论,如果一切都是可能出现的,那么就是必然等于,一切的不可能也都是可能的;如果不可能也是可能的,那么不可能就和不可能相悖,如果可能中包含着不可能,可能就与一切不可能是相通与相等的。那么不可能究竟是可能还是不可能呢?可能=不可能? 不可能≠不可能? 不可能是可能的还是不可能的呢?

我的遭遇让我几乎得上了菲尔兹国际数学奖。=这个等号本身就是剑桥大学十六世纪时候开始使用,然后普及到世界的!

那一年我五十五岁,逢春五十岁,早春是永远的十九岁。

你说什么?作家王蒙?他比我小八岁。他对长者院的生活很关心?好的,你可以把我的故事告诉他。

十三

蔡霞说:"是的,我是白虎星,我是扫帚星,我是《圣经》里传递天谴信息的约拿,我是 Estrella de desastre(西班牙语:灾星),我是魔鬼撒旦,我怎么成了妖孽?底下的事更难于启齿……"

步小芹后来把蔡霞的奇异的经历背景继续讲给王蒙。

年已半百的歌唱家薛逢春的声乐事业正当日益兴旺,儿子的事让他突然衰老,儿子的死亡使他失声,他糗到了家里。

过了一年半,蔡教授由于她的外语专长,随着改革开放与对外关系的发展,仅仅顾问、评委之类的名衔就获得了十几个,应联合国秘书处的邀请她带着学生访问了纽约与日内瓦的联合国机构以后,又担任了中国的对应机构的顾问职务。五十二岁的逢春不但声带痊愈上台演唱了，而且被邻省的一所艺术院校聘请为声乐教授。

如此这般，薛逢春与她，原来就风风火火，人五人六，虽遇大难，合法兼职化以后他们的名声与添加的收入飞跃增加。他们常常体会与称道本土的敬老文化传统，时间使得有专长的长者价值不断升级，岂止小康，岂止中产，他们决然地进入了高收入阶层。一九八三年，他们买了三百多平方米的独套别墅商品房，从蔡霞家乡雇用了沾亲带故的家政服务员，称蔡霞为表姨的李小敏。

李小敏二十一岁，读过高中，上过两年烹调培训班，她已经参加过两个年度的高等学校入学考试，未能够得着分数线，为维持生计愿意做家政服务，并在下一年再试一次高考。

李小敏浓眉大眼，瓜子脸庞，上唇丰厚，下唇稍稍兜起，言语清晰，口齿伶俐，眼里有活，手里有灵巧与气力，表现的是新农村的无限希望。从来了以后薛家清爽整齐，顺风顺水，深合蔡霞心意。得机会她就辅导小敏高考应试，特别是小敏的弱项外语，得到蔡师指点引领以后，突飞猛进，二人对她次年夏季的考试，信心大大提高。

一九八四，李小敏考取了一类大本，学外语。蔡霞挽留她周末或其他自由度大的时间依旧住在她与逢春定居的别墅房里，适当帮助家务。他们也在日常零花方面给小敏以慷慨的资助，又给了小敏大批她这里用场有限的各式服装鞋帽。她与逢春常常出差在外，而几年来超市的供应越来越方便，家务劳动大大减轻，有个小敏（干）闺女，生活走向圆满无忧。

蔡老师喜欢这个孩子，心想，有这样一位亲情打工妹、莘莘学子，有这样一位有志气的本乡本土本家的年轻人，使他们的家庭产生了新的活力新的感觉新的希望，她决心资助她学好功课，直至毕业就业。她决定等小敏毕业后把她正式认作己出，后继有人，也是缘分。

小敏进入大学三年多，一九八八年，蔡霞陪学校邀请接待的一位国外的教育专家到西部少数民族地区几所大学交流。恰好此时逢春感受时令小恙，减少了出差，回家休息。等蔡霞回到家，发现诸多蹉跎。

真正的,挖心丢命吞噬蔡霞人生的大难横空出世!

十四

王蒙想:没有比她这里发生的事更简单、更麻烦、更无耻、更自然、更无话可说、更丢人现眼的了……

伟大的恩格斯在《家庭、私有制和国家的起源》中讲过:"如果说只有以爱情为基础的婚姻才是合乎道德的,那么也只有继续保持爱情的婚姻才会合乎道德。"这就是说,以不爱了为理由解除婚姻关系是天经地义的。还有说是:"如果感情确实已经消失,或者已经被新的热烈的爱情所排挤,那就会使离婚无论对于对方或对于社会都成为幸事。"这话十分精彩,尤其对于长期的封建旧中国,曾经有那么悠久的岁月,常常被剥夺了自主求偶、享受生命所不可或缺的情爱的权利的人们,得知了上面的两句话,振聋发聩,幡然新生,山呼万岁。

但王蒙还是想说一句,正像没有爱情的婚姻其实很不道德一样,没有道德的爱情,也绝对不会是有可靠的幸福和前景的,更不会是有保障、有责任,执子之手,与子偕老的生命一个温暖的重大方面。人际关系,包括性爱关系、家庭关系、亲子关系、夫妻关系,岂能有太多太过分的失道德非道德反道德缺德缺阴德!没有道德的盲目爱情,可能表现的是人类性格与个性中原始、自私、乖戾、粗鄙、野蛮、丑恶、矫情、挑剔、嫉妒、诽谤、怨怼、仇恨,没有丝毫人文意识的这一面。从相爱得要死,到相互攻击伤害仇恨毁灭、不共戴天,使家庭成为绞肉机,使情侣成为仇敌,这中间只有一步之遥。不讲任何道德的爱情带来的多半不是幸福,而是烦恼灾祸,不是浪漫,而是自欺欺人,不是健康,而是变态、疯狂、折磨、毒辣,是从千言万语的美丽,到千头万绪的丑恶狰狞。

没有道德的婚姻,还可能是阴谋与骗局,是桎梏与牢笼,是虚与委蛇的伪爱情；爱起来千姿百媚，不爱起来千疮百孔；经营起来红利滚滚，表演起来曲极其妙；恶劣起来流氓无赖，冷热软硬暴力俱全。

有多少人享受着充满爱情、有高尚情怀，受到社会肯定、法律保护、道德提升的婚姻！有多少人从来没有享受过、没有知道过、没有试验过人类的文明使男女能够如此和合相悦幸福！也有多少人受到了受够了如梦如痴、乌烟瘴气，要死要活的歇斯底里，还不断地出来什么家暴、冷暴、杀妻、杀夫、肢解、转移、隐匿尸体的⋯⋯报道，使人想到恋爱结婚成家不寒而栗。

在电视节目里，从社会与法制节目中频频看到的是情人夫妻间刑事犯罪案件，让爱情与婚姻彻底摆脱道德，让爱情绝对排他地诗化流行歌曲化，也许就难免同时进入了民事至刑事案件的法学范畴啦。

十五

蔡霞说：我明白了人生的某些好与坏，生与死，成与败，在没有发生以前它们只是不可思议的偶然，是不一定有因果链、报应循环、预兆预警的。一旦发生，就是绝对，就是必然，就是宿命，就是无暇张嘴咀嚼更无暇思考拿主意，你已经，你必须，你只能生吞活剥、原原本本地咽下去！

那么，哼哼，稳稳地给我站好了，敲起小鼓，要的是你给阎王爷跳一场独舞！要的是你给命运一个回应，一个决心，你不用怕，从拔舌地狱始，剪刀、铁树、孽镜、蒸笼、冰山、油锅⋯⋯各式地狱多灾海都不妨走一遭，然后你挺起身形，鼓起勇气，你不能垮，你要死马活医，置之死地而后生；你还要再学十种外国语言文字，再走百个千个美丽的风景，你还要欢欢势势地给我活、活、活！再做千种万种有益的好事，也许你还要遨游太空，登月球，移民另一个天体⋯⋯

至少给人们留下你的灵魂的记录与痕迹。

荒唐的痛苦正像一种病毒，摧毁生命的纹理与系统，同时激活了生命的免疫力与修复功能。我明白了，我不可能更倒霉更悲剧了。已经到头，已经封顶。我蔡霞反而坚定了一种信心。生活呀，你敢荒唐，我就敢坚决，你能狠毒，我就能消化排泄，也许是满不在乎，你下损招辣手我反而觉得小意思而已而已；老天爷完成了男男女女，相恋不已，相乐不已，礼义不已，也永远有厚颜失态不雅出轨不已，对此事的态度，可以做到愈益坚毅清明，云开日出，演到哪一出就算哪一出。人只能以善求礼义，不可能以暴行礼义。

蔡霞说，在她最痛苦的时候逢春安慰了她、爱抚了她、填补了她，她冷静全面地评价了逢春。她知道，逢春是个好男人，作为不拒绝不轻视通俗唱法，时而与通俗歌星有所合作的美声歌唱家，作为被许多女生评为有"女人缘"的男生，他多次被同行和粉丝异性青睐，被出自高官大款名门以及工农兵杰出人物的娇养女孩儿们招手入梦。他对蔡霞"嫂子"讲过十几个堪比柳下惠坐怀不乱的故事，逢春说，十九世纪以后，已经没有这样的人与事了。他自尊自爱自强，他爱妻敬妻护妻，对于"娱记"们来说，对于粉丝们来说，他已经是太严肃太正经，"正经"到影响票房的程度了。但是他也有把持不住的时候。他开始老了，他意识到他已经快用不到把持什么了。

何况这里还有一句话，没有人挑明过，但是蔡霞清清楚楚：薛家优秀的两兄弟，都以她为妻为指望，不孝有三，无后为大，中华文化注重传宗接代，香烟永续，这是血脉深处的基因，除不净的。

蔡霞是逢春的爱妻，但她也忘不掉，她是嫂子，长嫂如母，这又是一句传统老话，这样的嫂叔文化使她益发幸福温暖，陶醉疼爱，却又有所不安、含羞、不好意思，一直觉着未必撑得到永远。还有年龄，那时候有哪个国人知道其后十七年才有的法国总统马克龙与小丽的婚配年龄范式？这应该也算是法国对爱情文化的一个贡献。

早春的游乐场事故，甚至使她反思自身对于薛家的凶险，雪灭于菜，她在噩梦中看到了这么四个字，梦中大喊大叫，把走南闯北的歌唱家吓得也变了声儿。虽然饱受西洋文化的浸淫，也仍然具有洗不清的古老中华的集体无意识根脉。

十六

小敏悔恨至极。逢春与小敏,在蔡霞面前,争着骂自己。逢春说:"我没出息,我下作,我糟蹋了外甥女,我可以去自首,我犯了罪……"

小敏说:"我贱,我没见过这么好的男人,我该死,我当时想的真是就这么一回,死了也不冤枉了。我把薛先生拉下了水……"

蔡霞敏感地注意到,一直称薛逢春为姨父、叔叔的李小敏,已经坚定地称比她大三十多岁的薛逢春为先生了。已经先生了,还说什么?在我们的传统里,未婚女生上了床,这是比天大的事儿啊。人生路途上,女生比男生更勇敢、更决绝、更以命相搏,女生可以比男生更清醒地走上不归,女生比男生更经得住事儿。

何况,他们生活在爱情婚配也处于前所未有的变局的时代。

某种意义上,蔡霞告诉步小芹说,痛苦在于发生了这样的丑闻,然后一切由她做主,她必须,她成了决定三个人,不,加上后来得知的小敏腹内胎儿,共四个人的命运的主宰。逢春与李小敏是两个罪人,胎儿等待出世,无辜无恙,无声无息无能。生活与命运的主动权,集中落入蔡霞手心。

她可以选择驱逐李小敏。李小敏表示接受,不找"先生"任何麻烦,同时拿出了医院的尿液与血 HCG 检查证明,她已经怀上了薛逢春的孩子。

蔡霞还提出可以认李小敏为干妹妹,孩子她偕同抚养,承认李小敏是孩子的生母。他们可以给小敏付高额损失赔偿金。李小敏可以另寻配偶,他们支持她的正当婚姻,光明前途。

听到这话,逢春几乎想给嫂妻下跪,蔡霞手一挥,眼圆睁,阻止了他。

小敏断然拒绝。她决定立刻告辞,回大学住,不对任何人透露胎儿的父亲是谁,她独自一人承担未婚先孕的历史责任。她要求的只是为她的人工流产手术提供医护帮助。

逢春歌唱家痴呆呆地注视着小敏,泪流如注。

就在此时,蔡霞嘴角一撇,略略一笑,这是这个大节点上她唯一闪过的一次冷笑。她用了不到两秒钟,她大声用俄语喝道:"разводиться!(离婚)好的,我决定了,我说的算。我以建春原配、早春儿子加我的名义说话:连斯基·谢尔盖,咱们俩准备好身份证、结婚证,明天就去民政局婚姻登记处办理离婚手续!"

然后她用中文又说了一次。

她感觉连斯基·谢尔盖这个俄语名字,现在用着比较容易接受得多。她在剑桥学过俄语,逢春在苏联留过学,除了汉语外,俄语是他们俩人的通用语言。从逢春的俄语名字讲起,像是讲一个俄国留学生的远东西伯利亚故事——история。对于她本来没有任何意义的、有点可笑的名称,存在的就是合理的,这个名字就这样活起来了,派上用场了。先用俄语沟通一下,非常必要,这是离婚的决定,也是两人共同度过了共和国初期中苏友好时代的一个纪念,有始才有终,有终并不忘始。

蔡霞遇大难而更清楚明白决断,临大事有静气,她一丝一毫的犹豫与为难也没有,立即作出决定。正是由于冥冥中蔡霞自觉灾星的铁帽子向她死死地扣下来了,她必须以身阻击,必须发力千钧,决不哭天抹泪,那样只会是携手崩溃灭亡。她这样的厄运万里挑一,百千年一个,那么概率论告诉她,她必须迎上。她与薛建春、薛逢春、薛早春世俗缘分已尽,她爱他们,她感恩他们,她仍然想着他们,她留下了当年建春、后来早春玩过的篮球,作为她的圣物和出嫁薛门的永远纪念,陪伴她一生不会孤独,不可寂寞,不会怨天尤人。她要栽种别处的生活奇葩。生活在别处,因为生活无穷,你的 N 经历对于生活的 ∞ 来说,近于零。你永远有需要追求与摸索的崭新的生活领域。你必须忘记逢春与小敏的尴尬低俗,你可以换位思维,理解与原谅一切。清醒的原谅比清醒的复仇有意思。她感谢自己最痛苦的时候得到了逢春小叔子、后来是正正经经丈夫的保护。她此时,愿意全力保护逢春与小敏的名声和未来。

她毅然决然,她脑洞大开,突然感觉这不一定就是坏事。她创造了家庭变故中以最小的伤害与痛苦、最大的和平与好意、克己复礼地免灾除咎的稀有样板范例。

不幸唤醒了她的高雅、宏毅、豁达,不幸使她更加慈悲、宽恕、担当。人生几十年,得失俱有限,善恶一念间,但愿心如莲。她认定,逢春可以在十七岁时如痴如梦地相思尚无人知道即将大难临头的嫂子,那么他也有可能,出现某种冲动,感应一个崇拜他、迷恋他的事业与英俊的这样一个鲜花怒放女子,她蓦然以蛾扑火、以身饲虎。正是迟迟未谢春,骊歌一曲感郎君,荒唐本是寻常事,迷惑一双孽障人。毕竟本无猜,事情做出来,查无大恶意,或显凡俗胎,事本无可恕,情或有侧歪,吉凶凭卿意,罪赦任卿裁。且在不测中,找出欢喜来!

各有各的遗憾与安置。人生谁无憾?生活谁无灾?咬住牙关后,导出金玉来!可称妥善,难以无缺,求仁得仁,差强人意。

关键在我。

亲爱的建春、逢春、薛家兄弟,我爱你们。

亲爱的早春儿子,当亲朋好友强烈反对我与你爹分手的时候,我回答他们:"早春给我托梦了,儿子他说,'妈妈,你做对了,好妈妈。'"

儿子的话一言九鼎。儿子仍然与我在一起。没有人敢于再说什么庸俗低级的话了。

果然早春那时节频频入梦,鼓励了我,安慰了我。梦中见到早春的时候,我听到了建春的声音,只有音频了。啊,坠落于苏黎世—布拉格的航线上。再没有梦到过建春,因为建春不想打扰她与逢春的生活。在梦里听到建春的话语声音的同时,响起了斯美塔纳的交响诗《伏尔塔瓦》。布拉格的河流,流逝于迷人的交响,四溅的水花,还有捷克斯洛伐克的一去不复返的记忆。

那也是一种国家记忆,已瓦解了的国家的记忆。

后来,离异了,捷克与斯洛伐克。

人间有离异,正如有集聚,捷克斯洛伐克,蔡霞逢春亦。

亲爱的小敏,祝你幸福。

蔡霞说:一对新人结婚的时候,我们祝福他们爱爱一生,白头到老。那么假若祝词没有完全兑现,不是爱爱一生,而是半生多半生少半生若干年月,如果头发没有全白,如果是半白、灰白、略白,然后,你们拜拜,你失去了他,他失去了你,这是可能的,这是人们尤其是女生应该有所准备的。

罗曼·罗兰的话是:"凡是不能兼爱欢乐与痛苦的人,便是既不爱欢乐,也不爱痛苦。"何况是为了逢春弟弟。也可以为小敏小丫头。这丫头不是那鸭头,头上哪有桂花油?曹雪芹就能原谅与包容她们,包括袭人、小红、彩霞、彩云……

陀思妥耶夫斯基说过,他害怕的是辜负了自己承受的痛苦。天!陀是当真写出了沉甸甸的痛苦,没有烧包,没有矫情,没有小题大做,更没有一点点个人鼠目寸光的怨毒。你可以摇头叹气,你可以抹一抹眼角的咸泪,你可以苦笑嘲笑耍笑怜悯悲悯大赦天下,两人的事归两人,自己的良心只有自己知道怎么安置。

什么?嗯,不是灾星,这不是我的选择,而是我的巧遇。要与我的巧遇拼到底,拼到骨灰罐,拼到成为一张遗像挂墙。已经连连承受了灾祸,但并非注定了要承受灾祸,更要使劲减少灾祸。有灾难可以,认灾星不必。死者常已矣,生者犹於戏,命运孰得悉,大数据哪里?家破人犹存,情了心未寂,以善良待人,以善良惠己,修福福得以,秀善善永志,为人须得体,好好活下去!

蔡霞心平气和地解决了她面对的尴尬与难题。号啕大哭的是逢春,捂着脸涕泣,叩头如捣蒜的是李小敏。

最后,蔡霞与逢春双双自愿离婚。

离婚以后第一件事,她到了布拉格然后维也纳。她乘坐了伏尔塔瓦游艇,听着乐曲美美地大哭一场,这才到了她要哭的时间与地点。如果在家里包括老家的建春与早春墓地哭,只能刺激逢春与小敏。在布拉格当晚,她梦到了长着马克思式大胡子的捷克古典音乐奠基人贝德里赫·斯美塔那来见她。甚至到了维也纳听上《蓝色的多瑙河》了,她还挂牵着水声叮当如铜铃的《伏尔塔瓦河》。

蔡霞哭建春、哭早春、哭自己的泪水,从北京流到了布拉格,从黄河长江,流到伏尔塔瓦河,然后流进易北河,向着德国的文化古城德累斯顿,然后是德国第二大城市、海港汉堡,最后与泰晤士河一起流到北海去了。

十七

小步说老人院里的奇葩太多了,九十岁以上寿者,都是奇葩。不寿而能奇乎?不奇而能寿乎?不寿不奇能算好好地活了一世一遭一回乎?

奇葩逢奇葩,奇葩创奇闻。悲哀即功课,快乐绽缤纷。生老与病死,苦乐与悲欣。何物愁与恼,何得乐与欣?何事罚与罪?何为丑与损?反身求诸己,光明日日新。

一九九一年秋天,小敏生下了逢春的又一个儿子。逢春给小儿子起名"又春"。逢春毫无斟酌地几乎给蔡霞留下了他们所有的房产与积蓄。李小敏千恩万谢蔡霞的宽宏,腆眉苶眼地接受了逢春的求婚,断然否定了自家父母关于彩礼的要求,并声明推迟二十年再正式举行婚礼,以表达对表姨的尊重,随时等蔡姐回来她就滚蛋。她与逢春领了结婚证,目的是为了孩子。但对于家乡人,不举行婚礼,等于结婚仍待完成。

直至二〇〇八年九月二十日,斯年的中秋节后第六天,得知蔡姐去了不可思议的远方,七十七岁的逢春与四十五岁的李小敏,带着十七八岁的儿子,回老家聚集李家村亲友吃了一顿自称地方全席的流水席,算是新婚喜筵。

那么,请猜猜,薛逢春与李小敏婚宴的时候,蔡霞在哪里呢?

什么?猜不着?我告诉你,二〇〇八年整个九月下旬至十月份,八十二岁整的蔡霞,人在南极。

逢春与小敏离开蔡霞以后,蔡霞也乘退休机会辞去了部分社会兼职。第一步,她添置了乒乓球案子网子球拍黄球白球,她与一批同事同学在她那里赛起了乒乓球,而且,与众不同的是她喜欢打削球,她心仪的是五十年代的球星林慧卿,她的削球下旋动作舞蹈感非常强烈优美。她认为她的打球,美比胜不胜利更重要。第二,她以七折至三折的廉价购置了哑铃、拉力器、动感单车等健身器材,坚持锻炼身体,并以这些健身器材招待欢迎来客。

第三,更加牛气冲天的是她报名参加了民间办的话剧表演培训,并且自行与本校学法语的研究生,排练了法国文学作品改编的舞台剧《八美图》,前后演过五场,全部用法语,至少是高调震撼了外国语大学、法语留学生与在京讲法语的各类人士。她说,她可以好好做一些自己想了多年却没有做的事情了。

她说,与《八美图》中八个女人一个大男人的丑恶毒辣故事相比较,她只能说自己的生活幸福。

一九九二年秋天一过十一国庆,她自驾出游新疆天山南北,去的时候走北路,张家口、大同、呼和浩特、包头、银川、兰州,整个河西走廊,哈密、吐鲁番、乌鲁木齐。在新疆她又走了伊宁、新源、库尔勒、喀什、和田,她前后走了两个月,看尽了雪峰、云杉、胡杨与白桦林、高山湖泊、戈壁长河、草原、马场、牧民毡房、高昌遗址、交河故城、喀什噶尔清真大寺、十二木卡姆、沿叶尔羌河两岸的刀郎木卡姆,还有维吾尔族加蒙古族风味的哈密木卡姆。

尤其难忘的是天山北麓中果子沟的哈熊。从乌伊公路走,在兵团经营的五台公路服务区住一夜,第二天她经过了可克达拉——绿色的原野,走到隶属博尔塔拉蒙古自治州的沙地中的绿洲精河县午餐,还享受了"抱着火炉吃西瓜"的奇妙经验。饭后到达了高山湖泊——当地人称作三台海子的巨大的高山咸水赛里木湖,走过狭窄的峡谷果子沟。那里长满了野生小苹果,进入秋冬,苹果落地,发酵变化,获得了芳香酒精成分。由于当地长住的多是哈萨克牧民,那里的大个子熊只,也被称为哈熊。可喜的是蔡老师亲眼看到了吃了太多的酒香野果的哈熊摇摇晃晃的酒仙步态。

凭借果香化酒仙,哈熊醉舞亦奇观,微醺更觉身轻雁,飞越天山一顾间。

屡遭磨难女儿身,教授多灾祸患临,自从峰下观熊舞,能不怡然笑煞人?

亲亲别后是新疆,游罢天山岂断肠?驿路遥遥情最切,匆匆歌舞是家乡。

回京时候,南路,经过细长的甘肃,她走陕西西安、河南洛阳三门峡郑州,河北邯郸石家庄。回来以后,她整理新疆记事,改来改去,念念不已。

天山南北自驾游以后,蔡霞对自己的旅途留影颇觉遗憾,北疆草原,那拉提山谷,喀纳斯天堂,尼勒克长廊,库车杏花村,阿城镇苏河口、喀什大寺,她硬是没有留下配得上轰轰烈烈的此行的照片。于是她购买了摄影用直升飞机,学会了全套操作本领,回到了参加航模比赛的学生时代,她从天地,从山河,从城乡,从东西南北,寻求与开拓着恋恋难舍的美丽。她留下了人见人爱,人人赞美艳羡的摄影图片。

次年,她又自驾车去云南,滇池、洱海、玉龙雪山、丽江古城、崇圣寺、三塔、石林,到处是花朵,到处是树木,到处是奇瑞山水路程。回程外加偺大四川与重庆市。

十八

又过了一年,她五月份自驾再游西藏,甘肃的敦煌令她神往赞美,青海西海(青海湖)令她沉醉流连,进入西藏,零下一度,然后二三四五六摄氏度,渐生暖意,蓝天白云雪峰伸手可触,藏羚羊、牦牛、经幡,新奇开眼,令自诩"光杆司令"的蔡霞教授平添生机。从海拔不到一百米到五千米;越过十几座山岭关隘;穿过金沙江澜沧江、怒江三江并流的壮丽景色;经过泥石流群,经过了不知多少次寒温易貌,也是日日经四季,天天历人生,终于到了西藏拉萨,布达拉宫、大昭小昭寺、八角街,住进最初是与外资合作的拉萨拉威国际酒店。

干脆说,蔡霞虔诚而又嘚瑟,她拜了布达拉宫的观音菩萨化身白度母——卓玛嘎尔姆或妙音天女。她学会了梵语六字真言唵、嘛、呢、叭、咪、吽。她喝了青稞酒,她请了唐卡药王法相,这里不可叫购买。关键是,拉萨五昼夜,她东跑西颠,没有吸过一次氧,海拔再高,没有她的心气高,心脏再吃力,没有她的精力健,倒霉倒霉,疾风知劲草,事故事故,事乱见忠良,祸大激神力,灾多好转身!苦难到了极点,她只有快乐,只有起兴加油,只有抵抗到底,只有祝福惜福信福求福……再无其他选择。

心知肚明,不选择快乐与爱恋,难道能选择哭啼啼、怨狠狠、家乡的话叫"一头撞煞"吗?不,不,不,不!

她不想那样。永远不会,绝对不会。

一九九六年,她进入古稀,后来她觉得不如叫做"鼓戏"之年。她觉得进入新生活新年代以后,不妨用革命样板戏《沙家浜》中胡司令的名言:"(这茶)喝出点味儿来了。"来形容自己的心态了。

理应是京剧里正经高贵的韵白,锣鼓点节奏,花旦问:"茶饮可还中意?"净行(花脸)答:"喝出一些滋味来了!"其中"滋味"二字,声调突然提高八度,音量也大大增加了分贝。而"了"读"燎",大声,起伏曲折,行板如歌。

她还去了俄罗斯伊尔库茨克、贝加尔湖、北中南欧洲名城。去了突尼斯、尼日利亚、南非的好望角、伊朗的四十柱宫、埃及的卡纳克神殿。

她乘坐了各线游轮,旅行社则写邮轮,大概是为了避讳落水而游的游字吧。蔡霞连死都不怕,还避讳游游水吗?

十九

二〇二一年,在霞满天院里,王蒙终于见到了九十五岁庆生的蔡霞"院士"。

步小芹的霞满天长者院事业有成,她已经在全国建立了三座分院。她说蔡教授自从二〇〇五年春节联欢会上做了多种语言的朗诵以后,立刻被全院称为院士,其实她是教授,并不是科学院院士。还有人说是香港的浸会大学与北京师范大学在珠海合办了博雅学院,他们聘请了一批海内外知名的学者做该学院的院士。也行。

步小芹干脆说:蔡霞教授,现任霞满天长者院院士,院之名士学士,名正言顺,岂有疑义?

九十多岁了,蔡"院士"仍然挺直着腰身,脸上嘴角上呈现着幸福的笑容。

这样的气质与腰板,能不院士吗?

蔡"院士"的身世故事以多种多样的版本在本院包括各地分院传播,包括了各式添油加醋。事迹经过了民众的涂染便变成了动人的传奇。最富想象力的说法是说她在伦敦留学时与一位名叫张伯伦、要不就叫丘吉尔的本岛贵族男友生过一个儿子,名叫约瑟。一九四九年蔡薛情侣回北京参加中华人民共和国开国大典,张伯伦或丘吉尔不让约瑟回"共产党中国",她"忠、慈"难以两全,把孩子丢在了大不列颠英吉利。后来,儿子约瑟定居北欧。住在马尔默、卑尔根,或者安徒生的故乡欧登塞,或者惊世骇俗的挪威剧作家易卜生的故乡希恩,或者此前或此后他曾经待过的北极圈内的格陵兰岛。说法越多越离奇,生活的魅力就会越强有力,也就越来越现代和后现代。然后院士就更加院士化了。

院士本人主攻语言学,后来又都知道了她在剑桥选修过生物化学第二专业。在这个霞满天院里,没有谁说得清什么是生物化学,而她本人,回答旁人提问时说:生物是有生命活力的物质,有营养摄取,有呼吸,有排泄,还有细胞的生长与死灭。生物化学研究生物体的化学进程。还要用化学合成的方法,科学技术的手段来解决生物体的某些产生、抑制、调整与改变的进程。最简单地说,李锦记老抽与二锅头的生产就是生物化学。尖端一点来说,一八九七年毕希纳兄弟发现没有活细胞的酵母抽提液也可以进行复杂的发酵生命活动,从而颠覆了生机论。把无生命的物质与有机物质、离不开一定的物质的生命联结起来了。

解答之后,人们就更加糊涂敬畏了。人们理解,这样,女娲用泥土捏出人来,十分合理。蔡霞是霞满天的顶尖宝塔。但她之被人熟知,更多的原因是她朗诵的诗词与她的超高龄美貌。人们还说她一生学问深、经历惨、出身高、命运糟,才在十多年前在本院犯了精神病,破天荒的是,病着病着就好了,她有不一样的经历,不一样的学养,不一样的活力。

她大大方方,老而不衰,她的全身,她的颜面,每次让你看着都那么舒服顺当自在适意。不知道为什么,她的颜面上根本没有过多的纹络与干枯的皮肤也没有任何赘肉,只有从容润泽和优美笑靥。所以她不显老,无须表现自己尚没有老。文化驻颜信可称,微微笑过醉芙蓉,哈啰你好皆如意,甘甜酸涩乐人生。她不显弱,更不会逞强。她的永远的含笑的表情透露着幸福与自足,文雅与高贵,她的声音平和淡定,她出现在任何一个场合都带来一股清风,使在座的其他人互视而笑。她的出现又永远像没有出现，像飞过了一只燕子或者飘过一朵薄云，除了愉悦，对一切都只有浮光掠影，高雅文明，没有瓜葛与掺杂。不黏糊。

曾经有过杂音，曾经有过尘埃，曾经有过病症，曾经有过过程，曾经有过对于陌生的比自己优胜的人的敌视；现在，终于功德圆满，院士修炼，与天为徒，天人合一，莫得其偶，是为道枢。

还有她的多礼。一个陌生人走过她身边，她会报之以和善的目光；一个人向她微笑，她立刻回报以春光明媚的感激，她似乎马上轻轻点头与收敛。而当有人叫着"大姐"或者"院士"向她致意的时候，她会缓缓地站立起来。你不禁惊叹，她站立得那样从容而且完美。不像有的老人，七十一过就不敢再坐沙发了，从软软的沙发上他会根本无法及时站立。医生说是老男人坐太柔软的沙发会有伤睾丸。长者院这里还有一位老画家，由于见到大人物急于起立，扭伤了腰。现在还每天用红外线理疗仪治疗。

二十

在庆贺她的九五之尊生日，二〇二一年，院里举行了蔡霞摄影展，引起轰动。一些外来的摄影家赞不绝口；少数人则是称赞她的摄影用无人飞机。之后，自助餐聚会上，蔡霞应请求讲了她的南北极旅行故事。她说：

二〇〇八年，咱们国家的南极旅游开始启动后，我在中秋的第二天开始了南极之旅。只说到"旅"，且不说游，我不是仅仅旅游，我只是追求精神的救赎和世界的我尚不知道的那一面。我的旅游是朝圣，是深省，是学习，是寻找归属。当然也是探险。我想更多地知道一点，我们活一辈子，离不开一辈子，却仍然说不清道不明的我们的世界。

……我们先到达了阿根廷的布宜诺斯艾利斯，然后从北到南坐了三个小时的飞机,到乌斯怀亚市海港,登上了豪华的游轮。我们经过了被称为魔鬼海峡的德雷克海峡,飓风每天二十四小时,吹倒了大冰山,激起摩天大楼一样高的海浪与雷鸣一样的轰响,吹得游轮颤抖摇摆吓人。而那里一座座的蓝色冰山冰丘,是十万年才能形成的。还有一座座黑色冰山冰丘,五十万年才能形成。姜是老的辣,冰是老的黑,深奥严实啊,我们的世界的"极"点。

我们需要勇敢,也需要恐惧,经历了战胜了恐惧才有勇敢,才好吹牛。

极,就是终极,就是绝对,就是无穷。说法是,到了南极,四面八方十六路只剩下了北方。离开南极点,往哪儿走都是北,以北半球的人来说,南极就是地球上的最远。当然,这是从地理学从方向与道路角度作出的判断,如果从数学从立体几何上画图论证,另当别论。

还看到了成千上万的企鹅,说是有六百万只左右的企鹅在南极那里生活,密密麻麻,白的白,黑的黑,黑背白肚的黑背白肚,有没有白背黑肚的我闹不清了。还有一种白脖子上系黑带,很绅士味道,俄罗斯人称它们是警官企鹅。我亲眼看到了一只鹰隼拿一只小企鹅当猎物,向小企鹅决杀俯冲,四只大企鹅迎战以身护崽,这里边肯定有小企鹅的父母,另两位大企鹅呢?它们有亲友,物种认同,和斗争底线哲学。

有大鲸鱼,鲸鱼能将海水喷到旅客的游艇上,也许是欢迎?人类后来认识到,人之屠鲸,太残酷,太过分了。我们看到了废弃的捕鲸船,我们对鲸鱼难免歉疚。南极也有大海豹,有一说是海豹的智力比猩猩更发达。

南极还有探险队员的坟墓,人是先锋,也有时是恶徒,是牺牲者,也是享受者。南极有我们中国的科学考察站,最早的站位于乔治岛。那里有一个小伙子是我的一个同学的孙子。我给他带去了国内刚刚度过的中秋节的一块广式月饼,我大叫着呼喊他的名字找到了他。我们游客的全部行李在阿根廷国内航班上不能超过三十市斤。一块从伟大祖国带去的蛋黄莲蓉月饼,引起轰动,在场的科考人员分而食之,有的感动得流了眼泪。

……后来去了北极,北极最多的动物是白熊。北极最吸引人的是极光,极光闪耀,我伏地痛哭,我在极光里看到了"坚强"两个大字,既然不怕活一辈子,就只有坚强二字。我留了影。去过极地的人都说,他们的心永远留在了极地与极光里。

二十一

世界怎么这么大,这么新奇,这么令人震惊?人生人生,你走不完你的人生,世界世界,你看不完你的世界。直至最后一分钟,你仍然觉得生未了,情未了,思未了,做未了,你仍然感觉到人生苦短,也就是人生甘甜,无论如何,请不要怀着对人间的冤屈与憎恨离世。蔡霞相信,南极本来是企鹅、鲸鱼与海豹的世界,鲸鱼已经生活了五千万年,企鹅是三千六百万年,地球本身是四十六亿年,而人类的存在只有三百万年。

人被天地被世界被大块创造出来,唯独我们有感知有思维有欢乐有痛苦有造孽也有反省,有夸大也有侵略,有反思也有坚忍。我们知道了学习。我们应该做怎样的人?做怎样的事?说怎样的话?痛苦怎样的痛苦?开心怎样的开心?我们这些远没有企鹅资深的新新一族群,我们足足地折腾了世界,一直到南北极,一直到太空,我们从灾难与成就两方面,应该得到启示与淡定。

国外有这样的惊天之论:人类应该要求自己,人类应该有所不为,不要使人类变成地球的恶性癌细胞。

你与幸福同行,与灾祸角力,被小人诬告,因不解而对一切津津有味,因大限而庄严,因辽阔而小心翼翼,因新知而热烈,因无端而难舍。

九十五岁的蔡霞与八十七岁的王蒙见面,她笑着说:"我读过你的《夜的眼》和《初春回旋曲》。"

"什么？回旋曲？"我一怔，一惊。

《初春回旋曲》一直在我心里，发表以后没有一个人说起过它，以至于听到蔡霞的话我想的是，好像有这么一篇东西，可是我好像还没有写过啊。

似有、似无、似真、似幻，似已经写了发表了，似仍然只是个只有我知道的愿望。

她说："欧洲民间的轮舞曲，两个不同主题的对比。读着它，就像当真跳了舞。"

她笑得甜蜜。

"谢谢你。"

我问道："我不懂的是，为什么二〇一二年，在您八十六岁的时候停止了全球化旅行，变成霞满天的'院士'了呢？按我的想法，您应该下一步是旅游到太空啊，可以上月亮或者火星的啦！"

她微微一笑，闭上了嘴，含笑莫测高深。

她说，太空旅行训练有点来不及了，她遗憾的是没有养一只小豹子当宠物，当儿孙，她希望在野生动物的观感中改善人类的形象。

步小芹小声告诉王蒙，"二〇一二年初，中日友好医院查体时候发现她的淋巴结有变化……"

我怔了一下，觉得自己越来越聋，戴上一副五万多元的丹麦出品助听器也还是完全听不清楚。同时非常后悔胡乱提问，转而用目光向小步挤挤眨眨说话："怎么你没有告诉过我？"

小步歪了一下下唇，轻轻挤了一下眼睛，她是想说"不要提这个事儿"，我以为。

蔡霞嫣然、淡然，而后我要说的是，蔡霞向我飘飘然地说："我，早就，忘记了。"

精彩，豪杰，什么样的风范、人物、面貌一新啊！！！

我心里还说，"然而，你没有忘记连斯基·谢尔盖这个俄国名字。"谢尔盖——Сергей，出自拉丁文，本来就是高大上的意思。许多俄罗斯男人起这个名字。亲爱的高大上啊，你当然也可能通俗与一般化了一回。谁让你也是同样的部件、零件、螺丝与电流组装的呢？

　　王蒙心里还想，也许真的可以请求河北与山西动物园专家与驯兽师帮助，进太行山找上一只刚刚出世的华北豹小崽，请蔡老师养好一只豹子，丰富她的通向期颐的人瑞生活吧。

发表于《北京文学》2022 年第 9 期